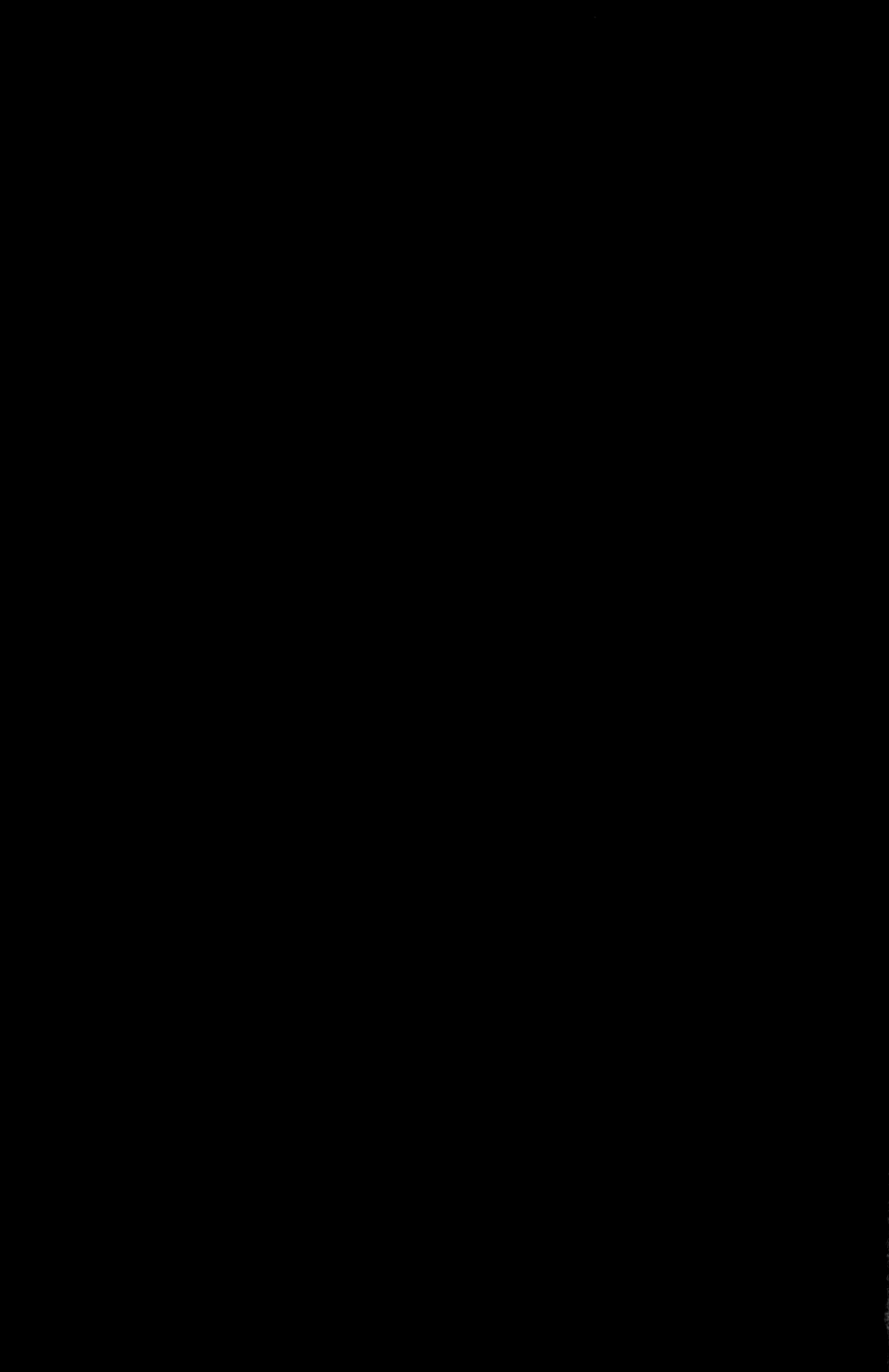

# 忏悔录

[法] 让-雅克·卢梭 著

陈筱卿 译

中国友谊出版公司

## 图书在版编目（CIP）数据

忏悔录 ／（法）让-雅克·卢梭著；陈筱卿译. ——
北京：中国友谊出版公司，2019.1（2022.5重印）
书名原文：The Confessions
ISBN 978-7-5057-4182-9

Ⅰ. ①忏… Ⅱ. ①让… ②陈… Ⅲ. ①自传体小说－
法国－近代 Ⅳ. ①I565.44

中国版本图书馆CIP数据核字(2017)第223954号

| | |
|---|---|
| 书名 | 忏悔录 |
| 作者 | [法] 让-雅克·卢梭 |
| 译者 | 陈筱卿 |
| 出版 | 中国友谊出版公司 |
| 发行 | 中国友谊出版公司 |
| 经销 | 新华书店 |
| 印刷 | 天津丰富彩艺印刷有限公司 |
| 规格 | 880×1230毫米　32开 |
| | 20印张　490千字 |
| 版次 | 2019年3月第1版 |
| 印次 | 2022年5月第6次印刷 |
| 书号 | ISBN 978-7-5057-4182-9 |
| 定价 | 98.00元 |
| 地址 | 北京市朝阳区西坝河南里17号楼 |
| 邮编 | 100028 |
| 电话 | (010) 64678009 |

这是一幅现存的、也许永远不会再有的独一无二的肖像，是依照人物的真实形象及其全部真实情况一丝不苟地描绘而成的。不管您是何人，只要我的命运或信任使您成为本书的评判员，我就以我的不幸，通过您的古道热肠，并以全人类的名义，恳请您别毁掉这部有用而独具一格的著作，因为它可以作为肯定尚有待创建的、对人的研究的第一份参照材料。而且，我要恳请您，别为了缅怀我而推倒这座记载着我那尚未被我的敌人歪曲的性格的唯一丰碑。最后，即使您曾是我的一个势不两立的敌人，也请您对我的遗骸别再心存恶意，别把您那残酷的不公正坚持到您我都已作古的时候，以便您至少有这么一次，当您可以恶毒地报复——如果伤害一个未曾或不愿坑害他人的人真的可以称为报复的话——的时候，却能有宽宏大量、心地善良的高尚表现。

让－雅克·卢梭

# 主要人物表

**卢梭**　18世纪法国著名的思想家、哲学家、文学家，启蒙运动的领袖人物之一，传记中的"我"，善良高尚，敏感多情，孤傲清高，思想激进，崇尚自由、平等、民主和博爱。由于撰写思想进步的书籍，遭到敌对势力的攻击和迫害，一生过着颠沛流离的生活。

**瓦朗夫人**　一位离婚后皈依宗教的年轻贵妇人，卢梭的情妇，风姿绰约，温柔善良，聪慧坦率。她是卢梭人生历程中一位重要的女性，对卢梭的生活、学习帮助很大，卢梭把她当作自己的温柔的母亲、亲爱的姐姐、迷人的女友。

**泰蕾兹**　卢梭的妻子和最忠实的伴侣，原为缝衣女工，相貌平常，温柔随和，善良朴实。卢梭和她生活了二十五年后才与她结婚。

**朗贝尔西埃**　牧师，卢梭的老师，通情达理，诲人不倦。卢梭小时候寄居在他家时向他学习过拉丁文。

**迪柯曼**　卢梭少年时代的师傅，雕刻匠，蛮横凶恶，对卢梭的性格造成了不良影响。

**巴齐尔太太**　一个商店老板的妻子，外貌美丽，性情随和。卢梭在她家当伙计时，从她身上体验到了初恋般的情趣。

**古丰神父**　卢梭的老师，和蔼可亲。卢梭曾向他学习过拉丁文、意大利文和文学。

**加莱小姐**　美丽清纯，优雅明理，格拉芬丽小姐的女友。卢梭与她及格拉芬丽小姐一起度过了一段短暂的亲密无间的快乐时光。

**格拉芬丽小姐**　纯洁可爱，加莱小姐的女友。卢梭与她及加莱小姐一起度过了一段短暂的亲密无间的快乐时光。

**拉尔纳热夫人**　卢梭的情妇，多情温柔，善解人意，城府比较深。

**布罗格利夫人**　巴黎贵妇贝赞瓦尔夫人的女儿，精通音乐，通达明理。她对卢梭的才能非常赞赏，曾推荐卢梭给法国驻威尼斯大使当秘书。

**迪潘夫人**　巴黎最美丽的女人之一，门庭显耀。卢梭曾向她表示过爱意，但被拒绝。

**埃皮奈夫人**　又称埃斯克拉威尔小姐，聪明机智，精于音乐。她为卢梭在日内瓦的蒙莫朗西森林盖了一座"退隐庐"，请卢梭居住，后与卢梭发生矛盾，对卢梭进行人身诋毁。

**乌德托伯爵夫人**　又称贝尔加尔德小姐，埃皮奈夫人的小姑子，开朗坦率，多才多艺，温柔和蔼。她是卢梭人生历程中又一位重要的女性。

**伏尔泰**　出身贵族，卢梭的朋友，学识渊博，百科全书派成员，启蒙运动的领袖人物之一。

**狄德罗**　卢梭的朋友，百科全书派成员，启蒙运动的领袖人物之一。一度被捕入狱，卢梭曾出面营救过他。后来他与卢梭闹翻，对卢梭进行人身攻击。

**勒瓦瑟尔太太**　泰蕾兹的母亲，虚情假意，见解低俗，曾教唆泰蕾兹离开卢梭。

**卢森堡元帅**　卢梭的朋友，温和慈善，慷慨仗义。卢梭流浪时，他向卢梭提供过帮助。

**卢森堡元帅夫人**　卢森堡元帅的妻子，艳丽可人，和善亲切，对卢梭十分关照。

**布弗莱伯爵夫人**　孔代亲王的情妇。与卢森堡元帅夫人相交甚厚，曾对卢梭关照有加。

**韦德兰侯爵夫人**　卢梭曾经的邻居。卢梭在莫蒂埃避难期间，她曾极力劝说并促成卢梭前往英国避难。

**罗甘**　卢梭一生的挚友。卢梭被迫离开巴黎之后，曾在伊韦尔东的罗甘家中逗留一段时间。

**乔治·基思**　苏格兰元帅，为普鲁士国王效力。在卢梭被迫离开巴黎途经纳沙泰尔时，基思勋爵时任纳沙泰尔总督，曾给予卢梭许多帮助，与卢梭关系甚好。

上　卷

# 第一章

发自肺腑，深入肌肤。①

　　我在从事一项前无古人、后无来者的事业。我要把一个人的真实面目完全地展示在世人面前，此人便是我。

　　只有我能这样做。我洞悉自己，也了解他人。我生来就有别于我所见过的任何一个人。我敢担保，自己与现在的任何人都不一样。如果说我不比别人强，那么我至少是与众不同的。如果要问大自然打碎了它塑造我的模子是好还是坏，大家只有读过此书之后才可判断。

　　末日审判的号角想吹就吹吧，我将手拿着此书，站在至高无上的审判者面前，我将大声宣布："这就是我所做的、我所想的、我的为人。我以同样的坦率道出了善与恶。我既没有隐瞒什么丑行，也没有添加什么善举。万一有些什么不经意的添枝加叶，那也只不过是填补因记忆欠佳而造成的空缺。我可能会把自以为如此的事当成真事写了，但绝没有把明知假的事写成真的。我如实地描绘自己是个什么样的人，是可鄙、可恶，绝不隐瞒；是善良、宽厚、高尚，也不遮掩；我把我那您看不到的内心暴露出来了。上帝啊，把我的无数同类召到我周围来吧，让他们听听我的忏悔，让他们为我的丑恶而叹息，让他们为我的卑鄙而羞愧。让

_____

① 这是一句拉丁文短诗，语法古罗马讽刺诗人波尔斯(34—62)，强烈地表达出作者暴露自己灵魂的雄心。

他们每一个人也以同样的真诚把自己的内心呈献在您的宝座前面，然后，看有谁敢于对您说：'我比那人要好！'"

我于一七一二年生于日内瓦，父亲是公民伊萨克·卢梭，母亲是女公民苏珊·贝尔纳。祖上只有一份薄产，由十五个孩子平分，父亲所得微乎其微，他只有靠钟表匠的手艺谋生，他倒是个能工巧匠。我母亲是贝尔纳牧师的女儿，比较富有。她既聪明又美丽，父亲费了好大的劲儿才把她娶到手。他们俩几乎是青梅竹马：八九岁时，每晚便一起在特莱依广场玩耍；十岁时，两人便形影不离。他们俩相知相好、灵犀相通，使得由习惯使然的感情更加地牢固了。两人生就温柔多情，只等着在对方心中发觉同样心境的时刻到来，或者说，这一时刻也在等待着他们俩，只要一方稍有表示，另一方就会吐露衷肠。命运似乎在阻遏他们俩的激情，反而更使他们俩难舍难分。小情郎因为得不到自己的情人而愁肠百结、面容憔悴，她便劝他出趟远门，好把她忘掉。他出了远门，归来时，非但未能忘掉她，反而爱得更加炽热。他发觉，自己的心上人仍旧温柔忠贞。这么一来，两人便终身相许了。他们俩山盟海誓，上苍也为之祝福。

我舅舅加布里埃尔·贝尔纳爱上了我的一位姑姑。但姑姑提出，只有他姐姐嫁给她哥哥，她才答应嫁给他。结果，有情人终成眷属，两桩婚事在同一天举行了。因此，我舅舅也是我姑父，他们的孩子成了我双重的表亲。一年后，两家各添了一个孩子，后来两家便不得不分开了。

我舅舅贝尔纳是一位工程师。他去效忠帝国[①]了，在匈牙利欧仁亲王麾下效力。他在贝尔格莱德围困期间的战役中功勋卓著。我父亲在我唯一的哥哥出世之后，应召去了君士坦丁堡[②]，成了御用钟表匠。父亲不在家时，母亲的美貌、聪颖和才华吸引来

---

① 指欧洲的神圣罗马帝国 (962—1806)。
② 土耳其最大的城市伊斯坦布尔的古称。

一些仰慕者。法国公使德·拉·克洛苏尔先生是最殷勤的仰慕者之一。他的爱一定十分强烈，因为三十年后，我看见他在谈到我母亲时仍然情意绵绵。我母亲很看重贞操，不为所惑。她真挚地爱着自己的丈夫，催促他赶紧回来。他抛下一切，返回了家，我便是父亲归来后结下的不幸之果。十个月后，我出世了，先天不足，病恹恹的。母亲因生我而死，所以我的出生是我所有不幸中的第一个不幸。

我不知道父亲是如何忍受失去我母亲的痛楚的，但我知道他的悲痛始终没有得到抚慰。他认为在我身上重又看到了母亲，但又不能忘记是我夺去了她的生命。每当他亲我的时候，我总感觉到在他的叹息、他的抽搐般的搂抱之中，有一丝苦涩的遗憾交织在他的抚爱之中。因此，他的抚爱就更加温馨。当他跟我说："让-雅克，咱们来聊聊你母亲吧。"我便回答他说："好啊！我们要大哭一场了。"我这么一说，他便老泪纵横了。"唉！"他唉声叹气道，"把她还给我吧，抚平我失去她的痛楚吧，填满她在我心灵中留下的空缺吧。如果你只是我的儿子，我会这么爱你吗？"母亲谢世四十年后，父亲嘴里念叨着我母亲的名字，心里深藏着她的音容笑貌，在我继母的怀中死去。

这就是我的生身父母。在上苍赋予他们的所有品德中，唯一留给我的就是一颗温柔的心，这颗温柔的心铸就了他们俩的幸福，却造成了我一生中所有的不幸。

我生下来的时候几乎快要死了，大家对我能活下来已不抱希望。我随身带来了一种病根，随着年岁的增长而加重，现在，这个病根虽时有缓解，但紧接着又使我更加疼痛难忍。我的一位姑姑[1]是个可爱而聪慧的姑娘，对我极尽关怀和照料，救了我的命。在我写这事的时候，她还健在，已八十高龄，还在照料我那位比

---

[1] 即苏珊·卢梭，后为贡塞鲁夫人。

她小却因酗酒而健康状况不佳的姑父。亲爱的姑姑，我原谅您使我活了下来，但我很难过，不能在您晚年时报答您在我出世时给予我的悉心照料。我的那位老奶妈雅克利娜也健在，身体硬朗，腰板结实。那双在我出世时让我睁开双眼的手，将在我死去时为我合上双眼。

我在思考之前便有所感觉：这是人类的共同命运。对此我比别人感触要深。我不知道我五六岁之前的事，不知道我是怎么学会认字的，我只记得最初读的那些书及其对我的影响，我对自己不间断的了解便是从那时开始的。我母亲留下了一些小说。我和父亲晚饭之后便开始阅读它们。起先，只是为了让我练习读一些有趣的书，但很快，兴趣便十分浓烈，我和父亲便轮流不停地读，通宵达旦，一直到读完结尾为止。有时候，父亲清晨听见燕子啁啾，便难为情地说："咱们去睡吧，我比你还要像孩子。"

很快，我便通过这种危险的方法不仅掌握了一种极强的阅读和理解能力，而且获得了我这个年龄的孩子对激情的独一无二的悟性。我对具体事尚无任何概念，但已懂得了所有的情感。我对什么都不理解，但全都感受到了。我连续不断地感受到的这些乱糟糟的情感，丝毫没有损害我尚没有的理性，却为我造就了另一种类型的理智，使我对人生有了一些奇特而浪漫的想法，日后的经验和反省都没能很好地治愈它们。

一七一九年夏天，小说读完了。冬天，我们就又干别的了。我母亲的藏书都读过了，我们便把外公留给我们的书拿来读。很巧，里面有一些好书。这并不奇怪，这原是一位诚实而博学的牧师的珍藏，因为这是时尚使然，而且他是一位颇有见地且很风趣的人。勒·叙厄尔的《宗教与帝国史》、波舒哀①的《世界通史》、

---

① 波舒哀 (1627—1704)，法国著名作家。卢梭常读他的《论宇宙史》。

普鲁塔克①的《名人传》、纳尼的《威尼斯史》、奥维德②的《变形记》、拉布吕耶尔③的著作、丰特内勒的《宇宙万象》和《死者的新对话》，以及莫里哀④的几部著作，都被搬到父亲的工作间里来了。我每天便在他干活儿时念给他听。我对这些书有了一种少有的、也许是我这个年岁的孩子绝无仅有的兴趣。我特别喜爱普鲁塔克。我饶有兴味地一遍又一遍地读他的书，这稍微减少了我对小说的钟情。很快我便喜欢上了阿戈西劳、布鲁图、阿里斯蒂德⑤，胜过对欧隆达特、阿泰门和攸巴⑥的喜爱。这些有趣的书以及我们父子俩就这些书的谈论铸就了我那种自由的共和思想、那种不屈服的高傲性格，不愿意受到桎梏和奴役，使得我一生之中在这种性格受到压抑之时便痛苦万状。我朝思暮想着罗马和雅典，可以说是生活在其伟人们中间，但我生来就是一个共和国的公民，是一位对祖国的爱高于一切的父亲的儿子，我以父亲为榜样，也对祖国充满了激情。我自以为成了希腊人或罗马人。我变成了我在读其生平的那些人物，他们的忠贞不渝、英勇不屈深深地打动了我，使我目光炯炯、声音洪亮。有一天，我在饭桌上讲述谢沃拉⑦的英雄壮举时，为了表演得逼真，我就离开餐桌，把手放在火盆上。大家见了，全都吓坏了。

我有个哥哥，大我七岁，他跟着父亲学手艺。大家对我极其偏爱，对他便有所冷落。我对此并不满意。这种冷落对他的成长产生了影响。他甚至还没到成为一个真正放荡不羁的人的年岁，便已放浪形骸了。他后来被送到别人家去学徒，但像在自己家里

---

① 普鲁塔克（约350—约433），古罗马哲学家。
② 奥维德（前43—约后17），古罗马诗人。代表作长诗《变形记》。
③ 拉布吕耶尔（1645—1696），法国作家。著有《品格论》。
④ 莫里哀（1622—1673），法国剧作家、戏剧活动家。
⑤ 三人皆为古希腊、罗马时代的人物。
⑥ 他们分别为当时的三部流行小说中的人物。
⑦ 罗马青年英雄，因夜间行刺入侵者的国王时错杀了他人而悔恨交加，便将自己右手置于火上烧灼，以示自惩。

一样，经常偷偷地溜出去。我几乎总也见不着他，简直可以说几乎不认识他，但我仍然真心地爱着他，他也像一个放荡之人能够爱点儿什么似的喜欢我。我记得有一次，父亲凶狠粗暴地揍他时，我赶紧拦在他们俩中间，紧紧地抱住我哥哥。我就这样用身子护住他，替他挨了不少打。由于我总这么护着，父亲终于住手了，也许因为我哭喊的关系，或者是父亲害怕打到我。最后，哥哥越变越坏，干脆逃得无影无踪。过了一段时间，大家才知道他到了德国。他一封信都没写回来过。自此之后，就再也没有他的消息了。就这样，我成了独子。

如果说可怜的哥哥受人冷落的话，他的弟弟我可并非如此。王公家的孩子也不会比我小时候所受到的关怀更加深切，我身边的所有人都把我当成了宝贝，更加难得的是，我始终被疼爱着，但并不是被娇惯溺爱。在我离开家之前，家里人从来没让我单独与其他孩子一起跑上街去过，从来没有要压制或满足任何古怪的脾性。大家把这些脾性归于天生的，但它们完全是教育的结果。我有我这么大孩子的缺点：话多、贪馋，有时候还说假话。我可能会偷吃水果、糖果、零食，但我从不存心坑人毁物、给人添乱、折磨可怜的小动物。不过，我记得有一次，我曾趁我们的一位邻居克洛太太去听布道时，在她家的锅里撒过尿。说实在的，想起这事，我仍觉得开心，因为克洛太太虽说是个老好人，却实在是我一生中所见过的最爱唠叨的老太太。这就是我幼时所做的种种坏事的简短而真切的故事。

我所见到的都是些善良的榜样，我身边尽是些最好的人，可我是怎么变坏的呢？父亲、姑姑、奶妈、亲戚、朋友、邻居等我身边的所有人，并非一味地迁就我，不过都喜欢我，我也爱他们。我的任性很少受到激发或阻遏，以至我都想不起自己有过什么任性行为。我可以发誓，在我受老师管束之前，我都不知道何为奇思异想。我除了在父亲身边看书写字，除了奶妈带我去玩之外，总是同姑姑在一起，坐在或站在她的身边，看她刺绣，听她唱歌，心里挺高兴。她的开朗、和善，以及她那姣好的容貌给我留下了极其深刻的印象。至今，她的容貌、姿态举止仍浮现在我的眼前；她那些温馨的话语仍萦绕在我的耳边。我甚至还记得她的穿着打扮，还记得她赶时髦：两鬓留有两个小黑发卷儿。

我深信，我很久以后才培养起来的对音乐的爱好，或者说是激情，应归功于她。姑姑会唱许许多多美妙的小调和歌曲，唱起来委婉动听。这位好姑娘心宁气静，为她自己及其周围的人驱除了怅惘和忧伤。她的歌声对我的吸引力极大，不仅她的许多首歌始终留存在我的记忆之中，而且，虽然今天我已记忆力不佳，但那些自孩童时起已完全忘却的歌曲，随着我的年迈，以一种无以言表的妩媚又浮现在我的脑海之中。谁会相信，我这么一个饱经风霜苦痛的老糊涂，有时竟然会像个孩子似的，用已经微弱、颤抖的声音，一边哼唱这些小调，一边啜泣呢？特别是其中一首歌的曲调，我还完全记得，但后半段的词儿，我怎么也想不起来了，尽管对那韵律还有个模模糊糊的印象。下面是那首歌的开头和我还能记起的余下部分：

> 我不敢，狄西，
> 到小榆树下，
> 去听你吹芦笛；
> 因为在我们村里，
> 大家已经在议论我们。
> ⋯⋯
> ⋯⋯一个牧童，
> ⋯⋯一往情深，
> ⋯⋯毫不足虑，
> 是玫瑰总要带刺儿的。

我在寻思，我的心为什么对这首歌情有独钟，这是我实在弄不明白的一种心灵感应。每当我唱这首歌时，总不免潸然泪下，唱得时断时续。我一再地想给巴黎去信，打听余下的歌词，如果真的有人能记全这首歌的话。但我几乎深信，如果我确知除了我可怜的苏珊姑姑，别人也曾唱过这首歌的话，我那回味它的乐趣便要失去不少。

这就是我涉足人世时最初的情感，那颗既那么高傲又那么温柔的心、那种女性的但难以驯服的性格，就这样开始在我身上形成或显现出来了，这种性格始终游移在懦弱和勇敢之间，游移在柔弱和刚毅之间，最后，使我自身矛盾重重，使得我连节制和享受、快乐和审慎都没能获得。

这种教育被一次意外的事情打断了，这事的后果影响了我以后的一生。我父亲同一位名叫戈蒂埃的先生发生了争吵，后者是法国的一名上尉，与议会的人沾亲带故。这个戈蒂埃是个既无礼又胆怯之辈，他的鼻子出血了，为了报复，他指控我父亲在城里持剑逞凶。被判入狱的父亲，坚决要求根据法律，让指控者与他一同蹲监狱。因为要求未能获允准，父亲宁可离开日内瓦，一辈子流落他乡，也不愿在他觉得有损名誉和自由的问题上让步。

我舅舅贝尔纳当了我的监护人，他当时在日内瓦防御工程工作。他的大女儿死了，但他还有个儿子①，与我同岁。我们俩一起被送到博赛，在朗贝尔西埃牧师家寄宿，学习拉丁文，学习人们冠之以"教育"美名的一切烦琐的东西。

在乡村待了两年，我那罗马人的粗暴性格有所收敛，恢复了童稚。在日内瓦，无人逼迫我，我却喜欢看书学习。那几乎是我唯一的乐趣。而在博赛，我不爱做功课，反而喜欢使人得以放松

---

① 即亚伯拉罕·贝尔纳，1711 年 12 月 31 日生于日内瓦。

的游戏。乡村对我来说特别新鲜，我尽情地享受，乐此不疲。我对乡村产生了一种极其强烈的爱，这种爱永远也不能被扑灭。在此后的岁月中，每当我想起在那儿度过的幸福时刻，我便对在乡村的逗留及其乐趣留恋起来，直到我重又回到那里为止。朗贝尔西埃先生是一个极其通情达理的人，他既不忽略对我们的教育，又不用过多的作业来压我们。尽管我憎恶受人管束，但每每回想起以往学习时的情景，我从未感到过厌恶。诚然，我并没从他那儿学到很多东西，但是我没花多大工夫便学会了我所学的东西，而且丝毫没忘，这足以证明他善于教学。

这种乡村生活的质朴带给了我不可估量的好处，使我敞开了心扉寻求友谊。此前，我只有一些高贵却是想象中的情感。共同生活在一种平和的氛围中，使我与表哥贝尔纳关系亲密。不久，我便对他产生了远胜于对我哥哥的感情，而且从未磨灭。他是一个身材修长、纤细瘦削的小伙子，性情之温柔一如其身体之孱弱，而且，他并不因为自己是我的监护人之子，在家中受人偏爱，便任性撒娇。我们俩的功课、消遣、爱好都相同，我们都没有朋友，我们年岁相同，双方都需要有个伴儿，我们俩若是分开，可以说都会承受不起。尽管我们俩很少有机会表达我们的难舍难分，但我们从未想过可能终有一别。我们俩都心慈面善，只要别人不再强逼，我们总是乖巧听话的。我们俩在一切事情上都意见一致。如果由于管我们的人的偏爱，他在他们的眼里高我一等的话，私下里，我便占一次他的上风，双方扯平。课上，当他背不上来时，我便给他提词儿；当我做完作业时，我便帮着他做；而在游戏时，我的兴趣比他的浓，总是我带着他玩。总之，我们俩的性格如此协调一致，维系着我们俩的友谊如此真诚，以至在我们几乎形影不离的五年多时间里，不管是在博赛还是在日内瓦，我承认，我们是打过架，但从未要人劝解，我们每次争吵从未超过一刻钟，双方都从未告过对方的状。尽管有人会认为这都是小孩子的事，但是，这也许是自从有孩子时起便独一无二的例子。

我在博赛的生活方式于我极其合适，如果能待得更久些，我的性格就彻底形成了。这种生活方式的基调是温柔、亲切和恬静。我认为，世上没有谁生来就比我的虚荣心要小。我常因为冲动而心高气傲，但随即便重又萎靡颓丧。我最强烈的愿望是受到接近我的所有人的喜爱。我很温柔，我表哥也一样，连管教我们的人也都如此。在整整两年里，我既没看见也没受到过粗暴的对待，一切都在我心中培育了受之自然的禀性。看见大家对我和一切事情都很满意，我真是快活极了。我总也忘不了，在教堂里回答教理问答时，当我一时语塞，朗贝尔西埃小姐面露焦急不安时，我真是无地自容。仅此一点已比我当众出丑更使我难受不已了，却让我极其感动。因为，尽管我对赞扬很少动心，但我对羞愧始终是十分敏感的，而且，我可以在此说一句，我并不怕受到朗贝尔西埃小姐的呵斥，反倒是担心让她难受。

不过，必要时，她同她哥哥一样，也是很严厉的。然而，由于这种严厉几乎总是事出有因，而且从不过分，所以，我虽挺难过，却心悦诚服。若是我讨人嫌，比我受罚还要让我难受，而且难看的脸色比受到体罚更使我痛苦不堪。更明确的解释是挺难堪的，却必须这么做。如果大家能更清楚地看到，总是不加区别地而且常常心直口快地对待年轻人的那种方法造成的长远后果，那就改变一下对待他们的方法吧！人们从一个既普遍又有害的例子中所能吸取的巨大教益，使我决心把这事和盘托出。

由于朗贝尔西埃小姐对我们有着一种母爱，对我们也就有了权威，有时我们犯了过错，她竟至于像对子女似的对我们进行处罚。她总威胁要处罚我们，而这种对我来说挺新鲜的威胁比处罚本身更可怕，但真的处罚过后，我反倒觉得没有先前那么害怕了，而且，更加滑稽的是，这一处罚使我更加热爱处罚我的人。是我对她的全部真挚的爱和我全部的善良天性阻止了我再犯应该受到同样处罚的过错，因为我感到在疼痛时甚至在羞惭时夹杂着一种快感，使我更加盼望而不是害怕今后再挨她的玉手的责打。的确，因为这中间想必是夹带着某种性早熟的缘故，所以我觉得她哥哥的责罚就一点儿都不带劲儿了。不过，由于他的脾气好，所以他打我也没什么可怕的，而且，如果说我约束自己，免遭处罚的话，那完全是由于害怕伤了朗贝尔西埃小姐的心。因为这就是亲切，甚至是肉欲产生的亲切，在我身上所具有的威力，而这种亲切始终在我心中支配着我的肉欲。

这个我既避之又不怕的过错又犯了，但错不在我，也就是说，我并非故意犯下的，但可以说我心安理得地利用了它。不过，第二次处罚也是最后一次了，因为朗贝尔西埃小姐想必看出一点儿这种处罚并未达到目的的苗头，便宣称她不再责罚我了，因为这样做太累人。在这之前，我们一直是睡在她屋里的，甚至冬天有时睡在她的床上。两天之后，我们被弄到另一个房间里去睡了。从此，我有幸——我真不想要这种荣幸——被她当成大孩子看待了。

谁会料到，一位三十岁的女子用手责打一个八岁的孩子这种处罚，竟然违背常理地决定了我今后一生的兴味、欲念、激情以及我这个人呢？在我的肉欲被激发的同时，我的欲念也发生了很大的变化，以至我的肉欲只局限于我曾感受过的，根本不想再另有所寻了。我虽有着一腔几乎与生俱来的肉欲的热血，但直到最冷静、最迟滞的气质发育的年龄之前，我都洁身自好，一尘不染。我有很长一段时间不知何故竟忧心忡忡，用炽烈的目光贪婪地盯着漂亮女人；我老是回想起她们来，但只不过是为了使之按我的方式浮泛起来，变成一个个"朗贝尔西埃小姐"。

甚至到了婚娶年龄，这种始终挥之不去的甚至达到堕落、疯狂的奇怪癖好也没有使我失去似乎本该失去的美德。如果有什么淳朴而纯洁的教育，那么我接受的就是这种教育。我的三个姑姑不仅是标准的贤惠女人，而且有着一种女人早就不再有的端庄与矜持。我父亲是个好玩找乐的人，但他是个老式的殷勤男人，即使在他最喜爱的女人们面前，也从不说些让大姑娘脸红的话语，没有谁家比在我们家里、在我面前更尊重孩子的了。我发现，朗贝尔西埃先生家里也是同样的情形，甚至有一个很好的女佣就因为在我们面前说了一句有点儿粗俗的话便被辞掉了。直到我成了大孩子，我不仅对男女之间的事毫无概念，而且这种模糊的思想在我脑子里从来就只是以一种丑恶、令人恶心的形象出现的。我对妓女怀有一种恐惧，从未去除。每当看见一个浪荡子，我总是鄙夷不屑，甚至感到可怕，因为，有一天我从一条低洼小路去小萨柯内村时，看到两旁有一些土穴，人家告诉我说那些人就在里面乱搞，从此，我便对淫荡厌恶透顶。一想到他们，以前野狗交配时的情景就总是浮现在我眼前，我便恶心得不行。

这些教育的偏见，本身就会延迟一种易惑气质最初的迸发，而如我所说，肉欲初露端倪，在我身上所引起的遏制作用也对此有所帮助。

尽管我的血在不适宜地沸腾，但我只能想象我曾有过的感受，所以只会把自己的欲念寄托于我已知的那种肉感，从未想到去尝试别人告诉我的那种我深恶痛绝的快感。而这种快感与那种肉感极其相近，我却毫无觉察。在我愚蠢的奇思异想之中，在我的色情狂热之中，在它们有时使我干出的怪诞行径之中，我脑子里常在寻求异性的帮助，但我从未想过除了我渴求的那种用途，异性还会有其他功用。

因此，我就这样带着一种很强烈、很色眯眯、很早熟的气质度过了青春期（除了朗贝尔西埃小姐在不知情的情况下使我感到的肉欲，我不知道还有其他什么快感），而且，随着年岁的增长，我终于长大成人的时候，仍旧是原本要毁了我的东西保住了我。我原先童稚的那种兴味，非但没有丧失，反而与另一种兴趣紧密相连，以致无法从我感官燃起的欲念中把它剔除。这种疯狂，加上我的天生胆怯，总使我很少敢于在女人面前造次。因为不敢敞开心扉或不能为所欲为，另一种享受只不过是我那种享受的终结，我那种享受是不能被渴求它的男人抢夺，也不能为可以给予的女子所猜到的。我一辈子就这样渴求着最心爱的女人，但在她们面前又不敢声张。我虽说不敢表明心声，但至少可以想象我所知的男女之间的事，以求自娱。跪在一位凶悍的情妇面前，对她唯命是从，求她原谅、宽恕，对我来说都是一些很温馨的享受。而且，我那活跃的想象越是使我热血沸腾，我便越是一副木讷纯情的模样。可想而知，这种恋爱方式不会立竿见影，但对被爱上的女方的贞洁是毫无危险的。因此，我虽收效甚微，但通过我的方法，也就是说，通过想象，我毕竟大大地享受了。这就是我的肉欲与我胆怯的性格和浪漫的精神如何配合一致，通过同样的兴味，为我保住了一些纯净的感情和诚挚的品德。这些兴味如果稍有不慎，也许本会把我推到最粗暴的淫欲之中。

我在忏悔的黑暗而又满是污泥的迷宫中迈出了最艰难的第一步。最难启齿的并不是那些罪恶的事，而是那些既可笑又可耻的事。从现在起，我可以对自己充满信心了：在我刚才敢于说出那一切之后，什么也不能再阻止我了。大家可以看出，对这种坦白，我得付出多大代价，在我的整个一生中，面对我爱得发狂的女人，我情急不已，我眼不能见，耳不能闻，魂不守舍，浑身抽搐，可又不敢造次，去向她们表露心迹，也从来没有趁最亲密熟识之机向她们乞求我所需要的唯一宠幸。这种事只是在我童年时有过一次，是与一个同我年岁相仿的女孩子，而且那是她主动提出来的。

在如此这般地追溯我敏感心路最初的痕迹时，我发现了一些因素，它们有时好像格格不入，却又常常聚集在一起，有力地产生一种相同而又简单的效应；而且我发现了另一些因素，它们表面上是相同的，却在某些情况的作用之下形成了极其不同的组合，人们永远想象不出它们之间会有任何联系。譬如，谁会料到我灵魂里最强有力的力量之中，有一股会是在奢华和脆弱流入我的血液的同一源泉中孕育的呢？

我刚才说的并没有离题，大家将从中获得一种完全不同的印象。

有一天，我在紧挨着厨房的房间里独自做功课。女佣把朗贝尔西埃小姐的梳子放在铁板上烤。当她回来取的时候，其中有一把一边的齿全都断了。这是谁弄坏的？除了我，没有人进过这个房间。大家便盘问我，我说我没碰过那把梳子。朗贝尔西埃先生和朗贝尔西埃小姐联合起来规劝我，逼迫我，吓唬我。我死不承认。但是他们一口咬定是我干的，我怎么争辩也没有用，尽管大家头一次见我如此胆大，竟敢撒谎。事情闹大了，应该严肃处理。使坏、撒谎、死不认账，似乎应该数罪并罚。但是，这一回不是朗贝尔西埃小姐来责罚我。他们给我舅舅贝尔纳写了一封信，舅舅赶来了。我可怜的表哥也犯了一个不小的错，我们俩将一块儿被处治。这一次处罚厉害极了。当人们为了以毒攻毒，要永远割断我的孽根的时候，没有比这更好的办法了。因此，他们治得我安生了好久。

他们没能从我口中掏出所需的口供。我被多次盘问，弄得惨极了，可我仍不松口。我宁可死，也决心以死相拼。武力只好向一个"魔鬼般倔强"的孩子——他们对我的坚贞不屈就是这么说的——让步了。我终于逃过了这次残酷的折磨，虽然狼狈不堪，但还是胜利了。

这一经历距今将近五十年了，今天我再也不必为这类事情遭到惩罚了。喏，我要面对上帝声明：我是冤枉的，我没有弄断梳子，连碰都没有碰过，我没有靠近过那块铁板，连想都未曾想过。大家不要问我梳子是怎么弄坏的，我不知道，也弄不明白。我所确知的是，我是无辜的。

大家去想象一下那个孩子的性格吧：在日常生活中胆怯、听话,但被逼急了的时候,便激烈、傲岸、不可驾驭。那个孩子素来由理性支配,一贯受到温柔、公正、和蔼的对待,都不知道何为不公正,却第一次受到了正是他最爱戴、最尊敬的人那么可怕的处治,他的脑子该有多乱啊!他的感情乱了!在他的心里,在他的脑子里,在他整个聪明、理智的体内,天翻地覆了!我要求大家,如果可能的话,想一想这一切,因为对我来说,我觉得无力分析、无力叙述当时的心境。

我尚无足够的悟性去理解表面现象如何使我脱不了干系,也无法设身处地地为别人着想,我只是从我的角度去考虑,而我感觉到的是,我并没犯错,却受到了可怕的惩罚。皮肉之苦虽然疼痛钻心,但我并不介意,我只感到愤怒、失望。我表哥的情况与我差不多,大家把一个粗心的过错当成故意的行为,对他加以处治,所以他跟我一样怒气冲天,可以说与我完全一致。我们俩躺在一张床上,激动地颤抖着,搂抱着,喘不过气来。当我们那两颗幼小的心灵稍微平静,可以泄愤时,我们便坐直身子,拼足全身力气,一遍又一遍地喊:"卡尼费克斯,卡尼费克斯,卡尼费克斯! ①"

我在写这事的时候,只觉得心跳加快,当时的情景我就是活到下辈子也忘不了。这暴力和不公正的第一次感受深深地铭刻在心,以致凡是与之相关的观念都会使我如当初那样愤懑,而且,源自我的这种感受本身已永驻不去,并完全摆脱了一切个人利害。所以,只要看到或听到任何不平之事,不管受害者是谁,也不管发生在何地,我就会立刻火冒三丈、感同身受。当我读到一个暴君的残暴行径,读到一个邪恶僧侣的卑鄙伎俩时,我真想去亲手捅死他们,万死不辞。每当我看见一只公鸡、一头母牛、一只狗,或其他动物欺负另一只动物时,我常常会跑得大汗淋漓地去追赶或者用石头砸它,就是因为它在恃强凌弱。我的这种感受

---

① 古罗马有名的刽子手。

可能源自天性，我也认为这是天性使然。不过，对我第一次遭受的不公平对待的深刻回忆与我的天性交织得太久、太密，不会不增强这种天性的。

我童年生活的宁静到此结束了。从此，我不再享有一种纯净的幸福，而且，我至今仍觉得，我对童年的美好回忆就是到此为止的。我们在博赛又待了几个月。我们在那儿宛如人们描绘的亚当一样，虽然仍在人间天堂，但已不再享受其欢乐了。表面上，情况依旧，但实际上境况已与之前大相径庭。学生与他们的引路人之间已不再存在爱护、尊敬、亲密和信任，我们已不再把他们看作能看透我们心思的神明了。我们对于坏事已不再觉得可耻，而是更加害怕遭到揭发：我们开始藏藏掖掖、争辩、撒谎了。我们这种年龄所能有的所有恶行在腐蚀我们的天真无邪，把我们闹着玩的事变成了丑事。在我们眼里，连乡村也失去了它让人动心的温馨和淳朴的风情，好像变得荒芜悲凉了，仿佛蒙上了一块帆布，遮盖住了它的美丽。我们不再侍弄我们的小花园，不再锄草育花。我们不再去轻轻抠扒泥土，因发现我们撒下的种子发了芽而高兴地叫嚷。我们对这种生活已失去了兴味，别人也嫌我们了。我舅舅把我们领了回去，我们离开了朗贝尔西埃先生和朗贝尔西埃小姐，彼此都挺满意，对分别并不太感到遗憾。

我离开博赛快三十年了，每每想起那段时日，心里总不痛快，没什么值得缅怀的。然而，自从我过了中年，日渐老矣，我感到别的回忆在磨灭，唯独那段时间的回忆常常又浮现、深印在脑海里，而且越来越美妙与深刻。仿佛我已经感到生命在消逝，在竭力把它抓回来，重新开始。对当年的细微之事我都饶有兴味，就是因为它们是当年的事情。所有相关的地点、人物和时间，我全回想起来了。我看见女佣或男仆在我的房间里忙乎；一只燕子从窗户飞了进来；我读书的时候，一只苍蝇落在的我手上。我们住的房间的一切布置我都想起来了。朗贝尔西埃先生的书房在我们右首，墙上挂着一幅绘有历代教皇像的版画、一只晴雨表、一个大日历。他的房间背靠着一座地势很高的花园，几棵覆盆子树为他的窗户遮阴，有时树枝还伸进窗来。我很明白，读者没太大必要知道这一切，但我需要把这些告诉读者。我干吗不敢把当年所有的逸闻趣事全都说给读者听呢？每当我忆起那些事来，我仍旧快活得浑身发颤哩！特别是有五六件事……咱们妥协一下吧，我少说五件，单说一件——唯一的一件，但愿读者们让我尽可能把这件事说得长一些，好让我多快活一会儿。

如果我只想哗众取宠，我可以写朗贝尔西埃小姐露出屁股的事。她不幸在草地边缘摔了一跤，把屁股整个儿露了出来，路过的撒丁王全看见了。但是我觉得平台上胡桃树的事更有意思，因为关于朗贝尔西埃小姐摔跤一事，我只不过是观众，而这一次我是演员。而且，老实说，我爱朗贝尔西埃小姐如母，也许爱得更深，摔跤本身虽然可笑，但我笑不出来，反倒怕她摔坏了。

啊，你们，对平台上胡桃树的来龙去脉很好奇的读者们，听我说说这段可怕的悲剧吧。如果可能，切勿颤抖。

院门外，入口左边，有一个平台，午后大家常去坐坐，但上面没有一点儿阴凉。为了让它有点儿阴凉，朗贝尔西埃先生便让人在上面种了一棵胡桃树。种树时的气氛十分隆重：我们这两个寄宿生成了树的教父。当大家填坑时，我们便一手扶住树，一边唱着欢歌。为了给树浇水，还在树根周围垫了个围子。每天，我和表哥两人成了浇水的热心观众，都很自然地坚信，在平台上栽一棵树比在突破口上插一面旗帜更加伟大，而且我们决心独占这份光荣，不同任何人分享。

为此，我们俩去砍了一截嫩柳枝，栽在平台上，离令人生畏的胡桃树约十来英尺。我们也没忘了给我们的柳树根部围了一圈，但困难在于如何浇灌它。因为水源较远，大人们不让我们跑去提水。可是，我们的柳树又必须浇水。我们想尽一切办法给它

019

浇了几天水，而且成绩不俗。我们看到柳树长了芽，有了嫩叶，我们老量叶子的尺寸，深信它很快就会为我们遮阴，尽管柳树高出地面还不足一英尺。

由于我们一心想着这棵柳树，非常痴迷，干什么都专心不了，对学习也没了心思，大家不知道我们是怎么回事，便对我们比以前管得更严。柳树要断水的致命时刻到了，我们眼睁睁地看着它要渴死，难受极了。最后，我们急中生智，想出一条妙计，救了柳树和我们一命。那就是在地下挖出一道小暗沟，把别人浇胡桃树的水偷偷地引一部分来浇柳树。我们起劲儿地干着，但起先效果并不理想。因为坡度挖得不好，水一点儿都不流动。土老往下掉，暗沟老被堵上，入口还塞满了秽物，全都乱了套。但我们仍矢志不移，艰苦劳作，战胜一切①。我们把小暗沟和柳树根周围弄深一些，好让水流进来。我们把小木箱底截成小窄板条，将其中一些一块块地平铺在沟底，将另一些斜置在两侧，成了一条三角形引水道。我们在入口插一些细木头棍，做成类似栅栏门或滤栅的形状，挡住污泥石块，让水流入。我们用经过很好揉捏的泥土把我们的杰作掩盖严实。全部弄好之后，我们怀着希冀而又焦虑的心情等待着浇水的时刻。等了好久好久，这一时刻终于到了。朗贝尔西埃先生像平时一样来看浇水。我们俩待在他身后，挡住我们的柳树。幸好，他是背朝着它的。

第一桶水刚刚倒完，我们便看见水流到柳树的小围子里了。我们一看，便忘乎所以，高兴得嚷嚷起来。朗贝尔西埃先生闻听，便扭过头来。这下可完了，因为他看到胡桃树下的土质好，在贪婪地吸水，正高兴哩。突然他发现有两处在吸水，不觉一怔，也喊叫起来，细细一看，发现了花招儿，立即叫人拿了一把十字镐来。一镐下去，掘飞了我们的两三块木板，还大粗嗓门地

---

① 此处为拉丁文，引自古罗马诗人维吉尔的诗。

吼道："偷水！偷水！"他抢起镐来，狠狠地乱刨一气，每一镐都击在我们的心上。转眼间，木条、引水沟、树围、柳树全毁了，被刨了个乱七八糟。他这么残酷地破坏时，嘴里没别的话，翻来覆去嚷叫着的就一个词儿："偷水！偷水！偷水！"

大家会以为这事对小建筑师们来说后果不堪设想。那可是想错了，一切到此为止。朗贝尔西埃先生没说一句责怪我们的话，没有对我们板着脸，而且再没跟我们提起这事。不一会儿，我们甚至听见他在他妹妹跟前朗声大笑，因为老远就能听见朗贝尔西埃先生的笑声。更加令人惊奇的是，最初的心疼过后，我们自己也不太难过了。我们在别处另栽了一棵树，而且我们俩常记起第一棵树的遭遇，常装模作样地学着："偷水！偷水！"在这之前，每当我自以为是阿里斯蒂德或布鲁图时，便觉得自己了不起。这一次是我强烈的虚荣心的第一次表露。我们可以动手造一道引水沟，种一棵小树与大树较劲儿，这在我看来是无上的光荣。我十岁时对光荣的看法就胜过三十岁的恺撒了。

这棵胡桃树和与之相关的小故事一直深深地印在我的脑海里，或者说常常浮现出来，所以，一七五四年，在我去日内瓦旅行的美好计划中，有一项就是去博赛，再看一看我童年玩耍的地方，特别是那棵亲爱的胡桃树，那时大概过去三十三年了吧。但我太忙，总是身不由己，脱不开身，腾不出时间来了却自己的心愿。看来，我将永远不会再有这种机会了。但我并没死心，我几乎深信，一旦回到这些亲切的地方，发现我那棵胡桃树还活着，我将用泪水来浇灌它。

回到日内瓦，我在舅舅家待了两三年，等着他们决定如何安排我。舅舅想让他儿子学工程学，让他学点儿制图，也教他一点儿欧几里得的《几何学原理》。我也跟着表哥学，而且产生了兴趣，特别是对制图。但是，大人们在商量着让我当钟表匠、教士或牧师。我很想做牧师，因为我觉得布道真带劲儿。但是，母亲遗产的那点儿收入，经我和哥哥一分，就不够我继续求学用的了。由于我还小，还不必急着做出选择，我便待在舅舅家等着，几乎是在浪费时光，而且，天经地义，不得不付一笔数目不小的膳宿费。

舅舅同父亲一样是个好玩找乐的人，他同我父亲一样，不知道自己的责任何在，对我们很不关心。舅母是个有点儿像虔信派的虔诚信女，但她宁可唱圣诗，也不愿管我们的教育。他们几乎给了我们充分的自由，但我们从未放任自流。我和表哥总是形影不离，只要两人在一起就足够了，并不想与同龄的淘气包们为伍，所以没有沾染上一丝一毫因闲散而生的放荡习气。我把我们俩说成闲散之人甚至都是错误的，因为我们一辈子也没游荡过，而且，幸运的是，我们俩始终喜爱的游戏把我们一起留在家里，使我们不想到街上去玩。我们制作鸟笼、笛子、三羽球、鼓、小房子、玩具气枪、弹弓等。我们爱学老外公的样儿，学做钟表，常常弄坏他的工具。我们特别喜欢在纸上涂鸦，画图、着色、润刷画面，糟践颜料。一位意大利江湖艺人来过日内瓦，名叫冈巴－柯尔塔，我们去看过一次他的演出，后来就再也不愿意去了。但他有一些木偶，所以我们也动手制作起来。他的木偶扮演喜剧动作，我们也为自己的木偶编排喜剧。没有变音小哨子，我们便哑着嗓子学小丑的声音，表演那些有趣的喜剧。我们可怜的善良的家长们耐着性子看和听。但是，有一天，我舅舅贝尔纳在家里读完一篇他写得很动人的讲道稿之后，我们便撇下喜剧，也写起讲道稿来。我承认，这类琐碎的事没什么意思，却显示我们的启蒙教育本该多么需要引导，以使像我们这样小小年纪便几乎自己来支配时间、管束自己的孩子不致放任自流。我们很少需要找伴儿，甚至有此机会也不以为然。当我们去散步的时候，我们看到其他孩子在玩也不眼馋，甚至都没想过要跟着一起玩。友谊充满我们俩的心间，只要我们俩在一起，最简单的游戏都足以让我们开心畅怀。

我们俩形影相随，引起了大家的注意。特别是我表哥很高，我却很矮，两人成了挺可笑的一对。他身材修长，小脸蛋儿像个干苹果，弱不禁风，走路无力，引起孩子们的嘲笑。

大家用当地方言给他取了个绰号叫"蠢驴"。我们一出来，就听见大家冲我们喊"蠢驴"。表哥比我耐得住性子。我生气了，想打架，而这正是那帮小混蛋所希望的。我打了起来，但被人打了。我可怜的表哥尽量帮着我，可他体弱，一拳就被人撂倒了。这一下，我可火了。尽管我没少挨拳头，但他们毕竟不是冲着我来的，而是想打"蠢驴"，我这么怒不可遏反而添乱，所以我们只有等他们上课时再出门，免得被那帮小学生哄笑追赶。

我已经是一个行侠仗义的游侠骑士了。作为一个真正的帕拉丹①，我只差一位贵妇人了。我倒是有过两位。我不时地去沃州小城尼翁看我父亲：他已在那儿定居了。他很受人爱戴，连他儿子也跟着沾光。我在父亲身边那不长的逗留期间，大家都争相邀我做客。特别是有位维尔松太太，对我更是抚爱有加。除此以外，她女儿还把我当成她的情人。一个十一岁的孩子成了二十二岁的姑娘的情人，究竟是怎么回事，可想而知。但是，所有这些工于心计的姑娘都非常喜欢把小洋娃娃这么摆在前面，以遮掩大洋娃娃，或者通过她们善于诱人的把戏来勾引大洋娃娃。可是，就我而言，看不出我和她有什么不般配的，所以我便当了真。我把整个心，或者可以说把整个脑子全放在这事上面了。尽管我爱得痴迷，尽管我因为激越、骚动、癫狂而做出一些令人笑得前仰后合的举动来，但我只是脑子里恋着她而已。

我了解了两种完全不同又非常真实的爱情，尽管它们都炽烈如火，却几乎毫无共同之处，都跟亲密的友谊大相径庭。我整个一生遇到的就是这两种性质迥异的爱情，我甚至同时经历过。因

---

① 查理曼大帝的十二重臣之一。

为，比方说，在我刚刚谈到的那个时候，当我公开地、专横地占有维尔松小姐，不允许任何男人接近她时，我还同一位小千金——戈桐小姐幽会过，时间很短，但热烈似火，她像小学老师对待小学生似的待我，仅此而已。但我觉得仅此一点实际上就是一切，就是最大的幸福。我已经认识到秘密的可贵，尽管我只是作为孩子去对待它。但当我发觉维尔松小姐对我的关怀只是为了掩人耳目时，我便以牙还牙了，这一点她可没有料到。非常遗憾，我的秘密被发现了，或者说，我那位"小学女老师"没有像我那样保守住秘密，因为我们很快便被分开了。而且，不久，当我回日内瓦路过库当斯的时候，一些小姑娘还冲我悄悄喊："戈桐、卢梭，两人相好。"

这位戈桐小姐确实是个特别的人。她不漂亮，但脸蛋儿让人过目难忘，我还经常想起她来。对我这么一个老疯子来说，这未免过分了些。她的身材、她的举止，特别是她的眼睛，与她的年龄不相称。她那小模样既威严又傲气，很适合她那种角色。我们俩幽会时给我的第一个印象就是她那副神气，但她最为怪异的是一种难以想象的大胆和矜持兼而有之。她可以对我为所欲为，却不允许我待她随随便便。她完全把我当成小孩来对待，这使我以为，要么她已不再是孩子了，要么恰恰相反，她自己仍旧是个孩子，把身入险境视同儿戏。

我对这两个人，可以说都是全心全意的，而且是那么投入，以至我同她们俩中的任何一位在一起时从未想过另一位。但是，她们俩让我感受到一点儿都不同。我可以同维尔松小姐过一辈子而不想与她分开，但是，在我走近她时，我的喜悦是平静的，不会冲动。人多的时候，我特别喜欢她。玩笑、挑逗，甚至忌妒，我都感到高兴、有趣。看见她好像冷淡那些年龄大的情敌，而对我情有独钟时，我便扬扬得意、神气活现。我常痛苦难受，却喜欢这样的痛苦。掌声、鼓励、笑容使我心里发热，劲头十足。我侃侃而谈，机智风趣，我在交际圈子里爱她爱得发狂。与她单独在一起时，我会拘谨、冷淡，也许厌烦。但是，我温柔地关心着她。她生病的时候，我难受，我真想用自己的健康去换取她的康复，而且，请注意，我因为有亲身经历，很清楚什么叫有病、什么叫健康。她不在的时候，我想她念她；一见到她，她的爱抚便使我的心而不是感官觉得温馨。跟她在一起，我心底坦然，她给什么，我要什么；然而，她若对别人也是这样，我就会无法忍受。我像兄弟似的爱她，但又像情人似的忌妒。

一旦想到戈桐小姐会像对我一样对待别人，我便会像暴徒、狂人、老虎一样对待她，因为她所给予的形同恩赐，须下跪才能得到。我同维尔松小姐接触时，有一种很强烈的喜悦，然而坐怀不乱，但我只要看见戈桐小姐，就看不见别的什么了，整个儿地心醉神迷。我同前者亲近而不放肆；相反，在后者面前，即使十分熟识了，我也会颤抖不已又躁动不安，我认为，要是同她在一起待得太久，我就活不了了，心跳加速会让我窒息而死。对于她们俩，我都害怕得罪，但是我对一个更殷勤，对另一个则更驯服。我无论如何也不愿惹恼维尔松小姐；然而，如果戈桐小姐命令我赴汤蹈火，我认为我会在所不辞的。

我同戈桐小姐的爱情，或者说幽会，时间不长，这于她于我都是很幸运的。尽管我同维尔松小姐的关系没有这样的危险，但经过较长的一段时间，也遇上了灾难。这一切的结局将永远带点儿浪漫色彩，使人感慨不已。尽管我和维尔松小姐的交往并不过密，但也许更加依依不舍。我们俩分手时总要流泪，更奇怪的是，离开她之后，我就感到百无聊赖。我的话里离不开她，心里想着她，我的悲伤是真切、强烈的，但我认为，实际上这些英雄般的伤感并不完全是因她而生，而是因为以她为中心的娱乐占了很大一部分，但我并没有发现这一点。为了减轻离情别绪，我们俩互相写了一些情书，真叫人肝肠欲断。我终于胜利了——她再也受不了了，便前来日内瓦看我。这一下，我便晕头转向了。她在的两天里，我如醉如狂；她走了之后，我真想跳河。我的哭喊声在空中回荡。一个星期后，她给我寄来了一些糖果和手套。如果我当时不知道她已结婚，不知道她那次有心看望我的旅行是为了置办婚服，我会觉得她的表示是极其多情的。可想而知，我真是气不打一处来。士可杀不可辱，我发誓再也不见那个无情无义的女人，认为这是对她最可怕的惩罚。可她并没有因此死去，因为二十年之后，我去看望父亲，同父亲泛舟湖上的时候，我向父亲打听离我们的船不远的一只船上的几位妇人是谁。父亲笑嘻嘻地对我说："怎么！你的心感觉不出来吗？那是你往日的情人呀。那是克里斯汀夫人，从前的维尔松小姐。"一听见这个几乎忘却的名字，我浑身一颤，我立即让船夫把船划开。尽管我可以报复一下，但我觉得不值得违背誓言，去找一位半老徐娘算二十年前的旧账。

在家人安排我的前途之前，我少年时的大好时光就这么无聊地浪费掉了。经过长久的商量，为了适应我的天性，家人终于做出了我意想不到的决定，让我到城里法院书记官马斯隆先生家去，跟他学习贝尔纳先生所说的"刀笔吏"那有用的行当。我对"刀笔吏"这个称谓反感透顶。通过不正当的途径去挣大钱，不合我高傲的禀性。我觉得干这一行令人厌烦、乏味，难以忍受。持续不断地工作，还得听人役使，更让我对这一行深恶痛绝。我走进事务所时心生的厌恶与日俱增。马斯隆先生对我也不满意，鄙夷不屑，老是骂我"木讷""愚蠢"，每天对我唠叨，说我舅舅向他保证我这个也会，那个也会，而实际上我一窍不通；说我舅舅答应给他送一个漂亮小伙儿来，可送来的是一头蠢驴。最后，我因愚蠢而被可耻地赶出了事务所。马斯隆先生的文书们说我只配去握钟表匠的锉刀。

我的志向被如此确定之后，便被送去当学徒，但不是去钟表铺，而是去了一个雕刻匠家。书记官的不屑极大地挫伤了我的锐

026

气，所以这一次我乖乖地去了。我的师傅是迪柯曼先生，是一位脾气暴躁的年轻人，没用多久就把我幼时的一切光华抹掉了，把我多情而活泼的棱角磨平了，在精神上和境况上都把我弄成了一个真正的小学徒。我的拉丁文、古典文化、历史，全都被长久地忘却了。我甚至都记不得世界上有过罗马人。当我去看望我父亲的时候，他认不出我是他的心肝儿宝贝了。对妇女们来说，我已不再是那个风流的让－雅克了。我自己都清楚地感觉到朗贝尔西埃先生和朗贝尔西埃小姐也认不出他们的学生了，以致我无颜面对他们俩，而且自那以后，我也没再见过他们。最卑鄙的兴趣、最下流的恶习代替了我那些可爱的娱乐，使我把它们忘得一干二净。尽管我受过最好的教育，但我一定有一种极大的堕落的倾向，因为这一切变得如此之快，毫不费力，就连非常早熟的恺撒也望尘莫及。

我并不讨厌这行当本身：我特别喜欢绘图；摆弄雕刻刀也挺有意思；而且，由于雕刻物件与制作钟表相比属雕虫小技，所以我希望做到尽善尽美。如果不是因为师傅粗暴以及束缚太多，使我对这活儿感到厌恶的话，我也许会心想事成。我背着他偷偷干些同样性质的私活儿，因为没有约束，干起来很有趣。我雕刻一些骑士勋章，和伙伴们一起佩戴。师傅发现我没正经干活儿，便给了我一顿拳脚，说我在练习造假币，因为我们的勋章上有共和国的徽记。我可以发誓，我压根儿就没想过造假币，就连真钞也知之不详。我对罗马阿斯①是怎么制造的要比对我国的三苏②分币的铸造方法知道得更清楚。

师傅的专横终于使我对本会喜欢的工作难以忍受了，还使我染上了一些我所痛恨的恶习，如说谎、偷懒、偷窃。对这段时期我身上发生的变化的回忆，使我更清楚地认识到了依靠父母与受

---

① 古罗马铜币名。
② 法国辅币名，旧时一苏相当于二十分之一里弗尔，后相当于二十分之一法郎，即五生丁，今已取消。

人奴役的区别。我生性胆怯腼腆，我可以有任何缺点，但不会厚颜无耻。以前我所享受的正当的自由只不过是程度上有所减少，现在却终于丧失殆尽。我在父亲那儿无所顾忌，在朗贝尔西埃先生家自由自在，在舅舅家谨慎小心，到了师傅家里，我变得战战兢兢的，此后，我便成了一个堕落的孩子。同大人在一起的时候，我习惯了一视同仁的生活方式，习惯了想玩什么就玩什么，习惯了好菜好饭总有我一份，习惯了想要什么就要什么，想说什么就说什么。大家想一想，在师傅家，我变成一个什么样的人了呢？我有话不敢说；没吃完饭就得下桌；没事就得立刻到外面去；整天干活儿，只能看着别人玩，就是没有自己的份儿；看见师傅及伙计们自由自在，受役使的重负更增加了；即使争论我最清楚的事，我也不敢插嘴。总之，我看到什么，心里就想要什么，唯一的原因就是我被剥夺了一切。永别了，安逸、愉快以及从前我犯了错而常常使我躲过惩罚的机灵话！有件事，我一想起来便忍俊不禁。有一天晚上，在父亲那儿，因为淘气，我被罚不许吃晚饭就去睡觉。当我拿着一小块面包走过厨房时，我看见了铁钎上的烤肉，并闻到了它的香气。大家都围着炉子，我得向大家道声"晚安"。向众人道过晚安之后，我瞥了烤肉一眼，色香味俱全。我就忍不住向烤肉鞠了一躬，可怜巴巴地对它说："永别了，烤肉。"这句天真无邪的俏皮话好像非常有趣，所以大家便让我留下一块儿吃晚饭了。也许，这句俏皮话在师傅家里也能产生同样的效果，可我肯定想不起来，或者想起来也不敢说出来。

我就这样学会了暗自贪婪、隐瞒、遮掩、撒谎，最后学会了偷窃。在这之前，我从未动过偷窃的念头，可从此就怎么也改不掉了。贪婪、垂涎而又无能为力必然导致这一步。这就是为什么每个仆人都是小偷、骗子，为什么每个学徒也该如此。不过，在平等和宁静的氛围中，看到什么就能得到什么的话，学徒们在逐渐长大的过程中是会丢掉这种可耻的癖好的。我没有这样的有利条件，所以没能从中得到同样的好处。

　　几乎总是有一些美好的情感因没有得到正确的引导才使得孩子们向邪恶迈出了第一步。尽管一无所有，并且不断地受到诱惑，我还是在师傅家待了一年多而没敢偷拿什么，连吃的东西都没偷过。我第一次偷窃是出于好心好意，但给后几次并无可称道目的的偷窃打开了大门。

　　我师傅家有一个伙计，名叫韦拉先生。他家就在隔壁，稍远处有一座园子，种着一些长势很好的芦笋。韦拉先生手头不宽裕，想偷他母亲的芦笋卖个时鲜，美餐几顿。由于他不想出头，而且笨手笨脚的，便挑中我去干。他先花言巧语了一番，把我弄糊涂了，看不出他的目的，然后，他好像突然有了个主意，让我去干。我不干，可他非要我干。我听不得好话，便同意了。我每天早上把长得最好的芦笋割下来，送到莫拉尔集市上去卖。有个老太婆看出那是我刚偷来的，挑明了要贱价买下。我害怕了，只好任她杀价。我把卖得的钱给了韦拉先生。他立即去美餐了一顿。钱是我提供的，吃饭的是他和另一个伙计，因为对我来说，有点儿残羹就很满足了，不会同他们去大吃大喝。

　　这种小花招儿我耍了好几天，并没有想到要去偷小偷一把，从韦拉先生的芦笋收入中弄点儿甜头。我忠贞不贰地耍弄这个鬼花招儿，唯一的动机就是讨让我这么干的人喜欢。然而，要是我被人发现，我得挨多少打、多少骂，会受到多大的虐待啊。那混蛋会反咬我一口，他的话有人信，而我会因胆敢乱咬他人而受到加倍的惩罚，因为他是伙计，而我只是学徒！有罪的强者溜了，倒霉的是无辜的弱者，凡事皆如此。

　　就这样，我明白了偷窃并没有我想象的那么可怕，而且我立即把我的技能很好地付诸实施，以致凡是我想要的东西，只要我够得着，它就跑不了了。我在师傅家吃得并不算太差，之所以耐不住克俭，是因为看见师傅并不能以身作则。当端上最诱人的食物时，师傅总是把年轻人打发走，我觉得这样做很容易让他们既馋又贪。我很快便两者兼而有之了。我通常会如愿以偿，有时被人发现，就得吃些苦头。

有一件事让我想起来仍旧又害怕又觉得好笑，那次是因为偷苹果，可把我害苦了。苹果放在食品贮藏室的最里边，有一扇很高的软百叶窗可以透进厨房的光亮。有一天，家里就我一个人，我便爬上面包箱，想看看赫斯珀里得斯花园①里那我无法靠近的金贵水果。我把铁钎接上——因为我师傅喜欢打猎。我戳了好几次也没戳着。最后，我喜滋滋地感觉到戳着一个苹果了。我慢慢地往回收，苹果已经碰到软百叶窗了，我正准备伸手去拿，真急死人了！苹果太大，没法儿把它从窗格中拿出来。我真的绞尽了脑汁，非要把它拿出来！必须找些东西把铁钎固定住，还要找一把柄比较长的刀把苹果切开，另外，还需要一根板条托住苹果。我费了不少的劲儿和时间，终于可以切苹果了，希望随后把两半苹果拿到手。但是，刚刚切好，两半苹果便又都掉下去了。好心的读者，分担一下我的苦恼吧。

我并没气馁，却浪费了许多时间。我害怕被人撞见。我想好了一条妙计，准备第二天施行，便像没事人似的重新开始干起活儿来，忘了食品贮藏室里还留有两个会坏事的罪证。

第二天，我又找了个好机会，再做一次尝试。我爬上面包箱，伸出铁钎，对准苹果，正准备戳……真糟糕，"凶龙"没有打盹儿，突然间，食品贮藏室的门开了，师傅从里面出来，抱着双臂，看着我说："好大的胆子！"……我的手现在还在发颤，都握不住笔了。

由于老挨打，我很快便无所谓了。最后，我觉得挨打是对偷窃的一种补偿，让我有权继续偷。我非但没有把眼睛往后看，想

---

① 希腊神话中的金苹果园。赫斯珀里得斯是希腊神话中守护该园的众女神。

想受惩罚的情形，反而往前看，想着如何报复。我认为，拿我当小偷处治，就是允许我当小偷。我觉得，偷窃与挨打是相辅相成的，从而可以说两者构成一种交易，我在完成这种交易中我的那一份时，就让我师傅去干他的那一份。这么一想，我去偷时就比以前要心安理得了。我在琢磨最后会怎么样呢？我会挨打。随它去吧，我生来就是挨打的。

我喜欢吃，但并不馋；我喜欢女色，但不淫荡。我其他的欲念太多，这两种欲念便淡一些。只有当心里空落落时，我才想到解馋，而我一生之中很少发生这样的情况，所以我没有什么时间去想美味佳肴。这就是为什么我没有老是只想到偷东西吃，而是对一切吸引我的东西我全都偷。如果说我没有变成一个货真价实的小偷，那是因为钱对我的诱惑并不太大。在作坊里，我师傅另有一个单间，门老是锁着。我找到了法子把门打开，然后再关好，不露痕迹。我在里面动用师傅的好工具、好图案、印模等一切我所羡慕而他又不肯让我用的东西。实际上，这算不上偷，因为我是拿来为师傅干活儿用的，但由于可以随意使用这些玩意儿，我欣喜若狂，我以为这样就是把师傅的技术和产品一块儿偷了过来。再说，在一些小盒子里，还有一些碎金块、碎银块、小首饰、贵重物品和零钱。当口袋里装上四五个苏时，我就神气得不得了。不过，我根本没有去动这些东西，连贪婪地瞥一眼都没想过。我看见它们的时候，更多的是害怕，而不是喜悦。我深信，这种对盗窃钱财及其后果的恐惧大部分源自教育。这中间夹杂着羞耻、坐监、惩罚、绞架的潜在念头，使我若是见财起意，便不寒而栗。而我觉得我的那些伎俩只不过是淘气而已，也确实如此。这么干顶多挨师傅一顿打，对此我早有心理准备了。

不过，我再说一遍，我并没有太贪婪，所以没必要洗手不干。我并不觉得有什么需要斗争的。单单一张好画纸就比可买一令纸的钱对我的诱惑力大。这种怪癖源自我独特的性格，对我的行为影响颇深，有必要阐述一番。

我有一些十分炽烈的激情，每当它们躁动不安时，我便难以驾驭，克制、尊重、胆怯、规矩全都被抛诸脑后了，我成了一个厚颜无耻、放肆无礼、粗野撒泼、桀骜不驯之徒，羞耻阻挡不住我，危险吓唬不了我。除了我一心念着的那唯一的东西以外，世间万物对我来说都一文不值。但这一切只是瞬间的事，我随后便陷入颓丧与绝望。平静的时候，我懒散、胆怯得要命，我什么都怕，什么都讨厌；一只苍蝇飞过都能吓我一大跳；我懒得说话，懒得动弹；恐惧和羞耻压得我透不过气来，我真想躲到没人看得见的地方去。非行动不可的时候，我不知该如何做；非说不可的时候，我不知该说些什么；有人看我的时候，我便局促不安。当我激情满怀时，我有时会找到要说的话。但是，在日常谈话时，我脑子闭塞，找不到任何的话说。我觉得日常的谈话简直令人难以忍受，唯一的原因就是没话找话。

加之，我的那些占主导的欲念没有一个是可以用金钱购买的。我只需要纯洁的乐趣，而金钱会使乐趣全都毒化。譬如，我喜欢美味佳肴，但是，我不能忍受高朋满座的拘束，也不能忍受小酒馆的乌烟瘴气，所以我只能与一位好友共同消受。因为我不能一人独饮，那样脑子会想到别的事情上去，也就没了吃的乐趣。如果我心血来潮想女人了，我那颗激动的心让我更渴望的是爱情。我觉得卖笑女子失却了她们的魅力，我甚至怀疑我会消受不了她们。我对于自己力所能及的享乐都是如此。如果它们需要用金钱购得，我便会觉得平淡乏味。我所喜爱的只是那些东西，它们不属于任何人，只属于能善辩其味的那个人。

我从未觉得金钱是一件像人们以为的那样宝贵的东西。我甚至从来没觉得它是万能的。金钱本身毫无用处，必须变换它才能享受它；必须购买，讨价还价，常常受骗，花了大价，并不如意。我要的是一件优质的东西，可我断定花钱买到的是一件次品。我花大价钱买的一枚鲜蛋，却是枚臭蛋；买一个好水果，却是没成熟的；找一个姑娘，却是个烂货。我喜欢玉液琼浆，可是到哪儿去寻？去找酒商？不管我如何提防，都会被毒死。要是我非要得到很好的服务呢？那得多操心、多麻烦呀！得有朋友，有代理人，付佣金，写信，来来回回，左等右盼，可最后常常还是上当受骗。钱带来了多少麻烦！我对金钱的恐惧胜过我对美酒的喜爱。

在我学徒期间及以后，我千百次地想出去买点儿好吃的。我走近一家糕点店，看见柜台前有几个女人，我觉得已经看见她们在偷偷地讥讽、嘲笑我这个小馋鬼。我走过一家水果店，斜睨着漂亮的梨子，香味袭人。旁边有两三个年轻人看着我，有个认识我的男人待在他的店门前，我看见远处走来一位姑娘，她是家里的那个女佣吗？我眼睛近视，会产生许多幻觉。我把所有走过来的人都当成了熟人，我在哪儿都胆怯，总是畏缩不前。我越是羞涩，欲念越是强烈，但我还是像被馋虫啃啮的傻瓜似的转回家去，尽管兜里有钱买得起，却什么也没敢买。

如果我把自己或者他人用我的钱时我所感受到的尴尬、羞愧、厌恶、不适，以及其他种种不快都记述下来，那就成一本索然无味的流水账了。读者在逐渐对我的生活有所了解的同时，将会对我的脾性有所了解，无须我赘述，也会感觉出来这一切的。

对此有所了解之后，大家将不难懂得我的一个所谓的矛盾：对金钱的极大蔑视与几乎利欲熏心的吝啬兼容并蓄。对我来说，金钱是一件很不合适的东西，即使没有，也不想得到。而当我有了它时，我长久地留着不花，因为不知道如何花才好。然而，如果有了合适称心的机会，我会很顺地花钱的，以至花得囊空如洗也没有觉察。不过，别在我身上寻觅吝啬人的怪癖——为了炫耀而花钱的怪癖，恰恰相反，我悄悄地花钱，而且是为了寻乐：我花钱不是为了摆谱儿，而是深藏不露。我深感金钱不是供我使用的，我几乎羞于拥有它，更不用说花它了。一旦我有足够的钱，像样地生活，我是不会想当守财奴的，我对此深信不疑。我将把钱全花光，而不想让它下崽儿。但是，我境况不佳，总是提心吊胆。我崇尚自由。我憎恶窘迫、苦痛、寄人篱下。只要我兜里有钱，我就可保独立，就免于挖空心思去找钱。我总是害怕手头拮据。因为害怕囊中羞涩，我爱惜钱。人们拥有的金钱是自由的工具，追逐的金钱则是奴役的工具。正因为如此，我才攥住金钱而又不贪婪。

我的淡泊只不过是出于懒惰而已。有钱的乐趣抵偿不了敛财的繁难。我的挥霍也仍然只是出于懒惰而已。当有机会痛痛快快地花钱的时候，人们也就不太管它用得是否值得了。金钱对我的诱惑没有物品的诱惑大，因为在金钱和希望占有的物品之间总有一个中介，而在物品本身及享用之间绝无中介。我看见物，它便在引诱我；如果我只看到占有物的手段，那该手段对我并无诱惑力。因此我做过贼，我现在有时还在偷窃引诱我的而且我宁愿去拿而不愿去讨的小玩意儿。但是，一生之中，无论幼时还是长大之后，我不记得曾经拿过他人的一个子儿。除了有一次，那是大约十五年前的事，我偷过七里弗尔① 零十苏。这件事值得说一下，因为其中有着一种无耻和愚蠢的巧合，如果不是牵涉到我而是别人的话，连我自己都很难相信。

那是在巴黎。大约五点钟光景，我同弗朗格伊先生在王宫花园散步。他掏出怀表看了看，对我说："咱们去歌剧院吧。"这正合我意，我们就去了。他买了两张池座的票，给了我一张，拿着他自己的一张走在头里，我跟随其后。他进去了。我随后往里走的时候，发现门口被堵住了。我举目望去，看见大家都站着。我断定我会在人群中走丢，或者至少弗朗格伊先生会以为我走丢了。我走出来，拿了一张中途外出票退了钱，扬长而去。没想到

---

① 法国古代的记账货币，相当于 0.45 千克白银的价格。

我刚到大门口，大家就全坐下了。这时，弗朗格伊先生清楚地看到我没在剧场里边。

这种行为与我的脾性相去甚远。为了说明有时候人会出现一种恍惚，不应以其行为来判断他们的品性，我把这事记述下来。这并不是在偷这份钱，而是对这钱的用途的偷窃——越是说这不算偷窃，越是丢人现眼。

如果我想把我学徒时从崇高的英雄主义堕落为无赖行径的全部历程写得详详细细，那么我将永远也写不完。虽然染上了学徒的种种恶习，但我不可能对它们完全产生兴趣。我对同伴们的玩乐很讨厌。当我对干活儿产生极大的反感时，我便对一切感到了腻烦。这使我恢复了对失之已久的阅读的兴趣。在干活儿时偷看书，成了我的新罪过，我遭到了新的惩罚。限制我读书，更激起了我阅读的兴趣，以至很快便达到痴迷的程度。有名的租书店女老板拉·特里布租给我各类书籍。无论好书坏书我都读，也不加挑选，读起来都一样如饥似渴。我边干活儿边读书，出去办事时也读，上厕所时也读，而且一读就是好几个小时。读得头昏脑涨，仍旧忘不了读。师傅窥探我，抓住了我，把我狠揍一顿，书也被收走了。有多少书被撕掉、烧毁、扔到窗外去了啊！拉·特里布的店里有多少残缺不全的书籍啊！当我没钱租书的时候，我便拿自己的衬衫、领带等衣物抵账。我每星期日三个苏的零花钱全都送她那那儿去了。

大家会对我说，看来金钱还是不可或缺的。的确如此，不过那是在我因为读书而别的什么事都不能干的时候。我全身心地沉醉在自己新的癖好之中，除去阅读，什么都不再干了，也不再偷窃了。这仍然是我的一个性格特点。当某种习惯成为自然的时候，一丁点儿东西便能使我分心、改变、迷恋，最后竟入痴入迷。于是，我忘了一切，一心只想着占据我心的新玩意儿。只要兜里装了一本新书，我便急不可耐地要翻看它；剩我一人的时候，我便立刻掏出书来，也不再想到师傅的单间里去寻摸什么了。即使有了耗钱的癖好，我甚至都不相信我会去偷。我脑子只想到眼前，不去想将来的事。拉·特里布肯赊账，押金不多。我装好书，其他什么都不想了。我的钱自然而然地全到了这个女人的手里。当她催讨时，我随手拿起衣物去抵账，没有比这更便当的了。我既不想先偷钱存着，也没有偷钱还债的欲念。

由于争吵、挨打、偷读未加选择的书籍，我的个性变得内向、孤僻了，开始精神不佳，成了真正的孤家寡人。我因嗜书好读而读了一些平庸乏味之作，但幸好没有读到那些下流淫秽的书。倒不是拉·特里布这个八面玲珑的女人有所顾忌，不租给我，而是为了提高淫书的价码，向我推荐时，她总是神神秘秘的，使我既厌恶又羞惭，反而没有租来看。而且，我生性腼腆，加上机缘巧合，所以，即便三十多岁了，我也没有对任何一本这类危险的书籍瞥过一眼。据上流社会的一位美丽贵妇说，这类书不登大雅之堂，只能偷偷地看。

不到一年，我便把拉·特里布小书店的书看完了。闲暇时，我便觉得百无聊赖。通过读书的爱好，甚至通过我读的那些书，我改掉了无赖顽童的习气。尽管我对书未加选择，还常常读些不好的书，但读书毕竟把我的心灵引回比我的职业赋予我的更加高尚的那种情感。我对身边的一切都感到厌恶，感到有可能诱惑我的一切又离我太远，所以看不见有什么可以使我动心的东西。我的肉欲早已燃起，渴求一种满足，可我又想象不出自己到底渴求什么。我如同一个从未有过性生活的人，对具体的要求一无所知。而我已届青春期，很敏感了，可我有时只是在想我以前的癫狂行为，从未越雷池一步。处于这种奇怪的状态，我那不安的想象起了作用，拯救了我，平息了我那刚冒头的欲火。我尽量想象我读过的书中使我感兴趣的那些情景，追忆、变换、综合它们，把自己放进去，成为其中一个我自己设计的人物，按照自己的意愿，始终使自己处于最佳位置，最后，想到不能再想，便让这假想的境况使我忘却我极为不满的真实状况。对于幻境的爱以及我很容易地投入，使我对自己周围的一切彻底嫌弃了，更加喜欢孤身独处。从此以后，我便始终形单影只了。大家随后将不止一次地看到其奇特的后果，也就是这种表面上极其愤世嫉俗、极其阴郁的禀性实际上源自一颗过分热烈、过分多情、过分温柔的心，因为找不到与自己相似的心，而不得不沉湎于空想。现在，我只需指出那个癖好的渊源和初始原因就足够了。这个癖好改变了我的一切欲念，而且因为它包含着一切欲念，所以始终使我因过于热衷于幻想而懒于行动。

就这样，我到了十六岁。我六神无主，对一切、对我自己都不满意，对自己的行当没有兴趣，没有我这么大的孩子应有的乐趣，满是没着没落的欲念，无端地流泪啜泣，无缘无故地唉声叹气。总之，因为看不见周围有任何值得注目的东西，我只好自做温柔梦了。每个星期日，做过礼拜之后，伙伴们总来找我去一起疯玩，而我能躲则躲。然而一旦同他们玩起来了，我便比谁都起劲儿，比谁跑得都远。鼓动我难，叫停我也难，这就是我惯常的脾性。当我们出城去玩的时候，我总是跑在头里，除非别人提醒我，不然我会忘了回去。我撞上过两次，我没能赶回来，城门关上了。第二天，如何处治我，是可想而知的了。第二次，师傅说，下不为例，否则就如何如何，吓得我不敢疏忽大意了。但是，极其可怕的第三次又来了。真是防不胜防，因为轮到那个该死的队长米努托里先生上岗的时候，他总是比别人提前半小时关城门。我和两个伙伴正往回返，离城半法里① 时，我就听见准备关城门的号角声了。我加快脚步。我听见鼓声响起，便拼命跑起来，浑身大汗淋漓，气喘吁吁，心怦怦直跳。我老远看见士兵们

---

① 法里系指法国古里，一法里大约合四千米。

还守着岗位，我一边跑，一边上气不接下气地呼喊。但太晚了。离前哨二十步时，只见第一座吊桥正在吊起。看见那些可怕的号角翘向空中时，我浑身发抖，因为这是凶多吉少的预兆，我不可避免的命运就在此刻开始了。

我立刻痛不欲生，扑在平坡上，嘴啃着地。伙伴们面对此不幸反倒哈哈大笑，他们当即拿定了主意。我也打定了主意，但与他们的不尽相同。我当场发誓永不再回师傅家去。第二天，城门打开时，伙伴们回城去了，我便与他们道了永别，只是求他们偷偷地把我的决定告诉我表哥贝尔纳，并告诉他在哪儿还可以见我一次。

在我当学徒以后，因为离他家较远，我很少见到他。不过，有一段时间，每逢星期日，我们总要聚一聚。但是，不知不觉地，我们俩便都各有所好，见面的机会就很少了。我断定，他母亲对此起了很大的作用。他是上城区的孩子，而我这样一个可怜的小学徒只不过是圣·日尔维区的孩子。尽管有血缘关系，但我们俩已不再是平起平坐的了。与我为伍，有失体统。不过，我们俩之间并未完全断绝联系，而且，由于表哥心地善良，尽管得遵从母训，他有时还是要听凭自己良心的驱使。得知我的决定之后，他赶来了，但不是为了劝阻我或者与我一起出逃，而是给我一点儿钱物，以备途中使用，因为就我那点儿钱，我是走不了多远的。他还送了我一柄短剑，我非常喜爱，一直带到都灵，为解决肚皮问题才脱手的。有人开玩笑说，我把它吃进肚里了。后来，我对表哥在我那艰难时刻的表现越琢磨越深信他是遵照自己母亲，也许还有他父亲的旨意行事的。因为就他本人而言，他不可能不想法儿拖我后腿，或者跟我一块儿出逃。但他并没有这样做。他并没有阻止我，反倒像是鼓励我依计而行，见我主意已定，便离我而去，没有流下多少眼泪。我们后来再没见过面，也没通过信。这真可惜，他的禀性很好，我们俩天生是一对好友。

在我听天由命之前，请大家允许我想一想，假如我遇上的是一个比较好的师傅，我的命运会如何呢？一个好手艺人的那种安安稳稳、默默无闻的生活，特别是在某些阶层中，诸如日内瓦的雕刻匠阶层，对我的脾性是再合适不过的了，更能使我幸福。这种行当虽不能发财致富，但日子总算富裕，能在我有生之年抑制我的野心，让我有适当的余暇培养一些有节制的爱好，使我囿于自己的小天地而根本不可能摆脱。我的想象力比较丰富，可以用奇思异想来装点各式各样的生活；而且，我的想象力比较强，可以说能让我随心所欲地从一种生活进入另一种生活，至于我究竟在其中是怎么个情况，也就无所谓了。不论身在何处，我都能很快地进入我的空中楼阁。就这一点而言，最简单的行当、最不令人烦恼操心的行当、让思想最自由的行当，就是最适合我的行当，也正是我的行当。我本可以在我的宗教、我的故里、我的家庭和我的朋友中间过上一种宁静温馨的生活，这正是依照自己的心愿，适合自己的个性、工作与兴趣，与交际一致的生活。我本会成为一个好基督徒、好公民、好父亲、好朋友、好工人——一切方面的老好人。我本会热爱自己的行当，也许还会为之增光添彩，在度过默默无闻但平稳而安乐的一生之后，我将在亲人们的身边平静地死去。想必我很快会被遗忘，但我至少会被想到我的人追忆缅怀的。

但事与愿违……我将描绘的是什么样的图景？啊！先不忙着叙述我一生中的不幸吧！这种悲惨的内容我会让读者知之甚详的。

# 第二章



当我因恐惧而计划逃跑时，我觉得凄惨、悲伤，但真的逃跑了，反而觉得十分有趣。我还是个孩子时，便离开故乡、亲人，无依无靠，没有经济来源；手艺只学了一半，尚未掌握谋生本领，便弃之而去；身陷穷途末路，不知何时才能摆脱；稚弱无辜的年纪，就得面临邪恶和绝望的各种诱惑；在一种比我以前所不能忍受的桎梏更加难以挣脱的桎梏下，去远方面对苦恼、谬误、陷阱、奴役和死亡——这些就是我当时要做的，也是我本该料想得到的前景。它与我想象的真是天壤之别！我以为已经获得的独立是唯一使我心暖的东西。我自由了，成了自己的主人，我以为什么都可以做，而且可以做成，我只需纵身一跃，便腾空而起，在空中翱翔了。我安然地走进广袤世界；我将大显身手；每走一步，我都要碰上盛宴、财宝、奇遇、准备为我效劳的朋友、急于讨我欢心的情妇。我一出现，便要主宰世界，但我并不要整个世界，我要放弃一些，因为我无须这么多。一个可爱的交际圈就足够了，不用为其他的东西受累了。我的节制会使我进入一个狭小的范围，但那是用心选定的，可保证我在其中的统治地位。我野心不大，一座城堡足矣，只要成为城堡的主人主妇的宠儿、小姐的情人、少爷的朋友、邻居们的保护人，我便心满意足、别无他求了。

我满心期盼这普通的未来，在城郊四周流浪数日，住在一些熟识的农夫家里，他们全都比城里人待我好。他们欢迎我，留我食宿，待我真是太好了，我受之有愧。这不能称为施舍，因为他们并没显出高人一等的神气。

我到处走，到处去，一直走到离日内瓦两法里的萨瓦境内的孔菲格农。当地的神父是蓬韦尔先生。这个共和国历史上显赫的姓氏给我留下了很深的印象。我好奇地想看看"羹匙"贵族①的后裔究竟是什么样的人物。我便去拜访蓬韦尔先生。他热情地接待了我，跟我谈起日内瓦的异端邪说和圣母会的威望，还留我用膳。我对于如此这般结束的谈话没什么好说的，而且，我觉得，在他家中吃得这么好，这样的神父至少与我们的牧师难分伯仲。我的学问肯定比蓬韦尔先生的要深，尽管他是贵族，但我当时只顾着吃，便顾不上去当一个好神学家了。而且，我觉得他那弗朗基葡萄酒味道醇美，能让他在辩论中取胜，所以，要是让这么一位好主人闭上嘴，我会汗颜的。所以我让步了，或者说，我至少没有正面顶撞他。就我的行为而言，有人可能认为我虚伪。那就错了，我只不过是老实而已，这一点确实无疑。奉承，或者说迎合，不总是一种恶习，反倒常常是一种美德，尤其是在年轻人身上。我们对善待我们的人是有感情的，我之所以谦让，并不是为了欺骗他，而是为了不让他败兴，不以怨报德。蓬韦尔先生接待我，盛情地款待我，有心说服我，这对他有什么好处呢？除了我受益之外，他并无任何好处。我年轻的心就是这么寻思的。我对这位仁慈的神父的感激和尊敬之情油然而生。我感觉出自己高他一筹，但我不想不知好歹，让他难堪。我这么做，并无丝毫的虚伪动机，我压根儿不想改宗变教，我非但没有这么快就产生这一念头，而且只要心有此念便觉得可怕，使我在很长的时间里对这一想法避之有余。我只是想着别惹恼那些想劝我改变信仰的人。我想维持

---

① 16世纪宗教改革时期，萨瓦的一些天主教派贵族与日内瓦人为敌，在脖子上戴一个羹匙为标记，发誓"用勺子吃掉"日内瓦人。他们的领袖即为蓬韦尔家族。

他们对我的好心善意，便显得不如实际上那样铁了心，好让他们存有成功的希望。在这一点上，我的错误犹如正派女人的献媚，她们为了达到自己的目的，有时候既不允许什么，也不答应什么，却善于使人产生一种得到比她们所愿意给的东西要多的希望。

理智、怜悯、喜欢明理，这肯定要求人们非但不赞同我的癫狂之举，而且要把我打发回家，以使我远离我所滑向的自毁之路。这才是一切真正有道德的人本会做或试图要做的事。蓬韦尔先生尽管是个好人，却不是一个有德的人。恰恰相反，他是一个信徒，只知道崇拜偶像和做祷告，不知道其他什么道德。他是一个传教士，为了维护信仰，除了写些小册子来反对日内瓦的牧师们之外，就想不出任何高招儿了。他压根儿就没想到要让我回家，反而趁我想离家出走的时候，使我即使想回家也回不去。完全可以断定，他在把我往贫困潦倒或变成无赖的道路上推。他根本就没有看到这一点，他看见的是一个从异教中抢救出来并归还给天主教的灵魂。只要我去望弥撒，我是正派人或者无赖又有何妨呢？况且，别以为这种想法是天主教徒所独有的，只重信仰而非行为的任何独断的宗教皆如此。

蓬韦尔先生对我说："主在召唤您，去阿讷西吧。您在那儿会遇上一位非常仁慈的夫人，国王的恩泽使她能够把别人的灵魂从她本人已摆脱的错误中拯救出来。"他指的是新皈依的瓦朗夫人，神父们确实在迫使她同前来出卖自己灵魂的任何混蛋分享撒丁王赐给她的两千法郎年金。需要一位非常仁慈的夫人的帮助，我感到十分丢人。我很希望别人提供给我生活必需品，但我不想要别人的施舍，而且一个女信徒对我没太大的吸引力。然而，由于蓬韦尔先生的催促和辘辘饥肠的驱使，也由于很高兴能去玩一趟，还有一个具体的目标，尽管不甘心，我还是决定去阿讷西。一天工夫就可以稳稳当当地到达，但我不急不忙，花了三天才走到。每每遇上路两旁有城堡，我都要跑去看看，深信有奇遇在等着我。

我既不敢擅自闯入，也不敢敲门，因为我非常胆怯。我会唱一些很优美的歌曲，是我的伙伴们教给我的，而且我唱得很动听，于是我在最有希望的窗下唱歌，但我非常惊讶，放声歌唱了半天，竟不见有贵妇或小姐被我美妙的歌喉或风趣的歌词吸引出来。

我终于走到了。我见到了瓦朗夫人。我一生中的这一阶段决定了我的性格，绝不能一笔带过。我已十六岁半了。我算不上人们所说的漂亮小伙儿，但是我长得娇小匀称，腿细脚美，神态潇洒，容貌姣好，嘴很秀气，黑发黑眉，小眼深凹，喷射出热血沸腾的光芒。不幸的是，我对这一切全然不知，从未想到过自己的风姿，等到想着它时，早已错过良机。因此，除因年龄小而胆怯以外，我还有着很重感情的人的那种胆怯，总是提心吊胆，生怕惹人不快。此外，尽管自己已有较为丰富的知识，却不谙世事，根本不懂社交礼节，所以我的知识非但不能弥补我的不足，反而使我感到在这方面更加欠缺，更加使我畏首畏尾。

由于害怕贸然造访多有不便，我便采取了于我有利的方法，以演说家的风格写了一封很漂亮的信，把书中的好词佳句与学徒的词语糅在一起，极尽自己的才华，以博取瓦朗夫人的好感。我把蓬韦尔先生的信夹在我的信里，然后前去进行这次可怕的拜访。我没见到瓦朗夫人，人家对我说，她刚出门，上教堂去了。那天是一七二八年的圣枝主日。我立即追了上去。我见到她，等了等，同她谈了话……我大概还记得那个地方，此后我在那儿洒下过不少泪水，亲吻过那个地方。我真想用金栏杆把这幸福的地方给围起来，让全球的人来朝拜它！但凡尊崇人类获救纪念物的人都应该跪行到它的面前。①

那是她住所后面的一条走道，右首房屋和花园之间有一条小溪，左边是院墙，有一扇便门通向方济各会教堂。瓦朗夫人正准

---

① 1928年，根据卢梭的意愿，为纪念卢梭与瓦朗夫人相会两百周年，卢梭描写的那个地方（前主教府院内）建起了金栏杆。

备进那扇门，听见我的喊声，便扭过头来。我一见，惊呆了！我原以为她是令人厌恶的老修女，以为蓬韦尔先生说的那个好女人只能如此。可我看见的是花容月貌，两只美丽的蓝眼睛柔情似水，肤色光彩照人，胸脯微露，美丽诱人。我这个年轻的天主教徒——因为我就在这一刹那信奉了她的宗教，深信由这样的一些传教士宣扬的宗教肯定会把人引向天堂的——匆忙地把她看了个遍。她笑吟吟地接过我哆哆嗦嗦地递给她的信，打开来，看了一眼蓬韦尔先生的信，便看我的信。她从头看到尾，要不是她的仆人催她进教堂，她会再看一遍的。"唉！孩子，"她的声音让我一哆嗦，"您这么小就满世界跑，真是太可惜了。"然后，没等我搭腔，她又说道，"去家里等着我吧。让他们给您预备饭，弥撒结束后，我要同您聊聊。"

　　路易丝－埃莱奥诺尔·德·瓦朗是沃州沃韦市一个古老贵族拉图尔·德·皮尔家的小姐，很年轻的时候便嫁给了洛桑卢瓦家族维拉尔丹先生的长子瓦朗先生。这桩婚姻没有给夫妇俩带来孩子，不太美满，再加上一些家庭纠纷，瓦朗夫人便趁维克多－阿马戴乌斯王驾临埃维昂时，过湖去投靠这位国王。就这样，她像我一样冒失，背离了丈夫、家庭和故乡。她为此总是哭哭啼啼的。这位国王喜欢装作热情的天主教徒，便收留下她，给了她一千五百皮埃蒙特里弗尔①的年金，这对一位不甚慷慨的国王来说够可观的了。可是，当他发现有人认为他此举是坠入爱河的表现时，便派一支卫队把她送到了阿讷西。在日内瓦名誉主教米歇尔·加布里埃尔·德·贝尔内的主持下，在圣母往见会②修道院里，她发誓弃绝原来的宗教信仰。

　　我到的时候，她在那儿已经六载了。她与本世纪同时诞生，已经二十八岁了。她风韵犹存，因为她的美不再在于容貌，而在

———————

①　一千五百皮埃蒙特里弗尔约等于一千七百五十法国里弗尔。

②　1610 年成立的天主教女修道会。

于其风姿，因此，她仍如少女时一般窈窕。她神情亲切温柔，目光含情，笑如天使，嘴同我的嘴一般大小，灰白色的秀发散发着少有的美，随便拢一拢便光彩照人。她身材不高，有点儿矮，虽不致不匀称，但稍许嫌胖。然而，她的脑袋、胸脯、双手、双臂简直美极了，无与伦比。

她受的教育很杂。她同我一样，一生下来，母亲就死了，所以不知区别地有什么学什么。她跟家庭女教师学了一点儿，跟父亲学了一点儿，跟学校的老师学了一点儿。但她从她的几个情人那儿学了不少，特别是塔维尔先生，他既高雅又博学，以此点化他所钟爱的女人。然而，这么多不同类型的教育在互相掣肘，她也没有很好地厘清，所以学到的各种东西就不能正确引导她的才智的发展。尽管她学到了一些哲学和物理学的原理，但父亲对江湖医学和炼丹术的爱好也影响了她。她常制造一些酏剂、酊剂、香膏和灵丹妙药，还声称掌握秘诀。江湖术士利用她的弱点，抓住她，纠缠她，毁了她，在炉子和药剂中耗尽了她的才智、天赋和风姿，而她本可以此风靡上流社会的。

诚然，卑鄙的骗子们利用她所受的未加引导的教育模糊了她理智的光芒，但是，她那卓越的心灵经受住了考验，始终如一。她那亲切温柔的性格，她那对落难者的同情，她那无尽的善良，她那欢快、开朗、坦率的脾性，从未改变。甚至在她接近晚年，贫病交加、灾难重重的时候，她美丽的灵魂依然宁静爽朗，一直到死都使她保持着最美好时日时的那种欢快。

她的错误的根源在于她精力旺盛，总想找事干。她所需要的不是女人的那些偷情私通，而是创办和领导一些大事业。她生来就是干大事的。隆格维尔夫人 [①] 要是处于她的位置，只能是一个为小事奔忙的女人；而她要是处在隆格维尔夫人的位置，则能治

---

① 隆格维尔夫人 (1619—1679)，孔代大公的姐姐，名安妮·吉纳维芙，公爵夫人，能力很强，野心勃勃，在投石党叛乱时期，因反对首相马萨林而名声大振。

国安邦。她怀才不遇。她若身处高位，这些才能本可以使她名扬天下，却因她实际的生活环境而使她一败涂地。在她所处理的那些事情中，她总是把计划想得很大，把目标定得很高。因此，她采用的一些手段与想法符合，但达不到应有的力度，由于别人的过错，便以失败告终。计划未能成功，她自己毁了，别人却几乎毫无损伤。这种事业心给她带来了很多痛苦，但至少使她蛰居修道院时获得一个很大的好处：使她不像她进来时想的那样苦度余生。单调乏味的修女生活、接待室里的无聊谈话等这一切不能让一个始终活跃的头脑满意。这头脑每天都有新的方案，需要自由，使方案得以实施。好心的贝尔内主教，脑子虽不如弗朗索瓦·德·萨勒，但在许多方面与他很像。而他称为孩子的瓦朗夫人在其他许多方面很像尚塔尔夫人①。瓦朗夫人如果不是因为其爱好使之不安于修道院的无聊生活，而是乐于隐身其间的话，可能更像她。如果这位可爱的女子没有做那些似乎符合一个新皈依的修女在主教指引之下做的修行小事的话，那并不说明她缺乏热情。无论她改宗的动机是什么，反正她对皈依的宗教是真心实意的。她可以因犯了一个错而懊悔，但并不想纠正它。她不仅死的时候是个好天主教徒，而且她在虔诚笃信之中度过了一生。我想我看透了她的心思，我敢说，她纯粹是因为厌恶装腔作势才不愿当众表现为虔诚的信女的。她的信仰非常坚定，用不着装模作样。不过，现在不是详谈她的信仰的时候，我会有机会谈谈这事的。

但愿那些否认灵犀相通的人——如果可能的话——解释一下，为什么我与瓦朗夫人第一次见面、第一次交谈、第一次对视就使得我不仅深深地被她吸引住了，而且对她产生了从未消失的完全信赖。假定我对她的感情确实是爱情的话（凡是注视着我同

---

① 尚塔尔夫人(1572—1614)，勃艮第议会一位议长的女儿。1592年，嫁给尚塔尔男爵，后者于1601年意外身亡。日内瓦主教弗朗索瓦·德·萨勒让她进了修道院，并于1610年使她成为圣母往见会的第一任院长。

她今后关系的人至少将会觉得这是不可信的），那么，这种激情怎么会一产生就伴随着与爱情不沾边的心宁、气静、坦诚、安稳、信赖等感受呢？怎么会在第一次接触一位可爱、端庄、貌美的女人，接触一位地位比我高而我又从未接触过的贵妇，接触一位我的命运可以说取决于她的关怀之大小的女人，总而言之，在接触这么一个女人的当儿，我怎么会那么无拘无束、那么轻松愉快，仿佛我完全肯定能博得她的欢心呢？我怎么会丝毫没有感到局促、胆怯、拘谨呢？我生性羞怯、拘束，从未见过大世面，怎么会第一天、第一刻便同她谈话随便，言辞亲切，语气亲热，仿佛与她是十年老友，亲密无间呢？没有欲望的爱情我是不谈的，因为我有欲望，但是，没有焦虑、没有忌妒的爱情存在吗？一个人难道不想至少问一声自己心爱的人爱不爱他吗？我一生中再没有想到过要问她这一问题，倒是我在问自己是否爱她，她也从未问过我这个问题。在我对这个美丽的女人的感情中肯定有点儿奇特的地方，大家以后会发现一些没有料到的怪事。

我们要谈谈我的前途问题，为了谈得从容些，她留我吃午饭。这是我一生中头一次吃饭时没有食欲。她的女佣在为我们上菜时，也说她从未见过我这种年龄、这种体格的远方客人没有食欲。她的话并没有使她的女主人对我产生不好的想法，倒是有点儿击中了同我们一道用餐的一个肥胖的乡下人。他狼吞虎咽，一个人足足吃了六个人的饭。至于我，心花怒放，不想吃了。我的心里充满了一种全新的感情，遍及全身，脑子无法再考虑其他任何事。

瓦朗夫人想知道我过去的一切。为了说给她听，我恢复了在师傅家丧失的满腔热情。我越是激发这个卓越的女人对我的关怀，她越是为我即将面对的命运抱屈。她的神情、她的目光、她的举动都透着她亲切的怜悯。她不敢规劝我回日内瓦去。处于她的地位，这么做是犯了亵渎天主教之罪。她不是不知道自己被严密地监视着，不能随便说话。但是，她以催人泪下的口吻谈

047

到我父亲的痛苦，使我清楚地看出，我若回去安慰老父，她会赞同的。她并不知道自己在不知不觉中反驳自己。除了我主意已定——这一点我认为已经说过了——我越是觉得她言之有理，令人信服，她的话就越是打动我的心，我也就越是下不了狠心离开她。我感觉到，若是回日内瓦，就在她和我之间筑起了一道难以逾越的堤坝，除非再采取已采取过的行动。倒不如横一横心，留下来为好。于是，我留下来了。瓦朗夫人见劝说无用，也就没再说下去，免得连累自己，但她用一种怜惜的目光望着我说："可怜的孩子，你应该到主召唤你去的地方去，等你长大以后，你会想起我的。"我相信她自己也未曾想到她竟然残酷地一语成谶。

　　前面依然是困难重重。这么小就远离故土，怎么活下去？我的手艺还没学到一半，根本谈不上精通。即使精通，也无法在非常贫穷、养不起手艺人的萨瓦赖以为生。替我们吃饭的乡下人被迫停了一会儿咀嚼，歇歇颌骨。他说出一个看法，说那是来自上苍的，但从结果来看，不如说是来自地狱的。他建议我去都灵，说那儿有一个教养院，是为训练初学教理者创办的，去了那儿，我的肉体和精神就有了着落，等我进入天主教的怀抱之后，就可以依靠善男信女们的仁慈找到一个适合我的位置。他继续说道："至于盘缠，如果夫人向主教大人建议这一善行义举，他肯定会善心大发，很乐意提供给你的，而且男爵夫人是那样乐善好施，"他俯首向着餐碟说，"也一定会助你一臂之力的。"

　　我感到所有这些施舍都很让人难堪，我很揪心，一句话也没说。而瓦朗夫人对这一建议没有提议人那么热心，只是说，对于善行义举，各人都得尽力而为，她将找主教谈谈这事。但是，那个鬼家伙担心她按她自己的意思去说，再者，他在这件事情上还有点儿小便宜占，所以便先跑去通知神父们，跟这些善良的神父都说通了，以至当瓦朗夫人不放心我去那儿而找主教谈时，发觉事情已经定了，而且主教当时就把我此行的一点点儿盘缠交给了她。她不敢坚持要我留下，因为我已经长大了，像她这么大年岁的女人把一个男青年留在身边是不成体统的。

我的旅行就这样由关怀我的人安排好了，我只好服从，我甚至并无太大反感地就照办了。尽管都灵比日内瓦远，但我猜想，作为京城①，它同阿讷西的关系比同一个不同宗、不同教的外国城市更密切。再说，我是遵从瓦朗夫人之命前去的，所以我认为自己仍旧是在她的指引下生活，甚至胜于在她身边生活。再者，长途旅行很能满足我已经开始形成的漫游的癖好。我觉得，我这么大的人，翻山越岭，攀上阿尔卑斯山巅，俯视自己的伙伴们，真是美极了。对一个日内瓦人来说，四处看看是一个无法抗拒的诱惑。因此，我答应了。两天之后那个乡下人便要同他妻子一起动身。我被托付给他们，由他们一路上照顾。我的钱也交给了他们，其中包括瓦朗夫人在千叮咛万嘱咐的同时偷偷地塞给我的一小笔钱。复活节前的星期三，我们便上路了。

我离开阿讷西的第二天，父亲同他的一个叫里瓦尔的朋友寻我来了。里瓦尔先生同父亲一样，也是钟表匠。此人聪颖过人，很有学问，作的诗优于拉莫特②，口才也几乎同后者不相上下，为人十分正派，但其文采未能得以发挥，他只是把自己的一个儿子培养成了喜剧演员。

这两位先生见了瓦朗夫人，只是同她一起为我的命运长吁短叹，并没有去追赶我。他们骑马，我步行，他们很容易就能追上我的。我舅舅贝尔纳也是同样的情况。他到过孔菲格农，知道我在阿讷西，便回日内瓦去了。我的亲人们似乎在同我的星宿串通一气，把我交给等待着我的命运。我哥哥就是因为类似的漫不经心而不知去向的，至今谁也不知其下落。我父亲不仅是一个诚

---

① 都灵当时为撒丁王国的都城。
② 拉莫特(1672—1731)，法国著名的诗人兼剧作家及评论家，1710 年被选为法兰西学院院士。其全集于 1754 年辑为 11 卷。

实的人，而且为人极其耿直。他有着一颗造就伟大美德的坚强的心。此外，他还是一位好父亲，尤其是对我。他很疼我，但他也喜欢自己玩乐。自从我远离他之后，其他的一些爱好有点儿冲淡了他的父爱。他在尼翁又结了婚。尽管继母已超过给我添弟弟妹妹的年岁，但她还有亲戚。这就组成了另一个家庭，有了另一种目标，过起了新的生活，所以父亲就不再常常思念我了。他老了，而且没有多少钱养老。我哥哥和我有母亲留下的一点儿财产，其收益在我们离家时应该归父亲所有。父亲并不是主动想要这些钱的，而且这并不妨碍他履行他的责任。但是这种念头在不知不觉之中发生了作用，连他自己也没有觉察出来，以至有时冲淡了他的热情，要不然他会更疼爱我的。我想，这就是为什么他起先找我找到阿讷西，可又没有追到尚贝里，他肯定会在那儿找到我的呀。这也是为什么我出走之后，常去看望他时，我总是获得父亲的爱抚，却不见他竭力留住我。

我十分了解父亲的温柔和品德，他这么做，使我反省了自己，对我保持心理健康起了不少作用。我从中得到了一个重大的道德准则，也许是可用于实际的唯一准则，那就是避免使我们的义务与利益相冲突，避免使我们的幸福建立在别人的痛苦之上。我相信，如果不避免这些情况的发生，不管你多么诚挚高尚，迟早都要不知不觉地气馁颓败，尽管你内心依然公正善良，实际上却变得不义和邪恶。

这一准则铭刻在我的内心深处，尽管稍嫌晚了点儿，但仍贯穿我所有的行为。它是使我在公开场合，特别是在熟人中间，显得最古怪、最愚蠢的众多准则之一。大家责怪我想别出心裁、标新立异。说实在的，我既不怎么想做得与他人一样，也不想与众不同，我只是真心实意地想做好事而已。我总是尽力避免使我的利益与他人的利益相悖，免得对他人的不幸产生一种虽不是有意却是窃喜的心情。

两年前，元帅大人[①]想把我写在他的遗嘱里。我拼命反对。我对他说，我绝不会被列入任何人的遗嘱，更不想被列入他的遗嘱。他依了我。现在，他想给我一笔终身年金，我没有反对。有人会说这么一来对我更合适，也许是的。但是，我的恩人和父亲啊，如果我不幸死于您之后，我知道，失去您，我就失去了一切，我也就一无所获。

我看这就是好的哲学，唯一真正符合人心的哲学。我天天在深刻地体会它的深邃之处，并且在最近的著作中，我在以不同的方式加以阐述。但是，公众轻佻浅薄，并没有很好地注意到这一点。如果本书完成之后，我还侥幸活着，能写另一部书的话，我想在《爱弥儿》续集中写一个有关这哲理的同样生动感人的实例，迫使我的读者加以注意。对一个漂泊者来说，反省已经够了，又该上路了。

我的旅途比我想象的要愉快，而且那个乡下人不像其外表那样粗鲁。他是个中年人，花白的头发结成一条小辫子，一副掷弹兵的模样，粗声粗气，人挺活泼，能走，更能吃。他什么行当都干过，可都一窍不通。我记得，他曾建议在阿讷西搞一个什么作坊。瓦朗夫人肯定是同意他的计划的，而且，他是试图让大臣批准才去都灵的，路上的大量花销也不用自己掏腰包。此人善于钻营，总是混迹于神父圈子，装出为他们效劳的殷勤样子。他曾在神父学校学到某种虔诚的行话，老在使用它，以伟大的预言家自诩。他学会《圣经》上的一段拉丁文，便装作知道成百上千段似的，因为他每天都要一遍又一遍地重复这段拉丁文。此外，当他知道别人兜里有钱时，他就很少缺钱花。他比骗子更精明，他以连哄带骗地招募兵丁的口吻滔滔不绝，宛如隐士彼得腰悬佩剑在鼓动十字军。

---

① 即乔治·基思(1686—1778)，被放逐的雅各宾派人士，但仍保留着苏格兰元帅的世袭
称号。参见本书第十二章。

至于他妻子萨布朗太太，倒是个好女人，她白天比夜里安静。由于我一直与他们睡在同一间房里，她夜间折腾的声响经常吵醒我，如果我知道那是怎么回事的话，我就更睡不着了。可我甚至都没猜想到，我在这一方面愚蠢透顶，只好让本能来开导我了。

　　我同我虔诚的向导及其活泼的妻子愉快地赶路，一路上没发生任何意外。我的身体和精神都从未有过地好。我年轻力壮，朝气蓬勃，无忧无虑，对自己和别人充满信赖。我正处于人生中那短暂而宝贵的时刻，有一种外露的幸福感，可以说把我们身上的所有感官都舒展开了，用生活的魅力把我们眼前的大自然美化了。我那微微不安的心绪有了目标，不再飘忽不定，并固定了我的遐想。我把自己看作瓦朗夫人的作品、学生、朋友，甚至情人。她对我说的亲切话语、对我的温柔抚爱、她似乎对我表现出的那极大的关怀，以及她那我觉得充满爱的愉悦的目光——因为那目光激起了我的爱恋——这一切，一路上都萦绕在我的脑海之中，使我想入非非。对自己命运的任何担惊受怕都没有干扰我的这些梦想。我觉得，把我送往都灵是保证我有一个安身立命之所。我不用再操心自己了，有人在替我想着哩。因此，扔掉了这一重负，我步履轻快了。我心中充满了青春的愿望、美好的希望和光明的未来。我看见的所有东西似乎都在证明我即将获得幸福。我想象着家家户户都有乡村盛宴，在草场上疯狂地戏耍，在水边沐浴、漫步和垂钓，树上长满美果，树荫下男女幽会偷情，山间有大桶牛奶和奶油。这简直是一派悠然自得、平和、单纯、轻快的景象。总之，映入眼帘的一切都给我的心灵带来了一种醉人的享受。景象的雄伟、多姿和自然美使我的这一感受合情合理。这其中确实透着一点儿虚荣。我觉得，自己这么年轻便能去意大利，且已经到过不少地方，并踏着汉尼拔①的足迹翻山越岭，这是超越我这么

---

① 卢梭在这里指的是迦太基著名将领汉尼拔（前247—前183或前182)在第二次惩罚罗马人的战争之初，于公元前218年率队越过阿尔卑斯山。

小小年纪的人的一种荣光。此外，我还常在一些很好的驿站歇脚，还用好吃好喝来满足旺盛的食欲，其实我犯不着客气，同萨布朗先生的吃法相比，我吃的东西简直不值一提。

我想不起我一生之中有过像我们这七八天的旅行那么无忧无虑的时光了。因为我们必须照顾走得慢的萨布朗太太，所以这一次简直就是在做长途散步。对这次旅途的回忆，使我对一切与之相关的东西，特别是对那些山峦，对徒步旅行，产生了强烈的兴趣。我只是在我美好的时日徒步旅行过，而且总是乐此不疲。不久，因为各种职责、事务或行李拖累，我不得不摆出绅士派头，乘车外出。我一上车便提心吊胆、心烦意乱，不像从前那样只觉得走路的快活，而是立即想到尽快赶到目的地。在巴黎时，我曾想找两个趣味相投的伙伴，每人掏五十路易，花上一年时间，一起徒步环游意大利，不带任何行李，只带一名背着睡袋的小厮。有不少人前来，看上去都对这一计划很感兴趣，但骨子里都把它当成异想天开，只是空谈一气，不愿身体力行。我记得，我兴致勃勃地与狄德罗和格里姆谈过这一打算，他们终于也想这么大干一场。我以为就这么说好了，但最后竟成了一次纸上神游。格里姆觉得最有趣的是让狄德罗在这样的旅行之中犯下许多反宗教的罪行，而让我代他受过，被打入宗教裁判所。

我很遗憾这么快便到了都灵，但我看到的是一座大城市，有希望在此出人头地，因为脑子里已经为勃勃野心所填充，因此遗憾为之一扫。我已经看见自己不再是从前那个小学徒了，但我真的没想到我马上就要连个小学徒都不如了。

在往下叙述之前，就我刚才说的那些琐事和我即将叙述的读者觉得毫无兴趣的事，我得先请读者原谅，或者说要向读者表白一番。我已决心整个儿地展示给读者，所以就该说得一清二楚，不能有任何隐瞒。我必须始终暴露在读者面前，让读者看清我心中的所有迷惑，看清我生活中的各个角落，眼睛一刻也不离开我，免得在我的叙述中发现最小的疏漏时，他们会纳闷儿：他这期间都干了些什么？因此他们便会指责我不愿意把一切全讲出来。我通过我的叙述展示了人性的不少邪恶，不想因沉默而使之扩大。

我的一点点钱没了，因为我说漏了嘴。我的粗心对我的向导们来说是大为有利的。萨布朗太太竟然有办法把瓦朗夫人送给我配在短剑上的一条银丝带夺走了，那是我最心疼不过的东西。要不是死不相让，我连短剑也保不住。一路上，他们倒是老老实实地替我付了账，但一点儿钱都没留给我。我人到了都灵，但衣物、钱、换洗衣服全都没了，着着实实地把我逼到白手起家去发财致富的地步。

我带了推荐信，交给了收信人，我随即被带到初学教理者教养院，在那儿接受我被卖身的那个宗教的教育。我进门时，看见一扇大铁门，我一走进去，门立即被牢牢地锁上了。我觉得这个开头很沉重，令人不快活，并且使我在被带到一间大屋子里时开始思索起来。屋子里没什么家具，只是房间顶头有一个带有大十字架的木制祭坛，周围有四五把椅子。椅子也是木制的，仿佛打过蜡似的，其实是因为坐得久了，被磨得光溜溜的。这间大厅里有四五个凶神恶煞，是我的学友，他们简直像魔鬼的卫士，哪像要做上帝之子的初入教者？这帮混蛋中有两个是斯洛文尼亚人，自称是犹太人和摩尔人，他们告诉我，他们一直在西班牙和意大利漂泊流浪，只要有利可图，就到处接受天主教义和洗礼。另外一扇铁门打开了，铁门位于一个大阳台中间，朝向院子。我们那些初入教的姐妹从这扇铁门走进来。她们同我一样，不是通过受洗，而是通过庄重的改教宣誓来获得新生的。她们是历来玷污基督羊圈①的最下贱、最淫荡的轻佻女子。我觉得其中只有一个漂亮，比较有意思。她与我年岁相仿，也许大我一两岁。她目光狡

---

① 意指教会。

點，有时与我四目相对，这使我产生一种想结识她的欲望。但是，她已在此待了三个月，在她还要待下去的差不多两个月里，我绝不可能接触她，因为她被我们那个监管老太婆看管得很严，而且那个神圣的传教士老是缠着她，在努力让她改教，其热情超乎寻常。她尽管看上去不像，但一定极其愚笨，因为对她的训导从未有过地长。那个神圣的人总觉得她没有达到宣誓弃绝的程度。但她腻烦这种禁锢，说是想出去，并不在乎自己是不是基督徒。必须趁她还愿意入教的时候照她的话做，免得她恼起来，不愿意再入教了。

小团体集合起来欢迎我这个新来者。有人对我们做了一段简短的训话，对我，是督促我不要辜负上帝对我的惠顾；而对别人，则要他们为我祈祷，为我做出表率。然后，我们的贞女们回自己的内院去了，我才有时间怀着惊奇，悠然自得地看看我待的地方。

第二天早上，又把我们集合起来训导，这时我才头一次琢磨要采取的行动，以及把我引到这一步的前因后果。

我说过的、我现在重复的，也许还要再说的、我日益深信的一件事就是，如果会有一个接受过合理而良好教育的孩子，那就是我。我出生于一个习俗不同于一般人的家庭，接受的都是我所有亲人的明智的教育，以及他们贤德的榜样。我父亲虽然是个爱玩乐的人，但他十分耿直，而且虔诚信教。他在社交界是个风流人物，在家里却是个基督徒。他很早就用他的感情启迪了我。我的三位姑姑全都贤惠端庄。大姑和二姑都是虔诚信女。三姑是一位风姿绰约、才华横溢、知书明理的女子，也许比大姑二姑还要虔诚，尽管表面上看不太出来。我从这个应受尊重的家庭到了朗贝尔西埃先生家里。后者是教会中人和传教者，真心信奉上帝，可以说言行一致。他和他妹妹通过温和而明智的教导，培育他们在我心中发现的虔诚因子。这两个可敬的人为此使用了一些那么真诚、那么谨慎、那么合理的方法，使我对讲道毫不腻烦，而且听完之后深受感动，决心好好生活。我常常想到自己的决心，很少食言。但我贝尔纳舅母的虔诚让我有点儿厌烦，因为她成天就知道顶礼膜拜。在我师傅家里，我不再多想宗教了，但我的想法并没有改变。我没有遇上什么拉我堕落的年轻人。我变成了一个淘气包，却不是放荡不羁的人。

所以，我当时对宗教的信仰完全是我那么大的孩子可能有的虔诚的信仰，甚至我的信仰更虔诚些。为什么要在这里隐瞒自己的思想呢？小时候，我一点儿都不像孩子。我总是像大人一样去感受，去思考，只是在逐渐长大的过程中才恢复常态。我生下来就不同凡响。大家见我把自己说得有点儿像神童，一定觉得好笑。那就笑吧。但是，笑够了之后，请大家找出一个孩子，六岁就恋上了小说，对小说产生兴趣，被小说感动得热泪涟涟。那样的话，我会感到我的虚荣心之可笑，我会认同我说错了。

因此，要想让孩子有一天信仰宗教，就绝不能同他们谈宗教，他们是根本不可能按我们的方式去理解上帝的。我的这一感觉是从我的观察，而不是从亲身经验中得出的，因为我知道我的经验是不适用于别人的。找几个像六岁的让－雅克·卢梭一样的孩子来，在他们七岁的时候跟他们谈谈上帝，我保证绝对不成问题。我认为，大家都觉得对一个孩子，甚至对一个大人来说，所谓有信仰，就是生在哪个环境就信哪个教。有时候，信仰会减弱，很少会加强。对教义的信仰是教育的结果。除了这个把我拴在我先辈们的信仰上的一般道理以外，我还特别对天主教有着我故乡的人所特有的那种厌恶。人们告诉我们，天主教是一种可怕的偶像崇拜，把神父们描绘得极其阴险狡诈。这种感情在我身上根深蒂固，以致开始时，我一进教堂里面，一碰见一个穿着宽袖白色法衣的神父，一听见仪式队伍的铃声，便恐惧惊慌得颤抖不已。到了城里就不这样了，但在乡村教堂里常常旧病复发，因为它们同我最初产生这种感觉的教堂很相似。的确，这种感觉与日内瓦市郊的神父们喜欢爱抚当地的孩子的情景形成极其强烈的反差。送临终圣体的铃声固然使我害怕，弥撒或晚祷的钟声却使我想到早餐、点心、新鲜黄油、水果和乳制品。蓬韦尔先生家的美餐仍余香在口。因此，我很容易地便被这一切麻痹了。我只是从好玩和贪馋的角度去考虑天主教，觉得不难习惯天主教的生活。但是，正式加入只不过是一闪念，是遥远的将来的事。此时此刻，再也没有办法改弦易辙了，我怀着最为强烈的厌恶，看见我许下的诺言及其不可避免的后果。我身边那些未来的新教徒并不能以其榜样来鼓舞我，所以，我无法遮掩，我将从事的神圣事业归根结底不过是一个强徒的行径罢了。尽管我还很年轻，但我感觉到，不管哪个宗教是正宗的，我都要出卖自己的宗教了，而且，即使我选择得很对，在内心深处我仍要欺骗上帝，应该受到世人的唾弃。我越是这么想，越是痛恨自己，而且悲叹命运不济，弄到如此地步，仿佛这不是我自作自受的结果。有时候，这些想法十分强烈，以致一旦发现大门开着，我就必逃无疑。但是我没遇到这样的时机，我的决心也没有那么大。

有太多的私心杂念在搅和着，所以，我总下不了决心。再说，坚决不回日内瓦的既定方案、羞愧、重新翻山越岭的艰难、离乡背井、举目无亲、身无分文的窘境等等，都使我视良心上的愧疚为一种为时已晚的悔恨。我假装谴责自己的所作所为，为自己即将要做的事开脱。我在夸大往日过错的同时，把将来的错误视为一种必然的结果。我心里没对自己说："你什么错也没犯，如果愿意，你可以成为清白的人。"而是这么对自己说："为你所犯下的和已不得不犯的罪过悲叹吧。"

的确，我这么大的人，需要多么罕有的精神力量，才能推翻在此之前我所许诺或别人希望的一切，才能砸断自己给自己套上的锁链，才能义无反顾地勇敢宣称，我愿仍旧信奉我先辈们的宗教！我这种年岁的人是没有这种气魄的，而且侥幸成功的可能性微乎其微。事情已经这样了，我已无回天之力，而且，越是拼命抗争，越是遭到别人想方设法的压服。

毁掉我的那种诡辩正是大多数人的那种诡辩，现在为时已晚，他们才来抱怨缺乏勇气。对我们来说，勇气只有在我们犯错误的时候才是可贵的，如果我们愿意始终审慎，我们就用不着什么勇气了。但是，一些易于克服的倾向在令人无法抗拒地吸引着我们，我们因忽视其危险而对一些微小的诱惑听之任之。我们不知不觉地便陷入一些危险境地，这本是很容易避免的，可是，陷进去了，就得以惊人的英勇顽强才能挣脱出来。我们终于掉进了深渊，这才祷告上帝："您为什么让我这么软弱？"上帝却不管这些，只是对我们的良心说："我是把你造得太弱，爬不出深渊，但我曾把你造得挺坚强，让你别掉进去。"

我还没明确地决定成为天主教徒，但我发现限期尚远，便从从容容地去习惯这一想法。其间，我在想象出现某种意料不到的事情使我摆脱困境。为了争取时间，我决心尽可能地进行最有效的防范。不久，虚荣心使我不再去想自己的改宗决定。自打我发现有时候我竟难倒了想开导我的那些人时起，我便觉得无须更多努力便可以完全驳倒他们。我这么做时特别起劲儿，挺滑稽的。因为，在他们开导我时，我也想开导他们。我真的以为，只要说服了他们，就可以让他们改奉新教了。

因此，他们觉得我无论是在知识方面还是意志方面都不像他们所想象的那么好对付。一般来说，新教徒要比天主教徒知识面广。这是必然的，因为新教教义要求讨论，而天主教只要求驯服。天主教徒应该接受别人对他做出的决定，而新教徒应学会自己拿主意。他们清楚这一点，但他们没想到，凭我的身份和年龄，会给一些训练有素的人出一些偌大的难题。再说，我连初领圣体都没有过，也没有受过与此相关的教育，这些他们都知道，但他们并不知道我在朗贝尔西埃先生那里受过良好的教育。而且，我有一个让这帮先生头疼的小存货，也就是《宗教与帝国史》，我在父亲那儿时就已背诵下来，后来又几乎忘得一干二净，但随着争论变得激烈，我又想了起来。

有一位老神父，个头儿很小，却令人肃然起敬。他给我们讲第一课。对我的同伴们来说，这第一课是一次教理问答，而不是辩论。他要做的是开导他们，而不是解答他们的疑问。但对我这样的就不行了。轮到我时，我便就一切问题难为他，把所能找到的难题全都向他提出来。第一课因此拖得很长，使其他听众觉得很乏味。老神父说了很多，越说越冒火。他东拉西扯，最后，声称听不太懂法语，溜之大吉。第二天，因为害怕我随随便便的诘问带坏了其他同学，他们便把我弄到另一间屋里，同一个神父住在一起。这个神父比较年轻，巧舌如簧，也就是说，夸夸其谈，而且自鸣得意，俨如圣师。但是，我并没太被他那威严的样子唬住。而且，我觉得，我该干什么就干什么，所以，便能比较胸有成竹地回答他，并且尽可能地从各个方面噎住他。他以为用圣奥古斯丁、圣格雷戈里和其他圣人就能击败我，但他惊奇万分地发现，我对这些圣人几乎同他一样了如指掌。并不是因为我曾读过他们的著作，也许他也没有读过，但是我记住了勒·叙厄尔书中的许多片断。等他刚引述完一段，我并不对其引证加以反驳，而是用同一圣人的另一段来回敬他，常常使他十分狼狈。但是，最后取胜的是他，原因有二：首先，他居高临下，可以说，我感到自己受制于他，尽管我很年轻，却很明白不能把他逼得太紧，因为我看得出来，那个矮个子老神父对我的博学及我本人没有好感；再者，这位年轻神父有所研究，我却根本没有。这就使得他论证时有他自己的一套办法，而我听不懂，而且，当他一感觉到被一种出乎意料的反驳问住时，便找借口跑题，拖至翌日再谈。他有时甚至把我的所有引文斥为错的，主动替我去找原书，硬说我找不到那些引文。他觉得自己并没冒多大风险，认为我尽管背得滚瓜烂熟，却不太会查寻书籍，我又不太通晓拉丁文，在一大厚本书中是找不到那段引文的，即使我确信引文就在其中。我甚至怀疑他用过他指责牧师们的不忠实手段，有时候编造一些引文，以摆脱遭到反驳时无言以对的困境。

这些唇枪舌剑在继续，在成天争论、祈祷和耍无赖的时候，我遇上了一件小小的但够令人恶心的事，差一点儿给我带来恶果。

再卑鄙的灵魂、再凶蛮的心，也不可能没有产生爱恋之情的时候。自称摩尔人的两个恶煞中的一个看上我了。他有意接近我，同我说些他那纯属莫名其妙的事，向我献点儿小殷勤，有时把自己的那份菜分点儿给我，特别是还经常热烈地吻我，弄得我很不自在。他的脸好似香料面包，还有一道长长的刀疤，目光火辣，好似暴怒而非柔情。尽管这张脸不免让我不寒而栗，但我还是承受着他的吻，心想："这个可怜的人对我十分友爱，拂逆他是不对的。"但他渐渐地越发放肆了，说些极为奇怪的话，以至我有时认为他昏了头。有一天晚上，他想来同我一起睡。我不干，说我的床太小。他就催逼我去他的床上睡。我仍旧不干，因为这家伙实在太脏，浑身一股嚼过的烟草味儿，我觉得挺恶心。

第二天一大清早，大厅里只有我们俩。他又开始动手动脚的，动作十分粗野，让人害怕。最后，他居然想干起最下流的狎昵事来，攥住我的手逼着我也那么干。我大吼一声，拼命挣脱开来，向后跳了一步，但并没表示恼怒、气愤，因为我根本不懂那是怎么回事。我十分坚决地表达我的惊愕和厌恶，他就没再逼我。但是，当他自我癫狂一阵之后，我看见有黏糊糊、白花花的东西向壁炉射去，落在地上，心里直恶心。我一辈子都没这么激动、慌乱甚至害怕过，我向阳台奔去，差点儿晕过去。

我无法理解那个可怜虫到底是怎么了。我以为他得了癫痫，或者其他什么更为可怕的疯病，而且，说真格的，我不知道，对一个冷静的人来说，还有什么比看见这种肮脏下流的举动和这副最淫荡的丑恶嘴脸更令人恶心的了。我从未见别的男人这样做过。如果我们在女人面前如此这般地癫狂，她们一定对我们厌恶透顶，除非她们的眼睛被迷住了。

我急不可耐地去把我刚刚遇到的这一切告诉了大家。我们的老女总管叫我住嘴，我看得出这事让她非常不安，而且我听见她在咬牙切齿地嘟嘟囔囔："该死坏！孽畜！"由于我不明白为什么不许我声张，我仍旧不顾禁令地四处嚷嚷，而且因为嚷得太凶，第二天一大清早，一个管理员便来把我狠狠地训斥了一顿，责怪我小题大做，败坏圣院名声。

他训斥了我很久，一边还向我解释许多我不知道的事情，但是，他并不认为是在教我懂这些事情，因为他相信我知道那个人要跟我干什么，而我只是因为不同意才反抗的。他严肃地对我说，这种事同淫荡一样是不可为的，但对作为行为对象的那个人来说，这种意愿并不算什么侮辱，被人看见并没什么可大惊小怪的。他毫不避讳地对我说，他自己年轻的时候也有过这种荣幸，由于来得突然，未及抵御，但他一点儿都没觉得那有多么可怕。他甚至恬不知耻地使用那些专门的词语，以为我不肯的原因是怕疼，便对我保证说这种担心是多余的，犯不着大惊小怪。

我听着这个无耻之徒的话，非常惊奇，因为他根本不是在为自己辩解，好像是为我好才来开导我的。他觉得自己的话平常得很，用不着背着人去说。我们俩旁边还有一人，是一位教士，同他一样认为这一切没什么可令人生气的。这种泰然自若的神气把我唬住了，以至我终于相信这想必是世间习以为常的事，只是我早先没有机会受教而已。因此，我在听他讲的时候没有生气，但不无厌恶。我所遭遇的，特别是我所看见的情景深深地印在我的脑海里，回想起来，心里仍觉恶心。我也不知道怎么搞的，对那件事的憎恶竟波及辩护者了，我实在无法控制自己，以至让他看出了他的教诲所产生的恶果。他恶狠狠地看了我一眼，从此之后，他便不遗余力地让我在教养院里的日子不好过。他完全达到目的了。我看见只有一条路可走，所以便像当初避之犹恐不及的那样，急不可耐地走了这条路。

这一经历使我日后不再受到同性恋男人的引诱，而且，我一看见这种人，便想起那个可怕的摩尔人的神情、举止，心里始终有着一种难以掩饰的憎恶。恰恰相反，与之相比，女人却大大地赢得我的心。我觉得，我应该对她们温柔缱绻、深表敬意，以补偿我们男性对她们的非礼，因此，当我想起那个假非洲人的时候，最丑陋的女人在我眼里都成了可敬可爱的了。

至于那个假非洲人，我不知道大家会怎么看他，反正我觉得，除了洛朗莎太太以外，大家仍一如既往地看待他。不过，他不再接近我，也不再同我说话了。一个星期后，他隆重地接受了洗礼，浑身上下穿了一身白，以示其再生灵魂的纯真。第二天，他离开了教养院，我就再也没有见过他。

一个月后才轮到我，为了让我的训导者们获得使"刺儿头"皈依的荣誉，时间太短不能说明问题，他们还让我把所有的信条复习了一遍，以炫耀他们已使我服服帖帖。

最后，在充分地受教和充分地听命于我的训导者们之后，我便被招结队引向圣－让主教堂，去庄重地宣誓皈依，并参加洗礼的辅助仪式。尽管他们实际上并没有给我施洗礼，但是，辅助仪式与正式仪式几乎一样。这样做就是让人明白，新教徒并不是基督徒。我穿了一种专供这种场合穿戴的饰有白色花边的灰长袍，前后各有一人托着铜盆，用钥匙敲着，大家根据自己的虔诚或对新皈依者的关怀程度往里面布施。总而言之，天主教的繁文缛节应有尽有，以便更好地教育大家并羞辱我。只有那件对我本是极其有用的白衣服，他们没有像对摩尔人那样让我穿，因为我没有荣幸成为犹太人。

这还不算完。随后要去宗教裁判所接受对异教徒的赦罪，再举行亨利四世由其钦差代行的同样的改宗仪式，回到天主教的怀抱。可敬的裁判神父那神态、举止没能祛除我走进此屋时的那种恐惧。就我的信仰、职业、家庭问了好几个问题之后，他突然问我母亲是不是下了地狱。我突然而生的愤怒被恐惧压住了。我只是回答说，我希望她没下地狱，上帝的光辉在她临终时可能照亮了她。他没有吭声，但做了个鬼脸，看得出，他一脸不相信的样子。

这一切结束之后，正当我寻思终于会按照我的意愿安排自己时，他们却把我逐出门外，只把布施得来的二十多法郎的零钱给了我。他们叮嘱我，要像一个好的信徒那样生活，要忠于圣宠。然后，他们祝我好运，把门一关，一切就都消失了。

我的伟大希望就这样转瞬间化为乌有了。我刚才所做的利害相关的一切，留给我的只剩下既是弃教者又是受骗者的回忆了。不难想象，当我从飞黄腾达的美梦中落入贫困潦倒的境地时，当我早晨还对将要居住的宫殿挑三拣四，晚上就要露宿街头时，我的脑子简直乱套了。有人会以为我开始陷入一种极其痛苦的绝望，尤其是因为自己悔不当初，怨恨自己亲手造就了自己所有的不幸，根本就不是这么回事。我平生头一次被禁闭了两个多月。我的第一个感觉便是重新获得了自由。做了长久的奴隶，又变成了自己和自己行为的主宰之后，我发现自己跻身于一座繁华富庶、满是出身高贵的人的城市里，一旦我的聪明才智为人赏识，我不会不受到欢迎的。再说，我有的是时间等待，而且兜里的二十多法郎对我来说像是一个取之不尽的宝库。我可以随意使用，不必向任何人报账。我这是头一次看到自己如此富有。我远没有垂头丧气、痛哭流涕，我只是改变了想法，但自尊心一点儿都没丧失。我从来没有感到这么自信和镇定过。我认为自己出息了，而且因为这全是靠自己，所以我觉得挺美。

我做的第一件事就是逛遍全城，以满足自己的好奇心，即使这只是为了表示我自由了。我去看卫兵上岗，因为我很喜欢军

063

乐。我跟着迎圣体行列看热闹，因为我喜欢听神父们唱圣歌。我去参观王宫，我战战兢兢地走过去，看见别人进去，我也跟进去，没人拦我。也许是因为我腋下夹了个小包才让我进去的。不管怎么说，进入王宫时，我以为自己很了不起，几乎已经把自己看作居于宫中的人了。最后，因为老是走来走去的，我觉得没劲儿了。肚子饿了，天气又热，我便走进一家乳品店。女店主给我端上来奶糕、炼乳和两个我最喜欢的皮埃蒙特长形小面包。我只花了五六个苏，便吃了我有生以来最美味的一餐。

必须找个住处。因为我已经会说不少皮埃蒙特话，能让人听懂，所以找个住处并不难。我挺小心，只是根据财力而非兴趣选择住处。有人告诉我，波河街有个士兵的女人留宿闲散仆人，一夜一个苏。我在她家得到了一张破旧空床，便安顿下来。那个女人尽管已经有五六个孩子，但人很年轻。母亲、孩子、客人全都住在一个房间，我在她家时一直是这么住的。不管怎么说，她是个好女人，尽管满嘴粗话，总是衣冠不整、披头散发，但心地善良，嘘寒问暖，对我很友好，甚至还帮过我。

我好几天都完全沉湎于自由自在和好奇的快乐之中。我在城里城外游荡，东张西望，观看我觉得好奇和新鲜的一切。而且，对一个逃出樊笼、从未到过京城的年轻人来说，一切都是稀罕和新奇的。我对瞻仰王宫特别守时无误，每天早晨都参加王家小教堂的弥撒。同这位王公及其随从待在同一座小教堂里，我觉得美极了。但是，这种执着更多的是出于我那开始显露的对音乐的热情，而宫廷的排场很快便全看到了，而且总是老一套，不久也就失去了魅力。撒丁王当时拥有欧洲最好的交响乐队。索密士、德雅尔丹和贝佐齐父子① 交替在乐队里大显身手。为了吸引一个年轻人，用不着这么好的乐队，只需把一件小乐器演奏好，就足以

---

① 当时的大音乐家。

让他心花怒放了。毕竟，对于眼前的豪华气派，我只是惊愕赞叹而已，并非贪得无厌。在这王室的辉煌之中，唯一使我感兴趣的事就是看看其中是否有这么一位年轻公主，既值得我尊敬，又能与她风流一番。

我差一点儿干出一桩风流事来，那是在一种不这么豪华的场合中，但是，如果我愿意的话，我本可以在其中寻找到极其美妙的乐趣的。

尽管我生活十分节俭，但钱袋不知不觉地瘪了。这种节俭毕竟不是出于未雨绸缪，而是纯属一种饮食的不讲究，即使今天，盛宴佳肴也没有使之改变。我以前没吃过，而且今天仍旧没吃过比粗茶淡饭更好的餐食。只要有乳制品、鸡蛋、蔬菜、奶酪、黑面包和一般的葡萄酒，人们就可以放心让我美餐一顿了。我胃口好，吃什么都香，只要没有膳食总管和仆人围着我，让我看腻他们那令人讨厌的样子，就行了。我那时花上六七个苏就能吃上一顿非常好的饭，可后来花六七个法郎也吃不上。我因为没有受到丰盛美食的诱惑而饮食有节。但我把这一切称为饮食有节是错误的，因为我只要有口福可享，就从不放过。一吃上梨子、奶糕、奶酪、皮埃蒙特长形小面包和几杯掺兑讲究的蒙斐拉普通葡萄酒，我就成了最幸福的贪馋的人。尽管如此节俭，我那二十法郎还是快要用完了。我一天天地看得越来越清楚，尽管还年轻不懂事，但瞻念前程，我觉得不寒而栗。我的所有幻想就只剩下一个了：寻找一份能让我活下去的活计。但这又谈何容易。我想到了我以前的行当，但我的手艺不精，没有师傅会雇用我，而且在都灵干这一行的师傅并不多见。于是，我一面等待好机会，一面决定逐个铺子去毛遂自荐，在餐具上刻个姓名起首字母图案或徽记什么的，然后听人赏赐，希望以廉价劳动吸引人。这个办法收效甚微，几乎到处碰壁，而且，即使找到活儿干，工钱也微乎其微，仅够几顿饭钱。然而，有一天，我一大清早从孔特拉诺瓦街走过时，透过一家店铺橱窗看见一位风姿绰约、美貌迷人的年轻女老板，尽管我在女人面前羞怯腼腆，但我还是毫不犹豫地走了进去，向她推荐我的雕虫小技。她没有拒绝我，反而让我坐下，让我说说我的简单经历。她很同情我，叫我鼓起勇气，她说，善良的基督徒是不会撇下我不管的。然后，她一面让人到附近的一家金银器店去找我说的我需要的工具，一面到楼上厨房里去亲自给我拿早点吃。我觉得这个开端是个好兆头，以后的事也证明了这一点。她好像挺满意我的那点儿活计，而且对我稍微放松一点儿之后的一通闲聊更是满意。她亮丽可人，着意打扮，尽管态度和蔼可亲，但她那风采让我望而生畏。然而，她好心的招待、同情的语气、温柔亲切的举止很快便使我不再感到拘束了。我看到自己成功了，这还会使我获得更大的成功。尽管她是意大利人，而且过于漂亮，显得有点儿妖冶，但是，她是那么稳重，而我又是那么胆怯，所以感情很难立即有所发展。我们也没来得及成全好事。每当我想起在她身边度过的那些短暂时刻，总会感到极其欣慰，而且，可以说，我在其中尝到了初恋般的最甜蜜、最纯洁的爱的情趣。

她是个特别迷人的褐发女子，她那漂亮脸蛋儿上显现的天生善良使她的活泼劲儿十分动人。她是巴齐尔太太。她丈夫比她年岁大，而且醋劲儿不小，外出时，他便让一个总阴沉着脸、不会讨女人喜欢的伙计看管她。这个伙计也有自己的野心，只不过是用赌气来表示而已。他对我很不客气，尽管他吹笛子吹得不错，我很喜欢听。这个新埃癸斯托斯[1] 看见我进了他女主人的店里之后，便成天嘟嘟囔囔的。他一脸不屑地对待我，巴齐尔太太也没有好脸色给他看，甚至好像有意在他面前与我亲热，好折磨他。而这种报复方式极对我的胃口，要是单独在一起时她也这样，那

---

① 传说中阿伽门农之妻的情人及其谋杀其夫的帮凶。卢梭在此有意将趁老板不在取宠巴齐尔太太的那个伙计比作埃癸斯托斯。

就更合我意了。但她并没把事情推向这一步，至少方式方法上不一样。要么是因为她觉得我太小，要么是因为她根本不会主动进攻，要么是因为她确实想做个端庄贤淑的女子，反正她持一种矜持的态度，虽非拒人千里之外，但不知怎么搞的，我觉得望而生畏。尽管我对她没有感到像对瓦朗夫人那样既真实又温情的尊敬，却觉得更加胆怯，不敢亲近她。我窘迫局促，战战兢兢，不敢看她，在她身边时大气也不敢出，但让我离开她，我就觉得比死都可怕。我以贪婪的目光偷偷地看着我能看到的一切：她衣裙上的花、漂亮的脚尖、手套和袖口间露出的那一截儿结实雪白的胳膊，以及有时脖颈儿和围巾之间裸露的那个地方。每一部分都使我联想到其他地方。由于老盯着我能看见的地方，甚至看不见的地方，我竟眼花缭乱，胸口憋气，呼吸越来越急促，不知如何是好，而我所能做的只是在我们常常默不作声时轻轻地唉声叹气而已。幸好，巴齐尔太太忙着干活儿，我觉得她并没发现什么。然而，我有时看到她由于某种同情心使然，披肩起伏不停，这种危险的景象让我魂不守舍，而当我准备听凭激情迸发时，她却以平静的口吻说上一句话，我便立即老实下来了。

我多次和她这样单独地待在一起，但从未说过一句话、做出一个动作甚至传递一个过分的眼神，表示我们俩之间有任何灵犀相通之处。这种状况使我很苦恼，但让我感到甜蜜，我那颗单纯的心几乎无法想象我为什么如此苦恼。好像她也并不讨厌这种短暂的二人独处，至少她常常提供这种机会。在她那方面，这样做只不过是表示点儿关怀而已，没有任何其他意思，她也没容我借机有所表示。

有一天，她厌烦了那个伙计的无聊絮叨，便上楼回房去了。我正在店铺后屋，便赶忙把那点儿活儿干完，随后便上了楼。她的房门虚掩着，我进去了，她没有觉察到。她正背对着门，在一扇窗前绣花。她不可能看见我进来，而且因为街上马车辚辚，她也听不见我进来。她总是很注意衣着，那一天，她的穿戴近乎妖艳。她姿态优美，头微微地低着，露出了雪白的粉颈；秀发雅致地盘起，还插了一些花。她整个外形散发着一种魅力，我仔细地端详着，不能自己。我一进屋便跪倒在地，激动不已地把双臂向她伸去。我深信她不可能听见我的声响，也没想到她能看见我。但是，壁炉上有一面镜子，让我暴露了。我不知道我的冲动在她身上产生了什么效果。她根本没有看我，也没跟我说话，只是侧转过脸来，用指头稍稍指了指她面前的垫子。我既颤抖又呼唤着，奔向她指给我的地方。但是，人们也许很难相信的是，在这种状况下，我竟没敢越雷池一步，既没说一句话，也没抬眼看她，甚至没有借此僵直的姿态触摸她一下，好暂时靠在她的腿上。我一声不吭，一动不动，但心里肯定是不平静的：我身上的一切都表达出我的激动、高兴、感激，以及既捉摸不透对方又害怕引起对方不快的强烈欲望。我那颗年轻的心不能肯定她是否讨厌我。

她显得并不比我平静，而且好像比我还要胆怯。她看见我在那儿，心慌意乱，见我被引诱到如此地步，不禁手足无措，开始意识到一个想必没有很好考虑的手势的严重性。她既没欢迎我，也没撵我，眼睛只是盯着自己的活计，竭力想装作没看见我在她跟前。我再怎么蠢也看得出来，她同我一样尴尬，也许与我一样渴望，只是被与我一样的羞愧阻遏。但这并没有给我克服羞愧的力量。我觉得，她比我大五六岁，应该非常大胆才是。但我寻思，她既然没有用任何表示鼓励我壮起胆来，就是不愿意我胆大妄为。即使在今天，我仍认为我想的是对的，而且，她肯定很聪明，不难看出，像我这样的一个小毛孩子不仅需要鼓励，而且需要引导。

如果不是有人打扰，我不知道这个激动无言的场面如何收场，也不知道我会这样既滑稽可笑又称心如意地一动不动地待多长时间。在我最激动的时刻，只听见紧挨着我们俩待的那个房间的厨房门开了。巴齐尔太太大吃一惊，赶紧慌里慌张连说带比画地冲我说："快起来，罗吉娜来了！"我急忙站起来，同时抓住她伸给我的一只手，在上面印上了两个热烈的吻，在吻第二下的时候，我感觉出那纤纤玉手轻轻地按了按我的嘴唇。我有生以来还没有过如此温馨的时刻。可惜，我失去的机会没有再来，我们俩那不成熟的爱就此告终。

也许正因为如此，这位可爱的女子的形象才在我的内心深处留下了那么令人心醉的印象。甚至，随着我对世事和女人更深地了解，她在我心中变得更加美丽。只要她稍微有点儿经验，她就会采用另一种做法，以激励一个毛头小伙子了。诚然，她的心很软，但很诚挚。她不由自主地屈服于引诱她的那种念头，但完全可以看出，她这是头一次不忠贞，而我也许需要更大的努力才能消除自己的而非她的羞愧。我虽未能做到这一点，却在她身边品尝到了难以描述的温柔和甜蜜。占有女子的一切感觉都无法与我在她面前度过的那两分钟相比，尽管我连她的衣裙都没敢触及。真的，人们所爱的正派女子所能给予的快乐是任何快乐都比不上的。在她身边，一切都是恩宠。巴齐尔太太手指微微一动，手在我嘴唇上轻轻地一按，都使我受宠若惊，而且，每当我想起这些细微的恩宠时，我仍旧心醉神迷。

之后的两天里，我徒劳地窥视单独相处的机会。不可能再有此良机了，而且，我看不出她有任何创造这种机会的意思。她的态度并没有冷淡，只是比平时更加矜持，而且我觉得她在躲着我的目光，担心自己乱了方寸。她那个该死的伙计比以前更加令人讨厌。他甚至在冷嘲热讽，说我靠着女人能飞黄腾达。我因自己的某种不谨慎而胆战心惊，而且，我认为自己已与巴齐尔太太心意相通，便想把一种一直无须过于遮掩的兴趣用神秘笼罩起来。这使我在寻机满足自己的欲望时变得更加谨言慎行，而且，为了万无一失，甚至我再也找不到机会了。

我还有另一种浪漫的怪癖，从未去除，而且，与我天生的腼腆结合在一起，大大地否定了那个伙计的预言。我敢说，我爱得过于实在，过于真挚，所以很难幸福。从未有过像我这么既十分强烈又十分纯洁的激情，从未有过更加温柔、更加真实、更加无私的爱情。我宁可为了我心上人的幸福而千百次地牺牲自己的幸福，对我来说，她的名声比我的生命更宝贵，我宁可放弃一切快乐，也不愿扰乱她片刻的安宁。这使得我在行动时非常细心、隐蔽、谨慎，以致一事无成。我之所以在女人面前屡屡失败，全是因为我太爱她们。

再来谈谈那个会吹笛子的埃癸斯托斯吧。奇怪的是，这个阴险小人虽然越来越令人讨厌，但好像更加殷勤。巴齐尔太太从对我青睐的第一天起，便想让我在店里成为一个有用的人。我懂点儿算术，她便建议那个伙计教我管账，但那个人坚决反对，也许是害怕被我取而代之。因此，我在雕刻完活计之后的全部工作就是抄写几笔账目和账单，誊清几本账簿，或把几封意大利文商业信函译成法文。突然，那家伙又想重提那个被他拒绝的建议，说是他要教我记账，想让我在巴齐尔先生回来之后能为巴齐尔先生效劳。在他的口气、神态中，有一种我说不清的虚假、狡诈和嘲弄，使我无法相信他。巴齐尔太太没等我回答，便生硬地对他说，我对他的好意是很感激的，但她希望我的命运最终会让我发挥聪明才智，认为我这么聪明的人只当个小伙计实在是太可惜了。

她好几次对我说，想给我介绍一个可能对我有用的人。她比较明智，觉得是该让我离开她的时候了。我们俩无言的心声是在那个星期四表露的。星期日，她请人吃午饭，我也在座。客人中有一位慈眉善目的天主教多明我教派的修士，她把我介绍给了他。这位修士待我很友善，祝贺我的皈依，还对我说了好几桩我个人经历的事，这使我得知巴齐尔太太把我的情况详详细细地告诉过他。然后，这位修士用手背轻轻地拍了两下我的面颊，叫我要听话，要有勇气，还叫我去看他，好一块儿更从容地聊一聊。从大家对他的敬意来看，我断定他是个非同一般的人，再从他同巴齐尔太太说话时那慈父般的口吻来看，他是后者的听忏悔神父。我同样清楚地记得，他那亲切有礼的态度中夹杂着对他的忏悔者的器重，甚至尊敬，对此我今天回想起来比当时的印象要深刻得多。如果我当时更聪明点儿的话，我会为能让一个受到其听忏悔的神父尊重的年轻女子动心而更加激动不已！

我们人多，餐桌不够大，必须加一张小桌子。我同那个伙计便自在地单独在小桌子上吃了。从关怀和佳肴来看，我一点儿都没受损失，小桌子上端来了好多菜，那肯定不是那个伙计的。到这时为止，一切都挺好的：女人们兴高采烈，男人们殷勤有加，巴齐尔太太以迷人的风采在款待客人。饭吃到一半，只听见门口停下一辆马车。有人在上楼，是巴齐尔先生。对他进来时的样子我仍历历在目：他穿着一件有金色纽扣的鲜红上装。自那一天起，我便对这种颜色厌恶透顶。巴齐尔先生身材高大，英俊潇洒，风度翩翩。他腾腾地走了进来，一脸想吓住大家的神气，尽管在座的都是他的朋友。他妻子奔过去搂住他的脖子，抓住他的双手，百般地温柔抚爱，他却并未有所回应。他向众宾客打了招呼，有人给他添了一副餐具，他便吃了起来。大家刚谈起他这趟旅行，他便朝小桌子看过去，恶声恶气地问他看见的坐在那儿的小男孩是什么人。巴齐尔太太很天真无邪地告诉了他。他问我是否住在他家里。有人告诉他，不住。他又粗暴地诘问："为什么不住？既然白天在这儿，那他晚上当然就会在这儿。"修士这时开了腔。他先对巴齐尔太太既认真又属实地赞扬了一番，又称赞了我几句，接着补充道，巴齐尔先生不仅不该呵斥他太太的仁慈为怀，反而应该积极地参与她的善行义事，因为这其中没有一丝一毫的过分之举。巴齐尔先生气哼哼地抢白了几句，但碍于修士的情面，他忍住了火气，可这足以让我感觉到他对我已有所耳

071

闻，而且他明白那个伙计弄巧成拙了。

大家刚离席，那个伙计便奉了他老板的旨意，神气活现地跑来告诉我，老板要我立即离开他家，而且今生今世不许再进他家的门。那个伙计的话里添加了不少恶言秽语，十分伤人、残忍。我一句话也没说就走了，心里十分难受，倒不是因为离开了这个可爱的女人，而是因让她听任丈夫的虐待而痛心。他不愿让她不忠，这想必是对的。她尽管端庄，出身良家，但她毕竟是意大利人，也就是说，既多情又好报复。我觉得他不该那样对待她，那样反而会招致他所担心的不幸。

我第一次的艳遇就这么结束了。我曾试着在那条街上走了两三趟，盼着至少能再见一见我日夜思念的那个她。但是，我没看到她，反而看见了她丈夫和那个警觉的伙计。那个伙计一发现我，便拿起店里的尺子，不是在表示欢迎，而是表示羞辱。我发现被严加防范，便泄气了，没再去过。我本想至少去看看她为我引见的那个修士，但遗憾的是，我不知道他姓甚名谁。我在修道院周围转悠了好多次，希望能碰见他，但未能遂愿。最后，其他的一些事使我抛开了对巴齐尔太太的甜蜜回忆，而且，我很快就把她忘得一干二净，我又同从前一样单纯、稚气，见了漂亮女人也不为其所惑了。

然而，她的馈赠多少充实了一点儿我那个小行囊。尽管礼物极其有限，却是出自一个谨小慎微的细心女人之手。这个女人注重的是整洁，而不是华丽，她不想让我受苦，但也不想让我花哨。我从日内瓦带来的那件上衣挺好的，还可以穿；她只是给我添了一顶帽子和几件内衣。我没有袖套，但她并不想给我，尽管我非常想要。她只是让我穿得干干净净的，只要我在她跟前，不用多说，我都是这样的。

我的不幸过后没几天，我曾提过的待我挺好的那位女房东告诉我，她可能替我找到了一份差使，说是有一位有身份的夫人想见见我。我一听，满以为又有美妙的奇遇了，因为我总往这上面想。那位夫人不像我想象的那么引人注目。我是同曾跟她谈起过我的那个仆人一起去她家的。她问了问我，仔细地看了看我，觉得我并不讨厌，因此，我便立刻被留下来了，但并不完全是她的宠儿，而是她的仆人。我穿着仆人的衣服，唯一的区别是，其他仆人衣服上有植绒，而我的没有。由于号衣上没有饰带，几乎像一件平民百姓的服装。这样，我所有的伟大希望终于出乎意料地结束了。

我来到的是韦塞利伯爵夫人家。她是寡妇，没有子女。她亡夫是皮埃蒙特人，而我一直以为她是萨瓦人，因为我想象不到一个皮埃蒙特女人能将法语说得这么好，口音又那么地道。她已入中年，容貌高贵，很有才气，喜好并深谙法国文学。她写了很多东西，而且全是用法文写的。她的信札遣词造句颇似塞维尼夫人[①]，文采也几乎与其相同，有几封信几乎可以以假乱真。我的主要活计——我倒并不讨厌这活计——就是她口授、我记录，因为她身患乳腺癌，非常痛苦，不能亲自动笔。

韦塞利夫人不仅才华横溢，而且心灵高贵而坚强。直到她死，我一直在她身旁。我看见她忍受痛苦到死亡，但她没有流露出片刻的懦弱，没有丝毫挣扎的样子，没有失却女人的仪容，而且没有想到这其中竟有其哲学道理，因为"哲学"这个词当时尚未传开，她也并不了解这个词今天所含有的意思。这种坚强的性格有时竟至生硬冷漠。我总觉得她无论是对别人还是对自己都没有感情。当她为落难的人做点儿好事时，并不是出于一种真正的同情，只是为做好事而做好事。我在她身边度过的三个月里多少感受到了一点儿这种冷漠。她对一个常在她跟前的有点儿希望的年轻人自然会有所怜爱，她想到自己行将就木，也会想到这个年轻人在她死后是需要帮助和支持的，但是，或许她觉得我不配受

①　塞维尼夫人（1626—1696），法国散文家，著有《书简集》。

她青睐，或许缠着她的那些人使她只能想着他们，反正她没为我做过任何事。

然而，我清楚地记得，她曾有点儿好奇地想了解我。她有时会问问我。她很高兴我把写给瓦朗夫人的信给她看，很高兴我跟她谈心。但是，她了解我的心思的办法很不好，因为她从不向我透露她的心思。我只要感觉到别人愿意听，就乐意倾诉自己的心声，但韦塞利夫人只是生硬冷漠地询问，对我的回答既不表示赞同也不表示反对，使我无法信赖她。当我看不出我的絮叨是讨喜还是讨厌时，我总是惴惴不安，所以宁可少谈自己的心思，免得说出什么可能引起麻烦的话来。后来，我发现，这种通过干巴巴的提问来了解人的方法是自以为聪明的女人的通病。她们以为在不暴露自己的点滴心思的同时就能更好地洞悉对方的心灵，但是，她们没有看到这样反而使别人不敢说出自己的心思了。一个被人询问的男人就凭这一点便开始小心防范了，如果他认为别人只是套他的话，并不是真正地关心他，那么他便或撒谎，或缄默，或加倍小心提防，而且，宁可被当成一个傻瓜，也不愿上您那好奇心的当。总而言之，想洞察别人的心而又把自己的心思藏藏掖掖的，总归是下策。

韦塞利夫人从未对我说过一句使我感到可心、怜惜、亲切的话。她冷冰冰地询问我，我有所保留地应答。我的回答怯生生的，她一定觉得无聊和讨厌。后来，她便不再问我了，跟我说话也只是交代干活儿。她对我的判断不是根据我这个人，而是根据她让我成为的那个人。在见我只像个仆人时，她便使我只能以仆人的样子出现在她面前了。

我觉得，我自这时起便对这种贯穿我一生的隐藏利己之心，并对产生这种心思的本能的厌恶有所感悟。韦塞利夫人没有子女，只有她的外甥拉罗克伯爵作为继承人，后者对她一味地溜须拍马。她的心腹仆人见她死期将至，也都没有闲着，她周围还有那么多献媚取宠的人，所以她很难有工夫想到我。她家的总管名叫洛朗齐尼先生，是一个机灵人；其妻比他更加机灵，深得其女主人的恩宠，以至她在女主人家里不像雇来的女人，而像女主人的一位女友。她把自己的侄女推荐给夫人当了侍女。她的侄女是蓬塔尔小姐，是个机灵鬼，摆出一副贵妇侍女的架势，帮助她姑姑缠着女主人，以致后者完全被这仁人蒙蔽，一切均由他们代行其事。我没有讨得他们仁的欢喜：我服从，但不巴结，我想象不出除了效命于我们共同的女主人以外，还得听她的仆人使唤。再者，我是使他们不放心的人物。他们看得很清楚，我不是个甘居人下的人，担心夫人也看出这一点来而对我另有看顾，便减少他们的份额，因为他们这种人太贪，心术不正，把遗嘱里赠给他人的一切东西都视为从他们的私人财产中剜去似的。因此，他们便串通起来，把我从夫人眼前支开。夫人喜欢写信，这是她病中的一种消遣。于是，他们让她打消这个念头，并通过医生来说服她，说这样做太劳神。他们借口我不会服侍，便另雇了两名抬轿大汉在她身旁。总之，他们干得很漂亮，以至当夫人立遗嘱时，我有一个星期未能进她的房间。的确，在这之后，我同先前一样进她房间了，而且比任何人都勤快，因为这个可怜的女人的痛苦令我心痛如绞。她那始终强忍痛苦的精神使她极其令人崇敬和爱戴。我在她房中流下了许多真诚的泪水，但并没有让她或其他任何人看见。

　　我们终于失去了她。我是看着她咽气的。她的一生是一个聪明且有见识的女人的一生，她的死是一位贤哲的死。可以说，她以宁静的灵魂毫不懈怠、毫不做作地去完成天主教徒的义务，使我觉得天主教可爱了。她生性严肃认真。在她病危之际，她表现出的是一种非常正常的快乐，不像装出来的，而是理智对病痛的一种抗衡。她只是最后两天才卧床不起，还不断地同大家平静地聊天。最后，她不再言语了，奄奄一息。这时，她放了个响屁。她扭过脸来说："好！"这就是她的最后一句话。

她遗赠了一年的薪水给粗使仆人。但她家的名册上没有我的名字，所以我什么也没摊到。但是，拉罗克伯爵让人拿三十里弗尔给我，还让我把身上穿的新衣服穿走了，而洛朗齐尼先生原本是想让我脱下来的。他甚至答应设法给我找个差使，还允许我去看他。我去过两三次，但都没能同他说上话。我很容易气馁，所以就没有再去。大家不久就会看到我错了。

我为什么没能把在韦塞利夫人家逗留期间所有要说的都说出来？尽管我表面上依旧像从前一样，但是我离开她家时与进她家时并不一样。我从那儿带走了对罪恶的长久回忆和内疚得无法承担的重负。直到四十年后，我良心上仍压着这种重负，而且，那种苦涩的滋味非但没有减轻，反而随着年岁增长而加重。谁会想到一个孩子的错误会产生这么残酷的后果？正是因为这些极为可能的后果，我的内心才不得安宁。我也许使一个可爱可敬、诚实正派而且肯定比我强过百倍的姑娘陷入贫穷与屈辱了。

一个家庭的瓦解难免不引起一点儿混乱，难免不丢失许多东西。但是，由于仆人们的忠心和洛朗齐尼夫妇的警惕，财产清单上一样没少。只有蓬塔尔小姐丢了一条已经用旧的银白相间的粉红小丝带。我可以拿走的更好的东西多的是，可我偏偏看中了这条丝带，便偷拿走了。由于我并没有藏藏掖掖的，所以很快便被人发现了。大家想要知道我是在哪儿拿的。我慌神儿了，支支吾吾的，最后，我满脸通红地说是马里翁给我的。马里翁是一位年轻的莫里昂讷姑娘，当韦塞利夫人不再请客，把自己的厨师辞退之后，便让她当了厨娘，因为韦塞利夫人需要的是鲜汤，而不再是佳肴了。马里翁不仅漂亮，而且有着只有山里人才有的健康肤色，特别是她态度谦虚、温柔，人见人爱。此外，她还是一位乖巧、绝对忠实的好姑娘。当我供认是她时，人人惊诧不已。大家更多是不相信我，所以认为应该查明到底我们俩谁是小偷。有人把她叫来。大家蜂拥而至，拉罗克伯爵也在场。她来了之后，有人把丝带拿给她看。我无耻地指控她，她愣住了，一声不吭，看了我一眼。这一眼让魔鬼都得屈服，但我那颗残酷的心在顽抗着。她终于斩钉截铁地否认了，但并没表现得激动。她训斥我，叫我凭良心说，不要玷辱一个从未坑害过我的无辜女孩。我却仍无耻透顶地一口咬定，当着她的面硬说丝带是她给我的。可怜的姑娘哭了起来，只是对我这么说道："啊！卢梭，我原以为您是个好人，您坑苦我了。但我不想学您的样儿。"她没再对我说什么，只是继续朴实而坚定地为自己辩护，绝对没有骂我一声。她的忍让，再加上我的不松口，使她理亏了。一个是那么疯狂大胆，另一个又是那么如天使般温柔，真是不可思议。大家好像拿不定主意，但偏向认为是她偷的。当时场面乱糟糟的，没有时间去深究，拉罗克伯爵便把我们俩一块儿辞退了，只是说罪人的良心一定会为无辜者报仇的。他的预言并未落空，没有一天不在我身上应验。

我不知道这个受我诬陷的姑娘的下落，但是看来这事之后她不容易谋到差使了。她蒙受了一种使她名誉扫地的残酷罪名。偷的东西虽不值钱，但终归是偷，而且，更糟糕的是偷了去诱惑一个小男孩。总之，既撒谎又死不认账，对这种集各种恶习于一身的女子，人们是不抱任何希望了。我甚至没有看到是我把她推进了贫穷、遭人唾弃的最大险境。谁知道像她这么年纪轻轻的，因为无辜受辱而颓丧绝望，会有什么后果呢？唉！如果说我对让她身遭不幸后悔不已的话，请大家想一想，我竟然使她比我更糟，我又有多内疚呀！

这种残酷的回忆有时使我心慌意乱，竟至在不眠之夜看到这个可怜的姑娘前来责备我的罪孽，仿佛我昨天才犯下这罪。每当我生活平静时，这种回忆就不怎么使我苦恼。但是，当我命途多舛时，这种回忆便会驱走我那种无辜受害者最甜美的慰藉，使我深深地感受到我认为我在某本书里说过的：身处顺境，内疚沉睡；身处逆境，内疚激烈。但是，我从未在与朋友促膝谈心时把这心思和盘托出，以减轻内心负担。最亲密无间的友谊也未能让我把这一心思掏出来，连对瓦朗夫人也不例外。我所能做的只是承认我干过一件残忍的事，应该受到谴责，但是，我没有说究竟是什么事。这一重负至今仍沉重地压在我的心头，而且，我可以说，稍稍摆脱这种重负的欲望对我下定决心撰写《忏悔录》起了很大的推动作用。

我刚才在直率地忏悔，大家肯定不会觉得我在此掩饰自己的卑劣行径。但是，如果我不同时把自己内心的想法以及因害怕被人认为诡辩而不把当时的真实情况说出来，我就没有贯彻写这本书的目的。在那残忍的时刻，我并没有害她之心。当我诬告那个可怜的姑娘时，我是出于对她的友情，这挺奇怪，但又确实如此。她正萦绕在我的脑际，我便随口把责任推到了她身上。我把自己想干的事嫁祸于她，说她把丝带送给了我，因为我心里是想送给她的。当我看见她来了的时候，我的心碎了，但是，在场的人那么多，我不敢改口了。我怕的不是受罚，而是羞耻，害怕得胜过死亡、犯罪乃至一切。我无地自容，真想钻到地心里去憋死算了。无法抗御的羞耻心压倒了一切，使我无耻透顶的正是这羞耻心。于是，我越是有罪，就越怕承认，就越是态度死硬。我心里最害怕的就是被认定为小偷，被公开宣布是一个小偷、撒谎者、诬陷者。大家全都慷慨激昂，使我只剩下害怕了。如果大家让我冷静一下，我肯定会说出实话。如果拉罗克先生把我叫到一旁，对我说："别毁了这个可怜的姑娘。如果是你干的，就跟我实说了吧。"那么我当即就会跪在他的面前，这一点我敢肯定。但是，必须给我打气的时候，大家却一个劲儿地吓唬我。再说，年龄问题也是应该考虑的。我刚迈出童年，甚至可以说我还是个孩子。年纪轻轻的就犯罪，比长大成人犯罪更加罪莫大矣。但是，因一时糊涂而干坏事，不是什么大罪，而我的过错也仅此而已。因此，回忆起这件事来，我难过的不是这事本身，而是这事可能造成的恶果。这件事对我甚至是件好事，使我常常回忆起我干过的这一坏事，而今生今世保证不再干出任何导致犯罪的事来。我认为，我对撒谎深恶痛绝，大部分原因在于悔恨曾经说过如此卑鄙恶劣的谎话。如果这是一桩可以弥补的罪行，我敢说，那么我晚年遭受那么多的不幸以及我四十年来在艰难的环境下仍然正直和诚实总该弥补了吧。而且，在这世界上有那么多人为可怜的马里翁报仇，所以就算我把她坑苦了，我也不太害怕死后再受惩罚了。这就是关于此事我所要说的。请允许我永远不再提起它。

# 第三章

　　我从韦塞利夫人家出来了，几乎与进她家时没有两样。我回到原先的女房东家，住了五六个星期。其间，因为年轻健壮又无所事事，我常常脾气乖张。我心慌意乱，无精打采，胡思乱想。我常常哭泣、叹息，盼着尚无所知而又觉得被剥夺的一种幸福来临。这种状况难以描述，甚至很少有人能想象得出来，因为大部分人对这种既折磨人又美不胜言的幸福生活想入非非，流连陶醉，早有尝试。我热血沸腾，脑海里不断地涌现出姑娘和女人的倩影。然而，我并不真正知晓她们有何妙用，所以只是对她们恣意想象，浮想联翩，更多的就不知其所以然了。这番遐想令我的感官亢奋不已，难耐不适，幸好它们并未教我失态，我宁可丧命，也想与戈桐小姐那样的姑娘再见上一刻钟。但是，现在已不再是儿童嬉戏的时代了。羞耻，这个恶念的伴侣，随着年龄的增长飘然而至，使我天生的腼腆有增无减，竟至难以克服。无论是当时还是以后，遇上女人，尽管我知道对方并不刻板，而且几乎深信自己稍有表示即可如愿，但除非对方主动挑逗，逼我就范，否则我是不敢造次的。

　　我越发躁动不安，以致欲念难平，竟用最荒唐的办法去激发它。于是，我寻觅一些阴暗的小径、僻静的角落，去远远地向异性展示我本想在她们面前表露的情态。我让她们看到的不是我淫秒的前部（这一点我连想都没有这么想），而是我的屁股。我要如此这般地在女人面前暴露自己那种愚蠢的快活劲儿，简直难以描述。这与我所企盼的那事的感觉只有一步之遥，我相信，如果我有胆量候着，就会有某个坚强女子经过我身边，赐给我那种乐趣的。这种疯癫惹下了颇似喜剧的乱子，但对我来说并不有趣。

有一天，我来到一处天井尽头，那儿有一口水井，这户人家的姑娘们常来井边汲水。此处有一小小斜坡，有好几条地下通道通向地窖。我在幽暗中探察了一番，发觉这些地道又长又暗，便判定深不见底，万一被人发现，好事败露，我就可以安然地藏于其中。这么一想，我便向来井边汲水的姑娘们做出一些并非勾引而是荒唐的怪相。那些最老实的姑娘假装什么也没看见，另一些姑娘却开始笑，还有几个认为受到了羞辱，叫骂开来。有人闻声而来，我赶忙逃向可藏身之处。我听见一个男人的声音在喊叫，这一点我可真没想到，我吓坏了，顾不得迷失方向，忙往深处钻去。嘈杂声、喊叫声、那个男人的声音紧跟在我身后。我原指望幽暗可以把我藏起来，却见到了亮光。我颤抖不已，继续往里钻。一堵墙挡住了我的去路，我无法再往前逃，只好待在那儿听天由命了。转眼间，一个大汉追了上来，逮住我。那人留着大胡子，戴着一顶大帽子，佩着一把腰刀，身旁跟着四五个老女人，每人手中拿着个扫帚把儿，在她们中间，我瞥见那个揭露我的小坏蛋，她想必是想看清我到底是谁。

佩刀大汉攥住我的胳膊，厉声问我搞什么鬼。可想而知，我不知如何对答。但我稳了一下神儿，在这危急关头，脑子里挤出了一条妙计，竟然奏效了。我哀求他饶恕我年幼无知，可怜巴巴。我说，我是外地人，大户人家出身，脑子一时糊涂了。我是从家里逃出来的，因为家里人要把我关起来；要是他让人认出我来，我就完了，而他要是放我一条生路，我日后也许会报答他的大恩大德的。没想到，我的这番话和表情奏了效，那个吓人的大汉为之动容，只呵斥了我两句，便没多加追问，好心地放了我。从那个年轻女子及几个老女人见把我放走的神情中我看得出，让我胆战心惊的那个大汉可真帮了我的大忙，要是落在那帮人手里，我就没那么便宜脱身了。我听不清她们嘟囔些什么，也不去管了，因为只要那把腰刀和大汉不掺和，凭着我的矫健壮实，我完全有信心很快摆脱那帮手拿扫帚把儿的女人的。

几天过后，我同我的邻居——一位年轻的教士走过一条街时，正撞见那个佩腰刀的男人。他认出我来，戏谑地模仿我的腔调对我说："我是王子，我是王子，可我也是个笨蛋，请殿下别再来这儿了。"他并没多说什么，我便低着头，溜之大吉，心里却感激他如此手下留情。我断定那帮可恶的老女人对他的轻信大加羞辱了。不管怎么说，尽管他是皮埃蒙特人，但不失为一个好人，每忆及他时，我心里都充满了感激之情，因为那件事太有趣了，换了别人，单为取笑也会让我丢人现眼的。这件事尽管没造成令我担惊受怕的后果，但仍让我老实了很长时间。

我住在韦塞利夫人家时结识了几个人，常与他们交往，希望他们会对我有所帮助。我有时去看望其中的一位教士，他是萨瓦人，人称盖姆先生，是梅拉雷德伯爵的孩子的家庭教师。他还很年轻，交际不广，但极为理智、正直，才华横溢，而且是我认识的最诚挚的人中的一位。我之所以去他那儿，并非另有所图，期待他帮扶我，因为他并没有什么威望，但我在他身上找到了使我受益一生的非常宝贵的东西：良好道德的教诲和至理名言。在我的兴趣及思想转变过程中，我总是忽而过于高尚，忽而过于卑劣；忽而是阿喀琉斯，忽而是忒耳西忒斯；忽而是英雄，忽而是无赖。盖姆教士悉心教导我安分守己，认识自己，既不迁就我，也不打击我。他充分肯定我的天性和才智，同时指出他也从中看到了将会影响我发展的种种障碍。因此，他认为，我的天性和才华不会帮我登上幸运的阶梯，而会成为我摆脱荣华的资本。他为我描绘了一幅我原先只对其有着一些错误想法的人生真实图景。他向我指出，聪明人身处逆境时怎样总能走向幸福；怎样顶风向前，到达彼岸；为什么不明智审慎就没有真正的幸福；怎样在任何情况之下都可以做到明智通达。他向我阐明统治别人的人并不比被统治的人更明理、更幸福，从而大大地削弱了我对大人物的仰慕之情。他对我说过一句话，我至今念念不忘。他说，如果每一个人都能看透其他所有人的心思，那么，乐于低就的人就会比想往上爬的人多。这番话真挚感人，毫不夸张，我受用无穷，使我一生得以心境平和，乐天知命。他使我对真诚有了真正的初步认识，而我那浮华的才智原先只是极端地去理解真诚。他使我感受到：在社会上，用不着对崇高德行激情满怀；过于激昂必然转而消沉；持之以恒、始终不渝地尽职尽责并不比完成壮举大业少费劲儿，人们反倒可以从中获得荣誉和幸福；始终受人尊敬比偶尔让人们尊敬胜过千百倍。

　　要确定人的各种义务，必须追根溯源。此外，我刚迈出的一步，以及我因此所处的现状，使我们不得不谈一谈宗教。大家已经知道，《萨瓦副本堂神父》① 至少绝大部分是以正直的盖姆先生为原型的。只不过，由于谨言慎行，他不得不在说话时多有保留，所以谈起某些问题来就不太直言不讳了。尽管如此，他的箴言、他的见解、他的想法甚至他劝我回归故国的话都一成不变，都同我日后所发表的一模一样。因此，我无须对任何人都能理解其要旨的一些谈话大加赘述，我只是想说一点，他那些明智的但起初并不见效的教诲，是我心中德行和宗教的胚芽，从不枯萎，只等一只慧手去培护，便会开花结果。

　　尽管我那时改教之心尚不坚定，但我仍不免颇为激动。我对他的话语非但不讨厌，反而兴致盎然，因为他的话言简意赅，尤

---

① 卢梭所著《爱弥儿》一书的一部分。

其是其中饱含着某种真心的关怀。我原本就是重感情的，对希望我好的人比对为我做了好事的人更加热爱，而且在这方面我的感觉不太会出错。因此，我真心实意地热爱盖姆先生。可以说我是他的第二门徒，而这在当时就带给了我无法估量的好处，把我从因无所事事而引向的罪恶斜坡上拉了回来。

有一天，我压根儿没有想到拉罗克伯爵会派人来找我。以前，因为不得不去，又跟他说不上话，所以我觉得挺腻味，就再没有去过他家。我以为他早就把我忘了，要不就是我给他留下了坏印象。我想错了。他曾多次看见我高兴地替他姑妈做事。他甚至对他姑妈说过这事，而且，连我本人都忘到脑后的时候，他跟我提起过。他热情地接待了我，对我说，他并没对我空许愿，而是在想法儿安置我，而且成功了，会让我逐渐有出息的，但以后的路就得靠我自己去闯了。他说，他要送我去的那户人家有权有势，声名显赫，我无须有其他保护人就能出人头地，尽管开始时就像我现在这样，仍是个普通仆人，但尽管放心，一旦人家看出我的思想感情及行为举止高于现在的身份地位，他们就会提携我的。这番谈话的末尾把我开始时所抱的很大希望残酷无情地摧毁了。我心里既苦涩又气恼地想："什么！老是当仆人？"但这一念头很快便被自信抹去了。我自觉并非生就寄人篱下之人，所以不怕别人老把我当作仆人。

他领我到了古丰伯爵府第。后者是王后的御马房第一总管，是显赫的索拉尔家族的族长。这位令人尊敬的长者气宇轩昂，他的礼贤下士更使我感动不已。他饶有兴味地问长问短，我老老实实地一一做了回答。他对拉罗克伯爵说我眉清目秀，一定有才气。他觉得我一定不乏才智，但这并不足数，尚须看看其他方面。然后，他转向我说："孩子，几乎凡事都是开头难，但您开头并不会太难。要乖巧，要想法儿讨这儿所有人的喜欢。眼下您唯一要做的就是无论如何都要有勇气。我会关照您的。"他随即领我去他儿媳布莱耶侯爵夫人住处，给我做了介绍，然后又把我介绍给他的儿子古丰神父。我觉得这个开端是个好兆头。我经历过许多，深知主人雇个仆人是没这么多客套的。他们确实没有把我当作仆人看待。我同管事人一起用膳，也没让我穿号衣；由于小冒失鬼法弗里亚伯爵曾想让我站在他的马车后面，他爷爷便不许我站在任何人的马车后面，并且不许我随任何人外出。但我要伺候用膳，我在府里差不多是在干一个仆人的活儿。不过，我干活儿可以说是挺自由的，并没指定我专门伺候谁。除了记述几封口授的信和法弗里亚伯爵让我剪一些画片以外，我白天几乎可以完全自由支配我的时间。我没觉察到这种日子肯定是很危险的，甚至是极没人情味儿的，因为总这么懒散无聊，会让我沾染上一些我本不会染上的丑行恶习。

幸好这种情况并未发生。盖姆先生的教诲深入我心，我对他的教诲极感兴趣，有时还偷偷地溜出去听一听。我想，看见我这么偷偷地溜出去的人猜不出我去哪儿。没有比盖姆先生对我行为举止的教导再入情入理的了。我一开始工作极其出色，勤奋、精心、肯干，大家都非常高兴。盖姆教士曾明智地告诫我，要热情有度，担心我三分钟热度，被人看出，反而不好。他对我说："人家将根据您开头时的表现来要求您的，所以要尽量节制，留有余地，但千万注意，切不可偷闲躲懒。"

由于大家没有怎么注意我的小小才气，只是觉得我天资聪颖，有点儿小聪明而已，所以，尽管古丰伯爵曾对我谈起过这一点，但大家似乎并没想到要取我所长。这时，又出了一些事，所以我几乎被遗忘了。古丰伯爵的儿子布莱耶侯爵当时是驻维也纳大使。宫廷突发变故，波及古丰伯爵府上，有几个星期的工夫，大家都心神不定，便无暇顾及我了。然而此前我一直没有偷懒懈怠。这时，有一件事发生了，对我产生了既有利又有害的影响，即使我远离外界的一切诱惑，又使我对自己的职责有些疏懒。

布莱耶小姐很年轻，几乎与我年龄相仿。她风姿绰约，相当漂亮，肤若凝脂，褐发秀美。尽管是褐发女郎，但她一脸金发女子的柔情，使我的心从来不得平静。非常适合年轻人穿戴的宫廷服饰衬托出她的优美身材，凸显出她的酥胸和粉肩，而且，当时大家正在沮丧，她的肌肤就显得越发亮丽照人。有人会说，一个当仆人的不该注意这类事情。想必我这样做是不对的，但我毕竟如此这般了，而且绝非仅我一人。膳食总管和男仆们有时在饭桌上粗俗下流地谈起这事，我感到刀扎似的难受。然而，我并没头脑发热，完全坠入情网。我尚有自知之明，所以安分守己，不敢存此奢望。我喜欢看布莱耶小姐，喜欢听她说几句风趣、理智、诚挚的话。我的奢望只限于从伺候她的过程中得到快乐，并没有超出这一范围。吃饭的时候，我注意找机会服侍她。如果她的仆人暂时离开她的身旁，我便立即凑上前去。除此之外，我便站在她的对面，盯着她的眼睛，看她需要什么，窥视她要换盘更碟的时机。她要是肯叫我干点儿什么，看一看我，说一句话，我什么都会干的。但是她并没有这样做。我因在她眼里什么都不是而非常痛苦。我站在那儿，她甚至都没有理会。不过，她兄弟吃饭时有时候跟我说上几句。有一次，他说了一句有点儿不礼貌的话，我极其巧妙委婉地回答了他，布莱耶小姐这才注意到，向我看了一眼。这一眼尽管短暂，却让我好一阵激动。第二天，第二次机会又来了，被我抓住了。那一天举行一次盛宴，我头一次看见总管身配佩剑，头戴帽子，非常惊奇。碰巧，大家谈到了索拉尔家族的题名，是绣在有徽记的壁毯上的："Tel fiert qui ne tuePas。"由于皮埃蒙特人一般不精通法文，所以有一个人在这句题名上发现了一个拼写错误，说"fiert"一词不应该加"t"。

　　古丰老伯爵想要回答，但他看了我一眼，见我只是笑而不敢吭声，便命我回答。于是，我说："我认为't'不是多余的，'fiert'是一个古法文词，并非源自'ferus'（自傲、威吓），而是

086

从动词'fiert'变来的，意为'打击''伤害'。因此，我认为这句题名的意思不是'威而不杀'，而是'击而不杀'。"

大家都盯着我，又面面相觑。我一辈子也没见过他们这么惊奇的样子。但是，更使我得意的是，我清楚地看见布莱耶小姐脸上显出一种满意的神情。这个不可一世的人儿竟然朝我看了第二眼，至少同第一眼一样可贵。然后，她转眼看看她的祖父，好像有点儿急不可耐地等着他夸我几句。他祖父的确大大地夸奖了我一番，神情十分得意，以至众宾客全都竞相称赞起我来。这一时刻虽然短暂，但在各个方面都令人身心舒畅。这是个千载难逢的时刻，它恢复了事物本来的面貌，替我那因命运不济而被扭曲的才能出了口恶气。片刻之后，布莱耶小姐再次举目望着我，以既害羞又亲切的口吻请我为她拿点儿喝的。可以想见，我没让她久等，但是，因为杯子盛得太满，我把水洒出了一点儿在盘子上，甚至洒到了她身上。她兄弟唐突地问我为什么抖得这么厉害，这一问反而使我更加慌张，把布莱耶小姐闹了个满脸通红。

故事到此结束。大家可以看出，同与巴齐尔太太以及我此生以后的情况一样，我的恋情结局都不美满。我喜滋滋地在布莱耶夫人的过厅伫立着，但毫无用处，我再也没有获得她女儿的一点点关注。她出来进去时从不看我，而我也几乎不敢正眼看她。我是那么愚笨木讷，以至有一天她经过时手套掉在地上，我却没有立刻上前去拾我本会亲吻的那只手套，反而不敢挪动，竟让一个又笨又胖的男仆占了先。我真想把他砸死。我看得出，我没能幸运地得到布莱耶夫人的垂青，这更加使我惶恐不安。她不仅不使唤我，也从不接受我效劳。有两回，我站在她的过厅，她竟毫不客气地问我是否无事可干。我只好离开这个可爱的过厅了。我起先很是觉得可惜，但是事情一多，很快也就不再去想它了。

布莱耶夫人虽不屑于我，但她公公终于注意到了我，他的好心使我总算聊以自慰了。我谈到的那次盛宴的当晚，他同我聊了半个小时，他好像挺高兴，我也喜形于色。这位敦厚的长者颇具才华，尽管与韦塞利夫人相比相形见绌，但古道热肠，我在他身边称心如意。他叫我去跟随他的儿子——那个挺喜欢我的古丰神父，说这是他儿子的意思，如果我不辜负所托的话，会对我有用的，会使我获得大家认为我缺乏的东西。第二天一大早，我便向神父先生那儿奔去了。他根本没有把我当成仆人看待，而是叫我在他的火炉旁坐下来，极其和蔼可亲地询问我，而且很快便看出我的启蒙教育很杂，全都不深不透。他尤其觉得我拉丁文很差，准备多教我一点儿。我们商定，我每天上午去他那儿，而且我第二天就开始去了。就这样，在我的一生中，人们将常常看到的怪事中的一件发生了：我的身份不伦不类，在同一个人家里，既当门生，又当仆人，在做牛做马的同时，还有一位只有王子才有的出身名门的家庭教师。

古丰神父先生是最小的孩子，家里人想要让他升任主教，所以对他的教育比对其他名门子弟的一般教育要高深。他曾被送往锡耶纳大学 ① 深造了好几年，对语言纯洁主义造诣颇深，使他在都灵的地位与旦茹神父 ② 以前在巴黎的地位几乎相当。因为讨厌神学，他便致力于文学，在意大利，对那些从事神职的人来说，这是极平常的事。他读过许许多多的诗，他自己也能凑合写些拉丁文和意大利文诗。总之，他有着培养我和为我乱七八糟的脑子去粗存精所必需的那种兴趣。但是，也许我的饶舌使他错以为我有多大的学问，也许基础拉丁文可能使他觉得索然寡味，他把教我的起点定得太高了。他还没让我翻译多少菲德洛斯的寓言，便让我学维吉尔的作品，我几乎一点儿都听不懂。正如大家日后将看到的那样，我对拉丁文注定是学了又学，可始终没能学有所成。不过，我学的时候是

---

① 意大利历史最悠久的大学之一。
② 路易·德·旦茹 (1643—1723) 同其兄布莱耶侯爵 (1638—1720) 一样，曾为法兰西学院院士，是著名的文法学家，竭力主张维护语言的纯洁性。

相当卖力的，而且，神父先生极其亲切，诲人不倦，至今仍令我感动。我同他一起度过大半个上午，既为了学习，也是为他效劳，但不是伺候他的衣食，因为他从不让我这么做。我只是记录他口授的东西和抄抄写写，而这种文书工作比做小学生对我更加有用。这样，我不仅学到了纯正的意大利文，而且对文学产生了兴趣，也增强了对好书的鉴别能力，这是在租书店女老板拉·特里布那儿学不到的，对我日后独自写作帮助甚大。

这段时间是我一生中没有胡思乱想，可以最为理智地盼着有所成就的时期。神父先生对我非常满意，逢人便夸奖我，他父亲对我也有着一种特殊的爱，法弗里亚伯爵告诉我说他跟国王提起过我。布莱耶夫人对我也一改往日那种蔑视神情。总之，我成了他家的某种宠儿，令其他仆人妒火中烧。仆人们见我有幸蒙受主人之子的教诲，清楚地知道我很快就要高他们一头了。

我可以从偶尔听到的只言片语中悟出大家对我的看法，经过一番思忖，我觉得索拉尔家族想谋求大使的职位，也许想预谋当上大臣，所以可能很乐意预先培养一个有才气、有能耐的人，完全依附他们家，获得他们的信赖，忠心耿耿地为他们效劳。古丰伯爵的这个打算是高尚、明智、伟大的，而且不愧是一位仁慈而有远见的大贵族的计划。然而，我当时并未看出其全部意义，这个计划对我那颗小脑袋来说也太高深莫测了，而且我得过于长时间地屈居人下。我那疯狂的野心只想通过奇遇寻求腾达。我看不见该计划中有任何女人的芳踪，所以觉得这办法缓慢、艰难，令人忧伤。其实，我本该觉得这办法越是没有女人掺和才越是高贵和稳妥，因为女人所偏爱的才能肯定抵不上大家所认可的我具有的才能。

一切都进行得很顺利。我得到了，甚至可说是夺得了大家的尊重。考验结束了，这家人都把我看作一个最有出息但又大材小用了的年轻人，都等着看我飞黄腾达。但是，我的位置不是人们指定给我的，而是我通过迥然不同的途径取得的。我提及了我固有的特点中的一个，只要向读者说出这一特点，就一目了然了，无须多加赘述。

　　尽管都灵有许多像我一样的新改教者，可我不喜欢他们，也从不想与他们来往。不过，我曾接触过几个没有改教的日内瓦人，其中有一个名叫朱沙尔，外号"歪嘴"，是个细密画画匠，同我沾点儿亲。这个朱沙尔先生打听到我住在古丰伯爵家里，便同另一个日内瓦人来看我。后者名叫巴克勒，是我学徒时的一个伙伴。巴克勒是个很风趣、很活泼的小伙子。他由于年轻，所以满嘴俏皮话，人们很爱听。我一下子就喜欢上了巴克勒先生，竟到了不能离开他的程度。他不久要回日内瓦去，这对我将是多大的损失啊！我深感损失之巨大。为了至少充分利用他走前的这段时间，我便与他形影不离，或者说他与我寸步不离，因为一开始我并没昏了头地不经允许就走出府去整天与他在一起。但是不久，见他老缠着我，门房就不放他进来，而我急得像热锅上的蚂蚁，把一切都抛诸脑后，只想到我的朋友巴克勒，既不去神父先生那儿，也不去伯爵处，大家在府里也见不到我的人影了。他们训我，我不听，于是他们用辞退来吓唬我。这一威吓毁了我，它使我窥见同巴克勒一起走的可能性。自此之后，我再也看不到其他乐趣、其他命运和其他幸福，只想做这样的一次旅行，而且只看见其中说不尽的幸福，此外，在旅行结束之后，我还可以去看看瓦朗夫人，尽管这是很遥远的事。至于回日内瓦，我连想都没去想。山峦、草地、树林、溪流、村庄以其新的充满魅力的姿态没完没了地相继出现，这种幸福的旅程似乎吸引了我的整个生命。我喜滋滋地回想起我来时一路上的景色是多么迷人。而且，这一次，除了独立自主，还有一个年岁相仿、趣味相投、性格随和的好朋友做伴，无牵无挂，无事无责，无拘无束，想停则停，想走就走，那该多么美妙啊！只有疯子才会为了实现一些缓慢、艰难、不保险的野心勃勃的计划而牺牲这样一次机会，即使这些计划有朝一日得以实现，而且辉煌无比，也抵不上年轻时候片刻真正的欢快和自由。

我因为满脑子是这种聪明的奇思异想，便想方设法达到了被赶走的目的。不过，这也并不太容易。一天晚上，我打外面回来，管家通知我，伯爵先生辞退我了。这正是我求之不得的，因为不管怎么说，我总感觉自己的行为荒唐无礼，所以为了原谅自己，我便添了一种不讲道理、忘恩负义的想法，认为他们辞退我，过错在他们，自己无可奈何，可以原谅。有人通知我，法弗里亚伯爵让我第二天上午走之前去跟他说一声。因为他们看出我昏了头，可能不会去，所以总管说在我去过之后才把给我的一点儿钱交给我。这笔钱我肯定不该得的，因为主人不愿让我当仆人，没有给我确定佣金。

法弗里亚伯爵尽管很年轻、很冒失，但这一次对我说了一番最入情入理的话，我几乎敢说那是最亲切的话，因为他以一种殷切动人的方式向我述及他伯父对我的关怀以及他祖父对我的期望。最后，在激动地把我为了毁了自己而牺牲的一切指出来之后，他主动提出和解，只有一个条件，就是别再同引诱我的那个小混蛋来往。

很显然，他这么说并不是他自己的意思，我就是愚蠢透顶，也能感觉得出来我的老主人对我的一片好意，因此我深为感动。但是，这次旅行深深地印在我的脑海之中，任何事物也抹不去它的魅力。我完全失去了理智。我态度死硬，铁了心，豁出去了，傲慢地回答说，既然辞了我，我也接受了，改口也来不及了，即使我一辈子可能会怎样，但我主意已定，绝不让一户人家赶走两次。这时候，这个年轻人当然火了，骂了一通，抓住我的肩膀把我推出他的房间，"砰"的一声把门关上了。而我呢，我像刚赢得最伟大的胜利似的，神气活现地出来了，而且，生怕还有架要吵，便极不光彩地走了，连对神父先生的好心说声"谢谢"都没有。

为了了解我当时疯癫到什么程度，必须了解我的心对那些细小的事物狂热到了何种地步，以及它是以何种力量陷入对吸引着它的那些事物的想象的，尽管有时候这些事物是虚无缥缈的。最怪诞、最幼稚、最疯狂的计划都跑来诱惑我的得意念头，好像真能实现似的。谁能料到一个将近十九岁的人会把自己的余生寄托在一只小空瓶上？现在，我来说给你们听听。

　　几个星期之前，古丰神父送给我一件礼物，那是一个埃龙喷水玩具，十分漂亮，我爱不释手。由于常玩这件玩具和谈论我们的旅行，聪明的巴克勒和我在想，这玩具可能对旅行有用，而且可以使旅行延长些日子。世界上有什么会像这件玩具这么好玩？于是，我们把我们的美梦寄托在这上面了。我们想象着每到一个村子，便把农民们召集到我们的玩具跟前来，这样，好吃好喝就纷纷摆在我们面前，因为我们俩都深信，对收获粮食的人来说，粮食算不了什么，而如果他们不喂饱行路的人，那他们就是没有良心。到处是盛筵和喜宴，我们无须破费，只要费点儿唾沫和喷水玩具的水，就能走遍皮埃蒙特、萨瓦、法国乃至全世界。我们拟定了一些永无止境的旅行计划，先往北走，不是假设有必要在某处停留，而是为了享受翻越阿尔卑斯山的乐趣。

　　这便是我着手进行的计划。我毫不遗憾地抛开了我的保护人、我的老师、我的学习、我的希望，以及对几乎很有把握的一种幸运的等待，开始了一个真正的流浪汉的生活。再见了，京城！再见了，宫廷、野心、虚荣、爱情、美人儿，以及去年我来时所怀有的一切伟大的奇思异想。我带着喷水玩具，同我的朋友巴克勒上路了，虽然兜里只揣了一点点钱，但心里充满了快乐，一心想着享受这游荡的幸福。我突然间把我所有的光辉计划都押在这种幸福上了。

　　不过，这次荒唐的旅行同我预想的几乎一样快活，只是方式方法不同。因为我的喷水玩具在小酒馆里虽然能使女店主和女招待们偶尔高兴一下，然而我们离开时照样得付账。但我们对此并不怎么烦恼。我们只是想等钱花光的时候再好好地利用一下这个宝贝。一件意外的事省了我们的麻烦：在快到布拉芒的时候，喷水玩具碎了，碎得正是时候，我们虽没敢说，却觉得这玩意儿讨厌了。打碎了反而使我们比以前更快活，我们大笑自己的愚蠢，大笑自己不介意衣服和鞋都穿破了，竟想靠我们的玩具来添置新的。我们像开始时一样轻快地继续往前走，只不过不再七拐八绕了，因为钱快用完了，必须尽快赶到目的地。

到了尚贝里，我变得若有所思了，不是在想我刚刚干的蠢事，因为从未有人那么快、那么明确地认清自己的过去，我想的是瓦朗夫人见到我时会是什么态度，因为我完全把她家当成了自己父母的家。我写信告诉过她我进了古丰伯爵府，她知道我在府里过得不错。她祝贺我，并谆谆告诫我应该如何报答别人对我的恩情。我以为，如果我不因犯错而毁了自己的话，前途肯定无虞。要是她看见我来了，会怎么说呢？我当然可以肯定她是不会把我扫地出门的，但是，我担心会让她伤心。我害怕她责怪我，那比贫困更加令我难受。我决心默默地忍受一切，并尽力安慰她。在这个世界上，我只有她一个亲人了，如果失去她的爱，那我就没法儿活了。

最让我担心的是我的旅伴，我不愿再给瓦朗夫人增加负担了，但我担心不容易摆脱他。最后一天，我对他比较冷淡，准备与他分手。那个家伙明白了我的心思，他很疯，但不蠢。我以为他会因我变心而痛苦，但我想错了，我的朋友巴克勒一点儿都不难受。刚进阿讷西城，他便对我说："你到家了。"他吻了我一下，跟我说声"再见"，便一转身不见了。我再没有听说过他。我们的相识和友情总共维持了将近六个星期，其后果却影响我一生。

我走近瓦朗夫人家时，心跳得很厉害！我两腿发颤，眼睛雾蒙蒙的，什么也看不见、听不见，遇上熟人也认不出来。我不得不停下好几次，喘喘气，恢复一下知觉。是不是害怕得不到我所需要的周济，才慌乱到如此地步？我这样的年纪，至于害怕饿死到这种程度吗？不，不，我以真心和自傲这么说，我一辈子无论什么时候都从没有因为富贵或贫穷而得意忘形或忧心忡忡。在我那因曲折而坎坷难忘的一生中，常常居无定所，食不果腹，但我始终以同样的眼光去看待富贵和贫穷。迫不得已的时候，我也会像别人一样去讨去偷，但不会惊慌失措到如此地步！很少有人像我这样唉声叹气，也很少有人一生中流过像我这么多的眼泪。但是，穷困也好，害怕穷困也好，都没能让我哼过一声，流过一滴眼泪。虽深受命运的捉弄，但除了与命运无关的幸福与痛苦之外，我不知道什么是真正的幸福与痛苦，而且，只是当我并不缺衣少食的时候，我才感到自己是人间最不幸的。

我来到瓦朗夫人面前。一见到她的神情，我就放心了。她刚开口，我便颤抖了，扑倒在她面前，激动得狂喜不已，把嘴贴在她的手上。我看不出她是否听说了有关我的消息，她脸上没有现出什么惊讶的表情，也看不出忧伤。她用温柔的口吻对我说：“可怜的孩子，你又回来了？我早就知道你太小了，不能跑这么远。不过，我还是挺高兴，你没有像我所担心的那样糟。”然后，她便让我把经过谈一谈。情况不多，我说得老老实实，只是省略了一些情节，但并没宽恕自己，也没为自己开脱。

该解决我的住处问题了。她问了问女仆。她们在商量的时候，我大气也不敢出。但当我听见让我住在家里时，我简直是得意忘形了。我看见我的小包袱被拿到我住的房间里去时，感觉就像圣普乐<sup>①</sup>看见自己的马车被赶进沃尔马夫人的车棚里去一样。此外，我高兴的是，听说并不是让我暂时住一住而已。在大家以为我在想自己的心事时，我听见瓦朗夫人说：“别人爱怎么说就

---

① 指的是卢梭《新爱洛伊丝》中的圣普乐周游世界回到瑞士的情景。

怎么说吧。既然上帝把他又送回给我，我就决不抛弃他。"

我终于在瓦朗夫人家住了下来。但这并不算是我一生中幸福时日的开始，而只是准备。尽管使我们真正地享受人生的心是大自然的杰作，也许还是机体的一种产物，但是，还需要环境来发展它。如果缺少这些偶然原因，一个生来就很重感情的人也不会感觉出什么，而且，到死也不曾体味自己的生命。我此前几乎就是这样的人，如果我从未认识瓦朗夫人，或者认识她但没在她身边久待，没受到过她赋予我的温柔疼爱的感染，我也许永远就是这样的人了。我敢说，只感受到爱情的人，并没感受到人生中更美好的东西。我还了解另一种感觉，它也许没有爱情强烈，但比爱情要甜蜜千百倍。它有时与爱情相连，却又常常与之分离。这种感情也不单单是友情，它比友情更浓烈，更温馨。我认为它不可能产生于同性之间。我可以说是好交朋会友的人，但至少我从未在男性朋友中间感受到这种感情。这一点现在还不明确，但日后会清楚的，情感通过其表现才能说得明白。

瓦朗夫人住的是一幢旧房子，比较大，可以留出一间漂亮的空屋来做客厅。我就被安顿在这间客厅里了。这个房间朝向我提到过的过道，我们俩就是在那条过道上第一次见面的。在小溪和花园那边，可以看到田野。对这番景致，住在屋里的年轻人是不会无动于衷的。离开博赛之后，这还是第一次我的窗前呈现出绿色。我一直被墙壁遮挡着，眼前不是屋顶就是灰蒙蒙的街道。这新鲜景象使我感到多么动人、多么温馨！它使我大大地倾心于温情。我把这迷人的景色也看作我亲爱的保护者的一种恩情：我感到她是为我专门布置的；我悠然地置身景中的她身旁；我看见她时时都在花红柳绿之中；她的风姿与春天的风韵融在一起，映入我的眼帘。我那颗此前一直压抑的心在这个空间里舒展开来，我的呼吸在果树园中更加舒畅了。

在瓦朗夫人家，看不见我在都灵所见到的那种奢华，但看到的是清洁、体面以及和奢华不沾边的大户人家的殷实富足。她家没有多少银餐具，没有瓷器，厨房里没有野味，地窖里也没有外国酒，但是厨房和地窖里都储存丰富，足够大家享用，她还用陶制杯子斟上等咖啡给客人。但凡前来看她的人都被邀请与她一起用餐或单独用膳，从来没有一个工人、信差或过路人不吃不喝就走出她家。她的仆人包括一个颇有姿色的弗里堡女佣，名叫梅塞莱；一个男仆，是她的同乡，名叫克洛德·阿内，以后将提到他；一个厨娘；她出门会客时用的两名轿夫，可她极少出门。两千里弗尔的年金，却要养活这么一大帮人。收入虽少，但安排得当的话，在一个土地肥美、钱也值钱的地方本可以应付这一切了。不幸的是，她最不喜欢节省：她借债支付开销，而钱借来就用，还没焐热就没了。

她持家的方式正好是我想选择的方式，大家可以相信，我正好快活地享用一番。使我不太满意的是吃饭时间拖得很长。瓦朗夫人闻不得刚端上桌的汤和菜的味儿，几乎一闻便头晕，而且要恶心老半天。然后，她逐渐缓过来，只是聊天而不吃一点儿东西。直到半小时之后，她才尝第一口。这段时间我足可以吃三顿饭了。她开始吃的时候，我早就吃饱了。我只好陪着再吃，这样我就吃了双份，但并没觉得太撑。总之，我尽情享受在她身边的那种舒心甜蜜的感觉，因为我所享受到的这种舒心甜蜜丝毫用不着我去担心维系它的经济条件。由于不太了解她的家底，我还以为她家的条件一直不错哩。后来，我在她家里仍旧快快乐乐的。但是，在进一步了解她的实际情况之后，看到她预支年金寅吃卯粮时，我就不再那么心安理得地感到快乐了。预先的考虑总是扫我的兴。我看见自己将来必定一事无成，而且永远是在劫难逃。

从第一天起，我们俩之间便建立起最亲密无间的关系，在她以后的一生中，这种关系一直保持未变。她称呼我为"孩子"，我叫她"妈妈"，即使随着岁月的流逝，我们俩年龄的差距几乎被抹去了，称呼仍旧未变。我觉得，这两种称呼绝妙地反映出我们俩关系的实质、态度的淳朴，特别是我们心灵相通。她对我来说是最温柔的母亲，从不寻求自己的欢乐，而只求我能幸福；如果说我对她的爱掺杂了感官的色彩，那也改变不了这种关系的性质，只能使之更加美好，并使我因有一位年轻貌美的母亲在抚爱我而陶醉。我所说的"抚爱"是就其字面意义来说的，因为她从没少亲我，没少给予我最温馨的母亲般的抚爱，而在我的心里从没有过非分之想。也许有人说，我们到最后有了另一种关系。这一点我同意，但请少安毋躁，我不能一下子把一切都说完。

我们初次见面的那一瞬间，是她使我真正心动的唯一时刻，再说，这一时刻也是因为惊奇所致。我冒昧的目光从未偷看过她脖子以下的部位，尽管那地方没遮挡严实的丰腴之处可能很吸引人。我在她身边从未有过冲动或欲念。我极其平静自若，享受着说不清、道不明的快乐。我就是如此这般地待一辈子，甚至永生永世，也不会有片刻的腻烦。她是我与之谈话从不觉得乏味的唯一的人，不像出于礼貌同别人谈话时那么活受罪。我们俩单独在一起的时候，不是在交谈，而是在没完没了地闲聊，除非有人来打断，否则不会终止。因而，用不着逼我说话，倒是必须迫使我住嘴。她由于老在思考自己的计划，所以常常陷入沉思。好吧！我就让她沉思，我闭上嘴，凝视她，我成了世上最幸福的人。我还有一个极特别的怪癖。我虽不奢望这种单独相处的恩宠，却在不断地寻求机会，而一旦有此机会，我便欣喜若狂，若是有冒失鬼前来打扰，我便怒气冲冲。一有人来，不管是男是女，我便嘟嘟囔囔地出去，因为我容不得有第三者在她身旁。我来到过厅分分秒秒地算着时间，千百次地诅咒那些赖着不走的访客，想不出他们哪有那么多话要说，因为我还有更多的话要讲哩。

我只有在见不到她的时候才发现我是多么爱她。当我看见她时，我只是感到高兴而已，但她不在的时候，我的焦虑不安竟达到了痛苦的程度。同她生活在一起的那种需要，使我心意缠绵，常常潸然泪下。我将永远也忘不了，有一天，是个盛大节日，她正在做晚祷，我便去城外散步了，心里满是她的倩影和同她一起共度时光的强烈欲望。我还较为理智，知道眼下这是不可能的，而且我尽享的这种幸福可能是短暂的。这么胡思乱想使我徒生悲伤，不过，我并没有沮丧，因为我看到一种令人欣慰的希望。那一直使我特别震颤的钟声、那鸟儿的鸣唱、那风和日丽、那我梦想着与她共住的散落在乡间的房屋，都使我产生了极其强烈的、温馨的、忧伤的和感人的印象，以至我恍若置身于那美妙的时刻、美妙的仙境，我的心因能使她快乐而幸福，而且在难以言表的快意中享受着幸福，但并不含有任何情欲的成分。我记不得自己是否还曾像当时那样强烈地、充满幻想地憧憬未来。最使我惊奇的是，当这一梦想实现的时候，我回忆起它时，竟然发现了一些与我当初的想象完全一模一样的东西。如果一个头脑清醒的人的梦想真的像一种预感，那就是指我的那个梦想。我感到失望的只是与想象的时间长短不一样，因为我想象着岁岁年年、日日月月、一生一世都在一种永不改变的宁静之中度过，而不是实际上那样，只是一段很短的时间。唉！我那恒定不变的幸福原来只是幻想，刚一实现，我便如梦初醒了。

如果我把我不在这位亲爱的妈妈面前时，因对她的回忆而产生的种种疯癫一五一十地写出来，那就会没完没了了。我曾多少次因想着她在上面睡过而亲吻我的床呀！曾多少次因想着我屋里的窗帘以及所有的家具是属于她的，而且她那美丽的手触摸过而亲吻它们呀！就连地板，因为想着她在上面走过，我便多少次匍匐其上呀！甚至有的时候，在她的面前，我竟忘乎所以，那似乎只有最强烈的爱情才会使然。有一天，吃饭的时候，当她把一块肉放进嘴里时，我看见肉里面有一根头发，便喊叫起来。于是她把肉吐到盘子里，我如获至宝地抓起，吞进肚子里。总而言之，我与最狂热的情人相比，只有一个差别，但也是根本的差别，它使我的行为在情理上几乎是不可思议的。

我从意大利归来同我去时并不完全一样了，但是，像我这种年龄的人也许从未像我这样回来。我带回来的不是童贞的心，而是童贞的肉体。我感觉到自己在逐年长大，我那躁动不安的气质终于显现出来，而它的第一次极不经意的爆发使我对自己的身体感到惊恐，比其他什么都更好地表明在此之前我一直天真无邪地生活着。我很快便安下心来，学会了那种危险的替代办法，它既能欺骗本性，又拯救了像我这种性情的年轻人，使之免于放荡不羁，却损害了他们的健康，消耗了他们的精力，有时甚至危及他们的生命。羞惭和胆怯的人觉得非常合适的这种恶习，对想象力丰富的人还有着一种很大的吸引力，可以说这就是随心所欲地占有所有女性，让迷惑他们的美人儿服务于他们的快乐，而又用不着征得她们的同意。我受到这种致命的便利的诱惑之后，便拼命摧残大自然为我造就的、我经年累月保养很好的健康身体。除此倾向以外，我当时的环境也在添乱。我住在一位美妇人家里，对她的情影魂牵梦萦，白天又老是看见她，晚上被使我想起她的东西包围，睡在我知道她睡过的床上。有多少东西在撩拨着我呀！读者要是好生想想，会以为我已是病入膏肓了。恰恰相反，应该毁了我的东西正好救了我，起码是暂时救了我。我被在她身边生活的情趣陶醉，满怀着永远生活在她身边的强烈欲望，不管她在与不在，我始终把她看作一位温柔的母亲、一个亲爱的姐姐、一个迷人的女友，而毫无其他欲念。我始终如一地这么看待她，从未改变，而且眼里从来就只有她。她的形象一直深印在我的心里，没有给其他任何人留下位置。她对我来说是世界上唯一的女性，她赋予我的极温柔的感情没有给我的感官留下时间去为其他女人而骚动，这保证了我不受她也不受所有女性的诱惑。总之，我因爱她而老老实实。这方面的事，我说不清楚，关于我对她的爱恋，谁想怎么说就怎么说吧。至于我，我所能够说的一切就是，如果这种爱恋已经显得非常特别的话，以后则更显得离奇。

我极其愉快地度着时光，做的却是那些我极不感兴趣的事：或草拟计划，誊清账目，抄写药方；或挑选草药，捣杵药材，照看蒸馏器。除了这些乱七八糟的事以外，还得接待过路人、乞丐以及各种各样的访客。我必须同时与之打交道的有士兵、药剂师、议事司铎、贵妇人、不受神品的办事修士。对这帮该死的家伙，我咒骂，我嘟囔，我诅咒，我让他们见鬼去。可是对她来说，她干什么都快快活活的，我的火气让她笑得直流眼泪。而更让她觉得好笑的是，我虽然生气，自己却也禁不住笑。我喜欢唠叨的那些不长的时刻是很有趣的。如果在我骂骂咧咧的时候突然来了一个讨厌的家伙，瓦朗夫人的兴致会更大。她狡黠地拖长会客时间，还故意瞟我，让我真想揍她。当她见我迫于礼节，不敢造次，只是气哼哼地看着她时，她才勉强收起笑容。实际上，我心底却不由自主地觉得这一切是十分有趣的。

这一切本身并不使我感兴趣，但因为这是构成我所喜爱的生活方式的一部分，所以我觉得有意思。我周围所发生的一切，人们让我做的一切，全都不对我的脾胃，但都使我很称心。如果我对医学的厌恶没有造成一些不断使我们高兴的疯癫场面的话，我想我会爱上它的，因为这也许是这门学问第一次产生这样一种效果。我自认为凭气味就能辨出一本医书来，有趣的是我很少出错。瓦朗夫人让我尝一些最恶心的药剂。我怎么躲，怎么反抗，都无济于事。尽管我反抗着，做出可怕的怪相，咬紧牙关不张嘴，但当我看见她那沾有药汁的纤纤玉手靠近我嘴边时，我只好张开嘴舔一舔。当她那一整套制药家什集中在同一个房间里时，听见我们又跑又叫，哈哈大笑，人家还以为我们在房间里演闹剧，而不是在配制麻醉剂或兴奋剂。

但我并没有把时间全部消磨在这些玩笑之中。我在我住的房间里找到了几本书:《目击者》、普芬道夫 ① 的书、圣埃弗尔蒙 ② 的书和《拉·亨利亚德》。尽管我已不像从前那么疯狂地爱读书了，但无所事事时我便翻翻这些书。我特别喜欢《目击者》，它使我受益匪浅。古丰神父曾教我别贪多嚼不烂，要细细咀嚼，这样，我读书的收效就好多了。我习惯于思索语句结构和优美文体，我在练习分辨纯洁法语和我的方言土语。例如，通过《拉·亨利亚德》的下面两句诗，我改正了我像所有的日内瓦同胞一样常犯的一个拼写错误：

Soit qu'un ancien respect pour le sang de leurs maitres,
Parlat encor pour lui dans le coeur de ces traitres.③

"Parlat" 一词使我一怔，告诉我它的虚拟式第三人称单数结尾须加"t"，而以前我在拼写或读它时都把它与直陈式简单过去时混同。

有时候，我同妈妈聊聊我所看的书。有时候，我在她身边朗读，对此，我兴趣大极了。我练习着好好念，而这对我也很有益处。我说过她很有才气，而当时她也正处在才华横溢的时期。好几个文人争相博取她的欢心，指点她如何鉴赏上乘之作。照我看来，她有点儿新教徒的趣味。她爱谈论拜勒，对早已在法国故去的圣埃弗尔蒙推崇备至。但这并不妨碍她对优秀文学的了解，也并没影响她对它的赞赏。她是在上流社会长大的：她小的时候便来到萨瓦，在同当地贵族的亲切交往中丢掉了沃州那矫揉造作的情调。在故乡沃州，女人把自命不凡当成上流社会的特点，因此只知道说些俏皮话。

① 普芬道夫 (1632—1694)，德国法学家。
② 圣埃弗尔蒙 (1614—1703)，法国作家。
③ 这是伏尔泰的《拉·亨利亚德》中的两句诗："或许是对其主人们后裔的固有尊敬，在这帮叛徒心中为之说情。"

尽管她只是路过时见过宫廷，但那匆匆一瞥已足以使她了解宫廷。她在宫廷里始终有一些朋友，而且，尽管有人眼红，尽管她的作风和债务引起风言风语，但她从未失去年金。她对世事颇有经验，而且善于思考，能从经验之中得到好处。这是她得意的话题，由于我老爱胡思乱想，这也正好是我最需要的一种教诲。我们一起读拉布吕耶尔的作品。她喜欢拉布吕耶尔胜过拉罗什富科[1]；后者的作品情调哀伤，令人惆怅，特别是那些不喜欢按本来面目看人的年轻人更是这么认为。当她说教的时候，有时有点儿不着边际，但是，我不时地吻吻她的嘴或手，也就耐住性子，不觉得她的话长得烦人了。

这种日子过于温馨了，很难长此以往。我常意识到这一点，因此好日子要到头的担忧便成了我唯一的心病。"妈妈"通过说笑研究我、观察我、询问我，为我的前途拟订了许许多多我并未实践的计划。幸好，光了解我的倾向、我的兴趣、我的小聪明还不行，还必须找到或创造利用它们的机会，而这一切又非一朝一夕的事。而这个可怜的女人对我的能力的偏爱使她难以决断，反倒延缓了使我的能力得以发挥的时机。最后，多亏了她的好印象，一切都遂了我的心愿，但是，心不能太高，因此，从这时起我便一刻也安生不了了。她有一个名叫多博纳的亲戚前来看她。此人聪明过人，颇有心计，像她一样是个拟计划的能手，但他没被计划搞垮，总之，他是个冒险家。他刚向弗勒里红衣主教提过一个想得挺好的彩票计划，但未被采纳，于是，他去向都灵宫廷提出这一建议，竟被采纳而且付诸实施了。他在阿讷西停留了一段时间，成了地方长官夫人的情人。这位夫人非常可爱，很合我的胃口，而且是我在"妈妈"家里最高兴见到的唯一的女人。多博纳先生看见了我，瓦朗夫人便跟他谈起我。他决定观察一段时间，

---

[1] 拉罗什客科 (1613—1680)，法国作家。

看看我适合干什么，如果觉得我是可造之才，就想法儿安排我。

瓦朗夫人借口让我办点儿事，也不跟我透点儿风，连续两三个上午派我去他那儿。他十分巧妙地让我开口，对我很亲热，尽可能地让我放松，跟我既谈些鸡毛蒜皮的事，又什么主题都聊到了，而他这么做的时候好像并没在观察我，毫不做作，仿佛他挺喜欢我，想同我随便交谈似的。我被他迷住了。他观察的结果是，我尽管仪表堂堂，神采奕奕，但是，即使算不上完全无能，至少是一个缺少才气、没有思想、几乎不懂什么知识的人，总之，在各个方面都很浅薄，所能指望的最好机遇就是有朝一日当上一名乡村的本堂神父。他对瓦朗夫人就是这么判定我的。我这是第二次或者第三次被人如此看待了，但这还不是最后一次，因为马斯隆先生的断语常常被人证实。

做出这些评语，与我的性格大有关系，所以有必要在此解释一番，因为，凭良心说，大家很清楚，我对这些看法不能心悦诚服，而且，我会极其公正，不会抓住马斯隆先生、多博纳先生和其他许多先生的话不放，不管他们可能说了些什么。

有两种几乎毫不相容的东西在我身上结合在一起了，而我不知道这是怎么发生的：一种是非常炽热的气质、狂热冲动的激情；另一种是迟钝、困惑的思想，总是过后得知。好像我的心和思想不是属于同一个人。我的感情急如闪电，涌入心中，可是，它并没有照亮我，反而使我激动、眩晕。我什么都感觉得到，可又什么都看不到。我激奋，但愚笨，必须冷静下来才能思考。令人惊奇的是，只要给我充分的时间，我会很有头脑，能够深入细致地分析。从容不迫时，我能对答如流，但一着急就做不出什么像样的事，也说不出恰如其分的话来。我通过书信能说出极其精彩的话，正如人们说的，西班牙人下棋时有高着儿。我读过萨瓦公爵的一段妙语，说他走在路上，突然回头喊道："巴黎商人，当心你的小命！"我心想，我正是如此。

这种思维的迟钝和感情的活跃，不仅在我交谈时是这样，在我独自一人和工作时也是如此。我的思想在我脑子里要理出头绪来简直难以想象地困难：这些思想在脑子里窜来窜去，再发酵激奋，直到让我激动不已，热烈发狂，心跳加剧；而在如此这般地激动时，我什么也看不清，写不出一个字来，必须等着心平气静下来。这巨大的狂澜不知不觉地趋于平静，这混沌逐渐打开，每件事又各就各位，但过程缓慢，要经过一段漫长而模糊的激荡过程。你们难道没有在意大利看过歌剧吗？在换场的时候，那些大剧场里乱哄哄的，令人心烦，而且持续的时间挺长，所有的布景全乱堆在一起，到处都在扯过来拉过去，真让人难受，好像要闹个天翻地覆似的。不过，渐渐地，一切都归置好了，一样不缺，然后，大家惊奇地看到，在这么长时间的混乱之后，精彩的演出又开始了。我想，写作的时候脑子里的情景差不多就是这样。如果我一开始就善于等待，再把这样描绘的事物的美表现出来的话，很少有作家会超越我。

因此，我觉得写作是极其困难的。我的手稿涂来改去，增删取舍，弄得难以看清，证明我在上面下了多大的功夫。没有一部手稿在付梓之前没有誊抄过四五次。我手握着笔，面对着桌子和纸，从未能写出点儿什么。我只是在岩间林中散步时、夜不成眠躺在床上时在脑子里打下腹稿。大家可以想象，尤其是对一个没有记性、一辈子也没能记牢六首诗的人来说，这有多么缓慢。所以，有的腹稿段落，在我写在纸上之前，在我脑子里翻来覆去地琢磨了五六次。正因为如此，我写那些颇费功夫的作品比写一挥而就的通信集之类的作品要成功得多，所以我一直没能把握住书信体的笔调，写的时候简直是活受罪。我每次写信，就连写些无关紧要的事也要累上几个小时，或者，要是我想把想到的事立即写下来，我就不知如何下笔，也不知怎么收尾。我的信总是杂乱无章，废话连篇，别人读起来，不知所云。

我不仅表述思想时挺费劲儿，领会思想时也是如此。我研究人，而且自以为是个很好的观察家。然而，我对所见到的熟视无睹，只看得清自己所回忆的事情，我的智慧只有在回忆中才表现得出来。对于别人说的一切、做的一切、我眼前发生的一切，我一无所感，理解不了。给我留下印象的只是表象。但是，随后这一切又回到我的脑子里——地点、时间、腔调、目光、动作和环境，我全回想起来了，什么也没漏掉。于是，我根据别人做的或说的，发现别人是怎么想的，而且很少搞错。

　　我独自一人的时候，连自己的思想都把握不住，可想而知，在与别人交谈时，为了说话得体，必须同时立即想到千百种事情，我该是什么德行了。一想到谈话时还有那么多清规戒律，而我至少要忘掉几条，这就足够吓住我了。我甚至不明白别人何以胆敢在众人面前说话，因为说话时必须字斟句酌，要考虑到在场的每一个人，为了有把握不说出什么可能冒犯人的话来，必须了解他们的性格，了解他们的经历。在这方面，生活在上流社会的人有一大长处：他们更清楚哪些话不该说，所以对自己说的话就更有把握，就这样，他们还常常不留神说出蠢话来。可想而知，从云雾之中掉到这种场合的人会怎么样了：他几乎只要一开口说上一分钟，就非受到驳斥不可。而在两人单独交谈时，我觉得还有另一种不对劲儿的地方更加糟糕，那就是必须不断地说：对方跟你说话的时候，你必须回答，而当对方不说话的时候，你又得逗着他说。单是这种难以忍受的拘束就让我厌恶社交了。我觉得没有比被迫立即说话、总要说话更可怕的窘境了。我不知道这是否与我对任何约束的深恶痛绝有关系，但是，硬是没话找话，就足以让我不可避免地要说蠢话了。

　　更加要命的是，当我无话可说，本该学会缄默不语的时候，我却像要早点儿还账似的抢着说起来。我慌里慌张、结结巴巴地说出一些毫不连贯的话来，要是这些话一点儿意思都没有，那倒也罢了。可我本想掩愚藏拙，偏偏很少不出丑。这种例子成百上千，但我只举其中的一个。那不是我年轻时发生的事，而是我在上流社会生活了多年以后的事，那时节，只要可能的话，我总要摆出上流社会从容不迫、谈笑风生的架势。有一天晚上，我同两位贵妇人和一个男子在一起，后者的名字说说无妨，他就是贡托公爵大人。房间里没有别人，我竭力想插上几句话。在四个人中，有三个肯定不需要我多嘴多舌的，天知道我都说了些什么！女主人让人送来一服软糖式药剂，因为她的胃不好，每天都要服上两次。另一位贵妇见她龇牙咧嘴，便笑着说："是特隆桑①先生的软糖式药剂吗？"女主人以同样的腔调回答："我想，不是的。"聪明的卢梭殷勤地插嘴说："我想这种药不怎么有效。"大家全都愣住了，谁都没吭声，谁也没有笑一笑。片刻之后，话题转移了。这种蠢话要是冲着其他女人说，可能也就是句玩笑而已，但是，对一位非常可爱、容易引人议论的女人这么说，就很可怕了，而我真的无意冒犯她。我相信在场的一男一女见证人是强忍着才没笑出声来。这就是我没话找话时脱口而出的"俏皮话"。我很难忘掉这事，因为，除了这事本身就令人难忘以外，我还以为它产生了一些使我不得不常想起它的后果。

　　我想，这就是为什么让人一看就明白，尽管我不是个傻瓜，却常常像个傻瓜，甚至连善于识人的人也这么认为。特别不幸的是，我的相貌和眼睛都透着精明样儿，人们对我的这种失望使我的愚蠢显得更加讨厌。这件小事虽说是特殊情况造成的，但对了解今后的事情不是没有用的。它是了解人们看见我做的许多怪事的钥匙，人们把这些怪事归结于我的野性所致，其实我根本不是这种性格。如果我不是深信自己在交际场上出现不仅对自己不利，而且会失去自己的本色，我会同别人一样喜欢交际的。我决

①　泰奥多尔·特隆桑(1709—1781)，当时的著名医生，1755年在日内瓦被任命为医学教授，而且成了伏尔泰的医生。他以鸦片为原料配制的软糖式药剂主要是用来医治性病的。

定写作和离群索居，这是最适合我的。我若出现在人前，大家可能永远不知道我价值几何，甚至都不会朝这方面去猜想一下。迪潘夫人的情况正是如此。尽管她是个聪明的女人，尽管我在她家住过多年，但自那以后，她多次亲口对我说过这样的话。当然，也有一些例外，我以后再谈。

我的才能就这么被判定了，适合我的行当也就这么定下了，剩下的就是再一次完成我的使命。困难的是我没有入过学，我对拉丁文不甚了解，无法当神父。瓦朗夫人想让我去修道院受教一段时间，便跟院长商量此事。修道院院长是个遣使会会士，名叫格罗，矮小憨厚，一只眼睛快瞎了，身材瘦削，头发灰白。他是我所见过的最聪明而又最没学究气的遣使会会士，这样说实在不算过分。

他有时来“妈妈”家里，“妈妈”款待他，抚爱他，甚至逗他，有时还让他替她系衣服背后的带子，这是他很乐意干的。当他帮着系的时候，“妈妈”便在房间里跑来跑去，摸摸这个，弄弄那个。院长先生被带子牵着，不停地嘟囔着：“喂，夫人，您停下来呀。”这倒是可以绘成一幅挺美的画。

格罗先生欣然同意“妈妈”的安排。他只要了很少的膳宿费，并负责教育我。剩下的就是等主教的恩准了。主教不仅同意，还愿意代出膳宿费。他还允许我穿世俗衣服，直到大家通过测验，认为我已取得预期的成绩为止。

变化多大呀！我不得不从。我宛如受酷刑一般到修道院去了。修道院真是个阴森可怕的地方，对一个离开一个可爱女人的家的人来说尤为如此！我只带了一本书，是我求“妈妈”借给我的，它是我无限的慰藉。大家一定猜不着那是一本什么样的书——一本乐谱。在她培养的才能中，我始终没有忘掉音乐。她嗓子挺好，歌唱得也不错，还会弹点儿羽管键琴。她还好心地教过我点儿音乐，但必须从最浅显的开始，因为我连圣诗乐谱都几乎一窍不通。一个女人给我上了十来次课，还老是断断续续的，所以不仅没有教会我视唱，而且都没教会我认识四分之一的音乐符号。然而，我对这门艺术那么热爱，以至想自个儿试着练练。我带走的乐谱并不是最浅显的，那是克莱朗博①的合唱曲。可以说，我既不懂变调，也不懂音节的长短，但竟然能识得，并不出错地唱出《阿尔菲和阿蕾士斯》合唱曲的第一首宣叙调和第一首乐曲。大家可想而知我下了多大功夫，又是多么刻苦执着啊。的确，这首曲子谱得极其准确，以至只要按照节拍诵诗，就能与音乐合拍了。

修道院里有一个该死的遣使会会士，老是同我过不去，使我对他想教我的拉丁文都感到厌恶。他一头服帖油滑的黑发，一副香料面包色的面孔，一副水牛嗓子，一双灰林鸦的眼睛，一把野猪鬃的胡须。他一脸奸笑，四肢动起来好像木偶。我忘记了他那讨厌的姓名，但他那吓人而又让人肉麻的面孔深印在我的脑海之中，我只要想起他来就会颤抖。我仍记得在走廊里遇见他的情景：他彬彬有礼地把他那顶油腻的方软帽一摆，请我到他房里去。我觉得他那房间比黑牢还要可怕。大家可以想象一下，这么一位老师同当过我老师的宫廷神父相比，该有多大差别呀！

如果我再听任这个恶魔摆布两个月，我深信我非精神失常不可。但是，憨厚的格罗先生发现我很忧伤，吃不下饭，人在消瘦，便猜到了我苦闷的原因。这事并不难办。他使我摆脱了那个畜生的爪子，而且干脆把我交到与之完全相反的一个最温和的人手里。此人是一个年轻的弗西尼神父，名叫加蒂埃，是来修道院深造的。出于对格罗先生的礼貌，我认为也是出于仁爱，他很愿意挤出时间来指导我。我从未见过比加蒂埃先生相貌更动人的人了。他一头金发，胡子近乎红棕色，风度宛如他家乡的人，大智

① 克莱朗博 (1676—1749)，法国作曲家。

若愚，但他身上真正突出的是心地善良、仁爱和热情。他那双蓝眼睛里交织着温柔、亲切和忧伤，使人一眼便注意到他。从这个可怜的年轻人的眼神、声调看来，他似乎已预知自己的命运，感到自己生来就是不幸的。

他的性格与相貌完全吻合。他非常耐心、温和，似乎在同我研讨，而非教育。我一下子就喜欢上他了，因为他的前任为他奠定了基础。尽管他没少为我花费时间，尽管我们俩都挺努力，尽管他教得挺好，我却长进不大。很奇怪，我虽然理解力不错，但从未能从老师那儿学到点儿什么，除了我父亲和朗贝尔西埃先生以外。我所知道的那一点点，是我自个儿学来的，大家以后会明白的。我的思想忍受不了任何束缚，不能屈从于时间的限制。而且，我担心学不会，所以无法集中精力。我害怕让讲课的人着急，便不懂装懂，因此对方在往下讲，我却一点儿都不懂。我的思想想按自己的节奏行进，不能忍受他人的安排。

圣职授任礼的时刻到了，加蒂埃先生便回到本省去当六品修士去了。他带走了我的遗憾、依恋和感激。我祝愿他，但那些祝愿如同我对自己的祝愿一样，没有兑现。数年后，我听说他在当一个教区的副本堂神父时，与他以从未有过的、十分温柔的心爱上的一位姑娘生了一个女孩。这在一个管理十分严格的教区里是一件可怕至极的丑闻。按常规，神父们只能同已婚妇女生孩子。他因为违反了这条不成文的规定，被投进监狱，名誉扫地，被驱逐出境。我不知道他后来是否复职了，但是，他的不幸遭遇深深地印在我的心中。在写《爱弥儿》时，我又想了起来，因此，我把加蒂埃先生同盖姆先生糅在了一起，把这两位可敬的神父变成了萨瓦副本堂神父的原型。我很欣慰，我的描写并没有损害我的两个原型。

当我在修道院的时候，多博纳先生被迫离开了阿讷西，因为地方长官认为他同自己的妻子有染，有伤大雅。这其实就像"园丁的狗"① 一般，尽管科尔维奇夫人很可爱，但他们夫妻不和，山外人的怪癖② 又使她对他毫无用处，于是，他粗暴地对待她，两人只好分居。科尔维奇先生是个无耻小人，阴险毒辣，狡猾奸诈，因为树敌太多，自己也被撵走了。据说，普罗旺斯人报复自己仇人的方式是唱歌。多博纳先生写了一出喜剧向自己的敌人报了仇，他把剧本寄给了瓦朗夫人，而她让我看了剧本。我挺喜欢这个剧本，它使我萌生了写一出剧的幻想，以便看看我是否果真如该剧作者所说的那么蠢。但是，直到我到了尚贝里才实现这个愿望，写了《顾影自怜》。因此，我在该剧本的序言中所说的，我是十八岁时写了它，那是瞒了几岁。

差不多就在这一时期，发生了一件事。这件事本身并不重要，却对我产生了一些影响，而且，当我已经忘了的时候，社会上还在风言风语。我每星期有一天可以外出，我无须说出我利用这一天干了些什么。有一个星期日，我正在"妈妈"家里，与"妈妈"房子相连的方济各会的一幢楼房着火了。这楼里有个炉灶，还堆着满满当当的干柴捆儿。转眼间，东西全烧着了。"妈妈"的房子很危险，被风吹过来的火苗盖住了。大家赶忙把家具搬到花园里。花园正对着我以前住的房间的窗户，在我所说的小溪那边。我慌了神儿，便把拿到的东西不分青红皂白地全都扔出窗外，甚至把一个大白臼都扔了出去，要是平时，我连抬都抬不动的。要不是有人拦着我，一面大镜子也要被我扔出去了。那天善良的主教也来看望"妈妈"，他也没闲着，他把"妈妈"拉到花园里，同她及所有在花园里的人一起祷告。我因为来晚了点儿，看见大家都跪着，便也像他们一样跪了下来。在主教祈祷的过程中，风向变了，变得那么突然、那么及时，以至盖住房屋而

① 这是一句谚语："园丁的狗不吃狗食。但见牛来吃时则汪汪不已。"
② "山外"指的是阿尔卑斯山的另一边，用"山外人的怪癖"指责科尔维奇，是影射同性恋，因为法国人从16世纪起便指斥意大利人搞同性恋。

且已经蹿进窗户的火苗扑向院子的另一边去了，房屋丝毫没有受损。两年后，贝尔内先生去世了，他的老会友——安多尼会修士们开始收集能够有助于他的列真福品的材料。我应布代神父的请求，把我刚才所说的事情作为见证加进这些材料里，这是我做得对的；我做得不对的是，我把这件事说成是奇迹。我看见主教在祈祷，而在他祈祷的过程中，我看见风向变了，而且变得很及时，这就是我可以说和可以做证的，但是，这两件事中的一件是不是另一件的原因，那我就不该说死了，因为我不可能知道。可是，就我记忆所及，我当时是真诚的天主教徒，我没有胡诌。人们心中极其自然的对奇迹的喜爱、我对这位德高望重的主教的景仰以及我也许以为自己对这奇迹的出现有所贡献的那种骄傲，促使我迷惑了自己，而且，我可以肯定的是，如果这一奇迹确因最热烈的祈祷所致，那我完全可以说，我有一份功劳在里面。

三十多年后，当我发表《山中来信》时，我不知道弗雷隆先生是怎么发现这份证明材料的，并且在他的文学刊物中引用了它。必须承认，这一发现很有利，恰逢其时，连我都觉得挺有意思。

我注定一事无成。尽管加蒂埃先生尽其所能地把我的进步说得比较好，但大家看到我的进步同我的努力不成比例，这就无法鼓舞我继续学习了。因此，主教和院长灰心了，认为我不是做神父的料，把我还给了瓦朗夫人。但是，他们仍说我是个比较好的小伙子，一点儿恶习都没有。正因如此，尽管人们对我有那么多令人讨厌的偏见，她却并没有抛弃我。

我神气活现地把令我受益匪浅的乐谱带回她家。我那《阿尔菲和阿蕾土斯》曲谱几乎是我在修道院里所学的全部。我对这门艺术的特别爱好使她产生了培养我当音乐家的想法。机会很好，她家里每星期至少举办一次音乐会，而且指挥这种小音乐会的教堂乐师时常来看望她。他是巴黎人，名叫勒梅特尔，是一位优秀的作曲家，非常活泼开朗，还很年轻，仪表堂堂，才气不高，但毕竟是个好人。"妈妈"介绍我认识了他。我很喜欢他，他也不讨厌我。我们谈了膳宿费，一下子就谈妥了。一句话，我到他那儿去了，愉快地过了一冬，因为他的训练班离"妈妈"家只不过二十来步，我们一会儿工夫便走到了，并常常一起在"妈妈"家吃晚饭。

　　大家很容易想象，训练班的生活总是充满欢歌笑语，同音乐家们和唱诗班的孩子们在一起，我感到比跟圣拉扎尔修道院的神父们在一起更有意思。这种生活尽管更自由自在，但仍旧是按部就班、循规蹈矩的。我生来就爱独立自主，但又从不过分。在整整六个月里，除了去"妈妈"那儿或者去教堂，我一次都没出去过，甚至都没想出去。这段时间是我生活得最平静的时期之一，回想起来非常愉快。在我身处过的各种环境之中，有一些是我感到非常愉快的，回忆起来仍旧觉得其乐融融，宛如依旧置身其中。我不仅记得时间、地点、人物，还记得周围的所有东西、空气的温度、气味、颜色，那是只有在那儿才能得到的某种印象，对它的生动回忆又重新把我带到那里。譬如，大家在训练班练习的所有曲子、大家合唱的所有歌、大家在那儿所做的一切、议事司铎们美丽高贵的衣服、神父们的祭披、唱诗班成员的主教冠、乐师们的面容、拉低音提琴的瘸腿老木匠、拉小提琴的金发矮个儿神父、勒梅特尔摘下佩剑后披在世俗衣服外面的旧道袍，以及他去唱诗班时套在旧衣服外面的漂亮高级的宽袖白色法衣，我拿着一管短笛坐在乐台上准备吹奏勒梅特尔先生专门为我写的一小段独奏曲的那股得意劲儿，等着我们的佳肴以及大家的好胃口，这一切活生生地印在我的脑海里，上百次地使我开怀，比当时的高兴劲儿有过之而无不及。我对悠扬婉转的《美丽的繁星之神》中的某一曲调始终怀有一种缱绻柔情，因为在圣诞节前四个星期的将临期的某个星期日，天尚未明，我在床上听见人们按照那座教堂的规矩在教堂台阶上唱这首圣歌。"妈妈"的女佣梅塞莱小姐略通音乐，我永远也忘不了勒梅特尔先生让我同她一起唱的

《献礼》中的一小段经文，而她的女主人是那么兴致勃勃地听着。总之，这一切，包括让唱诗班的孩子惹得十分恼火的、心地非常善良的好女仆佩琳娜，在我回忆这些幸福无邪的时刻时，都常常萦绕我的脑际，令我陶醉，令我感伤。

我无可指责地在阿讷西生活了将近一年，大家对我都挺满意。自从离开都灵，我没干过任何蠢事，而且，只要在"妈妈"眼前，我是不会干蠢事的。她引导我，始终在很好地引导我，我对她的依恋成了我唯一的欲望，可以证明这不是疯狂的欲望的是，我的心培育了理智。的确，可以说这唯一的欲望吸去了我的所有才智，使我什么也学不成，连我花了全部力量去学的音乐也不例外。但这丝毫不是我的错，我是全身心地投入、勤奋刻苦地去学的。但我心不在焉，总走神儿，老叹气，像这种样子，我有什么办法呢？为了进步，我本身能做的都做了，但是，只要有人来引诱我，我便又干出新的蠢事来。这个人出现了。是偶然促成了这个机会，大家在下面可以看到，我那不成器的头脑抓住了它。

二月的一天晚上，天很冷，我们都围炉向火，只听见有敲大门的声音。佩琳娜拿起提灯，下楼去开门。一位年轻人同她一起走上楼来，从容不迫地自我介绍之后，向勒梅特尔先生简短而文雅地恭维了几句。他自称是法国音乐家，因为手头拮据，想在音乐训练班找点儿活儿干，挣点儿盘缠。善良的勒梅特尔先生一听是法国音乐家，心便一颤，因为他炽热地爱着自己的祖国和自己的艺术。他接待了这个年轻的过路人，留他住宿。年轻人看来很需要住的地方，没怎么客气就留下不走了。当他边烤火边聊天，等着吃晚饭时，我细细地观察着他。他身材矮小，但背阔胸宽。他并不特别畸形，却有那么点儿我说不上来的不匀称，可以说他是一个平肩驼背人，不过，我觉得他有点儿瘸。他穿了一件黑上衣，倒是不旧，但磨损得厉害，破烂得在掉碎片；一件质地上乘却脏兮兮的衬衣，袖口挺漂亮，但已起毛边了；两条腿上绑着护

113

腿套，一只就够放进他的两条腿；腋下挟着一顶挡风雪的小帽。但在他这身滑稽装束中，透着他的某种风度及高贵。他容貌清秀，性格恬静，说话伶俐清晰，但不很谦逊。他身上的一切都显示出他是个受过教育的放浪青年，他不像一个要饭的叫花子，却像个化缘的疯子。他告诉我们，他叫旺蒂尔·德·维尔纳夫，从巴黎来，迷了路。他有点儿忘了自己音乐家的身份，又补充说，他要去格勒诺布尔看在议会任职的一个亲戚。

晚餐时，大家谈了音乐。他知道所有的大演奏家、所有的名曲、所有的男演员、所有的女演员、所有的漂亮女人、所有的大贵族。大家谈到的一切他好像都清楚。刚谈起一个话题，他便插科打诨，引得大家哈哈大笑，忘记刚才说了什么。那天是星期六，第二天教堂里有音乐会。勒梅特尔先生建议他参加演唱，他回答说："非常高兴。"问他唱哪个声部，他回答说："男高音。"随即便把话岔开了。在去教堂之前，有人把他的那一部分谱子给他，让他准备一下，他连看都没看一眼。他这么傲气，令勒梅特尔先生非常吃惊。后者对着我的耳朵说："您看吧，他不识谱。"我回答说："我也非常担心。"我焦虑不安地跟在他们俩身后。音乐会开始时，我的心狂跳不已，因为我很担心他。

我很快就放心了。他唱了两段独唱，字正腔圆，韵味十足，而且，嗓音美极了。我还未这么惊喜过哩。弥撒结束之后，旺蒂尔先生受到满教堂的教士和音乐家们的称赞；他玩笑随意地答谢着，但始终不失其风采。勒梅特尔先生真心诚意地拥抱他，我同样也拥抱他。他见我愉快，他自己似乎也感到挺高兴的。

我相信，大家会认为，我对充其量只不过是个大老粗的巴克勒先生都迷恋过，那么我对这位有教养、有才气、幽默风趣、深谙世事且又被看作可爱的浪荡公子的旺蒂尔先生自然会更迷恋了。事实上正是如此。我想，任何一位年轻人处在我的位置，也会如此，特别是他具有鉴赏他人特长的较强能力并对其才能十分仰慕，则更容易如此。毫无疑问，旺蒂尔先生就具有这种特长，他还具有一种他这种年龄的人很少有的一个特长：不急于展示自己的才能。是的，他对许多他并不懂的事情自吹自擂；然而，对他知道的那些事情而且所知不少的，他却只字不提，等着机会去展示出来。他这是欲擒故纵，效果极好。由于他每件事都刚开头就不往下谈了，大家也不知道他何时才全部抖搂出来。他谈话时爱开玩笑，放荡不羁，口若悬河，充满魅力，始终笑容可掬，却从不失声大笑，就是最粗俗的事，他谈起来也温文尔雅，让人听着顺耳。连最羞怯的女人都很惊奇自己竟能听得下去。她们虽觉得应该生气，却又气不起来，因为没有力气去生气。他所需要的只是烟花女子，而且，我相信他并不是搞风流韵事的人，但生就是在交际场中为有风流韵事的人增添无穷乐趣的人。他有这么多讨人喜欢的才能，又是在一个了解而且欣赏这些才能的地方，让他长久地囿于音乐家的圈子是很难的。

　　我对旺蒂尔先生的仰慕，动机是很理智的，其结果也没有非礼之处，尽管我对他的喜爱比对巴克勒先生的更强烈、更持久。我喜欢见到他，听他说话；他所做的一切，我都觉得可爱；他所说的一切，我都感到宛如神谕。但我并没迷恋到离不开他的程度。我身边有一很好的屏障，使我不致过分。再说，我觉得他的格言警句对他很好，对我却并无用处。我所必需的是另一种欲望，他连想都没有想到，而我也不敢对他提起，深信他听后会嘲笑我。然而，我真想把这种爱恋同支配着我的另一种感情结合起来。我激动不已地同"妈妈"谈起他，勒梅特尔先生也对"妈妈"赞扬他。"妈妈"同意把他带来见她。但这次会面一点儿都不成功：他觉得她矫揉造作，她认为他放荡不羁。她为我有这么一个坏朋友而担忧，不仅不许我再带他来她家，还竭力向我描绘我同这个年轻人在一起的种种危险。因此，我有点儿谨慎了，收敛了一些，而且，我们很快便分道扬镳了，这对我的品行和思想来说真是万幸。

　　勒梅特尔先生对自己的艺术情有独钟。他还好喝酒，但在饭桌上很节制，只是在屋里作起曲来时就非喝不可了。他的女佣很了解他，所以，只要他准备好谱曲的纸，拿起他的琴，他的酒壶和酒杯就立刻准备好了，而且他会一壶一壶地喝个没完。他虽从未酩酊大醉，但几乎总是醉醺醺的。这实际上挺可惜的，因为他是个本质上很好的小伙子，性格活泼开朗，"妈妈"则称呼他"小猫"。不幸的是，他喜爱他的艺术，工作玩儿命，酒喝得太多。这影响了他的身体，最后也影响了他的脾性：他有时候多疑，容易发火。他不会动粗，无论对谁又都不会失礼，所以从未说过一句粗话，连对他的唱诗班的孩子都没说过。但也不可对他无礼，这当然是合情合理的。糟糕的是，他不是很聪明，分不清好话坏话，所以常常无端发火。

　　从前，众多王公主教把能参与日内瓦古老的教士会视为荣耀，如今它在流亡中失去了昔日的光华，但仍保留着它的庄严。若想能被教士会接纳，必须是贵族或索邦神学院的博士。如果说其中有什么可值得骄傲的，那就是除了个人的才能以外，高贵的出身也使人自傲。再说，所有雇用世俗人的神父通常对待俗人都是相当傲慢的。那些教士会成员常常这么对待可怜的勒梅特尔先生。尤其是那个名叫维多纳的唱诗班的神父，他其实是一个彬彬有礼的人，但过于以贵族自居，所以对勒梅特尔先生的才能并不总是很尊重，而后者也不太买他的账。这年的圣周期间，主教照例邀请教士会成员们共进午餐，而勒梅特尔一向在邀请之列。席间，他们俩发生了一场比往常更加激烈的争吵。维多纳神父对勒梅特尔先生有些失礼，对他说了几句难听的话，使他很难容忍。他立即决定第二天夜间离去，尽管他去向瓦朗夫人辞行时，夫人对他百般劝解，但他仍旧决意要走。他不能抛开报复这帮狂徒的乐趣，要让他们在大家最需要他的复活节期间丢人现眼。但是，他自己也有为难的事，那就是他要带走的乐谱足足有一大箱，沉甸甸的，无法挟上就走。

"妈妈"所做的，是我处在她的位置也会做的，而且无论何时仍旧都会那么做的。一再挽留无效，见他仍旧执意要走，她便决定尽她一切可能帮助他。我敢说，她应该这么做。可以说，勒梅特尔曾全身心地为她效劳。不论是有关他的艺术还是在照顾她方面，他都是完完全全地唯她之命是从，而且办事的热心劲儿为他的殷勤赋予了新的价值。因此，她所做的只是在关键时刻对一个三四年来对她殷勤效命的朋友的答谢。但是，她心灵高尚，在完成类似义务时用不着去想这是为了还愿。她把我叫去，命我至少把勒梅特尔先生送到里昂，只要他需要，不管多长时间都得伴随着他。她后来向我承认，她这么安排更多的是想让我离旺蒂尔远些。为搬运箱子的事，她征询过她忠实的仆人克洛德·阿内的意见。后者认为不能在阿讷西用牲口驮，那肯定会暴露我们的行踪，必须等到天黑，把箱子抬出一段路，再在一个村子雇上一头驴把箱子驮到赛塞尔。那儿已到法国境内，我们就再没什么危险了。这意见被采纳了。我们当晚七点便动身了，"妈妈"借口替我出盘缠，往可怜的"小猫"的小钱袋里装了些钱，这对他很有帮助。克洛德·阿内、园丁和我尽力把箱子抬到附近的一个村子，雇上一头毛驴驮着。我们当晚就到了赛塞尔。

我已经说过，我认为我有时候很不像自己，大家会把我看作性格截然不同的另一个人。下面我给大家举个例子。赛塞尔的本堂神父雷德莱先生是圣皮埃尔的议事司铎，所以认识勒梅特尔先生，也是他最该躲着的人中的一个。可我的意见恰恰相反，主张去见见他，找个借口借宿，仿佛我们到这儿来是经教士会同意的。勒梅特尔先生对这个想法挺赞赏，可以使他的报复又刺激又有趣。因此，我们便堂而皇之地去雷德莱先生家了，他热情地接待了我们。勒梅特尔对他说，是应主教之邀去贝莱主持复活节音乐会的，说是打算过几天还要路过此地。而我为了帮着说谎，也编了不少非常自然的假话，以至雷德莱先生觉得我是个漂亮的小伙子，对我很友好，百般温柔亲切。我们的吃住都安排得很好。雷德莱先生不知用什么佳肴来招待我们是好。分手的时候，我们与他成了世界上最好的朋友，答应回来路过此地时多住些日子。等只剩我们俩时，我们便忍不住纵声大笑起来，而且我承认，一想起来，我仍要忍俊不禁，因为谁也想不出比这更来劲儿、更有趣的玩笑了。如果勒梅特尔先生没有不停地喝酒和胡言乱语，如果他没有犯后来常犯的好像癫痫的毛病，我们本会笑一路的。他这样让我挺为难，我吓坏了，所以很快便考虑如何想法儿脱身。

我们像对雷德莱先生说的那样，去贝莱过复活节。尽管我们是突然光临，却受到了乐队指挥以及其他所有人的衷心欢迎。勒梅特尔先生在他这门艺术中有些名气，无愧于人们的尊敬。贝莱的乐队指挥炫耀般演奏了自己最优秀的作品，力图得到一位如此优秀的评判家的赞赏，因为勒梅特尔不仅是个行家，而且为人公正，毫不忌妒，也不阿谀奉承。他比所有那些外省乐师高明许多，而他们自己也打心眼儿里这么认为，所以不是把他视为同行，而是视为他们的领头人。

在贝莱愉快地过了四五天之后，我们又上路了。一路上，除了我刚提到的那点儿意外之外，再没发生过其他事情。到了里昂，我们住进圣母客栈。在等着我们用另一谎言通过好心的保护人雷德莱先生派人将箱子装上罗讷河的船上时，勒梅特尔先生去看望熟人，其中有方济各会的卡东神父（他的情况以后再谈）和里昂的伯爵多尔唐神父。他们俩都很友好地接待了他，但正像下面要说的，他们揭穿了他，所以他在雷德莱先生那儿的好福气也就寿终正寝了。

我们到里昂两天后，当我们走过离客栈不远的一条小街时，勒梅特尔先生突然犯病了，而且发作得挺厉害，把我吓坏了。我大声叫着，呼喊救人，说出客栈的名字，央求大家把他抬去。然后，当人们围拢过来，在倒在街中间不省人事、口吐白沫的他周围忙碌着的时候，他本可依赖的唯一的朋友却把他撇下了。我趁没人注意我时绕过街角，溜之大吉。感谢上苍，我终于把第三件难以启齿的事①坦白交代了。如果我有许多这类事要交代，那我开始写的这本书就只好就此搁笔了。

我到目前为止所说的一切，都在我曾生活过的地方留下痕迹，但我要在下一章里说的几乎完全不为人所知。那是我一生中最荒诞的事，幸而它们并未产生恶劣的后果。我的脑子里响着一种外来乐器的音调，忘乎所以，超乎寻常，后来，脑子自己恢复了常态，所以，我也就没再干荒唐的事，或者顶多是干了些与我的天性较一致的荒唐事。我年轻时的这段时期是我记忆最模糊的时期。几乎没有什么较为有趣的事可以在我心中留下深刻的回忆，而且，我四处奔波，漂泊不定，所以很难不在时间或地点上出些差错。我是完全凭着记忆来写的，没有能够帮我回忆的遗物和材料。我一生中有一些事件仿佛刚发生似的历历在目，但也有一些缺漏和空白，我只能用留在我脑子里的模糊记忆加以模糊地填补。因此，我有时可能出些差错，在我找到有关自己的更可靠的材料之前，我还可能在一些小事上出些差错，但是，在真正重要的事上，我敢保证是准确无误、忠实可信的，就像我将在所有事情上始终尽力做到这一点一样。

我一离开勒梅特尔先生，便拿定主意回阿讷西去。我们出发的原因极其神秘，曾使我对我们的安全极为担心，而且，这种担心使我的一颗心完全悬着，有几天时间竟至不再想回去。但是，当我觉得没有关系的时候，主导内心的情感又涌了上来。没有什么能吸引我，没有什么能诱惑我，我对什么都不感兴趣，只

---

① 前两件难以启齿的事是指前前面所说的放弃新教皈依天主教和诬陷他人偷丝带的事。

119

是想回到"妈妈"身边去。我对她的依恋真挚而缠绵，把我心中一切幻想的计划、一切疯狂的野心全都连根拔除了。我除了看见在她身边的幸福以外，再也看不到其他的幸福，我感到每离她远一步，便远离这种幸福一点儿。因此，一有可能，我便立即回到这种幸福中去。我回去得那么匆忙，我的思想又是那么恍惚，所以，尽管我回忆起其他的旅行时是那么津津乐道，对这一次的情况却一点儿都记不得了。我什么也回想不起来，只记得离开了里昂，回到了阿讷西。大家可以想见，这最后的一段时期我的脑子里该是多么乱呀！我回去时没再见到瓦朗夫人，她去巴黎了。

　　我始终没太弄清楚她这次旅行是怎么回事。我敢肯定，如果我追问，她会告诉我的，但是，没有人像我这样不愿意打听朋友的隐私了。我一心只想着眼前，整个心都被眼前的事情装满了，除了可成为我今后唯一享受的律吕的欢乐以外，我的心没有一点儿空隙来装往事。从她对我提起的只言片语中，我认为可能是因为撒丁王退位在都灵引发的革命，她怕被人遗忘，想借多博纳先生的暗中活动在法国宫廷里得到同样的好处。她曾经常对我提起，她宁愿从法国宫廷得到好处，因为法国宫廷有许许多多的大事要做，没人令人讨厌地监视她。如果确实如此，那就很奇怪了，她回来以后，并没有人给她脸色看，而且，她一直享受着年金，从未间断过。有好多人认为，她曾负有什么秘密使命，不是受了本应亲自去法国宫廷办事的主教之托，就是受了一个更有势力的人的委托，所以她归来之后才会受到很好的对待。如果真是这样，那么可以肯定的是，这位女使者没有选错，她既年轻又美貌，具有从谈判中取胜必备的所有才能。

# 第四章

　　我回来了，却没见到她。大家可以想象一下我是多么惊诧、多么难受！这时候，我才开始对卑鄙地撇下勒梅特尔先生一事感到愧疚；当我得知他的不幸之后，我更是羞愧难当。他那只藏着他全部财富的乐谱箱，那只费了那么多周折才抢救而得的宝贵的箱子，到里昂的时候被多尔唐伯爵吩咐人扣留了，因为教士会曾让人写信通知他我们携物潜逃。勒梅特尔先生徒劳地要求我们归还他的财产、他的衣食饭碗、他一生辛劳的结晶。这只箱子的所有权至少应该通过诉讼解决，但根本没有结果。这事就按"弱肉强食"的逻辑当场解决了，可怜的勒梅特尔就这样失去了自己天才的结晶、青年时代的成果和晚年的依托。

　　我受到的打击沉重至极。但是，我正值不知愁为何滋味的年纪，很快便自我安慰了。我希望很快得到瓦朗夫人的消息，尽管我并不知道她的地址，她也不知道我的归来。至于我撇下勒梅特尔先生一事，说实在的，我并不觉得那是多大的罪过。我帮助他逃走，这是我能帮得上他的唯一的事。即便我同他一起留在法国，我也治不好他的病，也夺不回他的箱子，只能加倍地花销，对他一点儿好处都没有。我当时就是这么看待这件事的，可今天我不这么看了。刚做了一件卑鄙的事，并不马上使人苦恼，而是在很久以后，当人们回忆起它来的时候，才会让人难受，因为回忆永不磨灭。

为了得到"妈妈"的消息，唯一可做的就是等待，因为我不知道到巴黎什么地方去找她，这么远的路怎么去。只有待在阿讷西最稳妥，迟早会知道她在哪儿的。因此，我就留在那儿了，但我没有好好地为人处世，我没去看望曾保护过我并会继续保护我的主教，我的女保护人不在那儿，所以我怕他对我们的逃跑大声呵斥。我更没去修道院，格罗先生已不在那儿了。我没有去看任何熟人，可我本想去看看地方长官夫人的，但我一直都不敢去。我做了比这些更糟的事：我又去找旺蒂尔先生了。尽管我对他很佩服，但自我走后，连想都没想过。我发现他在阿讷西大出风头，颇受欢迎，贵妇们争相邀请他。他的这一成就使我晕了头。我眼里只有旺蒂尔先生，他几乎使我忘掉了瓦朗夫人。为了更方便向他求教，我提议同他住在一起，他同意了。他住在一个鞋匠家里，后者是个有趣的人，对妻子没别的称呼，只用方言称她为"骚货"。这称呼倒是与她挺般配的。他同妻子常常吵嘴，而旺蒂尔先生好像想劝解，其实是故意让他们去吵，他冷漠地用其普罗旺斯口音说一些效果极强的话，让他们俩吵得令人捧腹。整个上午就这么不知不觉地过去了。到了两三点钟，我们才吃了点儿东西。然后旺蒂尔先生去他的交际场所，在那儿吃晚饭。我就独自去溜达，一边想着他的丰功伟绩，赞赏并艳羡他那稀世天才，诅咒我那颗该死的星宿不让我过上这种幸福的日子。唉！我对这种生活是多么不了解啊！如果我不那么蠢，如果我知道更好地享受，我的生活本来会好上一百倍的。

瓦朗夫人只带走了阿内，把我提到过的女佣梅塞莱留下了。我发现她仍住在女主人的那套房间里。梅塞莱小姐比我年岁稍大一些，人不漂亮，但挺可爱，是一位心眼不坏的弗里堡姑娘。她除了有时候同主人一样有点儿蠢以外，我没发觉她有什么缺点。我常去看她。她是我的老相识。一看到她，就让我想起一个更可爱的女人，所以我也就爱她了。她有好几个女朋友，其中有一位吉罗小姐，是日内瓦人，真是报应，她竟对我感兴趣。她老是催着梅塞莱带我到她那儿去。我也就跟着去了，因为我挺喜欢梅塞莱，而且她那儿还有其他一些我很愿意见到的女孩。至于吉罗小姐，她百般地挑逗我，使我厌恶透顶。当她把她那张干瘪黝黑、一股西班牙烟草味儿的嘴凑近我的脸时，我真恨不得啐她一口。但我忍住了。除此之外，我在所有这些姑娘中间快活极了，她们或者是为了讨好吉罗小姐，或者是为了讨好我，总之，全都争着热情地对待我。我把这一切只是看作友谊而已。我后来在想，要往深里发展，全在于我了，但我并没有那个心思，没想到这上面去。

再说，女裁缝、女佣、女小贩，我都不怎么感兴趣，我需要的是大家闺秀。人各有所好，我的所好一直与众不同，在这一点上，我的想法与贺拉斯①不同。但吸引我的并不是对门第和地位所具有的虚荣心。我喜欢的是保养得很好的皮肤、纤纤玉手，打扮高雅，整个人具有一种飘逸爽朗的神气，言谈举止落落大方，衣裙考究精美，鞋要小巧玲珑，丝带花边与秀发相得益彰。我向来宁可要个不太漂亮但须具备这一切的女子。我自己也觉得这种偏好十分可笑，但我心里是不由自主这么想的。

真是巧极了！这种好事又出现了，而且是否享用就看我自己了。我是多么想不时地重新回到我青年时代那愉快的时刻呀！我觉得那些时刻是那么温馨、那么短暂、那么稀罕，而我又是毫不费力地就品尝到了！啊！只要想起那些时刻，我的心中就又升腾起一种纯洁的欲念，而我正需要它来鼓起我的勇气，忍受晚年的烦恼。

有一天，我觉得黎明是那样美，便赶忙穿好衣服，急匆匆地跑到野外去看日出。我尽情地享受了这一快乐。那是圣约翰节后的一星期。大地草木繁茂，鲜花似锦，一片生机盎然，几近暗春

---

① 卢梭在此隐喻古罗马诗人贺拉斯在其诗歌中主张在中等阶层寻求女伴，但必要时，宁可要娼妓也不要年长而有威望的妇人。

尾声，夜莺却好像更加起劲儿地欢唱。百鸟齐唱，告别春天，欢唱美丽夏日的来临，欢唱我这么大年纪的人已看不见的美丽的一天的来临，欢唱我今天生活在这凄凉的土地上的人们永远没有见到过的美丽的一天的来临。

　　我不知不觉地走出城外。热气在上升，我便沿着溪流的一座山谷的阴凉散步。我听见身后有马蹄声和姑娘们的声响。姑娘们好像遇到了难处，却仍旧笑个不停。我回过头去，有人在喊我的名字。我走上前去，看见是两个熟识的年轻姑娘——格拉芬丽小姐和加莱小姐。她们俩的骑马技术都不好，不知如何催马过溪。格拉芬丽小姐是一位非常可爱的伯尔尼姑娘，因为年轻干了蠢事，被赶出伯尔尼，便效仿起瓦朗夫人来。我在瓦朗夫人家里见过她几次。但她不像瓦朗夫人，没有年金，所以非常高兴能与加莱小姐在一起。后者对她很好，要求母亲让她做自己的女伴，直到替她安排个什么职位为止。加莱小姐比她小一岁，比她漂亮，有着一种我说不上来的优雅与清纯，既纤巧又丰腴，正值一个女孩子的青春妙龄。她们俩情投意合，而且性格都温柔可爱，如果没有情人掺和，她们俩这种友谊会长久地保持下去。她们对我说要去托讷，那儿有加莱夫人的城堡。她们自己无法让马涉溪，便央求我帮忙。我本想抽赶她们的马，但她们担心马踢着我，也怕自己被掀下马来。于是，我另想了一个办法。我揪住加莱小姐的马缰绳，牵马过溪，溪水没及腿肚。另一匹马老老实实地跟着过来。过溪之后，我便要向小姐们告辞，像个傻瓜似的离去。但她们俩嘀咕了几句之后，格拉芬丽小姐便对我说："不行，不行，我们不能就这么让您走。您为我们弄湿了衣服，我们理当为您弄干。对不起，您必须跟我们走，您已经成了我们的俘虏。"我的心跳着，眼睛盯着加莱小姐。她见我惊呆的样子，补充说道："对，对，您是战俘，骑到她马背后去，我们得把您押去交差。""可是，小姐，我尚未有幸得识令堂大人，她见了我，会怎么看呀？"格拉芬丽小姐接着说道："她母亲不在托讷，只有我们俩在，我们今晚回去，您同我们一起走。"

这几句话在我身上产生的效果比触电还来得迅疾。我纵身上了格拉芬丽小姐的马，高兴得发抖，而当我为了坐稳而不得不搂住她时，我的心在怦怦直跳，连她也有所察觉。她对我说，她的心也因害怕摔下马去而跳得厉害。这话几乎是在要我从后面摸摸她的心是否真的在跳，但我没那个胆子，一路之上，我的双臂确实是像腰带似的紧搂着她，但一刻也没挪动地方。要是哪个女的看到这儿，肯定会赏我一耳光的，而且打得有理。

旅途的愉快以及姑娘们的叽叽喳喳大大地刺激了我说话的劲头，所以一直到晚上，只要我们在一起，我们的嘴就一会儿也没停过。她们俩让我无拘无束，以至我的舌头和眼睛全都在说话，尽管说得不一样。只有几个短暂时刻，当我单独同她们俩中的一位在一起的时候，谈话有点儿尴尬，但离开的另一位很快便又回来了，没容我们有时间搞清为何窘迫。

到了托讷，等我衣服干了之后，我们便开始吃早饭。然后，就得正儿八经地准备午饭。两位小姐一边做饭，一边不时地亲亲佃户的孩子，弄得我这个可怜的帮手只好在一旁眼馋着。食物已先从城里送来，足够做一顿非常丰盛的午餐，特别是点心。但遗憾的是，忘了带葡萄酒来。对于不怎么喝酒的小姐们来说忘了就忘了，我却挺不高兴的，因为我本打算借着酒劲儿壮壮胆子。她们俩也挺恼火的，也许是出于同样的原因，但我并不相信。她们兴高采烈、惹人喜爱的快活劲儿真是纯洁无邪，再说，她们俩能同我发生什么呢？她们让人去附近寻找葡萄酒，但一无所获，因为这一带的农民很穷很苦。因此她们向我表示遗憾，我便对她们说千万别介意，她们无须酒就能让我醉倒。这是我当天斗胆说出的唯一一句殷勤话。但是，我相信那两个淘气鬼清楚地看出这句殷勤话一点儿都不假。

我们在佃户的厨房里吃午饭。两位女友坐在长桌两头的凳子上，她们的客人则坐在她们俩中间的一张三条腿的矮凳上。多么好的午餐！多么醉人的回忆！付出这么一点点儿，竟能尝到如此纯洁、如此真实的快乐，还会去寻求其他快乐吗？巴黎的美味佳肴也无法与这顿饭相比，我这并不是单指快乐、甜蜜，也是指肉欲。

　　午餐后，我们节约了点儿东西：早餐剩下的咖啡我们没有喝掉，而是留下来与她们带来的奶油和点心一块儿在下午享用。为了吊胃口，我们还去果园摘樱桃，当作饭后甜食。我爬到树上，把一枝枝樱桃扔给她们，而她们则把樱桃核从树枝缝中扔还给我。有一次，加莱小姐伸开围裙，头往后仰，等着接。我看准了，正好把一束樱桃枝扔到她的怀里。我们哈哈大笑。我心里暗想："我的嘴为何不是樱桃！那我就非把嘴扔到那儿不可。"

　　这一天就这样嘻嘻哈哈地度过了，毫不拘束，但又始终规规矩矩，没有一句出格的话，没有一句过分的玩笑。这么规规矩矩，我们并不是强装出来的，而是自然而然的，是我们的心定下的调子。总之，我很羞怯——别人会说是愚蠢——以至我情不自禁干出的最放肆的行为只是亲了一下加莱小姐的手。说实在的，是环境提供给我这么个小小的恩惠。我们俩当时单独在房间里，我呼吸急促，她两眼低垂。我的嘴没有说话，而是无所顾忌地贴在她的手上。我亲了之后，她慢慢地把手缩回去，毫无怒意地看着我。我不知道我会对她说出什么话来，可她的女友进来了，我当时觉得她的女友真是丑陋不堪。

　　最后，她们俩想起来，不能等到天黑了才回城。我们剩下的时间只够天黑前赶回去，所以赶忙像来时那样骑马上路。如果我胆子大的话，我本会调换一下位置的，因为加莱小姐的眼神让我的心非常激动，但我一声也没敢吭，而她又不便主动提出调换。一路上，我们一直在说，这一天不该就这么结束，但是，我们并没有觉得时间太短，而是觉得我们很好地利用种种游戏充实了这一天，从而掌握了使之延长的秘诀。

我几乎在她们抓住我的同一地方与她们分了手。我们是多么依依不舍啊！我们又是多么高兴地约好再相见啊！一起度过的十二个小时，对于我们有如几个世纪的亲密无间。对这一天的温情回忆使这两位可爱的姑娘并无什么不快，我们三人之间的亲密关系有着更加强烈的乐趣，而且只有同这种乐趣一起才能存在。我们互相无猜，亲密无间地相爱着，而且愿意始终这样相爱着。这种品行的无邪具有它自身的乐趣，与另一种肉欲相当，因为它没有任何间断，永远继续着。对我来说，我知道对这么美好的一天的回忆比对我一生中品尝过的任何快乐的回忆都更加使我感动、迷恋、心醉。我不太清楚我想从这两位可爱的人儿身上得到什么，但我对她们俩都非常牵挂。我不是说，如果我是自己行动的主宰，我的心就会一分为二。我感到我的心是稍有偏爱的。若有格拉芬丽小姐做情妇，我会幸福的，但要是让我选择的话，我想我宁愿让她做我的知心朋友。不管怎么说，在离开她们俩的时候，我觉得少了她们俩中的任何一个，我都会无法活下去。谁会说我一辈子再也见不到她们了，我们的短暂爱情到此为止？

读到这儿的人肯定会笑话我的这些艳遇，因为他们发现，兜了这么个大圈子，最大的艳遇最后只不过是吻了一下手而已。啊，我的读者们，你们可别搞错了。我的爱虽以吻手而告终，但我感受到的快乐比你们在那顶多是以吻手开始的爱中所感受到的快乐要多得多。

旺蒂尔昨晚睡得很晚。我回来不一会儿，他也回来了。这一次，我没有像往常那样饶有兴趣地看他，我小心得很，没有告诉他我这一天是怎么度过的。那两位小姐同我谈起他时一脸不屑，当知道我同这么坏的人交往时，我看得出她们很不高兴。这就使他在我心目中失去了分量，而且，凡是使我对她们俩分心的东西都只能让我觉得不快。然而，当他跟我谈起我的处境时，很快又

127

使我想到他，也想到我自己。我的处境十分严峻，难以为继。尽管我节衣缩食，但我的一点点儿钱已经告罄。我已穷途末路了，也没有一点儿"妈妈"的消息，我不知道会落到什么地步，而且，想到我这个加莱小姐的朋友会沦为乞丐，我感到一阵揪心。

旺蒂尔对我说，他已经跟首席法官先生谈起过我，说明天要领我去法官家里用午餐，还说这位法官是一个能通过朋友帮我忙的人，再说，认识一个又聪明又有学问的人、一个和蔼可亲的人、一个既有才又喜欢有才之人的人，毕竟是一件好事。然后，他像平时那样，把最琐碎的小事同最严肃的事搅和在一起，让我看一段很美的歌词，是来自巴黎的，谱上了当时正在上演的穆雷的一出歌剧的曲调。西蒙（首席法官的名字）先生非常喜欢这段歌词，所以想根据同一曲调和上一首。他要旺蒂尔也来和一首，而这家伙心血来潮，也要我来和一首，说是让大家第二天像是看见《滑稽故事》里的马车似的络绎不绝地来写歌词。

夜晚，因为无法成眠，我便尽己所能在写歌词。就我头一次写词而言，结果还算可以，可以说是挺好的，或者至少可以说，比前一天晚上写要更有味道，因为主题是围绕着一种我的心已经投入的极其温情的情景。到了早晨，我把歌词拿给旺蒂尔看。他觉得写得挺美，便装进兜里，也没告诉我说他是否也写完了。我们去西蒙家吃午餐，受到了盛情款待。他们俩谈得挺投机，两个有才气又博览群书的人谈起话来当然有趣得很。而我，我当好听众，只听不说。他们俩都没谈到歌词的事，我当然也不会提起，而且，据我所知，他们一直都没提过我的那段歌词。

西蒙先生好像对我的举止挺满意，这差不多就是他在这次相见过程中所注意到的我的全部。他在瓦朗夫人家见到过我好几次，但并没太注意我。因此，我可以说是自这顿午餐开始结识他的，就许给我的诺言来说，与他相识对我并没有什么用处，却为我日后带来了其他好处，使我想起他来仍很高兴。

我若不谈他的外貌，那是不对的，因为他身为法官，而且沾沾自喜于自己的才华，我若不说，大家是想象不出他长什么样的。首席法官西蒙先生肯定不足两法尺。他的腿又直又细，甚至比较长，要是挺直了，会使他显得高一些的，却叉开着，像支得很开的圆规。他的上身不仅短小，而且精瘦，从各方面看都小得可怜。如果脱光了，他大概很像一只蚂蚱。他的脑袋倒是正常大小，脸蛋儿也长得很不错，神态高雅，眼睛挺美，很像是插在树桩上的一个假脑壳。他倒是用不着花钱修饰，因为一大顶假发就把他完完全全地罩住了。

他有两种迥然不同的声音，谈话时不停地变来倒去，反差极大，起先听着挺有趣，但很快便让人难受了。一种声音沉重而洪亮，如果我敢于这么说的话，那是脑袋里发出的声音。另一种声音清晰，但尖锐刺耳，是他身体里发出的声音。当他自鸣得意地慢吞吞地讲话，语气沉稳，呼吸匀称的时候，他总是能够用他那粗嗓门儿说话。但是，只要他稍微激动，一种更激越的声调掺和进来时，这声调就变得有如谱号的尖音，他就很难再恢复他那低音了。

西蒙先生虽然有着一副我刚才毫不夸张地描绘的尊容，却是一位风流雅士，很会甜言蜜语，衣着讲究到了轻佻的程度。他由于要尽量发挥优势，便喜欢早上在床上见客，因为当人家看见枕头上的一颗漂亮的脑袋时，谁也不会去想他光是脑袋漂亮而已。有时候，这也引起一些笑话，我相信阿讷西的人还全都记得的。一天早上，他在被窝儿里，或者说是在床上，等着诉讼人。他戴着一顶非常考究、非常白净的睡帽，饰有两个粉红色大丝带结。一个农民来了，敲了敲门。女佣没在。首席法官听见有人不停地敲门，便喊道："进来。"但因为这一声喊得太用力，便发出了尖细声。农民进来，寻找着这女人的声音是哪儿来的，当他看见床上的人戴着一顶修女帽，还饰有女用丝带结，便连连地向"夫人"致歉，准备折身出去。西蒙先生火了，叫声更尖。那个农民认定床上的人是女人，觉得自己受到了侮辱，便骂骂咧咧地说她不过是个娼妇，首席法官先生竟在家里干出这等事来。首席法官怒气冲天，因为没有别的武器，他便操起自己的夜壶，正要向那个可怜的农民的脑袋砸去时，他的女佣回来了。

这个矮个儿身体上虽未得到大自然的宠幸，但从智力上得到了补偿。他天资聪颖，自己又刻意增长智慧。他虽然像大家说的是一个比较好的法学家，却不爱自己那一行。他致力于文学，而且颇有成就。他从文学中特别汲取了那种华丽的外表，他把那艳词丽句用在交际中，甚至用在与女人的交往之中，谈吐妙趣横生，大受欢迎。他把《嘉言集》一类书中的妙语佳句背得滚瓜烂熟。他有本事巧妙地运用这些妙语佳句，把一件六十年前的事叙述得栩栩如生、委婉动听，仿佛发生在昨天似的。他通晓音乐，唱起男声来很动听。总之，对一位法官来说，他够多才多艺的了。由于老向阿讷西的贵妇们献媚取宠，他在她们中间成了大红人。她们也把他当成身边的一只小卷尾猴。他甚至声称有过一些艳遇，使贵妇们听了挺开心。有一位名叫埃巴涅的夫人说，对他这种人，让他吻一下女人的膝盖就是最大的恩惠了。

由于他熟谙佳作，又喜欢谈及，所以他的谈话不仅有趣，而且有益。后来，当我喜欢学习的时候，又与他保持关系，受益匪浅。我有时从我当时所在的尚贝里去看他。他对我的好学精神既赞扬又鼓励，在阅读方面给了我很好的指点，我常从中得益。不幸的是，他那瘦弱的身躯里藏着一颗很敏感的心。几年之后，我不知道他遇上了什么糟糕的事，使他忧心忡忡，竟至死去。这真可惜。他真的是一个好矮个儿，大家一开始会笑话他，但最终会喜欢上他。尽管他一生与我关系不深，但由于我从他那儿得到过一些有益的教诲，所以我认为出于感激之情，应该为他写下一小段回忆。

我一得空，便跑到加莱小姐住的那条街上去，盼着能看见有人进出，或者至少有扇窗户打开。可是没有，连一只猫也没见到，我待了很久，只见那幢房子关得严严实实，仿佛没人住似的。那条街狭窄寂寥，有人走过便很显眼。偶尔有个人走过，也是进出邻舍的。我待在那儿，脸色十分难看，觉得大家猜到我为什么来了。想到此，我像是在受酷刑一般，因为我一直看重我心爱的女子的名声和安宁，而宁可不顾自己的快乐。

最后，我不想继续扮演西班牙式情人了，而且我根本没有吉他，所以决定写封信给格拉芬丽小姐。我本想写给她的女友的，但又不敢，所以还是先写给她，因为我是通过她认识另一位的，而且，我跟她更熟一些。写完信后，我便像我同那两位小姐分别时约好的那样，把信送到吉罗小姐那儿。这办法是她们替我想出来的。吉罗小姐是位缝纫女工，有时去加莱小姐家干活儿，所以进她家挺方便。可我觉得这个信使选得并不太好，但我又害怕，如果对她过于挑剔，她们也没法儿替我找别人代劳。此外，我也不敢说她是否想为自己打算。我感到耻辱，她竟敢自以为与那两位小姐一样，对我来说，都是女性。总之，我是退而求其次，只得铤而走险，找她送信了。

我刚开口，吉罗小姐便猜中了我的意思，这其实并不难。托人捎信给姑娘，用意便不言自明，何况我那副狼狈的蠢相更是不打自招。可想而知，这差事使她很不乐意，但她还是答应下来，并忠实地去办了。第二天早上，我跑到她那儿，见到了回信。我多么急于奔出去看信，并尽情地亲吻它啊！这是用不着说的，但更需要说的是吉罗小姐的态度，我可真没料到她是那么善解人意。她挺明智，知道自己年已三十七岁，一双兔子眼，一个破鼻子，嗓门儿尖，皮肤黑，同两位风姿绰约、如花似玉的姑娘没法儿相提并论，所以既不愿坏了她们的好事，也不想为她们效劳，宁可失去我，也不愿把我留给她们。

梅塞莱小姐不见女主人的音信，早就想回弗里堡去了。吉罗小姐让她下了决心。更有甚者，她还提醒梅塞莱，最好有个人送她回她父亲那儿去，并且提议让我送她。小梅塞莱也挺喜欢我，觉得这主意切实可行。她们俩当天便把这事像定了似的跟我说了。由于我觉得这么使唤我并没什么让我不痛快的，所以我也就同意了，认为这一趟顶多不过一个星期。吉罗小姐可没这么想，她另有打算。我不得不讲明我的经济情况，她们也考虑过了：梅塞莱小姐负担我的盘缠，而且，为了把我所花的费用挤出来，在我的要求下，我们决定把她的小包袱先寄走，我们则慢慢地徒步而行。后来就是这么做的。

我很遗憾，竟让这么多姑娘爱上了我。但是，由于我从这些爱情中并没有得到什么值得沾沾自喜的好处，所以我认为可以无所顾忌地把真相说出来。梅塞莱小姐与吉罗小姐相比，人年轻又单纯，从未对我说过过分挑逗的话。但她爱模仿我的口吻、腔调，重复我说的话，对我表现出我本该对她表示的关怀，而且，因为非常胆小，她总是想着晚上我们俩要睡在同一间屋里。人在旅途中，又是在一个二十岁大的小伙子和一位二十五岁的姑娘中间，这界线就很少能把握得住了。

但这一次她把握住了。我非常单纯，所以，尽管梅塞莱小姐并不令人讨厌，但一路之上，我脑子里都没往这上面去想，连一句献媚的话都没说过，也没动过要说这样的话的脑筋。即使有此想法，我也因为太蠢，不知如何趁机行事。我想象不出，一个姑娘和一个小伙儿怎么会睡在一起的，我以为必须经过几个世纪的时间才能准备好这一可怕的安排。如果可怜的梅塞莱小姐通过替我出盘缠而另有图谋的话，那她可就错了。我们同从阿讷西动身时一样，规规矩矩地到了弗里堡。

路过日内瓦时，我没去看任何人，但到了桥上时，我开始受不了了。我每每见到这座幸福之城的城墙时，每每进入这座城市时，都因过于激动而无不感到有点儿心力衰竭。在自由的崇高形象使我的灵魂升华的同时，平等、团结、道德风尚的形象则使我不禁潸然泪下，激起一种失却了这所有幸福的强烈的悔意。我身在何等的错误之中啊，可这又是多么自然的事啊！我一直以为在自己的祖国看见了这一切，因为它们一直装在我的心中。

尼翁是必经之地。就这么走过而不去看看老父亲，如果我有这个胆量，那么我会愧悔而死的。我让梅塞莱小姐留在客栈里，便不顾一切地去看望父亲。唉！我害怕他，真是没有道理！一见到我，他那颗充满父爱的心便敞开了。我们俩拥抱着，流下了多少泪水啊！他先还以为我回到他身边不走了。我把自己的情况和打算告诉了他。他不同意，但态度并不坚决。他向我指出我这样做的种种危险，说是荒唐的时间越短越好。不管怎么说，他并没打算硬留住我不放，我觉得他在这一点上是对的。但可以肯定的是，他并未尽其所能地挽留我，这也许是他自认为我走了这一步之后，已不该回头了，也许是他不知道对我这个年龄的人该如何办才好。我后来得知，他对我的旅伴有一种很不公正、远离实际却很自然的看法。我的继母是个好女人，稍稍有点儿虚情假意，她假装要留我吃晚饭。我没吃，但我对他们说，回来的时候，打算同他们多待些日子，并把用船运来的我的小包袱存在他们那里，因为我觉得那是个累赘。第二天，我一大早便走了，很高兴见到了父亲，并敢于尽人子之道。

我们平安抵达了弗里堡。旅行快结束时，梅塞莱小姐的热情稍稍减退。到了目的地之后，她对我相当冷淡，而且，她父亲的生活并不宽裕，也没有盛情款待我。我去客栈住了。第二天，我去看了他们父女，他们留我吃午饭，我答应了。我们分了手，并未流泪。晚上，我回到小客栈。到达后的第三天，我又动身了，但并不太清楚打算去往何方。

这是我一生之中上帝给我的又一次机会，让我过上正是我所需要的几天幸福时光。梅塞莱小姐是个很好的姑娘，虽不靓丽美貌，但一点儿都不难看，不太活泼，却很明理，顶多会使点儿小

133

性子，哭一阵子就完，从不闹个天翻地覆。她确实很喜欢我，我要娶她也不犯难，并可继承其父业。我对音乐的爱好会使我喜欢上她父亲的。那样我就会在弗里堡安家立业了。弗里堡是个小城，不漂亮，但居民是些好人。我无疑会丧失一些大的乐趣，却可以平安无事地生活到死。然而我比谁都清楚，在这件事情上，我没有任何的摇摆。

我没回尼翁，而是去了洛桑。我想欣赏那个美丽的湖，在那儿看湖可以饱览无遗。使我做出决定的秘密动机大部分都不是很坚定的。遥远的希望很少有足够的力量能促使我行动。前途莫测总是使我把需要长期努力的计划视为骗人的诱饵。我同别人一样投身于希望，只要它不用我费劲儿努力就成。但是，如果必须长期坚持的话，我就受不了了。眼前任何微小的快乐都比天堂的快乐更吸引我。不过，我是把事后伴随着痛苦的快乐排除在外的，这种快乐对我没有诱惑力，因为我只喜欢单纯的快乐，而当人们知道要追悔莫及时，则无快乐可言。

我急需赶到一个地方，越近越好，因为我途中迷了路，晚上到了姆东，除留下十个克勒蔡尔外，所剩的一点点儿钱全花掉了，这十个克勒蔡尔第二天也付了午饭钱。晚上，我到了洛桑附近的一个小村子，身无分文，不顾一切地走进一家小客栈。我饿极了，但装出落落大方的样子，叫人上晚饭，仿佛付得起饭钱似的。我什么也不想就去睡了，睡得还挺踏实。早晨，吃过早饭之后，与店主结账，总共七个布兹，我想把外衣留作抵押。正直的店主没收，说是感谢上苍，他从未扒过谁的衣服，也不想为了七个布兹开这个头儿，叫我留着衣服，方便时再还钱不迟。他的好心让我感动，但并没有感动得跟什么似的，也没有我回想起此事时那样感动。我很快便让一个可靠的人还了钱，并连声向店主道谢。但是，十五年后，当我从意大利又路过洛桑时，我着实后悔，竟忘了客栈及其店主的名字。我本会去看看的，我会高兴地向他提及他做的好事，还要向他证明他没有白做好事。我觉得，无疑更为重要的却招摇过市的帮助并不比这个诚实的人简单而不宣扬的善行更值得感激。

走近洛桑，我在想象着我那潦倒落魄状，考虑着如何才能摆脱窘迫，别让继母看出来，我把在这次徒步朝圣中的我比作刚到阿讷西的我的朋友旺蒂尔。这么一想，我就有了劲头，没考虑我既不像他那么俏皮，也没他那份天才，竟想在洛桑充作小旺蒂尔，教授我并不通晓的音乐，还要自称是从巴黎来的，其实我从未去过巴黎。由于那儿没有音乐训练班，找不到代课的活儿，而且我也没胆量闯到音乐圈中人的堆儿里去，所以，按照我那美好的计划，我先打听有没有一家价廉物美的小客栈可供食宿。有人告诉我，有一个叫佩罗泰的人，留宿过往客人。这个佩罗泰是世界上最好的人，非常热情地接待了我。我把事先编好的瞎话向他说了一遍。他答应为我张罗，设法为我找点儿学生，并对我说，等我挣了钱之后再结他的账。他的膳宿费是五个白埃居①，这价钱实在不高，但对我来说可不是个小数目。他劝我先入半伙，即午餐只有一个浓汤，没有别的，但晚上可美餐一顿。我同意了。这个可怜的佩罗泰以菩萨心肠对我关怀备至，竭尽全力为我效劳。为什么我年轻时净遇上好人，而年纪大了就见不到什么好人了呢？是好人死绝了？不，我今天想要找好人的那个阶层已非我当年遇上好人的那个阶层了。在平民百姓中，澎湃的热情只是偶然为之，但自然情感常常流露。在上流社会，这种自然情感被彻底窒息了，在感情的幌子之下，从来只有利益或虚荣在支配着。

我从洛桑给父亲写了封信，他把我的包袱寄了来，并附信向我提出一些很好的忠告，我本该更好地从中得到教益的。我已经提到过，我有时候神志不可思议地混乱，自己都不再是自己

---

① 一种银币，一白埃居合三法郎。

了。下面又是一个明显的例子。为了弄清楚我当时头脑错乱到什么程度，只需看看我一下子都干了多少荒唐事就行了。我连谱都不识，竟当起音乐教师来了。我曾同勒梅特尔一起待过六个月，可能使我有所得益，但六个月是远远不够的。而且，我又是师从一位大师，这就注定我是学不成的。我是日内瓦的巴黎人，又是新教国家的天主教徒，我认为应该改名换姓，就像我改变宗教和祖国一样。我始终在尽可能地向我所模仿的那个大人物靠拢，他名叫旺蒂尔·德·维尔纳夫，因此，我便把卢梭这个名字的字母倒腾一下，变为沃索尔，这样，我就叫沃索尔·德·维尔纳夫了。旺蒂尔会作曲，尽管他毫不夸耀，而我，尽管不会，却跟谁都吹嘘会作曲；我连最简单的讽刺民歌都记不下来，却以作曲家自许。这还不算。我被介绍认识法学教授特雷托伦先生，他喜欢音乐，常在家里举行音乐会。于是，我想向他显示一下自己的才能，就煞有介事地为他的音乐会胆大妄为地作起曲来。我坚持着一连写了半个月，把这部精品写好、誊清、标定音部，信心满怀地划分乐章，仿佛这真的是一部管乐佳作。最后，大家很难相信却实实在在的是，为了无愧于这部上乘之作，我在最后给它加上了一段优美的小步舞曲，竟然广为传唱，大家也许还记得这几句当时无人不知的歌词：

简直是水性杨花！
简直是无情无义！
怎么！你的克拉丽丝
会欺骗你的爱情？……

这支有低音的曲子是旺蒂尔教我的；原词猥亵下流，因此我才记住了。我便把这支小步舞曲及其低音放在我的作品的末尾，但删去了歌词。我就像对月球居民说话似的那么斩钉截铁地说，

136

这曲子是我作的。

大家聚集起来演奏我的作品。我向每个人解释速度快慢、演奏风格、各音部的反复，忙得不亦乐乎。大家调音时的五六分钟，对我来说，犹如五六个世纪。最后，一切准备就绪，我用一卷漂亮的纸，在我那指挥台桌上敲了五六下，让大家注意。大家安静下来，我便严肃地打起拍子。开始了……不，自从法国歌剧诞生以来，人们从未听到过这么不协调的音乐。不管大家对我所谓的才能会有什么样的想法，反正这次的效果似乎比人们想象的要糟糕得多。乐师们憋着，免得笑出声来；听众们睁大了眼睛，而且可能真想堵上耳朵，但又无法办到。我的那些刽子手般的演奏员故意凑热闹，弄出很大的噪音，连聋哑人的耳膜都能穿透。我始终坚持指挥着，当然，满头大汗，但因脸面关系，不敢溜之大吉，也不敢撂下不管。可结果是，我只听见周围的听众在窃窃私语，或者是在对我悄声说："简直受不了！多么疯狂的音乐！真是群魔乱舞！"可怜的让－雅克，在这残酷的时刻，你根本想不到有一天你的音乐在法国国王面前及其整个宫廷会激起惊叹和掌声；想不到有一天，你周围的包厢里最可爱的女人们会窃窃私语："多么动听的音乐！多么迷人的乐声！所有这些歌曲是多么扣人心弦啊！"

但是，使大家乐不可支的是小步舞曲。刚演奏出几个节拍，我便听见四面八方爆发如笑声来。每个人都就我歌曲的优美韵味祝贺我，并肯定地说这段小步舞曲必将使我声名鹊起，一定到处受到赞颂。我无须描述我多么苦恼，也无须承认我是自作自受。

第二天，我的一个名叫吕托尔的演奏员前来看我。他挺厚道，没有对我的成就表示祝贺。我深感愚蠢，羞愧难当，追悔莫及，对落到这步田地十分沮丧，所以不可能把那么大的痛苦憋在心里，便向他敞开了心扉。我任由眼泪哗哗地流淌。我不仅向他承认自己对音乐一窍不通，还把前后经过全告诉他了，只是要求他别讲出去。他答应了，但他是否真的保守了秘密，大家可想而知。当天晚上，全洛桑的人都知道我是什么货色了，但了不起的是，没有人在我面前表露出来，连好心的佩罗泰也没有，而且仍旧供我食宿。

我继续活着，但十分悲伤。有了这么一个开端，对我来说，今后洛桑就不是个久留之地。学生没几个，而且没有一个女的，都不是本城的人。总共只有两三个肥胖的德国人，同我一样无知蠢笨，把我烦得要死。在我手里是成不了大音乐家的。只有一家请过我。这家有个狡猾的女孩儿，故意拿出许多乐谱让我看，可我连一个谱也不识，她随即便在老师大人面前唱了起来，让老师知道该怎么唱。我毫无一看便知的识谱能力，所以，在我提到的上面那次辉煌的音乐会上，我不可能一下子就跟上演奏，不知道大家是否把我眼前摆着的、我亲自作的曲子演奏得很好。

我陷于这么多的羞辱，却因不时地获得两位可爱的女友的信息而得到一些温馨的安慰。我一直能在异性中找到一种巨大的慰藉，在我倒霉的时候，没有什么比一个可爱的女子的关心更能抚平我的痛楚了。但这种鸿雁往返不久便停止了，而且再没续上。那是我的过错。我换了住处，竟忘了把地址告诉她们俩，而且由于我被迫常常考虑自己，竟然很快便把她们俩抛诸脑后了。

我好久没有提到我那可怜的"妈妈"了。如果大家以为我也把她忘了，那就大错特错了。我一直想念着她，总想重新见到她，不仅仅是为了我的生计，更是我的心的需要。我对她的依恋，不管多么强烈，多么温馨，都不妨碍我去爱别人，但那不是同一种方式的爱。其他的女人受到我的钟爱皆因其姿色使然，一旦没了姿色，我的爱也就随之消失，但"妈妈"不然，尽管她会变得又老又丑，但我的爱不会减退。我的心已经全然把起先对她的美貌的崇敬转移到她本人身上了。不管她有何变化，只要始终是她，我的感情就不会改变。我很清楚，我欠她的情，但我实际

138

上没这么去想。不管她为我做了什么或没做什么，反正我对她的感情都是一样的。我之所以爱她，并不是出于义务、利益，也不是因为中意，而是因为我生来就是爱她的。当我爱上别的女人时，我会分心，这一点我承认，而且对她思念得也少了些，但我仍旧是以同样的愉快心情想着她。不管我爱没爱上别的女人，反正我想到她的时候，总感觉只要离开她，我的生活中就从不可能有真正的幸福。

虽然那么久没有一点儿她的消息，但我从不以为我会完全失去她，也不认为她会忘掉我。我寻思，她迟早会知道我漂泊无着的，会告诉我她的一点儿音信的。我坚信，我将能与她重逢。在此期间，能住在她的故乡，能走在她走过的街道上，能在她曾住过的那些房子前走过，对我来说，是一件美事。但这一切全都是触景生情，因为我有一种荒谬的怪癖，不敢打听她，也不敢说出她的名字，除非迫不得已。我觉得，一提她的名字，我就把我对她的一片痴情暴露出来了，便管不住嘴，道破心中的秘密，这样也就可能连累她。我甚至认为，这中间夹杂着某种恐惧，怕人家对我说她的坏话。人们对她的出走议论纷纷，对她的行为举止也有所谈论。我害怕别人说我不愿听的有关她的话，所以我宁可别人根本别谈论她。

因为我的学生占用我的时间不太多，而且她的出生地离洛桑也只有四法里，我便在那儿玩了两三天，心情始终愉快极了。日内瓦湖及其湖岸的绮丽风光映入眼帘，有着一种我难以形容的特殊魅力，但这并不单单是因为景色之美，而是因为我说不出的更加有趣的东西，使我难以忘怀，使我钟情于它。每当我走近沃州，我便浮想联翩，回忆起在此地出生的瓦朗夫人、在此地生活过的我的父亲、在此地使我情窦初开的维尔松小姐，以及我童年时在此地做过的好多次愉快的旅行。除此以外，我觉得还有某种比这更加秘密、更加强烈的原因。当我强烈渴望那种从我手中逃

139

逸,而且我为之而生的幸福甜蜜的生活前来刺激我的幻想时,我的思绪总是定在沃州那地方,定在那临湖之地,定在那迷人的田野。我只需要在这湖边而非别处有座果园,我需要有一个可靠的男友、一个可爱的妻子、一头奶牛和一只小船。只有拥有这一切,我才会感到幸福美满。我笑话自己的单纯,曾多次去那个地方,单单是为了去寻找这种想象中的幸福。我一直很惊讶,在那儿看到的全是与我去寻找的人性格迥然不同的居民,特别是女人。我觉得这是多么不相称啊!我始终感觉那地方与那地方的人是很不协调的。

在我去沃韦的旅途中,我沿着那美丽的湖岸而行,心中充满着最温情的忧伤。我激情满怀,心儿扑向无数纯朴的幸福,我动情,我叹息,还像个孩子似的哭起来。有多少次,为了哭个痛快,我驻足,坐在一块大石头上,心满意足地看着自己的眼泪掉进水里。

我到了沃韦,住在拉克莱客栈,两天中,谁也没见。我对该城产生了一种爱,使我在所有的旅行中都心驰神往,终于使我把我小说的主人公安排在了这里。我会很乐意地对那些具有品位、富于感情的人说:"去沃韦吧,去看看那地方,观赏一番它的景色,在湖上泛舟,然后,你们说说看,大自然是不是为了朱莉,为了克莱尔,为了圣普乐而造就了这个宝地。但是,别去那儿寻访他们。"现在,我还是回到自己的事上来吧。

由于我是天主教徒,而且自认不讳,我便大大方方、无所顾忌地遵从我所信奉的宗教的祭仪。每个星期日,当天气晴好时,我便去离洛桑两法里的亚森做弥撒。我通常同其他一些天主教徒,特别是同一个巴黎绣花工一起去。后者的名字我忘了。他不是像我这样的巴黎人,而是一位正宗的巴黎人,一个献身上帝的地道巴黎人,一个像香槟省人一样的好心人。他非常热爱自己的故乡,因此,从不愿意怀疑我是不是巴黎人,担心失去谈论家乡的机会。副司法行政官克鲁扎先生有一名园丁，也是巴黎人，但人不随和，认为无缘成为巴黎人而胆敢冒充巴黎人，那是在损害自己故乡的名誉。他常以一种肯定会让我露馅儿的神气询问我，然后便诡异地笑笑。有一次，他问我新市场有什么特别的地方。可想而知，我胡诌了一通。在巴黎度过二十年后，我现在该很了解这座城市了，但是，如果有人今天还问我这个问题，我仍旧答不上来，人家可能也会据此认为我从未到过巴黎。即使事实明摆着，人们也会根据一些错误的原则判断事物。

我说不准究竟在洛桑待过多久，我对这座城市没有太深的印象。我只知道因为在那儿找不到办法生活下去便去了纳沙泰尔，并在那儿过了一冬。我在纳沙泰尔还挺顺利，收了几名女学生。尽管我欠我的好朋友佩罗泰不少钱，但他还是诚恳地把我的小行李寄还给了我，所以挣到钱后，我还清了他的债。

我边教音乐，边不知不觉地在学音乐。我的生活挺适意，一个有理智的人本会感到满足的，可我那颗不安分的心向我要求别的。星期日或闲暇时日，我便跑到附近的田野和树林中去，没完没了地游来荡去，冥思苦想，唉声叹气。每当我出城，非等天黑了才返回不可。有一天，在布德里，我进了一家小酒店吃午饭，看见一个长着大胡子的男子，他穿着一件希腊式的紫衣服，戴着一顶皮帽，服饰和仪表相当高贵，但是说的是一种几乎听不清的方言，简直使周围的人全都听不明白，有点儿近似意大利语。可他的话我几乎全听懂了，而且只有我一人听得懂。他只能连说带比画地同店主及当地人表明自己的意思。我同他说了几句意大利语，他全听懂了。他站了起来，激动地走过来拥抱我。我们俩立刻成了朋友，而且，从这时起，我便充当了他的翻译。他的午饭挺丰盛，可我的连一般都谈不上。他邀请我同他一道吃，我也就没有谦让。我们边吃边说，很是投机，等吃完饭，已经是难舍难分了。他对我说，他是希腊正教的主教、耶路撒冷修道院院长，是为修复圣墓而来欧洲募捐的。他拿出俄国女皇和奥地利皇帝颁发的漂亮证书给我看，他还有其他许多国家君主给他的证书。他对自己到目前为止所募捐到的挺满意。但在德国曾遇到一些难以想象的困难，因为他德语、拉丁语和法语一句也听不懂，只好说希腊语、土耳其语，实在没办法还得说法兰克语。这就使他在德国一筹莫展，所获甚微。他建议我陪伴他，做他的秘书兼翻译。尽管我穿着一件新买的紫色小外衣，跟我的新职位倒也般配，但是看上去穿得很不怎么样，所以他认为把我弄到手并不犯难。他确实没有想错，我们很快便谈妥了。我没提任何要求，他却许了不少愿。我一无保人，二无保证，三无熟人，却跟了他去，第二天便动身去耶路撒冷了。

我们的旅程从弗里堡州开始，在那儿没有什么大的收获。主教的身份要紧，不能去乞讨，也不能去向个人募捐。他向元老院陈述了自己的任务，获得了一小笔钱。我们从那里到了伯尔尼。这里手续繁杂，检查他的证件一天是办不完的。我们下榻在当时的上等旅馆——雄鹰旅馆，里面住的尽是上流社会的人，就餐的人很多，饭菜一流。我长期以来一直是粗茶淡饭，很需要补补身子，这次有了机会，当然不能放过。主教大人也是上流社会的人，喜欢边吃边聊，性格又开朗，跟听懂他的话的人很能聊。他知识面较广，卖弄起自己渊博的希腊知识时很是津津乐道。有一天，在吃饭后甜食时，他在夹榛子的时候，把指头夹了一道很深的口子。由于血流如注，他便把受伤的手指伸给同桌的人看，并笑嘻嘻地说："先生们请看，这是古希腊人的血啊！"

在伯尔尼，我对他还是挺有帮助的，不像我起先担心的那么糟。比起替自己办事来，我胆子大得多，说话也更流利。这里的事没有在弗里堡时那么简单，必须同本邦首脑们不断地进行长谈，而且审查起他的证件来也是慢腾腾的。最后，一切手续全办妥了，他才被允许拜谒元老院。我作为翻译同他一起进了元老

142

院，有人还叫我发表谈话。这真出乎意料，我压根儿没有想到，同元老们分别长谈之后，还必须当众演说一番，仿佛先前什么都没谈起。可想而知，我是多么窘迫啊！对一个非常腼腆的人来说，不仅要当众发表谈话，而且是面对伯尔尼的元老们，又是即兴发言，事前没有一分钟的准备，这真够要我的命的。但我并没被吓住。我简明扼要地阐述了希腊主教的使命。我赞扬了一番对他前来募捐有所贡献的王公们的善行义举。为了激起元老们的劲头，我以激将的口吻说，我对他们没少抱希望，因为他们一向乐善好施。然后，我竭力证明，对所有的基督徒来说，不论他是哪个教派，这都是一件善事。我最后还说，上帝将会赐福于愿意参与这一义举的人。我不敢说我的演讲产生了效果，但可以肯定的是，我的话受到了赞赏，所以从元老院出来后，希腊主教获得了一笔像样的捐赠，他的秘书的才能也得到了赏识。把赞扬我的话翻译出来当然是件快事，但我没敢逐字逐句地翻译给他听。这是我一生中唯一的一次当众讲话，还是当着权贵们，也是我平生头一次说得这么大胆、这么好。同样一个人，才能竟有如此大的差别！三年前，我去伊韦尔东看我的老友罗甘先生时，我曾接见过一个代表团，因为我向该市图书馆赠过一些书，该代表团是来向我表示感谢的。瑞士人善于夸夸其谈，他们对我大大地感谢了一番。我不得不致答词，但我窘迫不已，不知说什么是好，脑子里乱糟糟的，想不出词儿来，出尽了洋相。我尽管生性腼腆，但年轻时有时候也挺胆大的，年纪大了反倒不行。我越是见多识广，越是不能适应世事。

　　我们离开伯尔尼，去了索洛图恩，因为主教打算再走德国，经匈牙利或波兰回国。这就绕大圈子了，但是，由于一路上他的钱袋进多出少，所以他不怕绕远。至于我，无论骑马或步行，我几乎都喜欢，如果能如此这般地漫游一生一世，我真是求之不得。但命中注定我走不了那么远。

到达索洛图恩，我们做的头一桩事就是去拜会法国大使。对于我的主教来说，不幸的是这位大使是博纳克侯爵，曾任驻土耳其苏丹宫廷的大使，有关圣墓的一切事情他大概都一清二楚。主教拜会了一刻钟，我没被允许进去，因为大使先生听得懂法语，而且意大利语说得起码同我一样好。当我的那个希腊人出来时，我正想跟上去，但被拦住了：该我去拜会大使了。我既然自称是巴黎人，就该像巴黎人一样受大使阁下的管辖。大使问我是何许人也，要我向他说实话。我答应了，但要求与他单独谈，他同意了。大使先生把我领到他的书房，随即关好门。我立即跪倒在他的面前，说出了实话。即使我没许诺，我也不会少说的。因为我一直盼着随时能把满腹心思倒出来，而且，我已经向演奏员吕托尔毫无保留地敞开了心扉，就用不着再向博纳克侯爵藏藏掖掖的了。他对我的简短经历及我叙述时所流露出的激动之情很满意，便抓住我的手，走进大使夫人屋里，把我介绍给她，并向她简略地谈了谈我的经历。博纳克夫人亲切地接待了我，并说不能让我同那个希腊教士走，因此，决定让我留在大使馆，等着看看如何安置我。我本想去向我那可怜的希腊主教告别，因为我对他已经产生了好感，但没得到准许。他们派人去通知他我被留下了。一刻钟过后，我看见我的小行李送来了。看来大使馆秘书拉马蒂尼埃先生是负责照管我的。他把我领到我住的房间时说："这个房间在杜吕克伯爵时期是一个与您同姓的名人住的，您应该在各个方面都能取他而代之，等到有一天，能让主人说起来，称为'卢梭第一''卢梭第二'。"我当时并不怎么想这么比试，如果我能预见我每天要为此付出多大代价的话，我更不会跃跃欲试的。

拉马蒂尼埃先生对我说的话引起了我的好奇，我便读起我住了其房间的那人的作品。因为受到别人的赞扬，以为自己有写诗的天分，我便写了首诗，作为试笔，颂扬博纳克夫人。但写诗的兴趣未能持久。我不时地写些平庸的诗句，对于熟悉优美的倒装句以及学会更好地写散文来说，这倒是一种较好的练习。但是，我从来没有在法国诗歌中发现较大的魅力，使我完全投身其中。

拉马蒂尼埃先生想看看我的文笔如何，要我把对大使先生说过的同样内容写下来。我给他写了一封长信。听说这封信后来被马利亚纳先生保存过。后者早就一直跟随博纳克侯爵左右，后来在库代伊任大使的时候，接替了拉马蒂尼埃的职位。我曾求马尔泽布尔先生想法儿替我弄一份这封信的手抄件。如果我能通过他或其他人得到手抄件，那么大家就可以在我的《忏悔录》的附集中找到它。

我开始取得的经验逐渐抑制了我的浪漫计划。例如，我不仅没有爱上博纳克夫人，而且一开始就感觉到我在她丈夫的手下是不会有大的发展的。拉马蒂尼埃先生是现任秘书，而马利亚纳先生可以说正等着补他的缺，所以我的最大希望顶多是当个助理秘书，这对我可没多大的吸引力。所以，当人家问起我想做什么的时候，我便表示很想去巴黎。大使先生很赞赏这个想法，这至少可以使他摆脱掉我。大使馆的秘书兼翻译梅韦耶先生说，他的朋友戈达尔先生是一位瑞士籍上校，现在法国服役，正在替他那个很小就入军营的侄子找伴儿，认为我可能挺合适。我根据这个轻率地提出的主意便决定动身了。我想到的是旅行，而且目的地是巴黎，所以打心眼儿里觉得高兴。他们交给我几封信和一百法郎盘缠，还千叮咛万嘱咐，然后，我便上路了。这趟旅行我用了半个月，可以归入我一生中的幸福时日。我年轻，身体又好，身上还带着不少钱，心中满怀着希望地走呀走，徒步独自走。不了解我性格的人看到我把这也算作好事，会很惊讶的。我的甜美梦想伴随着我，而我那丰富的想象力从未产生过这么美妙的幻想。当有人的车上有空座，请我上车，或者有谁在途中凑近我时，我会因看见我在步行途中建起的空中楼阁在倾覆而恼火。这一回，我想象的是军旅生活。我将依附一位军人，自己也要成为军人，因为他们已经安排好让我从当一名士官生开始。我已经看到自己身着军官服，军帽上还有一支漂亮的白羽饰。一想到这气派，我便心花怒放了。我粗通几何学和筑城术，又有个舅舅是工程师，所以可以说是行伍家庭出身。我视力弱，多少有点儿麻烦，但这也难不住我，因为我深信，沉着镇静和不屈不挠是能弥补这一缺陷的。我曾读到过，森贝尔格元帅视力就很弱，那为什么卢梭元帅就不许近视呢？我的心为这些奇思异想激奋着，眼前闪现的尽是军队、城防、堡垒、炮台，而我在炮火硝烟中手握望远镜，镇静自如地下达命令。然而，当我走在美丽的田野上，看见树林和溪流时，那动人的景色使我因惆怅而叹息。在这份光荣辉煌之中，我感到我的心并不适应那连天炮火，而且，不知怎么搞的，我很快便又回到我那些亲爱的田园诗中去了，永远抛弃了战神的活计。

　　走近巴黎时，那情景同我所想象的相去甚远！我在都灵看见的美丽市容——漂亮的街道、对称和整齐的房舍，使我想着在巴黎见到更好的东西。我想象着巴黎是一座美丽宽广、庄严气派的城市，人们见到的全是壮丽的街道、金碧辉煌的宫殿。当我从圣玛尔索市郊进城时，看见的只是肮脏发臭的狭窄街道、丑陋墨黑的房舍，一幅不洁、贫困的景象，乞丐、车夫、缝补女、叫卖药茶和旧帽的女人随处可见。这一切一开始就给我留下了深刻印象，以至我后来在巴黎所见到的一切真正富丽堂皇的东西都没能消除我这第一印象，并且厌恶住在这个都城的那种没有说出的情绪就一直留存在我的心中。可以说，我后来在巴黎生活的整个时期，都在竭力寻找办法让自己能够远离它而继续生活。这就是太活跃的想象的结果，它夸大了人们已经夸大的东西，看到的总是比人们对他说的还要多得多。人们曾对我大吹特吹巴黎，以至我把它想象成了古老的巴比伦。不过，如果真见到了古老的巴比伦，与自己想象的大相径庭，我也许也会对它大加贬损的。我第二天就急着去歌剧院了，我同样也感到非常扫兴。后来去看凡尔赛宫，以及再后来去观海，我也都有同感。总之，在观看人们对我过于夸赞的东西时，我始终都觉得非常败兴，因为要使我想象的东西更加丰富多彩，是人力所不能为之的，也是大自然难以为之的。

从我手持推荐信去拜访的所有人对我的态度来看，我认为我时来运转了。我被极力推荐给的那个人反倒对我最不亲切。他就是苏贝克先生，已经退役，乐天知命地住在巴涅。我去看望过他好几次，但他连杯水都没请我喝过。大使馆翻译的弟媳梅韦耶夫人和他那位当近卫军官的侄子对我倒是挺热情，母子俩不仅殷勤有加地接待我，还留我吃饭，因此，我在巴黎期间常去叨扰。我猜想梅韦耶夫人从前一定很漂亮，她秀发乌黑，按老式盘成髻，紧贴两鬓。她风韵虽减，但令人十分喜爱的才智并未消失。我觉得她也很欣赏我的才气，并尽自己最大的努力帮助我。但没有一个人支持她，所以我很快便清醒了，知道人们只是表面上对我表示极为关怀而已。不过，也得还法国人一个公道，他们并非像人们所说的那样没完没了地保证，但是，他们所做的保证几乎总是真心实意的。可是，他们常做出好像很关心您的姿态，这比嘴上说的更能骗人。瑞士人笨拙的恭维只能骗傻瓜，而法国人的态度在这方面则更加迷人，因为他们的态度比较单纯，人们会以为他们没有把想为您做的一切全对您讲出来，以便让您更惊喜、更惬意。我还认为，他们在流露感情时，并非矫揉造作，他们生性亲切、仁爱、和蔼，而且，不管别人怎么说，他们甚至比别的民族更加纯真，但比较轻佻浮华、见异思迁。他们确实是有向您表示的感情，但这种感情来得快，去得也快。他们在同您说话的时候，对您满腔热情，但等您一走，他们就忘掉了您。他们心里不存事，全都是五分钟热度。

因此，我受了不少恭维，却没得到什么帮助。派我到其侄子那儿去的那位戈达尔上校，是一个坏透了的老守财奴，尽管腰缠万贯，但见我一副穷困潦倒样儿，反而想白使唤我。他声称，我

147

是他侄子身边的一个不拿薪俸的仆人，而不是一名真正的家庭教师。我老要跟着他侄子，因此就不用去干勤务，但我必须靠我的士官生也就是士兵的薪饷过活。他很勉强地答应给我一套制服，他本想让我穿军队发的兵服就行了。梅韦耶夫人对他的提议很愤慨，亲自劝我不要答应。她儿子也是这个态度。他们为我另想法子，但一无所获。而我已开始吃紧了，我用作盘缠的那一百法郎所剩不多，维持不了多久。幸好，我从大使先生那儿又得到了一点儿钱，派上了用场。我在想，如果我当时再耐心点儿就好了，他是不会撇下我不管的。但是，苦恼、等待、恳求，我是做不到的。我灰心丧气，不再愿意抛头露面，所以一切都完了。我没有忘记我可怜的"妈妈"，但又怎么去找她呢？去哪儿找她？梅韦耶夫人知道我的情况，倒是曾帮我找过，而且找了很久，但毫无结果。最后，她告诉我说，瓦朗夫人两个月前又走了，但不知道是去了萨瓦还是都灵，而且有人说她回了瑞士。我一听，立即决定找她去，深信不管她在何方，我都能在外地找到她，比在巴黎找她容易得多。

动身之前，我试了试我新的写诗才能，给戈达尔上校写了一封诗体书简，尽情地损了他一通。我把这篇涂鸦之作拿给梅韦耶夫人看，她非但没像应该做的那样批评我一顿，反而对我那尖刻的讽刺大笑不已。她儿子也笑个不停。我想，她儿子也不喜欢戈达尔先生。应该承认，戈达尔先生不讨人喜欢。我想把这封信寄去，他们也怂恿我。于是，我把信装好，写上地址。但由于当时巴黎尚不收寄本市信件，我便把它装在兜里，路过欧塞尔时才发出去。每当我想到他读到这篇把他描绘得惟妙惟肖的颂诗时该是什么嘴脸时，我仍不禁要哈哈大笑。那首颂诗是这么开头的：

　　　你个老东西，自以为你的疯狂念头
　　　会让我乐意把你侄子辅导。

这首小诗实际上作得很差，却挺有味儿，表现了我的讽刺天才，然而是出自我的手笔的唯一一篇讽刺诗作。我不太记仇，所以这方面的才能显现不出来，但是，我认为，从我为了辩护而不时地写一些论战文章时起，大家可以断定，如果我生性好斗的话，那么攻击我的那些人很少有笑的时候。

我最为遗憾的事情是没有写旅行日记，所以生活中的许多细节都记不起来了。我敢说，我从来没有像在独自徒步旅行时想得那样多，生活得那么充实、那么有意义，那样充分地表现自己。徒步时，有某种东西在启迪和激发我的思想。我待着不动时，几乎不能思考。为了使脑子动起来，就得使我的身体活动起来。田野的风光、连绵的秀丽景色、清新的空气、步行增进的食欲和健康、小酒馆的自由、远离使我依赖的一切的轻松、远离使我联想到我的处境的一切的愉快，全都在解放我的心灵，给我更大的勇气去思考，可以说是使我融入世间万物，让我随心所欲地、无拘无束地、大胆地去组织，去选择，去占有。我主宰着整个大自然。我的心从一个事物飘荡到另一个事物，遇上称心如意的东西便与之融会，浑然一体，它被一些美妙的形象围绕着，被一些醇美的感情陶醉着。如果我有兴趣在我心中把它们描绘出来，以便使之永驻，那么我要赋予它们何等遒劲的笔触、多么亮丽的色彩、多么生动的语言呀！据说，在我的著作中，尽管是晚年写的，也能发现这一切。啊！要是大家能读到我青春年少时写的东西，看到我旅行中写的，看到我构思好了但从未写出的东西，那该有多好啊！……你们会问："为什么没把它们写下来？"那我将回答你们："干吗要写下来呢？"为什么要为了告诉别人我曾享受过而剥夺自己实际的美的享受呢？当我在空中翱翔时，读者、公众乃至整个世界跟我又有什么关系呢？再说，我身上有纸和笔吗？如果我考虑到这一切，那就什么灵感也没有了。我也没预料到我会有灵感。灵感是自己高兴来则来，而不是看我高兴才来的。灵感有时一点儿都没有，有时则又蜂拥而至，数量之多，重量之大，令我喘不过气来，就是每天写十本书也写不完。那会儿哪有时间去写呀？每到一处，我想到的只是好好美餐一顿。上路时，我想的只是走得顺当。我感到门外有一个新的天堂在等着我。我只想着去寻找它。

我只是在我要谈到的这次归途中才非常清楚地意识到这一切。在来巴黎的时候，心里想着的只是与去巴黎要做的有关的事。我奔向即将投身的工作，心里美滋滋地想象着做好了自己的工作。但是，这项工作并非我的心召唤我去做的那种工作，而且在这项工作中，真实的人破坏了我想象中的人的形象。戈达尔上校及其侄子与一个像我这样的英雄很不相称。感谢上苍，我现在摆脱了这一切羁绊，我可以随心所欲地闯进梦幻之乡，因为在我面前只有它了。我在梦幻之乡徜徉，竟至真的多次迷了路。但是，如果走直路，我反倒会很气恼的，因为我感到一到里昂，我就又回到现实中来了，所以我想永远也走不到里昂。

特别是有一天，我故意绕道去仔细看看一个我觉得美极了的地方，我是那样开心，那样绕来绕去，终于完全迷了路。我白绕了好几个小时，疲惫不堪，又渴又饿，便走进一户农家。这户农家的房子外表不漂亮，但周围只此一家。我以为同日内瓦或瑞士①一样，所有生活富裕的居民都能招待客人。我请那个农民给我准备午饭，我照价付钱。他给我端上撇掉奶皮的牛奶和粗糙的大麦面包，说这是他家仅有的。我美滋滋地喝着奶，啃着面包，连渣儿都没剩下。但对一个筋疲力尽的人来说，这点儿东西太少了。那个农民打量着我，看我那狼吞虎咽的样儿，知道我说的情况是真的。他立即对我说，他看得出来，我是个正直的好小伙子，不会出卖他的。然后，他打开厨房旁边的一个活动门，走下

---

① 1815 年以前，日内瓦是独立的共和国，不属于瑞士。

地窖，不一会儿，便拿了一个精粉做的好面包、一段虽已切过却很馋人的火腿和一瓶葡萄酒回来。我一见那酒，顿时心花怒放，比见到什么都来劲。他还替我摊了一大盘鸡蛋，因此，我吃了一顿除了徒步旅行者外谁也吃不上的好饭。当我吃完付钱时，他又焦虑不安、胆战心惊了。他坚决不收我的钱，极其惊慌地把钱推开了。有意思的是，我不知道他到底害怕什么。最后，他哆哆嗦嗦地说出了"税吏"和"酒耗子"这可怕的字眼。他告诉我，他把酒藏起来是怕征间接税，把面包也藏起来是怕征人头税，如果被人看到自己饿不死，那他就算完了。他对我说的这一切，我连想都没有想到过，给我留下了永远磨不灭的印象。从此，对可怜的百姓们所受的欺压以及对其压迫者那难以平息的仇恨的种子便在我心中生根发芽了。这个农民虽然富裕，却不敢吃他用汗水换来的面包，只能装作与他周围的人一样穷困才能幸免于难。我从他家出来时既愤懑又怜悯，为这片沃土的命运而悲叹，大自然赋予它的恩泽竟然成了残酷税吏的猎物。

这就是这次旅行给我留下的最清晰的唯一的一段记忆。我仅记得快到里昂时，我憋不住又往前走，去看看里格农河岸，因为在我同父亲一起读过的小说中，我没忘记《阿丝特莱》一书，其内容常常浮现在我的脑海里。我打听去弗雷斯的路。在同一位女店主聊天时，她告诉我，那是工人谋生的好去处，有很多家炼铁厂，打制的铁器非常精美。这番赞扬突然给我那浪漫的好奇心泼了冷水，认为到铁匠堆里去寻找黛安娜和西尔芳德尔①那样的情侣是不可能的。那个好心的女人这么鼓励我，肯定是把我当成了一名锁匠小伙计。

我去里昂并不全是毫无目的的。一到里昂，我便去沙佐特修会拜访夏特莱小姐。她是瓦朗夫人的朋友，我同勒梅特尔先生一

---

① 两者均是《阿丝特莱》一书中的人物，黛安娜是西尔芳德尔追求的对象。

起来的时候，瓦朗夫人曾让我带过一封信给她。因此，我们也算是老相识了。夏特莱小姐告诉我，她的女友确实来过里昂，但她不知她是否往前去皮埃蒙特了，而且瓦朗夫人走的时候，自己也不能肯定要不要在萨瓦停留。夏特莱小姐还说，如果我愿意，她可以写信打听消息，认为我最好还是在里昂等着。我接受了这个建议，但我没敢对夏特莱小姐说，我急于得到消息，而且我的小钱袋已快告罄，没法儿让我等得太久。我没敢直言，倒并不是怕她会对我冷淡。恰恰相反，她对我百般安慰，完全是平等待人，反倒使我没有勇气让她看出我的窘境，从一个很好的朋友降为一个可怜的乞丐。

　　我觉得我对这一章中所记述的一切来龙去脉都记得比较清楚。但我认为好像在此期间我还去过一次里昂。我记不起是到里昂的什么地方去了，却记得我当时已是山穷水尽了。有一段难以启齿的小插曲使我永远也忘不了那次旅行。有一天晚上，简简单单地吃过晚饭之后，我坐在贝勒古尔广场上，冥思苦想着如何摆脱困境。这时候，一个头戴便帽的男人走来坐在我的旁边。这人像是在里昂被称为塔夫绸工人的丝织行业的工人。他先同我搭话，我搭了腔，我们俩这就聊上了。我们刚聊了不到一刻钟，他便仍旧冷静从容地提议一起玩玩。我等着他告诉我玩什么，可他二话没说，便要示范给我看。我们几乎挨在一起了，天并不怎么黑，我完全能看清他在捣什么鬼。他并不想触及我的身子，至少看不出任何这种迹象，再说也不是个方便的地方。正如他所说的，他只是想他玩他的，我玩我的，互不干扰。他觉得这很简单，根本没想到我会不像他那样去想。这下流举动把我吓坏了，所以我二话没说，猛地站起来，撒腿就跑，以为那个混蛋在屁股后面追着。我如此惊慌，以至没从圣多米尼克街回到住处，而是向河岸奔跑，过了木桥才停下，像是犯了什么罪似的抖个不停。我自己也有此恶习，可这奇遇使我改掉了它，有很长时间没有再犯。

在这次旅行中，我还有一桩奇遇，几乎与此性质相同，却使我处于更大的危险。我感到钱快用完了，便省来省去。我不常在客栈里吃饭了，很快就根本不吃了，而是花上五六个苏在小饭馆凑合一顿，省得在客栈里去花二十五个苏。我不在那里吃，因此不知道怎么在那里睡觉，并不是我欠了多少店钱，而是不好意思占着一个房间，让女店主没点儿赚头。季节很美，晚上天气很热，我决定在广场上过夜，而且已经在一把长椅上躺下了。这时，一位神父走过，看见我这么躺着，便走上前来，问我是否没有落脚的地方。我向他承认是的，他显得挺同情，便在我身边坐了下来，我们便聊上了。他说话挺和气，对我谈的一切使我对他产生了最好的印象。他见我已经上钩，便对我说，他住得并不宽敞，只有一间屋，但绝对不会让我在广场上过夜的，还说现在天色已晚，不好找住处，提议我当晚同他在一张床上先凑合一夜。我接受了他的好意，因为我已经想要结识这位可能会对我有用的朋友。我们去了他的住处，他打火石点灯。我觉得他的房间虽小，但很整洁。他彬彬有礼地招待了我。他从一个衣橱里取出一个玻璃瓶，里面盛着醉樱桃，我们俩各吃了两粒，便躺下了。

这人与以前教养院的那个犹太人有同样的癖好，但表现得不那么粗野。或许是不敢逼我，怕我反抗，嚷起来会让人听见，或许他确实对自己的计划没有把握，不敢公然建议我一块儿干，他既想刺激我，又不让我恼火。我比第一次有经验了，立即明白了他的企图，浑身发抖。我不知道身在何处，也不知道落入了何人之手，害怕一嚷就会送命。我假装不知他想要我干什么，但对他的抚爱显得很讨厌，而且决心不让他得寸进尺。我处理得很好，他不得不收敛了。这时候，我便尽我所能，极其亲切、极其坚定地同他聊天。我没有显出任何狐疑，只是把我过去的那段遭遇说给他听，借以说明我方才的不安。我故意用极其厌恶、憎恨的词句向他讲述那件事，因此，我认为我让他自己心里也觉得挺恶心的，所以他也就完全抛弃了他那下流的企图。然后，我们俩挺安生地过了一夜。他甚至对我说了许许多多很好的、很有道理的话。他肯定不是一个没有斤两的人，尽管他是个大流氓。

　　早晨，神父先生不想流露出不高兴的样子，说是要吃早饭，便请女房东的女儿中一个非常漂亮的姑娘送早饭来。她对他说没空。神父便求她姐姐，后者竟不屑于搭理他。我们只好等着，但就是不见送早饭来。最后，我们走进两个姑娘的房间。她们俩对神父先生很不客气，也没给我好脸色看：姐姐转过身去，脚后跟踩在我的脚尖上，而我那地方正好长了个鸡眼，疼极了，所以我不得不把鞋划开；她妹妹见我正要坐下来，突然过来从后面把椅子抽走。她们的母亲把水泼出窗外，顺势洒了我一脸。我不管站在哪儿，她们总借口找东西，把我撵开。我一辈子也没受过这样的气。我看得出她们那羞辱、嘲讽的眼神中含着一种愤怒，可我竟蠢得不知是怎么回事。我惊讶、困惑，以为她们全都魔鬼缠身了，真的害怕起来。神父却装着视而不见，充耳不闻，料到没有早饭吃了，只好走出房去。我也赶紧尾随其后，很高兴从这三个泼妇手中逃脱。在路上，神父提议去咖啡馆用早餐。尽管我很饿，但我没接受他的邀请，他也没太坚持，于是，拐过三四条街之后，我们便分手了。我很庆幸看不见属于那座凶宅的一切了，而他呢，据我看，他也很高兴离那座凶宅比较远了，我不容易认出它来。由于在巴黎和其他任何城市，我都没遇到过类似这两段遭遇的事，因此，里昂人就没给我留下什么好印象，而且我始终视这座城市为腐化堕落透顶的欧洲城市。

　　一想到被逼到穷途末路，我对这座城市也就很不以为然。如果我同别人一样，有本事在客栈里赊账，我会轻易摆脱困境的，但我对此既做不来，也讨厌去做。我一生几乎全处于穷困潦倒的境地，常常食不果腹，可我从未有过一次让债主讨债而不立即还账，这就足以看出，我对于赊账负债的无能和讨厌达到了何种程度。我从未借过催命债，我一直是宁可忍饥受寒而不愿欠债的。

在街头露宿肯定是很难受的，而我在里昂就有过好几次。我宁可用剩下的几个苏买吃的，也不愿找住处，因为不管怎么说，困死的危险小于饿死。令人惊奇的是，虽身处逆境，但我既没焦急也没忧伤。我对未来丝毫也不担忧，我等待着夏特莱小姐将得到的回音。我在露天过夜，或席地而眠，或睡在长椅上，如同睡在舒适的床上一样踏实。我甚至记得，在城外的罗讷河畔或索恩河畔——因我记不得是其中的哪一条河了——的一条道上过了美妙的一夜。河对岸的路上，都是一些垒成高台的花园。那一天，天很热，夜色迷人，露水滋润了发蔫的青草，没有一丝风，万籁俱寂，空气清新，一点儿都不冷。太阳落山之后，在天空中留下了一片片红霞，余晖把水面映照成粉红色。高台上的树木上栖息着夜莺，歌声此起彼伏。我溜达着，恍如梦游仙境，任感官和心灵去享受这一切，只是稍微有点儿遗憾，因为是孑然一身在享受着。我沉浸在我那温馨的幻梦之中，在夜色中越走越远，并没感觉到自己已很疲乏了。我终于感觉累了，便惬意地在花园的某种壁龛的搁板上或它的一堵墙里的一扇假门上躺下了，头顶上方被枝头遮住了。一只夜莺突然飞了上去，我听着它歌唱，进入了梦乡。我睡得很香甜，醒来后更觉得舒畅。天已大亮，我睁开眼睛，看见的是水和绿，一片绝妙的景色。我站起来，抖抖身子，只觉得饥肠辘辘，便快活地向城里走去，决定用剩下的两枚银币好好地吃顿早饭。我情绪好极了，一路上唱个不停，我甚至记得唱的是巴蒂斯丹的一支曲子，名字叫《托梅利的温泉浴场》。这支曲子我当时记得很熟。真该感谢善良的巴蒂斯丹和他那支优美的曲子，使我吃到了一顿比我打算吃的更好的早餐，还吃到了一顿我压根儿没想到的更加好的午餐。在我得意地边走边唱时，听见身后有人，便回过头来，看见一位安多尼会教士跟着我，好像饶有兴趣地在听我唱。他走上前来，向我问好，问我是否懂音乐。我回答"懂一点儿"，意在表示"挺懂"。他继续询问我，我便把自己的经历说了一部分。他问我是否抄过乐谱。我说："经常抄。"而且这是真话，我学音乐的最好方法就是抄谱。他就说："那好，跟我走吧，我可以管您几日，只要您同意不出房间，这几天保您什么都不缺。"我欣然从命，随他而去。

这位安多尼会教士名叫罗里松先生。他喜欢音乐，挺懂音乐，还同朋友们一起组织小型音乐会，唱上几曲。这都是挺好挺正当的事情，但是这种爱好明显地变成了狂热，所以他不得不有所收敛。他把我带到一间小屋，让我住下。我看见里面有许多他抄写的乐谱。他拿出另外一些让我抄，特别是我唱过的那支曲子，他过几天也要唱。我在那儿住了三四天，全部时间都在抄乐谱，除了吃饭之外，因为我一生之中从未那么饿过，也从未吃得那么好。他从他们的厨房里亲自把饭菜给我端来。如果他们平日里也这么吃，那么他们的伙食一定很好。我一辈子对吃从未这么感兴趣，但也得实话实说，这些美餐来得正是时候，因为我已经骨瘦如柴了。我几乎像吃饭一样心甘情愿地干着活儿。这么说也许有点儿夸大其词。的确，我勤勉有余，但细心不足。几天之后，我在街上见到罗里松先生。他告诉我说，我抄写的乐谱没法儿演奏，遗漏、重复、颠倒之处太多。说实在的，我在那儿选择的职业对我是最不合适的，倒不是因为我抄写的音符不美，也不是抄得不清不楚，而是因为长时间工作使我厌烦，思想老集中不起来，刮擦的时间都比抄谱的时间要长。如果我不集中注意力仔细对照着抄写的话，那乐谱必然永远是无法演奏的。我想好好抄，却抄得很差劲儿，而且越是想快，就越是抄得一塌糊涂。但罗里松先生直到最后仍对我很好，我临走的时候，他还给了我一枚小埃居，我真是受之有愧。这枚埃居又使我完全挺直了腰板。几天之后，我得到了"妈妈"的消息，她在尚贝里，而且我收到了点儿路费，我兴奋不已地去找她了。从此以后，虽然我仍手头拮据，但已不至于到挨饿的地步。我感激涕零地把这段时期归功于上帝的恩泽。这是我一生中最后一次受穷挨饿了。

我在里昂又待了七八天，等着"妈妈"委托夏特莱小姐办的几件事办完。这期间，我比以前去夏特莱小姐那儿更勤了，因为我很乐意与她聊她的女友，我也不再担心她知道我的境况，用不着对她藏藏掖掖的了。夏特莱小姐既不年轻也不漂亮，却不失风韵。她和蔼可亲，而且人很聪明，为其亲切态度增添了光彩。她喜欢观察人、研究人，我之所以也有这种爱好，最早是受她的影响。她喜欢勒萨日①的小说，尤其是他的《吉尔·布拉斯》。她跟我谈起过这本书，还借给我看了，我饶有兴趣地读完了它。但我尚不成熟，读不懂这类作品，我所需要的是一些充满激情的小说。我就这样在夏特莱小姐家里消磨了时光，既兴致勃勃又受益匪浅。而且，可以肯定的是，对于培养一个年轻人来说，同一位有教养的女人进行有趣益智的谈话，胜过书本上那番迂腐的说教。我在沙佐特修会结识了一些寄宿修女及其女友，特别是其中有一位十四岁的少女，名叫塞尔小姐，当时我没太注意她，但是，八九年后，我疯狂恋上了她，这是不无道理的，因为她是个可爱的姑娘。

我一心盼着不久就能见到我的好"妈妈"，所以幻想稍有收敛，等待着我的真实的幸福使我不再去胡思乱想。我不仅又要见到她了，而且我将留在她身边，并通过她重新找到一份适意的差使，因为她信中提到已为我找到一份工作，希望能适合我，还使我用不着离开她。我绞尽脑汁在猜想到底是什么工作，却怎么也猜不出来。我有足够的钱，可以舒服地去她那儿。夏特莱小姐想要我骑马去，我没同意，而且我是对的，否则我就会失去一生中最后一次徒步旅行的乐趣。我在莫蒂埃时，也常在附近走走，但

---

① 勒萨日 (1668—1747)，法国小说家、剧作家，代表作为长篇小说《吉尔·布拉斯》。

我并不认为那是徒步旅行。

　　我的想象只有在我境况最差时才多姿多彩，但当我周围的一切都笑逐颜开之时，我却又没了情趣，这真是怪事一桩。我那差劲儿的脑袋无法屈从现实事物，它不会美化，只想创造。真实的事物顶多在我脑子里被如实地描绘出来，它只会装点想象中的事物。如果想描写春天，我就必须置身冬季；如果想描绘一片美景，我就必须囿于斗场。我曾说过上百次，如果被投进巴士底狱，我将会在狱中绘出表现自由的画来。离开里昂时，我看见的只是美好的未来。我很高兴，而且完全有理由高兴；而我离开巴黎时是很不高兴的。可是，在这次旅行中，我一点儿都没有像上次旅行那样产生美妙的幻想。我的心很平静，仅此而已。我心情激动地接近我要去看望的最好的女友。我事先就品味了在她身边生活的乐趣，但并未陶醉。这一乐趣始终未出我的意料，所以仿佛没有任何的新奇之感。我为我要去干的工作而忐忑不安，仿佛那工作十分令人焦虑。我的思想平静而温馨，并不卓越盖世、妙不可言。一路上见到的所有东西都令我目不暇接。我流连那美色佳景；我注目那些树木、屋宇、溪流；我在交叉路口反复寻思，生怕迷了路，却并未迷路。总之，我已不再是天马行空，而是忽而心在所在之处，忽而心往所去的地方，并没飞得更远。

　　我在叙述自己的各次旅行时，就像正在旅途中一样，不想到达目的地。离我亲爱的妈妈不远时，我的心高兴地跳动着，但我并未因此加快步伐。我喜欢信步前行，想停则停。漂泊的生活正是我所需要的。天气晴好，徒步走在美丽的地方，从容不迫，旅行尽头有一个美好的事物在等待着，这就是所有的生活方式中我最喜欢的。再说，大家已经知道我所说的美丽的地方是什么了。一处平原，景色再美，在我眼里从来就不是美丽的地方。我需要激流、巉岩、苍松翠柏、茂密森林、重峦叠嶂、崎岖山路、令我望而生畏的两侧深谷。我有了这种乐趣，而且在快到尚贝里时，我尽情地饱览了这番风光。人称厄歇勒峡的峭壁悬崖附近名叫夏耶的地方，在岩石中开凿的一条大路下方，有一条小溪，在骇人的深谷中湍湍奔流，仿佛是经过数千世纪才辟出这条道。路旁设有栏杆，以防不测，这使我得以俯视谷底，头晕目眩而又尽兴，因为在我对峭壁悬崖的喜爱中，最得意的便是看得头晕目眩。我喜欢这种头晕目眩，只要身在安全地带。我紧靠着栏杆，探着身子往下看，一待就是几个小时，不时地望见水花四溅，碧水湍湍，咆哮奔流。脚下两百来米处，有乌鸦和猛禽在岩间树丛中翻飞。乌啼水吼，交织融汇。在地势较平、树丛较稀的缓坡处，我去找了一些搬得动的大石头，排放在栏杆上，然后一块一块地推下去，十分快活地看见石块滚动着落下去，还没落到谷底，便已砸得粉碎。

离尚贝里更近时，我看见一处与此截然不同的景致。路从我一生中所见过的最美的瀑布脚下穿过。山势极为陡峭，水离山倾泻，呈弧形远落于路外，人可从瀑布与岩石间走过，有时还不致沾湿衣裳。但是，如果没有看好距离，是很容易上当的，就像我一样，因为水从很高很高的地方流下，飘散成蒙蒙细雨，如果离这雨雾太近，起先还不觉得，不一会儿便浑身湿透了。

我终于到了，又看见她了。她并非一个人。我进去时，宫廷总管先生正在她那儿。她没跟我说话，只是拉起我的手，以使所有人倾心的风度把我介绍给他。她说："先生，这就是那个可怜的年轻人。他值得您关怀多久，就请您关怀他多久吧，我也就无须再为他今后的一生操心劳神了。"然后，她又转而对我说："孩子，你是国王的人了。快谢谢总管先生给了你一个饭碗。"我大睁着眼睛，一声未吭，也不清楚该说些什么。刚产生的野心差点儿让我晕头转向，以为自己已经成了小总管。我的命运没有一开始想象的那么辉煌，但在当时已足够生活下去，对我来说，这就非常好了。事情是这样的。

国王维克多－阿马戴乌斯根据以往历次战争的结局以及江山

社稷的状况，认为祖业有朝一日会落入他人之手，便想尽办法搜刮民脂民膏。几年前，他决定要贵族纳税，号令全国搞一次土地普查，以便真正课税时可以使完税更加公平合理。这项工作在其父王统治下已着手进行，在他手中完成。这项工作动用了两三百号人，有称作几何学家的土地丈量员，也有唤作文书的记录员。"妈妈"就把我安插在文书中了。这职位进项不大，但在这个国家足够宽裕地生活了。不好的是，这只是个临时工作，却可以等待机会，另谋出路。"妈妈"是因为有远见，才竭力从总管先生那儿替我谋求特别的关照的，以便这项工作完了之后，我能找到什么更牢靠的差使。

我到后没几天就开始工作了。这工作没什么难的，我很快便掌握了。就这样，自我离开日内瓦之后，经过四五年的奔波、疯狂和痛苦，我头一次开始正儿八经地挣饭吃了。

我进入青年时期的一举一动会让人觉得非常幼稚，我对此也很恼火。我虽然在某些方面生就像个大人，却久久是个孩子，而且我现在在其他许多方面仍旧像个孩子。我没有向读者许诺介绍一位顶天立地的人物，我只答应如实地描述自己，而且，为了了解年长时的我，就必须很好地了解年轻时的我。由于事物一般不如回忆那样令我印象深刻，而且我的思想整个儿地充满幻想，所以我脑子里深印下的最初印象始终保持着，而后来的印象可以说是与之交织在一起的，而不是把它们抹了去。先前的感情和思想有着某种连续性，会改变以后的思想感情，必须了解前者才能很好地判断后者。我竭力处处都很好地阐明最初的原因，以便说明其与后果的关联。我想用某种方法把自己的灵魂暴露在读者的眼前。为此，我尽力向读者展示我灵魂的方方面面，用每天的事来阐明它，以便使读者看清我灵魂的每一次颤动，使读者得以亲自判断产生这些震颤的原因。

如果我自下结论，并对读者说："这就是我的性格。"读者会以为我如果不是在欺骗他们，那至少是自己搞错了。但是，我若单纯地把自己所发生的一切、自己所做的一切、自己所考虑的一切、自己所感受到的一切一五一十地说给读者听，就不会使读者产生误解，除非我有意那样做。再说，即使我有意如此，也不容易得逞。该由读者来把这些因素综合起来，再确定它们组成的人是什么样的人，结论应由读者来下，如果读者弄错了，那么一切错误全是读者的事。然而，为此目的，我的叙述光忠实还不够，还必须详尽。事情的重要与否不取决于我，我应该把它们通通讲出来，让读者去取舍。到目前为止，我一直是鼓足勇气这么做的，我以后也不会有所懈怠。但是中年时期的回忆总不及青年时期来得鲜明。我开始时尽可能地挖掘对青年时期的回忆。如果中年时期的回忆同样也鲜明地映入脑际的话，没耐性的读者也许会感到厌烦，但是，我自己是不会不满意的。在这一点上，我只担心一件事：不是怕说得太多，或者在撒谎，而是怕没全说出来，把一些真相给隐瞒了。

# 第五章

　　我想，正如我上面说的，我是一七三二年到了尚贝里，开始在土地普查处为国王效忠。我当时已过二十岁，将近二十一岁了。就我这个年岁而言，我的智力比较发达了，但判断力欠缺些，我非常需要有人教我如何为人处世，因为几年的经验并没有能够根治我那浪漫的幻想，而且，尽管我经历了各种各样的苦难，但我仍旧不是很了解世事人情，好像我并未从苦难中得到什么教益。

　　我住在自己家里，也就是说，住在妈妈家里，但住的不是像在阿讷西那样的一个房间，这里没有花园，没有溪流，没有景色。妈妈的这幢房子阴暗凄凉，而我那个房间又是整幢屋子中最阴暗、最凄凉的一间。窗外是一堵高墙，窗下是一条死胡同，空气不流通，光线暗淡，地方狭窄，蟋蟀、老鼠猖獗，地板腐烂。这一切使人住着很不舒服。但我住在"妈妈"家，待在"妈妈"身边，而且常在办公室或者在她的房间，所以很少注意我的房间的丑陋不堪。我也没有时间去想这些。似乎很奇怪，她为什么在尚贝里故意住这么一所破房子。这正是她聪明的地方，我得说一说。她是带着厌恶的心情去都灵的，非常清楚在最近的变故之后，在宫廷仍动荡不安之时去都灵不是时候。但是，她个人的事情使她不得不去。她担心被人遗忘，或断了接济。她尤其知道财政总监圣－洛朗伯爵对她不是很照顾。后者在尚贝里有一座旧宅，造得很不好，而且地段又很糟

162

糕，所以一直空着。妈妈租下它来，住下了。这样做比跑一趟都灵要有效得多。因此，她的年金一点儿没少，而且，圣－洛朗伯爵便从此一直是她的朋友了。

　　我觉得她家里的布置差不多同从前一样，而且忠心耿耿的克洛德·阿内始终同她在一起。我记得曾经说过，阿内原是蒙特勒的一个农民，童年时便在汝拉山中采集植物，制作瑞士茶。"妈妈"因为要配制药物，便雇用了他，认为有一个懂药草的仆人挺合适。阿内非常热衷于此，而"妈妈"又鼎力相助，以至他竟成了一名真正的植物学家，而且，如果他不是英年早逝的话，他本会在这门科学中有点儿名气的，正如他作为一个诚实的人已经享有的声誉一样。由于他不苟言笑，甚至很严肃，而我又比他小，所以他对我来说有如一位家庭教师，让我少干了不少蠢事，因为我觉得他很威严，不敢在他面前忘乎所以。连他的女主人都觉得他威严。她了解他的远见卓识、他的正直以及对她忠贞不贰，她也并没有亏待他。克洛德·阿内毋庸置疑是个少有的人，而且是我所见过的唯一一个他那样的人。他慢条斯理，沉着稳重，深思熟虑，谨言慎行，态度冷漠，言辞简洁干脆。他热情似火，虽从不外露，却在体内烧灼着他，使他一生中干下了唯一却可怕的一件蠢事——服毒自杀。这幕悲剧是在我到达后不久发生的。通过这件事，我才了解到这个小伙子同他女主人之间的亲密关系，因为如果不是她亲口告诉我，我是怎么也想不到的。无疑，如果爱恋、热情和忠贞能够获得如此回报的话，他应该得到这种回报，这也证明他受之无愧，他从未得寸进尺。他们俩很少争吵，即使争吵，最后也总是和好如初。但是，有一次，争吵的结果很不好：他的女主人在气头上说了一句侮辱他的话，他受不了了。他颓丧绝望，身旁正好有一瓶鸦片酊，他便吞下了，然后在床上静静地躺着，希望永不醒来。幸好，瓦朗夫人自己也烦躁不安，激动不已，在屋子里踱来踱去，发现药瓶空了，猜到了是怎么回事。她赶忙向他奔去，一面大声喊叫。我听见了，便也赶了过去。她把一切都告诉了我，恳求我帮忙，费了很大的劲儿，才让阿内把鸦片呕吐出来。目睹这一场面，我挺惊叹，我竟然愚蠢到对她告诉我对他们俩的关系没有丝毫的觉察。不过，克洛德·阿内非常谨慎，比我眼睛更尖的人也不一定看得出来。他们俩又言归于好了，连我都非常感动，从此以后，我除了对他钦佩之外，又增添了尊敬，可以说是变成了他的学生，但我并没觉得这有什么不好的。

得知有人能够比我更亲密无间地与她生活在一起，我是很难过的。我虽然并没想过自己要得到这个位置，但看到这个位置被另外一个人占去了，心里很不是滋味，这是很自然的。然而，我非但没有怨恨夺去这个位置的人，反而真正感到自己把对她的爱恋延伸到那个人的身上了。我把她的幸福置于一切之上，既然她需要有他才能幸福，那我很高兴他也能幸福。就他而言，他完全尊重自己女主人的意愿，真心实意地对待她选择的我这个朋友。他对我并不摆出他的职位使之有权摆出的架子，而是很自然地利用其理智高于我的那种优势。我不敢做任何他似乎不赞成的事，而他只是不赞成那些坏事。因此，我们生活在一种大家都很幸福的和睦之中，只有死亡才会摧毁这种和睦。这个可爱的女人具有卓越秉性的证据之一，就是所有爱她的人都彼此相爱。忌妒，甚至争风吃醋，都让位给了她所启迪的高尚情感，我还从未见过她身边的任何人彼此交恶。但愿读者们能稍停片刻，想一想这段赞美，如果能找到也能受此褒扬的另一个女人的话，为了生活的安宁，就去爱她吧，哪怕她是最最下贱的女人。

从我到尚贝里直到我于一七四一年离开去了巴黎，这八九年之久的一段时期开始了。在这期间，我没多少事可说的，因为我的生活既简单又温馨，而这种安生的生活正是我最为需要的，以便彻底铸就我的性格。因连续不断的纷扰，我的性格一直未能定型。正是在这段宝贵时期，我的繁杂而不系统的教育才稳定下来，使我在日后的风风雨雨中始终保持着自己的本色。这种进步是不知不觉的、缓慢的，没有什么可资回忆的事情，却是值得详细叙述的。

一开始，我只是一心忙着干活儿。办公室的繁忙使我无暇他顾。我仅有的那一点点空闲时间也是在好妈妈身边度过的，我甚至连读书的时间都没有，所以也想不到去读书。但是，当工作成了一种俗套，无须太动脑筋的时候，我就又不安分了，又渴望读书了，仿佛这种兴味总是越难以满足就越来劲儿，如果没有其他兴趣跑来打扰而有所转移的话，它一定又要像在我师傅家那样变成一种狂热。

尽管我们的丈量工作无须太高深的算术，但毕竟是需要一些的，所以有时我挺犯难的。为了克服这一难题，我买了一些算术书，认认真真地学，毕竟我是独自在学。如果要做到十分精确的话，搞算术也不像人们想象的那么简单。有些运算极其繁难，有时我看到一些优秀的丈量员在运算过程中也给搞糊涂了。思考与运用相结合，就能思维清晰，找到一些简便的算法。创造简便算法能满足自尊心，而其准确性又能开发智力，使人乐意去做那让人吃力不讨好的工作。我对此十分投入，所以凡是用数字可以解决的问题都难不倒我了。而今，我所熟悉的一切都一天天地从我的记忆中消失了，但事隔三十年，这算术知识还有一部分留在脑子里。几天前，我在去达文波特做客时，在主人家里，我看着他的孩子们在做算术，我便以一种令人难以置信的兴趣演算了最难的一道题。我把答案写出来的时候，感觉到自己又回到了在尚贝里的那些幸福时日。那个时代已经远去了。

丈量员们对图形的渲染使我对绘画也产生了兴趣。我买了些颜料，开始画起鲜花和风景来。可惜，我对这门艺术缺乏天才，却乐此不疲。我可以几个月不出门，一心摆弄铅笔和画笔。我对此太上心了，大家只好硬逼我住手。我开始入迷任何爱好时都是如此。爱好越来越强烈，我如痴如醉，很快便对世上的其他事都不闻不问，心思全用在迷恋的事上。年龄大了，这毛病也没改掉，甚至都没有减轻一分。就是现在，我写这本书的时候，我已经是个说话颠三倒四的人了，却又迷上了另一种无用的学问，我对它一窍不通，即使那些青年时代投身其中的人，到了我开始研究的这个年龄，也都不得不弃之不干了。

当时可能是研究那门学问的最好时机。机不可失，时不再来。我看见阿内采集许多新植物回来时眼睛里闪着喜悦的光芒，有两三回，我真想跟着他一起去采集。我几乎敢肯定，如果我跟他去过一次，便会爱不释手，我今天也许就成一名伟大的植物学家了，因为我不知道世界上还有什么学问比研究植物更合乎我的天性了。而且，我十年来在乡间的生活也就是不停地采集植物，只是说实在的，是漫无目的的，也就没有任何长进。不过，那时候，我对植物学一窍不通，对它可以说是挺蔑视，甚至讨厌，只把它看作药剂师的事。"妈妈"喜欢它，但她也没对它另有研究，只是寻找有用的植物用来配药。因此，植物学、化学和解剖学在我脑子里混在一起成了医学，只是成天给我提供些有趣的讽刺话，还不时地给我招来几记耳光。不过，另一种与之不同的、截然相反的爱好在逐渐发展起来，很快便压倒了其他所有爱好。我指的是音乐。我一定是生来就喜欢音乐，因为我打小就开始喜欢，而且是我一生中唯一始终喜爱的。奇怪的是，我生来就喜爱的那种艺术却让我学起来费了牛劲儿，进步十分缓慢，练了一辈子，也从来不能很有把握地翻开乐谱就唱。尤其使我喜欢它的是，我可以同"妈妈"一起练唱。我们兴趣不尽相同，而音乐是联系我们的一根纽带，我当然不会放过。妈妈也不反对。我当时的学习进展几乎与她相同，一首歌练上两三次便可试唱了。有时候，看见她在炉边忙个不停，我便对她说："妈妈，这是一首优美的二重唱，我看您一定喜欢，准把药熬焦了。"她回答我说：

166

"啊！好啊，你要是让我把药熬焦了，我就让你把它吃了。"我一边耍贫嘴，一边将她拉到她的琴旁。我们沉浸在音乐里，刺柏或苦艾浸膏熬成焦炭了。她便往我脸上抹。这一切真是其乐无穷。

大家可以看到，我虽空闲时间很少，却利用来做了许多事。而且我又有了一种新的玩法，比其他所有的娱乐都更加带劲儿。

我们住的地方像地牢，闷死人了，我们需要经常到户外去吸点儿新鲜空气。阿内鼓动"妈妈"在市郊租了一座园子，栽培植物。这座园子有一个小农舍，挺漂亮的，我们简单地添置了些家具。我们在屋里安了张床。我们常去那儿吃饭，我有时也在那儿过夜。我不知不觉地便迷上了这个小小的隐蔽所；我在里面放了些书，挂了不少的版画；我花了一部分时间去布置它，还为妈妈弄了点儿新奇玩意儿，好等她来玩时感到惊喜。我离开她，跑来这里关怀她，在这儿更加快活地思念她。这是我的又一个怪癖，我既不辩解也无须解释，但我要坦白，因为事情就是这样的。我记得，有一次，卢森堡夫人冲着我打趣地说，有一个男人离开了他的情人，好给她写信。我对她说，我真愿做这个男人，而且可能要补充一句，我曾经就是这样的男人。但是，我在"妈妈"身边时，从未感到这种为了更加爱她而离开她的需要，因为同她单独在一起时，我同独自一人时一样无拘无束，而我在其他任何人面前，不管是在男人还是女人面前，都从未这样过，无论我对他们的感情有多深。然而，她身边经常不断人，而且是我极看不惯的人，因此，我既厌恶又心烦，便跑去隐蔽所，去随心所欲地思念她，用不着担心讨厌的人跑来打扰我们。

当我如此这般地用心于工作、娱乐和学习的时候，我生活得极其恬静，但欧洲没我这么平静。法兰西和皇帝刚刚互相宣战，撒丁王卷了进去，于是，法国军队便途经皮埃蒙特，开进米兰省。有一支纵队从尚贝里经过，其中的香槟团是由上校特里穆耶公爵大人率领的，我被引见给他，他对我许了很多愿，当然，他后来肯定没再想到过我。我们的小园子正好在市郊高坡上，军队打那儿过，我十分开心地跑去看，对这场战争的胜利很关心，仿佛与我有很大的关系。在这之前，我从不敢去想国家大事，而现在我头一次开始看报了，心里极其偏袒法国，以至它稍微得胜，我的心便快活得直跳，而一旦它有所失利，我就愁眉不展，好像自己倒了霉似的。如果这种癫狂只是很短暂的话，我也就不屑去说它了，但它无端地在我心中扎下了根，以至当我后来在巴黎成了反君主派和坚定的共和派时，不知怎么搞的，我对这个国家里我觉得奴颜婢膝的民族和这个我喜欢责难的政府心里暗自喜爱着。有趣的是，我对与我的准则背道而驰的这种倾向感到羞耻，不但不敢对任何人言及，还要嘲笑法国人的失败，心里却比法国人还要难受。生活在一个善待他而他又崇拜的民族之中，却又装作不屑于它，我肯定是独一无二的一个。总之，我的这一倾向那样忘我、那样强烈、那样坚定不移、那样不可战胜，以至即使我离开了法兰西王国，在政府、法官、作家联合起来疯狂地打击我的时候，在对我大肆诬蔑诽谤的时候，我也未能根除掉这一怪癖。我情不自禁地热爱他们，尽管他们虐待我。看到我在英国繁荣昌盛时便预言它的衰败开始显露时，我便痴迷地盼望着法兰西民族强盛，也许有一天它会把我从我忧伤的羁绊中解救出来。

我对这种偏爱的原因寻找了很久，只有在产生它的环境中才找到其根源。不断增强的对文学的爱好使我迷上了法国书籍，迷上了这些书的作者，进而迷上了这些作者的祖国。就在法兰西军队在我眼前经过的时候，我正在读布朗托姆的《名将传》。我的脑子里装满了克利松、巴亚尔、洛特雷克、科利尼、蒙莫朗西、特里穆耶等人物，而且喜欢上了眼前的士兵，把他们看作名将们的后裔，是他们的功勋及勇敢的继承者。我从走过的每个团队中，好像又都看到了从前在皮埃蒙特有过那么多丰功伟绩的那些著名的黑带军。总之，我把从书中汲取的想法用在了我看见的东西上。我不断地读书，又总是读法国书，这就培养了我对法国的感情，以致最后变成了一种盲目的狂热，什么也无法战胜。后来，我有机会在旅行中发现，有这种感情的并非我一人，而且，在所有的国家中，凡是爱好阅读并喜欢文学的人，都或多或少地受到这种感情的影响，使得他们摒弃了由于法国人的倨傲而产生的普遍仇视。法国小说比法国男人更吸引各国的女人，法国的戏剧杰作使年轻人迷上了法国剧院。巴黎剧院的大名吸引了大批外国人，他们看后赞叹不已。总之，法国文学的美妙情趣使所有有文学头脑的人折服，而且，在那场惨败的战争里，我看见法国的作家和哲学家们仍在维护受到军人们玷辱的法兰西名字的荣誉。

因此，我已经是个激情满怀的法国人了，而且这使我成为爱打听消息的人。我同一群轻信的糊涂虫一起跑去广场等候邮件递送人的到来，而且比拉封丹寓言中的驴还蠢，竟急不可耐地要知道我将荣幸地套上哪个主人的鞍子，因为当时大家都在说，我们将属于法国了，萨瓦要同米兰对换。但应该承认，我是有一些担心的理由的，因为，假如这场战争对同盟国不利的话，"妈妈"的年金就很悬了。但我对我的好友们充满信心，而且，这一次，尽管布罗伊元帅遭到偷袭，然而多亏了我未曾想到的撒丁王援助，我没有看错。

当人们在意大利打仗时，在法国却是歌舞升平。拉摩 ① 的歌剧开始名声大振，使他的那些因其晦涩难懂而少有人知的理论著作也引人关注了。我偶然地听人谈到他的《和声学》，于是四处寻找，买到了这本书。又一次偶然之中，我病倒了，得了炎症，来势凶猛，烧退得也快，但康复期挺长，我有一个月出不了门。这期间，我先粗略地读，后便啃起我那本《和声学》。这本书冗长紊乱，编排很糟，我感到必须花很多时间才能搞懂它。于是，

---

① 拉摩 (1683—1764)，又译拉莫，法国作曲家、音乐理论家。

我没再读下去，而是练起音乐来，以便让眼睛得到休息。我当时练习的贝尼埃的合唱曲始终萦绕在我的脑海里。我记熟了其中的四五支曲子，尤其是那首《眠中的爱神》，我虽自那以后再没看过，但至今仍几乎全部记得，还有克莱朗博优美的合唱曲《被蜜蜂蜇了的爱神》，我差不多也是在那时候学会的，至今也还记得。

更来劲儿的是，从瓦尔德奥斯塔来了一位年轻的管风琴演奏家，名叫帕莱神父，是一位优秀的音乐家，一个好人，羽管键琴弹得很好。我与他相识之后，俩人便形影不离了。他师从一位可称为伟大的管风琴家的意大利神父。他同我谈了他的乐理，我把它们同拉摩的理论做了比较。我脑子里满是伴奏、谐音、和声。必须训练到耳朵熟悉这一切。我建议"妈妈"每月搞一次小型音乐会，她同意了。我一心扑在这些音乐会上，没日没夜地干着，无暇他顾。这事确实够我忙的，要收集乐谱、邀请演奏员、寻找乐器、分配声部等等。"妈妈"要唱，我提到过的和还要提到的那个卡东神父也要唱，一位名叫罗什的舞蹈教师及他儿子拉小提琴，在土地普查处工作、后来在巴黎结婚的皮埃蒙特音乐家卡纳瓦拉大提琴，帕莱神父用羽管键琴伴奏。我有幸拿指挥棒担任指挥。大家可以想见，这一切有多美呀！虽说比不上特雷托伦先生那里的音乐会，但也相差无几了。

瓦朗夫人是新近改的教，据说又是依靠国王的恩赐生活，所以一伙虔诚信徒对她的小型音乐会颇有微词。但好些正直的人视它为一种快活的娱乐。大家猜想不出我要让谁来主持这种音乐会吧？是一位教士，一位有才甚至很可爱的教士，他后来的不幸使我十分悲痛，我一想到他便想到我那些美好的时光，所以我至今仍在怀念他。他就是卡东神父，方济各会修士。他同多尔唐伯爵一起让人在里昂扣留了可怜的"小猫"的乐谱，这是他一生中最不光彩的一页。他毕业于索邦神学院，在巴黎生活了很久，常出入上流社会，特别是与当时的撒丁王国大使昂特尔蒙侯爵过从甚密。他身材高大，仪表堂堂，气宇轩昂，眼睛凸出，头发墨黑，未加修饰地卷曲在额边。他神态高贵，开朗，谦和，显得单纯而风雅，既无教士们那种伪善或无耻的样子，也没有时髦人物的那种放浪形骸，尽管他也是个时髦人物。他有的却是正派人的那种自信，不以穿着黑袍为耻，而是自尊自爱，在正直的人中间始终如鱼得水。尽管卡东神父的学问不深，够不上一位博士，但作为交际场中人，他的学识绰绰有余。而且，他从不急于卖弄学问，而是看准时机才表现，因此就显得更有学问。他因为长期生活在交际场中，所以对有趣的才能比对扎实的知识更加喜爱。他很聪明，会作诗，善谈吐，唱得更好，嗓音很美，会演奏管风琴和羽管键琴。为了讨人喜欢，用不着这么多长处，可他就是有这么多长处，但他并未因此忽略了本身的职务，所以，尽管有许多忌妒的竞争者，但他还是被选为他那个省的参议，或者像大家所说的，成了其修会中戴金项链中的一位。

这位卡东神父是在昂特尔蒙侯爵家里认识"妈妈"的。他听说了我们的音乐会，便想参加；他参加了，使音乐会成绩辉煌。我们很快便因对音乐的共同爱好而结下了友谊。我们俩对音乐都非常狂热，但不同的是，他真的是音乐家，而我只不过是滥竽充数罢了。我同卡纳瓦和帕莱神父常去他屋里玩乐器，有时节日里还去他的管风琴台演奏。我们常常分享他的那一点点吃食，因为，作为一名教士，他还有其惊人之处：豪爽侠义，慷慨大方，享乐而不粗俗。在我们举办音乐会的日子里，他便在"妈妈"家用晚餐。晚餐气氛欢快、舒畅，大家神聊胡侃，还来个二重唱什么的，我也无拘无束，才思敏捷，妙语连珠。卡东神父和蔼可亲，"妈妈"令人崇敬，帕莱神父因一副粗哑嗓子常遭众人取笑。疯狂的青年时代那如此甜蜜的时光呀，你早已飘逝而去了！

关于这位可怜的卡东神父，我没什么更多的可说的了，我现在就简单地说几句，以结束他那悲惨的经历。其他教士见他才华横溢、道德高尚，无丝毫教士的堕落之风，便忌妒他，或者应说是对他很气愤。他们非常仇视他，因为他不像他们那样可恨。头头儿们串通一气整他，煽动那些觊觎其位而以前又不敢正眼看他的小教士与他作对。他们百般地侮辱他、贬谪他，把他从那布置朴实无华但别致高雅的房间里赶出去，我不知他被放逐到了何方。最后，这帮无赖对他实在无礼之极，使他那颗正直而傲岸的心实在无法忍受，这个在最可爱的社交场上风流倜傥的人终于痛苦不堪地死在某个监房或地牢的破床上。但凡认识他的正直的人无不感到遗憾，痛哭不已，认为他没别的错，就是不该当教士。

我这么优哉游哉地生活着，不久便完全沉浸在音乐之中，无心去想其他事情了，去办公室也老大不乐意，工作的繁难和艰辛对我来说简直是难以忍受的酷刑，终于使我想要辞工不干，全身心地投入到音乐中去。可想而知，这种荒唐的想法不会不遭到反对的。丢掉一份像样的、有固定收入的职位，去教不保险的音乐，简直太欠考虑，"妈妈"当然会不高兴的。即使我将来真的如自己想象的那样功成名就，但把自己的一生局限于当一名音乐家，那也太禁锢自己的雄心壮志了。"妈妈"总是设想一些辉煌的计划，而且已不再完全同意多博纳先生对我的评语了，看见我一心扑在一种她认为不值一提的技艺上，心里极其难受，便常常对我唠叨那句不太适合巴黎的外省谚语："能歌善舞，没有出路。"另一方面，她也看出我被一种无法抗拒的爱好拖下了水，我对音乐的激情已经达到疯狂的程度，我很可能因工作不专心而遭人辞退，倒不如主动辞职为好。我还对她说，这份工作长不了，我得有门手艺谋生，所以，通过实践，把我爱好的又是她为我选定的技能完全掌握才更加保险，免得仰人鼻息，或另起炉灶，弄不好一事无成，再过了学习的年岁，那就只有不名一文忍饥挨饿了。总之，我是通过软磨硬泡而不是她所喜欢的道理使她不得不同意的。我立刻跑去向土地普查处的总头儿柯赛利先生自豪地致谢辞行，仿佛干了一件最英雄的业绩。我无缘无故地也没找个借口，就自愿辞去了工作，同不到两年前我就任此职时一样高兴或更加高兴。

这一举动虽然十分荒唐，但在当地为我赢得了某种尊敬，对我很有用处。有的人猜想我有钱，其实我并没有；另一些人见我全身心地投入音乐，就以我的牺牲来判断我有此天才，认为我如此热衷这门艺术，必定造诣很深。"山中无老虎，猴子称大王。"当地只有几个差劲儿的教师，所以我便成了佼佼者。我毕竟歌喉尚可，再加上年轻，脸蛋儿又漂亮，所以很快便有了不少女学生，比当文书挣得还要多。

就生活的快乐而言，肯定没人能这么快地从一个极端跳到另一个极端。在土地普查处，每天八小时埋首于最讨厌的工作之中，还是同更加讨厌的人在一起，关在一间破败不堪的办公室里，闻着这帮乡下人的臭气和汗味儿，大部分人又都是头也不梳、澡也不洗的，所以，我有时由于紧张、臭气、不安和烦躁而头晕目眩。与此相反，我现在完全置身于上流社会，受到上等人家的邀请和欢迎，到处是笑脸相迎、亲切款待，一派节日气氛。一些花枝招展的可爱的小姐在等着我，殷勤地接待我；我看见的尽是些可爱的东西，闻到的全是玫瑰和橘花的芬芳；大家在唱、在聊、在笑、在玩；我出这家到那家，遇见的都是一样的情景。即使两种工作报酬相同，也可以肯定，谁都会毫不犹豫地选择后者。因此我对自己的选择十分满意，从没有后悔过，即使现在我用理智去衡量我一生中的行为，即使我已摆脱了支配我的那些缺乏理智的动机，我对此也毫不后悔。

几乎唯有这一次，我听任自己爱好的支配而没有使期望落空。当地人的殷勤接待、平易近人、性格随和，使我同上流社会交往愉快，而我当时在其中感到的兴趣向我清楚地证明，如果说我喜欢离群索居，那么错不在我，而在别人。

真遗憾，萨瓦人不富有，或者说他们要是富有的话，也许就真遗憾了，因为他们现在是我所见过的最好的、最可交往的人。如果说世界上有一座小城，人们可以在愉悦而安全的交往中享受生活的甜蜜，那就是尚贝里。聚集在该城的外省贵族，仅有的财产仅够生活，并无足够的资财可以致富，又因为不能野心勃勃，就只好听从西尼阿斯的劝告①。他们年轻时从军，年老时归来安度晚年。荣誉和理智支配着这两种生活。女人们美丽动人，而且可以无须这么美，她们有着一切办法增加自己的魅力和弥补美中不足。奇怪的是，我因职业关系，可以见到许多少女，我记不得在尚贝里有哪一个姑娘不是楚楚动人的。有人会说，我因有心，才觉得她们是美丽的，这么说可能是对的，但我无须为此加上主观因素。说真的，每当我回想起我的那些年轻女学生，我便感到快乐。我在此提及可爱的女学生时，恨不得把她们同我一起带回到我在她们身边度过温馨无邪时光的那幸福的岁月！第一位是梅拉雷德小姐，她是我的邻居，是盖姆先生的学生的妹妹，是一位非常活泼的褐发姑娘，非常可爱，娇媚而不轻佻。她稍微有点儿瘦，如同大部分与她同龄的姑娘一样，但她明眸闪亮，身材苗条，神采迷人，无须丰腴就很惹人喜爱。我早上去她家里，她一般还穿着便服，头发未梳，只是随便往上一拢，插了几朵花，那是为我的到来插上的，待我走后便取下来梳头。我最害怕在交际场上看见穿便服的漂亮女子，如果她打扮好了，我就不怎么害怕了。我常常下午去芒东小姐家。芒东小姐总是打扮得很整齐，给我的印象也是很甜美的，但又不一样。她一头稍微带灰的金发，十分娇小、腼腆，皮肤白皙。她嗓音清脆，吐字清楚，声如银笛，但不敢放开嗓门儿说话。她胸前有被开水烫过的伤疤，一条蓝丝绒围巾没能完全遮住。这块伤疤有时把我的注意力吸引了过去，但我的注意力很快便不集中在伤疤上了。我的另一位邻居夏

---

① 在卢梭十分喜读的普鲁塔克的《皮洛士传》中，明智的参议西尼阿斯劝告伊庇鲁斯国王皮洛士放弃其征服罗马的野心。后者不听，导致失败。

尔小姐是一位成熟的少女。她身材高挑，宽肩美丽，体态丰满，曾是个漂亮女子。她已不再是个美人儿了，但是个值得一提的人，因为她风度翩翩，性格平和，生性温厚。她姐姐莎丽夫人是尚贝里最美的女人，已不学音乐了，但叫她女儿学。她女儿年岁尚小，但已显得将与其母的美貌并驾齐驱，只是很遗憾，她的头发略呈棕红色。我在圣母往见会还有个学生，是一位年轻的法国小姐，我忘了她的名字，但她应该列入我喜爱的学生的名单。她说话的腔调如修女们一样，慢条斯理，有气无力，但说出的话非常俏皮，与她的举止似乎不甚相称。另外，她挺懒，不肯轻易表现自己的才智，而且，不是所有的人都能得到她的这份恩宠。只是在我教了她一两个月的课之后，她才从漫不经心到开始用心，我也就更加努力地去教她，光靠我自己，我永远做不到这一点。我在教课时总是很高兴的，但我不喜欢被迫去教，也不愿受时间的约束。在任何事情上，我都忍受不了约束和屈从，它们会让我对高兴做的事也感到嫌恶。据说，在伊斯兰世界，拂晓时分，有一个男人走街串巷，命令丈夫们对妻子尽自己的义务。要是我处在这种时刻，肯定是个不好的土耳其人。

我在有产者中间也有几个女学生，特别是其中的一个成了我的某种关系变化的间接原因，既然我应该什么都说出来，那这事我是要谈一谈的。她是香料商的女儿，名叫拉尔小姐，简直就是希腊雕塑的模特儿。如果世界上真有什么无生命、无灵魂的美人儿，我就会把她看作我所见过的最美貌的姑娘。她的麻木不仁、淡漠冷峻、无动于衷，简直到了不可思议的程度。既无法使她高兴，也无法让她动气。我深信，要是有个男人作践她，她也会任其摆弄，这并不是因为她有此情趣，而是因为她麻木不仁。她母亲怕她生出这种事来，便与她寸步不离。她母亲想尽一切办法来使她高兴，让她学唱歌，还给她请了一位年轻的教师，但都毫无成效。当教师逗女儿时，母亲就逗教师，但这也收效甚微。拉尔太太在自己那天生的

175

活泼中增加了她女儿本该有的轻佻劲儿。她是一个矮个、脸蛋儿小的女人，笑吟吟的，面带倦容，并有几粒细麻点，两只眼睛火辣辣的，稍微有点儿红，因为她几乎总在费眼。每天早上我到的时候，奶油咖啡都摆好了，她母亲从不忘记亲吻我的嘴巴，以示欢迎。而我出于好奇，真想用这个亲吻回敬她的女儿，看看她做何反应。毕竟这一切做起来如此简单而又无甚下文，所以即使拉尔先生在场，挑逗与亲吻仍照行不误。拉尔先生是一个老好人，是他女儿的好父亲，他妻子并不欺骗他，因为无此必要。

我以平常那愚蠢的态度去对待所有爱抚，干脆把它们都看作纯粹友谊的表示。但是，有几回我也感到厌烦了，因为活泼的拉尔太太的要求越来越高，而且，如果我白天路过店前而不进去的话，那废话可就多了。当我有急事时，我不得不绕道走另一条街，深知进她那里容易，出来难。

拉尔太太太关心我了，所以我也对她关心起来。她的关怀深深地打动了我，所以我就像谈一件不怎么神秘的事一样把这事告诉了"妈妈"。其实，就是有什么神秘的地方，我同样也会说给她听的，因为不管是什么事，我都不可能对她保密。我的心在她面前如同在上帝面前一样，是敞开的。但她看待此事不完全像我那么简单。我只看作友谊，她却认为其中必有蹊跷。"妈妈"断定拉尔太太想脸上有光，让我变得不像她觉得的那样蠢笨，她会用这种或那种办法成功地让我明白她的苦衷。而且，"妈妈"认为，除了不应该让另一个女人来开导自己的学生以外，她还有更适合她的理由来保护我，不致使我落入我的年龄和处境使我面临的陷阱。就在这个时候，有人给我设下了某种更加危险的陷阱，我逃脱了，但她感到危险在不断地威胁着我，她觉得有必要尽一切可能防患于未然。

我的一位女学生的母亲芒东伯爵夫人是一个才华横溢的女人，但人们说她非常坏。据说，她曾引起许多家庭的不和，特别是给昂特尔蒙家带来了致命的后果。"妈妈"曾与她关系很好，

176

所以了解她的为人。"妈妈"曾很无辜地引起了芒东夫人爱上的某个人的青睐。尽管她并未让这男人上过手，也没让他登过门，芒东夫人却非要把这份冤孽债加在"妈妈"身上。从此以后，芒东夫人便要了很多花招儿对付"妈妈"，但一次也未能得逞。我来举一个最可笑的例证吧。她们俩同附近的好几个绅士一起到野外去，其中就有上面所说的那个人。芒东夫人有一天对这帮绅士中的一位说，瓦朗夫人只是一个矫揉造作的女人，毫无情趣，衣着不整，总像有产者女人那样遮起胸部。那位先生是个爱逗趣的人，便对她说："至于最后那一点嘛，她是自有道理的。我知道，她酥胸上有一块印记，像一只讨厌的大老鼠，栩栩如生，好像会跑似的。"恨和爱使人轻信。芒东夫人决心利用这一发现。有一天，"妈妈"在同芒东夫人的那个多情宠儿玩牌，芒东夫人便趁机走到妈妈身后，把她的椅子往后扳倒，灵巧地揭开了妈妈的围巾。但那位先生并没有看见大老鼠，只是看到了完全不同的东西，而且见到容易忘掉难，这使芒东夫人大失所望。

我不是芒东夫人要关心的人，她需要的只是一些有名气的人在她身边。然而，她对我有点儿关心，倒不是因为我的脸蛋儿，她肯定对它毫无兴趣，而是因为大家所说的我的才气，我可能对她的爱好有用。她对讽刺有着一种较强烈的喜好。她喜欢用歌曲和诗词来讽刺不讨她喜欢的人。如果她果真觉得我挺有才，能帮她诌点儿诗并乐意写下来的话，我们俩很快就能把尚贝里闹个天翻地覆。要是追究起这些诽谤调词句的作者的话，芒东夫人就可以牺牲我而保全自己，那我后半生也许就会被关起来，去反省对贵妇们装福玻斯①的教训。

幸好，这一切并未发生。芒东夫人只是为了聊天留我吃过两三次饭，发觉了我只不过是个傻瓜。我自己也觉得确实如此，而

---

① 福玻斯是太阳神阿波罗的别名，短语"装福玻斯"意为"装作才子"。

且为此悲叹，深羡我的朋友旺蒂尔的才华，其实我倒是应该感谢我的愚蠢，把我从种种危险中解救了出来。我在芒东夫人眼里只是她女儿的音乐教师，仅此而已，但我在尚贝里生活得很平静，始终受人欢迎。这比成为她眼中的才子却成为当地其他人眼中的蛇蝎要强得多。

不管怎么说，"妈妈"看到，为了使我摆脱年轻人的危险，是该把我当大人看待了，她也这么做了，但方式方法很奇特，是一个女人在这种情况下从来也想不到的。我发觉她神情比以前更加严肃了，话语比平时更有说教味儿了。她通常在教诲中夹杂着的那种说笑突然不见了，代之以一种总是很肯定的口气，既不严厉也不亲切，但好像是在准备做一番解释似的。为什么有这种变化？我自己琢磨了好久，但终不得其解，只好问她，她也正等着我问哩。她建议我第二天与她一起去小园子里散散步，我们一清早就去了。她做了安排，以便我们俩一整天单独在一起。她用了整整一天让我享受她要给予我的恩情，但不是像别的女人那样，通过诡计和挑逗，而是通过充满感情和理智的谈话。她的那番话不是在诱惑我，而是在教导我，对我心灵的触动大于对感官的刺激。然而，无论她对我说的话多么精彩、多么有用，这些话既不冷酷也不忧伤，反正我并没有给予应有的注意，也没像从前那样铭记于心。开始谈话时那预做准备的神态已经让我有点儿不安，因此，在她说话的过程中，我不由自主地胡思乱想，心不在焉，没注意听她说些什么，而是寻思她到底想干什么。一旦我明白了她的用意——这对我来说并不容易——我同她在一起时从未想到过的她那新奇的想法就完全吸引了我，容不得我再去想她所说的话了。我只顾想她了，也就没再注意听。

老师们想让年轻人注意听要对他们说的话时，常犯一个毛病，那就是让他们看到最后会有一个很有趣的东西在等着他们。我在《爱弥儿》中也未能避免这一毛病。年轻人被别人告诉他的那个东西吸引了，心里只想着它，便死乞白赖地奔向那个东西，而不去耐心地听你慢慢腾腾地引他走向那个东西而作的长篇大论了。如果你想让他注意力集中，就不要先露了底，"妈妈"在这一点上弄巧成拙了。她性格奇特，凡事有板有眼，总是白费心思地去说明情况，但我一旦看出其中的好处，就不去听她说些什么，急忙满口答应了。我甚至怀疑，在这种情况下，世界上还有没有一个坦率或者比较勇敢的男人敢于讨价还价，没有一个女人会原谅这么做的男人。由于同样古怪的脾气，她对这个协议用了最为郑重其事的手续，还给了八天时间让我考虑，我却假惺惺地说我用不着考虑。其实，这简直是怪到极点了，我真想好好考虑一下，因为她那些新奇想法使我很激动，脑子里简直乱了套，需要时间来理一理。

　　大家会以为这八天对我来说简直是八个世纪。恰恰相反，我还真希望能延长到这么久。我不知如何描绘我的心境，我心里充满了某种夹杂着烦躁的恐惧，很害怕我所渴望的事情，竟至有时在脑子里真的在寻找某种正当的办法以避免这种幸福。大家想一想我那激情似火和贪恋女色的气质、我那沸腾的血液、我那充满爱的心灵、我那充沛的精力、我那强健的体魄、我的年龄。请想一想，我心中渴望着女人，却连一个女人也没接触过。请想一想，想象、需求、虚荣、好奇交织在一起，使我急切地渴望成为一个男人，表现出男子气概。大家特别要想到，因为这是绝不该忘记的，我对她的那份热烈而又缠绵的依恋远没有减弱，反而在与日俱增。我只有在她身旁时才感到惬意，我的远去是为了想念她。我的心不仅充满了她的恩情、她可爱的脾性，而且充满了她的女性特征、她的容颜、她的肉体，总之，充满了这个在各个方面对我来说都可能是宝贵的她。大家别以为我比她小十到十二岁，她就老了，或者我就觉得她老了。自我头一次遇见她便感到激动不已的五六年以来，她的确没怎么变，而且我觉得她一点儿都没变。我觉得她始终那么迷人，而且大家都这么觉得。只是她的身体稍微有点儿发福。其余的都没有变，同样的眼睛、同样的肤色、同样的酥胸、同样的容颜、同样的金黄秀发、同样的欢快，一切的一切，甚至那声音也都一样，仍旧是充满青春气息的银铃般的声音，始终给我深刻的印象，使我至今只要听见一个姑娘的甜美声音便激动不已。

　　当然，在等待占有一个非常心爱的人时，我所担心的是不能很好地控制自己的欲望和想象，管不住自己，提前下手。大家将看到，在我年岁大一些的时候，只要想到有个可爱的人儿正在等着我，她那微不足道的恩惠就会使我热血沸腾，以至我都无法坦然地走完我和她相隔的那短短的一段路①。在我如花年华时，我怎么会活见鬼了，对于人生的初次欢乐那么不上心呢？我怎么会见到那一时刻临近反而痛苦多于快乐呢？我怎么会感觉不到那使我陶醉的癫狂，反倒几乎感到厌恶和害怕呢？毫无疑问，如果我能得体地摆脱这种幸福的话，我会心甘情愿这么做的。我说过，在我对她的依恋之中有一些离奇的东西，而这肯定就是大家未曾想到的一件事。

　　读者一定很气愤，认为她已委身于他人，却又要夹在两个人中间，在我心目中她已堕落了，这种鄙夷与不屑减弱了我对她的爱——这么想就错了。的确，这种两男一女的状况令我十分难受，既是因为这种敏感极其自然，也是因为这对她对我都很不相称。但是，我对她的感情并没因此受到影响，而且，我可以发誓，当我不怎么想占有她时，我则更加缠缠绵绵地爱着她。我太了解她那颗纯洁的心及其冷漠的气质了，我从未想到过在她这种放任自流之中有任何的感官快活的成分。我完全确信，她只是想使我摆脱几乎肯定不可避免的危险，使我完全洁身自好，忠于自己的义务，才使她违背了自己的一种义务。对此她与其他所有女人的看法不同，我在下

---

①　这里指的是乌德托夫人，她当时住在奥博纳。卢梭住在蒙莫朗西，两地相隔不远。参见本书第九章。

面将要谈到。我怜惜她，也怜惜自己。我本想对她说："不，妈妈，没这个必要。不这样，我也不会辜负您的。"但我不敢这么说，首先，这不是该说的一件事，其次，我由衷地感到这不是真话，而且确实只有一个女人能够使我抵御其他女人，不受她们诱惑。我不想占有她，但我很高兴她使我抛弃了占有别的女人的欲望，因为我把一切可能使我与她疏远的事都看作不幸。

长久无邪地生活在一起的习惯，非但没有减弱我对她的感情，反而使之增强，但与此同时，也赋予了它另一种情调，使之更加亲切，也许更加温柔缱绻，却更少肉欲。因为总叫她"妈妈"，而且总像儿子那样亲切，所以，我已习惯把自己看作她的儿子了。我想，这就是虽然她对我非常宝贵，我却不怎么想占有她的原因。我记得很清楚，我最初的情感虽然不太强烈，但充满色欲。在阿讷西时，我如醉如痴；在尚贝里时，我就不再这样了。我对她的爱强烈到了无以复加的程度，但我爱她更多的是为了她而不是为了我，或者说，我在她身边寻求的更多的是我的幸福而非享乐。她对我来说，胜过一个姐姐，胜过一个母亲，胜过一个女友，胜过一个情妇，而正因为如此，她不是我的情妇。总之，我太爱她了，不会占有她，这一点在我脑子里是再清楚不过的了。

我所害怕而非渴望的那一天终于到来了。我什么都答应了，也就不想言而无信。我的心认可了我的保证，但并不希望得到报偿。然而我得到了报偿。我头一次投入一个女人，而且是一个我所崇拜的女人的怀抱里。我幸福吗？不，我感觉到的是肉欲。我不知道是什么无法克服的忧伤毒化了它的魅力。我仿佛犯下了乱伦之罪。有两三次，我在激动地拥抱她时，泪水浸湿了她的酥胸。而她既不忧伤也不激动，只是温柔和平静。由于她不是个淫荡的女人，根本没有寻求过肉欲，所以并没有那种陶醉之态，也从未因此悔恨。

我再说一遍，她的一切过错全来自她的行为，而非她的情欲。她出身良家，心地纯洁，喜欢正经的事，品性正直高尚，情趣高

181

雅，生来就是她一直喜爱的那种道德高尚的女人，却从未能遵守这一高尚道德，因为她没有听从会把她引向正道的心灵的忠告，而是听从了理智，把她引向了歧途。当一些谬误的准则迷惑她时，她的真正感情一直在抵御着，但不幸的是，她喜欢炫耀自己的哲学，而她为自己定下的道德原则损害了她的心灵让她遵守的道德。

她的第一个情人塔维尔先生是她的哲学老师。他灌输给她的准则是他需要用来引诱她的准则。他见她忠于丈夫，恪守妇道，总是冷冰冰的，颇有理智，无法通过色欲攻破她，便用一些诡辩之词向她发起进攻，竟然向她表明她如此恪守的妇道只不过是用来哄小孩的教理问答式的瞎话，把两性的结合说成是其本身无关紧要，夫妻之间的忠实只是为了防止流言的一种表面文章，使丈夫安心是妇道的唯一标准，所以偷人养汉只要不为人知，就根本不是在欺骗自己的丈夫，也并不对不起自己的良心。总之，他说服她，说事情本身并没什么，只是传出去才成了问题，而所有的所谓贤德的女人——说实在的——只是做得隐蔽而已。就这样，那个坏家伙终于得逞了，腐蚀了一个年轻女人的理智，却未能腐蚀她的心灵。他因此受到了最强烈的忌妒心的惩罚，因为他深信她像他教她对待她丈夫那样对待他自己。我不知道他在这一点上是否弄错了。佩雷牧师被看作他的接替者。我所知道的是，这位年轻女子的冷漠性格本该使她不接受这种理论的，却使她在日后欲罢不能。她无法想象，人们把她认为的区区小事看得那么重。她从未把她认为毫不费事的节制欲望冠之以道德的美名。

因此，她并没有为了自己而滥用这一错误的准则，却为了他人这么做了，她那是根据另一条几乎同样错误的道理做的，但这道理与她善良的心更加吻合。她一直认为没有什么比占有更能使一个男人紧紧地依恋着一个女人的了，虽然她对自己的男友们的爱纯属友谊，但这种友谊是那么缠绵，以至她动用她力所能及的所有办法使他们更加紧紧地依恋着她。奇特的是，她几乎总能成功。她的确非常可爱，人们越是与她亲密无间，就越能发现新的爱她的理由。另一件值得一提的事是，第一次失足之后，她宠幸的几乎全是不幸之人。名人显贵在她面前全都是白费心思。一个男人若是开始被她怜惜，最后却没被她爱上，那么这个男人一定是太不可爱了。如果她所选择的人配不上她，那绝不是出于与她那高贵的心灵不搭界的卑鄙欲念，而仅仅是因为她太慷慨、太善良、太富有同情心、太敏感，以致不总是能够头脑较清醒地把握住。

诚然，几个错误的道理把她引入歧途，但又有多少值得赞美的原则她从未背离过啊！如果人们可以把肉欲成分极少的一些错误称为弱点的话，她用了多少美德弥补了它们啊！那在某一点上欺骗了她的男人，在其他许许多多方面却绝妙地教导了她。因为她那并非狂热的激情使她能够始终沿着正道走，所以只要诡辩哲学没有迷惑住她，她便平安无事。即使她做错了事，她的动机也是值得称赞的。由于误解，她可能做错事，但她不可能有意干坏事。她厌恶口是心非、撒谎骗人。她为人正直、公正、仁爱、无私，她信守诺言，忠于朋友，忠于自己认为应该遵守的义务，对人既不报复也不仇恨，甚至想象不出宽容有什么可以值得称道的。总之，就拿她那不可饶恕的错误来说，她并不太看重给予他人的宠爱，也从未以此来做一种肮脏的交易。她滥施恩宠，但并不出卖它们，尽管她常常为生计犯愁。我敢说，苏格拉底如果能看重阿斯帕西娅，那他就能尊敬瓦朗夫人 ①。

我早就知道，说她生性多情、冷淡，有人会像通常那样指责我自相矛盾，而这又是不无道理的。也许错在大自然，人不该一身兼有两种对立的性格。我只知道她确实如此。但凡认识瓦朗夫人的人，至今仍有不少人尚健在，都可以证明她就是这样的人。我甚至敢补充一句，她只知道世上有一种乐趣，那就是让她所爱的那些人

---

① 阿斯帕西娅是古希腊的交际花，雅典政治家伯里克利的情妇。普鲁塔克在《名人传》中说，苏格拉底常去看望她，听她闲聊。

快乐。不过，就这一点，大家可以各抒己见，可以高明地证明这不是事实。我的任务是说出真情，而不是非让人相信不可。

我在我们俩关系更亲密之后的谈话中才逐渐地了解我刚才所说的一切，单单这些谈话就使我们俩亲密无间。她不无道理地希望她的怜爱会对我有所帮助。就我的教育来说，我从中受益匪浅。在这之前，她在对我谈论我个人的事时就像在对一个孩子说话。她开始把我当成大人看待，也跟我谈谈她自己了。她对我说的一切我都非常感兴趣，使我非常感动，以至在反躬自省时，我从她的知心话里比从她的教导中所得到的益处大得多。当你真的感觉到对方说的是肺腑之言时，你会敞开心扉去接纳对方的真情流露的。一个学究的说教永远抵不上你所爱恋的一个聪明女人那缠绵缱绻的话语。

我同她的亲密相处使她给予了我比以前更高的评价。她认为，尽管我貌似笨拙，但值得教育，可进入上流社会，而且，如果我有一天在上流社会有了一定的根基，则可飞黄腾达。根据这一看法，她不仅专心培养我的判断力，而且注意我的仪表及言谈举止，使我既可亲可爱又受人尊敬。如果在上流社会真的能将成功与道德相结合的话——我可是不相信这一点的——我至少坚信，除了她所选择的并想教给我的那条路以外，是没别的路径的，因为瓦朗夫人了解人，善于为人处世，既不虚伪也不冒失，既不欺骗人也不惹恼人。但是，这种艺术存在于她的性格里，而非她的教导之中。她善于运用它而不善于传授它，而且我是世界上最学不会这一艺术的人。因此，她在这上面做的一切努力几乎全都付诸东流，甚至她延师教我跳舞和剑术的心思也白费了。我虽然身轻体健，但连小步舞都学不会。我因为长有鸡眼，所以非常习惯用脚后跟走路，罗什都没能改掉我这个坏毛病，所以，我看上去步履轻健，但连一条小沟都蹦不过去。在剑术练习厅里就更加糟糕了。经过三个月的训练，我仍旧只会招架，不会进攻，而且手腕很不灵活，胳膊无力，所以剑术师要想打掉我的剑，易如反掌。再者，我对这种训练及想教我的剑术师讨厌得要死。我从未想到过人们会对杀人的技巧如此自豪。剑术师为了使我掌握他的伟大才能，就专用他一窍不通的音乐做比较。他发现剑术的第三四式与音乐的第三四音程极其相似，当他想伴攻时，便让我注意那升半音符号，因为从前升半音符号与"伴攻"是同一个词。当他把我的剑拨开时，便大笑着对我说，这是"休止符"。总之，我一生之中从未见过比这个头戴羽饰、胸有护甲的可怜虫更令人难以忍受的好为人师者了。

因此，我的剑术长进不大，不久我便纯粹因为厌恶而弃之不顾了。但是，我在另一种更有用的艺术上颇有长进，那就是知足常乐，不去追求我开始感到不是那块料的更有出息的前途。我一心想着让"妈妈"生活幸福，在她身边时我总是喜滋滋的，而当我为了进城教音乐而必须离开她时，尽管我对音乐很喜爱，但我开始感到教音乐很没劲了。

我不知道克洛德·阿内是否看出了我们俩的亲密关系。我有理由相信，这事没能瞒过他。阿内是一个目光敏锐而又十分审慎的小伙子，从不说违心的话，但也不总是把心里话都说出来。他丝毫未表现出知道内情的样子，但从他的行动来看，他似乎已经知道了。他的行为肯定不是源自灵魂的卑贱，而是因为他赞成女主人的准则，所以不能反对她因此采取的行动。尽管他同她一样年轻，但他非常老成持重，把我们俩视为两个应予宽恕的孩子，而我们俩则把他看作一个可尊敬的大人，对他应该有所尊重。我是在她对他不忠之后才完全弄明白她对他爱得有多深的。由于她知道我的思想、我的感情、我的生命全属于她，所以她才告诉我她是多么爱他，以便我也同样爱他。她着重说明的倒不是她对他的爱，而是对他的尊敬，因为这是我最能充分与她分享的感情。她常对我们俩说，我们俩对她生活的幸福都是缺一不可的，这使我们俩常常感动不已，互相拥抱，痛哭流涕。但愿读到这儿的女性不要讪笑。以她那样的性格，这种需要毫不低俗，那完全是她心灵的需求。

就这样，在我们三个人中间建立起一种世上绝无仅有的关系。我们的所有愿望、关注、心灵都是共通的，什么也没有超出这个小圈子。一起生活的习惯、不许他人介入的习惯，已十分强烈，以致在我们吃饭的时候，三人中若有一个不在，或者又来了第四个人，那就全乱套了。尽管我们之间有着个别联系，但二人单独在一起时总没有三个人在一起时那么愉快。使我们之间不致产生烦恼的是相互间的一种极度的信任，而不致厌烦的是我们都很忙。"妈妈"总是在计划着、忙碌着，不怎么让我们俩得着空闲，而且我们俩各自都有自己的事，占满了我们的时间。据我看，无所事事同孤独寂寞一样，都是社会的灾难。长时间地面对面地待在一间屋里，无事可干，只好神吹瞎聊，这是最会使人思想偏狭、无中生有、惹是生非、忧心忡忡、造谣诬蔑的了。如果大家都很忙的话，只有有事说才说话；而如果什么也没有，那就要没话找话了，而这就是最最讨厌和最最危险的事。我甚至敢说——而且我坚持己见——为了使一个小圈子真正快乐，不仅每个人都必须为它做点儿什么，而且应该做点儿需要用点儿心思的事。打花结就等于什么事也没做，因为面对打花结的女人和抄着双手的女人，都得陪着同样的小心去逗她们开心。但是，当一个女人在绣花时，那就是另一码事了。她专心绣花，无暇去搭理人家。在这种时候，看到十多个傻大个儿起来、坐下，走来走去，转来绕去，不停地把玩着壁炉上的瓷人，绞尽脑汁地去没话找话——这叫什么事！——那真是既烦人又可笑。这种人不管做什么，始终都是别人和他们自己的累赘。在莫蒂埃的时候，我常去一些芳邻家里编束带；如果我回到交际场合，我总是在口袋里装一只比尔包开①，整天地玩，免得没话找话。如果每个人都这么做，

---

① 一种接球玩具，把用长细绳系在一根小棒上的小球往上抛去，然后用小棒的尖端或棒顶的盘子接住小球。

人就不会变得那么坏了，他们的交往也就更加可靠了，我还认为，也就更加有趣了。总之，如果谁觉得可笑，那就让他笑吧，反正我认为适合现在这个时代的唯一的道德就是比尔包开道德。

再说，人们也不怎么让我们自己费心去避免烦恼，那些讨厌的客人走后，总是给我们留下太多的麻烦，所以当剩下我们三人时，也就够我们忙的了。这些人以前使我感到的不耐烦并未减少，唯一不同的是，我没时间去不耐烦了。可怜的"妈妈"一点儿都没丢掉她那种爱做事和有板有眼的老毛病。恰恰相反，家庭所需越是紧张，为了生计，她就越是浮想联翩。眼前越是拮据，她越是憧憬未来。年岁的增长反倒使她的这种怪癖愈演愈烈。随着社交乐趣和年轻人的乐趣的丧失，她代之以寻秘方订计划的乐趣。家里总是不断江湖郎中、制药商、方士以及形形色色的承办人，他们吹嘘将来会有成千上万的钱财，可最终连一个埃居都不放过。每个人离开她家时手里都没空着，可我有一事总挺惊奇的：她老这么大的开销，可就是没有囊空如洗，也从不拖欠债务。

我谈到的那个时期，她最热衷的计划不是她所制订的最不合理的计划——在尚贝里建造一座皇家植物园，外带聘请一位领薪俸的技师，而且大家早就清楚这个位置是留给谁的。该城位于阿尔卑斯山中部，很适合进行植物研究，而且"妈妈"又总喜欢用一个计划促使另一个计划实现。她同时提出创建一个药物所的计划，这倒真的很有用，因为这地方很穷，药剂师几乎就是仅有的那几位医生。维克多国王驾崩之后，御医格洛希退隐尚贝里，因此她认为这对她的想法大有帮助。也许正因为这个缘故，她才有此想法。不管怎么说，她开始对格洛希下功夫了，可后者并不太吃这一套，因为他是我所认识的最刻薄、最粗鲁的先生。我下面举两三个例子，大家可以看一看。

有一天，他同其他几位医生会诊，其中有一位是从阿讷西请来的，是平常给那位病人看病的医生。这个年轻人尚不太懂医生这一行的规矩，竟敢不同意御医大人的意见。御医没说别的，只是问他回去时打哪儿走，乘什么车。年轻医生回答了御医的问话之后，也问他有什么可以为他效劳的。格洛希说："没有，没有，我只是想在您走过时站到窗前，高兴地看看蠢驴坐马车。"御医十分富有，但为人吝啬、冷酷。他的一位朋友有一天问他借点儿钱，并有可靠保证。他攥住朋友的胳膊，咬牙切齿地说："我的朋友，就是圣彼得从天上下界来问我借十个皮斯托尔 ①，并以三位一体作保，我也不会借给他的。"有一天，他应邀前往萨瓦地方长官一十分虔诚的比贡伯爵家吃午餐，他提前到了。长官阁下当时正在祈祷，便建议他一同祈祷。御医不太知道如何回答是好，便做了一个可怕的鬼脸，跪了下来。但是，他刚念了两句《圣母经》便耐不住了。他猛地站了起来，拿起手杖，一句话没说就走了。比贡伯爵赶忙追上去，冲他喊道："格洛希先生！格洛希先生！别走呀，那边铁扦上正在为您烤一只美味鹧鸪哩。"他扭过头来回答说："伯爵先生！您就是给我一个烤天使，我也不等了。"这就是"妈妈"想拉拢而且终于笼络住的那个御医格洛希先生的德行。他尽管非常忙，却已习惯经常来"妈妈"家，同阿内的关系挺好，显得很赏识阿内，谈起来不无敬重。而且，大家没有料到的是，他这个粗暴无礼的人，为了消除过去的印象，竟能装作很器重阿内，因为，尽管阿内已不再是仆人了，但大家知道他曾经当过仆人，因此，必须御医大人率先以其威望来使大家对阿内另眼相看。克洛德·阿内身穿黑上衣，假发梳得整整齐齐，举止端庄有礼，行为乖巧谨慎，医学和植物学知识渊博，再加上医学泰斗的垂青，只要计划中的植物园能够建立，他理所当然地有望担任皇家技师之职，并受到欢迎。实际上，格洛希很是欣赏并采纳了这一计划，只等着恢复和平，可以考虑公益事业的时机到

---

① 法国古币名，一个皮斯托尔相当于十个里弗尔。

来，好筹出一笔经费，再向宫廷提出。

如果这一计划得以实行，我本会投身植物学的，我觉得我生来就该搞这一行。可是一个能把最精心策划的计划打乱的意想不到的打击使它落了空。我是注定要逐步沦为苦命人的典型的。好像上苍有意让我经受这些巨大的考验，把所有妨碍我成为苦命人的典型的一切全用手推开了。阿内有一次去高山顶上寻找一种山蒿。这是一种稀有植物，只生长在阿尔卑斯山上，是格洛希先生要的。这个可怜的小伙子爬得浑身大汗淋漓，得了胸膜炎。据说山蒿专治此症，但并未能救活他。尽管堪称医术高手的格洛希医术高明，尽管有他那好心的女主人和我对他的悉心照料，他还是在第五天异常痛苦地挣扎之后，在我们面前死去了。临终之时，只有我在劝慰他。我悲痛欲绝，声泪俱下，如果他能听得见的话，他会得到一些慰藉的。就这样，我失去了我一生之中最忠实的朋友，一个值得尊敬、不可多得的人，一个大自然弥补了他不曾受到的教育的人，一个地位卑微却具有伟人的一切美德的人，一个若能活着并且有了身份地位则可让众人看到他是个伟人的人。

第二天，我怀着异常沉痛和真挚的心情同妈妈谈起了他。突然间，谈着谈着，我产生了一种卑鄙可耻的想法：我可以得到他的衣服，特别是那件令我生羡的漂亮的黑上衣。我这么想着，也就说了出来，因为在"妈妈"跟前，我总是怎么想就怎么说的。我这句卑鄙的话比什么都更使她感到痛失亲人，因为无私与心灵的高尚是死者所具有的最优秀的品质。可怜的女人没有吭声，只是扭过脸去哭了起来。可亲可贵的泪水！我明白这眼泪的含义，它们全都滴在了我的心上，涤尽了我那卑鄙龌龊的心思。从此，我就再也没有产生过这种念头。

阿内的死给"妈妈"带来了痛苦，也带来了损失。从这个时候起，她的景况便江河日下了。阿内是个一丝不苟、有板有眼的小伙子，把女主人的家料理得有条不紊。大家都害怕他盯着，谁也不敢浪费，连"妈妈"都怕他查问，有所克制，不敢挥霍。对她来说，单有他的爱恋还不够，她还需要他的敬重，而且她很害怕他的正当指责，因为他见她挥霍他人和她自己的钱财时，有时是敢于直言不讳的。我同他想法一样，甚至也会说出来，但我对她没有他那样的影响力，所以我的话就不像他的那么顶用。他不在了，我只好顶替他的位置，但我对此既不擅长也无兴趣，所以很不称职。我很不细心，又很腼腆，只知背地里咕哝，不敢上前阻止。再说，我虽获得同样的信任，却没有同样的权威。我看见杂乱无章，只知摇头叹息，怨天怨地，没人听我的话。我太年轻，又太浮躁，所以做不到合情合理，当我想干预一番时，"妈妈"就亲热地拍拍我的脸蛋儿，叫声"我的小老师"，我就只好又回归适合我的那个角色。

我深深地感到，她那毫无节制的花销迟早会把她抛向穷困潦倒的境地，成为她家的监督之后，我亲眼看到她入不敷出。我心中那一直存在着的吝啬的倾向就是从这时开始养成的。我除了心血来潮，从未疯狂地挥霍过，但在这之前从未太过担心有钱还是没钱。我开始注意这事了，开始关心起自己的钱袋了。我出于一种崇高的动机，变得吝啬可鄙了，因为，实际上，我只是想给"妈妈"省点儿钱，以防我所预见的不测。我担心债主们会扣住她的年金，或者年金被完全取消，而且，根据我的狭隘看法，我以为我的那一点点积蓄到时候会帮她的大忙。但是，为了攒钱，特别是为了保住钱，就必须背着她，因为当她东挪西借的时候，让她知道我有私房钱，那就不妙了。因此，我便到处找些隐秘的地方藏上几个金路易①，想着不断地越藏越多，到时候再拿出来给她。但是，我在选择藏匿点时太笨了，全被她发现了。然后，为了使我得知她发现了我的秘密，她便把我藏的金路易取走，再放上更多的一些别的钱币。我很难为情地把那点儿私房钱放回公用

---

① 有路易十三等人头像的法国旧金币，一金路易相当于二十法郎金币。

钱袋中去，但她总是用这些钱来为我添置衣服和用品，如银剑、怀表或其他类似的东西。

我深信，攒钱对我来说永远不会成功，而对她来说也只是杯水车薪，所以我终于意识到，为了防止我所担心的不幸发生，在她要揭不开锅，无法养活我时，我没有别的办法，只有自己想办法来供养她。不幸的是，我只是根据自己的兴趣出发拟订计划，疯狂地在音乐上找机会，感到脑子里装满了主题和歌曲，认为一旦从中得益，马上就能成为名人，成为当代的俄耳甫斯①，美妙的歌声能把秘鲁的银子全吸引过来。我已开始能凑合看懂乐谱了，关键是要学会作曲。困难在于要找到人来教我才行，光靠那本拉瘅的书，甭想无师自通，但自从勒梅特尔走了之后，萨瓦就没人懂和声了。

在这里，大家将看到我一生中充满轻率的又一例证，即使在我认为要达到目的时，它们也常常让我朝相反的方向走去。旺蒂尔曾经常常跟我谈起他的作曲教师布朗夏尔神父。他是一位才华横溢的可尊敬的人，当时是贝桑松大教堂的音乐指挥，现在在凡尔赛宫小教堂任音乐指挥。我想着去贝桑松向布朗夏尔神父求教。我觉得这个想法合情合理，并且终于使"妈妈"也认为可行。于是，"妈妈"为我准备起行装来，样样都弄得挺铺张浪费。因此，尽管我总想使她免遭破产，想将来弥补她因浪费造成的亏空，但在当时我一开始就让她破费了八百法郎：我原想救她，结果反而加速了她的毁灭。不管这一行动有多么荒唐，但她也好，我也好，都充满了幻想，我深信我的所作所为对她有好处，而她坚信她所做的对我有益。

我本以为仍能在阿讷西找到旺蒂尔，让他为我写封举荐信给布朗夏尔神父，但他已不在那儿了。我的全部证明只有他留给我的他亲自创作、亲手誊写的一支四声部弥撒曲。我便带上它去贝桑松

---

① 希腊神话中善弹竖琴的歌手，音乐天才的化身。

了。路过日内瓦时，我去看了几位亲戚。途经尼翁时，我去探望了父亲，他像往常一样接待我，并负责把我随后而来的行李箱运到贝桑松去，因为我是骑马来的。我到了贝桑松。布朗夏尔热情地接待了我，答应教我，并尽量关照我。我们正准备开始的时候，父亲突然来了一封信，说是箱子被设在瑞士边境的法国鲁斯哨卡扣住并没收了。我顿时傻了眼，便托在贝桑松结识的熟人们打听行李箱为何被没收，因为我深信自己没有走私，想象不出他们根据什么没收箱子。最后，我知道了缘由。我得说一说，因为这事挺滑稽。

我在尚贝里认识一个年老的里昂人，是个敦厚的长者，名叫迪维维埃，曾在摄政时代的检验局 ① 供职。他因为赋闲在家，便来土地普查处做事了。他在上流社会生活过，有才气，有学问，温良谦恭，彬彬有礼，还懂音乐。由于我们俩在同一个办公室，在我们周围那帮粗俗不堪的人中，我们俩关系最好。他在巴黎有一些通信的朋友，常给他寄点儿小作———些随生随灭的新奇之作。这些作品为什么传播开来，又是怎么销声匿迹的，无人知晓，如果没人再提，就再也想不到它们了。我因为有时领他到"妈妈"家吃饭，所以他有心讨好我，为了显得投机，他便尽力让我喜欢这些无聊的作品，其实我对这类东西一直非常嫌恶，一辈子也从未一个人单独看过。为了不扫他的兴，我便接过这些宝贵的手纸，装进口袋，不再去想它们，只等专门需要它们时才拿出来用。不幸的是，这些该死的纸片中的一张却留在了一件新礼服的上衣口袋里了。这衣服我只是在与同事们应酬时穿过两三次。这篇东西是一篇詹森派的滑稽模仿之作，平淡乏味，模仿的是拉辛的《密特里达德》中最美的一幕。我连十句诗都没读完，便把它遗忘在口袋里了，因此，我的行李被没收了。办事员们在我行李清单的前面加了份洋洋洒洒的笔录，认为这篇东西源自日

---

① 检验依法发行的货币的机构。

内瓦，想在法国印刷和散发，便大做文章，抨击上帝和教会的敌人，并对自己的虔诚与警惕大书特书，认为这是制止了这一罪恶阴谋的实现。他们想必以为我的那些衬衣上都有异教的气味，因为他们根据这张可怕的纸把我的东西全部没收了。我想不出什么招儿来，所以我始终也不知道我那可怜的行李到底被如何处理了。我去找过税所的人，可他们又要说明，又要清单，又要证明，又要记录，弄得我晕头转向，只好作罢。我真的很后悔没有把鲁斯哨卡的那篇笔录保存下来。要是把它收入本书的附集，那可真是一篇绝妙的材料。

没了行李，我只好立即回到尚贝里，并没有跟布朗夏尔神父学点儿什么，而且，我看到干什么都不顺，经过再三考虑，决定专心一意地跟"妈妈"在一起，与她相依为命，不再去为一个我无力左右的前途无谓地操心了。她好像我带回了财宝似的欢迎我，渐渐地替我添置起了衣物，所以对我和对她都是挺大的不幸几乎刚发生便被忘却了。

尽管这个不幸给我的音乐计划泼了冷水，但我仍旧在继续研究拉摩的那本书。由于艰苦努力，我终于弄懂了它，并且还试作了几支曲子，成绩不错，勇气倍增。昂特尔蒙侯爵之子贝勒加德伯爵在奥古斯特国王死后从德累斯顿回来了。他在巴黎生活过很久，极其喜爱音乐，对拉摩的作品爱得发狂。他的兄弟南济伯爵会拉小提琴，他们的妹妹图尔伯爵夫人歌唱得不错。因此，音乐在尚贝里成了时尚。他们还举办了一种公开的音乐会，起先想让我来指挥，但他们很快便发现我不能胜任，就另做安排了。我依然把我作的几首小东西也拿去演奏，其中的一支合唱曲很受欢迎。它并非一首佳作，但充满了新的曲调和效果极佳的东西，大家想象不出我能写得出来。这帮先生无法相信识谱能力很差的我竟然能够作出不错的曲子来，所以怀疑我是不是拿着别人的东西充当自己的。为了辨明真假，有一天早上，南济先生拿着克莱朗

193

博的一支合唱曲前来找我，说是他移了调，以便于演唱，但因移了调，克莱朗博的曲子就无法用乐器演奏了，所以必须另写一个低音部。我回答说这是项大工程，无法立即完成。他以为我想溜，便逼我至少写一个宣叙调的低音部。我写了，但无疑写得很差，因为不管什么事，要做好的话，我必须是从从容容、自由自在的才行，但这一次我是按规则写的，而且又是当着他的面，所以他就不能怀疑我懂作曲的基本原理了。这样，我没有失去我的女学生们，但我对音乐的热情有所减退，因为我看到她们在举办音乐会，却没我的份儿。

差不多就在这个时候，和平恢复了，法国军队翻山回国了。好几位军官前来探望"妈妈"，其中就有奥尔良团团长洛特雷克伯爵，后来担任驻日内瓦全权大使，最后升任法兰西元帅。"妈妈"把我介绍给他。他根据她的介绍，对我似乎很感兴趣，并给我许了不少愿，但直到他临死那年，我已不再需要他的时候，他才想起来。其父为当时驻都灵大使的年轻侯爵塞内克泰尔，他也在同一时间路过尚贝里。他在芒东夫人家吃饭，我那天正好也在。饭后，大家谈起了音乐，他很懂。当时歌剧《耶弗他》正走红，他谈起了它。有人便把本子拿了来。他提议我们俩一同演唱，使我激动不已。他打开乐谱，正翻到那段著名的二重唱：

> 人间、地狱，甚至天堂，
> 全都在主的面前不安、惊惶。

他对我说："您想唱几个声部？我唱这六个声部。"我还不习惯这种法国式的急促节奏：尽管我有时也勉强地唱一唱，但我并不明白同一个人怎么能够同时唱六个声部，即使两个也不成。在音乐演唱中，我最犯难的就是从一个声部轻快地跳到另一个声部，而眼睛同时要盯着整个乐谱。塞内克泰尔先生见我推托的样子，一定是在

194

怀疑我不懂音乐。也许是为了弄个明白，他才建议我把他要献给芒东小姐的一首歌记录下来。这样我就不好推辞了。他唱了这首歌，我记了下来，都没请他重唱一遍。然后，他看了一遍，认为记录得很准确，一点儿不差。他先前见我挺尴尬，所以便有意对这小小的成绩大加赞扬一番。其实，这事挺容易的。我实际上深谙音乐，我所欠缺的只不过是一看就会的机灵劲儿，我在任何事情上都没这个能耐，而在音乐方面只是经过长期的实践才达到炉火纯青的程度。不管怎么说，我很感激他的正直关怀，把我在他人心中和我思想上的那点儿小小羞耻给抹去了。十二年或十五年之后，我在巴黎不同的人家又见过他，我多次想向他重提这段往事，以便向他表明我仍记忆犹新，但他自那时起便双目失明了，我害怕向他提及他当年擅长的事而使他伤感，所以没有吱声。

　　我已开始接近把往昔同今朝相连接的时刻。一直保持至今的友情变得对我十分宝贵，它们常常使我留恋那幸福却默默无闻的时期，自称是我的朋友的那些人，之所以与我交往并爱我这个人，纯粹是出于善意，而非出于与一个名人交往的虚荣心，或者居心叵测地想寻找更多的机会来伤害我。我就是从这时开始结识老友戈弗古尔的。尽管有人挑拨离间，但他永远是我的好友。永远是！唉，可惜啊！我刚刚失去了他。他只是在停止呼吸时才终止了对我的爱，我们俩的友谊随着他的逝去才结束。戈弗古尔先生是世上最可爱的人中的一个。只要见到他，就没人不喜欢他，没有人同他在一起而不结下深厚的友谊。我一生之中从未见过有谁比他更开朗，更可亲，更恬静，更聪明，更富有感情，更可信赖。不管你多么审慎，一见到他，你便与他亲切得有如相识二十年的老友。就连我这个一见生人便脸红的人，也同他一见如故。他的举止、他的声音、他的言谈同他的仪表相得益彰。他的嗓音清脆、饱满、洪亮，是一种带有乐声的雄浑的优美男低音，灌满你的耳朵，震颤你的心扉。没有人比他更欢快、更和蔼，没有人比他的风度更真挚、更纯朴，没有人比他的才华更质朴、修养更高雅。除此以外，他还有一颗爱着所有人的心，但爱得稍许有点儿过分。他生性殷勤，但助人不看对象。他热心帮助朋友，或者说是成为他所能帮助的人的朋友，而且在十分热情地帮助他人的同时，又非常巧妙地办好自己的事情。戈弗古尔是一个普通钟表匠的儿子，自己也曾做过钟表匠。但是，他的仪表及才干召唤着他进入另一个圈子，他很快便踏入其中。他结识了法国常驻日内瓦的代表克洛苏尔先生，后者对他很好，替他在巴黎介绍了另一些对他十分有用的朋友。他通过这些人有幸得到瓦莱州食盐专供的差使，每年有两万里弗尔的进项。他在男人方面相当不错的机缘到此为止，但在女人方面有点儿应接不暇，必须加以挑选，遂其心愿。最罕见而且最值得称道的是，他与三教九流都有交往，但到处都受到欢迎，大家都对他趋之若鹜，他从未遭人忌妒和憎恨。我相信，他一直到死，一辈子都从未有一个仇人。真是个有福之人！他每年都来艾克斯温泉浴场，附近上流社会的人也就随之聚集在那儿。他同萨瓦的所有贵族过从甚密，所以他从艾克斯到尚贝里来看望贝勒加德伯爵及其父昂特尔蒙侯爵。"妈妈"就是在后者家里时让我同他相识的。这种一面之交似乎不会有什么结果，而且中断了多年，却在我将要谈到的场合中又续上了，而且我们竟成了莫逆之交。单凭这一点，我就得谈谈这个我与之相交甚笃的朋友。即使我不从个人利害去缅怀他，此人也是个十分可爱、生逢其时的人，为了全人类的荣誉，我始终认为应该永远怀念他。不过，这位如此可爱的人同别人一样也有缺点，大家以后会看到的。然而，如果他没这些缺点，他也许就没那么可爱了。为了使他尽可能地引人注目，必须让他有点儿可原谅之处。

在同一时期，我还同另一个人过从甚密。这种交往至今仍在诱惑着我去追求那种在一个人的心中很难泯灭的短暂幸福。此人名叫孔济埃先生，是萨瓦的贵族，当时既年轻又可爱，因心血来潮想学音乐，或者说是想结识教音乐的人。孔济埃先生除了在艺术方面有天分和爱好以外，性格很温柔，而我正好对这种人也是非常喜欢的，所以我们很快便成了朋友。开始在我头脑里萌动的文学和哲学的胚芽，只需要一点点培养和激励，就可茁壮成长起来。我在他身上找到了这种培养和激励。孔济埃先生对音乐无甚天资，这对我来说倒是件好事，教课的时间全用在视唱以外的其他事情上了。我们一起吃早点、聊天、读点儿新出版物，就是不谈音乐。当时伏尔泰与普鲁士皇太子的通信名噪一时，我们便常常谈论这两位著名人物。后者不久前登基，已经露出他快要成为的那种人的峥嵘，而前者所受的诋毁如同现在所受到的赞颂一般，使我们打心眼儿里为紧盯住他不放的不幸而悲叹，而这种不幸是所有伟大天才都必然会遭遇的。普鲁士皇太子年轻时不幸福，而伏尔泰好像生来就永远是幸福不了的人。我们对他们俩的关注扩展到与他们有关的一切事情上去。伏尔泰所有的作品我们全都读了。由于饶有兴味地读了他的著作，我萌生了学习以优雅的文笔写东西的愿望，也渴望竭力模仿让我着迷的这位作家绚丽隽永的风格。不久之后，《哲学通信》出版了①。尽管这不是他的最佳之作，却是最吸引我去探索的作品，而且这个新产生的兴趣自此便再没有消失。

　　但是，我全身心地投入其中的时刻尚未到来。我的性情仍旧有点儿浮躁，东奔西跑的欲望只能说是有所收敛，尚未泯灭，而且瓦朗夫人家人来人往，熙熙攘攘，我虽喜欢孤独，但静不下心来。每天都有许多陌生人从各处拥来，我深信这帮人都各有高招儿，旨在欺骗"妈妈"，使我住在这儿十分难受。自从我接替克洛德·阿内成了"妈妈"的心腹之后，我更加注意她的经济状况了，我发现它每况愈下，十分惊恐。我一再地忠告她，恳求她，催逼她，哀求她，但都无济于事。我跪在她的面前，强烈地向她

━━━━━━━━

① 卢梭对此事的记忆日期有误。《哲学通信》是 1734 年出版的，而伏尔泰与普鲁士皇太子（后为普鲁士国王弗里德里希二世）的通信是 1736 年才开始的。

表示灾难迫在眉睫，竭力地要求她紧缩开支，可以先从我开始，并告诉她年轻时受点儿苦不要紧，免得到老的时候背负一身的债，让人追逼着，愁苦不堪。她为我的真诚热情所感动，同意了我的劝告，口口声声表示照我说的做，但是，只要来个无赖，她便立马全忘了。我一再发现自己全是白费口舌，除了视而不见我无法防范的厄运之外，我还能做什么呢？我只好离开看守不住的家门，去尼翁、日内瓦、里昂小兜了一圈，这虽然使我压抑住心中的苦恼，却因花销而增加了烦恼的缘由。我可以发誓，要是妈妈真能好好使用我省下的钱的话，我是宁愿不花一分钱的。但我确信，即使我再省，钱也会跑到一些骗子手中，所以我只好滥用她的慷慨，与骗子们分享了。我就像从屠宰场回来的狗，既然无法保住肉，那我就先把我的那一份叼了走。

就这些旅行而言，我是不乏其借口的，而且"妈妈"就可以给我提供，因为她到处都有关系，都有事要接洽、商谈，都有事要委托可靠的人去办。她只想派我去，我也正想去，这就必然使我过着一种东奔西跑的生活。这些旅行使我结交了一些人，他们日后或成了我的好友，或对我大有裨益。其中，在里昂，我认识了佩里松先生，我深悔没有与他深交下去，因为他对我非常好。我认识的那位好心的巴里索先生，我将在适当时候再谈。在格勒诺布尔，我认识了代邦夫人和巴尔多南什议长夫人。后者是一个极有才气的女人，要是我能常去拜望，她本会对我产生好感的。在日内瓦，我结识了法国常驻代表克洛苏尔先生，他常跟我提起我母亲，尽管她已去世很久，但他对她仍念念不忘。另外，我还结识了巴里约父子。老巴里约称我为他的孙子，他是一位很喜欢交际的人，也是我所见过的最让人尊敬的人之一。在共和国动荡时期，这两位公民参加了对立的两派：儿子投身了平民党，父亲加入了行政官员党。一七三七年，当人们拿起武器的时候，我正在日内瓦，看见父子俩全副武装地从同一幢房子里走出来，父亲前往市政厅，儿子则去自己的街区，俩人都知道两小时之后将要相逢，面对面地准备厮杀。这一可怕的场面给我留下了极其深刻的印象，以至我发誓，一旦我恢复了公民权，我绝不参加任何内战，绝不在国内用自己的行动或言论支持通过武力得到的自由。我可以证明自己在一个微妙的情况下遵守了这一誓言①，这种克制态度，至少我认为，大家应该觉得是了不起的。

　　但是，我尚未意识到拿起武器的日内瓦在我心中激起的这初期的爱国热情。大家将看到我由于一件责任在我的严重事件，离这种爱国主义相去甚远。这一事件我忘了谈，现在不能不补上。

　　我舅舅贝尔纳几年前为了建造他所设计的查尔斯顿城去了卡罗来纳。他不久就在当地去世了，我可怜的表兄为效忠普鲁士国王也死了，这样我舅母几乎同时失去了儿子和丈夫。这使她对我这个仅存的亲戚增加了点儿热情。我去日内瓦时，便住在她那里，饶有兴味地寻找舅舅遗留的书籍和文件来翻看。我发现了许多有趣的书及肯定没人会料得到的书信。舅母对这些故纸堆不屑一顾，只要我愿意，她会让我全拿走。我只拿了两三本我外祖父贝尔纳牧师亲手批点的书，其中有一本罗奥的四开本"遗著"，空白处写有密密麻麻的精湛的旁注，它使我对数学产生了兴趣。这本书放在瓦朗夫人的藏书中了，我因为未能保存它而一直很恼火。除此之外，我还拿了五六本论文手稿，唯有一本刊印成书，那是著名的米凯利·迪克雷的作品。迪克雷是一个才华横溢的人，一个开明的学者，但过于好动，遭到日内瓦的行政官员们极其残酷的迫害，最后死于阿尔贝格要塞。据说，他因参与伯尔尼的阴谋而被关在里面多年。

　　这是一篇对已在日内瓦部分执行了的巨大而荒唐的筑城计划相当理智的批评。筑城术专家们不了解议会实施这一庞大工程的底细，都极力地讽刺这一计划。因谴责该计划而被逐出筑城委员会的

①　卢梭在这里指的是 1763 至 1764 年日内瓦国内斗争期间他必须表明的态度。参看本书第十二章。

米凯利先生认为，不用说自己是两百人委员会的成员，就是作为公民，也可以充分地发表自己的看法，因此，他写下了这篇文章，很欠考虑地把它印了出来，尽管并未发行。他只印了两百份，分发给成员们，却被邮局奉小议会之命给扣留了。我在我舅舅的文件中找到了这份东西及他负责写的答辩书，把两份文件全拿走了。我的这次旅行是在离开土地普查处不久进行的，我同担任律师领导的戈克赛利律师有点儿交情。此后不久，关税局长竟然求我做他的一个儿子的教父，并请戈克赛利夫人做教母。荣誉使我智昏，并因与这位律师大人关系如此密切而颇为自豪，因此我尽力地装出大人物的派头，以显示自己应该享有这份荣誉。

有了这种念头，我便认为我所能做的，最好莫过于让他看看我手里那份米凯利先生的刊印件，那的确是一份稀有文件，以向他证明我是属于知道国家机密的日内瓦名人之列的。然而，我也说不清为什么存了个心眼儿，没有把我舅舅的那份答辩书给他看，也许是因为那是手稿，而给律师大人看的必须是工工整整的。他可是非常清楚我傻乎乎地交给他的东西的价值的，所以我再没能收回来，也没再见过它，而且，我深知无论如何也要不回来了，就干脆做个人情，把他抢夺的东西当作礼物送给了他。我一刻也没怀疑过，他在都灵宫廷大肆宣扬了这份稀奇多于有用的文件，想尽办法根据它应有的价值大大地捞了一笔。幸好，在未来所有的风云变幻中，最不可能的是有一天撒丁王围攻日内瓦。但是，凡事都有可能，我将永远责怪自己愚蠢的虚荣心，竟把这座要塞最大的缺陷告诉了它的最大宿敌。

我就这样在音乐、药剂、计划和旅行之间度过了两三年，经常从一件事跳到另一件事上，很想做成一事却又不知干什么好，但也逐渐地对学问有所爱好，常去拜望一些文人，听他们谈论文学，有时自己也插上几句，却不是去了解书的内容，更多的是学点儿书中难懂的话。在去日内瓦的旅行中，我不时地顺便去探望一下我往日的好友西蒙先生，他用从巴耶或科洛米耶文学界得到的最新消息大大地刺激了我初生的求知欲。我在尚贝里时，还常去看望一位天主教多明我教派的修士。他是一位物理学教授，一位和善的教士，我忘记他叫什么名字了，他常搞一些小试验，我极其感兴趣。我曾想照他的办法配制密写墨水。我把一只瓶子装了大半瓶生石灰、雌黄和水，然后把瓶口塞紧。几乎与此同时，瓶内闹开了锅，我赶紧跑过去想把瓶塞拔掉，但来不及了，瓶子像炸弹似的炸着了我的脸，我咽进了一些雌黄和石灰，差点儿送了命，整整六个多星期两眼看不见东西，因此，我明白了，不懂物理实验原理就别胡来。

这次意外对我的身体影响很坏，因为我的健康一段时间以来一直每况愈下。我原本身体挺好，又无任何不良嗜好，不明白为何身体会一天不如一天。我身材魁梧，虎背熊腰，呼吸本该通畅，却常常胸闷气短，无缘无故就气喘吁吁，有时还心跳过速，咯血，后来又常有低烧，从未好过。正值青春年华，又无任何脏器毛病，又没干过任何糟蹋身子的事，何以落到这步田地？

俗话说"英雄反被英雄误"，我的情况正是如此。我的激情使我精力充沛，但也伤害了我。有人会问："什么激情？"就是对无足轻重的事的热衷：世界上最幼稚的那些事却使我激动，宛如占有海伦①或登上统治全世界的宝座一般。首先是女人。当我占有了一个女人时，感官是安生了，心却从不安分。在肉欲中，我对爱的渴求却在啃噬我。我有一位温柔的母亲、一个亲爱的女友。但我需要一个情妇。我把她想象成我的情妇，把她想象成各种各样的情况，以迷惑自己。如果我在拥抱她时以为拥抱的是"妈妈"，虽然我搂得仍然紧紧地，但我所有的欲火都熄灭了，我会因动情而抽泣，却没有快感。快感！男人生来就该有快感吗？

---

① 古希腊的美人儿，为争夺她而引发了特洛伊战争。

啊！如果我一生中哪怕有一次尝到爱的全部美酒，我想我那孱弱之躯会消受不了，也许会当场毙命的。

因此我受着爱的煎熬却又无处消火，这也许是最伤人的。我可怜的"妈妈"的景况不佳，她的大手大脚很快便会使她彻底破产，这使我忧心忡忡、焦虑不堪。我那可怕的想象力总是杞人忧天，成天想着那可怕的情景及其全部后果。我预想到自己不得不因贫困而离开这个我为之献身，而且离了她我就享受不到生活乐趣的女人。我的心就是如此这般地惶惑不宁，欲望和担忧轮番撕咬着我。

音乐对我来说是另一种激情，虽然不太炽热，却没少费心劳神，因为我对它很入迷，刻苦钻研拉摩晦涩难懂的书，越是记不住，越是拼命地去死记硬背，还要因教授音乐不停地东跑西颠，以及通宵达旦地誊抄、编写大量的乐曲。所有那些经过我那不安分的脑子的荒唐事、所有那些仅一时的短暂乐趣——旅行、音乐会、晚餐、散步、读书、看戏等等这些最不必去事先考虑即可随时享受或办到的事——对我来说都能变成强烈的激情，以致荒唐可笑，都能把我害苦了，我又何必要提那些经常干的活儿呢？我疯狂地但又时断时续地阅读《克利夫兰》①中那些虚构的不幸，我认为它们比我自己的不幸更加让我悲从中来。

有一个日内瓦人，名叫巴格莱先生，曾在彼得大帝的俄国宫廷供过职，是我见过的最卑鄙、最荒唐的人中的一个，总是满脑子想着同他的为人一样荒唐的计划，把拥有几百万看成小事一桩，而一无所有时他也毫不在意。这家伙是因某种纠纷要找元老院而来尚贝里的，理所当然地抓住了"妈妈"，向她吹嘘他那些一本万利的计划，也就把她的那一点点儿可怜的银币一枚枚地骗走了。我很不喜欢他，他也看出来了，因为对我这种人，看出来并不难，因此，为了巴结我，他使出了所有的卑鄙伎俩。他竟然

---

① 一部法国小说。

建议教我下棋，可他只会一点点儿。我差不多是勉勉强强地试试的，而且凑合着会走棋之后，进步就十分快，没等第一局下完，我便以他开始的那一着儿对付他了。这一下，我的劲头来了，立刻成了棋迷。我买了一副棋，买了加拉布莱的棋谱，关起门来，没日没夜地一个人没完没了地摆棋，潜心研究所有的路数，死记硬背下来。经过这么两三个月的苦心钻研和无法想象的努力，我便到咖啡馆去了，人又瘦又黄，几乎呆头呆脑的。我要试试自己的棋艺，就又同巴格莱先生杀了起来：第一盘我输了，第二盘又输了，连输了二十盘。我脑子里的棋路全搅和在一起了，想象力也完全没了，眼前是一片迷雾，什么也看不清楚。每次我拿起菲里多尔或斯达马的棋谱想好好研究一下棋路时，同样的情况就会发生。由于疲劳过度，我的身体比以前更差劲儿了。再说，不管我扔下棋或是继续紧张地钻研，我都同第一次一样，毫无长进，始终停留在第一局棋终局时的水平。我即使练上千百年，最终顶多也只能将巴格莱一军而已。大家会说，真是瞎耽误工夫！是的，我是没少花时间。我只是在无力继续时才结束这最初的尝试。当我走出房间露面时，活像从坟墓中出来的人。要是继续这样下去，我很快也就甭想出坟墓了。大家可以想见，像我这种头脑的人，特别是年轻气盛之时，是很难始终保持健康的体魄的。

　　健康不佳也影响到我的性情，抑制了我对奇思异想的狂热。因为感到身体虚弱，我变得安分了，稍许减少了旅行的热情。我更加深居简出了，感到的不是烦闷而是忧伤。气郁代替了激情，颓丧变成了忧愁。我常常无端流泪和叹息。我感到尚未尝到人生的欢乐，生命就要离我而去。我为把可怜的"妈妈"撇在眼见她将陷入的悲惨景况而哀伤，可以说，我唯一遗憾的就是离开她，让她处于凄凉境地。最后，我完全病倒了。她胜过母亲照料自己的孩子那样照料我，这对她本人很有好处，可以不再去想那些计划并远离制订计划的人。如果就在此时此刻死去，那该有多美啊！诚然，我很少尝到生活的乐趣，但我也很少尝到生活的苦水。我平静的灵魂可以在没有深刻感受到人间的不平时离去了。我可以因永远活在我最好的另一半心中而聊以自慰，虽死犹生。如果我无须为她的命运担忧，那么我死的时候犹如安然入睡，而且这种担忧本身因有一个爱恋和温情的对象而能减轻痛苦。我对她说："您是我整个人的保管者，您让我幸福吧。"有两三次，当我病得最厉害的时候，我竟然在夜里下了床，拖着病体来到她的房间，就她的行为提出忠告。我敢说，这些忠告都是既正确又明智的，而最为突出的就是我对其命运的关怀。仿佛眼泪是我的食粮和药物，我坐在她的床上，两手攥住她的双手，在她的身旁，同她一块儿流泪，精神为之振作。这种夜间交谈长达数小时。我返回时，身体比去时好多了。我因她对我的许诺及她给予我的希望而高兴、安详，便带着平静和听天由命的心情安然入睡了。经历了那么多人间恨事之后，经历了那么多使我生活动荡、使我感到生活犹如重负的刀霜箭雨之后，愿上帝在即将结束我生命的死亡到来时能让我同那时一样感受不到多大的痛苦。

由于她的精心照料、悉心看护和令人难以置信的关怀，我被她救活了，而且可以肯定的是，只有她能够救我。我不太相信医生们的医术，却深信挚友们的照料。我们的幸福所依赖的事情做起来总是比其他任何事情要好。如果说生活中有一种甜美的感觉的话，那就是我们俩所感受到的相依为命的感觉。我们俩相互间的依恋并未因此增长，那是不可能的，但在这种极其质朴的依恋中产生了一种我说不清的更加亲密、更加感人的东西。我完全成了她的工作、她的孩子，她比我的亲生母亲对我还要亲。我们在不知不觉之中已经开始谁也离不开谁了，可以说开始把我们的生命糅合在了一起，而且我们感到相互之间不仅需要，而且满足，已习惯于不再去想与我们无关的事情，把我们俩的幸福和所有的愿望绝对地局限于这种相互的而且也许是人间唯一的占有之中，这根本不是我曾说过的那种爱的占有，而是一种更加根本的占有，不是基于感官、性别、年龄、相貌，而是基于人之为人的、只有到死才会丧失的那一切。

由于什么原因，这一宝贵的骤变未能为她和我的余生带来幸福呢？原因不在于我，我深信这一点，并因此聊以自慰；也不在于她，至少不是她的意愿。命中注定的是，不可战胜的本性很快便恢复了影响。但这不幸的结局并非突然发生的。感谢上苍，这中间有个过程，一个短暂而宝贵的过程，它不是因为我的过错而终止的，我也不用后悔自己没有很好地利用它！

尽管我大难不死，但精气神没有恢复。我仍旧胸闷气短，始终低烧不退，浑身无力。我对什么都不再感兴趣，只想在我亲爱的人身边了却余生，使她永远不放弃自己的恒心，让她感到幸福生活的真正魅力究竟是什么，并尽我的可能让她生活幸福。但是，我认为甚至感觉到，在一个阴森凄凉的家里，总这么寂寞对视最终也会忧伤烦闷的。治疗这种状况的药方不请自来。"妈妈"曾命令我喝牛奶，并要我去乡下喝。只要她陪我去，我就同意。她二话没说就答应了，问题就是选什么地方了。市郊的园子谈不上是真正的乡下，因为周围有房子和其他园子，根本没有乡间退隐所的魅力。再说，阿内死后，为了节省，我们离开了这座园子，已无心种植，而且因为有其他的事缠身，所以丢开这个破地方也就没什么可惋惜的。

现在，我发现她厌恶城市，便趁机劝她干脆离开城市，住到一个幽静的地方去，找间偏僻的小房子，避开那些讨厌的人。如果她这么做了，那么她和我的守护神给我出的这个主意就真的会保证我们过上幸福安宁的生活，直到死神来将我们俩分开。但我们注定要过的并非这种生活。"妈妈"在过惯了奢华的日子之后，不得不经受穷困潦倒的所有痛苦，以便使她死而无怨。而我，因为集各种苦难于一身，所以应该有朝一日成为只热爱公众利益和正义，不靠阴谋诡计，不靠党派的保护，单凭自己的纯真而敢于公开向人们说真话的人的一个榜样。

　　一种不幸的担心使她犹豫了。她不敢离开她那座破屋子，生怕得罪房东。她对我说："你的隐居计划挺美，很合我的胃口，但隐居也得活呀。离开我这座监牢，我很可能没了接济，而在乡下没了吃的时，我们就又得返回城里来找。为了减少回城的麻烦，我们还是别完全离开它。我们照旧会给圣－洛朗伯爵房租，以免他扣我的年金。咱们去寻一个离城既不远又不近的去处，既可安安静静地生活，又可在必要之时回城里来。"这事就这么定了。经过一番寻找，我们便选定沙尔麦特村的孔济埃先生的领地，离尚贝里不远，却偏僻幽静，仿佛有百里之遥。在两座较高的山丘之间，有一座南北走向的小山谷，涧水在乱石和树丛中流过。沿着山谷的半山坡上，散落着几座房屋，对于喜爱荒野偏僻处所的人来说，是极其合适的。我们看了其中的两三处，最后选中了最漂亮的那所房子，那是属于诺厄莱先生的，他是一位正在服役的贵族。那所房子住着很合适。前面是一座高台式园子，上层种着葡萄，下面是果园，正对面是一个小小的栗树林，不远处有一眼泉。更高处的山上，有草地可放牧。总之，对于我们想建立的田园式小家庭来说，应有尽有。据我记忆所及，我们是将近一七三六年夏末住过去的。我们睡在那儿的头一天，我兴奋极了。我拥抱着我亲爱的女友，流下了温情、快活的泪水。我对她说："啊，妈妈！这真是幸福和纯洁的日子啊。如果我们俩在这儿找不到幸福和纯洁，那就甭想再去别的地方寻找了。"

# 第六章


这就是我的企盼：一所不太大的宅子，内有花园，宅旁有一眼活泉，外加一个小树林……[1]

我不能再说"诸神给了我更多更好的"[2]，但没关系，我无须再多的了。我甚至不要所有权，只要逍遥自在就足够了。我早就说过，并且深有体会，即使暂且不谈丈夫和情人的区别，所有者和占有者也完全不同。

我一生中的短暂幸福便从这儿开始了，使我有权说我未曾虚度此生的那平静而飞逝的时光光临了这里。宝贵而又令人极为留恋的时光啊！啊！但愿你能倒流，请你尽可能地在我的记忆中慢慢地流淌，尽管你实际上在飞快地流逝。我怎么才能随意地延长这极其动人、极其单纯的一段回忆，以便总是重述同样的事情而又不让读者和我自己因反复地唠叨而厌烦呢？再有，如果这一切都是事实、行动、言谈，我是可以描述并以某种方式复述的，但是，那些既没说过也没做过，甚至都没想过，只是品味过、感受过的东西，我除了这份感觉以外也无法说出我幸福的所以然来，我又怎么去说呢？我日出即起，幸福快乐；我散步溜达，幸福快乐；我看见"妈妈"，幸福快乐；我离开她，幸福快乐；我在树林山丘之间游荡，在山谷中游逛，我读书，我无所事事；我在园子里劳作，我采摘果子，

---

① 这是贺拉斯《讽刺诗集》第二卷讽刺诗六中的拉丁文诗句。
② 这是贺拉斯《讽刺诗集》第二卷讽刺诗六中的拉丁文诗句。

我帮忙做家务。幸福到处尾随着我，它不存在于任何明确的事物之中，它就在我的心中，一刻也不离开我。

　　在这段幸福时日里发生在我身上的一切，在这段时期我所做、所说、所思的一切，全都铭刻在我的记忆之中。在这之前或之后的事只是片断地浮现在我脑子里，记忆不清不楚、模模糊糊。但是对那段时间的事我记得完完全全，仿佛历历在目。年轻时，我的想象力总是超前的，现在却只能回首往事，以那些甜美的回忆来补偿我永远失却的希望。我再也看不到未来有什么可以引诱我的了，只有缅怀往事才能给我欢悦，而且，对我谈到的那个时期生动活泼、栩栩如生的回忆使得我尽管多有不幸，却常常快活。

　　就这些回忆，我将只举一个例子，可以让人看到它们是多么深刻、多么真实。第一次去沙尔麦特过夜的那一天，"妈妈"坐轿，我步行。我们走的是一条上坡道。"妈妈"身体较重，担心轿夫们太累，走到将近一半时，她想下轿步行。走着走着，她看见篱笆里有蓝色的东西，便对我说："那是长春花，还开着哩。"我没有弯下身子去查看，而且视力又太弱，直着身子是分不清地上的植物的。我只是边走边那东西瞥了一眼，而且，将近三十年过去了，我再没见过或者留意过长春花。一七六四年，我同友人佩鲁在克雷谢的时候，我们爬上一座小山，顶上有一座漂亮的小亭，佩鲁不无道理地称之为"美景亭"。当时，我开始采集一点儿植物标本。上山时，我朝树丛中看着，突然高兴地喊了起来："啊！长春花！"那确实是长春花。佩鲁瞧出我很激动，但不明就里。我希望他有一天读到这里时能知道原因何在。通过我对这么一件极小的事的印象，读者可以看出与那个时期有关的一切给我留下了多么深刻的印象。

　　然而，乡间的空气并未使我健康如初。我原本就浑身乏力，现在更厉害了。我喝不了牛奶，只好不喝了。当时流行一种说法——水治百病，所以我便开始喝水，大量地喝，以致病没治好，差点儿把命搭上。每天早上，我一起床，便拿着一只大杯子到泉边去，一边散步，一边不停地喝，足足喝上两瓶。我吃饭已完全不喝酒了。我喝的水像大部分山中的水一样，有点儿硬，不易消化。总之，喝得太多，不到两个月，一直很好的胃全给喝坏了。我知道，胃吃什么也消化不了了，别指望治好了。与此同时，我又出了点儿事，不论其本身或是它对我一生的恶劣影响，都是很奇特的。

一天早上，身体并没比往日差，在支起一张小桌子的时候，我觉得体内产生了一种突然的、几乎是不可思议的震动，好比血液里起了一股风暴，立刻遍及全身。动脉跳动得异常剧烈，我不仅感觉到，甚至听到了它的跳动声，特别是颈动脉的跳动声。同时，耳朵里也响得厉害，有三种或者可以说是四种声音：粗而沉的声音，像流水似的较清晰的潺潺声，很尖的哨声和我刚才说的、不用按脉也无须手触身体便能数出次数的跳动声。耳朵里的声响那么大，使我失去了以前那种敏锐的听觉，使我虽未成为聋子，却自此之后便重听了。

大家可以想见我是多么吃惊，多么恐慌。我以为我要死了，便躺到床上去。医生被请来了。我哆嗦着向他描述病症，认为自己没救了。我认为他也是这么看的，但他尽了自己的职责。他向我讲了一大套理论，我一点儿都没听懂。然后，他按照他的高明理论，开始在我那"贱体"上进行他所喜欢的那种试验疗法。那疗法令人极其难受，极其恶心，而且效果极差，所以我很快便厌烦了。几个星期之后，我发现身体既不见好也不见坏，便下床了，恢复了日常生活，不去管动脉的跳动和耳鸣了。从那以后，也就是说三十年来，这毛病一分钟也没好过。

在这之前，我是个很能睡的人。出现这些症状之后，我至今一直严重失眠。当时我就想，我已时日无多了。这反倒使我有一段时间不再去操心治病的事了。既然活不了多久，我便决心尽可能地充分利用我剩下的一点点时间。多亏了大自然的特别恩宠，使我在这么悲惨的状况之下得以免除似乎本该遭受的痛苦。我虽受到嗡嗡声的干扰，却并未感觉难受，除了夜晚失眠和总是气短之外，并未给日常生活带来其他任何不便，而且气短也未发展成气喘，只是在我想跑步或活动稍微剧烈点儿时才有所感觉。

这个病本该摧毁我的身体的，却只是扑灭了我的激情，为此，我每天都因它在我心灵上所产生的良好效果而感谢上苍。我可以大言不惭地说，我只是在把自己看作一个死人时才开始活着。我对我要抛开的东西给予了真正的重视，开始关心更加高尚的事情，仿佛要提前完成应该很快完成而一直疏忽至今的事。我常以自己的方式去理解宗教，却从未完全抛开宗教。回到这个题目上来对我并没费什么事儿，而这个题目对许多人来说是极其悲伤的，但对以此作为一种慰藉和希望目标的人来说则是极其亲切的。在这个问题上，"妈妈"对我来说比所有的神学家都有用。

她对所有的事都有一整套看法，所以对宗教也不例外。这套看法包括一些很散乱的观念，有的很健康，有的则很荒唐，还包括一些与她的性格有关的见解以及源自其教育的偏见。一般来说，善男信女们总是把上帝看作同自己一样：好人把上帝看成是善良的；恶人视上帝为凶恶的；愤懑易怒的信徒看见的只是地狱，因为他们想把所有的人打入地狱；仁爱温情的人则不怎么相信有地狱。有一件事令我惊诧不已，善良的费纳隆在他的《忒勒马科斯历险记》中谈论地狱时，仿佛他真的认为它存在。但我希望他当时是在撒谎，因为不管你是多么诚实，在你当了主教之后，你有时也不得不撒谎。"妈妈"对我不撒谎，她那颗无怨的心灵不可能把上帝想象成凶神恶煞，信徒们看到的是正义与惩罚，而她看到的则只是宽容与仁慈。她经常说，上帝如果要求我们行为端正，那么它就无正义可言了，因为它并没有给过我们这么做的条件，那就等于强人所难了。奇怪的是，她不相信有地狱，却相信有炼狱。这是因为她不知道如何处置恶人的灵魂，既不能把它们打入地狱，又不能在它们脱胎换骨之前把它们与好人放在一起。应该承认，不管是在阳世还是在阴间，恶人的确总是十分难办的。

还有一件怪事。关于原罪与赎罪的整个理论被这套看法推翻了，普遍的基督教基础被动摇了，而且至少天主教是不能存在了。可是，妈妈是个好的天主教徒，或者她自称是，而且她这么自诩肯定是诚心诚意的。她认为人们对《圣经》的解释过分刻板、生硬。人们在其中读到的一切永恒的苦难在她看来都是吓唬人的，或者是假想的。她认为耶稣基督之死是真正的上帝怜爱的榜样，以教诲人们去爱上帝和彼此相爱。总之，她是忠于她所信奉的宗教的，她真诚地接受教会的全部信条，但是，要是逐条讨论的话，尽管她始终服从教会，却与它的看法大相径庭。

在这一点上，她有一颗纯朴的心、一种比无端指责更为雄辩的坦诚，常常使听她忏悔的神父都感到难堪，因为她什么都不对他隐瞒。她对他说："我是一位虔诚的天主教徒，我想永远如此，我以心灵的全部力量接受圣母教会的决定。我不能把握自己的信仰，却能把握自己的意志。我毫无保留地使我的意志服从教会，而且愿意相信一切。您还要我怎样？"

我认为，即使根本没有基督教的道德原则，她也会尊奉它的，因为它很符合她的性格。她在做教会规定她做的所有事，但即使没有规定，她也照样会去做。凡是无足轻重的事，她都喜欢服从。如果没有允许，甚至命令她开斋，她也会自觉自愿地守斋的，根本用不着去监督她。这些道德原则是从属于塔维尔先生的准则的，或者说她认为其中并没有任何相抵触的地方。她每天可以同二十个男人睡觉而仍然心安理得，这并非出于情欲，她并不感到羞耻。我知道，有很多虔诚的女子在这一点上并非更加有所顾忌，但不同的是，她们是被她们的情欲诱惑，而她仅仅是被其诡辩哲学蒙骗。在最感人的谈话中，我敢说是最有教益的谈话中，她在谈到这一点时面不改色心不跳，并未感到自相矛盾。如果因事中断谈话，她随后照样会同先前一样平静地接下去谈，因为她打心眼儿里相信，这一切只不过是社会管理的一条准则，每个理智的人都可以根据情况去理解、执行或摒弃，而绝不致冒犯上帝。尽管在这一点上我肯定与她看法不同，但老实说，我并不敢驳斥她，因为我羞于扮演为此必须扮演的不高雅的角色。我倒是很想为他人确立规范，而尽量把自己排除在外。但是，我知道，她的气质使她不致过于滥用自己的原则，她也并不是一个容易上当受骗的女人，如果我要求把自己排除在外，那就是让她把她喜欢的所有的人都当作例外。再说，我在这里只是在谈到她的其他不一致时才提到这种自相矛盾的地方，尽管它对她的行为并没有太大影响，而且在当时一点儿影响都没有。但是，我答应过要如实地阐述她的原则，所以我要遵守诺言。现在，我再来谈谈我自己。

我从她身上找到了我为了使灵魂摆脱死亡的恐惧及其后果所需要的所有准则，便安详地在这信任的源泉中汲取。我比从前更加紧密地依恋着她，我真想把我感到行将离我而去的生命完全交付于她。从这种对她的加倍的爱恋中，从我将不久于人世的认定中，从我对未来命运的处之泰然中，生出一种十分平静甚至十分快活的常态，缓和了使我们陷入极大恐惧和希冀的所有激情，让我无忧无虑、安安生生地享受我那去日无多的时光。有件事有助于使这段时光更加甜美，那就是我在尽一切可能想法儿开心解闷儿，以培养她对乡间生活的情趣。我在让她爱上她的园子、家禽、鸽子、奶牛的同时，自己也喜欢上这一切了，而这一切琐事占去了我整天的时间，但并未弄得我不得安宁，它们比牛奶和所有药物都更有效地维护了我那可怜的机体，甚而使之最大限度地恢复了健康。

收葡萄、摘水果使我们快活地度过了那年剩下的时日，使我们在周围的好心人中对乡村生活日益依恋。我们十分遗憾地看到冬季来临，好像被流放似的将回到城里去。特别是我，因为怀疑自己能否见到春天到来，以为是永远告别了沙尔麦特。我离开时，亲吻着大地和树木，走远了还一再回首眺望。我和我的女学生们已经离开很久，而且我已失去对城市娱乐和交往的兴趣，所以便闭门不出，除了"妈妈"和萨洛蒙先生以外，再没见过任何人。萨洛蒙先生不久前成了"妈妈"和我的医生，他是一位正直而有才华的人，有名的笛卡儿派，对宇宙体系有独到的见解，听他的有趣而又有益的谈话，对我来说，胜过他开的药方。我从来就无法忍受那些愚蠢而幼稚的泛泛的话，但有益而内容丰富的谈话总是让我心花怒放，我从不拒绝做这样的交谈。我对萨洛蒙先生的谈话极为感兴趣，我觉得我同他一起是在提前获取我那本会摆脱羁绊的心灵行将获取的高深知识。我对他抱有的这种兴趣扩展到他谈及的所有主题，并开始寻觅书籍，以便帮助我最大限度地理解它们。把虔诚融于科学的那些书籍对我来说最合适了，特别是奥拉托利会①和波尔－洛雅勒修道院②的书籍。我开始读它们了，或者说是在啃书了。我碰巧弄到了一本拉密神父的书，书名叫《科学杂谈》。这是一种介绍科学论著的入门读物。我反复地读了上百遍，决心以它为我的科学指南。最后，尽管我健康不佳，或者说正因为健康状况不佳，我感到自己逐渐地被一种无法抗拒的力量拉向研究之路，虽然我把每天都看作我的末日，但我仍热情不减，仿佛会永远活下去似的在研究着。人家说这对我身体不利，我却认为这对我挺好，不仅对我的心灵，而且对我的身体也有好处，因为这样孜孜不倦地读书成了我的一种极大的乐趣，使我不再去想我的病痛，也因此大大减轻了我的痛苦。诚然，的确什么也无法真正地减轻我的痛苦，但是，因为没有剧烈

---

① 1564年及1611年分别在罗马及巴黎成立的天主教修会。
② 1204年建立的一个女修道院，1625年迁至巴黎，成为詹森教派聚会之所。

的疼痛，我便习惯了虚弱无力，习惯了失眠，习惯了去思考而非去活动，最后也就习惯了把我的机体逐渐缓慢的衰竭看作不可避免的过程，只有到死才会终止。

这种想法不仅使我摆脱了对生活所有无谓的挂牵，而且使我免除了一直强迫我服用药物的厌烦情绪。萨洛蒙知道他的药救不了我，便饶了我，不再让我喝苦药了，只是开一些既让病人怀有希望又可维护医生名誉的无关痛痒的药来安慰可怜的"妈妈"。我不再严格节食了，又喝起酒来，而且在体力允许的范围内恢复了健康人的生活习惯。我对任何事情都挺节制，却什么也不禁忌。我甚至外出了，又开始去看望熟人，特别是我很喜欢与之交往的孔济埃先生。总之，也许是我感到生命终结是件美事，也许我内心深处潜藏着一线活下去的希望，等待死亡并没有减少我对研究的兴趣，反而好像更加激发它，我急切地为去另一个世界而积累点滴知识，仿佛我认为能带走的只有这点儿知识。我喜欢上了一些文人常去的布沙尔书店，由于我曾以为过不了的春天临近，我便买了几本书，以便万一侥幸能回沙尔麦特的话，便将其带回去。

我得到了这个幸福，因此便尽情地享受它。当我看见蓓蕾初开时，我的喜悦是难以言表的。对我来说，重见春天就像在天国复活一般。雪刚开始消融，我们便离开了我们的"牢房"，很早便去了沙尔麦特，好听夜莺的头几声鸣唱。从这时起，我便相信自己死不了了，而且说来也真怪，我在乡间从未得过大病。我在乡下感到过不适，却从未卧床不起。在我感觉比平时难受时，我常常说："当你们见我不行了，就把我抬到一棵橡树下面去，我保证死不了的。"

尽管身体虚弱，但我还是恢复了乡间活动，不过是量力而行。不能独自侍弄园子，我着实挺难受。但是，挥几下锄，我便气喘吁吁、汗流如注，干不动了。我一弯腰，便心跳加快，血便凶猛地往脑袋上涌，必须赶紧直起身来。我只能干点儿不太费力的活儿，所以主要是照管鸽子，而且兴趣极大，一干就是好几个小时，一刻也不觉得厌烦。鸽子胆子极小，很难驯化，我却终于使我的那群鸽子对我非常信任，到处跟着我，我想抓便能抓到。我每次到园子里去，胳膊上、脑袋上总要飞来两三只。末了，尽管我很喜欢它们，但它们老这么跟着也不行，所以我只好不让它们再跟我这么亲近了。我素来就特别喜欢喂养动物，特别是那些胆小而野性的动物。我觉得能让它们信任是挺有意思的事，我从未欺骗过它们。我想让它们自由自在地喜欢我。

我前面说了，我带了几本书来。我读起书来，但读起来不是在受益，而是在玩儿命。我对事物的错误想法使我深信，要有效地读一本书的话，就必须具有书中涉及的所有知识，根本就没想到作者本人常常也不具备这些知识，他们是有需要时从别的书籍里现趸现卖的。有了这种荒唐想法，我便看看停停，不得不老是从一本书翻到另一本书。有时候，我想研究的那本书还没看到十页，我却把书架翻了个遍。我死抱着这种荒唐想法，浪费了无数时间，把脑子都差点儿搞糊涂了，到了再也无法读什么和弄通什么的地步。幸好，我发现自己走上歧路，要钻进巨大的迷宫了，在没有完全迷失之前，我便走了出来。

人们只要是真正喜欢做学问，投身其中所感觉到的第一件事就是各种学问之间的联系，这种联系使得它们互相牵制，互相补充，互相阐明，谁也离不开谁。尽管人的脑子不能掌握所有的学问，必须从中选择一门主要的，但是，如果对其他学问没有一点儿概念的话，即使在自己所研究的那门学问中，也常常是茫然的。我感到我所做的本身是好的、有用的，只要把方法改变一下就行。我首先看《百科知识》①，分门别类地加以研读。我发现必须反其道而行之，我把它们区分开，一个个地研究，直到使它们

---

① 此处的《百科知识》不是后来狄德罗主编的《百科全书》，《百科全书》是1751年开始编纂的，1772年才完成。

汇集到一个点上。这样，我又回到通常的综合法上来，但这时我已经知道该怎么做了。在这一点上，我的深思熟虑弥补了我知识上的欠缺，而一种很自然的思考帮我指明了方向。不管我继续活下去或者马上就要死，反正我是没时间可浪费的了。活到二十五岁还一无所知，并且想着掌握一切，那就必须决心充分利用时光。我不知道命运或死神什么时候打断我的勤奋好学，所以我无论如何也要对一切事物有一些概念，既是为了测试我的天赋，也是为了亲自判断究竟什么学科最值得研究。

在执行这一计划的过程中，我得到了另一个原先未曾想到的好处，那就是充分地利用了时间。我肯定不是天生做学问的人，因为一旦太用功，我就累得不行，无法连续半小时考虑同一个问题，特别是在顺着别人的思路时。有时候，顺着自己的思路，我反倒能思考得更久，甚至挺有成果。当我在读必须认真阅读的某个作者的著作时，没读上几页就走神儿了，脑子也迷迷糊糊的了。假如继续读下去，反而累得筋疲力尽，一无所获，头晕目眩，什么也看不明白了。但是，即使连续不断地研究不同的问题，我也无须间歇，能够轻松地思考下去，因为一个问题可以消除另一个问题带来的疲劳。我把这一发现用在了自己的学习计划上，交替地研究着各种问题，以至整天在研究却从未觉得累。的确，田园和家务活儿是有益的消遣，但是，由于我学习的积极性在增长，我很快便找到挤出时间学习的办法，可以同时做两件事，没考虑哪一件会做得不好。

在这么多使我陶醉而使读者常常觉得厌烦的琐碎小事中，我还留了一手，如果我无意向读者道出，那么他们是猜想不到的。譬如，我现在非常快活地回想起，为了既轻松愉快又尽可能充分得益，我在时间的分配上做了种种尝试。可以说，在我隐居的那段日子里，尽管总是病恹恹的，却是我一生中最不闲散无聊、最不厌倦烦闷的时期。在转瞬即逝的两三个月里，我既是在摸索自己的思想轨迹，又是在一年中最美的季节里，在一处这季节使之生机勃勃的地方，享受着我深感其宝贵的人生乐趣，享受着既无拘无束又温馨甜蜜的伴侣带来的乐趣——如果能对如此美满的结合称为伴侣的话——享受着我一心想获取的美好知识的乐趣。因为对我来说，仿佛我已经拥有了这些知识，或者说犹胜于此，因为学习的乐趣在我的幸福中占有很大比重。

这些尝试是不值一提的，但它们对我来说全都是一种享受，只是太普通了，没什么好说的。再说，真正的幸福是描写不出来的，只能去体会，而且越是体会得深就越是描写不出，因为它不是一些事实的总汇，而是一种永久的状态。我常这么说，而且当同样的事浮现在脑海里时，我还要千遍万遍地说更多。当我那经常变化的生活最终有了一个不变的规律时，我的时间大致就像下面那样分配了。

我每天早上日出前起床，从邻近的一座果园——在葡萄园上方的一条很美丽的小道上，沿着山坡一直往上走到尚贝里。一路上，我一边散步，一边默祷，并不是嘴巴随便地嘟囔几句，而是心诚意笃地向往着创造出我眼前这个美丽可爱的大自然的造物主。我从来就不喜欢在室内祈祷，我觉得墙壁和人造物件把上帝和我隔开了。我在其创造物中瞻仰他，而我的心则向他飞去。可以说我的祈祷是纯粹的，因此上帝应该遂我的心愿。我只是为我自己和我永远为之祝福的女人祈求一种无辜的、平静的生活，没有邪恶，没有痛苦，没有生活所迫，祈求虽死犹荣，并在未来活得正直。另外，这种行为更多的是赞美和欣赏，而不是祈求，而且，我知道，在福祉的施与者面前，获得我们所必需的真正幸福的最好办法不是祈求，而是受之无愧。返回时，我常常兜个大圈子溜达着回来，饶有兴味、贪婪地饱览周围的田间作物，那是我的眼睛和心灵永不感到厌烦的唯一的东西。我老远望去，看看"妈妈"起床了没有。看到她的外板窗已经打开，我便高兴得发颤，跑步回去。如果外板窗没有打开，我便走进园子，等着她醒来，一面以复习头一天学到的东西自娱，或者侍弄一下园子。外板窗打开了，我便跑到她床前去拥抱她，那时她还似醒非醒，而这种拥抱既纯洁又温情，在其天真无邪中有一种从来与肉欲无关的魅力。

我们早餐一般是喝点儿牛奶和咖啡。这是我们俩一天中最平静的时刻，我们最无拘无束地闲聊着。这种闲谈通常时间很长，使我对早餐产生一种强烈的兴趣，因此，我非常喜欢英国和瑞士的习惯，早餐是正儿八经的一顿饭，大家都坐在一起，而不喜欢法国的习惯，各自在自己的卧室用早餐，而且经常根本不吃早餐。闲谈一两个小时之后，我便去看书，一直看到吃午饭。我开始看的是哲学书籍，诸如波尔－洛雅勒修道院出的《逻辑学》、洛克的评论，以及马勒伯朗士、莱布尼茨、笛卡儿等人的书籍。我很快便发现，这些作者的著作几乎总是互相矛盾，我妄想着将他们的学说统一起来，这可把我累苦了，而且浪费了我许多时间。我弄得头昏脑涨，一无所获。最后，我还是丢开了这个办法，换了一种好得不能再好的方法，尽管我能力很差，但我能取得进步，功劳全在于它，因为可以肯定的是我没有多少做学问的能力。我在读一个作者的著作的时候，便自行规定：接受和遵从其全部思想，不掺杂自己或他人的观点，也从不与之争论。我寻思："先在我脑子里存下一些观点，不管它们是正确的还是错误的，只要明确就行，等到脑子里装得差不多了，再进行比较和选择。"我知道，这个方法并非十全十美，但它使我成功地获取了知识。有几年工夫，我一直是完全照着别人的思路去想的，可以说不加思考，而且几乎不去推理。但这之后，我便有了相当深厚的知识基础，可以独立思考而无须求教他人了。这样，当我因旅行和办事而无法看书的时候，我便饶有兴味地把自己看到的东西加以复习和比较，用理智的天平去衡量每一件事，有时也对自己的老师们进行评判。尽管我很晚才开始运用自己的判断能力，但我并未觉得它已失去了其敏锐性。当我发表自己的见解时，人们并没有指责我是一个盲目的门徒，只会人云亦云。

此后，我又学了初级几何。因为我一心想要克服自己记忆力差的毛病，老是翻来覆去地不断从头学起，所以始终长进不大。我不欣赏欧几里得的几何学，他偏重一连串的证明而不是概念联系。我更喜欢拉密神父的几何学，从那时起，他就成了我所喜爱的作者之一，我重读他的著作时仍旧兴趣不减。然后，我学起代数来，仍旧是以拉密神父的著作为指导。当我学得深一些的时候，我便学习雷诺神父的《计算学》，然后，还随手翻翻他的《题解》。我的水平一直不高，不知如何把代数用到几何学上去。我根本不喜欢这种看不到目的的运算方法，我觉得用方程式来解几何题，犹如用手摇风琴演奏乐曲。我头一次通过计算发现二项式的平方等于二项式各个数字的平方加上两数的乘积的二倍。尽管我的计算很准确，但我仍不愿相信，直到我做出图形为止。我并不是因为认为代数只求未知数而对它没多大兴趣，而是因为我想根据图形看出应用在面积上的计算，否则我就搞不明白了。

此后，我学起拉丁文来。这是我觉得最困难的课程，从未有过多大的进步。我先采用的是波尔－洛雅勒的拉丁文入门法，但丝毫不见效。那些怪僻的诗句让我讨厌至极，怎么也不能入耳。那一大堆规则把我搞得糊里糊涂，使我学了后面忘了前面。研究文字学对一个记忆力很差的人来说是不可能完成的事，而我正是想增强记忆力才这么干的。最后，我不得不放弃了。我对句型比较明白，借助字典，可以读简易读物。我就照这样学下去，感觉挺好。我致力于翻译，不是笔译，而是心译，仅此而已。由于长期的练习，我终于可以较顺畅地读拉丁文著作了，却始终不能用这种语言说或写。当我不知怎么搞的卷进文人堆里时，常常弄得很狼狈。这种学习方法造成的另一个缺陷是，我始终不懂拉丁文的韵律学，更不懂其诗词格律。但是我想品味这种语言在诗句和散文上的韵味，我花了很大的力气想弄通它，但我深信无师自通几乎是不可能的。我学过作所有诗体中最容易的那种六音节诗，便极有耐心地几乎把维吉尔的全部作品都给标出格律，注上音节和音长。然后，当我对某个音节的长短分不清时，便去查维吉尔的著作。大家可以看到，由于诗词格律中允许有一些特殊，所以这使我常常错漏百出。诚然，自学有它的长处，但也有很大的缺点，主要是非常费劲儿。对此，我比任何人体会都深。

我中午前放下书本，如果午饭尚未准备好，我便去看望我的朋友——鸽子们，或者去侍弄一下园子，等着开饭。

一听见喊我，我便极其高兴，食欲旺盛地跑去。这也是一件值得一提的事，因为不论我病得如何，食欲却从未差过。我们非常愉快地边吃边聊我们的事，以便"妈妈"能吃点儿东西。每星期有两三次，当天气晴好时，我们去宅后的一座凉亭里喝咖啡。凉亭周围草木茂盛，我种了一些忽布，天热时，来此乘凉特别舒服。我们在那儿待上大约一个小时，欣赏我们的蔬菜、花木，谈谈我们的生活，越谈越觉得生活甜美。我在园子尽头还有一个小家庭——蜜蜂。我不会忘了去看望它们，"妈妈"也经常陪我一起去。我很喜欢看蜜蜂们忙忙碌碌，看着它们采蜜归来时腿上沾得满满的，几乎飞不动了，我觉得开心极了。头几天，出于好奇，我不小心被蜇了两三回。后来，我们彼此很熟了，即使靠得再近，它们也不蜇我了，不管蜂房里蜜蜂多得必须分群，弄得我有时手上脸上都沾满蜂蜜，但从没有一只蜜蜂再来蜇我。所有的动物都提防着人，这样做是对的，但是，当它们相信你不会伤害它们时，它们对你就非常信赖，只有野蛮成性的人才会欺骗它们。

下午，我继续看书，却不能说是在工作或学习，只能称作休息和娱乐。午饭后，我从来就没能习惯闭门读书，而且，一般来说，白天天热时，干什么我都觉得累，但我也不闲着，我无拘无束地，几乎是毫无一定之规地随便看点儿书。我最认真读的是历史和地理，由于它们无须集中精力，所以凭着我那点儿记忆力记住不少。我想研究佩托神父的著作，因而陷入纪年学的迷宫了。我讨厌深不见底、不着边际的批判部分，而偏爱研究准确的计时和天体的运行。如果我有仪器的话，我甚至会对天文学产生兴趣的，但是我只能满足于从一些书本中得到的一些知识，以及只是为了了解天空的一般情况而用望远镜进行的一些粗浅的观察，因为我的近视眼使我无法用肉眼较清楚地辨别星星。谈到这一问题，我记起一桩使我一想起来就觉得好笑的事。我买了一幅平面天体图，以便研究星座。我把它放进一个框架里。天清气朗的夜晚，我到园子里去，把框架置于四根同我一般高的木桩上。天体图正面是冲下的，为了照亮它而又不让风把蜡烛吹灭，我便把蜡烛放在四根木桩中间一只着地的桶上。然后，我交替着用眼睛看图和用望远镜观天，练习识别星星和星座。我想我已经说过，诺厄莱先生的花园是建在高台上的，从路上可以看见在那上面发生的一切。一天晚上，很晚才收工回来的几个农民看见我正用一大堆装备在聚精会神地观察。他们并不知道照在天体图上的是烛光，因为蜡烛被桶边挡住了，再加上那四根木桩、那画满图形的一张大纸、那只框架、那移来动去的望远镜，使他们觉得我在施魔法，可把他们吓坏了。我的那身打扮也让他们惊魂难定：我头上的便帽上又套了一顶帽檐下垂的帽子，身上穿着"妈妈"非要我穿上的她的一件齐腰短棉睡衣。他们见了，认为我是个真正的巫师，而且又时近午夜，他们毫不怀疑这是巫魔夜会<sup>①</sup>的开始。他们不敢再看，仓皇地逃走，赶快叫醒众乡邻，把所见到的事向大家叙述一遍。这事便不胫而走。第二天，附近的人全都知道巫魔夜会在诺厄莱家举行了。要不是目睹我"施魔法"的农民中有人当天便向来看我们的两位耶稣会士抱怨的话，还不知道最后要

---

① 中世纪传说中的巫师、巫婆在魔鬼主持下参加的聚会。

闹成什么样子呢。两位耶稣会士也不知到底是怎么回事，只是好言安慰了他们一番。他们俩把这事告诉了我们，我便把事由说了一遍，大家不禁哈哈大笑。不过，我害怕旧事重演，便决定今后观天时不再点蜡烛，而是回屋查阅天体图。我相信，凡是读过《山中来信》中那段威尼斯幻术的人，都会以为我早就具有当巫师的伟大天赋了。

这就是没有任何田间劳作时我在沙尔麦特的生活。我总是很喜欢田间劳作，只要力所能及，我就像个农民似的干活儿，但是，我身体极其虚弱，心有余而力不足。再说，我想同时干两种工作，因而哪一样也干不好。我认为强记就能记住，便拼命地去背很多东西，为此，我总是随身带着几本书，以难以置信的毅力边干活儿边研究和复习。我不知道这些无谓的不间断的顽强努力怎么最后竟没把我弄成傻子。我不得不一遍又一遍地反复学习维吉尔的田园诗，可一句也没记住。我因习惯于到处随身带着书，不论是去鸽舍、园子，还是去果园、葡萄园，所以书不是丢了，便是弄破了。一干别的活儿，我便把书放在一棵树下或者篱笆上，结果到处都有我忘了拿的书，而且经常是半个月之后，我又发现了它，已经是霉烂不堪，或者被蚂蚁或蜗牛咬烂了。这种学习热情变成了一种怪癖，使我像傻子似的，一边干活儿，还一边嘴里不停地嘟哝点儿什么。

波尔－洛雅勒修道院和奥拉托利会的著作是我最常读的，这使我成了半个詹森派信徒了，尽管我非常自信，但是他们那严酷的神学有时还是让我惊恐。我此前不以为然的地狱的恐怖也渐渐弄得我心神不定了，要不是"妈妈"在安慰我的心灵，那可怕的学说最后一定会让我完全不得安宁。我的听忏悔的神父也是她的听忏悔的神父，他也在尽力安抚我。他就是埃迈神父，一位耶稣会士，敦厚睿智的老者，一想起他来，我就肃然起敬。他尽管是个耶稣会士，但童真未泯，而他的道德观不是宽容而是温情，这正是我为了减轻对詹森教派的阴森印象所必需的。这位善良老人及其同伴科皮埃神父常来沙尔麦特看我们，尽管对他们这么大年纪的人来说，那条路很不好走，又比较远。他们的来访使我受益匪浅。但愿上帝使他们的灵魂也得到回报吧，因为他们当时年事已高，我猜想他们今天已不在人世了。我也常去尚贝里看望他们，渐渐地同他们熟悉了，我也可以用他们的藏书了。每当我回想起这段幸福的时光时，必联想到耶稣会，以至我因前者而喜欢上了后者，尽管我始终觉得耶稣会的学说是危险的，但我从来没能打心眼儿里真正憎恨它。

我很想知道，别人是否同我一样，有时候心里会产生一些幼稚的想法。在我忙于学习和过一个所能过的无邪的生活中，不管别人怎么对我说，我心里总是害怕地狱。我常常思忖："我现在处于一种什么状况？如果我立刻死去，会不会下地狱？"按照我的詹森教派信徒们所说，那是必定无疑的，但根据我的良心，我觉得又不会这样。我总是这么战战兢兢的，而且总是不明白结果到底如何，为了摆脱烦恼，我便求助于最可笑的办法。要是我看见谁也像我这么干的话，我真会把他当成疯子给关起来的。有一天，我一边想着这个恼人的问题，一边机械地练习着朝树干上扔石头，照我平常那笨样儿，我几乎一次也击不中。我正这么练得起劲儿的时候，竟然想以此来占卜一下，以打消我的忧虑。我自言自语："我要用这块石头砸正对着我的那棵树，要是能击中，就升天堂，击不中，则下地狱。"我一边这么说着，一边用颤抖的手把石头扔出去，心跳得可怕极了。但真是巧极了，石头击中树干正中。其实，这并不难，因为我专门挑了一棵很粗很近的树。从此以后，我就不再怀疑我能升入天堂了。回忆起这段往事时，我不知道应该笑还是应该哭。你们这些伟大的人物，你们一定会觉得好笑的，那你们就为自己庆幸吧，但请别嘲笑我的可怜，因为我向你们发誓，我觉得自己是很可怜的。

这些惊慌、这些惶恐也许是与虔诚分不开的，但毕竟不是一种经常的状态。通常，我是比较平静的，想到死之将至对我心灵的影响，不是悲伤，而是一种平静的忧郁，其中甚至包含着温馨。我刚刚在故纸堆中又找到了我为劝诫自己而写的一篇东西，我在文中庆幸自己能有足够的勇气面对在不该死亡的年岁死去，而且，在我的一生之中，身体或精神都未经受大的痛苦。我说得多么在理呀！我预感到活下去要受苦受难，所以很害怕。我似乎预感到晚年等待着我的是何种命运。我只是在这段幸福时光才与明智贴得很近。我对往事无可悔恨，也摆脱了对未来的牵挂，心灵中经常占着主导地位的想法就是及时享乐。虔诚笃信者通常有一种小小的却十分强烈的欲火，使他们乐滋滋地品尝允许他们享受的无邪的快乐。世俗者则认为他们这是犯罪。我不知道为什么，或者不如说是我很清楚，他们在忌妒别人享受他们已不感兴趣的那些普普通通的快乐。我就有这种兴趣，而且我认为能心安理得地满足它是一件美事。我的心清白如纸，对一切都是以一种童趣投入其中的，我甚至敢大言不惭地说，是以一种天使般的快乐投入其中的，因为实际上这种无忧无虑的享受有着天堂里的宁静的快乐。在蒙塔尼奥勒草地上用午饭，在绿廊下用晚餐，摘果子，收葡萄，同仆人们一起梳麻熬夜，凡此种种，对我们来说，如同过节一般，"妈妈"也同我一样兴致勃勃地参与进来。两人单独散步更有魅力，因为可以更加自由地敞开心扉。尤其是有一次散步，我印象特别地深，即"妈妈"命名日圣路易节那一天。天刚破晓，一名加尔默罗会神父来到我们住处附近的一座小教堂主持弥撒。我们俩望完弥撒之后，便早早地一块儿外出了。我建议到我们住处对面的那座山上去，因为我们还从未去过。我们已经让人先把吃食送过去了，因为要玩儿上一整天。"妈妈"尽管有点儿又圆又胖，但走起路来并不困难。我们翻过一道道山冈，穿过一座座树林，有时走在太阳下，而经常走在浓荫之中，我们走走歇歇，不知不觉地走了几个小时。我们聊着我们自己、我们俩的结合、我们命运的甜美，并为长此以往而祈祷，虽然并未遂愿。仿佛一切都在为这一天的幸福效力。刚下过雨，没有一点儿尘土，溪水潺潺，清风吹拂着枝叶，空气清新，万里无云，天空像我们的心一样宁静。我们在一个农民家里同他们全家一起吃了午饭，他们衷心地祝福我们。这些可怜的萨瓦人真是善良极了！午饭后，我们来到一些大树罩起的浓荫下，我在摘拾干枝生火煮咖啡，"妈妈"则高兴地在荆棘丛中采集草药。她还拿着我在路上为她采集的花束，让我注意它们结构上许多新奇的东西，使我极为感兴趣，这本该使我对植物学产生兴趣的，但时机不巧，我当时正因其他过多的研究而分心，一种使我感触良深的思想转移了我对花草的注意力。我的精神状态，我们那一天所说、所做的一切，使我印象深刻的所有事物，全都使我回忆起七八年前我清醒时在阿讷西所做的且在前面已经谈到过的那种梦想。两者何其相似，每每忆及，我便会激动得流泪。我在动情时拥抱了这位亲爱的女友，激情满怀地对她说："妈妈，妈妈，我早就盼着这一天了，除此之外，我别无他求。多亏了您，我才幸福无比。但愿能永远如此幸福！但愿能长此以往，此情永在！只有到死，幸福才会终止。"

　　我的幸福时光就这样地流淌着，而尤其令人幸福的是我看不到任何东西会干扰它，我确确实实认为它将只会同我的生命同时结束。这并不是因为我忧虑的源泉已完全干涸了，但我看见它在改道，我在尽力把它引向有益的事物，从而使我得到治疗。"妈妈"当然喜欢乡下，她的这种喜好没有因为同我在一起而有所减退。她渐渐地对田间劳作有了兴趣，喜欢利用土地增值，而且，她在这一方面是懂行的，也乐意加以利用。她不满足于那点儿宅旁地，因此不是租块田，就是租片草地。总之，她把心思放在了农事上，没有在家赋闲，而是要大干一场，很快就要成为大农庄主了。我不太喜欢看她这么扩大规模，尽可能地提出反对意见，因为我深信她又会上当的，而且，她那豪爽、慷慨的秉性总是使她支出大于收益。然而，想到这种收益起码多少会有点儿，不无小补，我也就聊以自慰了。在她所能干的种种事情中，我觉得这件事是风险最小的，我并有没像她那样以为这会有多大收益，而是把这看成一种经常性的活动，可使她摆脱糟糕的事情和骗子。这么一想，我便急切地想着恢复足够的体力和健康以照管她的事业，做她的监工或管家，而且，我因此要跑前跑后，当然就常常丢下书本，也不去想自己的病体，身体反而变好了。

这年冬天，巴里约从意大利回来，给我带了几本书，其中有邦滕皮的《音乐史》和班契埃利神父的《音乐论文集》，使我对音乐史与对音乐的理论研究产生了兴趣。巴里约同我们一起住了一段时间。因为我已成年好几个月了，我决定翌年去日内瓦领回我母亲的遗产，或者在得知我哥哥的下落之前至少先领回归我的那一份。事情就像决定的那么办了。我去了日内瓦，我父亲也去了。他早就去过，没人找他的麻烦，尽管对他的判决并未撤销。但是，由于人们对他的勇敢挺钦佩，对他的正直很尊敬，所以就假装忘了他的那件案子，而且，政府官员们正忙于不久即要实施的重大计划，不愿让市民因回忆起往日的不公正而过早地激怒他们。

我担心有人因我改教而刁难我，但什么事也没有发生。在这个问题上，日内瓦的法律没有伯尔尼的严厉。依照伯尔尼的法律，凡是改教的，不仅丧失其身份，而且连财产也保不住。我继承财产并未引起争议，但不知道怎么搞的，变成很少的一点儿了。尽管人们几乎肯定我哥哥已不在人世，但没有丝毫的法律证据。我缺乏足够的资格来领取他的那一份，因此毫不遗憾地把它留给了父亲，以补贴他的生活。父亲一直享用到去世。一办完法律手续，拿到我那一份，我便花了一些钱买书，然后带着余下的钱飞快地回到"妈妈"身边。一路上，我的心愉快地跳动着，当

226

我把这笔钱交到她手中时,我觉得比拿到这钱时还要快活千百倍。她无所谓地接过钱去,就像所有灵魂高尚的人那样,他们对这类事司空见惯,并不为之激动。这笔钱几乎全用在我身上了,用的时候仍旧是那样无所谓。如果这钱是打别处来的,她也会这么使用的。

然而,我的健康丝毫未见恢复,相反,却明显地恶劣下去。我面如死灰,骨瘦如柴,脉搏跳得厉害,心跳加速,常常感到胸闷,到后来,虚弱得几乎不能动弹,稍走快点儿便喘不上气来,一弯腰就头晕,手无缚鸡之力,像我这么好动的人,什么也干不了,真是遭大罪了。这其中肯定很大程度上是因为神经过敏,这是幸福的人的毛病,也正是我的病。我常常无缘无故地落泪,树叶和鸟的声响也能吓我一跳,生活宁静安适,情绪却不稳定,这一切都表明我对让我多愁善感到无以复加的那种舒适的厌倦。我们很少是生来就为在世间享福的,所以当心灵或肉体不同时受折磨时,就必须让其中的一个受折磨,这一个的良好状态几乎总要有损于另一个。当我可能美美地享受生活时,我那糟糕的机体便阻止我去享受,而且你也说不出到底哪儿有毛病。后来,尽管我已垂垂老矣,真的患了一些严重的疾病,我的身体反而恢复了活力,以便更好地感受自己的不幸,而且,我在写这本书的时候已届六十,垂暮之人,各种疾患缠身,但我觉得这受苦的晚年体力和精神比青春年少享受真正幸福时更加充沛。

后来,在顺便读了点儿生理学书籍之后,我开始研究起解剖学来,并反复琢磨构成我机体的多种零件及其运动,准备着每天都能从身上找出许多毛病来。我远没有对我的半死不活感到惊奇,而是对我还能活着觉得诧异,而且我每看到对一种疾病的描述时,便认为说的就是我。我敢肯定,即使没有病,研究了这门该死的学问之后,也非病不可。由于我在每种疾病中都发现了我的病症,所以我以为自己什么病都有,还染上了一种我原以为自己没有的更加严重的疾病——治病癖。凡是读医书的人，都难免要患此症。我由于反复研究、思考、比较，便想象我的病根是心脏上长了息肉，而且萨洛蒙似乎对这一想法也挺震惊。按理说，我应该根据这一判断坚持我先前所下的决心。我没这么做。我绞尽脑汁去想怎样才能治好心脏上的息肉，决心进行这种不可思议的治疗。在阿内去蒙彼利埃参观植物园并看望其技师索瓦热时，有人告诉他菲兹先生曾治好过这样的息肉。"妈妈"想起了此事，并告诉了我。我闻听，立刻想去找菲兹先生看病。治好病的希望使我重新鼓起了勇气和力量跑这一趟。从日内瓦带回的钱正好可以当盘缠。"妈妈"非但没有劝阻我，反而敦促我去，因此我便前往蒙彼利埃了。

　　我用不着跑那么远去找我所需要的医生。因为骑马挺累人，我便在恪勒诺布尔换乘了一辆马车。到了穆瓦朗，有五六辆马车随后接踵而至。这一来，倒真的像马车队那类喜剧故事了。这些马车大部分是伴送一位名叫科隆比耶夫人的新嫁娘的。同她在一起的是另一位女子，名叫拉尔纳热夫人，没有科隆比耶夫人年轻美貌，但与她同样可爱。科隆比耶夫人到罗芒就要停下来，而拉尔纳热夫人则须继续赶路，直到圣灵桥附近的圣昂代奥勒镇。大家知道我很腼腆，想象得出我是不会很快就同有身份的女人及其周围的人熟识起来的。但是，最后，由于同路，住的又是同一家客栈，又不得不同桌用餐，所以必须与之结识，否则就会被人看成是性情孤僻乖戾的人。因此，我们就认识了，甚至比我所想的认识得要早，因为周围的吵嚷对一个病人，尤其是像我这种性格的病人不怎么合适。但是，好奇心使那些妩媚的女人变得极其狡猾，为了能认识一个男人，她们先开始把他搞得晕头转向。我遇到的就是这种情况。科隆比耶夫人被她的那些美少年缠得分不开身，没工夫来挑逗我，也没这个必要，因为我们很快就要分手了。但拉尔纳热夫人则没多少人纠缠，需要找点儿人在路上为她解闷儿。因此，她便笼络起我来了。再见了，可怜的让－雅克，或者不如说，再见了，寒热、气郁、息肉！在她身旁，这一切都不见踪影了，只剩下她不愿替我治愈的心悸。我的病体是我们俩结识的第一个由头。人们看出我有病，知道我要去蒙彼利埃，但想必是我的神态和举止不像一个浪荡公子，因为后来很明显，大家并没有怀疑我是去蒙彼利埃治性病的。尽管对一个男人来说，有病是很不受女人们垂青的，但是这两位夫人因此对我产生了兴趣。早上，她们派人来问问我的身体状况，请我同她们一起喝巧克力饮料，还问我夜里睡得好不好。有一次，我好似习以为常的那样不假思索地便回答说不知道。这个回答使她们以为我是个傻子，便仔细地端详我，这倒对我毫无害处。有一次，我听见科隆比耶夫人对她女友说："他不懂为人处世，却挺可爱。"这句话让我很踏实，所以便尽力做到真的挺可爱。

人一熟识了，就得谈谈自己，说说从哪里来，是干什么的。这使我挺为难，因为我深深地感觉到，在上流社会，又是同高雅女子在一起，新改教这种话是很难说出口的。我不知怎的，竟想装起英国人来，我自称是詹姆士二世党人，大家还真的相信了。我说我叫杜丁先生，大家也就称呼我杜丁先生。在座的有一位该死的托里尼昂侯爵，同我一样，也是有病之人，而且人老脾气大，竟和杜丁先生攀谈起来。他同我谈到雅克国王，谈到觊觎王位的那个人，谈到圣日耳曼宫。我真是如坐针毡，因为我对这些事知之甚少，只是从汉密尔顿伯爵的书里和报上读到一些，但我充分地利用了这点儿材料，效果挺好。幸运的是没人问我英语上的问题，我连一个英文单词都不认识。①

---

① 自从 1688 年英国光荣革命之后，詹姆士二世 (1633—1701) 在英国甚至欧洲政治中起着重要作用。1715 年后，詹姆士二世之子、觊觎王位的斯图亚特被逐出圣日耳曼宫，迁宫至罗马。阿维尼翁属教皇领地，便成了去罗马的合适的中继站，许多詹姆士二世党人在那儿和蒙彼利埃安顿下来。所以，当时在去阿维尼翁和蒙彼利埃的路上，见到一个詹姆士二世党人旅行者是不足为奇的。卢梭不懂英语，说话无英国腔，这也不奇怪，

大家在一起甚是相得，眼看要分手了，都有些依依不舍。我们像蜗牛似的慢慢地向前走。有一天，星期日，我们来到了圣马尔赛兰。拉尔纳热夫人想去望弥撒，我便同她一起去了，这差点儿坏了我的事。我的举止同往常一样。她见我谦恭自省的样子，认为我很虔诚，便对我产生了极坏的印象，她两天之后向我说了出来。我只好赔着小心，好抹去她的坏印象。或者说，拉尔纳热夫人作为一个城府很深而且不会轻易善罢甘休的女人，很想冒冒险，向我表示好感，以便看我到底如何收场。她向我大献殷勤，以至我不相信她是看中了我的相貌，而认为她是在嘲笑我。这么乱猜想，我便干了不少蠢事，比《遗产》[1]中的那位侯爵还要糟糕。拉尔纳热夫人不动声色，不断地挑逗我，说些极其温柔的话，一个不如我蠢的男人是不会把这一切当真的。她越是这样，我越是信以为真，更可恼的是，最后我还真的坠入了情网。我自言自语，但也朝她叹息道："啊，为什么这一切竟不是真的？否则我将是最幸福的人。"我相信我这个初出茅庐的小伙子的单纯更激起了她的奇思异想，她也不愿道破真情。

　　我们在罗芒与科隆比耶夫人及其随从分手了。拉尔纳热夫人、托里尼昂侯爵和我继续慢慢腾腾地、自由自在地往前走。侯爵尽管有病，爱抱怨，却是个相当好的人，他不甘寂寞，喜欢凑热闹。拉尔纳热夫人并不隐瞒她对我的兴趣，连侯爵都比我本人更早地看出了这一点。如果不是因为只有我才有的心眼儿，我猜疑他们俩串通一气捉弄我的话，她的旁敲侧击至少会使我真的相信她那我不敢奢望的美意。这种愚蠢的想法使我完全晕头转向了，而且，我已真心爱上了她，本可以扮演一个挺漂亮的角色，它却让我成了最平庸的人物。我想象不出拉尔纳热夫人怎么会没有厌恶我那阴郁

---

　　因为当时英国上流社会受法国文化影响很深，1740 年以前，法国人普遍都不懂英语。

[1]　法国剧作家马里沃于 1730 年写的独幕散文体喜剧。剧中，某侯爵想娶某伯爵夫人，可他是个性情温和、平静、没主见的人，不敢向她求婚，闹了不少笑话。

愁苦的样子，怎么会没有鄙夷不屑地把我撵走。但她是个聪明的女人，善解人意，很清楚在我的态度中愚蠢多于冷淡。

最后，她终于让我明白了她的心意，而这并不是什么难事。我们到瓦朗斯吃午饭，而且，按照我们值得称颂的习惯，我们在那儿消磨了后半天。我们在城外的圣雅克客栈下榻，我将永远记住这家客栈以及拉尔纳热夫人住的那个房间。午饭后，她想散散步。她知道托里尼昂先生去不了，而她早就决定我们俩要单独在一起。这正是个好机会，因为时间不多了，机不可失。我们俩沿着护城河绕着城溜达。这时，我又向她絮絮叨叨地说起我的那些悲痛来。她声音极其温柔地应答着，有时还把她挽住的我的胳膊按在她的胸口，只有像我这么蠢到家的人才会克制自己，不去证实她说的是不是真心话。最滑稽可笑的是，我自己也非常激动。我说过她挺可爱，而爱情使她变得迷人，使她恢复了青春少女般的靓丽可人，而且她那高超的挑逗手段就连能征善战的男人也会被迷住的。我已魂不守舍，总想放浪一番。但我又怕冒犯她，让她不快，更怕遭到嘲骂、羞辱、捉弄，害怕成为人家饭桌上的笑料，害怕无情的托里尼昂借机挖苦我一番，所以不敢造次，以致自己都对自己愚蠢的羞耻心感到气愤，尽管责骂自己，却无法克服这种羞耻心。我痛苦极了。我早已丢掉了我那些塞拉东<sup>①</sup>式的情话，我觉得，在如此美好的路上，它们实在荒唐可笑，可我又不知如何行事，也不知说些什么，所以只好默不作声。我一脸跟人赌气的样子。总之，我的所作所为势必招来我最害怕的对待。幸而，拉尔纳热夫人做出了一个很人道的决定。她用一条胳膊搂住我的脖子，而嘴也顺势贴在我的嘴上，她的态度很明确，容不得我再有所疑虑，一下子打破了沉默。这一骤变再及时不过了。我变得和气可爱了。这正是时候。她给了我那种缺了它我就总也

---

① 塞拉东是杜尔菲的小说《阿丝特莱》中的主人公之一。卢梭小时候同父亲一起读过这本书。

无法表现自我的信任。于是，我成了原来的我。我的眼睛、我的感官、我的心和我的嘴从没这么好地道出过自己的心思。我也从未如此完美地弥补我的过错。诚然，这个小小的胜利让拉尔纳热夫人费了些心思，但我有理由相信她对此是不会后悔的。

即使我成了百岁老人，我也会永远愉快地怀念这个可爱的女人。尽管她既不美丽也不年轻，我还是要说她很可爱。但她并不丑也不老，脸上无丝毫妨碍她充分发挥她的才智和风雅的地方。与其他女人相反的是，她的脸色不太鲜嫩，我想那是为胭脂所害。她的轻佻是有道理的，那是表现她全部可贵之处的方法。人们可以看见她而不爱她，但不可能占有她而不崇拜她。我觉得，这就证明她并不总是像对我那样地滥施慧腕。她过于突然、过于强烈地爱上了我，虽说这是不可原谅的，但其中心灵和肉体的需要至少是相等的。我在她身边度过的那段短暂而甜蜜的时光里，从她强迫我有所节制来看，我有理由相信，尽管她性欲很强，但她珍惜我的健康胜过她自己的快乐。

我们俩的好事是瞒不过托里尼昂侯爵的。他并未因此少嘲讽我，恰恰相反，他比任何时候都更把我当作一个可怜的多情人、一个遭受泼妇折磨的受难者。他从没有一句话、一个笑容、一个眼神使我能怀疑他猜到了我们的事。如果看得比我清楚的拉尔纳热夫人没对我说他知道了，而他又是个知趣的人的话，我还以为他被我们瞒住了。的确，没有人会像他那样心地善良，始终那么温文尔雅，即使对我也是如此，除了爱跟我开几句玩笑，特别是我交了好运之后。他这样做也许是给我面子，并且认为我不像以前那样愚蠢。大家都看见了，他搞错了，但这并没有关系，我利用了他的错误，而且，说真的，当时大家嘲笑的并不是我，所以我也很乐意故意让他来打趣几句，有时我也较为巧妙地顶他几句，因为我很自豪，能在拉尔纳热夫人面前炫耀她赋予我的智慧。我已判若两人了。

我们身居一处沃土，又是置身丰饶的季节，多亏了托里尼昂先生的细心看顾，我们到处都大快朵颐。可他的细心竟然用到了用不着他操心的房间安排上，他事先派他的仆人去订房间，而那个混账仆人或者是自作主张，或者是受其主子指使，总把他安排在拉尔纳热夫人隔壁，却把我塞到房子的另一头。但这并没怎么难住我，我们俩的幽会反而变得更加刺激。这种甜蜜的生活过了四五天，我饱尝了并陶醉于最最甜蜜的情欲。我品味着那单纯、强烈、不掺杂任何苦痛的情欲，那是我如此这般品尝的最初的、唯一的情欲的快乐，而且，我可以说，多亏了拉尔纳热夫人，我才没有未尝过快乐就死去。

如果说我对她的感情不完全是爱情的话，那至少也是一种对她向我表示的爱极为温柔的回报，是快乐中极热辣的一种肉欲，是交谈中一种极温馨的亲昵，有着激情的全部魅力，却无使人晕头转向、不知如何消受的癫狂。我一辈子只感到一次真正的爱，但不是在她的身旁。我从没像先前或以后爱瓦朗夫人那样爱她，但正因为如此，我占有她时感觉快活千百倍。在"妈妈"身边，我的快乐总是被一种忧郁的感情、一种我费劲乏力才能克服的隐隐的痛心扰乱。我没有因占有她而沾沾自喜，反而因辱没她而自责。在拉尔纳热夫人身边则恰恰相反，我因是个男子汉并拥有幸福而自豪，我在高兴地、充满自信地纵情享乐，我在分享给予她的同样的快乐。我方寸不乱，既虚荣又色眯眯地赞赏自己的成功，并想从中获得更大的胜利。

我记不得当地人托里尼昂侯爵是在何处离开我们的，但在我们抵达蒙特利马尔之前，就只剩下我们俩了。从这时起，拉尔纳热夫人便让她的女仆坐到我的车上去，我便坐到她的车里来了。可以肯定，这样旅行我们是不会厌烦的，而且我都搞不清楚我们经过的地方是什么样子。在蒙特利马尔，她有事要办，待了三天。但在这三天中，她只离开过我一刻钟，去拜访一个人。这次拜访给她招来了一些令人讨厌的干扰和邀请，但她借口身体不适，并没有接受。我们却借机每天单独在最美丽的地方和最晴和的天空下散步。啊！多美的三天啊！我有时回想起来还颇觉留恋，这样的日子不会再有了。

旅途中的爱是长久不了的。我们俩必须分手了。而且，我承认，是时候了，并不是因为我已心满意足，或即将心满意足，我是一天比一天地更加恋恋不舍。尽管她十分节制，我却是心有余而力不足了，而在我们分手之前，我想用我剩下的那点儿精力尽情享受一番。她为了防止我同蒙彼利埃的姑娘们鬼混，也就遂了我的心愿。为了减少遗憾，我们拟订了一些重逢的计划。我们决定，既然这种调养法对我有益，我将继续采用，并去圣昂代奥勒镇过冬，由拉尔纳热夫人来照料我。我只需在蒙彼利埃待五六个星期，让她有时间准备一下，以防流言蜚语。她详尽地教我该知道的事，该怎么说，该怎么做。在这之前，我们应该多通信。她认真地嘱咐我要多保重身体，劝我找些好医生看看，要谨遵医嘱，等我回到她身边时，她负责让我遵守医生的规定，不管它们多么严格。我认为她说的是真心话，因为她爱我，她给了我比宠爱更加可靠的种种爱的证明。她通过我的行囊断定我并不富裕。尽管她也并不富有，但她从格勒诺布尔带了不少钱来，想在我们俩分手的时候强迫我与她分享，我费了好大的劲儿才推辞掉。最后，我离开了她，心全被她掳去了，而我觉得我也让她留下了对我的真心的爱。

我一边从头回忆，一边继续赶路，当时，我很高兴能坐上一辆舒适的马车，可以尽情地回味我所品尝到的快乐，并憧憬她答应给我的快乐。我只想着圣昂代奥勒镇以及那儿等待着的我的日子。我看到的只是拉尔纳热夫人及其周围的一切，世间其余万物我全都不在意了，连"妈妈"也忘掉了。我专心地在脑海中把与拉尔纳热夫人相关的所有细节组合起来，使我对她的住所、邻里、朋友以及整个生活方式事先有个印象。她有个女儿，她经常充满母爱地跟我谈到她。她女儿已满十五岁，活泼可爱，性格随和。她向我保证她女儿会喜欢我的。我没有忘记她的这句话，而且十分好奇，想知道拉尔纳热小姐将如何对待她母亲的好友。我从圣灵桥到勒穆兰，心里净想着这些事了。有人让我去看看加尔大桥，我去看了。早餐吃了几颗甘美的无花果之后，我找了一位向导，去看了加尔大桥。这是我所看见的古罗马人的第一项工程。我一心想看看无愧于建造者之手的一座建筑。突然间，那座建筑物超出了我的想象，而且是我一生中唯一的一次，只有古罗马人才能对我产生这样的效果。这项朴素而宏伟的工程使我叹为观止，尤其是它建于荒野之中，寂静和孤独使得这一建筑物更让人印象深刻，更令人惊叹不已，因为这座所谓的桥只不过是一个渡槽。人们会想，是什么力量把这些巨大的石头从那么远的采石场运来，并把成千上万人聚集到没有人居住的地方来的。我把这项壮丽的工程的三层都走了一遍，崇敬之情使我几乎不敢迈步去踩踏它。我的脚步声在那些巨大的拱形下回荡，使我觉得听见了修建它们的人的粗大嗓门儿。我像一只昆虫迷失在这庞然大物中。我一边感到自己的渺小，一边感到不知什么东西使我的灵魂飞升，我在叹息，我在想："为什么我不是古罗马人呀？"我在那儿待了好几个小时，心旷神怡地瞻仰着。归来时，我心不在焉，恍恍惚惚的。这种幻想对拉尔纳热夫人是没好处的。她早就想到让我别被蒙彼利埃的姑娘们把魂勾了去，但她未曾想到让我提防加尔大桥。谁都不能料事如神。

在尼姆，我去参观了竞技场。这是一个比加尔大桥壮观得多的建筑，但给我的印象不是很深刻，或许是我对第一座建筑惊叹够了，或许是后一座位于市中心，难以使人激动。这座宽广壮丽的竞技场，周围是一些破旧的小房子，场内还有一些更小更破的房子，致使整体感觉凌乱不堪，令人遗憾、生气、难以高兴、惊

235

奇。我后来又参观过维罗纳的竞技场，比尼姆的要小得多，也没它漂亮，但维护和保存得十分完美，异常整洁，光凭这一点，就给我一种更加强烈、更加愉悦的感觉。而法国人对什么都不上心，丝毫不爱护古物。他们开始干时总像一团火，但最后草草收场，也不会保存。

我大变样了。我那被勾起的欲念完全燃烧了起来。有一天我进了吕奈尔桥酒店，好同在那儿的旅伴美餐一顿。这家酒店是欧洲最有名的，当时确实不辱其名。店家很会利用酒店的优越条件，供应最丰富、最精美的菜肴。荒郊野外，有这么孤零零的酒店，供应丰富的海鱼和河鱼，供应精美野味、好酒，而且服务又细心周到得如同王公显贵之家，并且只需三十五个苏即可，这真是一件稀罕的事。但是，吕奈尔桥酒店没能长此以往，由于沽名钓誉，终于一败涂地。

一路上，我连自己有病都忘了，到了蒙彼利埃才想起来。气郁症已经全好了，但其他所有病痛依然如故，只是我习以为常，不当回事了，换了别人，突然患上这些病，准以为自己就要死了。的确，这些病倒不是疼痛而是吓人，使得精神上的痛苦大于它们似乎预示其崩溃的肉体上的痛苦。这样，我便因强烈的情欲而分心，不再去想我的病痛了，但那病痛并不是凭空想象出来的，所以我一旦安分下来，便又感觉有病了。因此，我认真地考虑起拉尔纳热夫人的忠告和我此行的目的来。我去看了最有名的那些医生，特别是菲兹先生，而且为了小心谨慎，我在一位医生家里包了伙。他是一位爱尔兰人，名叫菲茨莫里，有许多医科学生在他家搭伙。病人在他家搭伙有一个好处，菲茨莫里先生收的膳食费很合理，而且在为搭伙者看病时分文不取。他负责按菲兹先生的处方抓药，并照料我的身体。他在节食疗法上是尽职尽责的，人们在他那儿搭伙是不会消化不良的。尽管我并不觉得这种节食有什么大不了的，但是可比较的事就在眼前，所以我有时心里不禁觉得，托里尼昂先生与菲茨莫里先生比较起来是一个更好的食品供应者。然而，由于大家并不会饿死，而且所有的年轻人都快快活活的，因此，这种生活方式对我确实有好处，使我不致再陷入慵懒倦怠。我每天早上服药，特别是喝些我不知道是什么的水，我想是瓦尔斯矿泉水，再就是给拉尔纳热夫人写信，因为我们俩一直有书信往来，而且我卢梭要负责收转其友杜丁的信件。中午时分，我便同共餐者中的某一青年去拉卡努尔格溜一圈，这帮年轻人都是些很好的小伙子。然后，我们聚集在一起，去吃午饭。饭后，我们当中大部分人都有件重要的事，要一直干到晚上，那就是到城外去打两三场木槌球，输者请吃午茶。我不玩，因为我体力不够，球技欠佳。但我下注，而且，由于事关输赢，我跟着球员和木球在凹凸不平、满是石头的道上跑来跑去，这倒是一种既有趣又有益的运动，对我非常合适。我们在城外的一家小酒店吃午茶。不用说，这些午茶吃起来都挺令人快活的，但我要补充一句，虽然小酒店里的姑娘们很漂亮，可我们都是规规矩矩的。菲茨莫里先生球艺高超，是我们的头头儿。我可以说，尽管学生们名声不佳，但我觉得这帮年轻人的道德和正直是成年人中很难看到的。他们喧闹而不浪荡，活泼而不放纵。如非强逼，我是很容易适应这种生活方式的。如果它能永远这么持续下去，我真求之不得。这帮学生中，有好几个爱尔兰人，我试图跟他们学点儿英语，以备去圣昂代奥勒镇之需，因为离我去那儿的时间不远了。拉尔纳热夫人每次来信都催我去，而且我也准备听从她的吩咐。显然，给我看病的医生们一点儿都不明白我的病痛，把我看作一个无病呻吟的人，因此，他们拿稀荞、矿泉水和炼乳来应付我。同神学家完全相反，医生和哲学家只把他们能解释的看成真的，而且以自己的智慧作为判断其真实性的尺度。这帮先生对我的病一无所知，所以我就算没病了，又怎么能怀疑医生不是无所不知的呢？我看出他们是想糊弄我，想把我的钱骗光，而且，我

237

觉得圣昂代奥勒镇的她将不会比他们差，甚至更强，我便决定去投奔她，并抱着这一明智的打算离开了蒙彼利埃。

我大约十一月末动身的，在这座城市住了六个星期或两个月的时间，花去了大约十二个金路易，可身体未见任何好转，也没有获得什么知识，除了那点儿解剖学课，那是跟菲茨莫里先生学的，刚刚开了个头儿，就不得不弃之不学了，因为解剖的尸体臭气熏天，我实在受不了。

我内心里对我所做的决定很不安，一边照旧在往圣灵桥走，一边心里直犯嘀咕，因为这条道既通往圣昂代奥勒镇，也通向尚贝里。对"妈妈"的想念以及她的书信——尽管没有拉尔纳热夫人写得勤——唤起了我心中来时一直强压住的懊悔。但归途中这些懊悔变得十分强烈，抵消了我寻欢作乐的兴趣，使我只听见理智的声音。首先，在我就要重新扮演的冒险家的角色中，我可能没有头一次那样幸福。在整个圣昂代奥勒镇里，只要有一个人在英国待过，了解英国人，或者会说英国话，我就露馅儿了。拉尔纳热夫人全家也可能对我很反感，对我很不客气。她的那个女儿，我不由自主地比应该想的想得还要多些，这更使我惴惴不安——我担心自己会爱上她，而且，这种担心已经决定了事情的一半。难道我能勾引她的女儿，与之干下卑鄙的勾当，从而使她的家庭不和、丢丑、受辱、遭难，以此来报答她的一片好心吗？这个想法使我不寒而栗。我决定，只要这个可悲的苗头一露头，我便坚决抵制并战胜它。但是，我又何必去没事找事呢？同我将会腻烦的母亲生活在一起，心里又热恋着女儿，却又不敢向她倾诉衷肠，那日子可怎么过呀！我有什么必要去这么干呢？有什么必要为了我已享尽其最大魅力的快乐而去自寻烦恼、自寻羞辱、自寻懊悔呢？因为很明显，我的奇思异想已失却其最初的活力，寻欢作乐的兴趣尚存，但激情已不在了。除此之外，我还考虑到我的处境、我的职责以及那个极其善良、极其慷慨的"妈妈"，她已经负债累累，我的胡乱花费更增加了她的欠债，她为我操碎了心，我却如此卑鄙地欺骗她。这种自责变得如此强烈，最后终于占了上风。快到圣灵桥时，我决定过圣昂代奥勒镇而不停，径直走过去。我毅然决然地这么做了，我承认，我不免有所叹息，但内心怀着我平生头一次品尝到的满足在想："我是自珍自爱的，知道把职责看得重于快乐。"这是我从书中得到的第一种真正的恩泽。是书本教会我去思考，去比较。我不久之前才采纳了那些极其纯洁的准则，给自己订立了理智和道德的标准，而且为能遵循而深感自豪，但我感到羞愧，竟如此没有恒心，这么快、这么明目张胆地否定了自己的格言。这种羞愧战胜了情欲。傲岸也许同道德一样，在我的决心中占了同样的比重。但是，如果说这种傲岸并不是道德的话，那它也有着一些与之极其相似的效果，即便把它们混淆了，也是可以原谅的。

善良行为的好处之一就是使灵魂升华，并使之产生更加美好的行为，因为人都是有弱点的，在受到诱惑而要去干坏事时却又戛然而止，这也就可入善行之列了。我一下定决心，就变成另一个人了，或者说是我变回从前的我了，变回一时的沉迷使之消失的那个我了。我心中充满了美好的情感和善良的决心，继续前行，一心想着补赎过错，今后一定按道德标准约束自己的行为，毫无保留地为母亲中最好的那一位效劳，向她献上如同我对她的爱恋一样深的忠贞，不再听凭对自己职责内的爱以外的其他任何爱的驱使。唉！我改邪归正的真诚似乎许给我另一种命运，但我的命运早已注定，而且已经开始，当我的心对美好而正直的事情充满爱，一心奔向那纯洁、幸福的生活的时候，我却接近了要给我带来一连串不幸的悲惨时刻。

由于急于赶到，我比预计的要早到达。我在瓦朗斯时写信告诉了她我到达的日期和时间。我比预计的早了半天，便在沙帕雷扬停了半日，以便按我说的时刻准点到达。我想尽情地享受与她重逢的快乐。我还愿意把这一时刻稍稍错后一点儿，以便再加上点儿企盼的乐趣。这种心计一直很成功。我发现我每次归来总是像一种小小的节日。这一次我也希望如此，所以尽管归心似箭，但是稍稍推后一点儿是值得的。

因此，我准点到达了。我老远地便眺望着，看她是否在路口等着我。我越走近，心跳得越厉害。我到的时候已气喘吁吁了，因为我在城里便下车步行了。院子里、大门前、窗户前，不见人影，我开始慌神儿了，担心出了什么事情。我走进去，一片寂静，几个雇工在厨房里吃点心，一点儿没有等我到来的架势。女仆见到我时大吃一惊，她不知道我要回来。我上楼去，终于看见了我极其温情、极其炽热、极其纯真地爱着的妈妈。我跑上前去，扑倒在她的面前。她拥抱着我说："啊！你回来了，孩子，一路上好吗？身体好吗？"这番问候让我不知所措。我问她是否收到了我的信。她说收到了。我说："我还以为您没收到呢。"我们没再说下去。一个年轻男子同她在一起。我认识他，因为我走时在家中见过他，但这一回他好像已住下了，而且的确如此。总之，我发觉我的位置被抢占了。

这个年轻男子是沃州人氏，其父名叫温赞里德，是西庸城堡的看门人，自称城堡上尉。上尉先生的儿子是个小小的理发师，以此身份出入上流社会。他就是以此身份前来瓦朗夫人家的，而且受到了很好的接待，正如她盛情接待所有的过往客人，特别是家乡人那样。他是一个平庸的金发高个子，体格相当不错，但相貌平平，智力亦然，说起话来像是漂亮的利昂德[1]，常以他那个行当人的腔调和趣味叙述自己的一连串风流韵事。他列举了半数同他睡过觉的侯爵夫人的大名，而且声称凡是经他理过发的漂亮女子，其丈夫都被他戴上了绿帽子。他自负、愚蠢、无知、粗鲁，

---

[1] 意大利喜剧中的一个衣着华丽但土里土气的传统人物。

总之，是上流社会最好的孩子。这就是我不在时的那个替身，也是我归来后推荐给我的合伙人。

啊！如果摆脱尘世羁绊的灵魂还能从永恒之光中看见人世间发生的一切的话，亲爱的、可尊敬的幽灵啊，原谅我吧，如果我只苛求您而宽恕自己的过错的话，如果我把您和我的错误一起暴露在读者面前的话。不管是对您还是对我自己，我应该并愿意说实话，您在其中的损失总是大大地小于我的。啊！您那可爱而温柔的性格、您那永不枯竭的善心，您的坦诚和您的一切卓越的美德难道还补赎不了您的弱点吗，如果能把这些仅是您的理智造成的事称为错误的话？您有错，但并无恶习。您的行为应受指摘，但您的心始终是纯洁的。如果把好和坏放在天平上，并且公平判断的话，有哪一个女人，假如把她的隐私像您的那样亮出来，敢于同您相提并论呢？

新来者对于交给他的所有小事，都表现得积极、勤快、一丝不苟。他成了她的雇工们的监工。与我的闷声不响不同，他喜欢嚷嚷，不论是在田间、草堆、柴房、马厩或禽场，他总让人看见他的人，而且听到他的声。只有园子他不操心，因为那是慢工细活儿，不出声音。他最大的乐趣是装车、运物、锯木、劈柴。只见他始终斧头或锄头不离手，只听见他跑来跑去，敲敲打打，扯着嗓门儿喊。我不知道他在干多少人的活儿，但他总是弄得像是有十多人在干活儿似的。这番吵嚷着实蒙住了我那可怜的"妈妈"，她认为这个年轻人是帮她干活儿的一个宝贝。她想拴住他，因此便运用了她认为能达到目的的所有办法，而且没有忘记动用她最信赖的那一手。

大家应该了解我的心思，了解我那坚贞不渝、真实、执着的感情，特别是使我此时此刻回到她身边的那种感情。这对我的整个身心是多么突然而沉重的打击啊！大家设身处地地替我想一想。顷刻间，我看到我所描绘的整个幸福未来永远化为乌有了。

我极其温柔缱绻地怀着的一切美好想法全都消失殆尽，而我是自小时候起便把自己的生命与她的结合在一起，可我头一次感到形单影只了。这一时刻太可怕了，而随后的日子也总是黯然的。我还年轻，但是那使青春永驻的充满快乐和希望的温馨感觉永远离我而去了。从这时起，我这个多情人儿已经半死不活了，摆在自己面前的只是一种索然生活的悲惨余生，虽然有时还会有一个幸福的倩影闪现在我的欲念之中，但那种幸福已不再是我所熟悉的了，我感到即使获得了，我也不会真正幸福的。

我是那么愚蠢，又是那样自信，所以，尽管新来者语气亲切，但我视之为"妈妈"性格随和所致，因为她跟任何人都很亲近。如果不是她亲口告诉我，我不可能猜出其中的真正原委。但她急切地向我说破了，其坦率真能让我气上加气，假如我的心会朝生气的方向转的话。她认为这事是极其简单不过的，她责怪我不把家里的事放在心上，还怪我老不在家，就好像她是一个欲火旺盛的女人，容不得一时的空缺。我揪心似的疼，我对她说："啊！妈妈，您告诉我的是什么呀！我对您的一片痴情就得到这种报应吗？您无数次地挽救了我的生命，难道就是为了剥夺使生命变得可贵的一切吗？我将因此死去，您会后悔的。"她回答我时的平静口吻让我发疯。她说，我是个孩子，人们是不会因这种事而死的，我什么也不会失去的，我们俩仍旧是好朋友，在所有方面都亲密无间，她对我的爱不会减少，也不会终止，除非她死去。总而言之，她让我明白，我的一切权利依然未变，在同另一个人分享时，我并没因此失去它们。

我从未像此时此刻那样更深地感觉到我对她的感情是那么纯净、真切、执着，我的心也从未如此真诚和正直。我扑倒在她的面前，搂住她的双腿，泪如泉涌。我激动地对她说："不，妈妈，我太爱您了，不能玷辱您。占有您，对我来说太宝贵了，不能与人分享。我占有您时那伴随着的悔恨，随着我的爱加深了。不，我不能以同样的代价来保持这种占有。我将永远崇拜您，但愿您别让我失望，对我来说，尊敬您比占有您更重要。啊，妈妈！我把您让给您自己，我要为我们俩心灵的结合而牺牲我的所有快乐。我宁可死上千百遍，也不愿享受贬损我所爱的人的那种快乐！"

我持之以恒地抱着这个决心，我敢说，那是与促使我做出这一决定的感情一致的。自此之后，我便只以一个真正的儿子的目光看待这位极其亲切的"妈妈"了，而且，应该指出的是，尽管如我极清楚地看到的那样，她私下里并不赞成我的决定，却从未为了让我改变态度而运用一些暗示、爱抚，也没有运用女人们善用的那些既无损自己又百发百中的任何巧妙的挑逗。我被迫自寻独立于她的一种命运，却又想象不出是什么命运，所以很快便走向另一极端，完全从她的身上去找我的出路。我一门心思地那么寻找着，几乎达到忘我的境地。我热切地盼着她幸福，不管需要付出多大代价。我的情感全部注入这一渴望。她徒劳地想把她的幸福与我的分开，我却不管她的愿望，视她的幸福为自己的幸福。

就这样，我心灵深处的道德种子随着我的不幸开始萌芽了，那是我通过学习培育的，一旦得到逆境的孕育便会开花结果。这种极其无私的心结下的第一个果实就是使我的心灵摆脱了对那个取代我的人的任何仇恨和忌妒。我甚而愿意真心实意地与这个年轻人修好，愿意培养他，愿意致力于对他的教育，让他感受到他的幸福，尽可能地别辜负了他的幸福，总之，要为他做阿内在类似情况之下为我做的一切。但我比不上阿内。尽管我更温和，书读得更多，却没有阿内的那种沉着和坚定，也没有他那种让人起敬的气势，而要想成功，少不了这种气势。而且，我觉得那个年轻人没有阿内在我身上发现的那些优点——温顺、勤勉、感恩，特别是他感觉不出我需要他的关怀，他缺少助人为乐的强烈愿望。这一切他都缺乏。我想要培养的那个人只把我看作一个讨厌的学究，只会唠叨个没完。而他觉得自己是这个家的重要人

243

物，以自己的嗓门儿，来衡量干活儿的多少，把他的斧头和锄头看得比我所有的破书有用千万倍。从某些方面来看，他是不无道理的，他却以此为据，装出了不起的样子，真要让人笑死。他以乡绅的派头对待农民，很快对我也如此了，最后对"妈妈"也这样了。他觉得温赞里德这名字不够高贵，便弃之不用，自称"德·库蒂耶先生"，而且，后来他正是以此大名在尚贝里和他结婚的地方——莫里昂讷出名的。

　　最后，这位显赫人物成了家里的主宰，而我则不名一文。当我不幸地惹他讨厌时，他不训我而训"妈妈"。我害怕"妈妈"受到他粗暴的对待，因此便对他服服帖帖。每当他无比自豪地干他那劈柴活儿时，我都必须在一旁傻站着，默默地观赏他的丰功伟绩。但这个小伙子并不是一个本质很坏的人。他爱"妈妈"，因为他不可能不爱她；他甚至对我也并无恶意，而且，在他没发脾气能同他谈话的时候，他也能比较耐心地听我们说话，并能直率地承认自己只是个蠢人。但承认归承认，蠢事仍旧没少干。而且，他智力太有限，趣味又太低级，所以很难同他讲道理，而且几乎不可能同他友好相处。他已经占有了一个风姿绰约的女人，却还要加点儿佐料，找一个棕发缺牙的老女佣玩玩。"妈妈"只能忍气吞声地继续接受她那令人讨厌的服侍，尽管"妈妈"看见她就心里不是滋味。我发现了这一勾当，简直把肺都气炸了。但是，我也发现了另一个情况，它更加刺痛了我的心，比以前发生的一切事情都更使我颓丧绝望，那就是"妈妈"对我冷淡了。

　　我强迫自己做到而且她好像表示赞同的克制，是女人们丝毫不能原谅的那些事中的一件，不管她们表面上如何。那并不是因为她们的情欲被剥夺了，而是因为她们从中看到你对她们的激情无动于衷。就拿一个最理智、最豁达、最少情欲的女人来说吧，即使她最不在乎的男人对她所能犯的最不可饶恕的罪过，也莫过于能消受她，却偏偏不去消受她。这是绝没有例外的，因为我对"妈妈"出于道德、爱恋和尊敬，不敢造次，但她对我的那片极其纯真、极其强烈的真情发生了变化。从此，我在她身上再也找不到那种总是使我的心感到十分甜蜜的亲密了。她只是在要抱怨那个新来者的时候才向我敞开心扉，而当他们俩相处甚得的时候，她就很少同我说心里话。最后，她逐渐地采取了一种不再将我包括在内的生活方式。我在她身边，她还是高兴的，但她已不再需要我了，即使我整天整天地不去看她，她也不予理会。

不知不觉地，我感到自己在这个家里孤单寂寥了，可是从前我是这个家的灵魂，可以说是过着一种两人的小家庭生活。渐渐地，我习惯了摆脱这家中发生的一切，甚至躲着家里的人，而且，为了免受揪心的痛楚，我闭门读书，或者跑到树林里去痛痛快快地悲叹和哭泣。很快，这种生活便令我难以忍受了。我感到人在而心远离了我那极为亲切的女人，这更加深了我的痛苦，如果不再见到她的话，我就不会觉得如此孤单。我计划着离开她的家。我把这话同她说了，她非但不反对，反而热心促成。她在格勒诺布尔有一位女友，名叫代邦夫人，其丈夫是里昂大司法长官马布利先生的朋友。代邦先生建议我去教马布利先生的孩子。我接受了，动身去了里昂，既未留下也几乎丝毫没有感到以前一想到就犹如生离死别似的遗憾。

我几乎有了作为一名家庭教师所必备的知识，而且认为自己有此才能。在马布利先生家的一年里，我有的是时间认识自己。如果不是我那急脾气搅和的话，我那温柔秉性会使我适于干这一行的。只要一切顺利，只要看到自己毫无保留的心思和劳动有所收获，我就像个天使，但若事情不尽如人意，我便成了魔鬼。当学生们听不懂时，我便怪里怪气，而当他们淘气时，我真想杀了他们。这不是使他们成为学者和智者的方法。我有两个学生，性情迥然不同。一个八九岁，名叫圣马利，眉清目秀，相当活泼开朗，但大大咧咧、贪玩、调皮，然而调皮得挺有趣。另一个年纪小一些，名叫孔狄亚克，显得傻乎乎的，不好学，倔脾气，什么也学不会。可想而知，同这两个货色在一起，我的活儿轻松不了。如果我有点儿耐心，再冷静些，也许会成功的，但我既无耐心又不冷静，所以没有任何成效，而且两个学生变得很坏了。我不乏勤勉，却不心平气和，特别是缺乏审慎。我对待他们，只会使用对孩子始终无效且常常有害的三招：动之以情、晓之以理、生气发火。忽而，我劝诫圣马利竟至自己也伤心落泪，我想感动他，仿佛孩子真能打心眼儿里受到感动。忽而，我说破了嘴皮地同他讲道理，仿佛他能听懂我的话，而且，他有时也向我说出一些很微妙的道理，我便真的把他当作一个明理的人，因为他挺会推理。小孔狄亚克更叫人头疼，因为他什么也不懂，一声不吭，对什么也不动心，什么也不听，弄得我火冒三丈，他反倒胜利了，因此，是他成了老师，我倒成了学生。我看到了我的这些缺点，也感觉到了。我研究了我的学生的思想，了解得很透彻，而且相信一次也没被他们的诡计骗到过。但是，看到缺点，不知如何对症下药，又有什么用呢？我虽看清楚了一切，却束手无策，一筹莫展，而且，我所做的恰恰是我不该做的。

我教学生不成，自己的事也没办好。我是被代邦夫人举荐给马布利夫人的。她曾请后者对我的举止言谈进行指导，以适应上流社会。马布利夫人倒是花了些工夫，想让我为她的门庭增辉。但是，我太笨拙、太腼腆、太愚蠢，因此，她泄气了，撇下我不管了。但这并没妨碍我故态复萌，爱上了她。我多有表示，以使她有所觉察，但我从不敢向她求爱，而她也不是那种主动的人，因此，我常常偷看她，常常唉声叹气，但我发现这样做并没任何结果，所以很快也就不了了之了。

我在"妈妈"那儿把小偷小摸的毛病完全改掉了，因为那里一切都属于我，没必要去偷。再说，我为自己定下的崇高原则也使我今后不能干这类下贱事，而且，自此之后，我也确实没有干过。

但是，这并不是因为我学会了抵制诱惑，而是因为我断了这种劣根，而且，我真担心，如果再遇上这种诱惑，我会像小时候那样去偷。这一点，我在马布利夫人家得到了证实。我周围尽是一些可偷可拿的小玩意儿，我连看都不看一眼，但竟然瞄上了一种阿尔布瓦产的挺漂亮的名贵白葡萄酒，我曾在吃饭时偶尔喝过几杯，醇美可口。此酒有点儿混浊，我以为自己会用鱼胶把它滤清，并且自我吹嘘，人家就把这事交给我办了。我干起来，但没办好，不过只是不好看而已，喝起来仍旧很醇美。因此，我趁机不时地为自己留下几瓶，以便在自己的小天地里畅饮。不幸的是，我从来不能不吃东西光喝酒。如何才能弄到点儿面包呢？我不可能存下点儿面包的。让仆人们去买，等于不打自招，而且可以说是在侮辱主人。自己去买吧，我又从来不敢。一位腰带佩剑的体面绅士去面包店买块面包，这成何体统？最后，我想起了一位大公主的可笑办法。有人告诉这位公主，农民没有面包吃。她便回答说："那就让他们吃奶油圆球蛋糕吧！"我买了点儿奶油圆球蛋糕。办这么点儿事可不容易！我为此独自出门，有时候跑遍全城，经过三十家糕点店门前，却一家也没进去。只有在店中仅余一个人，而且模样也挺和善时，我才敢跨进店里。不过，当我一买到那可爱的奶油圆球蛋糕，插好门闩，去衣橱顶里头找出我的那瓶酒时，我便一人自斟自酌，再看上几页小说，那时多开心啊！因为没人谈心，边吃边看便成了我的癖好。书就代替了我所缺少的朋友。我看一页书，咬一块蛋糕，宛如书在与我一同用餐。

我从不是放浪形骸、不知羞耻之人，一辈子从没喝醉过。因此，我的这种小偷小摸也并不起眼。但是，事情还是败露了，是酒瓶子坏了我的大事。大家都装作不知道，但没再让我管酒窖了。在这方面，马布利先生做得漂亮、审慎。他是一个很温文尔雅的人，外表一如其职务，严厉冷峻，但性格十分温和，心地也少有地善良。他判断力强，为人公正，而且，出乎意料的是，作

247

为一名司法长官，他甚至非常厚道。由于感受到他的宽厚，我对他更加敬重了，这使我在他家多待了些日子，否则我不会待这么久的。最后，由于我对我不适应的这种行当厌烦了，由于我对一种我感觉不出任何乐趣的尴尬处境厌倦了，经过一年尽心尽力的尝试，我决定不教了，因为我深信我永远也无法真正提高这两个学生的水平。马布利先生同我一样，也清楚地看出了这一点。然而，我相信，如果我不先开口，他是永远不会主动辞退我的。在这种情况下，他这种过度的好心当然是我不赞成的。

使我更难以忍受的是，我不断地把眼前的境况与我已经离开的生活做比较，我总是怀念我亲爱的沙尔麦特，怀念我的园子、树木、泉水、果园，尤其怀念的是我为之而生、赋予这一切生命的那个女人。我一回想起她来，回想起我们俩的快乐、我们俩那纯洁的生活，总不免感到揪心般的疼，感到压抑、憋闷，再没精神干些什么。我无数次恨不得立刻动身，走回她的身旁。只要能再见上她一面，就是让我立刻死去，我也心甘情愿。最后，我无法抵御那些召唤我不惜任何代价也要回到她身边去的极其甜蜜的回忆，心想，我以前不够耐心，不够体贴，不够温存，如果我现在在这些方面比以前做得更好，那么我还是会幸福地生活在一种很温馨的友谊之中的。我琢磨出世界上最美好的计划，急于付诸实施。我抛开一切，放弃一切，动身飞跑，像少年时那样激动不已地回到了家里，跪倒在她的面前。啊！如果我在她的欢迎中，在她的爱抚中，总之，在她的心中，重新见到我以前所感受到的、仍旧念念不忘的情意的四分之一，我就高兴得要命了。

人生是多么可怕的幻想啊！她仍旧用她那与生俱来的无与伦比的好心迎接了我，但是我来寻求的那个过去已不复存在，也不可能再生了。我刚与她在一起待上没到半个小时，就感觉到我往日的幸福已经永远消失了。我重新陷入被迫离去时一样的辛酸境地，对此我却不能说是谁的过错，因为，实际上库蒂耶并不坏，而且见到我回来，他好像高兴多于不快。但是，我又怎能忍受成为她身边多余的人呢？我曾经是她的一切，而她不能不始终是我的一切呀。我怎能在一个我曾经是它的一个孩子的家中作为一个外人生活下去呢？目睹见证我往日生活的那些物件，我感到失落，很不是滋味。换个地方住，我也许痛苦少些，但总是回忆那么多甜蜜的往事，也会刺激我的若有所失之感。我空怀遗憾，悲苦忧伤，所以除了吃饭时间，我又总是一个人待着了。我闭门读书，在书中寻找有益的消遣。而且，我感到以前一直担心的危险迫在眉睫，我便冥思苦想，从自己身上想办法，当"妈妈"没了经济来源时好接济她。我曾把家中的事务排好，免得越来越糟，但自打我走后，一切都变了。她的管家是个挥霍的家伙，喜好排场，要骏马好车，爱在邻居们面前摆谱儿，在继续搞些他并不懂行的事业。"妈妈"已在寅吃卯粮，四季收益做了抵押，房租拖欠滞付，欠债日见增多。我猜想，她的年金很快便会被扣留，也许会被取消。总之，我看到的只是破产和灾难，而且为期不远，所以我瞻念前程，不寒而栗。

我可爱的小屋是我唯一的消愁解闷之所。我因为在屋里寻求医治心灵创伤的药物，竟也同时在寻找办法，以防范我所预见的灾难。因此，在重新考虑我以前的那些想法时，我又在建造一些新的空中楼阁，以便把可怜的"妈妈"从我看到她正要跌入的可怕境地解救出来。我觉得自己才疏学浅，又无足够的才华，难以名噪文坛，无法通过这条途径发财致富。浮现在脑海中的一个新念头使我有了我那平庸的才能所不能给予我的信心。我虽没再教音乐，但并未放弃音乐。恰恰相反，我没少研究音乐理论，至少可以自视为这方面的博学者。在寻思我学习辨认音符以及依谱唱歌时的艰难的时候，我突然想到，这种困难完全可能源自音乐本身，也源自我自己，特别是我知道，一般来说，学音乐对谁都不是件容易的事。我在研究音符结构时，常常觉得它们构造得很不好。我早就想

249

到过用数字来记谱，免得在记哪怕很小的曲子时也总得画一些线和符号。但八度音的问题及节拍和时值的问题把我难住了。以前的这个想法又回到我的脑子里来，我在重新考虑它时，发现这些困难不是克服不了的。我冥思苦想，竟成功了，竟能用我的数码极其准确地而且可以说是极其简单地把任何乐曲记录下来。从这时起，我认为我已经发财了，一面异常高兴地想着与那个给予我一切的女人分享，一面想着赶快去巴黎，深信把我的方案呈交法兰西学院，准能引起一场革命。我曾从里昂带回来一点儿钱，我还卖掉了我的书。半个月工夫，我的决心已定，并付诸实施。最后，我满怀着启迪我这一计划的那些美好的念头，始终像任何时候那样满怀着美好的念头，带着我的乐谱方案从萨瓦动身了，宛如我以前带着我的埃龙喷水玩具从都灵出发时那样。

这些就是我青年时代的错误和缺点。我以我内心很满意的忠实，把经历讲述出来了。假如日后我以一些美德来为我成年时期增光添彩的话，我也会以同样坦率的态度去写的，而且，这就是我的打算。但我必须就此搁笔。时间会揭开许多的帷幕。如果我的名字能流传后世，也许后人将得知我所要说而没说的话。那时候，大家将会知道我为何缄默不语。

下　卷

这几章尽管满是各种错误，我甚至也无暇仔细读一读，却足以使任何注重事实的朋友找到线索，并给予他们通过自己的探索获取事实真相的方法。不幸的是，我感到要让它们躲过我的敌人们的注意是很难的，甚至是不可能的。如果它们落到一个正直的人手中（或者落到舒瓦瑟尔先生的朋友们手中，或者落入舒瓦瑟尔先生本人手中，我不相信会没人缅怀我、追忆我。可是，上苍啊，无辜的保护神，保佑这些证明我清白无辜的文字别落到布弗莱夫人、韦德兰夫人及其朋友们的手里吧。你在他生前已经把一个失意的人送到这两个悍妇手中了，就别在他死后再任她们糟践了）。①

---

① 这段注解是写在日内瓦手稿包括第七章至第十二章的下卷的扉页上的，而巴黎手稿中没有。括号中的文字已被卢梭画掉，但仍可辨认。

# 第七章

沉默和忍耐了两年之后，尽管我横下心不再写了，但还是拿起笔来。读者们，请先别忙着评判迫使我这么做的种种理由，读完之后再下断语也不迟。

大家都看到了，我平静的青少年时代是在一种平稳的、比较温馨的生活中度过的，既无大的波折，也无大的辉煌。这种平庸大部分是我那炽热但软弱的天性使然，使我难以振作而极易颓丧。这种天性使我只有在受到震撼时才会走出休闲，却因慵倦与兴趣所致，复又回到休闲之中，它总是使我远离大的美德，更远离大的恶行，而把我带回到我天生喜爱的那种闲散而平静的生活中去，从不让我有任何大的作为，不管是在好的方面还是在坏的方面。

我马上要展示的是一幅多么不同的情景啊！三十年间有利于我的习性的命运，在后三十年中却与之相悖，而且，从我的处境和爱好这种不断的对立之中，人们将会看到，一些巨大的错误、一些闻所未闻的不幸以及除了坚强之外，能使逆境变得荣耀的所有道德产生了。

本书的上卷是凭记忆写成的，里面一定有很多错误。由于不得不也凭着记忆来写下卷，里面的错误可能会更多。对我平静无邪地度过的美好年月的温馨回忆，给我留下了万千纯美的印象，所以我总爱不断地去回味。大家很快就会看到，这与我对后半生的回忆是多么不同。每忆及此，总要重尝其苦涩。我不想用这些痛苦的回忆去加重自己处境的艰辛，所以总是尽可能地避而不提。我做得很成功，以至必要之时竟然想不起来了。这种对苦难的健忘是上苍在我后来命途多舛时给予我的一种慰藉。我的记忆专门让我回忆愉快的往事，这成了对我那只预见前途凶险的惊惧的想象力的一种有益的抗衡。

我为了弥补记忆力的不足并为写书时有所依据而收集的所有资料，已经落入他人之手，再也收不回来了。我只有一个可以依靠的忠实向导，那就是标志着我生命延续的感情之链，这些感情也成为说明其因果关系的事件之链。我很容易忘掉自己的不幸，但是，我不会忘记自己的过错，更不会忘记自己美好的感情。对我来说，对过错和美好感情的回忆太宝贵了，所以永远不会从我心中抹去。我可能在事实上有所疏漏，可能张冠李戴，日期上也可能出错，但对自己所感受到的、对感情促使自己做的是不会弄错的，而这正是关键所在。我忏悔的本意就是让人了解我一生中处于各种境况时的内心世界。这是我所许诺的心路历程，为了忠实地写出来，我无须其他回忆，只需像我到目前为止所做的那样，把心掏出来就是了。

然而，非常幸运，我在一本信件抄本中保留着六七年时间的可靠资料，信的原件在佩鲁先生的手里。此信件抄本终止于一七六〇年，包括我蛰居退隐、跟我的那些所谓的朋友闹得不可开交的那段时间——这是我一生之中难以忘记的时期，也是我的其他一切不幸的根源。至于我所能留存的、数量有限的那些时间更近一些的原始信件，我没有把它们抄录在那本抄本后面，因为量太大，无法逃过我的阿耳戈斯①的警觉，我将在我觉得它们能够澄清点儿什么的时候，不管是对我有利还是不利，把它们录于

---

① 希腊神话中看守母牛的百眼巨人。

本书的后面，因为我并不担心读者会忘记我是在写忏悔录，而以为我是在写辩护词，但是，读者也不应该在真理为我说话的时候认为我会不道破真相。

总而言之，下卷与上卷就其真实性而言是相同的，除了所述之事重要之外，并不优于上卷，而且，在各个方面几乎都比上卷逊色。我是在伍顿或特利城堡兴味盎然、踌躇满志地写了上卷，我所要回忆的所有往事都是一件件新的快事。我不断地怀着新的喜悦去回味它们，可以毫不犯难地修来改去，直到满意为止。今天，我记忆力减退，脑子也不行了，几乎无法干任何事情。我只是勉为其难、心怀痛楚地写这部下卷。它展示给我的只是不幸、背叛、负义，只是一些令人悲痛欲绝、撕心裂肺的往事。我真想把我要说的全都永远埋葬起来，可我又不得不说出来，所以只好藏藏掖掖，耍弄花招儿，尽量地改头换面，卑劣地去干生来就不会干的事情。我头上的楼板有眼睛，我四周的墙壁有耳朵，我被心怀叵测、警觉有加的奸细和探子包围着，惴惴不安、心神不定地在纸上匆匆写上几个不连贯的词句，几乎都来不及细看，更甭说是修改了。我知道，尽管他们在我周围设置巨大的障碍，但他们始终害怕真相从缝隙中漏出去。我如何才能使真相露出端倪呢？我尝试着，但并不抱什么成功的希望。大家可想而知，这样还怎么能写出动人的场面，并使之富有引人入胜的色彩呢？因此，我提醒想要读这本书的人，读的时候，不敢保证不使他们感到厌烦，除非他们想彻底地了解一个人，并且真诚地热爱正义和真理。

上卷末尾，我不无遗憾地去了巴黎，把我的心留在了沙尔麦特，在那里筑起了我最后的一座空中楼阁，打算有朝一日待"妈妈"回心转意，把我可能积攒的钱财带回到她的面前，因为我认为我的记谱方法是我的一笔可靠的财富。

我在里昂停留过一段时间，看看熟人，弄几封去巴黎的推荐信，卖掉了我随身携带的几何书。大家都挺欢迎我。马布利夫妇见了我很高兴，请我吃了好几顿饭。我在他们家结识了马布利神父，正如我先前在他们家结识了孔狄亚克神父一样。他们俩都是前来探望自己的兄弟的。马布利神父给了我几封去巴黎的推荐信，其中有一封是给丰特奈尔先生的，还有一封是给凯吕斯伯爵的。这两人后来与我十分投机，特别是丰特奈尔，直到死前，一直对我真心实意，而且在我们俩促膝谈心时，他给我提过一些忠告，可惜我没有很好地听从。

我又见到了博尔德先生。我同他早就认识了，他常常慷慨侠义、真心实意地帮助我。这次相见，我觉得他依然如故。是他帮我把书卖掉的，还亲自或托人为我写了几封挺有用的去巴黎的推荐信。

我又见到了地方长官先生。我是因博尔德先生才与他相识的，而通过他，我又结识了黎塞留公爵①。后者当时正路过里昂，帕吕先生把我介绍给了他。黎塞留先生热情地接待了我，并让我去巴黎看他。我后来去看过他多次，但结识这么高的权贵对我从未有过任何益处。我下面将要经常谈到他。

我又见到了音乐家达维，他在我以前一次旅途受困时帮过我。他曾借给我或者送给我一顶软帽和几双袜子，我一直未还，他也从未向我要过，尽管我们俩后来经常见面。不过，我后来送了他一件差不多等值的礼物。如果在这里谈的是我应该做的事的话，我会把自己说得比这更好一些的，但这里说的是我所做的事情，很遗憾，这是两码事。

我又见到了高尚侠义的佩里松，而且，我再一次感受到了他那惯常的高尚品德，因为这一次他给了我他上一次给予和蔼的贝尔纳②同样的礼物——替我付了长途车费。我又见到了外科医生巴里索，他是世上最好、最仗义的人。我还见到了他那位亲爱的

---

① 黎塞留公爵 (1696—1788)，法国红衣大主教黎塞留的侄孙，1748 年成为法国元帅。
② 此处系指埃尔－奥古斯特·贝尔纳 (1710—1775)，绰号和蔼的贝尔纳。歌剧作者。

戈德弗鲁瓦，十年来，他一直供养着她，其全部长处几乎只是性格温柔、心地善良，但与她接触之人无不同情她，离开她时又都心有不忍，因为她已到了痨病晚期，不久便因不愈而辞世。没有什么比其所爱之人的属性更能反映一个人的真正性格了。当大家见到温柔的戈德弗鲁瓦时，便了解巴里索的善良为人了。

我对所有这些善良的人都心怀感激。后来，我同他们都疏远了，当然不是因为忘恩负义，而是由于常常使我看上去像是薄情寡义的那种难以克服的懒惰。他们的帮助，我从未忘怀，但对我来说，用行动来报答他们并不困难，老是用言辞向他们表示感激却属不易，因为按时写信始终是我力所不能及的事，而一旦开始懒于动笔，羞愧和尴尬就使我更加不知如何弥补自己的过失，于是，我干脆不再写信了。因此，我便音信全无，似乎已把他们忘掉了。巴里索和佩里松甚至毫不介意，我觉得他们对我仍一如既往，但博尔德先生则不然，二十年后，大家将会看到，一个自命不凡的人自以为遭人冷落时，其自尊心会激起他多大的报复心理。

在离开里昂之前，我不会忘记一个可爱的人儿。我怀着格外高兴的心情又见到了她，她在我心中留下了十分温馨的回忆。她就是塞尔小姐，我在上卷中谈到过她，我在马布利先生家里时又与她相逢。这次旅行，我比较空闲，见她的次数更多，心里对她产生了强烈的感情。我有理由相信，她的心也向着我，但因她对我十分信赖，所以我未敢造次。她一无所有，我也身无长物。我们俩境况十分相似，所以无法结合，而且我另有想法，压根儿没有考虑结婚的事。她告诉我，有一个名叫热内夫的年轻商贾好像想与她缔结良缘。我在她家见过那人一两次。我觉得他像个正直的人，大家也都这么认为。我深信她同他在一起会幸福的，所以我希望他娶她。后来他真的娶了她。为了不打扰他们俩纯洁的爱情，我赶紧动身了，并祝愿这个可爱的人儿幸福快乐。可惜，我的祝愿在这尘世上只实现了很短的一段时间，我后来获悉她婚后两三年便死了。我一路之上一直对她魂牵梦绕，我当时感觉到，而且后来每每回忆起来仍常感觉到，人们为义务和道德做出牺牲是很不容易的，却因这种种牺牲在内心深处留下的温馨回忆而得到了很好的补偿。

上一次旅行，我只看见巴黎坏的一面，而这一次我净看到它好的一面了。不过，这并不是指我的住宿条件，因为我按照博尔德先生给我的地址，住进了圣康坦旅馆，在索邦神学院附近的科尔迪埃街上。肮脏的街道、肮脏的旅馆、肮脏的房间，却住过一些杰出的人，诸如格雷塞、博尔德、马布利神父和孔狄亚克神父以及其他好几个人，可惜我一个也没遇上。但我在那里遇到了一个名叫博纳丰的先生，是个瘸腿乡绅、诉讼人，爱附庸风雅。因为他的缘故，我结识了我现在最好的朋友罗甘先生。通过罗甘，我又结识了哲学家狄德罗。我后面将要大谈特谈狄德罗。

我于一七四一年秋天来到巴黎，随身带着的全部家当就是十五个金路易现金、喜剧剧本《纳尔西斯》和我的音乐计划。因此，我没有多少时间可以浪费的，必须尽快地借此生财。我赶紧利用我的推荐信。一个年轻人，面孔还凑合，又貌似有点儿才气，来到巴黎，总是坚信受人欢迎的。我受到了欢迎，这使我高兴，但并没对我产生多大助益。我被推荐给的那些人中，只有三个对我是有用的：一个是达梅桑先生，萨瓦的贵族，时任王室马厩总管，我觉得他是卡利尼安公主的亲信；另一个是博茨先生，铭文研究院的秘书，国王收藏室的勋章保管员；还有一个是卡斯特尔神父，耶稣会会士，明符键琴的发明者。这几个关系，除了达梅桑先生外，都是马布利神父为我介绍的。

达梅桑先生急我所急，给我介绍了另外两个人：一个是加斯克先生，波尔多议会议长，小提琴拉得很好；另一个是莱翁神父，当时住在索邦神学院，是一位很可爱的年轻贵族，在上流社会以"罗昂骑士"这个名字风光了一阵便英年早逝了。他们俩都突发奇想，要学作曲。我教了他们几个月，缓解了一下我的囊中羞涩。莱翁神父对我很友好，想要我当他的秘书，但他并不富有，充其量只能付给我八百法郎，我很遗憾地拒绝了，因为这点儿钱都不够我付房钱、饭费和日常花销。

博茨先生待我非常好。他喜欢做学问，也有学问，只是有点儿学究气。博茨夫人简直像他的女儿。她靓丽可人，但矫揉造作，喜欢打扮。我有时在他们家吃饭。我在她面前简直蠢笨愚拙透了。她举止随便，令我胆怯，使我显得更加滑稽可笑。当她把菜碟递给我的时候，我便伸出叉子，怯生生地戳上一小块她送到我面前的菜，以至于她在把本要给我的菜碟递还仆人时总要扭过头去，免得我看见她在笑。她没怎么想到，在我这个乡巴佬儿的脑子里，还是有点儿东西的。博茨先生把我介绍给了他的朋友雷奥米尔先生，后者每星期五科学院例会之日都来他家吃饭。他跟雷奥米尔先生谈起我的方案，并谈到我有意把该方案呈请科学院审核。雷奥米尔先生答应帮忙，方案被接受讨论了。到了约定的那一天，我由雷奥米尔先生领进科学院，并由他做了介绍，当天，亦即一七四二年八月二十二日，我荣幸地把我为此准备好的论文宣读了。尽管这座科学殿堂确实名人荟萃，但我并没有像在博茨夫人面前那样感觉拘谨，我宣读论文和回答问题时表现得都还不错。论文获得了成功，备受赞扬，我既感到欣喜，又觉得惊奇，因为我几乎想象不出，在院士们面前，一个不是院士的人竟然能与他们有共识。委派审查的院士是梅朗先生、埃洛先生和富希先生。他们当然都是卓越的人，却没有一个懂得音乐，顶多只是勉勉强强能审核我的方案而已。

在同这几位先生讨论的过程中，我既确定又惊奇地深信，如果说学者们有时候没有其他人的偏见多，那么，他们对自己已怀有的偏见更加死抱住不放。尽管他们的大部分异议都不值一驳，站不住脚，尽管我承认我在答辩时用词不当，拘谨、胆怯，但理

259

由是不容置辩的，我一次也未能让他们听进去，让他们满意。他们连我的意思都没弄明白，便用几句响当当的话轻易地就把我批驳了，简直让我瞠目结舌。我不知道他们从哪儿挖出一个叫什么苏埃蒂神父的，说是他早就想到过用数字来记述音阶了，因此，足以说明我的那一套只是看着新鲜，实则不然。尽管我从未听说过苏埃蒂神父这个人，尽管他那都没考虑八度音的记录单旋圣歌的七音记谱法根本无法与我那简便的方法相提并论——因为我的创造能容易地用数字表达音乐中的任何想象，如谱号、休止符、八度音、节拍、速度、音值等苏埃蒂连想都没有想到的东西——实话实说，就七个音符的基本表达法而言，他倒确实是第一个发明者。但是，他们除了夸大这种最初的发明的重要性以外，并未适可而止，一旦谈到记谱体系的内容时便信口雌黄、胡言乱语。我的方法最大的长处就是废止了移调和谱号，因此，同样一个作品，不管想用什么调子，只需在曲子前头换上一个字母，便可以记录下来，并可随意移调了。这帮大人曾听到巴黎名不见经传的乐师说过，移调演奏的方法一文不值。他们便以此为据，对我的方法中最显著的优点大加鞭笞，并下结论说，我的记谱法适合声乐，而不适合器乐，其实，他们倒是应该说它既适合声乐，更适合器乐。根据他们的报告，科学院给我颁发了一张证书，极尽溢美之词，但实际上可以看出，他们认为我的方法既不新颖又无用处。我认为没必要用这张证书来装饰我要让公众来评判的那本名为《论现代音乐》的作品。

这件事使我不无理由地认为，为了很好地研究一个问题，虽然思想狭隘，但只要对该问题有专门而精深的认识，就远胜于对各门科学均有广博知识而对该问题无专门研究。对我的方法所提出的唯一站得住脚的反对意见是拉摩提出来的。我刚向他阐述，他便看出了它的不足之处。他对我说："您的记谱法在简单明了地确定音值、清楚地表现音程、始终以简述繁方面都是很好的，是一般的记谱法做不到的，但它必须要动脑子去想，而这样总也跟不上演奏的速度，这是它不好的地方。我们的音符位置，"他继续说道，"一目了然，用不着动脑子去想。如果有两个音符——一个很高，一个很低，用一连串中间音符连接起来，我一眼就能看出由此及彼的渐进过程，而要弄清您的方法中的那一连串中间音符，我就必须把您的那些数字一个一个地认明白，根本做不到一看便知。"我觉得他的意见无法反驳，当时便信服了。尽管他的意见很简单、很明显，但只有这门艺术的行家里手才提得出来，所以任何一位院士都没有想到就不足为奇了，但令人奇怪的是，这些大学者知道那么多东西，可唯独不懂得隔行如隔山，各管一摊。

我经常拜访审查委员及其他一些院士，这使我能够结识巴黎文坛上的所有名人，因此，在我后来突然厕身其间的时候，便与他们成了旧相识。而眼前我专心致志于我的记谱法，横下一条心要通过它在这门艺术中闹一场革命，从而一举成名。能够在艺术界成名，在巴黎则必然带来财运。我关起门来，以一种极大的热情连续干了两三个月，修改我向科学院宣读的论文，准备把它写成一本书，献给读者。困难在于要找到一个愿意接受我的手稿的书商。鉴于要铸新铅字得花钱，书商们是不肯把钱抛在初出茅庐者身上的，而我认为用自己的作品换回写作时的伙食费是完全公平合理的。

博纳丰替我联系了老基约。后者跟我签了合同，利润平分，但出版税由我一人出。那个基约是出了书，可我倒是自付了出版税，一个子儿也没赚到。尽管德封丹神父答应替我做促销，而且其他记者也对这本书说了不少好话，但这本书似乎销售成绩平平。

试用我的记谱法的最大障碍是，人们担心如果这个方法不被接受，那就算是白花费时间学了。对此，我解释说，运用我的记谱法，概念就极其清楚，即使想用通常的记谱法学习音乐，先学我的方法也会节省时间的：为了通过实验加以证明，我免费教授一个年轻的美国女子音乐。她是德罗琳小姐，是罗甘先生介绍我认识的。三个月工夫，她便能按照我的记谱法弹奏任何一支曲子了，甚至对所有不太难的曲子，她拿起来就能唱，比我唱得都好。这个成绩是惊人的，却无人知晓。换了别人，可能会在报上大吹大擂，而我虽有点儿才气，能发现点儿有用的东西，却从来也没有天分去使之发扬光大。

我的"埃龙喷水玩具"就这样又一次打碎了。可是这一次我已经三十岁，仍流落在没钱就没法儿活的巴黎街头。在穷途末路之中，我所采取的办法只会使那些没有好好地读过上卷的人感到惊讶。我刚刚费劲儿做了些无用功，需要喘口气了。我并没沮丧绝望，而是心安理得地懒散懈怠，听天由命。为了让上苍有时间进行安排，我便开始不慌不忙地吃起剩余的几个金路易，仍旧悠闲地享乐，只是花销上有所节制，隔一天才去一次咖啡馆，每星期只看两场戏。至于寻花问柳方面的花销，我没什么可以改弦易辙的，因为我一辈子也没在这上头花过一个子儿，除了唯一的一次，这一点我马上就要谈到了。

我连三个月的生活费都没有，可我的这种闲散而孤独的生活却过得这么安适、惬意和不慌不忙，这正是我生活的特点之一，也是我的一大怪癖。我极其需要别人的关照，可这偏偏使我没有勇气抛头露面；我必须登门造访，可又偏偏觉得实属无聊，以至连已经厕身其间的院士们以及其他一些文人我都不去拜望。几乎只有马里沃①、马布利神父、丰特奈尔，我有时还去看看。我甚至把我的喜剧《纳尔西斯》拿去给马里沃看了。他很喜欢，还好心地加以润色。狄德罗比他们都年轻，差不多与我年岁相仿。他喜欢音乐，懂得音乐理论。我们常在一起谈论音乐。他也跟我谈他

---

① 马里沃 (1688—1763)，法国小说家和戏剧家。卢梭与之相识时，他已名噪一时。

的创作计划。因此，我们俩很快便关系亲密了。这种关系持续了十五年，要不是因为他的过错，我不幸地被扯进与他同一个行当之中，这种关系可能还要持续下去。

大家不会想到，在我不得不去乞食之前，我把剩下的这短暂而宝贵的时间都用来干什么去了：用来背诵我学过百遍、忘了百次的大段诗篇。每天早上十点光景，我兜里揣上一本维吉尔或卢梭①的作品，跑去卢森堡公园散步，在那里一直待到吃午饭的时间，忽而背上一段圣歌，忽而记一首田园诗，尽管背了今天的忘了昨天的，但我仍矢志不移。我记得尼西亚斯②在叙拉古战败之后，被俘获的雅典人以背诵《荷马史诗》谋生。我为了未雨绸缪而从这博学的榜样中得到的教益就是锻炼我的记忆能力，把所有诗人的诗都熟记在心。

我还有一个也很可靠的办法，那就是下棋。不去看戏的那些日子的下午，我总是去莫杰咖啡馆对弈。我在那儿结识了莱加尔先生、一个名叫于松的先生，还有菲里多尔以及当时所有的大棋手，可棋艺并未见长进。但我并不怀疑，我最终将胜过他们所有人，我认为这就足以供我生活了。不管我迷恋什么，我对它总是怀有同样的想法。我寻思："凡是能在某一方面拔尖儿的人，肯定有人会上门来找他的，必定时来运转，再凭我的才气，就没什么是不可能的了。"这种天真并非我理智上的诡辩，而是我的懒惰使然。我害怕为了发奋必须尽快做出巨大的努力，便想法儿粉饰自己的懒惰，想出一些合适的论据来掩盖自己的羞惭。

我就这样心平气和地坐吃山空。我相信，要不是我去咖啡馆时，有时去看看卡斯特尔神父，他向我猛击一掌，我可能就会这么无动于衷地花光最后一个苏的。卡斯特尔神父挺疯癫的，但毕竟是个好人。他看见我什么也不干，就这么虚度年华，十分

---

① 指让－巴蒂斯特·卢梭(1671—1741)，人称"诗人卢梭"。
② 公元前5世纪的雅典名将。

恼火。他对我说："既然音乐家们和学者们跟您唱的不是一个调门儿，那您就改弦更张，去拜望女士们吧。您在这方面也许能成功。我跟贝赞瓦尔夫人提起过您，您去拜望她，就说是我介绍的。她心地善良，会很高兴看到她儿子和丈夫的一个同乡的。您在她家将会见到她女儿布罗格利夫人，她是位才女。还有迪潘夫人，我也同她谈起过您。您把您的作品带去给她看看，她很想见见您，会很好地接待您的。在巴黎，要想干点儿什么，都得通过女人：她们就像一些曲线，而聪明人则是她们的渐近线，聪明人不断地靠近她们，但永远触不到她们。"

我把这些苦役般的拜访推了一天又一天之后，终于鼓足勇气，去看望贝赞瓦尔夫人了。她亲切地接待了我。布罗格利夫人走进她的房间时，贝赞瓦尔夫人对她说道："女儿，这就是卡斯特尔神父跟我们提过的卢梭先生。"布罗格利夫人对我的作品赞扬了一番，然后把我领到她的羽管键琴前，让我看出她练过我的作品。我看了一眼她的挂钟，快一点了，便想告辞。贝赞瓦尔夫人对我说："您住得挺远，别走了，就在这儿吃饭吧。"我也就没有推辞。一刻钟之后，我从只言片语中明白，她是让我在仆人房里用餐。贝赞瓦尔夫人是一个非常好的女人，但智力有限，过分地拘泥于她那波兰贵族的显赫出身，不明白对有才气的人应该尊重备至。这一次，她甚至都没注意我的穿戴，而只是根据我的举止对我做出了判断，其实我那天穿得虽很朴素，却十分清爽，根本就不像是个在仆人房用餐的人。我早就不再到仆人房用餐了，所以这一次也不想再去。我不露声色地对贝赞瓦尔夫人说，我突然想起一桩小事，必须赶回去，想告辞了。布罗格利夫人走到母亲身边，对着她的耳朵嘀咕了几句，产生了效果。贝赞瓦尔夫人连忙起身，挽留我说："我想请您赏光同我们一起用餐。"我认为再拿架子就太蠢了，便留了下来。再者，布罗格利夫人的好心也打动了我，使我觉得她很动人。我同她一起用餐非常自在，并且希望她能更多地了解我，好不致因给了我这份荣幸而感到后悔。她们家的好友拉穆瓦尼翁①院长也与我们一同用餐。他同布罗格利夫人一样，能讲一口巴黎上流社会的行话，尽是些花哨词语、隐讳的哑谜。在这方面，可怜的让 - 雅克就抖擞不起来了。可我很识相，不敢自作聪明，硬充好汉，只是一言不发。我要是总能这么乖巧就好了，也就不至于像今天这样落入深渊了。

我对自己的笨拙，对于不能在布罗格利夫人面前证明自己无愧于她的青睐，感到很难过。饭后，我想起了自己的看家本领。我口袋里装着一首书简诗，是我在里昂逗留期间写给巴里索的。这首诗不乏热情，我朗诵时更是激情满怀，听得他们三人全都落下了眼泪。或许是因为虚荣，或许是确实如此，反正以我的理解，我觉得自己看出来布罗格利夫人在用目光对她母亲说："怎么样，妈妈，我没说错：此人应和您而不该同女佣们一起用餐吧？"此前，我心里一直很难过，这么报复之后，我才高兴起来。布罗格利夫人把原先对我的好评夸大了一点儿，认为我即将轰动巴黎，就要交上好运了。为了对缺乏经验的我加以引导，她给了我一本《×伯爵忏悔录》②。她对我说："这本书是一位良师益友，您将来在社交场上会用得着的。您不时地参考一下是有好处的。"我怀着对赠我书的人的感激之情，把这本书保存了二十多年，但心里常常对这位夫人以为我有风流才气而感到好笑。读了这本书，我就想同书的作者交上朋友。我的习性给了我很好的启迪，该作者是我在文人中唯一的真心朋友。

自这时起，我便敢于相信，贝赞瓦尔男爵夫人和布罗格利侯爵夫人既然对我感兴趣，就不会让我长久地穷困潦倒。我并没有看错。现在来谈谈我初登迪潘夫人家门槛的情况，这对我产生了

---

① 纪尧姆·德·拉穆瓦尼翁 (1683—1772) 是马尔泽布尔的父亲，曾任法国总检察长、大理院院长、审理间接税案的最高法院院长，1750 年出任法国首相。

② 此为法兰西学院院士杜克洛 (1704—1772) 当时刚出版的新作。说的是一个"交好运的人"的故事，这正可给初来巴黎的年轻卢梭以指导。

更加久远的影响。众所周知，迪潘夫人是萨米埃尔·贝尔纳和方丹夫人的女儿。她们有三姐妹，人称"美惠三女神"。拉图什夫人同金斯顿公爵逃到英国去了；阿尔蒂夫人是孔代亲王的情妇，更是他的朋友，唯一的真诚的朋友，是一位温柔可爱、心地善良而且思想开朗、不知忧愁的了不起的女子；迪潘夫人是三姐妹中最美貌的一位，也是唯一一位未受人指责有不轨行为的女子。她是迪潘先生因好客而得到手的，她母亲为了感激他在他省内热情款待她而把女儿许配给了他，还给了他一个包税吏的职位和一笔巨额财产。我第一次见到她时，她仍旧是巴黎最美貌的女人之一。她接待我时正在梳妆。她裸着玉腕，披散着秀发，晨衣不整。我从未受过如此接待，可怜的脑袋晕晕乎乎的，乱了方寸，不知如何是好，总之，我是恋上迪潘夫人了。

　　我的惶恐好像并未在她面前造成坏的印象，她根本就没有看出来。她对我的书和我这个人都挺热情，以一个行家的身份跟我谈论我的方案，一边唱，一边弹着羽管键琴伴奏，还留我吃了午饭，让我坐在她的身边。我简直是受宠若惊，快要疯了，也真的疯了。她允许我去看她，我便趁机老往她家跑，差不多每天都去，每星期还在那儿吃两三次饭。我有满腹的话语要向她倾诉，可总也没有那个胆子。有好多种原因加重了我天生的胆怯。登上富家门槛就是通往幸运之路，就我当时的处境，我不愿贸然行事，反而把这条路堵死了。迪潘夫人尽管非常可爱，却严肃而冷漠，我看不出她的举止之中有什么挑逗之意，所以不敢造次。她家门庭当时非常显耀，在巴黎无出其右。她家门客如云，要是稍许少点儿，就可以说是集各类之精华。她喜欢见到各种风光人物：权贵、文人、美妇等。人们在她的家里见到的净是公爵、大使、名流。罗昂公主、福卡尔基埃伯爵夫人、米尔普瓦夫人、布里诺尔夫人、赫维夫人，都可以说是她的朋友。丰特奈尔先生、圣皮埃尔神父、萨利埃神父、富尔蒙先生、贝尼先生、布封先生、伏尔泰先生都是她的圈中人和食客。如果说她的矜持举止吸引不了多少年轻人，那么她的宾客都是些有身份地位的人，更加令人肃然起敬，而在这种人中间，可怜的让－雅克就没什么可资炫耀的了。所以，我不敢说话，但又憋不住，只好斗胆给她写信了。她把我的信压了两天，没有跟我提起。第三天，她把信还给了我，当面告诫了我几句，口气冷冰冰的，让人不寒而栗。我想说几句，可话到嘴边又咽了回去。我那一见钟情的激情同希望一起熄灭了，在礼貌地表白一番之后，我像以往一样继续去拜访她，就再也没有向她倾诉过什么，连眼睛也不露情了。

　　我以为我的蠢事被遗忘了，其实我想错了。弗朗格耶先生是迪潘夫人的丈夫与前妻所生的儿子。他同迪潘夫人和我年岁相仿。他挺聪明，长得也好，可能有非分之想。据说，他对其继母有点儿意思，也许就是因为她替他找了一个很丑、很温顺的妻子，她同他们小两口相处得非常融洽。弗朗格耶先生爱才重才。他深谙音乐，所以音乐成了我们俩之间的联系纽带。我常去看他，我很喜欢他。突然，他暗示我，迪潘夫人嫌我来得太频繁，请我别再去了。如果她在还我信时有这种表示，那还说得过去，可这都过去快十天了，他无缘无故地这么说，我觉得不合时宜。事情尤为奇怪的是，我并未因此受到弗朗格耶夫妇的冷淡。不过，我去得少了，要不是迪潘夫人又突发奇想，我可能根本就不再去了。迪潘夫人请我替她照管她儿子八九天，因为要换家庭教师，她儿子在此期间无人看管。我那几天可真够活受罪的，要是没有服从迪潘夫人的那种喜悦，那简直让我受不了，因为那个可怜的舍农索从那时起便是个脾气暴戾的人，差一点儿辱没门庭，并因此死在了波旁岛①。我在照看他的时候，只不过是阻止他伤害自己和伤害别人，但这就够我操心劳神的了。即使迪潘夫人以身

----

① 即今日法属留尼汪岛。

相许作为报偿，我也不会再看管他一个星期了。

弗朗格耶先生跟我关系不错，我跟他一起学习，我们俩开始一起去鲁埃尔先生那儿上化学课。为了离他近点儿，我搬出了圣康坦旅馆，住到维尔德莱街的网球场旁边。维尔德莱街通向迪潘先生居住的普拉特利埃街。在那儿，我因麻痹大意而患了感冒，还转成了胸部炎症，差点儿送了命。我年轻时经常患这类炎症，如脑膜炎，特别是常患咽喉炎，我就不在这里一一赘述了。这些病都让我看到自己离死不远了，使我对死神的面目都挺熟悉。在康复期间，我有时间考虑自己的处境，对自己的胆怯、软弱和麻木不仁感到痛悔。尽管我感到心中有一团火，可是我的麻木使我沉溺于无所用心，总是几近穷困潦倒，不能自拔。病倒的前一天，我还去看了当时正在上演的鲁瓦耶的一部歌剧，我忘了剧名。尽管我总以为别人有才，而我望尘莫及，但我仍不禁认为这部歌剧不行，缺乏热情，没有创意。我有时心里敢这么想："我觉得，我要写的话，会比它好。"可是，一想到写一部歌剧，艺术家们把歌剧说得神乎其神，我便不寒而栗，立即打了退堂鼓，并且因为不知天高地厚而羞愧难当。再说，去哪儿找人帮我写歌词并肯费劲照我的意思修改呢？这种作曲和写作歌剧的念头在我生病期间又浮现在我的脑海中。而且，在我发烧迷糊之时，脑子里还编了些独唱曲、二重唱曲和合唱曲。我深信还写了两三支"即兴之作"，如果大师们能听到演奏的话，也许会大加赞赏的。啊！要是能把一个发烧病人的梦呓记录下来，人们将看到从他的谵妄之中有时会产生多么伟大的作品呀！

这些音乐和歌剧的主题在我康复期间仍萦绕在我的心里，但比先前要平静得多。由于一心一意甚至情不自禁地在思考着，我便想把这些主题弄个一清二楚，而且想试单枪匹马地写一部歌剧，包括作词和作曲。这并不完全是我初试锋芒。我在尚贝里就写过一部悲歌剧，剧名为《伊菲斯与阿那克撒莱特》，因我有自知之明而将它扔进火里烧了。我在里昂又写了一部，名为《发现新世界》，在读给博尔德先生、马布利神父、特吕布莱神父以及其他一些人听了之后，我终于又付之一炬，尽管我已经写了序幕和第一幕的曲子，而且达维看了曲子之后对我说，有些片段可与布奥农奇尼① 媲美。

这一次，动手之前，我花时间思考了我的提纲。我计划写一部英雄主题的芭蕾舞剧，写三个不同的主题，分成三幕，各自成篇，每个题材都配以不同性质的音乐。每一幕都以一个诗人的爱情为主题，所以取名为《风流诗神》。第一幕配以强劲的音乐，演的是塔索② ；第二幕配上缠绵缱绻的音乐，演的是奥维德；第三幕名为《阿那克里翁》③ ，应洋溢着古希腊酒神赞歌的欢快。我先在第一幕上试作，投入了巨大的热情，第一次使我体味到作曲的欣喜滋味。一天晚上，我正要走进歌剧院，突然感到激情澎湃，思绪万千，便把买票的钱放进口袋，跑回家中，把所有的窗帘拉上，不让阳光进来，然后躺到床上，沉醉在诗情乐兴之中，用了七八个小时飞快地构思好第一幕最优美的部分。可以说，我对费拉尔公主的爱（因为我当时就是塔索），以及我面对她那不义的兄弟时所表现出的高尚、傲岸的情感，使我那一夜妙不可言，即使我身在公主的怀抱之中，也不会这么美。到了早上，我脑子里剩下的只是我构思的一小部分，这仅剩的一点点儿东西虽然因我的倦慵和困顿而几乎被抹尽，但仍能看出其所代表的片断的活力。

这一次，我因有其他事情缠身，没有把这件事一直做下去。在我与迪潘家过从甚密的时候，我仍不时去拜望的贝赞瓦尔夫人和布罗格利夫人没有忘记我。近卫队长蒙泰居伯爵刚被任命为驻威尼斯大使。这一职位是他通过巴尔雅克④ 弄到的，因为他拼命

---

① 博农奇尼 (1670—1747)，意大利著名作曲家，卢梭将他的名字拼成了“布奥农奇尼”。
② 塔索 (1544—1595)，意大利文艺复兴时期的著名诗人。
③ 阿那克里翁 ( 约前 6—前 5 世纪)，古希腊诗人。
④ 巴尔雅克为弗勒里红衣主教的亲信。弗勒里当了首相之后，巴尔雅克便成了他的近侍，权可倾国。

地讨好后者。他的兄弟蒙泰居骑士是王太子的侍从，认识贝赞瓦尔夫人、布罗格利夫人以及我有时也去拜望的法兰西学院院士阿拉利神父。布罗格利夫人得知大使想找一名秘书，便推荐了我。我们开始谈判。我要求薪俸定为五十金路易，因为当秘书要有行头，这点儿薪金是很少的了，可他只肯给一百皮斯托尔，还要我旅费自理。这种条件太可笑了。我们俩无法达成一致。弗朗格耶拼命地挽留我，我才没拂袖而去。我留下没走，蒙泰居先生带着另一位秘书走了。这位秘书名叫福罗，是外事办公室派给他的。他们俩刚到威尼斯便吵翻了。福罗发现自己是在与一个疯子共事，便把他给撂在那儿了。蒙泰居先生只有一个名叫比尼斯的年轻神父做助手，只能在秘书手下抄抄写写，胜任不了秘书工作，因此他又来求我。他的骑士兄弟是个精明人，把我哄得团团转，暗示我秘书这个职位是有一些权益的，并许给我一千法郎的薪俸，外加二十金路易的旅费，因此我便动身了。

到了里昂，我真想取道塞尼山，顺便去看看可怜的"妈妈"。可我沿罗讷河而下，在土伦乘船过海了，因为一方面战端已起[1]，我也想节省一点儿，另一方面要去找米尔普瓦取通行证，他当时任普罗旺斯驻军指挥，是人家让我去找他的。蒙泰居先生缺不了我，接二连三地写信催我赶快去，但一件意外的事使我耽搁了。

当时正值墨西哥瘟疫肆虐时期。英国舰队在那儿停泊，检查了我乘坐的斜桅小帆船，致使我们在经过漫长而艰难的越海航行之后抵达热那亚时，被检疫隔离了二十一天。乘客们可以选择留在船上或者去港口检疫站，但我们被告知，检疫站家徒四壁，还没来得及布置。大家便都选择留在船上。难耐的闷热、狭窄的空间、无法走动和虱蚤的叮咬，使我宁可豁出去住进了港口检疫站。我被领到一幢三层的大楼房里，里面空空如也，既无窗、

---

[1] 系指为争夺奥地利王位继承权而进行的战争 (1740—1748)。

床、桌、椅，也无一张凳子可坐、一点儿干草可躺。有人把我的大衣、睡袋、两只箱子给我拿了来，随即把大门用大锁锁上，我便一个人待在里面，随意地从一个房间走到另一个房间，楼上楼下地乱窜，到处都空无一人，亦无一物。

这一切并没有使我因选择了检疫站却没留在船上而后悔。我像个新鲁滨逊似的动手安排我二十一天的生活，就像我要在此过一辈子一样。我先是饶有兴趣地去捉从船上带来的虱子。当我把浑身的新旧衣服换了个彻底，终于没有一个虱子之后，便着手布置我为自己选定的房间。我用外衣和衬衫做成一张厚厚的床垫，把好几条毛巾缝在一起当床单，把睡衣当被子，把大衣卷起来当枕头。我把一只箱子放平当凳子，把另一只箱子立起来当桌子。我把纸张和文具盒拿出来，把所带的十多本书码放好了。总之，我布置得非常好，除了没有帘子和窗户外，在这个空无一物的检疫站里，我几乎同在维尔德莱街网球场附近的家里一样舒适。有人郑重其事地为我送饭，两个枪上带刺刀的掷弹兵护送着送饭来。楼梯是我的餐厅，楼梯口当我的桌子，梯级是我的坐凳，饭菜摆好之后，送饭人一边退下一边摇铃，告诉我可以入席了。两餐饭之间，当我不读不写，又不布置房间的时候，我便去充作我的庭院的新教徒墓地散步，或者爬上朝向港口的顶塔，眺望船只进进出出。我就这样过了两个星期，要不是法国使节戎维尔①先生给我缩短了一个星期，我本会在那儿过满二十一天而一刻也不会感到厌烦的。他是收到我捎去的一封信后才来的，信是蘸了醋，涂过香料，熏得半焦了的。余下的几天我是在他家度过的。实话实说，在他家比在检疫站舒服得多。他待我亲切有加。他的秘书杜邦是个好小伙子，带我去了热那亚城里和乡下的好几户人

---

① 1741—1745 年法国驻热那亚共和国特使。卒于 1765 年。

家，玩得挺开心。因此，我同他相交上了，而且通了很长时间的信。我穿过伦巴第，继续愉快地前行。我途经米兰、维罗纳、布雷西亚、帕多瓦，最后到了威尼斯。大使先生都等急了。

我面前放着一堆堆公文，有宫廷发来的，也有其他大使馆发来的。尽管大使先生有密码本，可凡是用密码的函件，他都看不懂。我从来就没在任何机构干过，一辈子也都从未见过密码，所以，一开始我很担心会出洋相。可是，我随后便发现这项工作再简单不过了，不到一星期工夫，我便把全部密码函件都译了出来。其实根本就没这个必要，因为威尼斯使馆始终挺清闲的，也没人愿意把什么事交给蒙泰居这样一个人去办。在我到来之前，他简直是束手无策，既不会口授，自己又写不明白。我对他非常有用，他也感觉到了，所以对我很好。他之所以对我好，还有一个原因。自从他的前任弗鲁莱先生因精神失常调离之后，名叫勒布隆的法国领事便主持馆务。蒙泰居先生到任之后，在熟悉情况之前，勒布隆先生仍继续代理着。蒙泰居先生虽然没有能力，却忌妒他人代行其职，所以很讨厌那位领事，所以我一到，他便立刻免去了这位领事的使馆秘书的职责，让我来干了。职责同头衔是不能分割的，他便叫我顶上了秘书的头衔。我在他身边的那段时间，他从来就是只委派我以秘书的身份前去参议院会见其高级代表。其实，他宁愿要一个自己人，也不愿要一个领事或宫廷任命的办公室职员当秘书，这也是极其自然的。

这使得我的日子很好过，并且使他的那些意大利随员以及侍从和大部分馆员无法在使馆内与我争高下。我成功地利用所享有的权威维护了大使的治外法权，也就是说阻止了好几起针对使馆区的侵犯事件，从而维护了使馆的豁免权，而他的威尼斯籍官员是绝对不会去干这些事的。不过，我也从不允许匪徒躲进使馆里来，尽管这对我会是有利可图的，大使阁下也不屑于从中分肥。

大使阁下竟然大言不惭地要求分享人称馆办秘书处的好处。

当时正值战争时期，不免有许多护照要签发。每签一份护照，就得付给签发并副署的秘书一个西昆①。我的所有前任都无一例外地收取这一个西昆，不管领照人是法国人还是外国人。我觉得这个规定不合理，所以，尽管我不是法国人，但还是为法国人免去了这一个西昆。但对其他国家的人，我就毫不客气地索要签发费。有一次，西班牙王后的宠臣的兄弟斯柯蒂侯爵派人来签了一份护照，却没有送那一个西昆来，我便让人去讨要。对于我的胆大妄为，那个爱报复的意大利人耿耿于怀。人们得知我在签发护照费上的改革之后，自称法国人前来办理的人便趋之若鹜，他们憋腔拿调地自称普罗旺斯人、皮卡第人或勃艮第人。我耳朵灵，不会受骗，而且我不信有哪个意大利人能少交这一个西昆，但也绝不会有一个法国人会多付这一个西昆。我傻乎乎地把我的改革告诉了蒙泰启先生，他原本是一点儿都不知道的。一听"西昆"二字，他立刻竖起了耳朵，对减免法国人的西昆，他倒是没有向我提出异议，而对外国人交纳的钱，却要我与他平分，说是要给我相应的好处。我的利益受到损害倒还罢了，可这种卑鄙行径让我怒不可遏，我毫不容情地把他顶了回去。他仍旧坚持，我更火了。我气呼呼地对他说："不行，先生。请阁下留下属于自己的，而把属于我的留给我，我永远不会让您一个苏的。"他见这条路不通，便另生了一招儿。他竟恬不知耻地跟我说，既然我从他的馆办得到收益，理所当然，办公费开支就该由我负担。我不想在这一点上斤斤计较，因此，从此以后，墨水、纸张、火漆、蜡烛、丝绳，甚至我让人重刻的印章，都是由我出钱，他从未补还过我一文钱。尽管如此，我还是把签证收益分了一小部分给比尼斯神父。他是个好小伙子，从未在这种事上打过主意。他对我很好，我待他也不薄，我们俩一直相处得很好。

---

① 古代威尼斯金币，一个西昆约合十来个法郎。

273

我着手工作时，没有觉得像原先所担心的那么犯难，因为我原以为自己没有经验，又是在一个也不比我经验多的大使身边工作，况且，他既无知又固执，我的良知和一点点儿知识本启迪我好好为他、为国王效劳的，可他好像故意同我对着干。他与马利侯爵处得很好，这是他所干的比较明智的事。马利侯爵是西班牙大使，是一个机灵精明之人，只要愿意，他可以牵着蒙泰居的鼻子走。但是，鉴于两国王室的利益，他通常总是给他出出主意，如果蒙泰居在执行时不总自以为是的话，这些主意本是挺好的。他们俩要联手做的唯一的一件事，就是敦促威尼斯人保持中立。威尼斯人口口声声说要严守中立，却公开地向奥地利军队提供军火，甚至提供兵员，谎称是逃兵。我相信，蒙泰居先生是想讨好威尼斯共和国，所以不顾我的劝告，硬要我在他的所有函件中声称威尼斯共和国绝不会违反中立政策。这个可怜虫执拗而愚蠢，总是让我写些荒唐话、做些荒唐事，既然他要这么干，我又不得不从，所以，有时我感到工作起来很受罪，几乎没法儿干。譬如，他非要我给国王和外交大臣的报告大部分用密码，尽管这两种报告都绝无保密的必要。我劝他说，王室的公文每星期五到，而我们的则星期六就要发出去，没有足够的时间译解和编译这么多密码，我还有许多信件要写，要赶着让信使带走。为此，他想了个绝招儿，让我每个星期四就把第二天才到的公文的复函拟好。他还觉得这一招儿实在高，尽管我向他指出这不可能、行不通，但我还是不得不照他的话办。我在他那儿工作的整个期间，总是先记录下他在一星期内匆匆交代我的几句话以及我道听途说的几则平淡无奇的消息，然后，根据这点儿材料，在星期四上午必定把每星期六要送发的公文稿交给他，顶多再按照每星期五送来的公文匆忙地做点儿增删改动，即作为我们的复函发出去。他还有一个极有趣的怪癖，使他的函件可笑到了难以想象的程度，那就是对待每则消息，他不是往外发，而是全都发回消息来源地。他向阿梅洛①先生报告宫廷消息，向莫尔巴②先生报告巴黎的情况，向阿弗兰古尔③先生报告瑞典的新闻，向拉舍塔尔第④报告圣彼得堡的消息，有时候还向他们每人发回他们各自发来的消息，只是我在词句上稍稍加以改动了而已。对于我送给他签字的所有东西，他只是对呈送宫廷的文件浏览一遍，对发送其他大使馆的公文则是看都不看就签字，所以这使我对后面这类公文可以按照我自己的意思加以处理，至少可以把那些消息相互交错一下。但是，对于重要公文，我想做合理的变通就不可能了。他有时心血来潮，突然别出心裁地加上几句，害得我急急忙忙地把整个文件加上他刚添的几句话重抄一遍，否则他就不肯签字。没遇到这种情况时，那真是谢天谢地了。我曾经多次考虑到他的名誉，想用密码加进点儿与他所说的不尽相同的东西，但是，一想到我没有任何理由这么胡来，便只好任其胡言乱语、自讨苦吃，心想反正已向他坦言直陈，冒着风险在他身边尽职尽责了。

我始终如一地正直、热情、勇敢地做着这一切，理应得到他的报偿，而不是像他最后那样对待我。上苍赋予了我良好的天性，一个最好的女人给了我良好的教育，我自己也努力学习受教，现在正是我可以把自己的这些优点表现一次的时候了，而且，我也确实表现了一番。我单枪匹马，没有朋友，没人指教，没有经验，又身在异乡，效忠异国，夹杂在一群骗子中间，他们为了自身利益，为了使我与他们沆瀣一气，让我效仿他们，可我并没这么做，而是很好地效忠法国，尽管我并不欠法国什么，而且像应该做的那样，竭尽所能，更好地为大使效劳。我身居一个比较显眼的位置，做到无可厚非，理应受到而且真的受到共和国的尊敬，受到所有我们与之联系的大使的尊敬，受到所有定居威

---

① 让－雅克·阿梅洛·德·萨依乌(1689-1749)，1737年到1744年4月任外交国务秘书。
② 莫尔巴伯爵(1701—1781)，海军国务秘书。
③ 阿弗兰古尔侯爵(1707—1767)，1749年到1762年任法国驻瑞典大使。
④ 拉舍塔尔第侯爵(1705—1758)，1739年到1744年任法国驻俄国大使。

尼斯的法国人的爱戴，就连那位领事也不例外，我很是抱歉地顶替了他的工作，我知道那本该属于他的，而且这些工作给我带来的麻烦多于乐趣。

蒙泰居先生完完全全地信赖马利侯爵，可后者并不会事无巨细全都管的，所以蒙泰居先生对自己的职责疏忽到了无以复加的地步，要是没有我，在威尼斯的法国人可能都不会知道有自己国家的大使在。当他们需要他的保护时，他一概把他们打发走了事，不愿听他们申诉，因此，他们也就灰心丧气了，从此，大使身边或餐桌上再也见不到一个法国人，其实他也从来不邀请他们。我经常主动地做一些他本该做的事情，我力所能及地帮助那些求他或求我的法国人。换到别的国家，我会做得更多一些，但在这里，由于自己的地位所限，我无法去见有地位的人，常常不得不求助于领事，而领事因为全家定居在这个国家，有点儿畏首畏尾，不能做自己想做的事情。不过，有时候见他优柔寡断，不敢说话，我便豁出去大胆进行交涉，而且好几次都成功了。记得有一桩事，现在想起来都让我觉得好笑。没人会想到，多亏了我，巴黎的戏迷们才得以看到卡罗利娜及其姐妹卡米耶。可这确实是千真万确的。她们俩的父亲维罗奈斯同他的女儿们已经同意大利剧团订好了合同。拿了两千法郎的旅费之后，他们并未动身，而是不急不忙地在威尼斯的圣吕克剧院演了起来。卡罗利娜尽管还是个孩子，却吸引了很多人。热弗尔公爵作为国王的侍从长官，给大使写信，让他找回他们父女。蒙泰居先生把信交给我时只交代了一句："您看看这个。"我去找勒布隆先生，请他与圣吕克剧院的业主说说，让他辞退已受聘为国王演出的维罗奈斯。我记得，那个业主叫什么齐斯提尼安。勒布隆没把这事放在心上，办得很糟。齐斯提尼安闪烁其词，所以维罗奈斯没能被解雇。我十分生气。当时正值狂欢节。我穿上带风帽的化装长外衣，戴上假面具，让人划船载我去了齐斯提尼安的府第。凡是看见我那只饰有大使徽号的威尼斯平底轻舟进来的人都大吃一惊。威尼斯还从没发生过这等事。我进到门内，让人通报 una Siora Maschera① 求见。我一被领进去，便摘去假面具，说出了姓甚名谁。参议员顿时面色苍白，哑口无言。我用威尼斯话跟他说："先生，我很遗憾，冒昧前来打扰阁下，但在您的圣吕克剧院有一个名叫维罗奈斯的人，已经受聘为法国国王效劳了，我们曾让您退还此人，可毫无结果，所以我现在是以国王陛下的名义前来要人的。"我短短的几句话产生了效果。我刚走，那人便跑去把这一情况报告了最高法院，但被训了一通。维罗奈斯当天便被解聘了。我让人告诉他，如果他一星期之内不动身，我就派人把他抓起来。他乖乖地动身了。

另有一次，我独自一人，几乎在毫无外援的情况下，替一位商船船长解决了麻烦。那位船长名叫奥利维，马赛人，船名我忘记了。他的船员与为共和国服务的一些斯洛文尼亚人发生纠葛，动手打人，因此船只被扣，受到了严厉的处治，除船长一人外，任何人不得上下船。船长求助大使，但被打发走了。他又去找领事，可领事说这不是商务活动，他无法干预。迫于无奈，他便跑来找我。我向蒙泰居先生表示，他应允许我就此事向参议院提交一份备忘录。我记不清他是否同意了、我是否提交备忘录了，但我记得很清楚的是，我的交涉毫无结果，船始终被扣着，我便想了个主意，结果成功了。我把此事的前因后果夹在一份呈送莫尔巴先生的公文中，而且我费了很大的劲儿才使得蒙泰居先生同意我这么做。我知道，我们的函件虽无太大必要去拆检，但在威尼斯是要被拆检的。关于这一点我是有根据的，因为我发现日报中的文章照抄了我们的公文。我曾想让大使对这种恶劣行径提出抗议，但他不予理会。我的目的是，在公文里提及这次迫害事件

---

① 意大利文，意为"一位戴面具的女士"。

时，利用他们拆检的好奇心吓唬他们一下，迫使他们把扣住的船放了，因为真想为这事等候宫廷的批复的话，船长早就破产了。不仅如此，我还跑到船前询问船员。我是拉着帕蒂泽尔神父一道去的，他是领事馆主任秘书，是勉勉强强地去的，因为这帮可怜虫都害怕得罪参议院。由于有禁令，不能登船，我便待在我的威尼斯平底轻舟上做笔录，我扯起嗓门儿逐个儿地询问每一个船员，诱导他们，使之回答得有利于案子的解决。我本想让帕蒂泽尔审问并亲自做笔录的，因为这事应是他的业务范围，可他就是不肯，一句话也不说，很勉强地在笔录上我的名字下面签了字。这一行动虽有点儿冒失，却取得了很好的效果，在外交大臣的复函到达之前，商船早就被放行了。船长想送我件礼物。我并未动心，而是拍拍他的肩膀对他说："奥利维船长，您想想，一个连法国人现成的签证费都不要的人，会是靠出卖国王的保护挣钱的人吗？"他想至少要请我上船吃顿饭，我同意了，并领着西班牙大使馆的秘书一道去了。后者名叫卡利约，是个既聪明又很可爱的人，后来在西班牙驻巴黎使馆任秘书，随后又当了代办，我仿效我们的大使，同他过从甚密。

在我毫无私心做我所能做的这些好事的时候，如果我学会把这一切细枝末节安排得秩序井然、有条不紊，以免上当受骗，宁肯自己吃亏而帮了别人的大忙，该有多好啊！可是，在我当时所处的位置，哪怕一个细小的差错都会造成不良后果，我殚精竭虑，注意别在办事时出岔子。我在主要职责上都是有条不紊、一丝不苟的。除了因为实在赶得太急，在密码上出现过几个错处，招致阿梅洛的职员们埋怨过一次外，不管是大使还是其他人，都从未指责过我在工作上有过任何疏忽，对一个像我这样大大咧咧、愚蠢笨拙的人来说，这实在是不可小觑的。可是，在我负责处理的私人之事上，我有时却是很健忘、很不细心的，可我爱讲公道，总是不等别人埋怨，便主动地承担了责任。

278

我只举一个例子，这与我离开威尼斯有关，而且回到巴黎仍旧感觉如鲠在喉。

我们的厨师名叫鲁斯洛，他从巴黎带了一张两百法郎的旧欠条，是一个名叫查内托·纳尼的威尼斯贵族为付假发钱而开给他的朋友中的一个假发制造者的。鲁斯洛把这张欠条拿给我，求我尽量想法儿收回点儿钱来。我知道，他也知道，威尼斯贵族的一贯伎俩就是，一回国就要把在国外的欠债赖掉。要是想逼他们还账的话，他们就一拖再拖，让倒霉的债主耗尽时间、金钱，直到灰心丧气，干脆不再追讨，或者通过协商捡回一星半点儿了事。我求勒布隆先生找查内托谈谈。查内托承认欠账的事，但不肯还钱。争来吵去，他终于答应还三个西昆。当勒布隆把欠条给他拿去时，他那三个西昆却没备好，还得等着。在等待还钱期间，我同大使发生了龃龉，离开了使馆。我把使馆的文件整理得井然有序，鲁斯洛的那张欠条却不见了。勒布隆先生硬说还给我了。我很了解他的为人，不会怀疑他的。可我怎么也想不起来这张欠条到底去哪里了。由于查内托承认欠了这笔债，我便求勒布隆先生设法收回那三个西昆，开一张收据，或者让查内托重写一张欠条。查内托得知欠条丢失，就既不想还钱，也不想再写一张欠条。我只好自掏腰包，给了鲁斯洛三个西昆，以偿丢失之欠条。他不肯要，叫我回巴黎后同债主商量。于是，他把债主的地址给了我。假发制造者得知事情原委后，便想要回欠条或者全部欠款。我气极了，真恨不得豁出命去也要把那张该死的欠条找回来！我在手头最拮据的时候，自己付了这两百法郎。就这样，欠条丢了，债主倒收回了他的全部欠款，而要是那张欠条真的不幸被找到了，那么他就很难得到查内托·纳尼阁下许诺的那十个埃居了。

我自觉有能力完成自己的工作，所以干起来便饶有兴趣。除了与我的朋友卡利约交往，同我马上就要谈到的品德高尚的阿尔蒂纳交往，去圣马克广场来点儿无伤大雅的娱乐、看看戏，我们几乎总是一起去串串门之外，我唯一的乐趣就是自己的工作。尽管我的工作并不太繁难，特别是还有比尼斯神父相帮，但由于联系面很广，又处于战争时期，所以我不免仍旧是挺忙的。我每天上午要干大半天，而信使来的时候，有时则要干到半夜。余下的时间，我便用来学习我开始干的业务，我真希望有个良好的开端，以后会受到重用。的确，我的口碑甚好。首先是大使，他高度赞扬我的工作，从未抱怨过，他后来之所以发那么大火，完全是因为我见一再诉苦不起作用，自己终于要走。我们与之有公文往来的大使们和外交大臣，总是对他赞扬他的秘书的才干，这本该使他颇为得意的，可却因为他心术不正，反而起了完全相反的效果。特别是在一个重要场合，他听到了对我的赞扬，便永远不能原谅我了。这件事有必要说明一下。

　　他这个人很不能约束自己，连星期六——几乎是所有文件都要发送出去的日子，他也不能等待工作完毕之后再出去。他老盯着我，催我把呈送国王和外交大臣的公文赶快弄好，他匆匆忙忙地签完字后，便不知去向了。而其他大部分信都还没有签字哩。这样一来，如果是一些消息的话，我就得把它们弄成通讯，但要是牵涉到王室事务，就必须有人签字，我就只好代签了。我们刚收到一份重要情报，是国王派驻维也纳的代办樊尚先生发来的，我也就照样代签了。当时，洛布科维茨亲王正在向那不勒斯挺进，加热伯爵做了难忘的转移，这是本世纪最漂亮的战略行动，而欧洲对此谈得甚少。那份情报说，有一个人——樊尚先生把他的相貌特征告诉了我们——从维也纳动身，要经过威尼斯，潜入阿布鲁齐，负责煽动民众，策应奥地利人。蒙泰居伯爵先生不在，再说他对什么都不关心，所以我便把这份情报转发给洛皮塔尔侯爵[①]了。情报转发得非常及时，也许多亏了我这个总挨训斥

① 加吕西奥·德·洛皮塔尔侯爵，1740年到1750年任法国驻那不勒斯大使，1757年到1761年担任法国驻俄国大使。

的可怜的让－雅克，波旁王朝才得以保住那不勒斯王国。

洛皮塔尔侯爵在理应感谢其同僚时，跟他谈到了他的秘书以及该秘书刚刚对共同事业所做的贡献。蒙泰居因渎职本该自责的，但听了对我的这番夸奖，认为这是在有意指责他，所以跟我谈起这事时气呼呼的。我以前遇到特殊情况，也曾对驻君士坦丁堡大使卡斯特拉纳伯爵这么自行处理过，如同这次与洛皮塔尔侯爵一样，尽管事情没这么重要。由于没有别的邮班去君士坦丁堡，只有参议院不时地派遣信使给大使送信，所以信使出发前总要通知法国大使，以便他觉得必要时可以顺便给他的同僚捎信。通知一般是一两天前送来，但人家不把蒙泰居先生放在眼里，所以只是在信使出发前一两个小时才告诉他一声，走走形式而已，这就使得我有好几次在他不在的时候自行写信捎去。卡斯特拉纳先生回信时总要提到我，语多褒奖。驻热那亚的戎维尔先生也是这样。蒙泰居先生每每得知，更是气上加气。

我承认，遇有表现自己的机会，我是不会放过的。但我也并不是不识时务地乱找机会。我觉得，好好地干活儿，希望因此获得理所当然的回报，这是天经地义的事，这是那些有能力评判并犒赏我的工作的人对我的赏识。我不会说正是由于我尽职尽责，才使得大使对我耿耿于怀，但我完全可以说，直到我们分手的那一天，他对我的唯一指责就是这一点。

他的那个使馆，从来就没有搞得像模像样，里面净是些流氓恶棍。法国人在里面受虐待，意大利人则春风得意，即使在意大利人中间，在使馆工作年头很久的好职员也全都被莫名其妙地赶走了，特别是他的首席随员，我想他是庇阿蒂伯爵，或者类似这样的姓氏，此人在弗鲁莱伯爵手下就是首席随员了。蒙泰居先生的第二随员是他自己挑选的，原是曼托瓦的一名盗匪，名叫多米尼克·维塔利，大使竟让他独揽使馆总务。此人极尽溜须拍马、卑鄙克扣之能事，取得了蒙泰居的信任，成了他的亲信，使大使馆内所剩无几的正派人以及领导这些人的秘书深受其害。一个正派人的严正目光总是使骗子们惴惴不安的。就凭这一点，便足以使那家伙对我恨之入骨了，不过，还有一个原因使得这种恨变本加厉。必须把这个原因说出来，如果是我不对，大家可以谴责我。

按照惯例，大使在威尼斯的五个剧院都有包厢。每天午饭时，他便指定当天要去的剧院，我随其后挑选，然后再由随员们挑选其他剧院的包厢。我出门时便拿好我选定的包厢的钥匙。有一天，维塔利不在，我便让侍候我的跟班到我告诉他的一所房子里去把我的钥匙拿来。维塔利非但不给，反而说他已经把钥匙给别人了。我气极了，尤其是因为跟班回来时当着众人的面向我汇报了事情的经过。晚上，维塔利想跟我解释几句，我没理他。我对他说："先生，明天您再在这个时间，在我受到侮辱的那所房子里，当着昨天在场的人的面，来向我道歉。否则，后天，不管怎么样，我可告诉您，不是您就是我，得卷起铺盖离开这里。"我口气坚决，把他镇住了。他按照指定的时间和地点，以只有他做得出来的卑躬屈膝，向我做了公开道歉。但他却暗中打主意，一面讨好奉承我，一面用意大利式的手段暗中使劲儿，以致他虽然没能怂恿大使把我辞退，却迫使我不得不主动离去。

像这样的一个混蛋肯定是不会了解我的，但他知道我身上有哪些地方是他可以利用的。他知道我对无意的冒犯是极其宽厚温和的，而对处心积虑的侮辱是绝不容情、毫不退让的，知道我在场面上是爱面子、重尊严的，既尊重别人，又要求别人尊重自己。他正是从这儿下手，终于惹火了我。他把使馆弄得乱七八糟，把我曾经尽力维护的规章、上下级关系、整洁、秩序全给破坏了。而一个没有女人的家，就得靠稍微严厉的规矩来保持与门第密不可分的那种端庄气氛。他很快就把我们使馆弄成了一个肮脏下流的场所、骗子流氓的巢穴。他怂恿大使阁下撵走了第二随员，给大使另找了一个同他一样的皮条客，是在燕尾十字路口开妓院的。这两个混蛋沆瀣一气，既卑鄙下流又傲慢无礼。除了大使的房间——其实也不太整洁——使馆里没有一个角落能让一个正派人受得了。

由于大使阁下不在使馆吃晚饭，随员们和我晚上便专开一桌，比尼斯神父和年轻侍从们也同我们一块儿用餐。就是在最简陋低级的小饭馆里，餐桌也弄得干干净净、像模像样，桌布也不太脏，饭菜也更好一些。可我们只有一支黑乎乎的小蜡烛、几只锡碟子、几把铁叉子。反正外人都看不见这些，倒也无所谓，但我的平底轻舟也取消了。在所有使馆的秘书中，只有我不得不租船或者步行，而且，我只有在去参议院的时候才可以有大使的仆役跟随。此外，使馆里面发生的一切全城没有不知道的。大使手下的官员们全都吵吵开来，罪魁祸首多米尼克叫得最凶，因为他很清楚，我对我们受到的这种不像话的对待比谁都敏感。使馆里只有我一个人不在外面说三道四，但我向大使表达了强烈的不满，既责怪其他人，也责备他本人，因为他为自己的卑鄙灵魂所驱使，每天都在找我的碴儿。为了与其他使馆的秘书们相比不相形见绌，不跌份，我就得自己多加破费，可我薪俸微薄，省不出钱来，只好向他要钱。这时，他便跟我说他多么器重我、信任我，仿佛这样就能使我的腰包鼓起来，要什么有什么。

那两个强盗终于使他们的主人那原本就不太精明的脑袋晕乎起来了。他们说服他投机倒把，做旧货生意，结果赔个精光。他们用高出一倍的价钱在布伦塔河畔租了一幢别墅，把多出的钱与屋主平分了。别墅的房间按照当地的习惯，都饰有镶嵌画，并有用很美的大理石建起的圆柱和方柱。蒙泰居先生不惜工本地把这些全都用杉木板遮护起来，唯一的理由就是，在巴黎，房间都是这么饰有木护壁的。也同样出自类似的理由，在驻威尼斯的所有大使中，只有他一个人不许年轻侍从佩剑，不许跟班执仗。他就是这样一个人，也许始终出于同一种动机，总是看我不顺眼，唯一的原因就是我忠贞不贰地为他服务。

对于他的不屑、粗暴、虐待，只要我认为那是他的脾气所致而非出于仇恨，我都忍气吞声了。但是，一旦我看出他是有意剥夺由于我良好的服务而应得的荣誉的时候，我就坚决不接受。我第一次看出他心术不正是在他宴请当时正在威尼斯的摩德纳公爵一家的那一次。他告诉我，宴会上没有我的席位。我很不是滋味，但并没有发火。我回答他，我荣幸地每天都同大使一起用餐，如果摩德纳公爵驾到时，要求我不得同席，为了大使阁下的尊严以及我的职责，我也会予以反对的。他气哼哼地说："怎么，我的秘书，大使馆的贵族侍从都不入席，你连贵族都不是，竟想与一位君侯同席？"我反驳他道："是的，先生，阁下赐予我的这个职位使我变得高贵了，所以，只要我在职一天，我就比您那些贵族或自称贵族的随员高上一筹，他们不能去的地方，我就能去。您也知道，您载誉归国的那一天，根据礼仪和传统习俗，我得穿着盛装跟随您的左右，并能荣幸地在圣马克宫的御宴上与您同席。所以，我不明白，一个人既然能够而且应该参加威尼斯总督和参议院的公宴，怎么就不能参加招待摩德纳公爵的私宴？"尽管我的理由无法反驳，但大使就是不肯让步。不过，我们并没有机会再次争吵，因为摩德纳公爵根本就没来使馆赴宴。

自此之后，他老是找我的碴儿，故意气我，想方设法地剥夺属于我职权范围的小特权，转给他亲爱的维塔利。我敢肯定，要是他有胆量派维塔利替我去参议院的话，他会这么做的。他通常让比尼斯神父在他的办公室里替他写私人信件，现在他又让他来给莫尔巴先生写信报告奥利维船长的案件经过，只字未提唯一参与此案的我，甚至把附在报告里的笔录副本也说是帕蒂泽尔写的，夺去了我的功劳，其实帕蒂泽尔一句话也没问过。他是想打击我，取悦他的那个宠儿，并不是想甩掉我。他知道，找一个人来接替我，没有当初找我接替福罗那么容易，福罗早把他的德行给传出去了。他非得找一个懂意大利文的秘书不可，因为得给参议院复函。这个秘书还得写所有的公文，干所有的事，又不用他自己操心劳神。此外，这个秘书既要服务周到，又得对他的废物随员们低三下四。因此，他既想留住我，又想制服我，使我远离自己的祖国以及他的祖国，没钱回去。如果他做得客气些，他也许就得逞了，但维塔利别有用心，想逼我滚蛋。他果然如愿以偿了。当我看到我吃力不讨好，大使对我的辛劳不思回报，反而处处刁难，再留下去，在馆内只有生气，在馆外则遭不平，而且，他自己已经搞得臭名昭著了，我就是干好了也得不到好处，干坏了则更于己不利，所以我横了心，向他告假，并给他留下时间重新找一名秘书。他对此未置可否，仍旧照常行事。我见没有任何好转，他也并没有找任何人来接替，我便给他兄弟写信，详述我的缘由，请他说服大使阁下许我告假，并且说明，无论如何我是不可能继续待下去了。我等了很久，也没见回信。我开始感到极不自在了，但大使终于接到了他兄弟的一封信。这封信一定写得词严语恶，因为大使尽管常常大发雷霆，可我还从未见他发过这么大的脾气。他破口大骂了一通之后，不知再说什么是好，便指控我出卖了密码。我哈哈大笑，以嘲讽的口吻问他是否真的以为在全威尼斯有哪一个傻瓜肯出一个埃居来买这密码。他一听，气得口吐白沫。他装作要喊人，说是要把我扔到窗外去。在这之前，我一直非常平静，但一听他这么威胁，我就气不打一处来，恼火极了。我奔向门口，拉出插销，把门从里面插好，步履沉稳地走回来对他说："别这样，伯爵先生，您的仆人不会干预这事的，还是咱俩私下解决为好。"我的举动、我的神态立刻让他安静下来。他的表情中，惊讶、恐惧明显可见。我见他气消了，便稍稍说了几句，向他告辞。然后，没等他回答，我便把门重新打开，走了出去，昂首阔步地在他的仆人中间走过候见厅。仆人们像往常一样站了起来，我觉得他们真的可能会帮我打他，而不是帮他来对付我。我没有上楼回房间去，而是立即下楼，出了使馆，永不回头。

我径直去了勒布隆那儿，把经过情形向他叙述了一番。他并不太惊讶，因为他了解其人。他留我吃了午饭。这顿饭尽管是临时准备的，却很不简单。在威尼斯的所有有头有脸的法国人都来了，但大使的人一个也没来。领事把我的事跟大家说了。大家一听，便众口一词地指责大使阁下。大使没有跟我结账，一个子儿也没给我，使我只剩下身上带着的几个金路易，没法儿回家了。大家纷纷解囊相助。我从勒布隆先生手里拿了二十来个西昆，从圣西尔先生手中也拿了同样的数目。除了勒布隆先生外，我同圣西尔先生的关系最密切了。其他人的好意我一概谢绝了。等待动身期间，我住到领事馆秘书家里去了，以便向公众证明，法国并不知晓它的大使的种种不公正的行径。大使见我落难之时反而受到欢迎，而他一个大使反倒受人冷落，不禁勃然大怒，完全失去了头脑，行为举止简直就像个疯子。他竟至不顾体统，向参议院送了一份备忘录，要求把我抓起来。比尼斯神父把这事告诉了我，我便决定再待上半个月，而不像原先打算的那样第三天就起程。大家得知我的决定，深表赞同。我受到了普遍的尊敬。参议院甚至不屑于答复大使这份莫名其妙的备忘录，而是通过领事告诉我，我想在威尼斯待多久就可以待多久，用不着担心一个疯子的行径。我继续拜访朋友：我去向西班牙大使辞行，受到了很好的接待；我又去向那不勒斯大使辞行，他不在家，我给他写了一封信，他回了我一封最为殷勤客气的信。最后，我动身了，尽管手头拮据，但除了我刚才所说的借债和欠一个商人五十来个埃居外，再没有留下任何债务。那个商人名叫莫朗迪，后来卡利约替我还了，可我没有再还卡利约，尽管我们俩此后常常晤面。至于前面所说的两笔借债，我后来手头一宽裕便立即如数奉还了。

不谈一谈威尼斯的有名娱乐，或者不稍微谈谈我逗留期间所参加的那很小的一部分娱乐，是不好离开这座城市的。大家都知道，我年轻那会儿极少追逐我这种年龄的人的种种快乐，或者起码可以说大家所称的年轻人的快乐。我在威尼斯时依然故我，再说，公务繁忙，我想寻欢作乐也不可能实现，这却使我对那些可以为之的普通消闲更感兴趣。首要的也是最温馨的便是与一些杰出人士交往，如勒布隆、圣西尔、卡利约、阿尔蒂纳诸君。还有一位来自福尔兰①的绅士，我非常遗憾，把他的名字忘了，我一想起他来便觉得十分温馨。这是我一生所认识的人当中，心灵与我最为相像的一位。我们还同两三位才华横溢、知识渊博的英国人过从甚密，他们同我们一样，都酷爱音乐。这些先生全都有妻子，或女友，或情妇。他们的情妇几乎都是一些才女，大家就在她们家里唱歌跳舞，也在她们家里玩牌，但玩牌的次数不多，因为我们具有强烈的审美需要，多才多艺，喜爱戏剧，所以对赌博感到枯燥乏味。赌博只不过是寂寞无聊之辈的乐趣。我从巴黎带来了人们对意大利音乐的偏见，但我也从本性中获取了分寸感，使种种偏见不攻自破。我很快便对意大利音乐有了它赋予其知音的那种激情。我听着威尼斯船歌，觉得好像此前从未听过。不久，我便对歌剧如痴如醉了，以至于我想专心听歌剧时，因为讨厌别人在包厢里说笑玩闹，贪吃零食，我便常常避开众人，躲到另一边去。我独自一人待在包厢一隅，悠然自得地陶醉于歌剧之中，不管歌剧多长，一直听到幕落曲终。有一天，在圣克里索斯通剧院，我竟睡着了，比在床上睡得都香，嘹亮精彩的曲子都没把我吵醒。但是，有谁能够表达得出使那支把我惊醒的曲子变成优美的和声，变成仙声妙乐的其乐无穷的感觉呢？在我同时竖起耳朵、睁开眼睛的一刹那，是何等愉快，何等陶醉，何等出神入化的境界啊！我

---

① 位于威尼斯东北部。

第一个感觉就是恍如身在天堂。这支迷人的曲子我至今依然记得，而且一辈子也不会忘记。它是这么开始的：

Conservami la bella
Che si m'accende il cor.[①]

我想要这支曲谱。我弄到了，并保存了很久，但写在纸上的曲子与我心中所想的不一样，曲谱相同，却完全不是一回事。这支仙声妙乐永远只能在我心中弹奏，正如同把我惊醒的那一天。

依我看，有一种音乐完全优于歌剧院的音乐，在意大利也好，在世界各地也好，都没有能与之并驾齐驱的，那就是 scuole 的音乐。Scuole 是一些慈善学校，是为教育贫苦女孩而建立的，待她们长大之后，由共和国负责将她们出嫁或送进修道院。在教授的技艺中，音乐列于首位。每逢星期日，那四所 scuole 中每一所的教堂里，晚祷中都有大型合唱队和大乐队的经文歌演出，演奏者和指挥都是意大利第一流的大师，演唱者全都站在有栅栏的舞台上，全都是女孩子，最大的也不到二十岁。我想象不出有什么能像这种音乐那么迷人、那么动听：内涵的丰富、歌曲的高雅、嗓音的甜美、演唱的准确，这极其和谐美妙的一切使人产生一种印象，这印象肯定与圣堂气氛不一致，但我相信没有谁能不为之感动。卡利约和我从未缺席过一次曼第冈蒂学校的晚祷。不单单是我们俩如此，该校教堂里总是挤满了音乐爱好者，连歌剧院的演员们也来向这些出色的演员学习，培养自己对歌曲的真正鉴赏力。令我恼火的是那些该死的栅栏，使人只能听见歌声，却看不见堪与歌声媲美的天仙。我老在提这件事。有一天，我在勒布隆家里又提起来了，他便对我说："如果您那么好奇，想看看

---

① 意大利文，意为"给我留下那美人儿吧，我为她心潮澎湃"。

这些小姑娘，这是不难满足的。我是该校校董之一。我让您同她们在学校里一起吃午茶。"他没有兑现诺言之前，我就老缠着他不放。当我走进关着那些令人垂涎的美人儿的沙龙的时候，我感到了从未有过的爱的冲动。勒布隆先生把我向这些著名的女歌手一一做了介绍。她们的声音和名字都是我所熟悉的。"来，索菲……"索菲奇丑无比。"来，卡蒂娜……"卡蒂娜是个独眼姑娘。"来，贝蒂娜……"贝蒂娜一脸麻子。几乎个个都有重大生理缺陷。见我惊诧难受的样子，勒布隆这个刽子手不禁笑了。不过，有两三个我觉得还凑合，但她们只是在合唱队里唱唱而已。我大失所望。吃午茶的时候，我们挑逗她们，她们也开心起来。丑陋并不代表没有风韵，我觉得她们还有点儿风韵。我在寻思："没有灵犀，她们唱不了这么好的，所以她们的心灵是美的。"我终于完全改变了对她们的看法，离开时，我几乎都爱上这帮丑小鸭了。我几乎不敢再去听她们的晚祷了。但只要听，我心里就又踏实了。我依然觉得她们的歌声甜美，她们的歌喉完全粉饰了她们的面庞，因此，只要听见她们在唱，我就不顾眼睛所看到的，依然觉得她们楚楚动人。

在意大利，听音乐所费无几，所以，只要想听就能听。我租了一架羽管键琴，而且没花几文钱便请了四五位演奏家到家里来，我同他们一道，每星期练习一次我在歌剧院里最喜欢听的片断。我在家还把我的《风流诗神》的合奏曲练了几段。也许是曲子动听，也许是人家想奉承我，圣克里索斯通的芭蕾舞大师向我要了两首。我非常高兴地听到这两首曲子由那支有名的乐队演奏出来，并由一个名叫贝蒂娜的小姑娘伴舞。贝蒂娜长得挺漂亮，特别可爱，由我们朋友中的一位名叫法戈阿加的西班牙人抚养，我们常去她家共度良宵。

但是，说到寻花问柳，在威尼斯这样一座城市里，人们是难以洁身自好的。有人会问我："您在这一点上没有什么可忏悔的吗？"是呀，我确实有点儿事要说，我将以对其他所有的事情同样的纯真态度来忏悔这一点。

我对妓女始终感到厌恶，而我在威尼斯又接触不到女人，因为我的职位关系，当地大部分人家是不许可我进门的。勒布隆的几个千金倒是很可爱，却很难接近，而且我对她们的父母又极其敬重，所以甚至都不会想到去打他们的女儿的主意。我可能对一个名叫卡塔妮奥的小姐更感兴趣，她是普鲁士国王的使节的女儿，但卡利约已经爱上了她，甚至都提到结婚的事了。卡利约生活富裕，我却一无所有。他的薪俸是一百金路易，而我只有一百皮斯托尔。除了我不愿去夺朋友之爱外，我也知道，不管是在什么地方，尤其是在威尼斯，像我这样囊中羞涩的人，是不该去风流的。我并未失去自己那种自欺欺人的可怜习惯，我也实在太忙，对气候造成的需要并不感到特别强烈，所以在该城市生活了将近一年，我仍旧像在巴黎时那样老实。一年半之后，当我离开这座城市时，我只接触过女性两次，而且是因为特殊的机会。我马上来谈一谈。

第一次是那位"正人君子"维塔利在我迫使他向我公开道歉之后给我提供的。那天，大家在吃饭时正谈着威尼斯的各种消遣。这帮先生正责怪我对所有消遣之中最刺激的那种消遣无动于衷，吹嘘威尼斯的妓女如何妩媚动人，说世界上没有一个地方的妓女可与她们相提并论。多米尼克说我一定得认识一下她们中间最可爱的那一位，并自告奋勇要领我去，保证我会满意的。我听了他的这番殷勤建议，哈哈大笑。年纪已经很大并且德高望重的庇阿蒂伯爵也以一种我没想到一个意大利人会有的那种坦率对我说，他认为我非常聪明，不会让自己的仇人领着去逛妓院的。我也确实既无此想法，也没这种要求。尽管如此，由于一种连我自己也不太明白的轻率，我竟被拉去了，这是违背我的兴味、心境、理智甚至意愿的，完全出于软弱，怕显出对别人的猜忌，而且，正如当地人所说的，Per non parer troppo coglione①。我们光顾的那个帕多阿娜，容貌挺好，甚至够得上美了，但并非我所喜欢的那种美。多米尼克把我留在了她那儿。我叫了几杯甜酒，让她唱点儿曲子。半小时之后，我在桌上丢下一个杜卡托②，准备离去。可她挺怪，无功不受禄，而我也傻得可以，接受了她的怪癖。我回到使馆，深信染上了脏病，进门第一件事便是派人找医生要药。三个星期里，我精神不安到了无可比拟的程度，其实我身体并无任何不适，没有任何明显的征候可让我心惊胆战。我简直无法想象离开帕多阿娜怀抱的人会安然无恙。医生本人也费尽口舌地让我放心，最后，他实在没办法了，只好说我的体质特别，不会轻易受到感染。尽管我也许不像其他人那样常去冒险做这种试验，但我的身体在这方面从未受到过损害，这倒不失为一个证据，证明医生言之有理。不过，我并未因这种看法而轻率妄为。如果说我确实如此得天独厚，我可以说我也绝没有因此就乱来。

我的另一次艳遇，虽说也是同一个妓女，但起因及后果与之前迥然不同。我说过，奥利维船长请我在他的船上吃饭，我把西班牙使馆的秘书也带了去。我原以为会受到鸣礼炮致敬，船员们会夹道欢迎的，但事实上没有响过一声礼炮，这使我颇觉羞辱，因为卡利约在场，我见他面带不悦。说实在的，在商船上，对一些地位肯定不如我们的人也是鸣礼炮欢迎的，何况我认为我应该受到船长的另眼相看呢。我无法假装不在意，因为我一向不会作假。尽管午宴很丰盛，奥利维也恭敬备至，但我一开始便没好气，吃得不多，说话更少。第一次祝酒时，我想总该鸣礼炮了，可是根本没有。卡利约看透了我的心思，笑话我像个孩子似的赌气。饭吃到三分之一了，我看见一只平底轻舟划了过来。船长对我说："天哪，先生，您可留神点儿，敌人来了。"我问他此话怎

① 意大利文，意为"为了不让人觉得太傻"。
② 意大利古金币名。

讲，他说笑着回答了我。平底轻舟靠过来了，我看见从船上走出来一个光彩照人的年轻美人儿，打扮得花枝招展，步态轻盈，三跳两蹦地就进得房来。我还没注意到有人在我旁边放好了一副餐具，她就已经坐到了我的身边。她既迷人又活泼，一头棕发，顶多二十岁。她只会讲意大利语，她那燕语莺声就足以让我魂不守舍了。她边吃边聊边望着我。凝视片刻之后，她便嚷道："仁爱的圣母！啊！我亲爱的布雷蒙，我好久没见到您了！"说着她便扑进我的怀里，把嘴贴紧我的嘴，搂得我透不过气来。她那两只东方女子般又大又黑的眸子，像火一样烧到我的心里。虽然一开始由于惊奇而乱了方寸，但很快肉感传遍全身，以至于尽管那么多人在场，只有那个美人儿本人才使我很快克制住自己，因为我醉了，或者不如说是癫狂了。当她看见我的状态到了她所希望的火候，她的抚爱便趋于缓和，但热辣劲头并没有减退。她在解释她如此癫狂的不知是真还是假的原因时，对我们说是因为我长得太像布雷蒙先生了，几乎可以乱真。布雷蒙是托斯卡纳海关关长。她说，她曾经迷恋过他，现在仍然迷恋着他。她说自己太傻，不该离开他，现在她把我当成了他，她要爱我，因为她看上了我，出于同样的原因，我也必须爱她，只要她觉得合适，她爱我多久，我就得爱她多久，而且，当她把我甩了，我也得像她那亲爱的布雷蒙那样耐心地等着她。她说到做到。她把我当成她的仆人一样支使，让我保管她的手套、扇子、腰带、帽子，命令我去那儿到这儿，做这个干那个，我都一一照办了。她叫我去把她的平底轻舟退掉，因为她想用我的，我也照办了。她喊我让开，叫我请卡利约坐我那儿，因为她有话要同他说，我同样照办了。他们俩谈了很久，而且声音极低，我也随便他们谈去。她叫我了，我便又回来了。她对我说："听着，查内托，我不愿意接受法国式的爱，这样的爱忒没劲儿。您一觉得厌烦了，您就走好了，不过，我可告诉您，别不上不下的。"饭后，我们去缪拉诺参观玻璃厂。她买了许多小玩意儿，毫不客气地让我付钱，可她到处给小费，比我们花费的多得多。看她满不在乎地大把花钱并且让我们也挥霍的劲头，显然她视金钱如粪土。我认为，她在让人为她花钱的时候，更多的是出于虚荣，而非贪财。别人为她一掷千金，她才开心。

晚上，我们把她送回她家。聊天的时候，我发现她的梳妆台上有两把手枪。我拿起一把来，说："啊！啊！这可是只新型假痣盒呀。可不可以问一句，这是干什么用的？我看您有别的家伙，比这厉害多了。"她也同样调侃了几句，以一种使她更加妩媚动人的天真的傲气对我们说："当我对我不爱的那些人心慈面软时，我就让他们花钱补偿他们给我带来的厌烦，这是再公平不过的了。但是，我在忍受他们的爱抚的时候，却不愿忍受他们的侮辱，谁对我无礼，我就给他一枪。"

离开她的时候，我跟她约好了第二天去看她的时间。我没让她久等。我看见她 in vestito di confidenza<sup>①</sup>，穿了一身极其轻佻的便装，只有南部国家才可见到，尽管我记忆犹新，却不愿细加描绘。我只想说一点，就是她的袖口和胸口都镶有缀着玫瑰色绒球的丝线。我觉得，这使得她的冰肌玉肤更加美丽醉人。我后来发现这是威尼斯的时装，穿起来着实迷人。我很惊讶，这种时装竟从没有传入巴黎。对于正等着我的那份快感，我一点儿都没想象到。我谈到过拉尔纳热夫人，至今回想起她来有时仍不免激动忘情，但是，同我的齐丽埃塔相比，她就是个没有情趣的丑老太婆了！你们不必费心劳神去想象这个妖艳姑娘的风姿神韵了，因为怎么想都是不着边际的。修道院的童贞女子没有她水灵，后宫的美女没有她活泼，天堂的仙女没有她刺激。一个凡夫俗子的心灵和感官还从未享受过如此温馨的快乐。啊！要是我知道充分地、

---

① 意大利文，意为"一副人约黄昏后的打扮"。

293

完整地品味这一快乐，哪怕是一会儿也好啊！……我是品尝了，但是没尝着滋味。我把所有的妙趣全弄没了，就像我有意要毁掉这奇情妙趣似的。不，大自然根本不是造就我来享乐的。它在我的心里注入了对这种妙不可言的幸福的欲望，可又在我那笨脑瓜里灌输了饮鸩止渴的思想。

如果说我一生之中有什么事可以很好地描绘我的本性的话，那就是我马上要讲的这件事。我此时此刻清楚地记得我写此书的目的，这使得我将鄙视那种阻止我贯彻这一目的的假惺惺的样子。不管您是谁，只要您想了解一个人，您就大胆地读完下面的两三页吧，那您就会完全了解让－雅克·卢梭了。

我走进一个妓女的卧房，就跟走进爱和美的圣殿似的，以为在对方身上看见了神光。我无法相信，没有尊崇和敬重，人们会感受到她使我感受到的那份情感。我在她那最初的亲热之中刚刚知道她有多么娇媚可爱的时候，生怕失去由此结出的果实，猴急地想赶紧摘取。但突然间，我感到，不是欲火在吞噬着我，而是死一般的寒气在我的血管里流。我两腿发软，几乎昏厥。我坐下来，像个孩子似的哭了。

谁能猜得到我缘何流泪以及当时我脑子里的所思所想？我在想，我所拥有的这个人是大自然和爱神的杰作。她的精神、她的肉体都是尽善尽美的。她既美丽可爱，又善良高贵。王公显贵应是她的奴隶，君王的权杖应被她踩在脚下。可她就在眼前，是个可怜的娼妓，供众人糟蹋。一个商船船长在支配着她，她扑到我的怀中，扑到她知道一无所有的我的怀中，扑到她无法了解其才气、大概也认为这才气毫无用处的我的怀中。这中间有一些不可思议的地方。要么是我的心灵欺骗了我，迷惑了我的感官，把一个臭婊子当成了天仙，要么一定是我不知道的什么暗疮，使我体味不到她的妩媚，使本该对她争来抢去的人觉得她恶心。我开始集中特别的精力去探索这处暗疮，可是我脑子里根本就没有想到过会是梅毒的问题。她肤若凝脂，色若桃花，齿自如雪，气息温馨，浑身透着一股洁净，使我绝对不会往那上面去想，所以，自从与帕多阿娜发生那事以来，我一直对自己的身体有所怀疑，顾虑自己不够健康，配不上她，而且深信在这一点上自信是不会错的。

在这如胶似漆的时刻，我竟这般思绪万千，这不禁使我哭了起来。齐丽埃塔在此时此刻看到这种绝无仅有的情形，当然惊奇万分，一时竟不知如何是好。但是，在卧房里转了一圈，对镜端详一番之后，她明白了，而且我的眼神也向她证明了，我的举动根本不是因为厌恶。她毫不犯难地安抚好我，把我那小小的羞愧给抹掉了。但是，当我正准备在她那似乎第一次被一个男人的手和嘴抚弄的胸脯上癫狂的时候，我发现她有一只瘪奶头。我很惊讶，细细观察，觉得这奶头与另一只很不般配。我的脑子转动起来，我纳闷儿，一个女人怎么会有一只瘪奶头呢？我深信这一定是天生的缺陷。由于我老是这么想，便清楚地看出，我抱在怀里的这个女人，被我想象成最美丽的人儿，其实只不过是一个怪物，是大自然、男人和爱神的弃儿。我蠢乎乎地竟然对她提到这只瘪奶头。她起先还开开玩笑，不以为然，还趁着疯狂劲儿边说边做一些动作，爱得我死去活来。但是，我心里始终有着一种无法向她掩饰的不安，我终于看到她满面羞红，整理好衣衫，站起身来，一句话没说地走到窗前。我想坐到她的身边，但她走开了，坐在一只睡榻上，不一会儿又站了起来，扇着扇子在房间里踱来踱去，冷淡不屑地冲我说道："查内托，lascia le donne，e studia la matamatica。"①

离开她之前，我要她让我第二天再来看她，她推说第三天再见，还含着嘲讽的笑补充说，我大概需要休息休息。等着见她的日子真是难熬。我心里总想着她的妩媚和风韵，感到自己太无

---

① 意大利文，意为"丢下女人，去研究数学吧"。

礼，懊悔不迭，那么好的美景不知消受，只要我晓事，我就能度过一生中最温馨的良宵了。我焦急万分地等待着弥补过失的时刻到来，可是不管怎样，我总感到焦虑，不知如何摆平这天仙般的女子与她那卑贱身份的关系。我在约定的时间向她家飞奔而去。我不知道性格热辣的她是否对这次的拜访更加高兴。她的傲岸至少会得到满足的，所以我先就有了一种甜美的感觉，千方百计地要让她看看我是多么会弥补过错。她没有给我这样的机会。船一靠岸，我便让船夫去通报，可船夫回来对我说，她头一天去了佛罗伦萨。如果说我在占有她的时候没有感觉出我对她的全部的爱的话，那么，在失去她时，我痛心疾首地感觉到了。我始终痛悔不已。尽管我觉得她十分可爱，非常迷人，但失去了她，我还是能聊以自慰的，说实在的，我不能心安的就是我给她留下了一个可鄙的印象。

　　这就是我的两段风流史。除此之外，我在威尼斯的那十八个月里，可说的只有一件事，也只是心里想想而已。卡利约人很风流，因为觉得总往别人包下的姑娘家跑厌烦了，便异想天开地也想自个儿包一个。由于我们俩形影不离，他便向我提出了一个在威尼斯并不鲜见的建议：两人合包一个。我同意了。问题在于要找一个靠得住的。他寻来觅去，终于找到一个十一二岁的小姑娘，她那狠心的母亲正要想法儿把她卖了。我们俩一起去看了看她。我一见这女孩，心里便激动不已。她是个金发姑娘，温顺得像只羔羊，没人会想到她是意大利人。威尼斯生活花销低。我们给了她母亲一点儿钱，并负责扶养她。她的嗓子挺好，为了给她培养一种谋生手段，我们给她买了一架小型羽管键琴，并替她请了一个教唱歌的老师。这一切只让我们俩每月各花两个西昆，却让我们在其他方面节省了不少花销。不过，必须等她长大了才行，所以收获之前就未免播下了不少的种子。然而，我们很高兴能晚间去那儿，同这个小姑娘天真无邪地谈天玩耍，所以这种玩乐也许比占有她更加痛快，因为，说实在的，最使我们想念女人的倒并不是淫乱，而是待在她们身边的惬意感觉。我的心不知不觉地便依恋上小安佐蕾塔了，但那是一种慈父般的情感，没有掺杂什么肉欲，所以随着这种情感的逐渐加深，我也就越来越不可能有非分之想了，而且我感觉到，当这个姑娘到了结婚年龄，我要去碰她的话，会有乱伦的下流感。我看到好心的卡利约的感情也在不知不觉之中往同一方向发展。我们未曾想到自己寻来的这种快乐虽仍旧温馨甜美，但与我们原先的想法已大相径庭，而且我深信，不管这个可怜的孩子将来变得多么美丽，我们也绝不会成为她清白的玷污者，而会成为其保护者。随后不久，我的灾祸来临了，没容我把这善行义举做到底。在这件事情上，我可以自勉的只不过是我的内心情感而已。现在，再来谈谈我的旅行吧。

　　离开蒙泰居先生之后，我首先的打算就是回日内瓦，等着时来运转，扫清障碍，使我得以与我那可怜的妈妈相聚。但是，我同蒙泰居先生的争吵已经闹得沸沸扬扬，他还愚蠢地把这事写信报告了宫廷，这就促使我下了决心亲自到宫廷把我的所作所为说清楚，并控诉这个疯子对我的所作所为。我在威尼斯时就把自己的决定写信报告阿梅洛先生死后代理外交事务的泰伊先生了。信一发出，我便立即动身了，取道贝加莫、科莫、多莫多索拉，穿过辛普朗隧道。在锡永，法国代办夏尼翁先生待我非常好；在日内瓦，克洛苏尔先生也待我不薄。我在日内瓦又见到了戈弗古尔，我要从他那儿取点儿钱。我经过尼翁，没去看我父亲，并不是心里不想去看，而是我因为倒了霉，不想在继母面前丢人现眼，因为我相信她会不听我解释就认为是我自己不好。我父亲的老友、书商迪维亚尔对我的这个做法大加斥责。我向他说明了原因，并且，为了弥补过失而又不想让继母看见，我便雇了一辆马车，同他一起去了尼翁，住在一家客栈里。迪维亚尔去找我父亲。可怜的父亲一听，就连跑带颠地赶来拥抱我。我们一起吃了晚饭，心里甜甜美美地过了一晚。第二天早晨，我便同迪维亚尔返回日内瓦。他这次为我做的这件大好事，我始终铭记在心。

我若走捷径的话，不必经过里昂，但我想经过那儿去核实一下蒙泰居先生一个非常卑鄙的欺骗行为。我曾托人从巴黎寄出一只小箱子，里面只不过装了一件金丝绣花外衣、几副袖套和六双白丝袜而已。我按照他亲自向我提出的建议，把这只小箱子或者倒不如说小盒子跟他的行李放在了一起。在他亲笔写的想充作我的薪俸的那份虚账单子上，他写明那只他称为大件行李的盒子重十一担①，替我付了一大笔运费。承蒙罗甘先生为我介绍的他的外甥波瓦·德·拉杜尔先生的关照，我在里昂和马赛两处海关的记录簿上查明，那个所谓的大件行李只不过重四十五斤，并且也是按这一重量付的运费。我把这个确凿材料附在了蒙泰居先生的虚账单子上，然后带上这些材料以及其他好几份分量同样很重的材料去巴黎了，心里急着想用上它们。在这整个漫长的旅途中，我在科莫、瓦莱和其他地方，都有过一些小小的奇遇。我看到了不少的东西，特别是波罗美四岛，实在值得大书特书。但我时间紧迫，又有暗探盯着，而且我不得不紧赶着匆匆完成这一需要余暇、安静来完成的写书任务，可我偏偏没有余暇，得不到安静。要是上苍突然把眼睛落在我的身上，终于赐予我一些更加安静的时日，我就尽可能地用来重写这部作品，或者至少给它来一个我觉得十分必要的补遗。

我的事在我到达之前便已在巴黎传开了。我到达时，便发现无论各部门还是社会上，大家都对大使的疯狂行径感到愤慨。尽管我在威尼斯公众呼声也高，我提供的证据无可辩驳，但我就是得不到任何公道。我非但没有得到道歉和赔偿，甚至连该补的薪俸也交由大使全权处理，唯一的理由就是我不是法国人，无权要

---

① 法国旧时的担，等于法国旧制的 100 斤。

求法国保护，说是这纯属他和我两人之间的私事。大家都跟我一样认为我受到了侮辱、损害，是受害者，认为大使是个残酷无情的无耻之徒，这件事将永远使他身败名裂。怎么，他是大使，可我只不过是个秘书！体统，或者大家这么称呼的体统，硬要我得不到任何公正，我也就得不到任何公正了。我寻思，假如我喊冤叫屈，公开辱骂那个罪有应得的疯子，最终会有人出面干涉我。这正是我所期待的，我铁了心，非得等到有人干涉，我才忍气吞声。可是，当时没有外交大臣。人家任我去吵去嚷，甚至鼓励我，附和我，但事情始终毫无进展，直到我对始终有理却总也得不到公道而厌烦为止，我终于泄气了，便不了了之。

唯一对我很冷淡的一个人就是贝赞瓦尔夫人，我也根本没想到她会这么不公平。她满脑子地位和贵族的特权，根本不可能想象出一个大使会对不起他的秘书。她接待我时的态度是符合她的这种偏见的。我恼火极了，所以一离开她家，我便给她写了一封也许是我所写过的信中措辞最激烈、最尖锐的信，再也没登过她家的门。卡斯特尔神父待我好些，但是从他那番耶稣会士的花言巧语中，我看得出，他是比较忠实地遵循社会上最重要的箴言之一的，即始终要求弱者为强者做出牺牲。我强烈地感觉到理在我这一边，而且又生性高傲，所以我不能耐心地忍受这种偏狭态度。从此，我便再没去看过卡斯特尔神父，也没再去过耶稣会，因为我在里面只认识他一个人。而且，他的那些会友思想专断、阴险，同善良的埃迈神父有天壤之别，所以我对他们敬而远之，从那以后就再没见过他们中间的任何人，只有贝蒂埃神父例外，我在迪潘先生家见过他两三次，他当时正全力以赴地与迪潘先生一道抨击孟德斯鸠。

先把有关蒙泰居先生的事说完，免得以后又得提起。我们俩争吵时，我曾对他说，他不该要秘书，而是需要一个账房先生。他真的采纳了我的意见，找了一个货真价实的账房先生接替了我，此人不到一年工夫便偷了他两三万里弗尔。他把账房先生撵走了，送进了监狱，还把他的那些随员也通通撵走了，闹得满城风雨，声名狼藉。他到处跟人吵架，遭到了一个仆役也不会忍受的侮辱，终因坏事做尽，被召回国内，削职为民。显然，在他受到的宫廷的斥责中，同我闹的那件公案没被忘记。至少，回国后不久，他便派他的管家来同我清账，把钱还了我。我当时正缺钱用。我在威尼斯欠的债都是凭着交情借的，所以时刻压在我的心头。我就抓住这个好机会还清了，包括查内托·纳尼的那张欠条。我收下了别人总算还给我的钱，把所有欠债都还清了，也就同从前一样身无分文了，却卸掉了一个我无法承受的重负。自此之后，我再没听人提过蒙泰居先生，只是在他死的时候我才从社会上听到他的死讯。愿上帝赐予这个可怜的人安宁吧！他像我青年时期不能做诉讼代理人一样，不适合从事大使这个行当。不过，他在我的协助下，原本是可以风风光光地干下去的，也可以很快地使我走上古丰伯爵在我青年时期为我指定的那条道路。而后来，我年龄大了些时，自己单枪匹马凭能力闯上了这条道。

　　我含冤受屈却投诉无门，这在我的心中埋下了对我们愚蠢的社会制度的愤怒的种子，在这种社会制度下，真正的公益和真实的正义总是为一种莫名其妙的表面秩序做出牺牲，而这种表面秩序实际上是在摧毁一切秩序，而且只是对弱者的被压迫和强者的不义的公开权力予以认可。这愤怒的种子当时没有发芽，而是以后才生长发育的，其中有两个原因。一个原因是，自己是当事人，而个人利益从未产生过任何伟大而高尚的东西，不能在我心中激起只有对正义和美的最纯洁的爱才能产生的那种神圣的冲动。另一个原因是，友谊的魔力以一种更加温馨的情感力量缓解并平息了我的愤怒。我在威尼斯结识了一个比斯开①人，他是卡

_____
① 西班牙的一个省名。

300

利约的朋友，而且堪做所有好人的朋友。这个可爱的年轻人天生具有一切才能以及一切美德，刚刚环游了意大利，为的是培养美术鉴赏力。因为想不出还有什么好学习的了，他便想直接回国。我对他说，艺术对像他这样的天才来说，只不过是一种消遣，而他的才气应用来研究科学。于是，为了让他对科学产生兴趣，我便建议他去巴黎住上半年。他听从了，去了巴黎。我到巴黎时，他已经在那儿了，在等着我。他的住所，他一个人住太大，便主动让给我一半，我接受了。我发现他出于对高深知识的一种狂热中。没有什么是他力所不能及的。他以神奇的速度吞噬着、消化着一切。他非常感激我向他提供了这种精神食粮，因为他因渴求知识又无所觉察而一直苦恼不堪。我在这颗刚毅的心灵之中发现了多么丰富的知识和美德的宝藏啊！我感到他就是我所需要的朋友，因此我们俩成了莫逆之交。我们的兴趣并不相同，总在争论。由于双方都很固执，所以在任何事情上都一直意见相左。尽管如此，我们俩又谁都离不开谁，所以尽管争论不休，但双方都不愿对方换个样儿。

伊格纳肖·艾玛努埃尔·德·阿尔蒂纳是一个只有西班牙才会造就的那种罕见的人，可西班牙没有多造就一些这样为国增光的人。他没有他的同胞所共有的那种狂暴的民族情绪。报复的念头不能进入他的头脑，如同欲望进不了他的心灵一样。他非常自傲，不是个寻机报复的人。我经常听见他非常镇静地说，他的心灵是不会去为一个凡夫俗子生气的。他风流倜傥，但不儿女情长。他同女人在一起戏耍，就像同漂亮的孩子们在一起一样。他乐于同朋友的情妇们在一起，但我从未见他有过情妇，也没见他有此念头。他的心里燃烧着道德之火，不容许情欲之火升起。他四处漫游之后便结了婚，死时很年轻，留下了几个孩子。我绝对相信，他妻子是使他尝到爱的快乐的第一个也是唯一的一个女人。他外表上像西班牙人一样对待宗教，骨子里却像天使一样虔诚。我有生以来所见到的宽容大度的人，除我之外，就只有他了。他从未打听过任何人对宗教的态度。不管他的朋友是犹太人、新教徒、土耳其人、过分虔诚笃信者还是无神论者，他都不介意，只要此人是个正直的人就行了。他对一些无足轻重的问题固执己见，但一涉及宗教问题，甚至道德问题，他便沉思默想，缄口不语了，或者只是说上一句："我只管我自己。"一个人灵魂那么超脱，考虑问题却是那么细致入微，真是不可思议。他把自己一天的时间按时按刻按分事先分配好，确定好，然后一丝不苟地按表执行，时间一到，即使还剩一句话没有看完，他也立即把书合上。他切割开来的时间都各有各的用途，或用于这样那样的学习，或用于思考、谈话、望弥撒、读洛克、祈祷、访友、音乐、绘画，而从来没有因行乐、欲念、应酬而打乱这种安排。只有遇上必须履行义务时才会打乱。当他把时间表拿给我看，以便我也依照执行时，我开始还笑哩，最后却佩服得流出泪来。他从不麻烦别人，也不许别人妨碍他。有人出于礼貌想拜访他，却被他毫不客气地打发走了。他脾气急，却不是小心眼儿。我常见他生气，却从未见他大发雷霆。他的脾气真让人再愉快不过了：他闹得起，自己也喜欢开玩笑，而且开玩笑的水平很高，有说俏皮话的天才。别人一逗他，他便声高气大地侃了起来，老远就能听见他的声音。但是，他在嚷嚷的时候面带微笑，激动不已之中，还说出点儿玩笑话来，举座皆欢。他的肤色既不像西班牙人那样，也不灰黄。他肌肤白皙，双颊红润，栗色头发几乎金黄。他身材魁梧，仪表堂堂，外形与心灵相得益彰。

这位心灵和头脑都很明智的人知人识人，成了我的朋友。这就说明不是我朋友的人是什么样子。我们相处得甚好，还订了计划，要一起过一辈子。再过几年，我将去阿斯柯蒂亚，同他一起生活在他的土地上。他临走前，我们俩已经把这项计划的全部细节都安排妥当了。所缺的只是最周密的计划也免不了的、不以人的意志为转移的因素。后来的种种变故——我的灾难、他的结婚以及最后他的死——使得我们俩永远分开了。

据说，只有恶人的险恶阴谋才会得逞，好人的天真计划几乎是永远也无法实现的。

我已经尝到寄人篱下的苦处了，决计不再这么干了。我看到机遇为我制订的雄心勃勃的计划一开始便破灭了，而且我又被人从干得好好的生涯中排挤出来，便不再想回到这个行当中去，因此，我决心不再依附任何人，决心保持独立，发挥自己的才干。我终于开始了解自己有多大的能耐了，而在这之前，我一直过于谦虚，以为自己无能。我把因为要去威尼斯而搁下的那部歌剧又捡了起来。为了安心去写，在阿尔蒂纳走后，我便搬回从前的那家圣康坦旅馆。这家旅馆位于僻静地段，离卢森堡公园不远，比那条熙熙攘攘的圣奥诺雷街更适合我安心写作。在那儿，有真正的慰藉在等待着我，那是上苍使我在贫困潦倒之中享受到的唯一慰藉，只有这慰藉才使我挺了过来。这不是转瞬即逝的慰藉，我得把它的来龙去脉细细道来。

旅店新的女店主是奥尔良人。她请了一名缝洗女工，是她的同乡，一个二十二三岁的姑娘。她同女老板一样，与我们同桌用餐。这位姑娘名叫泰蕾兹·勒瓦瑟尔，是个良家女子。其父曾在奥尔良造币厂供职，母亲经商。奥尔良造币厂停业之后，父亲生活无着。母亲破了产，生意也做不下去了，便弃商随丈夫、女儿来到巴黎，靠女儿一人干活儿养活一家三口。

我第一次在饭桌上看见这个姑娘的时候，深为她那谦逊举止所打动，特别是她那有神而温柔的目光，使我觉得无与伦比。同桌的人，除了博纳丰先生外，还有好几个爱尔兰神父、加斯科涅人以及其他诸如此类的人。我们的女店主自己也是风流过的人。只有我一人言谈举止比较规矩。大家逗姑娘时，我便护着她，讽刺嘲弄马上便都冲着我来了。假使我对这个可怜的姑娘原本并无兴趣的话，那么这一来我也会对她产生兴趣的。我一贯在举止言谈上喜欢庄重，特别是对异性。因此，我便成了她公开的保护人了。我看出她对我的关照很感激，她的嘴不敢表达的感激从她目光中流露出来了，以至那目光变得更加动人心弦。

她非常腼腆，我也一样。这种共同的气质似乎会使我们疏远，却使我们很快便热络起来。女店主看出来了，非常生气，她的粗暴态度反而使这个姑娘更加心向着我。她在这家旅馆只有我这么一个支柱，所以见我出门便很难过，盼着自己的保护人早点儿回来。我们俩心心相印，脾性相投，不久就产生了必然的效果。她认为我是个正派人，这一点她没有看错；我认为她是个多情、朴实、不爱俏的姑娘，我也没有看错。我事先向她声明，我永远不会抛弃她，也永远不会娶她。爱情、敬重、真心实意使我获得了成功。正因为她心地善良、老实忠厚，所以尽管我胆子不大，却获得了幸福。

她担心我会因为在她身上找不到她以为我在寻找的东西而生气。她的这种担心胜过其他任何原因，推迟了我的幸福。我看见她在以身相许之前心绪不宁，不知所措，想倾诉可又不敢表白。我想不出她局促不安的真正缘由，却做出一种对她的品行完全错误且带有侮辱贬损的猜测，以为她在示意我与她交欢会很危险，因此我便困惑起来，这虽未使我裹足不前，却有好几天工夫毒害了我的幸福。由于我们俩互不了解，所以谈到这个问题时就都躲躲闪闪，含糊其词，可笑至极。她几乎要以为我完全疯了，而我则几乎不知道该如何看待她。最后，我们谈开了。她哭哭啼啼地向我坦白了她失足的事，只有这么一次。是她似懂非懂时，由于无知和诱奸者的甜言蜜语造成的。我一听明白，就马上高兴地叫起来："童贞！在巴黎，二十岁的人中哪还有童贞女啊！啊！我的泰蕾兹，我占有了你这个聪明而健康的姑娘，我不要我并不想找的东西，我太幸福了。"

我原先只是想给自己找一点儿消遣的，可我看到自己做过了头，为自己找了个伴侣。同这个好姑娘熟悉点儿之后，我同时也对自己的处境略略做了一番思考，我感觉到，我这是无心插柳柳成荫。我的雄心壮志泯灭了，必须代之以一种强烈的感情来充实我的心。一句话，必须找一个人来接替"妈妈"：既然我无法再同"妈妈"一起生活，就必须有一个人来同她的学生一起生活，而且我必须在此人身上发现她在我身上发现的那种心灵的纯朴、温顺。我需要私生活、家庭生活的温馨来弥补我所放弃的似锦前程。当我孑然一身时，我的心是空虚的，但只需要一颗心来填补。命运从我身上至少是部分地夺走了或者弄丢了那颗心，而我是大自然为那颗心而造就的。从此，我便孤独一人了，因为对我来说，要么得到全部，要么完全失去，从不介乎两者之间。我在泰蕾兹身上找到了我所需要的替代者。通过她，我获得了当时情况下所能有的最大的幸福。

　　我起先想培养她的才智，却白费劲了。她的才智就是大自然造就的那样，培养教育无济于事。我说出来并不怕难为情，她一直没学会阅读，尽管她写得还凑合。当我搬到新小田园街时，下榻的蓬沙特兰旅馆的窗户正对面有一只钟表盘，我便教她看钟点，费了一个多月的劲儿，她也没怎么学会看。她连一年十二个月的顺序也搞不清楚，一个数字也不认识，我怎么教也教不会她。她既不会数钱也不会算账，说话时词不达意。我曾把她说过的词句汇成一册，拿去逗卢森堡夫人。她那些张冠李戴的话语在我生活的社交圈里已经出了名。但是，这个如此迟钝，甚至可以说如此愚蠢的人，在处境困难时却是一位绝妙的参谋。在瑞士，在英国，在法国，我在处于危难之中时，常常是她看到我自己没看到的东西。她给我出了种种最好的主意；她把我从我闭着眼睛往里钻的危险中解救出来；在最高贵的夫人们面前，在王公显贵们面前，她的感情、她的良知、她的应对和举止为她赢得了一致的敬意，而我也因她的人品而受到大家的恭维，我感到这些恭维都是真心实意的。

在所爱的人身边，人的情感就能充实智慧和心灵，无须去别处寻找主意。我跟泰蕾兹生活在一起，就像同世界上最伟大的天才生活在一起一样惬意。她母亲因早年与蒙比波侯爵夫人一起受过教育，因此十分自豪，欲充才女，想引导女儿，可是，因为她的狡黠，我们俩那纯朴的关系被毁掉了。由于厌烦她母亲的絮叨，我多少抛开了一些怕带泰蕾兹出门的羞涩。我们俩常常单独去田间散步，吃点心，我觉得美极了。我看得出她真心地爱着我，这使我更加钟情于她。这种恩爱就是我的一切，我不再为前途而动心，或者我只把前途看作现在的延续，我别无他求，只盼着这种状况维持下去。

这份恋情使我觉得其他任何消遣都是多余的、乏味的。我一出门就是去泰蕾兹家，她的家几乎成了我的家。这种深居简出的生活对我的写作极其有利，不到三个月，我的歌剧的词、曲就都全部完稿，只剩下几段伴奏和中音部了。但这种"捉刀人"的活计我厌烦透了，所以便建议菲里多尔去完成，并许给他一部分好处。菲里多尔来过两次，在《奥维德》那一幕里配了几个中音部，但他对这件收益遥遥无期、尚在两可之间的苦差安不下心来，所以我只好硬着头皮自己干了。

歌剧写成了，问题是要把它卖出去，这就相当于另写一部更难的歌剧。在巴黎，若是离群索居，你就一事无成。我便想到通过波普利尼埃尔先生露露面。戈弗古尔从日内瓦归来时曾领我去过波普利尼埃尔家。此人是拉摩的梅塞纳斯 [①]，因为波普利尼埃尔夫人是拉摩的唯唯诺诺的学生。据说，拉摩在这户人家称王称霸。我推想拉摩会乐意保护他的一个门生的作品的，所以我想把

---

① 古罗马贵族，拉丁诗人贺拉斯等人富有的和有影响力的保护人。

自己的东西拿去给他看看。他不肯看，说是不太识谱，看起来太吃力。波普利尼埃尔便说，可以演奏给他听，并主动替我找了一些音乐家来演奏一些片断。我正求之不得。拉摩算是同意了，但还在不住地嘟囔："一个非科班的人，又是独自一人作出来的曲子，能好得了吗？"我赶紧挑选出五六个精彩片断。他们给我找了十多个合奏乐手，还找了阿尔贝：贝拉尔和布尔朋内小姐当歌手。从序曲开始，拉摩便大加赞扬，意思是说，这不可能出自我之手。每奏一段，他都显出极不耐烦的样子，但是，在演奏到男声最高音的一个曲调，歌声雄浑嘹亮，伴奏出色时，他再也按捺不住了，粗暴地斥责我，致使举座皆惊。他硬说他刚听到的东西有一部分出自音乐界的行家之手，而其余部分则是一个连音乐都不懂的门外汉写的。的确，我的作品良莠不齐，又不合规矩，忽而精彩出奇，忽而平淡无奇，正如同一个光凭点儿才气而无扎实功底的人所写的那样。拉摩声称我是个没有才气、没有格调的小"文抄公"。在场的人，特别是这家的主人，却并不这么认为。黎塞留先生那时常去看望波普利尼埃尔先生，而且，众所周知，是常去看望波普利尼埃尔夫人。他听人说起我的作品，想从头至尾听一遍，如果满意的话，打算拿到宫廷中去演一演。该作便由宫廷出资，在路易十五的游乐总管博纳瓦尔先生家里用大合唱队和大乐队演奏了。弗朗科尔担任指挥。效果惊人。公爵大人不停地喝彩、鼓掌，而且在《塔索》那一幕的一段合唱完了之后，他站了起来，向我走来，握住我的手说："卢梭先生，这是令人激动不已的和声。我从未听过比这更美的了。我要把这部作品拿去凡尔赛宫演奏。"波普利尼埃尔夫人当时在场，却一言未发。拉摩虽受到邀请，却没有去看。第二天，波普利尼埃尔夫人在她的梳妆室里极其冷酷地接待我，故意贬损我的作品，还对我说，尽管有点儿华而不实的东西一开始把黎塞留先生迷惑住了，但他已完全醒悟了，所以她劝我别对我的歌剧抱什么希望。不一会儿，公爵大人来了，说话的腔调就完全变了，对我的才气说了些恭维的话，使我觉得他始终打算把我的作品拿到国王面前去演。他说："只有《塔索》那一幕不能拿到宫中去演，必须重写一幕。"我一听，便关起门来，用了三个星期，写出另一幕来代替《塔索》，内容是赫西奥德①受到一位缪斯的启迪。我找到了窍门，把自己才华发展的一部分过程以及拉摩对此的忌妒心写到这一幕中去。这新的一幕，没有《塔索》高雅，却更加雄壮。音乐也很典雅，写得更加好。如果其他两幕与这一幕匹配的话，那整个剧本演起来就更加好了。但是，当我正要把剧本整理完毕的时候，另一件工作来了，这个演出便搁浅了。

丰特努瓦战役过后的那个冬季，凡尔赛宫庆典不断，其中有好几部歌剧要在小御马厩剧院演出。其中有一部是伏尔泰作的，剧名为《纳瓦拉公主》，由拉摩配乐，并刚被重新修改加工，易名为《拉米尔的庆典》。这个新的主题要求对旧剧本中的好几场幕间歌舞加以改换，词、曲都得改写。问题是要找到一个能完成这两项任务的人，当时在洛林的伏尔泰和拉摩都在忙着搞歌剧《光荣的神庙》，抽不出身来做这项工作。于是，黎塞留先生想到了我，举荐我负责此事，而且，为了让我能够更好地知道该如何修改，他还把诗和音乐分开来寄给了我。我首先想做的是得到原作者的同意，然后再去修改歌词。为此，我便像该做的那样，给原作者写了一封很客气甚至很恭敬的信。下面就是他的复信，原件见信函集 A 第一号。

　　先生，您同时获得了到目前为止一直无法兼而有之的两种才能。对我来说，这已经是两条很好的理由，使我敬重您，并且尽力去喜欢您。我很替您抱屈，您把这

<hr>

① 公元前 8 世纪的古希腊诗人。

两种才能用在了一部根本就不值得的作品上。几个月前，黎塞留公爵大人命令我一定要在很短的时间里拟出几场乏味的、支离破碎的戏的简短而欠佳的梗概，以配合与这场戏根本就不合拍的歌舞。我一丝不苟地照办了，写得既快又糟。我把这可怜的初稿寄给黎塞留公爵大人，盼着别被采用，或是再让我好好改改。幸好，它落在了您的手里，那您就全权处理吧，我已经把它忘得一干二净了。一篇简单的初稿，写得又如此匆忙，错误必然不少，我相信您已经全部改过来了，而且对曲子进行了全面补充。

我记得，在众多缺陷中有这么一种缺陷，就是在连接歌舞的那些场景中，没有交代格蕾纳娣娜公主是怎么从牢房一下子就到了一座花园或者一座宫殿里的。由于为她举行宴会的不是一位魔术师，而是一个西班牙贵族，我觉得不可以像变魔术似的。先生，我请您一定再细细看看这个地方，我已记不太清楚了。请您看看是否有必要使牢房洞开，我们的公主被从牢房请到一座特地为她准备的金碧辉煌的华丽宫殿中来。我很清楚，这一切都极无价值，不值得一个有思想的人认认真真地去修改这些无用的东西。可是，既然要尽量不得罪人，就必须尽可能地理智些，即使是针对歌剧中一场无聊的幕间歌舞。

我完全信赖您和巴洛先生，希望不久就能有幸向您表示谢意。

专此布达

一七四五年十二月十五日

这封信与他此后写给我的挺傲慢的信相比，实在是太客气

309

了，但大家不必对此惊奇。他以为我在黎塞留大人面前甚为得宠，而大家都知道他老于世故，所以在不知道一个初出茅庐者有多大影响之前，他不得不表示极大的尊重。

我得到了伏尔泰先生的首肯，又不必顾忌一心要贬损我的拉摩，便开始干了起来，两个月的工夫便交差了。歌词方面，倒算不了什么。我只是尽量不让人感觉出风格上的迥异，并且自信做到了这一点。音乐上的活计就更费时更难了。除了得写好几支包括序曲在内的过场曲以外，我负责的全部宣叙调难度极大，一些合奏曲和合唱曲调子大不相同，必须用少量的诗句和快速转调把它们串起来，因为我不愿对任何曲子进行改动或移调，免得拉摩指斥我歪曲了他的曲子。这套宣叙调我写得很成功，它抑扬顿挫，雄浑有力，特别是极其灵活自如。一想到人家肯于让我与两位高手配合，我便才气洋溢。我可以说，在这件公众甚至都不知晓的无名无利的差事中，我差不多始终与我的两位高手不相上下。

剧本照我修改的样子拿到大歌剧院里排练了。三个作者中只有我一人在场。伏尔泰不在巴黎，拉摩没去或者躲起来了。第一段独白非常凄惨。开头是这样的：

啊，死神！来结束我苦难的一生吧。

必须给它配上相应的音乐。可是，正是在这一点上，波普利尼埃尔夫人对我横加指责，尖刻地责怪我写的是一支哀乐。黎塞留先生开始还公正地说要了解一下这段独白是谁写的。我把他给我的手稿拿给他看，证明是出自伏尔泰之手。"这么说来，"他说，"错全在伏尔泰一人身上。"在排练过程中，凡是我改写的地方全都遭到波普利尼埃尔夫人的抨击，却得到了黎塞留先生的赞同。然而，我面对的毕竟是一位强大的对手，所以我被告知，我改的本子有多处需要推倒重来，而且必须征求拉摩先生的意见。

我非但未能受到我所期待的而且确实应该得到的赞扬，反倒得到这么个结果，我十分恼火，伤心至极地回到家里。我因疲劳过度、忧愁伤悲而病倒了，六个星期未能出门。

拉摩负责对波普利尼埃尔夫人指出的那些地方加以修改。他派人来向我要我那部大歌剧的序曲，用以代替我刚刚写的那一首。幸好，我觉出他想偷梁换柱，没有给他。由于距演出只剩五六天时间了，他来不及另写，只好保留我写的序曲。该序曲是意大利式的，当时在法国还是很新颖的风格，便颇受赞赏。我从我的亲戚和朋友米萨尔先生的女婿、御膳房总管瓦尔玛莱特先生那儿得知，乐迷们对我的作品都很满意，而且听众都没有辨出哪些是我作的，哪些是拉摩作的。但拉摩竟与波普利尼埃尔夫人串通一气，想方设法不让大家知道我也参与了这项工作。在散发给观众的剧情介绍上，作者的名字总要写上的，但那上面只有伏尔泰的名字，而拉摩宁可自己的名字没有署上，也不想看到我的名字同他的名字列在一起。

我病稍好，能够出门时，就想立即去黎塞留先生那儿。但已经晚了。他刚动身去了敦刻尔克，部署开往苏格兰的部队的工作。他回来时，我又自甘懒惰，心想再找他也晚了。自此之后，我再没见过他，也就失去了我的作品应带给我的荣誉以及应带给我的酬劳。我的时间、我的劳动、我的愁苦、我的疾病以及生病所花的钱，全都自己承受了，没有赚到一个子儿，或者说没有得到丝毫的补偿。但我始终觉得黎塞留先生是真心实意地喜欢我的，对我的才气是很赏识的，但我的命运不好，再加上波普利尼埃尔夫人从中作梗，致使他的善良意愿未能产生作用。

我竭力讨好并且常常献媚的这个女人竟如此地恨我，我真无法理解。戈弗古尔先生向我道出了个中原委。他对我说："首先，她同拉摩相交甚深，是他的名正言顺的吹捧者，容不得有人与他相争。再者，您生下来就带上一个罪过，使她对您憎恨不已，永远不会饶恕您，那就是您是日内瓦人。"说到这儿，他向我解释道，于贝尔神父也是日内瓦人，而且是波普利尼埃尔先生的挚友，曾竭力阻挠他娶这个女人，因为于贝尔神父非常了解她。婚后，她便对于贝尔恨之入骨，并且波及所有的日内瓦人。他接着又说："尽管波普利尼埃尔先生对您不错，但依我看，您别指望他会支持您。他很爱他的妻子，他的妻子又恨您，而且她既凶狠又刁钻，您在这户人家永远甭想捞到好处。"因此，我便死了这条心。

也是这位戈弗古尔先生，几乎在同一时期，帮了我一个大忙，真是雪中送炭。我那位品德高尚的父亲刚刚去世，享年约六十岁。我当时处境艰难，焦头烂额，否则我将会更加为丧父痛不欲生的。父亲活着的时候，我母亲遗产的剩余部分由父亲享用着，我根本不想要回。他死之后，我就没什么好客气的了。可是，哥哥的死并无合法证明，因此事情很棘手。戈弗古尔先生主动答应帮忙解决这个难题，而且，在德洛姆律师的大力帮助之下，这难题果然让他解决了。由于我迫切需要这笔小小的资产，而且事情尚未明确，我焦急不安地等待着最后的消息。一天晚上回家的时候，我发现了应该是讲此消息的信，我拿起信来，急不可耐地想拆开，手在颤抖，心里感到羞惭。我鄙夷自己，寻思着："怎么！难道让－雅克竟如此利欲熏心、急不可耐？"我立即把信放回壁炉台上。我脱去衣服，静静地躺下，睡得比平时还沉，第二天很晚才起，没再去想那封信。穿衣服的时候，我看到了那封信，不慌不忙地拆开它，发现里面有一张支票。我乐不可支，但我可以发誓，我最大的快乐莫过于克制自己了。在我一生中，类似这样克制自己的情况不胜枚举，但我时间紧迫，无法一一道来。我把这笔钱寄了一小部分给可怜的"妈妈"，回想起我本会跪着献上全部钱款的那些幸福年月，我不禁潸然泪下。她的一封封来信中，窘迫境况跃然纸上。她给我寄来一大堆配方和秘方，声称我可以利用它们给我、给她带来财运。她已深感穷愁潦倒，心痛智衰。我寄给她的那一点点儿钱又喂了那帮缠着她的骗子，她自己一点儿都没享用。同这帮混蛋分享我的活命钱，让我恶心，特别是在我百般努力要把她从他们身边拉出来但未能奏效之后。我下面要谈谈这个情况。

时光流逝，钱也随之而去。我们是两个人，甚至是四个人，或者更确切地说，是七八个人一起生活。因为，尽管泰蕾兹是个绝无仅有的无意钱财的人，但她母亲不像她。她母亲一看由于我的照料，家境有了转机，便把她全家都弄来利益均沾了。于是乎，姐妹呀，儿子呀，女儿呀，孙女呀，全都来了，只有她那嫁给昂热车行老板的大女儿没来。我为泰蕾兹买的所有东西通通被她母亲转给这群饿狼了。因为与我相交的不是一个贪婪女子，而且我也没有爱得如痴如醉，所以，我才不当这个傻瓜哩。我只想让泰蕾兹不缺吃少穿，生活得像模像样，但不奢华，所以我同意她的劳动所得全部交由她母亲，我也补贴一些。但是，我已遭厄运，"妈妈"被一帮骗子缠着，泰蕾兹又被她全家拖累着，我为她们俩所做的一切，她们俩全都享受不到。奇怪的是，勒瓦瑟尔太太最小的女儿，是唯一没有嫁妆的孩子，却是唯一在赡养父母的女儿，而且一直被她的哥哥姐姐们，甚至被侄女、外甥女们打骂，这个可怜的姑娘现在竟然还被他们劫掠，却像当年挨打挨骂时一样无力抵御他们的偷抢。只有一个外甥女，名叫艾东·勒迪克的，尽管受到其他人的影响也变坏了，但还是比较和蔼可亲，性格也比较温和。由于我经常见到她们俩在一起，所以也用她们俩互相间的称谓来称呼她们，叫艾东为"外甥女"，叫泰蕾兹"姨妈"。她们俩则称呼我"姨父"。这就是我一直称泰蕾兹为"姨妈"的由来，我的朋友们有时开玩笑，也跟着这么喊。

大家知道，处于这种境况之下，我是急于设法脱身的。我判断黎塞留先生已经忘掉我了，而且我也不再指望宫廷什么了，因此我便进行了一些尝试，想在巴黎推出我的歌剧。但我遇到了一些困难，需要时间加以克服，而我的处境又每况愈下。于是，我打算把我的那部小喜剧《纳尔西斯》送到意大利剧院。结果，它被接下了，我还得到了一张长期入场券，我真的欣喜若狂。但仅此而已。我始终未能使我的喜剧得以上演。我老去求一些演员，都跑烦了，所以干脆不去了。最后，我又回到剩下的最后一条路上来，也是我本应走的唯一的一条路。由于我常跑波普利尼埃尔先生家，因此也就疏远了迪潘先生家。这两家的夫人虽说是亲戚，却相处不睦，老死不相往来。两家的客人也互不相通，只有蒂埃利约两家都去。他受人之托，想法儿把我拉回到迪潘先生家。当时，弗朗格耶先生正在修博物学和化学，还办了一个陈列室。我想，他是希望进科学院。为此，他想写一本书，并认为我能在这方面助他一臂之力。迪潘夫人也在构思一本书，差不多也对我寄予这种希望。他们俩本想合聘我做类似秘书的工作。正因为如此，蒂埃利约才责怪我老不去迪潘先生家。我首先要求弗朗格耶先生运用他和热利约特的威望，让我的剧本能在歌剧院排演。他同意了。《风流诗神》先是在剧院仓库后在大剧院里排演了好多次。彩排的时候，去了好多人，有好几段赢得了热烈的掌声。然而，在雷贝尔指挥得很差的演奏过程中，我自己却觉得这剧本不会通过，甚至觉得它不经重大修改是无法演出的。因此，我二话没说便把剧本收回了，免得被人退回。但是，我从好多迹象清楚地看出，即使这个剧本再完美，也是通不过的。弗朗格耶倒是答应让我的剧本得以排演，但并没答应说它就一定会被接受。他确实信守了诺言。我始终觉得，在这件事以及其他许多事情上，我已看出他和迪潘夫人并不想让我在社会上享有一点儿名声，也许是害怕别人读了他们的书，以为他们是仰仗我的才能写出来的。不过，迪潘夫人一向认为我才疏学浅，只是雇用我来记录她口授的东西，或者让我单纯地找些参考资料，所以这种指责，起码对她来说，是有失公允的。

这最后一次失利使我彻底地灰心丧气了。我抛弃了一切进取和成名的打算。我不再去想那些不管是真是假的才能了，反正它们也不能使我出人头地。我把时间和精力用来考虑我和泰蕾兹的生存，谁能周济我们，我就讨好谁。因此，我便彻底地跟定迪潘夫人和弗朗格耶先生了。这样做并未使我生活很富足，因为我头两年只拿到八九百法郎，只够我维持基本生活所需，因为我不得不住在他们附近的公寓房里。那是一个房租挺高的街区，我还得支付巴黎另一头圣雅克街最高处的一份房租，不管刮风下雨，我几乎每晚都要去那儿吃晚饭。我很快便习惯了这种活法，甚至对自己的新工作产生了兴趣。我喜欢上化学了。我同弗朗格耶先生去鲁埃尔先生家听过好几次课，于是，我们便对这门我们尚未掌握其基本知识的科学不知天高地厚地开始胡乱研究起来。一七四七年，我们去图赖讷过秋天，住在舍农索城堡。该城堡是建在谢尔河上的一座离宫，是亨利二世为戴安娜·德－普瓦捷修造的，其姓名起首字母组成的图案至今仍清晰可见。现在，该城堡为包税吏迪潘先生所有。我们在这美妙的地方玩得很开心，天天美味佳肴，我都变成个胖和尚了。我们在那儿写曲作乐。我作了好几首三重唱，十分和谐动听，如果我有机会写补遗的话，我也许会在补遗里再来谈一谈。我们在那儿演喜剧。我用半个月的时间，写了一部三幕喜剧，名为《轻率签约》，大家可以在我的文稿中见到，它别无所长，只是欢歌笑语不绝于耳。我在那儿还写了一些小玩意儿，其中有一部诗剧，名为《西尔维的幽径》，是根据谢尔河畔一条园中小径的名字取的。但这一切都没影响我搞化学以及替迪潘夫人干活儿。

当我在舍农索发福的时候，我可怜的泰蕾兹在巴黎也"发胖"了。当我回巴黎时，我发现我干的"那事"比我想象的进展得快。鉴于我当时的处境，如果不是同桌的伙伴们给我提供了唯一能使我摆脱困难的办法，那，我可就惨极了。这是必须说的事中的一件，我不能一笔带过，因为在评论时，要么辩解，要么自责，可我在这儿既不该辩解又无可自责。

阿尔蒂纳在巴黎逗留期间，我和他不去饭馆吃饭，通常是去歌剧院那条死胡同正对面的拉赛尔太太家包伙。她是一个裁缝的老婆。伙食很不好，但是因为包伙的人人都是些可靠的正派人，所以伙食仍然很受欢迎。她不接生客，来包伙的必须由一位已包伙的人介绍。格拉维尔骑士是个老于声色犬马之徒，却彬彬有礼、才气横溢，就是爱说淫词荡语。他就住在她家，还招来一批疯疯痴狂、风流倜傥的近卫队和火枪手队的年轻军官。诺南骑士是歌剧院所有姑娘的保护人，天天都把那个藏污纳垢之所的所有消息带到包饭馆里来。退役中校、善良敦厚的老者普莱西斯先生和火枪手队军官昂斯莱稍稍能镇住这帮年轻军官。包伙的还有一些商人、钱庄老板、粮店店主，但都是些很有礼貌、规规矩矩、一看便知是各自那一行中有头有脸的人物，如贝斯先生、福尔卡德先生以及其他一些人，我忘了他们的名字。总之，在那儿见到的都是各行各业中的体面人物。只有教士和司法界人士我在那儿从未见过，但这也是大家的一种默契，不把这种人介绍到这儿来。包伙的人数众多，一个个活泼开心，但并不喧哗吵闹，说笑逗乐却不粗俗下流。那位老骑士，尽管讲的故事从内容上看都是床笫间的事，但讲起来从不失旧宫廷的儒雅，从他嘴里讲出来的每一句有伤风化的话都极其有趣，即使女士们听了也不觉得刺耳。他讲话的方式给全桌的人定了调子：那些年轻人在述说各自的艳遇时也是既放荡不羁又妙趣横生的。姑娘的故事当然是少不了的，因为迪夏太太的店铺离拉赛尔太太家不远，都在必经的那条小路上。迪夏太太是有名的时装商人，当时店里有不少漂亮姑娘，我们那帮先生饭前饭后都要去同她们聊聊。如果我胆子大一点儿的话，我也会像他们那样去乐一乐的，只要跟着他们一道去就是了，但我从来也没这个胆子。至于拉赛尔太太，阿尔蒂纳走了之后，我依然经常去她家吃饭。我在她家听到了许多非常有意思的逸闻趣事，也渐渐地学会了——谢天谢地，不是他们的生活习惯——他们的处世箴言。遭人算计的正派人、戴绿帽子的男人、被诱惑的女人、偷偷地生孩子，都是那儿最常见的主题，而最能替孤儿院添丁的人就是最受欢迎的人。我也受到了感染，便按照我所看到的一些很可爱而且实际上也是很正派的人中盛行的那种思维定式造就我的想法。我寻思："既然当地风俗如此，那便入乡随俗好了。"这就是我在寻找的出路。于是，我横下了心，高高兴兴地、义无反顾地这么干了，唯一要克服的是泰蕾兹的顾忌。我说破了嘴皮子，她也不肯接受这唯一能保全她面子的办法。她母亲更怕有了孩子更添乱，也帮腔，泰蕾兹总算屈服了。我们找了一个谨慎可靠的接生婆，名叫古安小姐，住在圣厄斯塔什街顶头，把这事托付给了她。到日子了，泰蕾兹便由她母亲陪着去古安小姐家分娩去了。我去那儿看了她好几次，并给她带去了有姓名起首字母图案的卡片，一式两份，是我自己做的。一张放在孩子的襁褓中，按照常规，由接生婆送到孤儿院去。第二年，又出了同样的麻烦，又如法炮制，但忘弄姓名起首字母图案卡片了。我依然未多加考虑，做母亲的依然不予赞同，泰蕾兹啜泣叹息着服从了。人们将不断看到这种不幸行为在我的思维方式上以及命运里所产生的所有沧桑变故。至于眼下，我们还是先说到这第一阶段为止吧。至于它的后果，既惨痛又始料不及，将迫使我不断地回过头来谈及这一问题。

　　我在此要着重介绍我初识埃皮奈夫人的情形，她的名字将经常在这部回忆录中出现。她原叫埃斯克拉威尔小姐，刚嫁给包税吏拉利夫·德·贝尔加尔德先生之子埃皮奈先生不久。她丈夫同弗朗格耶先生一样，也是音乐家。她本人也是音乐家。对这门艺术的热爱，使他们仨亲密无间。弗朗格耶先生把我引入了埃皮奈夫人家。我同他一起在她家吃过几次晚饭。埃皮奈夫人和蔼可亲，聪明机智，颇有才气。同她相识肯定是件好事。但她有一位女友，名叫埃特小姐，名声不好，在同瓦罗利骑士同居，此人名声同样欠佳。我认为同这两个人交往有损埃皮奈夫人的名声。埃皮奈夫人虽生性苛求他人，但大自然赋予了她一些卓越的长处，使她能够处理好关系或弥补偏差。弗朗格耶先生对我很好，所以她也对我较好。他还坦白地对我说，他与她有染，因此，要不是这已是公开的秘密，连埃皮奈先生都已知晓的话，我是不会在这里提及的。弗朗格耶先生甚至把有关这位夫人极其离奇的隐私都告诉了我，而埃皮奈夫人从未对我说起过，而且她根本没想到我已知情，因为我对此守口如瓶，一辈子也不会对她或者任何人提起。他们双方对我的这种信任使我的处境十分尴尬，特别是在弗朗格耶夫人面前，因为她了解我的为人，不会不信任我，尽管我跟她的情敌有来往。我百般安慰这个可怜的女人，她丈夫肯定没有回报她对他的爱。我分别倾听这三个人的倾诉，对他们的秘密绝对滴水不漏，他们仨中任何一个都套不出我对其他二人的话，而且我对这两个女人中的任何一个都不隐瞒我同其对手的友谊。弗朗格耶夫人想利用我来替她做许多事，但都被我一口回绝了；埃皮奈夫人有一次想让我替她捎封信给弗朗格耶，不仅同样遭到我的严词拒绝，我还很明确地告诉她，要是她想一劳永逸地把我撵出她家，她只要再次向我提出同样的请求就行了。必须替埃皮奈夫人说句公道话：我的态度非但没有让她生气，她还把这件事跟弗朗格耶说了，把我夸奖了一通，对我仍一如既往。就这样，我必须在这一触即发的三角关系中周旋，因为我可以说是对他们都既有所依赖又都怀有感情，我一直温柔体贴、殷勤可人，正直而且坚定地为人处世，所以自始至终都能赢得他们对我的友谊、尊重和信赖。尽管我又蠢又笨，但埃皮奈夫人还是硬要拉我去舍弗莱玩。那是靠近圣德尼的一座城堡，是贝尔加尔德先生的府第。城堡内有一个剧场，经常演戏。他们要我出演一个角色，我一连背了六个月的台词，但演出时还是需要从头到尾地给我提词。在这之后，就再没人让我演了。

我认识埃皮奈夫人的同时，也就结识了她的小姑子贝尔加尔德小姐，她不久之后就成了乌德托伯爵夫人。我第一次见到她时，正是她结婚前夕，她以那天生的迷人的亲切态度同我聊了很久。我觉得她非常和蔼可亲，但万万未曾想到这个年轻女子有一天竟会主宰我的命运，尽管她是无辜的，但仍把我拖入了我今天身处的无底深渊。

尽管自我从威尼斯回来之后，没有提起过狄德罗，也没有谈起过我的朋友罗甘，但我并没有疏远他们俩，而且，我同狄德罗的交情还日益深厚。我有泰蕾兹，他有纳奈特，这使我们俩之间多了一个相同之处。但不同的是，我的泰蕾兹虽然容貌同他的纳奈特一样姣好，但脾气随和，性格可爱，生来就是配一个正直男人的女人。可他的那位是个蛮横无理的泼妇，让人一看便知是个没有家教的女人。他却正式娶了她。如果是他事先答应的，这样做非常对。可我从没有做过这样的许诺，所以不急于效仿他。

我同孔狄亚克神父也早已相交甚密。他同我一样，当时在文学方面也默默无闻，但他生就是成为今日这样的人的材料。我也许是第一个看出他的才气、知道他会有所作为的人。他好像也很高兴同我交往。当我在歌剧院附近的让－圣德尼街关起门来写我的《赫西奥德》那一幕时，他有时来同我一起吃午饭，饭费自理。他当时正在撰写《人类知识的起源》，这是他的第一部著作。当他写完的时候，却在为找到一位肯出此书的书商而犯愁。巴黎的书商对任何初出道者都很傲慢、挑剔，而且形而上学在当时很不走俏，不是一个很吸引人的题材。我同狄德罗谈起了孔狄亚克及其著作，介绍他们俩认识了。他们俩生就气味相投，所以相见恨晚。狄德罗请书商迪朗接过神父的手稿，因此，这位大玄学家从他的第一部著作中，几乎是自天而降地得到了一百埃居。没有我，他也许得不到这笔钱。由于我们住的地段离得太远，我们俩便每星期在王宫广场聚会一次，一起去花篮旅店吃午饭。这种每星期一次的小聚餐，狄德罗一定非常非常喜欢，因为他对自己的所有约会几乎都是约而不到的，可对我们的小聚餐从未缺席过一次。聚会中，我拟定了一个出期刊的计划，刊名为《笑骂者》，由狄德罗和我轮流负责执笔。我编出了第一期的草稿，从而使我结识了达朗贝尔，因为狄德罗跟他谈起过这事。但由于出了一些意想不到的事，这计划便寿终正寝了。

这两位作家刚动手编纂《百科辞典》。原先，这大概只不过是钱伯斯 [①] 的东西的一种译本，与狄德罗刚刚译完的詹姆斯 [②] 的《医学辞典》相差无几。狄德罗想拉我搞点儿《百科辞典》，建议我写音乐部分，我同意了，但他像对其他所有编者一样，只给了我三个月的时间。我便匆忙地写完了，但写得很糟，不过，我可是唯一按期交稿的人。我把草稿交给他。我的草稿是我让弗朗格耶先生的一个仆人先誊清了的。这个仆人名叫杜邦，字写得很好，我自掏腰包给了他十个埃居。这钱从没人补还给我。狄德罗曾代表书商答应过我，将来是要补还的，可他后来一直没提，我也没再向他开口。

《百科辞典》这项工作因他的入狱而中断了。《哲学思想录》也给他带来了一些麻烦，但后来不了了之了。《论盲人书简》则不然。该书除了几处涉及私人的地方外，并没有什么可以指责的，但偏偏那几处惹恼了迪普雷·德·圣摩尔夫人和雷奥米先生，他因此被投入了樊尚监狱。朋友的不幸使我焦急不堪，难以言表。我那令人沮丧的想象力总是把坏事越想越糟，这一次更加使我着慌了。我以为他要在那儿关一辈子。我差点儿要急出精神病来。我给蓬

---

[①] 钱伯斯 (1680—1740)，英国《百科辞典》的编纂者。

[②] 罗伯特·詹姆斯 (1703—1766)，英国人，一部医学和外科辞典的编纂者。

巴杜夫人<sup>①</sup>写信，恳求她设法放了他，或者设法把我同他一起关起来。信寄出之后，如石沉大海。信写得太欠考虑，所以未能奏效，而且我也不敢沾沾自喜，以为因自己的那封信的缘故，狄德罗随后在狱中的日子好过多了。不过，如果他在狱中仍旧受到虐待的话，我想我会在那座该死的监狱墙下绝望地死去的。此外，我的信虽没有产生什么效果，但我也并没到处去吹嘘这事，我只不过跟几个人谈起过它，却从未跟狄德罗本人提起过。

---

① 蓬巴杜夫人 (1721—1764)，又译蓬帕杜尔夫人，路易十五的情妇。

# 第八章

　　上一章结束时，我不得不暂停一下。这一章一开始，我那重重苦难的长链便露出了端倪。

　　我因在巴黎最显赫的人家中的两家生活过，尽管不善逢迎，但总不免在那里认识点儿人。特别是在迪潘夫人家里，我认识了萨克森－哥特邦年轻的王储及其太傅滕恩男爵。我在波普利尼埃尔先生家里，结识了塞居伊先生，他是滕恩男爵的朋友，因编辑出版了卢梭 ① 的精美文集而享誉文坛。男爵邀请塞居伊先生和我去丰特奈－苏－波瓦住一两天，王储在那儿有一幢房子。我们去了。在路过樊尚监狱时，我一见那主塔便心如刀绞，男爵从我脸上看出来了。晚饭时，王储谈起狄德罗被关押的事。男爵为了引出我的话来，故意指责狄德罗太不谨慎。我便慷慨激昂地为他辩护起来。大家知道我是因为朋友的不幸才如此激动的，所以也挺谅解，就扯到别的事上去了。在座的有两个德国人，是王储的随员。一个叫克鲁普费尔先生，聪明过人，是王储的私人牧师，后来顶替滕恩男爵成了太傅。另一个是个年轻人，名叫格里姆先生，暂充王储侍读，等候补缺，而且他服饰很简单，说明他急需一个职位。自当晚起，克鲁普费尔先生和我开始熟识，很快便情

---

①　此处系指法国抒情诗人让－巴蒂斯特·卢梭。

深意笃了。同格里姆先生的交往发展得不算快。他不怎么爱显山露水，与他后来飞黄腾达时那种盛气凌人的架势相去甚远。第二天午饭时，大家谈起了音乐，他谈得很好。当我得知他常弹羽管键琴伴奏时，开心极了。饭后，拿来了乐谱，我们便弹奏王储的羽管键琴，玩了一整天音乐。就这样，对我来说先是那么美好、最后又那么凄惨的友情开始了。这一点，今后我会有许多话要说的。

回到巴黎，我便听到喜讯说狄德罗已被放出主塔，并根据他的保证，他可以在樊尚监狱的城堡和园子里自由活动，并允许他会见朋友。我真恨不得立刻飞去看他！但因要事缠身，我羁留在迪潘夫人家两三天，真是度日如年。随后，我便飞奔而去，扑到我朋友的怀抱中。真是一言难尽的时刻啊！他并非独自一人，达朗贝尔和圣堂<sup>①</sup>司库同他在一起。我进去的时候，只看见了他，我一个箭步，大叫一声，便把脸贴在了他的脸上。我泪流满面，抽泣着，紧紧地搂抱住他，一句话也说不出来。我激动、快乐得喘不过气来。他挣开我的臂膀后的第一个动作便是转向圣堂司库，对他说："您瞧，先生，我的朋友们多么爱戴我。"我完全沉浸在激动之中，当时并未细想他利用我来炫耀的这种做法。但此后，有时回想起来，我始终认为，我要是狄德罗的话，首先想到的绝不是这个。

我发现监狱对他的刺激很大。主塔给他留下了一个可怕的印象。尽管他在城堡里已很舒适，还可以在一座没有围墙的园子里自由地散步，但他需要有朋友在身边，否则心情便糟糕透了。由于我肯定是最同情他的遭遇的人，所以我相信我也是他见了最感欣慰的人，而且，不管多忙，我顶多隔一天就要跑去同他一起过一下午，要么是我单独去，要么同他妻子一起去。

那是一七四九年，那年夏天酷热难耐。从巴黎到樊尚有两法

---

① 此处并非指巴黎的圣堂，而是指樊尚的圣堂，当时的司库是阿尔诺司铎。

里。我手头拮据，雇不起车，所以我一个人去的时候，便在下午两点走着去。我走得很快，好早点儿赶到。路旁的树木按照法国习俗总是修剪得齐刷刷的，几乎没什么阴凉。我常常又热又累，躺在地上，动弹不了。为了走得慢一些，我便想了个主意，边走边看书。有一天，我拿了一本《法兰西信使》杂志，一边走一边看，忽然发现了第戎科学院为下一年而出的有奖征文，题目是《科学与艺术的进步加速了腐化堕落抑或净化了道德习俗》。

一看这个题目，我顿时看到了另一个宇宙空间，仿佛变成了另一个人。虽然我对当时的印象记得很真切，但是，在我给马尔泽布尔先生的四封信中的一封里阐述过详细情形之后，我就想不起来了。这是我的记忆力奇特之处，有必要说一说。当我依赖它的时候，它便为我效劳，而一旦我把记忆中的事情写在纸上，它就不再帮我了。所以，我只要把一件事写下来，就再也记不住了。这一特点甚至也表现在音乐上。在学音乐之前，我熟记了很多歌曲，可当我一学会识谱，就一首歌也记不住了。而且，我怀疑，我曾经最为喜爱的那些歌曲中，我今天是否还能记全一首。在这件事上，我现在还能清楚地记得的就是，我到樊尚时激动得几乎像是发疯了。狄德罗看出来了，我便把原委说给他听，还把我在一棵橡树下用铅笔写的模仿法伯利西乌斯 ① 的激烈演说词的一段读给他听。他鼓励我把思想放开，撰文应征。我这么做了，而且，自这时起，我便完蛋了。这一时的意乱情迷，造成了我今后一生所有的不幸。

我的情感一如我的思绪，以不可思议的速度在涌动。我全部卑弱的激动全都被对真理、对自由、对道德的爱搞窒息了，而最令人惊讶的是，这种骚动在我的心中持续了四五年之久，激烈程度之高，恐怕任何人的心里都不曾有过。

---

① 公元前 3 世纪的罗马执政官。

我写这篇征文，方式很奇特，我在后来的其他作品中几乎也总是运用这种方式。我把不眠之夜用来写它。我在床上闭上眼睛思考着，绞尽脑汁地把一个个段落在脑子里考虑来考虑去，待我总算满意的时候，便把它们存在记忆中，直到我可以把它们写在纸上为止。可是，当我起床穿衣的时候，又把它们全都忘记了，当我展开纸准备写的时候，我所构思的东西几乎一点儿想不起来了。我打算请勒瓦瑟尔太太来当秘书。我先已让她同她的女儿及丈夫住在我的住所附近，是她为了让我少雇一个仆人，每天早上前来为我生火和打扫。她来的时候，我便在床上把我夜间构思所得口授于她。这个办法我遵循了很久，使我避免忘掉很多东西。

这篇稿子写成后，我便拿给狄德罗看。他很满意，还指出了几处应修改的地方。然而，这篇热情洋溢、气势恢宏的作品完全缺乏逻辑与层次。在出自我的手笔的所有作品中，这是推理最差、最不匀称、最不和谐的东西。不过，不管你生来有多大才气，写作技巧不是一学就会的。

我把这篇稿子寄出去了。我想，除了格里姆外，我没跟其他任何人说起过。自格里姆进弗里森伯爵家时起，我便同他相交甚深。他有一架羽管键琴，成了我们俩的相聚点，我同他一起在琴旁度过了我所有的余暇，从早到晚或者通宵达旦地、从不停歇地唱一些意大利歌曲和威尼斯船歌。一旦在迪潘夫人家找不到我，准保可以在格里姆先生家找到我，或者至少我是同他在一起，或散步，或观剧。我虽然有意大利剧院的长期入场券，但已不再去了，因为他不喜欢，所以我便同他一起花钱买票，去他所痴情的法兰西剧院。总之，有一种强大的吸引力把我跟这个年轻人连在一起，难舍难分，连那位可怜的"姨妈"也被冷落了，也就是说，去看她的次数少些了，但我对她的依恋之情一生之中从未有过一时一刻的减弱。

我的空闲时间不多，无法两头兼顾，这使我比任何时候都更加强烈地感受到那种我早已有之的欲望，想同泰蕾兹住在一起。因为怕她家人多，特别是手头拮据，买不起家具，所以我一直没敢往这上头想。做点儿努力的机会一出现，便被我抓住了。弗朗格耶先生和迪潘夫人深感八九百法郎一年对我来说不够花销，主动把我的年薪加到五十个金路易。此外，迪潘夫人得知我要置办家具，又在这上面帮了我一把。我们把现有的和泰蕾兹原有的家具凑到一起，在格勒内尔－圣奥诺雷街的朗格道克旅馆租了一套房间。那家旅馆住的都是些很善良的人。我们尽量布置了一番，安安静静、舒舒服服地住了七年，直到我搬去退隐庐。

泰蕾兹的父亲是个老好人，十分和气，特别惧内，还给他内人取了个绰号，叫"刑事犯检察官"。后来，格里姆开玩笑地把这一绰号从母亲移到女儿的身上。勒瓦瑟尔太太并非缺乏才智，也就是说，并不是不机灵，她甚至自鸣得意，认为自己不失上流社会的礼貌和风度。但是，她那神秘兮兮的胁肩谄笑确实让我忍受不了。她常给她女儿出鬼点子，企图让她在我面前虚情假意，还分别讨好我的朋友，挑拨他们相互之间以及同我的关系。不过，她倒是个好母亲，因为她这样做于她自己有利，又为她女儿掩盖了过错，从中得益。这个女人，我对她赔着小心，关怀备至，常送她些小礼物，一门心思想讨她喜欢，可我感到力不从心，无法满足她的欲望，所以她便成了我在小家庭中感到头疼的唯一因素。不过，我可以说，在这六七年中，我尝到了脆弱的人所能消受得了的最完满的幸福。我的泰蕾兹的心是一颗天使般的心。随着感情日深，我们俩愈发恩爱，日渐觉得是天生一对。如果我们俩的乐趣可以描绘出来的话，会因为其普普通通而令人觉得好笑的。我们俩相依相偎着在城外散步，在小咖啡馆里花上十来个苏。我们俩在窗边吃着简单的晚餐，面对面地坐在放在与窗口同样宽的一只大箱子出的两把小椅子上。这样一来，窗台便成了我们的餐桌，我们呼吸着清凉的空气，观赏着周围的景物、过往行人，尽管身在五楼，却像是一边吃饭一边置身街中。这一顿顿晚餐，只有一大块粗面包、几粒樱桃、一小块奶酪和我们俩一起喝的四品脱葡萄酒，可谁能描绘得出、谁能感受得到它们的情趣呢？情意、信赖、亲密、心灵的温馨啊，你们这些佐料是多么鲜美馋人啊！有时候，我们俩一直在那儿竟不知不觉地待到半夜，要不是老妈妈提醒，我们还真不知道夜已这么深了。好了，别谈这些枯燥可笑的细节了。真正的快乐是根本描绘不出来的，我一向就是这么说的，也是这么感觉的。

　　我差不多在这一时期有过一次更俗不可耐的乐趣，也是我应自责的最后一次的这类快乐。我说过，克鲁普费尔牧师和蔼可亲，我同他的关系之好不亚于同格里姆的关系，后来我们俩变得十分亲密。他们俩有时来我家吃饭。饭菜是再简单不过的了，但由于克鲁普费尔的妙语连珠、如癫似狂的玩笑话以及格里姆那带着滑稽可笑的德国腔的尚不纯正的法语，大家十分开心。我们的小聚餐虽不能大快朵颐，但不减其乐趣。我们觉得在一起相处甚欢，以至难舍难分。克鲁普费尔在寓所里包了个小姑娘，但她仍可接客，因为他一个人养不起她。一天晚上，我们正要进咖啡馆，便发现他正往外走，要带她去吃晚饭。我们便拿他打趣，他报复得挺有水平，请我们一道吃饭，然后也拿我们寻开心。我觉得那个可怜的小丫头秉性甚好，很温柔，不适合干她那一行。有个老妖婆跟她在一起，在尽量调教她。我们说着浪话，开怀畅饮，放浪形骸，忘乎所以。好心的克鲁普费尔想把人情做到底，所以我们三人便相继到隔壁房间去同那个可怜的小姑娘乐一乐，弄得她不知该哭还是该笑。格里姆始终咬定说他没有碰过她，之所以同她在那个房间里待了那么久，是故意让我们急不可耐。不过，如果说他真的没有碰她，他也不可能是由于有所顾忌，因为在搬进弗里森伯爵家之前，他就住在这个圣罗什区的一些妓女家。

　　我走出这个姑娘住的莫瓦诺街，像被人灌得酩酊大醉的圣普

327

乐①从那所房子里出来一样，羞得满面通红。而且，在我写圣普乐的故事时，很清楚地想起了自己的那档子事。泰蕾兹从蛛丝马迹中，特别是从我那慌乱的样子中，看出我干了什么见不得人的事。我立即坦诚地向她忏悔，减轻了压在心头的重负。幸亏我这么做了，因为第二天格里姆便得意扬扬地跑来向她添枝加叶地讲述了我的罪孽。而且，自那以后，他总是不失时机、不怀好意地向她旧事重提。他这样做是罪过，因为我毫无顾忌、自觉自愿地把我的秘密告诉了他，所以我就有权希望他不致让我为此感到后悔。我从未像这一回一样痛感我的泰蕾兹心地善良，因为她对格里姆的做法比对我的不忠更加恼火，而且我只挨了她的一些感人至深、苦口婆心的埋怨，丝毫听不出她的言语之中有任何的嫌恶。

这个出色的女子头脑极其简单，但心地极其善良，这就足以说明一切了。但有一件事是值得补充一句的。我曾跟她说过，克鲁普费尔是个牧师，而且是萨克森－哥特王储的私人牧师。对她来说，牧师是个极其特殊的人物，她竟把最不搭界的一些概念滑稽可笑地给搅和在一起了，竟然把克鲁普费尔当成了教皇。我第一次听见她这么说时，以为她疯了。我刚回到家，她便对我说，教皇来看过我了。我问清楚了到底是怎么回事之后，急忙跑去把这话学给格里姆和克鲁普费尔听。从此，克鲁普费尔在我们中间就有了"教皇"这个美名，我们还把莫瓦诺街的那个姑娘称为"教皇娘娘让娜"。这成了我们永不枯竭的笑料，而且让我们笑得喘不上气来。有些人曾硬说我在我写的一封信中说过我一生中只笑过两次，他们那是不了解那时的我，也不了解年少时的我，否则，他们是绝不会这么描述我的。

第二年，一七五〇年，我已不再去想我那篇文章了，却听说它在第戎获奖了。这个消息唤醒了我写此文时的所有观点，并赋

---

① 卢梭的《新爱洛伊丝》一书中的主人公。

予它们一种新的力量，终于使我的父亲、我的祖国以及普鲁塔克在我童年时置于我心中的那种英雄主义和道德观念的最早的酵母发酵了。我觉得，做一个自由的、有道德的人，不屑于财富，不畏人言，我行我素，比什么都伟大、美好。尽管该死的羞耻心和畏惧人言使我起先无法依照这些原则行事，无法与我那个时代的信条一刀两断，但自那时起，我便下定决心，单等种种矛盾激发我的意志使之必胜无疑时，我便立即付诸实行。当我正在对人的义务进行哲学探索的时候，发生了一件事，使得我对自己的义务加以思考。泰蕾兹第三次怀孕了。我对自己过于真诚，内心过于高傲，不愿用自己的行动来否定自己的原则。因此，我便开始对我的孩子们的命运以及我同孩子们的母亲的关系进行检讨。我这么检讨时，根据的是自然的、正义的和理性的法则以及同其创造者一样纯洁、神圣和永恒的那个宗教的法则。人们假装想使这个宗教纯净，却玷污它，并且以他们自己的公式把这一宗教弄成了说空话的宗教，因为把不可能的事全都规定下来却又不去实践，那当然是不用费劲儿了。

诚然，我对自己行动的结果估计错了，但我这样做时的那份心安理得是再惊人不过的了。如果我属于天生的坏人，对大自然的亲切声音充耳不闻，内心深处从未萌发过丝毫真正的正义的、人道的情感的话，有这种铁石心肠也就极其自然了。然而，我是那么古道热肠，那么具有强烈的感情，那么容易动情，那么为情爱所控制，那么痛伤离别，对人是那么和蔼可亲，那么热爱伟大、真、善、美和正义，那么憎恨各种邪恶，那么不知记恨、坑人，而且从无此念头，一看到一切有道德的、侠义的、可爱的事情，那么心软情深，那么强烈而温馨地激动不已，凡此种种，难道能够在同一颗灵魂之中与肆无忌惮地践踏最美好的义务的那种道德败坏的行为相安无事吗？不，我感觉到了，而且大声疾呼："这是不可能的！"让－雅克一辈子从来没有一时一刻曾经是一个无情无义、没有心肝的人，一个没有人性的父亲。我可能做错了，但不会有这么硬的心肠。要是说出自己的道理来，那就说来话长了。既然这些道理可能迷住了我的眼睛，那么它们也会迷惑住其他许多人。我不愿让可能读到我这本书的年轻人重蹈我的覆辙。我只想说一点，我的错误就在于，因自己力不从心而把孩子交给社会去教育，让他们命中注定要当工人、农民而不是冒险家和追名逐利者的时候，我认为是做了一个公民和父亲应做的事，还把自己看作柏拉图《理想国》<sup>①</sup>的一员。自那时起，我内心的悔恨不止一次地告诉我，我想错了，可是我的理智并没这么对我说，我还经常感谢上苍通过这种办法保佑了我的孩子们，使之免遭他们父亲的命运，免遭我不得不抛弃他们时正在威胁着他们的命运。要是我把他们扔给埃皮奈夫人或卢森堡夫人，她们或因友谊，或因慷慨，或因其他某种原因，是愿意抚养他们的，可他们日后会更幸福吗？或者退一步说，会被培养成正派人吗？这些我可不知道，但我可以肯定，人家会让他们仇恨，也许让他们背叛他们的父母，那倒不如不让他们知道他们的亲生父母是谁。

我的第三个孩子因此也同前面两个一样，被送到孤儿院去了，后来的两个孩子也做了同样的处理：我一共有五个孩子。我觉得这种安排非常好，非常明智，非常合理合法。如果说我没公开炫耀的话，那纯粹是顾及他们的母亲的脸面。不过，凡是知道我和泰蕾兹的关系的人，我全都告诉了。我告诉了狄德罗、格里姆，后来又告诉了埃皮奈夫人，再后来，又告诉了卢森堡夫人。而且，在告诉他们时，我是毫不勉强、坦荡直率的，没有任何的迫不得已，其实，我要瞒着大家，也是很容易的事，因为古安小姐是个正直的女人，为人谨慎，我完全可以信赖她。在我的朋友

---

① 柏拉图（前427—前347），古希腊哲学家，其哲学是历史和政治现实的理想主义的表述。《理想国》（又译《国家篇》《共和国》）是其10卷本的谈话录，是政治乌托邦的范本。

中，我因利害关系而唯一要道破真相的人，就是蒂埃里医生，我可怜的"姨妈"有一次难产，是找他来看的。总而言之，我对我的所作所为没有丝毫的隐瞒，不只是因为我从不知有什么可以向朋友们隐瞒的，还因为我确实看不出我有什么不对的地方。我权衡了一切，然后替孩子们做了最佳选择，或者是我认为最佳的选择。我曾经恨不得而且现在仍然恨不得自己小时候也像他们那样有人教育，有人扶养。

当我这样吐露衷肠的时候，勒瓦瑟尔太太也在这么做，却并非没有私心。我曾把她们母女带到迪潘夫人家去。迪潘夫人出于对我的友谊，对她们和蔼备至。勒瓦瑟尔太太把她女儿的秘密全都告诉了迪潘夫人。迪潘夫人既善良又慷慨，而勒瓦瑟尔太太并没有告诉她，我虽收入微薄，却在尽自己的最大所能满足她们母女，所以迪潘夫人常十分大方地周济她。这一点，泰蕾兹因有母亲之命，在我在巴黎期间始终瞒着我，只是到了退隐庐，在谈了好多心事之后，她才说出来。我一直不知道，迪潘夫人看上去什么都不知道，可对我们的事竟知道得那么清楚。我依然不清楚她儿媳舍农索夫人是不是也知道了。其实，她的儿媳弗朗格耶夫人是知道的，而且没能憋住。第二年，我已经离开了她们家，她同我谈到了这事。这就迫使我就此给她写了一封信，此信存于我的信函集中。我在信中阐明了我可以说而又不累及勒瓦瑟尔太太一家的那些理由，而最根本的理由正是因为她一家，可我并没有说。

我对迪潘夫人的谨慎和舍农索夫人的友情是深信不疑的，对弗朗格耶夫人也是放心的，而且在我的秘密传出去之前，她早已辞世了。秘密一定是我告诉过的那些人泄露出去的，而且确实是在我与他们决裂之后泄露出去的。光是这一点，他们是怎样的人就不言自明了。我并不想抵赖自己应受的斥责，我也愿意受到谴责，却不愿受这些人居心叵测地发出的谴责。我是要负很大责任的，但这只是我的一个过错。我忽视了自己的义务，但害人之心是没有的，而且，对于根本就没有见过的孩子，是不会有什么父爱的。但是，辜负朋友的信赖，违背最神圣的诺言，把人家告诉你的秘密给捅出去，恣意败坏被我们欺骗而在离开我们时依然尊重我们的一个朋友的名声，那就不是过错的问题，而是灵魂的肮脏和丑恶了。

我说过要写忏悔录，而不是辩护书。因此，关于这个问题，我就说到这儿了。我应说出真心话，由读者做出公正的判断。我将永不向读者提出更多的要求。

舍农索先生完婚，使我觉得他母亲的家更加舒服惬意，因为新娘子是个德才兼备、年轻可爱的人儿，而且，在迪潘先生那些抄抄写写的朋友中，她好像对我另眼相看。她是罗什舒阿尔子爵夫人的独生女，而子爵夫人又是弗里森伯爵的好友，因此也就成了与伯爵过从甚密的格里姆的好友。可是，格里姆是我引见给子爵夫人的女儿的。但他们俩脾性相悖，所以关系并没有发展下去。而格里姆自那时起便趋炎附势了，他更喜欢在上流社会交际甚广的母亲，而不喜欢她的女儿，因为后者只希望结交一些可靠的、合她胃口的朋友，而不想参与任何阴谋，不想巴结权贵。迪潘夫人看不出舍农索夫人有任何她所期待的顺从，便把她的家弄得门可罗雀，而舍农索夫人对自己的品德、也许也对自己的出身感到自豪，宁可舍弃社交的乐趣，几乎一人独守空房，也不愿为自己套上她自觉生来就不习惯的枷锁。这种好似流放的生活，增加了我对她的好感，因为我生性同情落难的人。我觉得她思想形而上学，喜欢思考，尽管有时有点儿爱诡辩。她的谈吐绝不像一个从修道院出来的年轻女子，但对我具有很大的吸引力。可她还不满二十岁。她的脸色雪白耀眼；如果注意姿势的话，她的身材会是高大秀美的；她的头发是灰黄色的，秀美异常，令我想起我可怜的"妈妈"年轻时的秀发，使我望而动心。但是，我刚为自己制定的，并决心不惜任何代价也要死守的严格原则使我不敢造次，不为她的美貌所迷惑。整个夏天，我每天都同她单独在一起三四个小时，一本正经地教她算术，老用我的那些数字去烦她，而没有同她说过一句挑逗的话，也没给她送过秋波。要是在五六年之后，我就不会这么乖，或者说不会那么傻了。不过，我命中注定一辈子只能有一次是因爱情而去爱的，不是她，而是另外一个女人使我情窦初开，也让我发出了最后的叹息。

自从我在迪潘夫人家生活以来，我总是知足常乐的，从未表示过得寸进尺的愿望。她同弗朗格耶先生一道给我增加薪俸，都是他们主动这么做的。这一年，弗朗格耶先生对我一日比一日好，想着让我手头更加宽裕一些，日子不要过得紧巴巴的。他是财务总管，他的出纳员迪杜瓦依耶先生已老了，而且挺有钱，打算退休。弗朗格耶先生便主动让我顶替了他。为了能够胜任这项工作，有几个星期，我常去迪杜瓦依耶先生家学习必需的知识。可是，或许是因为我对这项工作缺乏才气，或许是因为迪杜瓦依耶先生好像想另外物色一个接替他的人，并不真心实意地教我，所以我对所需的知识掌握得又慢又差，那一大堆故意弄得乱七八糟的账目总也入不了我的脑子。尽管我未能抓住这一行的真谛，但毕竟还能略知一二，所以干得还挺利索。我甚至开始履行职责了。我既管记账，又管出纳，既收钱又付钱，签收票据。尽管我对这一行既无兴趣又无才能，但是随着年岁的增长，我开始变得明智了，决心克服厌恶情绪，全心全意地投入这项工作。不幸的是，当我开始运作起来的时候，弗朗格耶先生做了一次为期不长的旅行。在他外出期间，他的银箱由我负责，当时里面只有两万五千到三万法郎，我却为此神经紧张，惶惶不安，使我觉得我天生不是干出纳的材料，而且我毫不怀疑，待他回来之后我所得的那场病肯定是他外出时我的那份紧张焦虑引起的。

我在上卷中说过，我生下来就是奄奄一息的。先天性膀胱畸形使我孩提时便感到几乎长年不断的尿潴留，是我的苏珊姑姑悉心照料我，吃尽了难以想象的苦头，才保住了我的性命。不过，她毕竟成功了，我的健壮体质占了上风，青少年时期身体已经很健康了，所以除了我讲述过的那种忧郁症和稍有点儿热度便尿频使我总感到不便之外，直到三十岁，差不多都没再患过我小时候的那种疾病。第一次旧病复发是我到达威尼斯的时候。旅途的劳顿和难耐的酷热使我小便灼痛，腰酸腿疼，至入冬方好。与帕多阿娜有染之后，我以为必死无疑，却并无丝毫不适。在与齐丽埃塔想象多于身体力行的消耗之后，身体反而比以前更好。只是在狄德罗入狱之后，因为在酷热的天气里跑樊尚监狱受了暑热，患了严重的肾绞痛，自此之后，身体就再没复原。

在我谈到的这一时刻，也许是因为那该死的出纳工作有点儿累，我的身体又垮了，病情比以前更加厉害，在床上躺了五六个星期，其惨状非常人所能想象。迪潘夫人给我派来了著名的莫朗医生，他尽管医术超群，能妙手回春，但让我遭的罪真是一言难尽，到末了也没查清我的病根。他劝我找达朗医生。达朗的探条比较柔韧，果然慢慢地插进我体内了。但莫朗在向迪潘夫人汇报我的病情时，说我顶多能活半年。这话传到我的耳朵里之后，我便对自己的状况和干的蠢事有所考虑了，觉得来日无多，我却牺牲宁静和乐趣，去受制于一种我只觉得讨厌的工作，实在是太不值了。再说，又怎么去协调我刚抱定的严格原则和一个与之很不相称的职位呢？做一个财务总管的出纳员，又怎么能大言不惭地宣扬无私和安贫呢？这些想法随着高烧在我的头脑里翻腾着，死缠着我不放，从此再也无法从我脑子里驱除出去。在康复期间，我头脑冷静地把高烧时下的决心坚定下来，永远地抛弃了任何发财进取的打算。我决定在独立和贫穷中度过我所剩不多的时日，竭尽心灵的全部力量砸断舆论的枷锁，勇敢地去做我觉得好的事情，毫不顾忌别人的毁誉。我必须克服的障碍以及我为此所付出的努力，简直难以想象。我总算尽量做到了，而且比自己原先所希望的还要成功。如果我能像摆脱舆论的枷锁那样摆脱友谊的枷锁的话，我的计划也就实现了。这个计划也许是世人所能设想的最伟大的或者最有利于道德的计划。当我将那伙庸俗不堪的所谓伟人和哲人的荒谬看法踩在脚下时，我却听任一些所谓的朋友的摆布，任他们把我当作孩子牵着走。这帮所谓的朋友看见我独自走在一条新路上，非常忌妒，便装作在努力使我幸福，其实一心想着让我出洋相，开始极力贬损我，然后让我声名狼藉。引发他们对我的忌妒的倒不是我在文坛上崭露头角，而是我在此标新立异的自我改革。我在写作艺术上有所成就，他们也许还能原谅我，但是他们不会原谅我以自己的行动做出一个似乎使他们寝食难安的榜样。我生性喜欢交友，我性格随和温顺，不难促成友谊。当我默默无闻时，所有认识我的人都爱戴我，我没有一个仇人。但是，一旦我有了名气，我就没有朋友了。这是天大的不幸，更加不幸的是，身边净是些以朋友自诩的人，他们利用朋友的名义所给予他们的权利把我弄得身败名裂。这本《忏悔录》的后面部分将详细阐述这一丑恶阴谋，在此，我只提一个头儿，大家很快便能看到阴谋的第一个圈套是怎么设下的。

我既然想独立生活，就必须想出个活法。我倒是想出了一个很简单的办法，那就是帮抄乐谱，按页数取酬。要是有什么更牢靠的赚钱方法，我当然也会干的。但抄乐谱这活计很对我的胃口，也是唯一可以不依附别人而又能每天都挣到面包钱的办法，何乐而不为呢？我认为自己无须再瞻念前程，也不再追求虚荣了，便从一个财政总管的出纳员变成了一个乐谱誊抄员。我认为我从这项选择中取得了很大的收获，所以很少后悔，后来只是因为迫不得已才放弃，但一有可能，我是定要重操旧业的。我的第一篇文章获得了成功，使我独立生活的决定执行起来就更容易了。文章一获奖，狄德罗便张罗着让人刊印。当我还卧病在床时，他便给我写了一张短笺，告诉我文章出版的情况以及所产生的效应。他在信中对我说："简直是登峰造极了，没见过有类似的成功的先例。"公众的厚爱并非靠投机钻营得来的，而且又是赐予一个名不见经传的作者，这就使我对自己的才学第一次真正有了信心。对于自己的才能，尽管我是心有所感的，但直到那时之前，我始终是有所怀疑的。我明白我可以从这次成功中为我准备实施的独立生活计划获得多大好处。我断定，一个在文坛小有名气的誊抄员肯定不会找不到活儿干的。

我一下定决心，便给弗朗格耶写了一张短笺，把此事告诉了他，并且感谢他和迪潘夫人对我的所有关照，并请他们帮我明志。弗朗格耶一点儿都不明白这封信在说些什么，还以为我因高烧而在梦呓，所以立马跑到我家来了。但他发现我已矢志不移，无法使我回心转意，便跑去对迪潘夫人以及其他所有的人说我已经疯了。他说他的，我干我的。我先从我的服饰开刀，摘下了镶金饰物，脱去了白袜子，戴上一顶圆假发，取下佩剑，卖掉怀表，心里异常高兴地说："谢天谢地，我无须再看时间了。"弗朗格耶先生很仗义，等了很久也没另找人当出纳员，最后，他见我确实铁了心，才把出纳工作交由达里巴尔先生来管。达里巴尔先生以前是小舍农索的太傅，因他的那本《巴黎植物志》而在植物学界出了名。

不管我的独立生活计划多么严格，但一开始我并没对我的内衣下手。我的内衣数量多而漂亮，是我去威尼斯时的行头的剩余，我对它们情有独钟。我由于喜欢内衣干干净净的，竟至把它们弄成了奢侈品，这没让我少花钱。有人做了好事，把我从这种奴隶地位拯救出来。圣诞节前夜，我的两位"女总督"在做晚祷，而我在听圣诗音乐会的时候，顶楼的门被撬，里面刚洗完晾着的我们的所有衣服全被偷了，其中包括我的四十二件衬衣，都是很漂亮的细麻布做的，是我内衣中的精品。邻居们说当时看见有个男人从公寓楼里出来，拿着一些包袱。从他们描绘的相貌来看，泰蕾兹和我怀疑是她哥哥所为，因为他是人所共知的坏坯。她母亲气哼哼地非说不是，可种种迹象表明是他，不管做母亲的怎么否认，我们一直这么怀疑他。我没敢深入调查，免得果如自己所料。这位兄长再没登我家的门，最后竟杳无音信了。我为泰蕾兹和我命苦而悲叹，竟有这么一个乱七八糟的家庭，因此我更加鼓动她挣脱这么危险的一个枷锁。这件事反倒治好了我对漂亮内衣的癖好，从此，我的内衣全都是普普通通的了，与我的其余行头就更加配套了。

我就这样完成了自我重塑，一心想着的是坚定决心，持之以恒，竭力从内心深处根除对别人非议的顾忌以及在做本身美好而合理的事情时对别人的指责的担心。借助我的文章的名气，我的决心也产生了反响，这就给我招来了一些主顾，因而一开始干起那行当就比较成功。然而，有好几个原因妨碍了我在换一种环境下所能取得的成功。首先是我的身体欠佳。我刚得的那场病留下了一些后遗症，使我的身体大不如前了，而且，我认为我所求治的医生使我吃的苦头与疾病本身所带来的痛苦不相上下。我相继请莫朗、达朗、爱尔维修、马鲁安、蒂埃里看过病。他们都是专家学者，又都是我的朋友，各以各的方式为我诊治，这非但丝毫未减轻我的病痛，反而使我虚弱不堪。我越是听从他们的医嘱，我就变得越发黄瘦无力。他们把我的脑子吓糊涂了，使我根据他们的药效反观自己的身体状况，只觉得在死之前必定百病缠身，如尿潴留、砂淋、结石等。凡是能减轻他人病痛的办法，如汤药、沐浴、放血等，都只能加剧我的病情。我发现唯有达朗的探条多少能起点儿效用，我觉得没有它就没法儿活似的，尽管那也只是暂时地减轻一点儿疼痛而已，所以我便花了不少钱买了好多探条，万一达朗有个三长两短，今后我也好自己备用。在我经常使用的八九年当中，连同现存的加在一起，我为买探条总共花了五十个金路易。可想而知，做治疗这么花钱，这么痛苦，这么难受，我是不可能专心致志地工作的，一个垂死之人是不会以极大的热情去挣他每日的面包钱的。

文学上的事也让我分心，对我的日常工作的妨碍也不小。我的那篇文章一发表，文学卫道士们便不约而同地向我扑来。我一看，有这么多小若斯先生①连问题都没搞懂，竟然以大师的派头横挑鼻子竖挑眼，便气不打一处来，立即拿起笔来教训了其中的几位，狠得没人敢为他们帮腔。有个戈蒂埃先生，南锡人，是第一个撞在我枪口上的。在给格里姆先生的一封信中，我把他狠狠批了一通。第二个就是那个斯坦尼斯拉斯国王②，他竟肯同我争论一番。他这么看得起我，就迫使我只好换个口气回答他了。我的口气十分庄重，但仍旧毫不客气。我对他仍旧尊敬备至，但对他的文章大加驳斥。我知道有个叫默努神父的耶稣会士插手过他的文章。我凭借自己的嗅觉，辨别出哪些是出自国王之手，哪些是那个会士所为。我毫不留情地对耶稣会的全部观点痛加鞭笞，顺便挑出了我认为只有那位可尊敬的神父才会犯的一个年代上的错误。不知为什么，这篇文章没有我其他的文章那么轰动，却是到目前为止这类文章中独树一帜的佳作。我抓住了这个天赐良机告诉公众，一介草民是怎么捍卫真理，竟至敢于同一位君主抗衡。在回击他时，要像我那样既口气傲然又不失尊敬是很困难的。我很幸运，遇上了一位我可以对他深表我的崇敬又不失之谄媚的对手。我比较成功地做到了这一点，而又不失自己的尊严。我的朋友都替我捏着一把汗，认为我非被扔进巴士底狱不可。我一刻也没有这种担忧。而且，我这么做是对的。那位善良的国王看了我的答辩文章之后说："我认输了，不再惹他了。"自那以

---

① 法国 17 世纪作家莫里哀的喜剧《医生的爱》中的人物，成为专门出一些为自己打算的主意的人的代名词。

② 斯坦尼斯拉斯国王(1677—1766)，波兰国王和洛林公爵，其女玛丽·莱什琴斯卡嫁给了法王路易十五。

后，我接到了他种种尊崇和友善的表示，我以后要提到一些，而我的那篇文章也就平安无事地在法国和欧洲流传开来，再没有人从中挑刺了。

此后不久，我又遇上了一个我未曾料到的对手，就是里昂的那个博尔德先生。十年前，他对我非常友好，还帮过我不少忙。我没有忘记他，但因懒惰而怠慢了他。我没有把自己的那些作品捎给他，因为没有找到人捎带。这的确是我的不是。他抨击我，但还算客气，我也客客气气地回击了他。后来，他的口气硬了，我也硬邦邦地写了一篇辩文。自此之后，他便再没有吭声。但他成了我最凶狠的敌人，抓住我落难的机会，写了一些恶毒的诽谤文章攻击我，还专门去了一趟伦敦，想加害于我。

这场大论战耗去了我大量的精力，浪费了我大量的抄乐谱的时间，对真理并无助益，对我的钱袋也无所补。我当时的书商比索付给我的小册子的稿酬总是少得可怜，而且常常一分不给，譬如我的第一篇文章，我就没拿到一个子儿，是狄德罗白送给他的。即使他付那一点点儿稿酬，我也且等着哩，还得一点点儿地去讨。与此同时，抄乐谱的活儿也不景气。我身兼两职，这么一来，哪一桩也没干成。

这两种行当还有一个极相矛盾的地方，因为它们迫使我采取不同的方式生活。我最初的作品的成功使我成了时髦人物，而我选定的职业又在激发人们的好奇心。大家想认识一下这个怪人，他不攀龙附凤，别无他求，只想按照自己的方式自由自在地生活。这么一来，他原先的设想就实现不了了。我的屋里来者不断，他们以各种借口前来挤占我的时间。女士们想出成百上千个鬼点子请我吃饭。我越是粗暴无礼，人们就越是对我死缠住不放。我又不能拒绝所有人。我因拒绝而招致无数敌人，但又总是因碍于情面而任人摆布。因此，不管我如何应付，反正我每天没有一个小时是属于自己的。

于是，我感觉到，要过清贫独立的生活，并不总是像人们想象的那么容易。我想靠手艺过活，但公众不愿意。大家想出了千百种小花招儿来弥补他们使我失去的时间。不久，我就像个木偶小丑似的，几个小钱就让人看一眼了。我没见过有比这更加卑劣、更加残忍的奴役了。我看得出，没有别的办法，只有一概拒收礼物，不论大小，也不论是谁所赠。这么一来，馈赠者反而更多了，他们想迫使我收礼好扬扬自得，想逼使我无可奈何地欠下他们的人情。有些人，如果我去求他们的话，他们也许连一个埃居也不会给我，可我不求他们，他们反而令人讨厌地、一个劲儿地给我送这送那，而一见我拒收，他们便欲报复，骂我傲慢无礼、不知好歹。

大家一定猜想得到，我所做的决定以及我想遵循的准则，是不合勒瓦瑟尔太太的意的。她女儿尽管并不锱铢必较，但毕竟不会违拗母意的。因此，如同戈弗古尔先生所称呼的这两位"女总督"便不总是像我那样坚决地拒收馈赠了。尽管她们有许多事瞒着我，但我仍看出不少苗头，知道她们在背地里捣鬼，这使我很苦恼，倒不是因为明摆着别人会骂我与她们串通好了，而是想到自己在这个家里竟然不能做自己的主。我哀求，我苦劝，我发火，但全都无济于事。她妈妈说我是个老讨嫌、暴戾鬼。她同我的朋友们老是嘀嘀咕咕的。在我的这个小家庭中，一切对我来说都是谜，都是秘密。为了免得老怄气，我不再敢打听家里的事情了。为了摆脱这一切烦恼，就必须横下心来，可我又做不到。我只会吵吵，却不见行动，她们便任我去说，自己仍旧我行我素。

我被迫忍受的这没完没了的纠纷和每天的烦扰终于使我感觉到这个家以及在巴黎逗留很不对味儿了。当我的健康状况允许我出门，并且不是被熟人拖着去这儿去那儿的时候，我便独自一人去散步。我在沉思默想着我那伟大的计划，用总是随身带着的白纸簿和铅笔记上一点儿自己的所思所想。这就说明了我选定的职业带来的我未曾料到的困扰如何由于排忧遣愁而又完全把我扔回到文学上来，也说明了我如何把促使我写作的那份恼怒烦闷带到我初期的作品中来。

导致这种情况的原因还有一个。我无可奈何地被抛到社交界中来，既无它的气度，又无法装出那副派头，还不习惯那种派头，我便想弄出一副自己独有的派头，免得邯郸学步。我无法克服的我那愚蠢而该死的羞怯，原因在于害怕鲁莽失礼，所以为了壮胆，我便打定主意作践礼仪规矩。我因害羞而变得尖酸刻薄，不知羞耻。我假装蔑视我不懂的礼节。的确，这种符合我的新准则的粗鲁在我的灵魂深处变得高尚起来，化成了一种坚忍的道德力量，而且我敢说，这种粗鲁态度正是因为有了这种庄严的基础，所以尽管是与我的天性大相径庭的一种做作，却保持得出乎意料的好，出乎意料的久。尽管我的外表和几句俏皮话使我在上流社会中享有愤世嫉俗的美名，但在私下里我确确实实总也演不好这一角色。我的朋友、熟人像牵只羊羔似的牵着我这头桀骜不驯的熊，而且，我的挖苦话只是冲着一些生硬却普遍的大道理，我可从来没有对任何人说过一句失礼的话。

《乡村占卜者》使我完全成了一个时髦人物。随即，在巴黎，便再没有人比我更受欢迎了。这个划时代的剧本的内容与我当时的交际相关。为了便于读者了解日后的情况，我应该详细介绍一番。

我当时认识不少人，但只有两个知己：狄德罗和格里姆。由于我总是喜欢把自己所爱之人聚在一起，所以我既然是他们俩的知己，他们俩相互间也就很快成了好友。我把他们俩聚在了一起，他们俩十分相投，而且相互间的关系比同我的关系更加紧密。狄德罗认识的人不计其数，但格里姆是个外国人，又是新来者，需要认识些人。我也正想为他多介绍些朋友。我已给他介绍了狄德罗，又给他介绍了戈弗古尔。我领他去舍农索夫人家，去埃皮奈夫人家，去我几乎是迫不得已才认识的霍尔巴赫男爵家。

341

我所有的朋友都成了他的朋友，这是很简单的事，可他的朋友一个也没成为我的朋友，这就有点儿蹊跷了。他住在弗里森伯爵家时，常请我们在伯爵家吃饭，但弗里森伯爵也好，与格里姆过从甚密的伯爵的亲戚舍恩伯格伯爵也好，格里姆通过他们俩而结识的男男女女也好，全都对我没有过任何的友谊和关照的表示。只有雷纳尔神父是个例外，他虽说是格里姆的朋友，但同我也很要好，在我拮据之时，曾异常慷慨地解囊相助。不过，我认识雷纳尔神父早在格里姆认识他之前。有一回，他非常亲切而坦诚地帮了我一个忙，虽说事情不大，但我总也忘不了。从此，我便对他深有好感了。

这位雷纳尔神父确实是一个热心肠的朋友。这一点差不多就在我说的这个时期就有明证，那是同与他关系甚笃的格里姆有关的。格里姆与菲尔小姐来往了一段之后，突然心血来潮，意乱情迷地爱上了她，想取卡于萨克而代之。可那美人儿自视坚贞，婉拒了这位新的追求者。于是，他悲从中来，意欲殉情。他突然得了也许谁都没有听说过的最奇特的病。他连续昏睡了几天几夜，大睁着眼睛，脉搏正常，但既不说话，也不吃、不动，有时好像听得见别人说话，却不吭声，连个表情都没有，可他既不激动，也无痛苦，也不发烧，仿佛死人一样躺在那儿。雷纳尔神父和我轮流看护他。神父身体比我壮实、健康，所以他值夜班，我则值白班，反正他身边从不离人，一个没到，另一个则不会走。弗里森伯爵闻讯，忙把塞纳克请去。塞纳克仔细地检查一番之后，说是没什么事，什么方子也没给开。我因为担心朋友有所不测，便十分注意医生的表情，只见他出门时还面带笑容。可是，病人仍一连数日躺着不动，除了吃点儿樱桃蜜饯外，滴水不进。那蜜饯是我不时地放一个在他的舌头上的，他咽得倒是挺顺畅。一天早上，他突然下了床，穿好衣服，恢复了日常生活，可却从未再向我——而且据我所知——也没向雷纳尔神父以及其他任何人提起

342

过他那奇怪的嗜睡症以及我们在他病中的精心护理。

这件奇事免不了引得流言四起。如果歌剧女伶的冷酷竟使一个男人绝望而死，那才真是一个绝妙的故事哩。这段佳话使格里姆成了闻名一时的人物，很快，他便被视作集爱情、友谊以及其他一切情感于一身的奇人。他因此在上流社会大受青睐，你请我邀，他也就疏远了我这个他一向认为只不过是聊胜于无的朋友。我看得出他是准备完全抛开我了，因为我对他的热烈情感深藏不露，而他对我的情意则表现在一张嘴上。他在社会上取得成功，我很开心，但我不愿意他竟然忘掉自己的朋友。有一天，我对他说："格里姆，您冷落我，我能原谅。当喧嚣一时的成功的最初陶醉过去之后，您觉得空虚无着时，我希望您回到我的身边来，您将会看到我始终是您的朋友。眼下嘛，您也别为难，您想怎样就怎样，反正我等着您。"他说我说得很对，便照我说的做了，而且非常潇洒，以至我除了与我们共同的朋友在一起时见到他之外，就再也见不着他的人影了。

在他后来同埃皮奈夫人交往之前，我们俩聚会的主要地点是霍尔巴赫男爵府。这位男爵是一个暴发户的儿子，家产颇丰，虽挥霍无度，却高雅有致，常在家中接待一些文人才子，而且他自身也有学问，所以也无愧于那些文人雅士。他与狄德罗相交已久，在我出名之前，便通过狄德罗撮合，欲与我结交。一种本能的厌恶使我久久地没有接受他的美意。有一天，他问我为什么时，我便对他说道："您太阔绰。"但他依然坚持，因此我们也就成了朋友。我最大的不幸就是总听不得几句好话，而我每每因此吃大亏。

我有资格高攀为朋友的另外一位就是杜克洛先生。数年前，我在舍弗莱特的埃皮奈夫人家里第一次见到他。他同埃皮奈夫人关系很好。我们只是在一起吃了一顿午饭，他当天便走了。但饭后我们聊了一会儿。埃皮奈夫人跟他谈起过我以及我的歌剧《风流诗神》。杜克洛是个才华出众的人，不会不喜欢有才之人的，所以便对我产生了好感，邀请我去看他。尽管我对他仰慕已久，这次又见面晤谈，但我的胆怯、懒惰使我畏缩不前，因为我认为只凭他的好意就登门造访，颇觉汗颜。但是，我第一篇文章的成功以及他对此的夸奖使我鼓起了勇气前去看他。后来，他也来看我，这样，我们俩之间的友情便开始了。这段友情使我始终觉得他可亲可爱，并且使我得知，除了我自己心中的感知之外，正直和操守有时是能与文学修养结合在一起的。

还有许多交往不太持久，我就不在这儿提及了。这些交往都是我最初的成功带来的，一旦好奇心得到满足，这些交往也就到此为止了。我这个人一眼就能看穿，今儿看过之后，明儿也就没什么新鲜的了。不过，有一个女人那时挺想见我，与我的关系也比其他的女人维持得久一些，那就是克雷基侯爵夫人。她是马耳他大使弗鲁莱大法官先生的侄女，大法官的兄弟就是驻威尼斯大使蒙泰居先生的前任，我从威尼斯回来时曾去拜访过他。克雷基夫人给我写了一封信，我便前去看她，她对我非常好。我有时在她家吃饭，在她那儿见到过好几个文人，其中有《斯巴达克斯》《巴尔思维特》等书的作者索兰先生，但他后来成了我不共戴天的敌人，我也搞不清是什么原因，也许是我与他父亲曾经卑鄙地迫害过的一个人同一个姓氏的缘故。

大家可以看到，一个抄乐谱的人本该一天到晚干自己的那一行的，可我偏偏有许多分心的事，使我每天既不能增加收益，也无法专心致志地干好自己的工作。因此，我余下的时间一大半都用来涂抹、刮擦错处，或者重新誊抄。这种烦扰使我日益觉得在巴黎待不下去了，渴望到乡间去。我有好几次前去马尔古西住上几天，因为勒瓦瑟尔太太认识那里的副本堂神父，我们就住在他那儿，但这并不会使副本堂神父觉得有所不便。格里姆同我们去过那儿一次。副本堂神父嗓音好，唱得动听，尽管他不谙音乐，但他对他的那部分唱词学得既轻松又准确。我们在那儿专门练唱了我在舍农索写的三重唱。我还按照格里姆和副本堂神父凑合写出的唱词写了两三首新的三重唱。在这纯净的欢乐中写下并演唱的这些三重唱，我竟把它们连同我所有的乐谱都撇在伍顿了，我为此深感遗憾。达旺波尔小姐也许用它们做了卷发纸，可它们是值得保留的，而且其中大部分都是很好的对位法作品。

我很高兴地看到，在这些小小的外出旅行中，"姨妈"非常开心、愉快，我自己也心情舒畅。有一次归来之后，我极其匆忙而潦草地给副本堂神父写了一首书简诗，大家可以在我的信函集中见到它。

我在离巴黎更近点儿的地方，在米萨尔先生家，还有一处极合我胃口的落脚处。米萨尔是我的同乡、我的亲戚和我的朋友，他在帕西弄了一个迷人的居所，我在那儿度过了一些很宁静的时光。米萨尔先生是个珠宝商，明智豁达，生意上赚得一笔不小的资财，并把独生女儿嫁给了经纪人和御膳房总管的公子瓦尔玛莱特先生。然后，他便做出明智的决定，放弃了生意和事务，抛开了生活的烦恼，安度晚年。老好人米萨尔是一位真正的身体力行的旷达者，在自建的舒适房屋里，在亲手侍弄得非常漂亮的园子里，生活得无忧无虑。在挖掘园子的花坛时，他发现了一些贝壳化石，数量之多，令他那激奋的想象力看到大自然里只有贝壳，以致他最后真的以为宇宙间只有贝壳和贝壳的残余，以为整个地球只是含贝壳残余的泥沙。他成天想着这些东西以及他的离奇发现，脑子发热，以致最后这些东西本会在他的头脑中形成体系，也就是说，他会走火入魔，如果他不是因患一种奇特而使人疼痛的疾病，终被死神夺去了生命的话。他的死对他的理智来说倒是件幸事，可对于喜爱他、住在他家觉得非常舒适的朋友们来说是天大的不幸。他的胃里长了个瘤子，日益增大，使他吃不了东西，可很长一段时间大家都没找到他吃不下的原因。这个瘤子折磨了他好几年之后，把他活活饿死了。我每每想起这个可怜而可敬之人最后的那段时日，总不由得要揪心伤悲。勒涅普和我是看见他最后那副惨状的唯一的朋友。他即便那么痛苦，却仍然很高兴地接待了我们俩。他当时只能眼馋地看着我们吃他为我们准备的饭菜，自己几乎连几滴淡淡的茶水都喝不进了，一喝便吐。可是，在他痛苦难耐之前的那些时日，我在他家同他结识的那些卓越的朋友一起度过了多少欢快的时刻呀！在这些朋友之中，我首推普雷沃神父。他是个非常和蔼可亲、朴实的人。他心地善良，作品生动感人，堪称不朽之作，而在他的脾性和在他与人相处之中，从未有过他赋予其作品的那种忧郁色彩。还有普罗高普医生，是个运气很好的小伊索。还有布朗热，是死后出版《东方专制主义》一书的著名作者，而且我认为他把米萨尔的思想体系延伸到整个宇宙了。在女士中，有伏尔泰的侄女德尼夫人，她当时只是个善良的女性，还没开始假装女才子。还有旺洛夫人，她肯定谈不上美，却可爱动人，唱起歌来像天仙一般。还有就是瓦尔玛莱特夫人了，她也善唱，尽管人很瘦削，但如果不是自命不凡的话，倒也还是挺可爱的。这差不多就是米萨尔先生的全部朋友。要不是我喜欢听米萨尔先生与我促膝长谈他的贝类学的话，我本会更加喜欢他的那些朋友的，而且，我可以说，我在他的研究室里工作的半年多时间里，同他一样对贝类学饶有兴趣。

他早就声称，帕西的矿泉水对我的健康有益，并劝我去他家饮用。为了躲避城市的喧嚣，我终于听从了他的劝说，到帕西住了十来天，这对我大有好处，倒不是因为饮用了那儿的矿泉水，而是因为住在乡间。米萨尔会拉大提琴，并且酷爱意大利音乐。一天晚上，我们睡前畅谈了一番意大利音乐，特别谈到我们俩都在意大利看过并都非常着迷的那些喜歌剧。入夜，我睡不着，老是在幻想着怎样才能把这类剧种移植到法国来，因为《拉贡德之爱》①压根

---

① 德图什 (1680—1754) 所作之歌剧，由穆莱配乐，1742 年在歌剧院上演。

儿就不是这种歌剧。清晨，我一边散步饮矿泉水，还一边非常匆忙地作了几句所谓的诗，并配以随着诗兴而来的乐曲。我在园子高处的一个拱顶小厅里把这些全都草草地写了下来。喝茶时，我禁不住把这些曲子拿给米萨尔及其女管家——实际上很善良、很可爱的迪韦尔努瓦小姐看。我草就的三个片段：第一个是独白《我失去了我的仆人》，第二个是占卜者乐曲《爱越是忧伤越是情深》，第三个是《科兰，我永远雇佣你》。我根本没有想到这玩意儿值得写下去，要不是他们俩的喝彩和鼓励，我真的要把这堆破纸付之一炬，不再去想它们了，如同我写过的至少与之同样好的一些东西也都多次被我投进火中一样。但是他们极力地鼓励我，所以，六天工夫，我就把剧本写完了，只差几行诗句而已，而且全部乐曲都写成了初稿，在巴黎只需来点儿宣叙调和全部中音部就可以了。我以极快的速度完成了剩下的这一切。只三个星期，全剧的各场次全都誊清，可以上演了。所缺的只是那段幕间歌舞，很久以后才写出来。

这部作品的完成令我十分激奋，极其想听到它的演奏，并且恨不得不惜一切代价也要看到关起门来，按照我的奇思异想来演它，正如人们所说的吕利 ① 那样——他有一次让人为他一人演出了《阿尔米德》。由于我不可能有此福分，只能与公众同乐。所以，为了听到自己的作品，就必须让它能搬上歌剧院的舞台。不幸的是，该剧属于全新的类型，听众的耳朵根本就不习惯。而且《风流诗神》的失败使我预见到，《乡村占卜者》要是以我的名义送去的话，肯定也是打不响的。杜克洛替我解了围，他负责把该剧送去试演，而不道出作者是谁。为了不暴露自己，我连排练都没有去看。就连"小小提琴手们" ② 也是在全场欢呼、证明作品上乘之后，才知道其作者是谁的。所有听了演奏的人都兴高采

---

① 吕利 (1632—1687)，原籍意大利的著名作曲家。
② 这是对从小就到别人家演奏小提琴的勒贝尔和弗朗科尔的称呼。

烈。第二天，所有的社交场合都在谈论它。宫廷娱乐总管居利先生观看了排练之后，便索要该作品，好拿去宫中演出。杜克洛深知我心，认为该剧拿到宫廷之后，就不如在巴黎那样可以由我做主，便拒绝交出剧本。居利强行索要，杜克洛坚决不给，两人闹得不可开交，以致有一天，正要从歌剧院出来的时候，要不是大家把他们俩拉开，俩人必将出去决斗了。有人想来找我，我便把这事推给杜克洛先生，因此他们还得去找他。奥蒙公爵大人出面干预，杜克洛终于觉得应该向权势让步了，因此该剧便被拿到枫丹白露去演了。

我最喜爱的也是我最不落俗套的那一部分，就是宣叙调。我的宣叙调以全新的方式显得抑扬顿挫，与唱词的吐字相得益彰。人家不敢保留这种可怕的革新，生怕这会刺激那些因循守旧的耳朵。我同意让弗朗格耶和热利约特另写一套宣叙调，但我自己不愿插手其间。

当一切准备就绪，演出日子定好之后，有人建议我到枫丹白露去一趟，至少去看看最后的彩排。我同菲尔小姐、格里姆，好像还有雷纳尔神父，同乘一辆宫中的车子去了。彩排还算可以，比我预想的要满意得多。乐队人数很多，是由歌剧院和国王乐队的人组成的。热利约特演科兰，菲尔小姐演科莱特，居维利埃演占卜者。合唱由歌剧院的合唱队担任。我没怎么吭声。是热利约特在指挥全局，我不想对他做的事指手画脚，而且，尽管我具有古罗马人的气质，但在这些人中间，我就像个小学生那样害羞。

第二天是首场演出的日子，我去大众咖啡馆吃早餐。那儿已经聚了不少人，都在谈论头一天的彩排以及如何难以走进剧场。有一位军官也去看了，说是自己没费劲儿就进去了，把场内情景详细叙述了一通，把作者也描绘了一番，还道出自己都做了些什么，说了些什么。但是，使我惊讶的是，他这番冗长的叙述，虽然说得那么肯定、自然，却没有一句话是真的。我觉得很显然的是，把这次彩排说得如此津津有味的这个人根本就没有去看，因为他所说的看得那么真切的作者就在他的眼前，他却并不认识。这场滑稽戏中更奇特的是它在我身上所起的作用。这个人年岁已经不小了，他的神态和腔调都绝无狂妄、优越之处。从相貌上看，他是个有身份的人，身上的圣路易十字奖章说明他是一位前军官。尽管他恬不知耻，尽管我羞于与他为伍，但我对他挺感兴趣。当他大撒其谎时，我满面羞红，不敢抬头，如芒刺在背。我有时心里在想，有没有什么办法认为他是弄错了，而不是存心撒谎？最后，我生怕有人认出我来，当面戳穿他，所以，我赶忙喝完巧克力奶，一句话不说，低下头打他面前走过，尽快地跑了出去。与此同时，在场的人还在就他的议论一个劲儿地聒噪着。到了街上，我发觉自己浑身是汗，而且，我敢说，如果在我出来之前有人认出我来，喊我一声，人们就会看见我只是因为想到那个可怜虫的谎言若被戳穿会如何难堪而像个罪犯似的羞愧和不安。

我现在已处在一生中最严峻的一个关头，很难只是单纯地叙述，因为叙述本身几乎不可能不带上或褒或贬的色彩。不过，我还是要尽量不加褒贬地叙述一下我是如何做的，出于什么动机这么做。

那一天，我的穿戴同平日里一样随便，胡子拉碴，假发蓬乱。我把这缺乏礼貌的样子当成是勇敢的表现，就以这副德行走进大厅。国王、王后、王室成员和所有宫廷大臣不一会儿也会驾临这一大厅。我走过去坐到居利先生领我去的属于他的那个包厢。这是个临近舞台的大包厢，正对着一个较高的小包厢。国王和蓬巴杜夫人正坐在小包厢里。我周围净是夫人，只有我一人是男的，不难想象，我是专门被安置在这里的，好让大家看见。灯光亮起时，我看见自己这副模样，坐在全都精心打扮的人中间，便开始感到很不对劲儿了。我在纳闷儿："是不是坐错了地方？自己的穿着打扮是不是恰当？"惶恐不安了几分钟之后，我便以一种大无畏的精神回答自己说："没错。"这种无畏也许更多的是因为无可奈何，而非出自理直气壮。我寻思，这是我该坐的地方，因为我是在看别人演出我的剧本，我是被邀请来的，我正是为此写这一剧本的，再说，没有人比我更有权利享受自己的劳动和才能的成果。我穿得跟平时一样，既没更好也没更差。如果我又开始在某件事上屈服于舆论，那我很快就要事事迁就别人。为了永远不失本色，不管是在什么场合，我都不该因根据自己所选定的职业去穿着打扮而羞惭。我外表朴素，不修边幅，但我毕竟是干干净净、利利索索的。胡子本身也不脏，因为那是大自然赋予我们的，而且，根据时尚，胡子有时候还是一种装饰哩。有人会认为我滑稽可笑、傲慢无礼。嘿，那又有什么关系！我应该学会忍受戏谑，只要我不觉得别人说得对就行了。这么小小地一番内心独白之后，我便百般坚强起来，以至于必要的话，我可以英勇无畏了。但是，也许是因为君王在场，也许是人之天性使然，我在以我为对象的好奇之中所见到的只是殷勤和礼貌。我深受感动，又开始对自己、对剧本不安起来，生怕失去这似乎只想为我喝彩的极其有利的偏见。我对他们的嘲讽是有准备的，但他们那股殷勤劲儿是我所没有料到的，使我为之折服，以至于开始演出时我竟像个孩子似的浑身发抖。我很快便有理由放心了。就演员来说，演得并不好，但就音乐而言，唱得也好，演奏得也好。说实在的，第一场只是属于一种感人的纯朴。但自这第一场起，我便听见各个包厢里响起了在这类剧本中从未听到过的一种惊奇、赞叹的窃议。这种激动之情在不断增强，很快便传染给全场观众。按孟德斯鸠的说法，就是用效果本身来增强效果。在两个可爱的人儿的那一场①，这一效果达到了顶点。国王在场是不许鼓掌的，这就使得大家能听得一清二楚，剧本和作者因此大为受益。我

---

① 此系第六场，科莱特在说了一番情话之后，原谅了抛弃她而另觅城堡女主人的科兰。这一场的末尾，是这两个情人海誓山盟之后的一段二重唱。

听见我四周的一些我觉得如天仙一般美丽的女士在窃窃私语："这部剧真美，真动人，没有一个音符不激动人心。"我因使得这么多的美人儿激动不已而高兴得热泪直流。到第一个二重唱时，我发现并非自己一人忍不住流泪。有一会儿，我在冥思，回想起在特雷托伦家搞的那场音乐会来。这种回想使人觉得奴隶在把桂冠戴在凯旋者们的头上。但这段回忆转瞬即逝，我立即全神贯注、再不分心地享受自己备感荣耀的那种乐趣。可我深信，此时此刻性欲的冲动要大大地高于作者的虚荣心。可以肯定，如果在场的全是男人，我也就不会像当时那样欲火攻心，想用嘴唇去承接我使之流出的那些醇美的泪水。我见过一些剧本激起过比这更加热烈的赞叹，但从未见过全场观众这么无一遗漏地、激动地陶醉于这样一个剧本。特别是，这是在宫廷里，又是在头场演出的日子。凡是看过这个场面的人都应该记得的，因为那效果是独一无二的。

当天晚上，奥蒙公爵大人让人告诉我，让我第二天十一点光景到城堡去，他要让我晋见国王。传话的是居利先生，他补充说，可能是要赐予我年金，国王想亲自向我宣布这事。

谁能相信，紧随这如此辉煌的一日而来的一夜，对我来说，竟是一个焦虑而惶恐之夜呢？一想到要晋见国王，我的第一个念头便是我得常常外出应酬了。这种外出应酬，当晚观剧时就让我深受其害，而且，第二天，当我在王宫的长廊或国王的房间里同那些权贵在一起等候陛下御驾亲临时，还会折磨着我的。这个缺点是使我避开社交、妨碍我去与女人厮混的主要原因。一想到这种应酬会使我陷入窘迫，我就觉得极不对劲儿，非出洋相不可，而我是宁愿死也不愿出洋相的。只有亲身经历过这种窘状的人才能体会到冒此危险有多么可怕。

然后，我又想象着国王来到我面前，有人向陛下介绍我，国王恩宠有加，停下脚步，冲我问话。这时候，必须准确无误、镇定自若地回话。我那该死的胆怯在随便一个陌生人面前都会让我慌乱不安，到了法国国王面前，还能饶过我吗？还会让我在当时的情况之下说出该说的话来吗？我很想既不抛弃自己已有的那种严肃的神态与口吻，又能对一位如此伟大的君主的知遇之恩深表感激。我必须在美好而恰当的颂词之中挟带上一点儿伟大而有益的真理。为了事先准备好恰如其分的回话，就必须正确预见到陛下会对我说些什么。可是，我深信，即使这样，到了陛下面前，我也想不起自己预先想好的话来。当着满朝文武，此时此刻如果我在慌乱之中冒出一点儿平时的那种傻气来，那可如何是好？这种危险令我惊恐、害怕、颤抖，使我横下心来，无论如何也不去丢人现眼。

是的，我失去了可以说是送上门来的年金，但我也摆脱了这份年金会让我戴上的枷锁。否则，我将与真理、自由、勇气永诀了。那日后还怎么去侈谈独立和淡泊呢？拿了这份年金，那就只好专事逢迎，或缄口不语了。再说，谁能保证我就一定能得到年金呢？那要费多少周折、求多少人呀！为了保有这份年金，我必须比不要它时付出更多的心血，招致更多的不快。因此，放弃这份年金，我认为是采取了一个很符合自己行为准则的决定，为了实际而牺牲了面子。我把自己的决定告诉了格里姆，他毫不反对。对其他人，我只说是身体不适，当天上午就走了。

我的离去招致纷纷议论、一致的谴责。我的理由不会让所有的人都认同。指责我是个骄傲的傻瓜，这早已有之，这也更能满足任何自觉不会这样做的人的忌妒心。第二天，热利约特给我写了一张短笺，详细地说明了我的剧本的成功以及国王本人是如何入迷。他告诉我："整整一天，陛下用他那全王国最不成调门儿的嗓子不停地唱：'我失去了我的仆人，我失去了我全部的幸福。'"他还说，再过半个月，还要再度上演《乡村占卜者》，这将会向全体公众证实首场演出圆满成功。

两天后，当我因要去埃皮奈夫人家吃晚饭而于晚间九点光景走进她家时，在大门口遇上了一辆马车。车上有人示意我上车，于是，我上去了。是狄德罗。他同我谈起了年金，急切极了，我真没想到一位哲学家谈论这类问题时竟会这样。他倒是没有指责我不愿晋见国王，但对我对年金的无动于衷大加鞭笞。他跟我说，如果我自己对此无所谓的话，那也不允许我不考虑勒瓦瑟尔太太及其女儿，说我应不放弃任何可能而正当的机会为她们的生活着想。由于毕竟还不能说我拒绝了这份年金，他便强调说，既然人家好像准备给我，我就得去申请，要不惜代价地拿到它。尽管我对他的一番热心很感动，但我并不欣赏他的箴言。因此，我们俩就这一问题非常激烈地争吵了一番。这是我与他的第一次争吵。我们俩的争吵都是因这类问题引起的，他总命令我做他认为我应该做的，我却偏偏不那么做，因为我认为我不该那么做。

我们俩分手时，时间已晚。我想领他去埃皮奈夫人家吃晚饭，可他硬是不肯。我总想把自己喜爱的人都聚在一起，所以在不同的场合我都极力让他见见她，甚至把她带到他家门口，可他就是不肯见她，让她吃闭门羹，谈起她来，总是一脸的不屑。直到我先同她又同他闹翻了之后，他们俩才有了交往，他在谈到她时才开始怀着尊敬。

自那时起，狄德罗和格里姆好像就有意要离间我同两位"女总督"的关系，暗示她们俩之所以生活不宽裕，那全是我的错，说是同我在一起，她们总也好不了。他们竭力怂恿她们俩离开我，答应凭借埃皮奈夫人的面子，给她们找个食盐、烟草或其他什么分销店安排她们工作。他们甚至想把杜克洛以及霍尔巴赫拉来入伙，但杜克洛始终拒绝同他们一起干。他们的这套把戏，我当时已有所耳闻，但直到很久以后才弄清楚。我常抱怨我的朋友们的这种盲目而欠考虑的热情，我本已身体有恙，他们还要拼命地把我逼进最最痛苦孤独的境地，他们的本意是想使我幸福，可他们的办法偏偏使我愁苦不堪。

一七五三年的狂欢节，《乡村占卜者》在巴黎演出。在这之前，我抽空写了该剧的前奏曲和幕间歌舞。这套幕间歌舞如印刷出来的那样，应该从头至尾都是舞蹈动作，而且是由一个主题贯彻始终，根据我的想法，提供了一些十分有趣的场景。但是，当我把这个想法向歌剧院提出时，人家连听都不愿意听。因此，只好按照惯常做法，编串一些歌舞，致使这套幕间歌舞虽然充满美妙的意趣，未使正剧逊色，但效果平平。我去掉了热利约特作的宣叙调，换上了我原先写的、现在印出的那一套。这套宣叙调，我承认是有点儿法国化了，也就是说被演员们弄得拖沓了，却根本没让任何人感到刺耳。而且，其效果不在咏叹调之下，甚至使听众觉得能与咏叹调并驾齐驱。我把我的剧本题献给了捍卫该剧的杜克洛，并且声明，我将只题赠他一个人。不过，在征得他的同意之后，我后来又做了第二次题赠[①]。他应该因我做出这一例外的题赠而感到更加荣耀。

我有许多关于这个剧本的逸闻趣事，但我有一些更重要的事情要说，无暇在此多加赘述。也许有一天我会在补遗中再来叙述一番。然而，其中有一件事我不得不谈，因为它可能与后面的事情有关。有一天，我在霍尔巴赫男爵的工作室里观看他的乐谱。在浏览了许多种类的乐谱之后，他指着一本羽管键琴曲集对我说："这些是别人专为我写的曲子，品位极高，很适合演唱，除了我之外，谁也不知道也将见不到它们。您应该选上一首用到您的幕间歌舞上去。"我脑子里装着的歌曲和合唱曲的主题比所要用的多得多，所以我并未在意他的曲子。可是，他一再地催促我，所以碍于情面，我便选了一段牧歌，把它压缩，改成三重唱，在科莱特的女伴们上场时用。几个月之后，《乡村占卜者》正在上演的时候，有一天，我走进格里姆家，发现在他的羽管键

---

① 此处系指题赠给日内瓦共和国的《论人类不平等的起源和基础》。

琴旁聚着一些人。见我来了，格里姆便突然站了起来。我本能地朝他的琴谱架上看了一眼，看到了霍尔巴赫男爵的那本曲集，正翻在他催促我采用并向我保证永远不拿给他人的那首曲子上。之后不久，有一天，埃皮奈先生家举行演奏会，我又看见这本曲集翻开放在主人的羽管键琴谱架上。无论格里姆还是别人，都没有跟我谈起过这首曲子，而我之所以在这里提到它，也是因为不久之后有谣传说我并不是《乡村占卜者》的作者。由于我根本就不是什么大音乐家，所以我深信，要不是我的那本《音乐辞典》，人们肯定会说我根本不懂音乐。

《乡村占卜者》上演前的一段时间，一些意大利滑稽剧团的演员来到巴黎。人们没有预测到他们将会产生什么影响，就让他们在歌剧院舞台上演出了。尽管他们演技拙劣，当时乐队也演奏得一塌糊涂，随意曲解他们的剧本，但是他们仍旧使得法国歌剧大为逊色，一直缓不过来。法国和意大利两种音乐在同一天、同一个舞台上演奏，使得法国听众茅塞顿开。在听了意大利音乐那种热烈欢快的节奏之后，就没有一个法国人能再忍受本国音乐的那种疲沓劲儿了。意大利滑稽演员一演完，听众便都走光了。因此，迫不得已，只好改变演出顺序，让意大利滑稽演员压轴。那时，正在上演《厄格勒》《皮格马利翁》《天仙》，但都压不住阵脚。只有《乡村占卜者》还可以比试比试，即使排在《女仆情妇》<sup>①</sup>之后演出，也能受到欢迎。当我在写幕间歌舞时，脑子里净想着那些意大利的滑稽演员，是他们给了我灵感，可我远远没有想到，有人竟拿我的幕间歌舞去仔细比较。如果我是个剽窃者的话，那剽窃行径该有多少呀，人们要费多少心思去揭露呀！可是，根本就不是这么回事，他们白白地费心劳神了，没有在我的音乐中找到一丁点儿他人的痕迹。我的所有歌曲同所谓的原作比较起来，

---

① 意大利佩尔戈莱斯写的喜歌剧，于作者死后三年，1733 年在那不勒斯演出。

正如同我所创造的音乐特性一样，完全是崭新的。如果让蒙东维尔和拉摩去经受这种考验，那他们就要被批得体无完肤了。

那些滑稽演员为意大利音乐赢得了一批极其狂热的崇拜者。整个巴黎分成了两派，激烈程度超过对于国家大事或宗教事务的争论。一派人多势众，由大人物、富人和女士们组成，积极支持法国音乐；另一派更活跃、更自信、更激烈，由一些真正的行家，一些才华横溢、天赋极高的人组成。这一小伙人常聚集在歌剧院王后包厢下面。另一派则坐满了池座和正厅的其他地方，但其中心聚在国王的包厢下面。这著名的两大派系当时便因此获得"国王之角"和"王后之角"的别称。争论日趋激烈，还出了一些小册子。"国王之角"想开玩笑，但遭到了《小先知》① 的嘲讽。他们想理论一番,可又被《论法国音乐的信》② 驳得体无完肤。这两本小册子，一本是格里姆写的，另一本是我写的，是有关这场争论所幸存的仅有的两本，其余的全都不知去向了。

但是，大家不听我的辩解，一味认为是出自我手的《小先知》被一笑置之，作者未受到任何的责难。《论法国音乐的信》却被认真地看待，引起全民族对我群起而攻之，认为我侮辱了法国音乐。这本小册子所引起的难以置信的效果真值得塔西陀③ 的神来之笔去描绘一番。当时正值议会与教会大争斗时期。议会刚被解散，形势一触即发，暴动迫在眉睫。那本小册子一出来，其他所有的争吵立即被湮没了，人们一心想着法国音乐遇到危险，矛头全都指向了我。声势之大，令全法国至今仍未忘怀。在宫中，犹豫的只是把我关进巴士底狱还是把我流放。要不是瓦耶④ 先生表示这样做会贻笑大方，御旨便下达了。当人们听说这本小册子也许阻止了

① 系格里姆于 1753 年 1 月匿名发表的抨击法国音乐的小册子。
② 系卢梭于 1753 年 11 月出版的一本较长的抨击法国音乐的小册子。
③ 塔西陀（约 55—120），罗马历史学家，卢梭曾译过他的《史书》第一卷。
④ 即阿尔让松伯爵，1743 年到 1757 年任军机大臣，自 1749 年起，监控巴黎的剧院、皇家印刷厂和国王图书馆。

一场革命时，会以为是痴人说梦。但这是千真万确的事实，全巴黎的人依然可以做证，因为这桩奇闻距今还不超过十五年。

诚然，人们并未伤及我的自由，却并未少侮辱我，连我的生命都处于危险之中。歌剧院的乐队想密谋在我走出剧院时大义凛然地干掉我。有人把这事告诉了我，我反倒去歌剧院去得更勤了。我很久以后才知道，是跟我关系不错的火枪手队军官昂斯莱先生挫败了这一阴谋，他瞒着我在散场时派人暗中保护我。市政厅刚刚接管歌剧院。巴黎市长的第一项壮举就是取消了我的长期入场券，而且其做法极尽卑鄙恶劣之能事，竟在我进场时当众阻拦我，逼得我只好买了一张池座票，免得那一天忍受被逼回头的羞辱。这种不公正的对待尤其令人发指的是，我在把剧本让与他们时，唯一的条件就是享有永久性免费入场的权利，因为尽管这是所有作者应有的一种权利，而且我因双重资格拥有这一权利，但我是当着杜克洛先生的面特别提出来的。不错，我并未提出要求，人家就派歌剧院的出纳给我送来五十金路易作为酬金，但是，且不说这五十金路易根本就抵不上按规定我所应得的酬劳，它根本就与长期入场券毫不搭界，那种长期入场券是明文规定的，与酬金完全不相干。这种行径简直是不公、蛮横到了极点，就连当时对我痛恨至极的公众也都为之震惊。昨天还辱骂我的人，第二天竟在正厅中高声叫嚷道："剥夺一位理应享有并可要求双份的一位作者的长期入场权是可耻的！"意大利的那句谚语简直太对了："人皆喜为他人主持公道。"

这样一来，我只有一条路可走，那就是要回自己的作品，因为人家废除了同我约好的条件。我为此写信给兼管歌剧院工作的阿尔让松先生。我在信中还夹了一份备忘录，理由是不容置辩的，但信和备忘录都未见答复，未起到任何作用。这个不公允的人所保持的沉默深印在我的心上，我原本就对他的品行和才能不敢恭维，这样一来，我就更瞧不起他了。就这样，我的剧本被歌

357

剧院扣下了，但我因让出剧本而享有的权利被剥夺了。若是弱者对强者这样，那就是偷盗；而强者对弱者如此，则只不过是据他人之财为己有而已。

至于该剧本所带来的经济收益，若是换了别人，准会得到四倍的酬劳。但它毕竟数目不小，足以使我生活好几年，从而填补了我那始终不是很景气的抄谱收入。我得到了国王赏赐的一百金路易，又从美景宫①的演出中得到了蓬巴杜夫人赏的五十金路易，夫人还在剧中扮演了科兰一角。歌剧院给了五十金路易，比索刻印剧本给了五百法郎。所以，这个幕间歌舞，只不过花了我五六个星期的劳动，尽管我惨遭不幸且愚蠢笨拙，但还是几乎给我带来了与后来的《爱弥儿》一样多的收益，可是我写《爱弥儿》思考了二十年，光写就用了三年时间。虽说这个剧本给我带来了可观的收益，却给我招致了无尽的烦恼。它是很久以后爆发出来的暗中忌妒的根苗。自从该剧获得成功之后，我在格里姆、狄德罗或者几乎所有我认识的文人中，再也看不到我此前一直认为他们对待我的那种诚挚、坦率和那种见到我时的高兴劲儿了。我一走进男爵家，大家便停止了畅谈，代之以一小堆儿、一小撮在一起的窃窃私语，以至我独自待着，不知同谁说话好。这种令人下不了台的冷遇，我忍受了很久。因为我看到霍尔巴赫夫人和蔼可亲，向来待我甚好，所以只要她丈夫的粗鲁态度尚可忍受，我就总是强忍着。但是，有一天，他当着狄德罗和马尔让西的面，莫名其妙地冲我发火了。狄德罗没有吭声。马尔让西后来常跟我说，很钦佩我回答得那么温和克制。霍尔巴赫这种毫无道理的对待等于是在下逐客令。因此，我便毅然决然地走了出去，再也不进他家的门了。尽管如此，每每谈到他以及他家时，我总是充满敬意的，可他对我总是语多侮辱、鄙夷，开口闭口总叫我"那个

---

① 系法王为其情妇蓬巴杜夫人修建的一座城堡，在巴黎城郊。

小学究"，可又说不出我对他以及他所感兴趣的任何人有过任何做得不到之处。就这样，他终于证实了我的预见和担心。就我来说，我相信我的那些朋友是会原谅我写书、写好书的，因为这种光荣他们也能获得，但他们不能饶恕我写出了一个剧本，而该剧本又获得了很大的成功，因为他们中的任何一个都没能力干这一行，更不能指望获得同样的荣耀。只有杜克洛没有跟着大家忌妒我，好像更与我相好，并且领我去了基诺小姐家。与在霍尔巴赫先生家相反，我在基诺小姐家得到了关心、尊重和爱戴。

当《乡村占卜者》在歌剧院上演时，法兰西喜剧院也想到了该剧作者，但结果不尽如人意。由于七八年的工夫都未能使我的《纳尔西斯》在意大利剧院演出，我便对该剧院起了反感，觉得那帮演员用法语演出水平太差，所以真想让法国演员来演我的剧，而不找他们演了。我把我的这一想法告诉了喜剧演员拉努。我跟拉努早就认识，而且如大家所知，他是个优秀的人，又是作家。他很喜欢《纳尔西斯》，负责让该剧匿名演出，并且在这期间送了我一些入场券，使我非常高兴，因为我一向更喜欢法兰西剧院，而不太喜欢另外两个剧院。剧本受到欢迎，被接受了，并且以不道破作者姓名的方式演出了。但是，我有理由认为，演员们以及其他许多人还是知道作者是谁的。艾桑小姐和格朗瓦尔小姐饰演多情女郎的角色。尽管依我看，全剧精髓未能演出来，却不能说这个剧演得很不好。我可以说是对观众的宽容感到惊奇而感动，他们竟然有耐心静静地从头看到尾，甚至让它演了第二次，竟没有丝毫不耐烦的表现。就我而言，我对第一次演出就厌烦得不得了，都没能坚持看完，出了剧院便直奔普罗高普咖啡馆，在那儿见到了波瓦西以及其他几个人，他们可能同我一样也感到厌烦了。在那儿，我公开地承认了我的 peccavi[①]，谦卑地或者说自豪地承认

---

① 意大利文，意为"过错"。

了自己是该剧的作者，并且说出了大家想说的话。公开承认自己是一个失败的坏剧本的作者，这一做法深受赞赏，而且我不觉得有什么难堪的。我甚至从坦白承认的勇气中得到了对自尊心的一种补偿，而且我仍认为，彼时彼地说出的骄傲多于默不作声的羞愧。不过，该剧本虽说是演起来不受欢迎，但读起来还是有味道的，所以我让人印了出来，而且我在属于我的佳作之列的序言中开始阐明我的准则，比我在此前所阐明的更深刻一些。

不久以后，我便有机会在一本更重要的著作中对这些准则进行全面阐述了。我想，那是在一七五三年，第戎科学院发表以《人类不平等的起源》征文章程的时候。我被这个大的问题所震动，很惊奇该科学院竟敢提出这么一个问题。但是，既然它有勇气提出来，我就当然有勇气去写。于是，我动手写了起来。

为了随意地思索这一重大题目，我同泰蕾兹、我们的女主人——一个好女人及其一位女友一起，去圣日耳曼旅行了七八天。我把这次旅行视作我一生中最适宜的旅行之一。天气晴和，那两个好女人负责照料一切，掌管花销。泰蕾兹同她们俩一起戏耍，而我则不用操什么心，吃饭的时候同她们无拘无束地寻开心。每天其余的时间，我便钻进森林，在那儿寻觅并找到了我自豪地描绘其历史的原始时代的景象。我荡涤人的种种谎言，大胆地彻底揭露人的本性，追寻歪曲了人的本性的时间和事物的进程，把人为的人和自然的人相比较，向他们指出，其苦难的真正根源就在于人的所谓进化。我的灵魂为这些崇高的思想所激扬，飞升至神明的境界，从那儿看到自己的同类在其偏见的盲目道路上寻着错误、不幸、罪恶的道路往前走着，我以他们无法听见的微弱声音冲他们呼喊："你们这些不住地埋怨大自然的愚者，要知道，你们所有的痛苦都源自你们自身。"从这番凝神思索中，产生了《论人类不平等的起源和基础》。该作品比我其他所有的著作都合狄德罗的胃口，而且他为这部著作所提的建议对我来说是最为有益的，但该作在整个欧洲很少有人能读得懂，即使读得懂的人也全都不愿谈起它。这部著作是为征文而写的，所以我把它寄去了，但事先便深信它获不了奖，我也深知科学院的种种奖并不是为这类文章而设立的。

这次旅行和写作对我的脾性和健康都有裨益。已经有好几年了，我被尿潴留折磨，完全任医生摆布，他们非但未能减轻我的病痛，反而耗尽了我的体力，毁坏了我的体格。从圣日耳曼归来，我感到自己有力气了，觉得好多了。我根据这个启示，决心不管是死是活，反正不求医、不吃药，永远不沾医生和药物的边儿，活一天算一天，不能动就待在屋里，有点儿力气就走动走动。在巴黎，混迹于那些自命不凡的人中间，不合我意。文人的钩心斗角，他们那些可耻的争吵，写的书又是那么缺少真诚，在社交场合上又是那么盛气凌人，我觉得这都太可憎可鄙了。即使是在同我的朋友们的交往中，我也觉得太少温馨、坦诚、直率。因此，我厌恶这喧嚣的生活，开始急切地盼着去乡间居住，虽明知自己的条件不允许我在乡间定居，但我至少可以在乡下度过我的闲暇时间。有好几个月的工夫，首先是午饭之后，我便独自一人前往布洛涅森林去散步，思考一些作品的题材，直到入夜方归。

我当时同戈弗古尔过从甚密，他因职务关系得去日内瓦，建议我与他同行。我答应了。我身体欠佳，少不了"女总督"的照料，因此，我决定带她一同前往，留下她母亲看家。待一切安排妥当，我们仨便于一七五四年六月一日一起动身了。

我应该把这次旅行当作我活了四十二岁第一次经历的事记下来，它影响了我那生而有之的毫无保留、自觉而充分信赖别人的天性。我们包租了一辆舒适的马车，不换马，每天只走很短一段路程。我常常下车步行。我们刚走了一半路程，泰蕾兹便表示极为讨厌与戈弗古尔单独待在车内，而当我不顾她的恳求，仍想下车步行时，她也跟着我下车步行。我对她的任性责骂了很久，甚至坚决不许她下车。最后，她不得不对我说出个中原委。当我得知我这位已六十有余的朋友——这位患有足痛风、腿脚不便、因寻欢作乐过度而伤了身子的戈弗古尔先生，竟然自我们上路时起便在着意诱惑一个既不漂亮也不年轻、属于自己朋友的女人，而且手段极其卑劣，极其下流，竟至把钱袋赠予她，还拿一本淫书念给她听，让她看他带着的许许多多淫秽的画，借以撩拨挑逗她，我简直以为自己是在做梦，如堕五里雾中。泰蕾兹气愤不已，有一次竟把他那本乌七八糟的书从车窗里扔了出去。我还得知，第一天，我因剧烈头疼，没吃晚饭便去睡了，他竟趁他们俩单独在一起的机会跃跃欲试，像个老色鬼、骚公羊似的去勾引她，简直不像我所信赖而又托付了自己伴侣的一个正人君子。我是多么惊奇、多么揪心呀！在这之前，我一直以为友谊是与构成其魅力的所有可爱而高贵的情感分不开的，可我生平头一次不得不把它同轻蔑不屑联系在一起，不得不取消我对一个我所爱戴并自以为被其所爱的人的信赖和尊敬！那无耻至极的人还对我瞒着他的卑鄙行径哩。为了不让泰蕾兹为难，我不得不对他掩饰着我的轻蔑，把他不该知道的一些情感深藏在心中。友情的温柔而神圣的幻象啊！戈弗古尔第一个把你的面纱在我眼前掀开了。自此之后，有多少只无情的手在阻止这幅面纱重新垂落啊！

　　到了里昂，我便离开戈弗古尔，去萨瓦了，因为我无法忍心离"妈妈"那么近而不去看看她。我又见到了"妈妈"……她过的是什么日子啊，上帝！堕落成什么样子了啊！她那早期的美德还剩下点儿什么？她就是蓬韦尔神父把我推荐给她的那位当年那么光彩照人的瓦朗夫人吗？我的心好疼呀！我看到她已别无出路，只有换个环境。我早就在信中多次央求她前来同我一起安静度日，我愿意同泰蕾兹一起倾毕生精力使她幸福。我又再次急切地央求她，但无济于事。她死守住她的年金，不听我的劝告。她的年金虽说照发不误，她自己却早已得不着分文了。我还是把我的钱分了一小部分给她。要不是我很清楚给她再多，她也得不到一个子儿的话，我原本是该多给她一些的。我在日内瓦逗留期间，她去沙布莱旅行了一趟，并到格朗日运河来看了看我。她的钱不够，无法继续前行，可我当时身上也没有那么多钱。一个小时过后，我让泰蕾兹把钱给她送了去。可怜的"妈妈"，容我把她这一次表现的善良再说一下吧。她的首饰最后只剩下一枚小戒指了。她把它摘下来，戴在了泰蕾兹的手指上，但泰蕾兹随即又把它戴回到"妈妈"手上，并流着热泪亲吻着那只高贵的手。啊！这可是我偿还欠债的时刻啊！我必须抛弃一切跟随她，与她相依相随，与她同呼吸共命运，直到她最后的时刻，可我根本就没这样做。我因另有所系，只觉得对她的感情有些淡了，因为我看不出自己会对她有所帮助。我为她叹息，却没有跟随她去。我一生所深感的内疚中，唯有这是最痛心疾首、最抱憾终身的。因此，我理应受到自那时起便一直缠绕着我的可怕的惩罚。但愿这些惩罚能抵消我的忘恩负义！我的负义薄情是表现在我的行为上的，但它撕碎了我的心，说明这颗心绝不是一颗无情无义之人的心。

在我离开巴黎之前，我已草拟了我的那篇《论人类不平等的起源和基础》的题献词。我在尚贝里时把这段题献词写定了，并注明写于尚贝里的日期，因为我觉得还是不注明写于法国或日内瓦的好，免得有人挑刺儿。我一到尚贝里，便沉浸于召唤我来此的那股共和主义的激情之中了。因为我在那儿受到了热烈的欢迎，所以这股激情有增无减。我受到各行各业的人的款待和宠爱，爱国主义的激情充溢在我的心中。我因摒弃祖辈所信奉的宗教而另拜了一个神明，被剥夺了公民权，为此我感到汗颜。因此，我决定公开地重新尊奉我祖辈的宗教。我在想，所有的基督徒用的都是同一本福音书，而教义内容之不同只是因为人们硬要横加解释自己无法理解的东西。因此，在每个国家，只有君主有权确定所奉神明以及那不可理解的教条，而公民的义务就在于接受这一教条，尊奉法律所确定的那个信仰。同百科全书派的来往非但没有动摇我的信念，反而因我对争论和派系天生的厌恶而更加坚定了我的信仰。对人和宇宙的研究始终向我展示主宰着人与宇宙的终极原因与智慧。几年来，我潜心研读《圣经》，特别是研读福音书，使我蔑视那些最不配理解耶稣基督的人对耶稣基督的低劣愚蠢的阐释。总而言之，哲学在使我追求宗教的精髓的同时，使我摆脱了人们用以遮蔽其光辉的那些乱七八糟的、无足轻重的程式。我认为，对一个理智的人来说，是没有两种做基督徒的方式的。我同时也认为，凡是形式和纪律的东西，在每个国家都属于法律的范畴。这一极其合理、极其有社会性、极其平和而又给我招致那么残酷的迫害的原理，必然导致这样的结果：我若要做公民，就应该是新教徒，就应该重新尊奉我的祖国所确定的信仰。我决心这么做了。我甚至屈从了我所居住的远在城外的教区的牧师的训令。我只是希望不必非得去教务会议上受审。然而，圣教敕令关于这一点的规定是不含糊的。人家很想替我通融一下，指定了一个由五六个人组成的委员会来单独听我的皈依誓言。但不幸的是，与我关系甚好的既可爱又亲切的佩德里奥牧师竟对我说，有些人很想听听我在这个委员会上发表的讲话。这事让我害怕得不得了，三个星期的工夫，我日日夜夜地琢磨我准备的一篇短小的演讲词，但临到背诵时就乱了套，竟至一个词儿也说不出来，在讲坛上竟然成了一个最笨拙的小学生。委员们为我解围，我只是蠢乎乎地回答着"是的"或"不是"。然后，我便被接纳进团体，并恢复了我的公民权。我以公民的身份在保安税册上登记了，这种税只有公民兼市民才缴纳，我还参加了一次国民议会的特别会议，以便从市政官员米萨尔那儿接受誓言。对于国民议会、教务会议此次对我表示的好意以及所有官员、牧师和公民对我表示的种种殷切而诚挚的态度，我深为感动。因此，我在总是劝说我的好心的杜吕克的催促之下，更主要的是我自己心里也正这么想，便一心要回巴黎去拆散我的家，处理一下自己的琐事，安置好勒瓦瑟尔太太及其丈夫，或者说提供给他们一些赡养费，然后同泰蕾兹一道回日内瓦安居，安度余年。

做出这一决定之后，我便把正事暂时撂下，好同我的朋友们一起游玩，一直到动身时为止。在同朋友们游玩的过程中，最使我开心的是我同杜吕克老头、他的儿媳、他的两个儿子以及我的泰蕾兹一道环湖泛舟的那一次。我们用了七天的时间在湖中环游。天气简直好极了。湖对面使我惊叹的那些风景给我留下了深刻的印象。几年之后，我在《新爱洛伊丝》中把它们描绘了出来。

我在日内瓦主要交往的人，除了我提到的杜吕克之外，还有年轻的牧师凡尔纳，我在巴黎时就已经认识他了，我当时对他的评价高于以后对他的看法；佩德里奥先生，当时是乡村牧师，现在是文学教授，同他的交往充满了温馨和舒适，将永远令我缅怀，尽管他后来不屑与我为伍；雅拉贝尔先生，当时是物理学教授，后来当上了国民议会议员和市政官员，我曾把我的《论不平等》读给他听，但没读题献，他似乎对此文甚为赞赏；吕兰教授，直到他死前，我一直与他有书信往来，他甚至托我为日内瓦图书馆购置书籍；凡尔奈教授，他在我向他表示好感和信赖之后，同大家一样，就不再理我了，而我的那些表示本应使他感动的，如果一位神学家还会为什么事情有所触动的话；戈弗古尔的助理及继任者夏普伊，他本想顶掉戈弗古尔的，可没多久，他自己反倒被人取而代之了；马尔塞·德·梅齐埃尔，我父亲的故旧，也是我的朋友，曾一度为国增光，后成为剧作家，并想进二百人委员会，从而改变了信条，死前便已贻笑大方。但所有的朋友中我殷切期待的是穆勒杜，他才华横溢，思想激烈，是前途无量的年轻人，我一直都很喜欢他，尽管他对我的态度常常很暧昧，而且同我最凶狠的敌人有来往。虽然如此，我仍相信他总有一天会成为我死后的辩护人，并为我这样的一个朋友报仇雪耻。

尽管这些应酬费时费力，但我仍旧没有失去独自散步的喜好和习惯。我经常在湖边久久地漫步，但我那习惯思考的头脑并没有闲着。我在琢磨我已拟就的《政治制度论》一书的纲要，我马上就要谈到这本书。我在构思一本《瓦莱地方志》以及一部散文悲剧的大纲，主题是鲁克丽丝①，尽管她已不能再上法国的任何舞台，但我仍斗胆要表现她，以期使嘲笑者黯然。与此同时，我还在试着译塔西陀的书，已经译出他所著史书的第一卷了，大家可在我的文稿中找到它。

　　在日内瓦待了四个月之后，我于十月份回到了巴黎。我没有从里昂走，免得碰到戈弗古尔。因为我打算春天才返回日内瓦，所以冬季里我便恢复了自己的生活习惯和工作，主要是看我的《论人类不平等的起源和基础》的校样。那是我让书商雷伊在荷兰印的。我同雷伊是刚在日内瓦结识的。由于此文是题献给共和国的，而且这个题献可能会使国民议会不开心，所以我想等等看这一题献在日内瓦产生什么效果，然后再回日内瓦去。结果果然对我不利。这个题献是我在最纯洁的爱国主义的感召下写出来的，却偏偏给我在国民议会中招来了一些敌人，在市民中引发了忌妒。舒埃先生当时是第一市政官，他给我写了一封客气但冷淡的信。大家可以在我的信函集 A 第三号中看到这封信。我从个别人那儿，特别是杜吕克和雅拉贝尔那儿得到了一些恭维，仅此而已。我没看见有哪个日内瓦人真正感激我在这部作品中所表现出来的那种由衷的热忱。这种冷漠使所有注意到的人都愤愤不平。我记得，有一天，在克利希的迪潘夫人家吃饭，同席的有共和国常驻代表克罗姆兰和米朗先生。米朗先生在席间说，国民议会应因此书而奖赏我并公开赞扬我，还说，如果不这样，便有失体统。克罗姆兰矮小黝黑，为人卑

---

① 古罗马的烈女，因美德而闻名于世。

鄙险恶，当着我的面没敢吭声，却做了一个可怕的鬼脸，令迪潘夫人觉得好笑。这部著作给我带来的唯一好处，除了满足了我的夙愿之外，就是那个公民的称号，那是先由我的朋友们然后又由公民循着我朋友们的样子赠予我的，后来却因为我与这一称号太般配而又失去了它。

如果不是有一些对我的内心有更大影响的某些动机在起作用的话，光凭这一不顺遂是不会改变我退隐日内瓦的初衷的。埃皮奈先生想给舍弗莱特城堡加盖缺少的一翼房舍，为此耗费颇大。有一天，我同埃皮奈夫人去看这项工程。我们俩走出挺远，到了四分之一法里以外的园子的蓄水池处，紧挨着蒙莫朗西森林。那儿有一座很漂亮的菜园子，园内有一座破败不堪的小屋，人称"退隐庐"。这个幽静宜人的地方，在我去日内瓦之前，第一次见到时，就给我留下了深刻的印象。我因兴奋而情不自禁地脱口说道："啊！夫人，这住所多美妙啊！这真是为我而设的退隐之所。"埃皮奈夫人当时并未太注意我的这句话。但当我第二次再来时，我十分惊奇地发现，在原先小屋的旧址上盖起了一座几乎崭新的小宅子，布局十分合理，非常适合三口之家居住。埃皮奈夫人悄悄地让人盖起了这座小宅子，而且花钱很少，只是从盖城堡侧翼的工程中抽点儿材料和人工而已。第二次来时，她见我如此惊奇，便对我说："我的大熊啊，这就是您的栖身之地。这是您自个儿选定的，是因友情而送给您的。我希望它将使您抛弃想远离我的残酷念头。"我敢说，我这一辈子还从未如此强烈、如此幸福地感动过。我用泪水沾湿了我女友的那只慧手；如果说我当时并未被征服，却从根本上动摇了。埃皮奈夫人想一气呵成，便百般催逼，用尽一切办法，托过不少人来说服我，甚至为此动员勒瓦瑟尔太太及其女儿出来规劝。她终于说动了我。我放弃了返回祖国居住的计划，决定并答应住在退隐庐。她一边等着新房晾干，一边忙着置备家具，所以开春便将一切安排妥当，我可以入住了。

有一件事促使我下定了决心，那就是伏尔泰住到日内瓦附近了。我知道，此人将会在日内瓦闹个天翻地覆。而我若是去日内瓦，就会再遇上把我从巴黎驱走的那种气氛、风尚和习俗，我就必须不停地战斗，在行为举止上就不会有其他的选择，或者成为一个无法容忍的学究，或者是一个懦弱的坏公民。伏尔泰就我最后那部作品写给我的那封信，使我不得不在回信中婉转地表示我的种种担忧。它所产生的结果证实了我的担忧。从此，我便认为日内瓦完蛋了，这一点我并没有看错。我也许该去顶风冒雨的，假使我自觉有此能耐的话。可我单枪匹马，既腼腆羞怯，又不善辞令，面对一个傲慢、阔绰、深受王公大人的青睐，又口若悬河，而且已是女士和年轻人的偶像的人，我又能怎么样呢？我担心血气之勇非但于事无补，反会遭殃，所以便听任自己息事宁人的天性的安排，听任与世无争的心态的驱使。如果说这种与世无争的心态曾欺骗过我，那么今天在这同一个问题上仍旧在欺骗我。要是退隐到日内瓦去，我本会为自己免去一些大灾大难的。即使我怀着满腔炽热的爱国热情，我仍怀疑我是否能为自己的祖国做点儿什么伟大而有益的事。

特隆桑差不多是在这一时期前去日内瓦定居的。他不久之后来到巴黎闯荡了一番，挣了不少钱。他到巴黎后，同若古骑士一道来看过我。埃皮奈夫人非常希望他能单独给她诊治一番，可找他看病的人太多，她插不进去，便来求我，我们便敦促特隆桑去给她看看。就这样，在我的撮合之下，他们俩开始有了交往，而且后来关系愈加紧密，反而把我给甩了。我的命运总是如此，一旦我把我的两个彼此互不相交的朋友弄到一起，他们就必定联起手来对付我。尽管特隆桑一家在自那时起便参与的践踏祖国的阴谋中对我恨之入骨，特隆桑医生本人却在很长一段时间里对我仍十分友好。他甚至在回到日内瓦之后还给我来过信，建议我就任日内瓦图书馆荣誉馆长一职，但我的主意已定，这番盛情并未使我动摇。

就在这一时期，我又去了霍尔巴赫先生府上，原因是他的夫人去世了。霍尔巴赫夫人和弗朗格耶夫人都是我在日内瓦期间辞世的。狄德罗在把霍尔巴赫夫人的噩耗告诉我时，谈到她的丈夫悲痛欲绝。他的痛苦触动了我。我也深为这个可亲可爱的女人之死感到扼腕。因此，我给霍尔巴赫先生写了一封信。这件令人悲伤的事使我忘掉了他所有的不是，所以，当我从日内瓦归来之后，而他为了散散心，同格里姆以及其他几个朋友去法国各地转了转回来之后，我便前去看他，后来仍继续去看望他，直到我去退隐庐为止。

当他那个小圈子中的人得知埃皮奈夫人——他当时同她尚无来往——在为我准备一个住所，讽刺嘲弄便像冰雹似的向我砸来，硬说我需要别人捧场和都市的娱乐，耐不住寂寞，连半个月都待不下去。我自己心中有数，随他们去怎么说，反正我干自己的。霍尔巴赫先生倒是帮了我，给勒瓦瑟尔老头儿找了个地方安置好了。老勒瓦瑟尔已八十多岁了，他妻子感觉他是个累赘，老央求我把他打发掉。老头儿被送到一家敬老院去了，由于年岁太大，又被离家孤身所苦，他几乎刚去便进了坟墓。他妻子以及其他的孩子对他的死并不怎么伤心，倒是一向疼爱父亲的泰蕾兹抱憾终身，后悔不该让风烛残年的父亲离开她而了却余生。

几乎与此同时，有一位我未曾料到的客人来拜访我，尽管他是我的老相识了。我指的是我的朋友旺蒂尔。有一天早晨他突然闯来，我真万万没有想到。同他一起来的还有一个人。我觉得他真是大变样了！他往日的风采荡然无存，看上去形容萎靡，使我不敢与他亲近。或许是我的眼光已经变了，或许是声色犬马使他神情恍惚，或许是他那昔日的风采源自青春年少，而今他已是白头。我几乎是无动于衷地接待了他，之后我们便挺冷淡地告别了。可是，他刚走，往日的情谊便强烈地唤起了我年轻时代的回忆。那是多么温馨的青春时代呀，我把它理智地奉献给了那个天使般的女人，她现

369

在的变化也不亚于他呀。我也回想起了那幸福年代的件件小趣事，想起了在托讷与两个可爱的姑娘一起度过的天真无邪、尽情欢乐的那浪漫的一天，她们俩赏给我的唯一恩赐就是让我吻了一下手，尽管如此，却给了我那么强烈、那么动人、那么持久的惆怅。当年，我怀着的是一颗年轻人的心，充满了美妙的幻想，感觉到有无穷无尽的力量，可我相信这已一去不复返了。这所有的温情回忆使我不免为逝去的年华而流泪，为失而不能复得的激情伤悲。啊！我若是能料到晚年那不幸的激情重新燃起会给我带来多大的不幸，我本会为这激情的归来而洒下多少眼泪啊！

离开巴黎之前，在我退隐前的那个冬天，我发生过一件遂心如愿的快事，我品尝到了它的全部醇美的意味。南锡科学院院士帕利索因写了几部剧而出了名，此时正为波兰国王在吕内维尔演出其中的一部。他在剧中竟让一个人大胆握笔与国王较量，以为这样就可以取悦国王。斯坦尼斯拉斯为人豪爽，不喜讽刺，看到有人竟敢在他面前如此这般地妄评时人，不觉勃然大怒。特莱桑伯爵先生奉这位国王之命，写信给达朗贝尔和我，告诉我陛下有意将帕利索先生逐出他的科学院。我回信殷切恳请特莱桑先生代为向波兰国王求情，饶过帕利索先生这一次。国王倒是恩准了，但特莱桑在传国王的旨意时向我补充说道，此事将记录在科学院的档案里。我回复道，这不是开恩，倒是给了一个永久性的惩罚。最后，经我一再坚持，总算没在档案上做任何记载，而且不给这件事留下任何公开的痕迹。在这件事上，无论是国王还是特莱桑先生，都对我表示出尊重和景仰，我感到极其欣然。就这件事我感觉到，所有本身极受人尊敬的人，对他的尊重会在他的心灵里产生一种比虚荣心更加温馨、更加高尚的情感。我把特莱桑先生的信以及我的复函都辑录下来了，大家可以在信函集 A 中的第九、第十、第十一号中找到原件。

我深深地感觉到，一旦我的回忆录得以公之于世，我自己就在此永远记录下了我本想抹去的对一件事的回忆。可是，我不得已而要传之于世的事情还有很多。我始终不忘的写忏悔录的伟大目标以及和盘托出一切的不可推卸的责任，使我无法因小事而瞻前顾后、背离初衷。在我身处的离奇、独特的环境下，我必须面对真理，不得顾及别人。为了很好地了解自我，我必须从各个方面，无论好坏，去认识我自己。我的忏悔势必与许多人的忏悔紧密相连。凡是与我有关的事，我在谈到自己或别人时，都是同样坦诚，我不认为应该对别人有所宽容，而对自己更加苛刻。不过，我还是想对别人更照顾一些。我要始终公正、真实，尽我的可能去说别人的好处，只有在迫不得已的时候才去谈论只与自己有关的他人的不是。我被他们弄到这步田地，还有谁有权对我做更多的要求？我的忏悔录根本不是写来在我生前面世的，也不是想在有关的人还活着的时候出版的。如果我能主宰自己的命运以及该书的命运的话，那么这本书将在我和他们死后很久才会发表。但是，我的那些强大的压迫者因为害怕真理而无所不用其极，以便抹去真理的痕迹，这就迫使我为了保留下这些痕迹而采取最正确的权利和最严格的公理所容许我采取的一切措施。如果我的忏悔录将随我一同消逝，那么我宁愿不连累别人，毫无怨言地忍受一种不公平的、转瞬即逝的耻辱。但是，既然我的名字终将留下，我就该尽力使对拥有这个名字的不幸之人的回忆与这个名字一道流传下来，按其真实面貌而非一些不公正的敌人处心积虑地描绘的那样流传下来。

# 第九章

　　我急着住进退隐庐，等不及美丽的春天到来。新屋一收拾妥当，我便赶紧搬了进去，引来霍尔巴赫一伙的嘲笑，硬说我耐不住三个月的寂寞，很快便会不知害臊地溜回来，同他们一样在巴黎生活。可我十五年来一直背离自己的生活之所，今日得以返璞归真，我哪还会去管他们的耻笑？自从我不由自主地被抛进社交场以来，我一直都在缅怀我那可爱的沙尔麦特以及我在那儿的恬静生活。我觉得自己生来就适合退隐和乡居。在别处生活，我不可能幸福。在威尼斯，公务繁忙，荣任类似外交使节的职位，满怀着加官晋爵的骄傲；在巴黎，置身于上流社会的旋涡之中，享受着朵颐之快，观赏着戏剧的辉煌，沉浸在虚荣的幻海之中，但我始终回忆着往日的丛林、清溪、悠然的漫步，这使我意乱情迷，勾起我的嗟叹，引起我的憧憬。我之所以能屈从于所有的工作，屈从于强打起我的精神的种种野心勃勃的计划，都不外乎为了一个目的：有朝一日过上我此时此刻正庆幸将要接触到的那种幸福恬静的乡间生活。我原以为只有相当地富足之后才能过上这种生活，可我现在并未富有，竟也能不必富有，通过截然相反的道路达到了同样的目的。我没有一个苏的年金，但我有点儿名气，有点儿才气，又很俭朴，而且摒弃了所有为堵他人的嘴所必需的一切花销。此外，虽然我很懒惰，但我只要愿意，我还是很勤劳的。我之所以懒惰，并非想无所用心，而是一个独立的人所有的那种懒散，只是想什么时候干活儿就什么时候干活儿。我那抄乐谱的活计既出不了名，又无大的油水，却很有保证。社交场上的人很满意我有勇气选择这一行当。我不愁没有活儿干，而且只要我好好地干，就能活下去。由《乡村占卜者》和其他作品的收入剩下来的那两千法郎使我不致捉襟见肘，还有好几本我正在写的书也使我无须敲诈书商，足以贴补生活，使我不必疲于奔命，可以从从容容地干活儿，甚至还有空去散散步。我那三口之家，人人有事干，花销也不算大。总之，我的收入与我的需求和欲望相比，入可敷出，使我可以按照自己的志趣所选择的方式像模像样地过上一种幸福美满的生活。

我本可以完全投入最有油水的工作，用我的笔，不是去抄乐谱，而是完全去写作，按照我已有的并自觉有能力维持下去的那种势头，会让我过上一种富裕甚至奢华的生活，只要我稍许愿意把作家的手腕同出好书的努力结合起来就行了。但我感到，为了吃饭而写作，很快就会令我的天赋窒息，扼杀我的才情。我的才情不在笔端而在心间，完全是一种高瞻而豪迈的思维方式产生的，也只有这种思维方式才能使我的才情永不枯竭。从一支唯利是图的笔下是产生不出任何刚劲伟大的东西来的。需求、贪婪也许会使我写得快，却不会使我写得好。如果对成功的需求没有把我投进阴谋集团的话，也会让我想方设法地去说一些哗众取宠的事，而不是去说一些有益的、真实的事情，那样一来，我就成不了我可能成为的一位卓越的作家，只会成为一个蹩脚的作者。不，不，我一向认为，作家这个身份只有在也只能在它不是一种行当时才会是卓越的、可尊敬的。当一个人只为了活下去而思考时，他的思想就太难高尚了。为了能够并敢于说出伟大的真理，就绝不能只想着自己成名。我把我的书奉献到公众面前时，深信自己是为公众利益说了话，而没有考虑其他任何东西。如果我的书被人摒弃，那就活该那些不愿从中得益的人倒霉。而我是用不着靠别人的赞同来生活的。如果我的书卖不出去，我的行当本身也能养活我，也正因为如此，我的书倒是能卖得出去的。

我一七五六年四月九日离开都市，再也不在都市中居住了。后来，我虽在巴黎、伦敦或者别的一些城市有所逗留，但那都是或路过，或不得已而为之，我并没把它们算作居住。埃皮奈夫人坐着她的马车前来接我们一家三口。她的佃户负责搬运我的那一点儿行囊，我当天便住下了。我发现我那个小小的退隐之所虽说布置和陈设都很简单，却干净利索，颇为雅致。精心布置它的那只慧手使得它在我的眼里变得无法估量地可贵，我觉得，成为我的女友的客人、住在我自己选定的又是她专门为我建造的屋子里，真是妙不可言。

虽然天气寒冷，甚至还有残雪，但大地已开始复苏。紫罗兰和迎春花已经开了，树木绽开了新芽。而且，我到的那天夜晚，几乎就在我的窗前，我听到了黄莺在毗连屋子的一片林子里歌唱。迷迷糊糊地睡了一觉醒来，我忘了自己已经搬家，还以为仍在格勒内尔街住着。突然，一阵鸟儿啁啾使我猛地一颤，我激动不已地嚷道："我的所有心愿终于实现了！"我做的第一件事就是去看看我周围的乡间景物。自翌日起，我没有去整理新居，而是踏勘了住所四周的每一条小道、每一片矮树林、每一处灌木丛、每一个角落。我越是仔细查看这美丽的退隐之所，就越是感到它是为我而造的。这个幽静而不荒芜之所是我恍如遁迹的天涯海角。它有着在都市中见不到的种种动人的美。当你突然置身其中，你永远不会想到自己离巴黎只有四法里之遥。

沉浸于乡间情趣之中数日后，我才想到整理一下故纸堆，安排一下自己的活计。我像从前一贯做的那样，上午抄乐谱，午后带上白纸簿和铅笔去散步，因为我向来只有在露天下才能写、才能想，所以我不打算改变方法，我打算从今往后把几乎就在我门前的那片蒙莫朗西森林当作我的书房。我有好几部作品动手开始写了，我又重新审阅了一遍。我脑子里有不少写作计划。但是，由于城市的喧嚣，在这之前一直进展不大。我原打算分心的事少点儿的时候多加一把劲儿的。我想，这一回我可以偿还夙愿了。对于一个像我这样病恹恹的人，又常往舍弗莱特、埃皮奈、奥博纳、蒙莫朗西城堡跑，而在自己家中又经常为一些无所事事的好奇者死死地缠着，还总要用半天的时间去抄乐谱，如果大家数一数，算一算，我在退隐庐或蒙莫朗西的那六年之中所写的东西，我敢保证，他们就能发现，如果我在此期间浪费了时光的话，那至少不是浪费在无所事事上。

在我已经动笔的那些作品中，我构思得更久的、更加兴致勃勃在写的、我打算倾注我毕生精力的而且是我觉得能让我闻名遐迩的那部作品，就是那部《政治制度论》。我开始想到要写它已是十三四年前的事了。当时我在威尼斯，我有机会注意到那个被捧上天的政府的种种弊端。从那时起，我的视野因对伦理学的历史性研究而大大地拓宽了。我看到，一切都是从根本上与政治相关联的，而一国的人民不管怎样行事，都将只是其政府性质使之成为的那个样子。因此，"什么是最美好的政府"这样的一个大问题，在我看来便缩小成为这样的一个问题了："适于造就最有道德、最为开明、最为聪慧的人民，总之，广义而言之，适于造就最好的人民的政府的性质是什么？"我认为我看出来了，这个问题与另一个问题极其相似，即使两者不尽相同："性质始终最接近于法的政府是哪一种政府？"由此产生了"什么是法"的问题以及一连串与之同样重要的问题。我看到，这一切在把我引向伟大的真理。这些真理将有益于人类的幸福，特别是有益于我的祖国的幸福，而在我最近的那一次旅途中，我在我的祖国并未发现如我所想的那些比较正确、比较明晰的法律和自由的概念。而且，我曾认为，以这种间接方式为我的同胞们提供这些概念是最能顾全他们的自尊心，最能使之原谅我在这一点上比他们看得更远一点儿的。

尽管我写此书已有五六年了，但进展仍旧不大。写这一类的书籍需要思索、闲暇和安静。而且，我是悄悄地写这本书的，没有向任何人透露我的计划，连狄德罗我都没告诉。我担心，在我写书的这个时代和国家看来，我的计划过于大胆，也生怕我的朋友们的惊惧会妨碍我的写作计划。我还不知道它是否能及时完成、是否能在我生前出版。我希望能够不受压制地写出该题目所需的一切。当然，我生性不喜讽刺别人，也从来不想揪住谁不放，在公正方面，我始终是无可指摘的。无疑，我是想充分利用思考的权利，这是我与生俱来的权利，但我一向尊重我必须生活在其管辖之下的政府，从不违反其法律，而且很注意不去践踏国际法，也不愿意因为畏惧而放弃其赋予我的权益。

我甚至承认，作为一个外国人在法国生活，我觉得自己的地位对于大胆说出真理是十分有利的。我很清楚，我只要像我想的那样不出版未经法国许可的任何东西，那么不管我的准则是什么，不管我在别处出什么东西，法国都管不着我。甚至在日内瓦，我可能都没这么自由。在日内瓦，不管我的书是在什么地方印制的，行政官都有权对其内容妄加指责。这种考虑大大地促使我接受了埃皮奈夫人的盛情，而放弃了去日内瓦定居的计划。正如我在《爱弥儿》中所说的，我感觉到，你若是想写一些真正有益于祖国的书，就绝对不可以在自己的祖国写，除非你是一个搞阴谋诡计的人。

使我觉得自己的地位更为有利的是，我深信法国政府也许不会给我好脸色看，但至少会以不干涉我为荣的，如果它不愿意保护我的话。我觉得，容忍无法阻止的事情并以此沽名钓誉，这是很简单却很巧妙的政治手腕。因为，即使把我驱逐出法国——他们完全有权这么做——我照样会写我的书，而且写起来也许更加无所顾忌。而要是让我在法国安心写书，我就得对自己的书负责，还消除了欧洲其他国家一些根深蒂固的成见，从而使法国享有明显尊重国际法的美誉。

根据事态发展认为我上了自己轻信的当的人，完全可能是看错了。在我遭到湮没的那场风暴中，我的书成了把柄，但其实他们是冲着我这个人来的。他们并不把书的作者放在眼里，他们想毁掉的是让－雅克这个人。他们在我的作品中发现的最大罪状，就是这些作品所能给我带来的荣耀。此是后话，暂且不表。我不知道这个对我来说至今仍是个谜的谜，今后是否会被读者们解开。我只知道，如果说是我公开表达的那些准则给我招致了我所受的虐待的话，那我早就该成为其牺牲品了，因为把这些原则最果敢地——如果不说是最大胆的——表达出来的我的那一本书早在我退居退隐庐之前就已发表，就已经产生效果了，可谁也没有想到——我不想说是寻机挑衅——起码阻止一下该书在法国出版。此书在法国同在荷兰一样公开出售。此后，《新爱洛伊丝》也同样顺利地出版了。我敢说，它也同样受到欢迎，而且几乎令人不可思议的是，爱洛伊丝临终前的那番表白同萨瓦副本堂神父的表白是完全一样的。《社会契约论》中的一切大胆言论早在《论人类不平等的起源和基础》里就出现了；《爱弥儿》中的一切大胆言辞也早在《朱莉》中就有了。可这些大胆的地方并未激起对上述两本著作的任何非议，所以引起对后两本书的流言蜚语的也就不是这些大胆的言辞了。

此时，我更关心的是另一项几乎性质相同但计划新定的工作，那就是摘选圣皮埃尔神父的著作。鉴于叙述的连贯，我此前未谈到。此想法是在我从日内瓦回来之后，马布利神父提起的。他不是直接向我提起，而是通过迪潘夫人向我提出的。迪潘夫人也有心让我采纳这一想法。她是曾视老圣皮埃尔神父为宠儿的巴黎三四位大美人儿之一。如果说她肯定不是独占他的女人，那她至少也是同埃居荣夫人共宠这位神父的。她对神父的缅怀保持着一种使双方都受到敬重的尊重和爱戴。因而，她若是看到她的朋友那些胎死腹中的书稿能由她的秘书妙手回春，她的自尊心就会得到满足。这些书稿中不乏绝妙的东西，但表达甚差，以致难以卒读。奇怪的是，圣皮埃尔神父一向把自己的读者视为大孩子，可他对他们说起话来竟像是在同大人说话，完全不顾及他们是否愿意去听。正因为如此，他们才建议我接手这项工作，一来这工作本身是有益的，再则，它很适合一个勤于动笔而懒于创作的人，适合一个以思索为苦、宁愿对其胃口、阐释并光大他人思想而不标新立异的人。再说，我并非要把自己局限于阐释者的功用上，我有时自己也完全可以去思索，可以想法儿把一些重要的真理披上圣皮埃尔神父的外衣注入书中，这比打着自己的旗号要好得多。不过，这项工作并非轻而易举的事，需要阅读、思索、摘录的有二十三本之巨，充满庞杂、混乱、冗长、重复、短浅、错误的观点，而又必须从中捕捉一些伟大而美妙的观点，而这给了我忍受这项繁难工作的勇气。如果我能不失脸面地反悔的话，我本会放弃不干的。但是，当我接到他的侄子圣皮埃尔伯爵受圣朗拜尔之托交给我神父的手稿时，我可以说已承诺要完成重任了，不然的话，就干脆把手稿退还，不得犹豫。我正是决定要使之派上用场才把这些手稿带去退隐庐的，所以这是我准备利用空闲时间操作的第一部作品。

　　我还在思考第三本书，那是我对自身的观察而产生的想法，而且我感到很有勇气去写，因为我有理由希望写出一部真正有益于人类的书，甚至是我所能够献给人类的最有益的一部，假如我写起来果如我所拟订的计划的话。人们都看到了，大部分人在他们的生命旅程中常常与自己判若两人。我并不是要证明这个尽人皆知的事情才打算写这本书的。我有着更加新颖甚至更加重要的目标，那就是寻找这种变化的根源，抓住取决于我们自己的那些原因，以便展示它们如何才能受到我们的控制，以使我们更加完美，更加自信。因为，毋庸置疑。对一个正派的人来说，抵御一些业已形成而又必须克服的欲念是艰难的，而如果能追根溯源，在这些欲念生成之时就防患于未然，去改变或纠正它们，就没那么痛苦了。一个人受到了诱惑，第一次抵制住了，因为他是坚强的，第二次他就屈服了，因为他是软弱的；如果他始终一样坚强的话，他也就不会屈服了。

在一面探索自己、一面观察他人以寻找这不同的生活方式源自什么的时候，我发现，它们大部分取决于对外部事物的先入印象，而我们不断地被我们的感官改变着，我们的思想、我们的感情甚至我们的行动便不知不觉地受到这些改变的影响。我所搜集到的许许多多惊人的观察材料是无可辩驳的，而且我觉得，从它们的自然本原来看，它们适宜提供一种外在的准则，可随环境的变化而变化，竟至使得我们的心灵处于或维持在最有利于道德的状态。如果人们学会强迫用动物机制去协调它极其经常扰乱的精神秩序，那么就能使理性少出多少偏差，就能阻止多少邪恶产生啊！气候、季节、声音、色彩、黑暗、光明、自然、食物、噪音、寂静、运动、静止，这一切全都作用于人体这部机器以及我们的心灵，因此，全都在向我们提供成百上千种几乎确定无误的支撑点，使我们能够把我们受其摆布的那些情感控制在其起始点。这就是我已经在纸上打了草稿的基本思想。我希望这一思想能对生性很好、真诚地喜爱道德、警惕自己弱点的人产生效用，因而我觉得用这种思想很容易写出一本读者爱读、作者爱写的书来。可是，我并未在这本题为《感性伦理学或智者的唯物论》的书上花多少工夫。大家很快就将知道的一些分心的事使我无法顾及它，而且大家也将知道我的写作纲要将落个什么下场，它与我自身的命运何其相似。

除了这一切，一段时间以来，我一直在思考一种教育体系，是舍农索夫人请我考虑的，因为她丈夫对她儿子的教育使她惶惶不可终日。尽管这个问题本身并不太合我的口味，但碍于情面，我对它比对其他任何问题更加上心。因此，在我刚才提到的所有题目中，这个问题是我唯一进行到底的一个。我写这个题目时所期待的结果，好像应该给其作者带来另一种命运。但是，这是件令人伤心的事，先按下不表。在本书的后面章节中，我将不得不谈到它。

这一切计划使我在散步时有了思考的内容。我想，我已经说过，我只能一边走着一边思考。一旦停下脚步，我也就停止思考了，我的脑子是同我的双脚一起运作的。不过，我也有预防措施，准备了一项室内工作，以便下雨天干。那就是我的《音乐辞典》。该辞典的材料散乱、残缺，不成样子，使得这部作品大有推倒重来的必要。我带了几本为此所需的书来，已经花了两个月的工夫对好多书进行了摘录，那些书是别人从皇家图书馆借来给我的，还允许我带几本到退隐庐。这就是我储备着的室内工作，以便下雨天出不去或者抄乐谱抄烦了的时候干。这种安排对我太合适了，所以不论是在退隐庐还是蒙莫朗西，甚至于后来在莫蒂埃，我都受益匪浅。我是在莫蒂埃一边干着其他事，一边把这项工作完成的。我始终觉得，变换着工作是一种真正的休息。

有一段时间，我比较严格地执行给自己规定的作息时间，觉得甚为满意。但是，当美好的春光把埃皮奈夫人更经常地吸引到埃皮奈或舍弗莱特来时，我便觉得，有些事情起先倒并没怎么让我费心，我也没太在意，现在却大大地打乱了我的其他计划。我已经说过，埃皮奈夫人有一些很可爱的优点：她很爱自己的朋友，极其热情地帮助朋友，为了朋友，从不吝惜时间和精力。因此，她理所当然地应受到朋友们对她的回报。在这之前，我一直都在回报她的热情，并没有觉得是迫不得已而为之，但最后我明白了，我给自己套上了一条锁链，只是因为友谊的缘故，我才没有感觉出它的重负。我因为讨厌与众多的宾朋应酬，所以更觉得这条锁链之沉重。埃皮奈夫人因此向我提出了一个建议，这似乎于我有利，其实对她更有利。那就是每当她孤独一人或差不多没有客人时，便让人通知我。我同意了，没有看到这对我有什么不便的。这样一来，我就不再是在我有空时去拜访她了，而是她有空就召我前去，因此我就再也无法知道自己哪一天可以由我自己来支配了。这种约束大大地损害了我在此之前一直想去看望她的那种乐趣。我觉得，她如此慷慨地赠予我的那种自由，其实是有条件的，我永远也享受不着。有那么一两回，我想试试自己的自由，她便立刻又是捎信，又是写字条，又是为我的健康大惊小怪，弄得我只有借口卧病在床，才能幸免于召之即去。我必须屈从于这个束缚。我屈从了，而且对我这样的一个最恨依附他人的人来说，甚至可以说是比较自觉地屈从了，因为我对她的真心爱戴使我感觉不太出来这是一种锁链。她因此也就凑合着填补了她的常客不来时所留下的娱乐空白。这对她来说虽说是微不足道的一种弥补，但毕竟聊胜于无，因为她忍受不了绝对的孤寂冷清。然而，自打她想尝试一下文学创作，并打定主意不论好歹写点儿小说、书简、喜剧、故事以及其他这一类的玩意儿时起，她便很容易地就填补了自己的空虚。但是，使她感觉有趣的不是要写这些东西，而是要写来读给人家听。如果她胡乱涂了两三页纸出来，她就非要在这项巨大工程之后找到两三位自愿的听众不可。我尚无被选中之荣幸，除非是经别人好心推荐。我若只是一个人，那么在任何事情上我都总是不被人看重的。而这不仅仅是在埃皮奈夫人的圈子里如此，在霍尔巴赫先生的圈子里以及凡是格里姆定调子的场合全都如此。这种不起眼使我在任何地方都觉得挺自在的，只是单独同她在一起时不行，我不知说什么是好。我不敢谈文学，因为轮不到我来评论；也不敢谈论风花雪月，因为太胆小，宁可死也不敢被人笑话成一个老色鬼。这种念头我在埃皮奈夫人身上从未起过，即使我一辈子都守在她的身边，这种念头也许也不会出现一次。倒不是我对她这个人有什么嫌弃，恰恰相反，我也许像个朋友似的非常喜欢她，以至无法像个情人似的去爱她。看到她，同她聊天，我感到快乐。她的谈吐尽管在社交场上很引人入胜，但与她单独在一起时让人觉得枯燥乏味，而我的言谈也不妙趣横生，也逗引不出她的什么话来。我因相对无言太久而颇觉难为情，便想尽方法没话找话。这种交谈尽管常常让我觉着累，却从不使我感到厌烦。我很乐意能向她献点儿小殷勤，给她兄妹般的轻吻，我觉得这些吻对她来说并无什么欲火。我们俩之间，仅此而已。她极瘦，极其苍白，胸脯像搓衣板。单单这一缺陷就足以浇灭我的欲火了。我的心灵和感官从来就看不得一个女人没有酥胸。另外还有一些无须说的原因，总是让我在她身边时忘了她是女性。

我就这样横下了心，忍受这不可免的屈从，未有任何的抵触，至少在头一年里我还觉得没有我预想的那么难以忍受。埃皮奈夫人差不多整个夏天都在乡下度过，可头一年的夏天只住了一段时间，或许是因为她有事被迫留在巴黎，或许是格里姆不在，她感到住在舍弗莱特无趣。我趁她不在的空当儿，或者趁她宾客满堂之际，享受与我的好泰蕾兹及其母亲单独在一起的乐趣，这使我感到格外可贵。尽管几年来我常去乡间，但几乎并未从中享受到乡间情趣，而且又总是同一些自命不凡之辈去，非常拘束，大煞风景，所以这在我心中更加激起了对乡村情趣的偏好。我越是就近看到了乡村景色，就越是感到失去它们之苦。我对沙龙、喷水池、人工的树丛花坛以及夸耀这一切的讨厌鬼们厌烦透顶，我对织花、羽管键琴、牌局、丝结、愚蠢的俏皮话、乏味的撒娇、无聊的故事和盛大的晚宴恼火极了，所以，当我瞅见一个不起眼的小荆棘丛、一片树篱、一座谷仓、一片草地的时候，当我穿过一座小村庄，嗅到香草炒鸡蛋的香味的时候，当我老远听见牧羊女的歌声中乡土气息的叠句的时候，我便让什么胭脂呀、饰物呀、琥珀呀通通见鬼去了。我吃不到家庭主妇做的饭菜，喝不上乡村酿的酒，感到非常遗憾，真想给厨房大师傅、管家老爷一记老拳，他们竟让我晚餐时分吃午餐、睡觉之时用晚餐。尤其是要揍那帮仆役老爷，眼睛贪婪地盯着我的饭菜，把他们主子的假酒以高于小酒馆佳酿十倍的价钱卖给我，否则就会让我活活地渴死。

现在我总算住在自己的窝里，住在一个舒适幽静的避难所中，可以支配自己的时日，过着一种我觉得生来就该过的不受干扰、平和、安静的生活。在说出这种对我来说崭新的生活对我的心灵所产生的影响之前，有必要先谈一谈我的种种内心情感，以便大家能从其根源上更好地看到这些新的变化的进展。

我始终把我与泰蕾兹结合的那一天视作固定我的精神生活的一天。我需要有所寄托，因为原该让我满足的那份爱终于被残酷地斩断了。对幸福的渴求在一个男人的心中是绝不会熄灭的。"妈妈"老了，堕落了。事实在向我证明，她在这个世界上不会再幸福了。我失去了任何分享她的幸福的希望，只好去寻求一种适合我的幸福。我游移了一阵，转了一个又一个念头，想了一个又一个计划。如果与我打交道的那个人有点儿常识的话，我去威尼斯时原本会忙于公务的。我很容易灰心丧气，特别是在艰巨的、长期的事业上。那次事业上的失败使我对其他任何事都感到厌烦，而且依据自己往日的信条，我视所有遥远的事为镜中花、水中月，决心今后得过且过，再也不会认为生活中有什么可以激发我努力奋进了。

正是在这个时候，我们俩邂逅了。这个好姑娘的温柔性格使我觉得我们极为相投，因此我便依恋上她了。这种依恋是经得起时间和挫折的考验的，凡是本该使它夭折的一切反而使它更加强烈。当我揭开她在我最困难的时候，在我心中留下的伤疤、造成的痛楚的时候，大家就会明白这种依恋有多么强烈。我在写这些之前，对任何人都没有抱怨过一句。

为了不同她分开，我竭尽了努力，冒尽了风险，我还不顾命途多舛和众人的反对，同她一起生活了二十五年，终于在我晚年，在她并没有期待我也没要求我，而我也没做任何许诺和保证的情况之下，同她结婚了。当大家知道这些情况之后，将会认为是一种狂热的爱从第一天起就让我晕头转向了，然后逐步地把我引向那最后的荒唐之举。当大家知道还有种种特别的、强有力的理由本该阻止走最后这一步棋的时候，一定更会这么看了。我将告诉读者——读者们现在应该看到我是在把全部真情道出来——从第一次见到她直到今天，我对她从未感到有丝毫爱情的火花在闪烁。我并不想占有她，正像我并不想占有瓦朗夫人一样。我在她身边得到的感官上的满足，对我来说，纯粹是性欲的需要，并不是整个身心的交融。读者们闻之将做何感想？他们将以为我的体质与他人不同，无力感受爱，因为在我最依恋的两个女人身上，我都没有注入爱的真情。啊，且慢，我的读者！不祥的时刻正在靠近，你们将会发现自己大错特错了。

我知道，我是在重复自己说过的话，但必须如此。我的第一个需要——最大、最强烈、最无法消除的需要完全充盈在我的心中，那就是亲密的结合，有多亲密就多亲密的结合，特别是因为这个缘故，我才必须有一个女人而非男人，必须有一位女友而非男友。这个特别的需要极其强烈，以至肉体上的如胶似漆还不够，我恨不得两颗心长在同一个躯体之中。若非如此，我则总是感到空虚寂寥。我那时以为自己已经不再感到空虚了。那个年轻女人具有无数长处，着实可爱，而且容貌姣好，没有丝毫的矫揉造作和妖冶，如果我能像自己所希望的那样，把她的生活融入我的生活，我本可以把自己的生活融入她的生活的。关于男人方面，我没什么可以害怕的。我可以肯定，我是她真正爱着的唯一的男人，而她清心寡欲，甚至当我在这方面对她来说已不再算是

384

个男人的时候，她也没想去另觅新欢。我没有家庭，她却有一个家庭，但这个家庭所有成员的秉性都与她的相去甚远，所以我不可能把它变成我的家庭。这就是我的不幸的第一个原因。我真的恨不得能成为她母亲的孩子！我竭力想做到这一点，但总不能如愿。我本想把我们的利益拴在一起，却徒劳无益，毫无可能。她母亲总是另有打算，与我的利益不仅不同，而且背道而驰，甚至与她女儿的利益也大相径庭，因为她女儿的利益与我的利益已密不可分了。她同她的其他子女及孙辈们全都成了吸血鬼，偷泰蕾兹的东西算是对她最微不足道的损害了。可怜的姑娘习惯于逆来顺受，甚至在她的侄女们面前也是如此，所以便任凭他们偷抢、摆布，不敢吭一声。我看到自己掏空了钱袋，竭尽了劝告，竟未能让她得到任何好处，真是痛苦极了。我试图让她摆脱她母亲，但她总是拗着。我尊重她的这种态度，而且对她更加敬重。但她的拒绝态度让她吃尽苦头，也没少让我深受其害。她一心向着她母亲及家人，胜过向着我以及她自己。他们的贪婪对她的损害尚不及他们的主意对她的损害来得大。总之，如果说由于她对我的爱，由于她的善良本性，她还没有完全被他们控制的话，这些却在很大程度上抵消了我对她的一番苦口婆心的劝导，以致我无论怎么做，我们也自始至终无法合二为一。

这就是为什么，在一种真诚的、相互的依恋之中，我投入了我心灵中的全部温情，心灵的空虚却从未很好地得以填补。孩子们出世了，这空虚原本可以填补了，结果反而更糟。想到把孩子放在这样一个没有教养的家庭里，会越养越糟，我便浑身发颤，放在孤儿院去受教反倒危险小得多。使我做出决定的这个理由，比我在写给弗朗格耶夫人的信中所陈述的所有理由都有力，但唯独这个理由我没敢告诉她。我宁愿不为这样严厉的斥责洗刷自己，因为我想顾全一下我所钟爱之人的家庭。大家看看她那无赖哥哥的德行，可以评一评，我是否应该不畏人言，不让自己的孩子去接受像她哥哥那样的教育。

由于无法充分品尝到我需要的那种亲密结合的幸福，我便想出一些弥补的办法，虽说填不满空虚，却可以减轻空虚的感觉。我既然没有一个能完全属于自己的朋友，就必须找一些其活力可以克服我的惰性的朋友。就这样，我便培养并加强与狄德罗和孔狄亚克神父的友谊，与格里姆建立了新的更加紧密的友谊，以致最后因为那篇我已叙述过其经过的文章，没有想到我又把自己投入了我还以为永远摆脱的文坛。

初涉文坛，我便通过一条新的道路被引入另一个精神世界，面对它质朴而高尚的和谐，我不能不为之所动。不久，由于悉心探究，我便发现在我们的贤哲们的学说中充满谬误和荒唐，在我们的社会秩序中充满压迫和苦难。我因不知天高地厚而充满幻想，自以为生来就是拨开这些迷雾的，而且我认为，要想让人听从我，我就必须言行一致。因此，我采取了人们不容许我遵循的离奇做法，我那些所谓的朋友也不能原谅我这么标新立异。我这么做起先让我成为笑柄，但要是我持之以恒的话，势必会使我受人尊敬。

在这之前，我是善良的人，但自这时起，我便成了一个有道德的人，或者至少是醉心于美德的人了。这种沉醉先在我的头脑中开始，然后进入我的心田。最高尚的骄傲在被根除的虚荣心的残迹上萌发。我一点儿都不作假，我确实变成了我表面所示的那种人，而且在这种激情酣畅淋漓地持续着的至少四年里，没有任何伟大而美好的东西进不了与天地交感的我的心中，由此产生了我那突如其来的辩才。那股散布于我早期作品中的燃烧着我的天火，也是由此产生的。而这股天火在前四十年中没有迸发出一点儿火星来，因为它一直就没有被点燃。

我真的变了。我的朋友、我的熟人认不出我了。我不再是那个腼腆的人了，不再是那个羞怯而非谦逊、不敢见人、不敢说话的人了，不再是一句笑话便使之手足无措、被女人看一眼就要脸红的人了。我变得大胆、自豪、无畏了，到处都显出一种自信来。这种自信因其质朴存在于我的灵魂而非举止中，所以越发坚定。我的沉思默想使我对我们时代的习俗、准则和偏见产生了蔑视，使我对那些遗老遗少的嘲笑无动于衷，我还用自己的警句箴言压垮他们那些浅薄的俏皮话，就像我用指头捏死小虫子似的。多大的变化啊！整个巴黎都在传诵这个人辛辣而尖厉的讽刺话语。而就是这个人，两年之前和十年以后从来也找不到该说的话，也找不到他应该使用的字眼。如果大家要寻觅与我的本性最迥然不同的精神状态，上面所说的就是。请大家回忆一下我一生中那短暂的一瞬，我变成了另一个自我而非我原来的自我的那一瞬吧。大家还可以在我要说的那个时期发现这一瞬。但这一瞬不是六天、六个星期，而是差不多持续了六年，也许还要持续下去，如果没有特殊情况使之中止并把我还给我早想超脱的大自然的话。

我一离开巴黎，这座大城市的丑恶景象不再使我感到愤怒时，这种变化就开始了。当我不再见到人时，我也就不再蔑视他们了；当我不再见到恶人，我也就不再憎恨他们了。我的心本就不善仇恨，从此便只悲叹他们的不幸，不再去辨别他们的不幸和险恶了。这种更加温和却不再高尚的精神状态很快便扑灭了长久以来一直激励着我的那股如火的热情，而且，我在别人无所觉察、我自己也几乎没有感觉到的情况之下，又变得畏首畏尾、殷勤讨好、胆怯腼腆了，总而言之，又变回从前的那个让－雅克了。

如果这种巨变只是使我恢复原样，到此为止，那倒也罢了。但不幸的是，它走得更远，很快地把我推向了另一个极端。从此，我那颗动荡的心便失去重心，总是摆来摆去的，再也静不下来了。让咱们来详细看看这第二次剧变，因为这是世人中绝无仅有的一个人可怕而致命的时期。

我们在退隐庐时只是三个人，闲暇和清静势必会增进我们之间的亲密关系。泰蕾兹和我之间正是如此。我们俩在浓荫下，一起度过了一些我从来没有感受到的温馨甜蜜的时刻。我感到她也比以前更能体会到这种温馨。她把心向我掏了出来，把长期以来一直在竭力瞒着我的一些有关她母亲和她家的事告诉了我。她和她母亲都从迪潘夫人那儿收下了不少送给我的礼物，但那个老妖婆因为怕我生气，便为了她自己和其他孩子而独吞了这些礼物，一点儿也没留给泰蕾兹，还喝令她不许吭声，而可怜的女儿竟乖乖地唯母命是从了。

但是，有一件事更使我大为吃惊，那就是我得知狄德罗和格里姆常常私下里同泰蕾兹及她母亲交谈，鼓动她们俩离开我，只是因为泰蕾兹的坚拒才未能得逞。除此之外，我还听说，他们俩自此之后经常同泰蕾兹的母亲鬼鬼祟祟的，连做女儿的都不知道他们在捣什么鬼。她仅仅知道，其中夹杂着送点儿小礼物，有点儿小手脚，但他们都瞒着她，所以她根本不知道其中的奥秘。我们离开巴黎之前，勒瓦瑟尔太太早就每个月往格里姆先生家跑上两三趟了，一去就是好几个小时，他们俩叽叽喳喳个没完，连格里姆的仆人也被支开了。

我判断，其目的不外乎原本就竭力想让泰蕾兹加入的那个计划，答应通过埃皮奈夫人替母女俩搞个食盐铺或烟草店什么的，总之，是在对她们进行物质利诱。他们对母女俩说，我既无力为她们俩做点儿什么，而又因为有了她们俩，我也无法为我自己做点儿什么。由于我觉得他们这都是出于好心，我也就并不怎么怪罪他们。只不过那种神秘劲儿让我恼火，特别是那个老太婆，一天比一天地对我更加阿谀奉承、虚情假意。但她并未因此在私下里少骂她女儿，怪她太爱我了，把什么都告诉我，骂她是头蠢驴，早晚要吃亏的。

这个女人瞒天过海的本事到了登峰造极的程度，她从一个人手里得到东西能瞒住另一个人，对我则是瞒着她从大家手中收受的东西。她的贪心我倒还可以原谅，但她那藏藏掖掖的样儿我就无法谅解了。她很清楚，我把她女儿及她的幸福几乎当作自己唯一的幸福，她对我又有什么好隐瞒的呢？我为她女儿做的，也就是为我自己做的。但是我为她做的，本该使她对我有所感激的，她至少应感激她女儿，而且应该出于对自己那位爱我的女儿的爱而爱我的。是我使她摆脱了穷途末路，她因我才得以存活，她巧于利用的那些熟人也都是因我才认识的。泰蕾兹早就在用自己的劳动养活她，现在又在用我的钱来养活她。她的一切都是女儿给的，可她对这个女儿未尽母责。她为其他几个孩子的婚嫁倾家荡产，可他们非但不养活她，反而仍旧吃她喝我。我觉得，在这种情况之下，她应该视我为唯一的朋友，她最可靠的保护人，不应把我的事也对我保密，在我的家里算计我，而应该把她早于我知道的可能与我有关的事一五一十地告诉我。我对她那虚假而神秘的行径该拿什么眼光去看待呢？特别是对她竭力灌输给她女儿的那些感情我该怎么去想呢？她千方百计地教唆自己的女儿，可见她这人是多么无情无义啊！

　　所有这些想法最后使我对这个女人感到寒心了，以致看到她便觉得恶心。然而，对于我伴侣的母亲，我仍旧恭敬有加，几乎凡事都像身为人子似的对她既敬重又有礼貌。不过，说实话，我不喜欢同她长期待在一起，我是不善于受人约束的。

　　这也是我一生中那些短暂时刻中的一个，我看到幸福就近在咫尺，却无法抓住它，可这又不是由于我的过错。如果这个女人品行好的话，我们仨是会幸福地过一辈子的，只是最后一个死的人显得可怜而已。但事情并非如此，你们马上就会看到是怎么一回事了，而且你们也可以说说看，我是否能改变它。

　　勒瓦瑟尔太太见我在她女儿心中占了一席之地，她自己却失去了女儿的心，便竭力想把女儿夺回来。但她不是通过女儿来同我和好，而是千方百计地教唆女儿同我闹。她的一个办法就是，鼓动家里的人来帮她。我曾请求泰蕾兹别让其他人来退隐庐，她答应我了。她母亲却趁我不在，未征得她的同意，就把他们弄来了，然后还不许她告诉我。走了第一步，以后做起来就容易了。你只要对你所爱的人隐瞒了一件事，你很快就什么事都会毫无顾忌地瞒着他了。我一去舍弗莱特，退隐庐便人满为患，纵情欢乐。一个母亲总是很容易摆布一个生性善良的女儿的。不过，无论老太婆使出什么花招儿，总也无法让泰蕾兹同意她的看法，拉她一起来反对我。老太婆是铁了心了。她看到，一方面是她女儿和我，她只不过是能在我们家里生活下去而已；而另一方面是狄德罗、格里姆、霍尔巴赫、埃皮奈夫人，他们给她许了很多愿，也常对她施点儿小恩小惠，所以她认为，同一位总包税吏的夫人和一位男爵在一起，是不会有错的。如果我的眼睛雪亮，我从那时起就会看出自己怀里焐着一条蛇，但是我那盲目的信任当时还没有受到影响，压根儿没有想到一个人会想到坑害自己应该爱的人。我看到在自己身边布下的阴谋网，只知道抱怨我称为朋友的那些人专横独断，觉得他们是在强迫我依照他们的模式而非我自己的方式过上幸福生活。

尽管泰蕾兹不肯同她母亲搅和在一起，但她一直为她母亲保守着秘密。她的用心是值得称道的，我不想说她做的是好是坏。两个女人有了共同的秘密，就爱一起叽叽喳喳，这使得她们俩更加亲近。泰蕾兹心系两头，有时就使我产生了孤独感，因为我已无法再把我们仨在一起视作一个整体。就在这个时候，我才强烈地感觉到我错了，在我们最初交往的时候，没有趁爱情使她变得顺从之机培养她一点儿才能和知识，那样的话，她的时间和我的时间也就充实有趣了，也就感觉不出两人单独相处时时间的冗长了，我们俩在退隐生活中也就更加贴近了。倒并非我们俩没什么话好说，也不是她对我们俩一起散步似乎很厌烦，而是我们俩没有较多的共同语言，无法说个没完。我们总不能老是谈论我们今后的打算——只局限于如何享受的打算。眼前出现的事物启迪着我的联想，但这超出了她

390

的理解能力。十二年的相依相随已无须再用言语来表达了，我们俩过于相互了解，再没有什么好相互倾诉的了。剩下的就只是些家长里短、恶言恶语、冷嘲热讽了。人尤其是在孤独之时才感觉到同一个善于思考的人在一起的好处。我并不需要这种潜能就可以高高兴兴地同她在一起，她却需要这种潜能才能在同我在一起时总感到快乐。最糟的是，除此之外，我们俩单独在一起聊聊时还总要偷偷摸摸的。她母亲使我到讨厌，逼得我不得不如此。总而言之，我在家里觉得别扭。爱的表象损害了真正的友谊。我们有着亲人般的关系，却没有生活在亲密之中。

当我一感觉出泰蕾兹有时是在找借口不肯同我一起去散步时，我也就不再邀她去了，但我并不怪她不像我那样喜欢散步。喜好这玩意儿并不取决于意愿。我对她的心是深信不疑的，这就够了。当我的乐趣同她的一样时，我就同她一道享受；如其不然，我就宁可让她高兴，而不是非得满足自己不可。

就这样，我在一半落空的期望之中，在我选定的住处，同一个我所钟爱的女人过着一种合我口味的生活，我却感到自己几乎是孤单一人。我所缺少的东西使我领略不到我所拥有的。幸福和享受，我必须兼而有之，否则便一无所有。大家将会看到为什么我觉得这一点非常必要。现在，我再回到我原先的话题。

我一直以为圣皮埃尔伯爵给我的手稿里有奇珍异宝。经细细查看，我才发现那差不多只是他叔父已刊印的作品汇编，只是经他的手注释和校订过，再加上几篇未曾问世的小东西。克雷基夫人曾经给我看过他的几封信，使我觉得他比我所想象的更有才气。这次看了他的伦理学著作，我更坚定了自己的看法。但是，在深入研究他的政治学著作时，我觉得他的观点很肤浅，里面是有一些有益的计划，却因作者那无法摆脱的想法而没法儿实施：人的行为是受知识而非其激情引导的。他对现代知识的高度评价使他接受了业已改善的理性这一虚假的原则，这个原则是他提出的所有制度的基础和他的一切政治诡辩的根源。这个罕见的人是他那个时代以及他那一类人的荣耀，而且也许是自有人类以来只热爱理性而无其他激情的唯一一个人。然而，在他所有的体系之中。他只不过是从谬误走向谬误，因为他想使所有的人都变得同他一样，而不是按照他们现在和将继续的那种样子去看待他们。他想着为他的同时代人写作，其实却只是在替想象中的人工作。

看到这一切之后，我有点儿为难了，不知以什么形式来处理手头的东西。放过作者的那些空想，等于没干什么有益的事；毫不客气地予以驳斥，那就不太地道了，因为他的手稿是我接受的，甚至是我要求接手的，我就必须尊敬其作者。最后，我采取了我觉得最合情理、最为正确、最有益的办法，那就是把作者和我的思想分开来阐述，从而深入体会他的观点，加以阐释、发挥，不遗余力地使其得到充分的展示。

因此，我的作品就应该包括截然分开的两部分：一部分是按照我刚才所说的方法阐述作者的各种计划，另一部分应等第一部分产生效果之后再发表，我将在这一部分提出自己对他的计划的见解。我承认，这么做很可能使他的那些计划有时会遭到与《愤世者》① 中那首十四行诗同样的命运。卷首应有作者小传，我为此收集了不少好材料，我庆幸在使用时没有糟践这些材料。我在圣皮埃尔神父晚年时见过他几面，我追思他时所怀有的景仰，保证我无论如何也不会使伯爵先生对我评述其叔父的方式感到不快。

我先从《永久的和平》入手。这是该集子所有作品中篇幅最长、最见功底的作品。在进行思考之前，我鼓起勇气，一丝不苟地读完了神父就这个好题目所写的字句，从未因其冗长啰唆而泄气。公众见过这部文摘了，因此我也不必多说了。至于我对它的评论，根本就没有印出来，而且我也不知道将来是否会出，但

① 法国 17 世纪喜剧作家莫里哀的杰作。剧中自命不凡的才子写了一首十四行诗，念给愤世者听，想博得后者的赞赏，却被批得一文不值。

它是同那部文摘同时完成的。我弄完它之后，便着手《各部会议制》①，或称《多种委员会制》。这是摄政时期写的一部作品，为的是有助于摄政王所选定的行政制度，但它使得圣皮埃尔神父被逐出了法兰西学院，因为书中有几处是反对先前的行政制度的，触怒了迈纳公爵夫人和波利尼亚克红衣主教。我做完了这项工作，同前一部一样，摘要、评论兼有。但我也就做到此为止，不想再继续这项我不该着手的工作了。

使我放弃这项工作的原因是明摆着的，可奇怪的是我竟没有早点儿想到。圣皮埃尔神父的大部分作品可能包含着一些对法国政府的某些部门的批评意见，甚至有些意见是过于大胆的，他竟未因此受到惩处，真是万幸。不过，在大臣们的办公室里，大家始终把圣皮埃尔神父看作宣教士，而非一位真正的政治家，所以就随他去说，知道没人会听他的。要是我让人听从他的话，那就是另一回事了。他是法国人，而我不是。我若竟敢重复他的批评，尽管是以他的名义，也会遭人呵斥，问我瞎掺和些什么。这种呵斥虽有点儿严厉，却不无道理。幸好，我还没走多远，便发觉会授人以柄，所以就赶忙抽身了。我知道，孤单一人生活在众人而且又全都是一些比我势大力强的人中间，不管我采取什么办法，都绝对无法躲过他们对我的迫害。在这一点上，只有一件事是取决于我的，那就是至少当他们想加害于我的时候让他们显得毫无道理。这一信条使我放弃了圣皮埃尔神父，还经常让我抛开一些更加弥足珍贵的计划。这帮人总是急于让对手倒大霉，可他们要是知道我平生总是谨小慎微，让他们在我遭难之时无法振振有词地说我"你这是活该"，那他们一定会惊讶不已的。

放弃这项工作之后，有一段时间我无所适从，不知该接着干什么。这一段的无所事事对我是个损失，我因为没有其他事情可以操

---

① 法国18世纪初摄政时期曾一度实行，以委员会代替各部大臣处理部务。

心，脑子就只盯着自己打转。我不再有什么未来的计划以资寄托我的想象。我甚至都不可能拟订计划，因为我所处的环境正是心满意足的环境，已别无他求，但心灵是空虚的。这种状况尤其令人痛苦不堪的是，我看不到还有什么比它更好的处境。我早已把我所有最缱绻的爱注入一个令我称心如意的人身上了，而她对我也在投桃报李。我同她一起生活，无拘无束，而且可以说是随心所欲。可是，我不管与她离得是远还是近，心头总是有一种隐痛。我即使占有了她，也觉得她仍不归我所有，而且一想到我对她来说还不是她的一切，我便觉得她对我来说几乎什么都不是了。

我有一些男朋友和女朋友，我以最纯洁的友谊、最真诚的敬意爱着他们。我相信他们对我也是如此，脑子里对他们的真诚从未有过怀疑。然而，这种友谊对我来说，苦恼多于温馨，他们极其顽固地甚至故意地要阻碍我的所有志趣、爱好以及生活方式，以致我只要想做一件只与我个人有关而与他们毫不相干的事，他们就立即联起手来逼我放弃。他们这种在所有的事上不许我有任何奇思异想的顽固态度很不公平，尤为不公平的是我对他们的想法并不想干涉，从不过问。他们的顽固态度沉重地压制着我，到后来，我每每接到他们的一封信，在打开看之前竟感到某种恐惧，而读完信后，这种恐惧被证明并非我在疑神疑鬼。我觉得，他们都比我年轻，又都极为需要他们强加于我的训诫，但他们却把我当成孩子，真是太过分了。我对他们说："像我爱你们那样爱我吧，再说，我既然不干涉你们的事，你们也就别管我的事了。我所请求你们的仅此而已。"如果说就上述两条请求他们满足了其中一条的话，那至少也不是后面的那一条。

我在幽静迷人的地方有一个僻静之所。我身为一家之主，可以按照自己的方式生活，谁也无权指手画脚。但这个住所也强加给我一些虽说是我乐于履行却是不可不履行的义务。我所有的自由，都是岌岌可危的。我比接受命令还要服服帖帖，我得受到自己意志的束缚。我没有一天起床时可以说："今天这一天，我想干什么就干什么。"不仅如此，我非但要听从埃皮奈夫人的安排，还有一件更加讨厌的事，那就是要伺候公众和不速之客。我虽离开了巴黎，却挡不住每天总有大批的无所事事者前来光顾，他们不知如何打发时日，便肆无忌惮地跑来浪费我的时间。我总是出乎意料地被人无情地纠缠着，每每为一天订出的一个很好的计划，总会被一个不速之客搅黄。

总之，由于在我最渴望得到的美事中享受不到纯洁的快乐，我的思绪便飞回到我青年时期那宁静的时日中去，有时便叹息着嚷道："啊！这儿比不上沙尔麦特！"

对我一生不同时期的回忆使我对已到达的生命阶段进行了思索，我已经看到自己日近黄昏，并为种种病痛所苦。我已接近生命旅程的终点，可几乎没充分品尝到我心灵渴求的任何一种乐趣，竟没让心中蕴藏的激情迸发出来，竟没饱尝甚至都没沾到过我自感在心灵中充盈着的那种醉人的欲念，这种欲念因无对象而始终被压抑着，除了叹息之外，难以宣泄。

我天生有着一颗感情外露的灵魂。对它来说，活着就是爱。可我怎么可能在这之前竟没能找到一个完全属于我的朋友——一个真正的朋友？我可是自以为天生就是做人家的真心朋友的呀。我的感情是火热的，我的心充满着爱，可我怎么就哪怕连一次也没有找到一个明确的对象，以使胸中之火熊熊燃烧呢？我为爱的需求所吞噬，从来未能很好地满足它，我眼见已进入垂暮之年，却未曾真正地生活过就要死去。

这番伤心而缠绵的想法使我怀着一种不无甜美的遗憾反躬自省。我觉得命运欠了我点儿什么，没有还我。既然天生我才，可又为何直到最终也不让其得到施展？我心比天高，却怀才不遇，自感无可奈何，常常潸然泪下，因为我喜欢让泪水纵横。

我是在一年中最美好的季节——在六月里做这番沉思默想

的，我待在清新的小树林中，听着莺啼雀唱，溪水淙淙。一切都在把我推入那种极富诱惑的疏懒怠惰之中。我生来就喜倦慵，而长期的激昂刚刚使我养成的那种冷峻严厉的情调本该使我永远摆脱这种倦慵之态的。不幸的是，我又回想起托讷城堡的午餐以及我跟那两位娉婷玉女的邂逅，季节相同，环境也几乎与我此刻置身其间的环境相仿。这段回忆因其纯洁无邪而更加温馨，勾起了我其他一些类似的回想。很快，我便看到在我年轻的时候使我激动忘怀的所有人聚集在我的周围：加莱小姐、格拉芬丽小姐、布莱耶小姐、巴齐尔太太、拉尔纳热夫人、我那些漂亮的女学生，以及那位我至今还在怀念的火辣辣的齐丽埃塔。我发现自己被一群天仙美女、被我的旧相好团团围住。我对她们的最强烈的欲念，于我已不是一种新奇的感情了。我的血在沸腾，在噼啪作响。我的头尽管已是斑白，但也晕晕乎乎的了。我这个一本正经的日内瓦公民，我这个清心寡欲的让-雅克，在年近四十有五之时，竟又突发少年狂。我如醉如痴了，尽管这种痴醉情迷是那么突如其来、荒诞无稽，却是那么持久、强烈，直至把我推入灾难重重、出乎意料而又骇人听闻的绝境，才使我幡然悔悟。

不管这种痴迷达到何种程度，都没有使我忘掉自己的年岁和处境，并没有使我得意忘形，自以为还有美人相爱，也没有使我痴心妄想，把吞噬着我却只开花不结果的火传递给他人。那股火，我自幼年时起便感到它在徒劳无益地燃烧着我的心。我不去希冀它了，甚至也无此欲念。我知道，爱的岁月已过，深感年老风流之可笑，所以不会授人以柄。我在风华正茂之年也未曾风流倜傥、自信、自负，到老还能如此吗？我可不是那种人。再说，我喜欢平静，害怕家里鸡犬不宁，而且我十分真心实意地爱着泰蕾兹，不愿让她因见我对别人的情感超过对她的情感而伤悲。

在这种情况之下，我如何是好呢？读者只要是读到这儿，就一定猜到了。由于不可能得到实实在在的人，我便进入了梦幻之乡。我因看不到任何实实在在的人值得我为之痴狂，便到一个理想的世界中去痴狂。我那富有创造性的想象力很快便为这理想世界造就了无数合我心意的人儿。这个法子来得太及时，太富活力了。在我那永不停歇的心醉神迷之中，我畅饮着人心从未品尝过的甜美的情感激流。我完全忘记了人类，为自己创造出一大群品德和容貌美妙绝伦的完美人物，一些我在尘世间从未见到过的可靠、多情、忠实的朋友。我如此欣然地遨游于九霄，置身于把我团团围住的可爱的人儿中间，流连忘返，乐不思蜀。我忘掉了其他一切事情，匆匆忙忙地吃上点儿东西，便火急火燎地跑到我那小树林中去。当我正准备奔往那个极乐世界时，只见一些凡夫俗子前来，把我拖在尘世间，我便既抑制不住又掩饰不了我的恼怒，不能自已，对他们采取了十分生硬甚至可以说是粗暴的态度。这么一来，我那愤世嫉俗的名声就更大了。其实，如果大家能更好地了解我的心思，我是可以得到一个与之完全相反的名声的。

当我兴奋激昂达到顶点时，我突然就像一只风筝似的被一根绳子收了回来，大自然趁我旧病复发、情况严重之际把我拉回原地。我使用了唯一可以减轻我的病痛的办法——探条，这样我那些天使般的爱便暂告一段落了。因为除了人在患病之时无心恋爱之外，我那只有在乡间树下才有活力的想象力，在房间里、在房梁下便凋零了，枯竭了。我常常抱憾没有林中仙子，否则，我定会在她们中间寄托我的一片深情。

与此同时，又有一些家庭烦恼跑来给我添乱。勒瓦瑟尔太太一面对我极尽阿谀奉承之能事，一面竭尽全力地离间她女儿和我。我接到过我过去的邻居的信，他们告诉我，老太婆背着我以泰蕾兹的名义借过好几笔钱。泰蕾兹是知道的，但压根儿没告诉过我。还债倒不要紧，让我生气的是借了债竟不让我知道。唉！我对她从未有过任何秘密，可她竟然对我保守秘密！一个人难道可以对其所爱的人隐瞒点儿什么吗？霍尔巴赫那帮人见我一次也不回巴黎去，便开始着实害怕了，以为我在乡下过得挺快活，傻到要在乡下一直住下去。于是，他们制造麻烦，想借此把我弄回城里去。狄德罗还不想立即亲自出马，便开始把德莱尔从我身边拉过去。德莱尔是我介绍狄德罗认识的。他听明白了狄德罗的意思之后，转告了我，可他并不知个中原委。

　　一切都像是要把我从我那温馨而痴狂的幻境中揪出来。病体尚未康复，我便收到一篇写里斯本之毁灭[①]的诗，我猜想是作者寄给我的。这就迫使我回复他，谈谈他的这篇诗作。我给他写了一封信。我下面将要谈到，这封信在很久之后未经我同意就刊印了出来。

　　看到这个可以说是成就和荣耀缠身的可怜人却在悲苦地哀叹人生之不幸，总觉得眼前一片漆黑，我感到震惊，便不假思索地劝他反躬自省，向他证明一切都是美好的。伏尔泰看上去好像始终信仰上帝，实则只相信魔鬼，因为他的所谓上帝只不过是一个恶魔，照他看来，这恶魔专事害人。这种学说之荒谬是显而易见的，由一个集各种幸福于一身的人说出来则尤其令人反感，因为他身浸幸福之中，却在竭力地用他自己未曾尝到的所有灾难的阴森可怕来使自己的同类感到悲观、绝望。我比他更有资格历数和掂量人生之苦，我对这些痛苦做出了公正的分析，并向他证明，所有这些痛苦，没有一个应责怪上苍，没有一个不是因人类滥用其才造成的，而非大自然本身所为。在这封信中，我对他极其尊敬、极其景仰、极其审慎，而且可以说是极其尊崇有加。不过，我知道此人自尊心极强，所以我没把这封信寄给他本人，而是寄给了他的医生和好友特隆桑，并让他按照自己认为合适的方式全权处理此信，或转交或销毁。特隆桑把信转交了。伏尔泰用寥寥数语回复我说，自己有病在身，又得照看病人，当改期另复，对

----

① 指 1755 年葡萄牙首都里斯本发生的伤亡惨重的大地震。

问题本身只字未提。特隆桑把他的复信转寄我时，附了一张字条，说对托他转此信的人不敢恭维。我从未将这两封信发表出来，甚至都没拿出来给别人看过，因为我压根儿就不喜欢对这种小小的胜利大加渲染，但原信还都在我的信函集中（见信函集 A，第二十号和第二十一号）。此后，伏尔泰便把他所说的改期另复的信发表出来了，却并没寄给我。那封复信不是别的，就是小说《老实人》。我没有读过这部小说，所以无法谈论。

所有这些分心的事本该彻底治愈我的那些虚幻的爱情，而且也许是上苍赐予我预防其悲惨结局的一服良方，然而，我那不济的星宿强大无比，以至我刚刚又开始出门的时候，我的心、我的头、我的脚又回到了原路上。我所说的原路是就某些方面而言，因为我的思想稍许不那么激昂了，这一次回到了现实中，但是，我把现实中可能有的各种各样可爱的东西做了精心的选择，以至那物华天宝之虚幻并不比我所抛弃的那个幻想的世界逊色。

我把我心中的两尊偶像——爱情和友谊——想象成最美好的形象。我又饶有兴致地用我始终崇拜的女性的所有魅力把这两尊偶像装点起来。我想象出两个女友而不是两个男友，因为，如果说两个女子的例子很罕见，那么它更可爱动人。我赋予她们俩相似却又不尽相同的性格，赋予她们两个并不完美却合我口味的面容，因和蔼多情而容光焕发。我让其中一个是黑发，另一个是金发；一个活泼，一个温柔；一个聪颖，一个脆弱，但脆弱得极其动人，似乎是贤德使然。我给其中的一个安排了一个情人，另一个则是他的温馨的女友，甚至有点儿超出女友的东西。但是，我不让他们争风吃醋，忌妒生事，因为我无力轻易想象出任何痛苦的情感，也不想用任何贬损天性的东西使这幅欢快的图画黯然失色。我爱上了我这两个动人的模特儿，便尽我的一切可能使自己与那个情人兼男友等同起来。不过，我把他写得可亲可爱、翩翩年少，还给他加上我觉得自身所有的种种美德和缺点。

为了使我的人物置于适合他们的环境之中，我便把我在旅行中所见的最美的地方都过滤了一遍，却没找到一个合我口味的清新小树林或比较动人的美景。如果我看见过色萨利<sup>①</sup>的山谷的话，我可能会非常满意的，但是我的想象力已疲于创造，希望以某个真实的地方为基点，并对自己想要使之住在其中的人的真实性产生幻想。我很长一段时间在想着波罗美岛，它的赏心悦目使我激动忘怀，可我又觉得它太过人工斧凿，不适合我的人物居住。不过，我必须有一个湖，我终于选上了我的心始终萦绕其间的那个湖。长期以来，我企盼着我能怀着命运限定于我的那种想象的幸福，生活在这样一个地方，现在我在心中把它确定了下来。我可怜的"妈妈"的故土对我仍旧具有很大的魅力。水光山色相映生辉，景色丰富而多彩，放眼望去，赏心悦目，扣人心弦，超脱灵魂，凡此种种，促使我下定决心，让我的那些年轻的孤男寡女定居在沃韦。这就是我最先想象出来的一切，其余的都是随后补充的。

　　我被局限于一个泛泛的提纲很久，因为这个提纲足以使我的想象充满适宜的对象，使我的心充满它所喜欢培养的感情了。这些虚构的情景由于反复地在脑海中出现，终于有所充实，并以一种确定的形式在我的脑子里确定下来。正是在这个时候，我突然心血来潮，要把虚构提供给我的某些情节落笔纸上，并且在回忆我青年时期所感受到的一切时，便想出办法激发我那从前未曾满足、至今仍啃噬着我的爱的欲望。

　　我先在纸上写下了几封既不连贯又无联系的零散的信，可当我想把它们联系起来时常常颇为犯难。很难令人置信但也确实无疑的是，开头两部分差不多全部都是以这种方法写成的，没有任何拟就的提纲，甚至都未曾料到有一天我会想着以此来写成一部

---

① 希腊北部的一个地区，一片广袤平原为群山所环绕，奥林匹斯山即位于该地区。古希腊神话认为此处为天神居所，宛如人间天堂。

正式的著作。因此，大家可以看到，这两部分都是用一些未经雕琢的素材拼凑而成的，满是繁杂冗长的废话，而在后面部分，这是见不到的。

在我沉湎于温柔幻想的时候，乌德托夫人前来探访。这是她生平第一次来看我，但不幸的是，正如大家下面就会看到的，并非最后一次。乌德托伯爵夫人是已故包税吏贝尔加尔德先生的女儿，是埃皮奈先生、拉利夫先生和拉伯里什先生的姐妹。拉利夫和拉伯里什后来都当了礼宾官。我已说过，我认识她时，她尚待字闺中。自她结婚之后，我只是在舍弗莱特她嫂嫂埃皮奈夫人家的宴会上见过她。我因为在舍弗莱特和埃皮奈常同她在一起共度数日，所以不仅始终觉得她十分可爱，而且认为看出她对我颇有好感。她挺喜欢同我一起散步。我们俩都挺能走路，又总有说不完的话。不过，我可从未去巴黎看望过她，尽管她多次相邀，甚至是敦促我去。她同我刚开始与之交往的圣朗拜尔先生的关系使我对她更感兴趣。我想，圣朗拜尔当时正在马洪，而她前来退隐庐看我，就是要告诉我有关这位朋友的消息的。

她的这次造访有点儿像是小说的开篇。她迷了路。她的车夫该拐弯时没拐弯，想直插过来，从克莱尔沃磨坊直奔退隐庐。结果，马车陷入淤泥中。她想下车，步行前来。她那小巧的鞋很快被磨破，人也陷入烂泥中，仆从们费了老大的劲儿才把她拽了出来。最后，她套着长筒靴来到退隐庐，笑声朗朗。我看见她到来，也跟着大笑不止。她全身都得换个遍。泰蕾兹把自己的衣物拿给她换，我则请她屈尊将就吃点儿粗茶淡饭，她吃得挺满意。天色不早了，她没待多久。但这次见面快活极了，她觉得非常有趣，似乎准备以后再来。不过，她再来的计划第二年才实现。可是，唉！她的姗姗来迟并没有对我有何保障。

这年秋天，我忙于一件大家可能想象不到的事情——照管埃皮奈先生的果园。退隐庐乃舍弗莱特园林中各条溪流的汇集点。那儿有一座围着围墙的园子，种着果树和其他树木，为埃皮奈先生提供的水果尽管被偷去四分之三，但也比他那座舍弗莱特菜园提供的多。为了免得光住在人家里，什么事也不干，我便负责照管园子，监督园丁。水果成熟之前，一切都顺顺当当。但随着果子逐渐成熟，我便发现它们少了，不知哪儿去了。园丁硬说是全给大山鼠吃了。我便向大山鼠开战，打死了不少，但果子仍旧在减少。于是，我偷偷窥伺，终于发现原来园丁就是那只大山鼠。园丁家住蒙莫朗西，他夜里带上老婆孩子一起把他每天采摘放好的水果偷走，然后拿到巴黎菜市场公开售卖，仿佛他自家有一座果园。这个混蛋，我可是给了他不少好处，他孩子的衣服也都是泰蕾兹给的，他父亲是个叫花子，差不多也是我给养活的，他竟然这般大模大样、厚颜无耻地偷盗我们，而我们仨都没有提高警惕，堵住漏洞。而且，有一次，他一夜之间就把地窖搬空，第二天什么也不剩了。倘若他只是偷我的东西，那倒也罢了，但他竟偷水果，我就不得不揭发这个家贼了。埃皮奈夫人请我付完他工钱，让他滚蛋，并另外找一个园丁。我照办了。由于那个大混蛋每天夜里都在退隐庐周围转悠，还握着一根状如狼牙棒的包铁大棍子，并带着其他一些像他一样的流氓，所以为了给被这家伙吓得魂不附体的两位"女总督"壮壮胆子，我便让新来的园丁每天夜里睡在退隐庐。但这并没让她们俩完全放心，所以我便让人向埃皮奈夫人要了一支枪，放在园丁屋里，并告诫他，不到万不得已，譬如有人想破门而入或翻墙进来时，不得开枪，而且也只许装火药，不许装子弹。这纯粹是为了吓跑那帮贼人。一个身体不适的人，独自一人同两个怯懦的女人一起在森林中过冬，为了大家的安全，这肯定是所能采取的最起码的防卫措施了。最后，我又弄来一条小狗替我们放哨。在此期间，德莱尔来看过我一次，我便把我的处境告诉了他，同他一起因我的军事装备大乐了一番。

德莱尔回到巴黎，也把这事说来逗狄德罗开心。就这样，霍尔巴赫那帮人便得知我铁了心，要在退隐庐过冬。我这么有恒心，他们未曾料到，因此不知所措。他们一面想方设法弄出点儿事来让我不得安生，一面通过狄德罗挑拨德莱尔离开我。于是，这个德莱尔起先还觉得我的防卫措施无伤大雅，最后竟说这与我的原则相悖，真是可笑至极。他在写给我的一些信中，对我极尽挖苦，语多尖刻，要是我当时脾气也上来了，会觉得这是奇耻大辱。不过，当时我心里充满着温馨甜美的感情，别的任何感情都挤不进来，我便把他的尖刻嘲讽当成笑言，看作戏谑。换了别人，准觉得他欺人太甚了。

由于我提高了警惕，加倍地小心，总算把园子看管得很好，尽管这一年水果收成不佳，但产量比往年翻了两番。不过，说实在的，为了保住收获，我简直是不遗余力，甚至亲自把水果护送到舍弗莱特和埃皮奈，自己手里还提着果篮。我记得，有一次"姨妈"同我两人抬着一个沉甸甸的大篮子，压得直不起腰来，不得不走上十来步便歇一歇，等到了地方，已是大汗淋漓了。

严冬来临，我便开始蜗居室内，想把室内活计捡起来，却不可能。我到处只看到那两个楚楚动人的女友，只看到她们俩的男友、她们周围的人、她们住的地方，只看到我凭想象为她们俩创造或美化的东西。我一刻也静不下心来，始终处于癫狂激越之中。我费了许多劲儿想把这些幻象从我身边驱走，但均告无效，最后竟完全被它们迷住了，只好尽力把它们整理一番，理出头绪，好写成一部小说似的玩意儿来。

我最犯难的是耻于如此明白、如此公开地揭露自己。我刚鼓噪着确立了自己严厉的原则，我曾那么大声疾呼我那刻板的信条，我曾厉声棒喝那些透着缠绵悱恻脂粉气的小说，当人们看到我现在突然亲自加入我曾严加呵斥的写那些书的作者之列，会有多么意外、多么反感啊！我深感这太前后不一致了，我为此自责、羞愧、气恼，但这一切都不足以把我拖回到理智上来。我被完全征服了，只好铤而走险，决计不畏人言。至于我是否决心将这本书公之于世，那就另当别论了，因为我还没有想好，不知能否写出来出版。

决心已定，我便一头扎进我的梦想中去了。我的脑子翻来覆去地琢磨这些梦想，终于形成了一种计划，大家看到我已在执行了。这肯定是对我的那些疯狂念头的最佳利用，因为喜行善事始终是我心之所系，这使得我的奇思异想朝着有益的目标转换，而且道德风尚也可能从中得益。如果失却天真无邪的温柔色彩，我的那些风流图景就会失去其全部风情雅致。纤弱女子本招人怜爱，爱情则会使之变得妙趣横生，而且她因纤弱反而更显可爱。但是，目睹时髦风尚，谁又能忍受而不气愤呢？一个淫妇公开践踏自己的一切义务，竟大言不惭地说她未让其夫当场捉奸就是对他的恩典，他应感恩戴德才是，有什么比这种女人的狂妄更加令人发指的吗？自然界没有完人，完人的教导离我们甚远。但是，一个年轻女子，生来心灵温柔而真诚，当姑娘时为爱情所征服，婚后又重新获得力量，战胜了爱情，复又成为一个有道德的女人，谁要是告诉你，这幅图景就其整体而言是伤风败俗的、没有益处的，那此人就是个说谎者、伪君子，你不必去听他的。

除了这个完全与整个社会秩序相关的风俗和夫妻忠贞的目标之外，我还为自己订了一个更加隐秘的目标——社会和谐和安宁。这一目标本身也许更加伟大，更加重要，至少在人们所处的那个时期是如此。《百科全书》所引发的那场风暴远远没有平息，正处于最激烈的时刻。对立双方全都声嘶力竭地互相攻讦，简直就像一群恶狼在互相撕咬，根本不像是一些基督徒和哲学家想相互切磋，取长补短，共同回到真理的道上来。也许双方只差一位叱咤风云、深孚众望的领袖来把这场争斗变为内战了，否则，天知道内心深处都怀着刻骨仇恨的双方的这场宗教内战会产生什么样的后果。我天生痛恨派别之争，对双方都坦言直陈一些严酷的真理，他们都不听。我又换了个法子，还头脑简单地以为是绝妙的一招儿，那就是铲除他们的偏见，并向双方指出对方堪受公众敬重和世人尊崇的优点和品德，从而消解他们之间的仇恨。这个原应建立在假定人们都怀有善良意愿的基础上的颇不明智的打算，使我重蹈我所责怪的圣皮埃尔神父的错误，所以其结果就可想而知了，非但没能使双方接近，我反而引火烧身，招致双方的攻击。在此期间，经验使我意识到了自己的荒唐，我敢说，我先前真的傻得够呛，那股热情劲儿无愧于启迪我去这么干的动机。我描绘了沃尔马和朱莉两个人的性格，心里怀着一种喜悦，使我企盼着能把这两个人写得都很可爱，还要使她们俩相映生辉。

我很高兴我的提纲粗略地定下了，于是回到我已设定的详细情节上来，并经安排整理，产生了《朱莉》的头两章，然后在冬季里怀着无法形容的欣喜把它们写下、誊清，用的是最漂亮的金边纸，并用天蓝和银灰的粉末把墨迹吸干，还用蓝色窄丝带把它们装订成册。总之，我像皮格马利翁①一样，对我痴情的两位妩媚少女简直是不知如何献媚、如何疼爱是好了。每天晚上，我坐在炉火旁，把这两部分一再地念给两位"女总督"听。女儿一句话也不说，只是同我一起伤心地抽泣着。母亲并不觉得有什么好，她根本就没听懂，只是静静地待着，在我停下来的时候，总是那么一句："先生，这太美了。"

埃皮奈夫人不放心我独自一人在林中独屋中过冬，便常常派人前来了解我的情况。她对我的友谊从未这么真诚过，而我对她的友情也从未这么热烈过。在这番深情厚谊中，有一点不说就不对了：她曾派人把她的画像送来给我，并要求我把我的画像赠送给她。我的画像是拉图尔②画的，曾在沙龙中展示过。她对我的

---

① 塞浦路斯传说中的国王和雕刻家。他请求美与爱的女神赐予他一个如他所雕刻的雕像一样美的女子。于是女神使雕像活动起来，与他成婚。根据这一传说，产生了不少的作品。

② 拉图尔 (1593—1652)，法国画家。

另一次关怀也是不应该不提及的。那关怀貌似可笑，却与我的性格演变有关，因为它给我留下了深刻的印象。有一天，天寒地冻，我在打开她派人送来的一个包裹时，发现她亲自为我置办的东西中有一条小衬裙，是英国丝绒做的。她说她已经穿过，想让我用它来改一件背心。随附的信笺，语气亲切动人，充满了温情和天真。这种关怀超出了友谊，令我感到极其温馨，仿佛她脱下衣服来让我穿。我激动不已，流着热泪亲吻了信笺和衬裙无数次。泰蕾兹以为我疯了。很奇怪，埃皮奈夫人对我表示的友情之中，没有一次像这一次那么使我深受感动，甚至在我们俩绝交之后，我每每忆及此事，仍为之动容。我把她的短笺保留了很久，要不是它与我同一时期的其他信函遭到同样命运的话，我也许现在还保留着哩。

尽管那时尿潴留症使我冬天不得安宁，而且一部分时间不得不受探条之苦，但总的来看，那是自打我在法国住下来之后我度过的最温馨、最静谧的一个季节。在恶劣天气使我远避不速之客的那四五个月中，我比以前和之后更多地体味到独立、平静和简朴的生活，而且越是享受其乐，就越是觉得其可贵。我没有其他伴侣，只有现实中的两位"女总督"以及脑子里的两位表姐妹①相伴。特别是在这个时期，我日渐地为自己的明智之举而庆幸，不去理会我那些见我摆脱了他们的专横而恼火的朋友的叫嚣。当我听说一个狂人的谋杀事件②时，当德莱尔和埃皮奈夫人在信中跟我谈起肆虐巴黎的纷乱和骚动时，我是多么感谢上苍使我远离了这可怕和罪恶的场面啊，否则这只会助长、激怒混乱景象早已使我产生的那种暴戾脾气。而当我在自己的幽居周围看到的只是一些赏心悦目、甜蜜美好的事物时，我的心便只沉浸于温柔的情感之中。我要在此津津乐道，把留给我的这最后的平静时刻的历

---

① 系指朱莉和克莱尔表姐妹俩。
② 指 1757 年 1 月 5 日，路易十五的侍从达米安趁国王上车之时用小折刀刺杀国王一案。

程记录下来。在随着如此宁静的冬日而来的春天里，我将要写的那重重灾难的胚芽萌发了。在纷至沓来的灾难当中，大家再也看不到我有喘息的时间了。

然而，我似乎记得，在这段平静的日子里，即使我蜗居乡间，也仍然受到霍尔巴赫那帮人的搅扰，不得安宁。狄德罗就给我制造了一些麻烦，如果不是我弄错了的话，我想《私生子》就是这年冬天出版的，这一点我马上就要谈到。除了大家随后就会知道的原因外，有关这段时期我剩下的可靠资料已不多了，连别人留给我的在日期上也很不确切。狄德罗写信是从不注明日期的。埃皮奈夫人、乌德托夫人写信也只是注明星期几而已，而德莱尔也常常同她们俩一样。当我想把这些信件按时间先后理一理时，就不得不连猜带蒙地补上连自己都没有把握的不确切的日期。因此，既然无法十分准确地指明这些纷争的起始日期，我便干脆在下面把我所能记起的一切放在一起加以阐明。

春天来临，我那缠绵悱恻的癫狂更加厉害，在欲火焚烧之际，我为《朱莉》的最后几部分编纂了好几封信，信中洋溢着我在写它们时的那种欣喜若狂。特别是写极乐世界和湖上泛舟的那两封信。如果我记得不错的话，这两封信是在第四部分的结尾。但凡读到这两封信的人，如若不为之动情，不感到自己的心沉浸于促使我写这两封信的那种柔情之中的话，那他就该把书掩上，因为他不是个能判断感情事的人。

正是在这个时候，乌德托夫人出乎意料地第二次前来探访。她的丈夫是近卫队队长，不在家，她的情人也在服役，所以她便住到蒙莫朗西山谷中的奥博纳了。她在那儿租了一座挺美的房子。她就是从那儿来退隐庐做一次新的郊游。这一次她是骑马来的，还女扮男装。虽然我不怎么喜欢这类假面舞会式的装扮，但她那副浪漫的打扮让我为之动情，是真正的爱情。由于这是我平生第一次，也是唯一的一次，而且其后果是我每忆及此便难以忘怀并觉得心有余悸的，所以我得把这事稍微详加说明。

乌德托伯爵夫人年近三十，一点儿都不美，脸上有小麻点，肌肤不细腻，眼睛近视，而且有点儿圆突。尽管如此，她却显得年轻，既活泼又温柔，待人亲热。一头乌黑浓密的长发，天然卷曲，垂及膝盖。她身材小巧，举手投足显得既笨拙又高雅，她的思想颇为纯朴，招人喜欢。快乐、轻率和天真在她身上结合得恰到好处。她妙语连珠，却并非搜肠刮肚而来，有时竟是脱口而出。她多才多艺，会弹羽管键琴，舞跳得很好，还会作上几首很不错的诗。她的性格简直像天使，心地善良。除了谨慎和坚强不足外，她具备了其他一切美德。特别是，她在为人方面是那么忠厚，在交友方面是那么忠贞，所以连她的仇人对她都没什么好隐瞒的。我所说的她的仇人，是指那些憎恨她的男男女女，因为就她来说，她没有一颗恨人之心，而且我认为我们俩的这一共同点大大地促使我倾心于她。在我们俩促膝倾心交谈的过程中，我从未听见她说过其他人的坏话，甚至连她嫂子的坏话，她都没说过。她怎么想就怎么说，对任何人都无法伪装，对任何人都无法抑制自己的感情，而且我深信，她甚至同她丈夫常谈起她的情人时，就像在同她的朋友、她的相知以及其他人谈起一样。最后，无可辩驳地证明她那卓越天性的纯洁和真诚的是，她粗心、轻率到了无以复加的地步，常常脱口说出一些对她自己来说很不谨慎的话来，却从未对任何人说过伤人的话。

她很年轻就被迫嫁给了乌德托伯爵。乌德托是个有身份的人，是个好军人，但嗜赌成性，好惹是生非，很不和蔼可亲，她从来就没有爱过他。她在圣朗拜尔先生身上发现了她丈夫的所有长处，而且其品行甚佳，有头脑，讲道德，有才华。如果说对本世纪的风尚还有什么可以原谅的话，想必那是一种依恋之情。这种依恋之情的持久使之纯净，它的效果使之光彩，而且只有在双方相敬如宾之时，它才能牢固。

据我看来，她来看我，有点儿是兴之所至，但更多的是为了取悦圣朗拜尔。他曾怂恿她来，他不无理由地相信，在我们之间开始建立的友谊会使我们三人之间的这种交往变得愉快。她知道我了解他们俩的关系，可以无拘无束地跟我谈论他，所以她同我在一起觉得快活也是自然而然的。她来了，我见到她了，陶醉于一种没有目标的爱。这种陶醉迷住了我的眼睛，把爱的目标落在了她的身上。我在乌德托夫人身上见到了我的朱莉，很快，我的眼睛就只盯在乌德托夫人身上了。她的身上具有我刚刚装点我心头偶像的所有美德。她以她那热情似火的情侣身份跟我谈起圣朗拜尔，使我无力自拔。爱情的巨大感染力啊！我一面听着她讲，一面感到自己就在她的身旁，不觉美滋滋地浑身发颤，这是我在任何人身边都未曾有过的感受。她不停地说着，我激动不已。我以为只是在关注她的感情，可我其实已产生了类似的感情。我在大口地饮鸩止渴，只觉得醇美至极。最后，我既未觉察，她也没意识到，她对她的情人表达的全部的爱激起了我对她的爱。唉！这种爱已为时晚矣，这其实是对一个心里完全恋着别人的女人既不幸又强烈的激情，真令人痛苦不堪。

尽管我在她身旁感受到了异常的冲动，但一开始我并未发觉心里发生了怎样的变化。只是在她走了之后，我想思念朱莉的时候才惊奇地发现自己一心只系着乌德托夫人。这时候，我的眼睛才睁开。我感觉到自己的不幸了，我为此叹息，但仍未料到其种种后果。

我在今后同她交往的方式上颇踌躇，仿佛真正的爱情留下了足够的理智让人去思考。当她出其不意地又来找我的时候，我正举棋不定。这样一来，我便心里亮堂了。伴随邪恶而来的羞耻心使得我哑然无语，在她面前抖个不停；我不敢开口，也不敢抬头；我的心慌得难以形容，这一切她不可能没有看出来。我决心向她坦白我心慌意乱，让她去猜原因——这等于在挺明白地告诉她是什么原因了。

　　如果我既年轻又可爱，如果后来乌德托夫人心软了，我就会在这儿谴责她的行为举止。但情况并非如此，所以我只有赞美她，崇敬她。她做出的决定既是慷慨的，又是谨慎的。她不能突然疏远我而又不向圣朗拜尔讲明原委，因为是他让她来看我的，那样的话，就有可能导致两个朋友绝交，也许还会闹得满城风雨，这是她不愿看到的。她对我既敬佩又亲切。她可怜我的癫狂，却不是在迎合，而是深表同情，并尽力地使我得以摆脱。她很高兴能为自己的情人和她自己保留一位她瞧得上的朋友。她每每异常高兴地对我说，等我冷静下来，我们仨之间的关系将是温馨甜美的。她并不总是局限于这种友爱的劝诫，在必要时也毫不客气地对我严加训斥，这也是我应该受的。

　　我也在严厉地谴责着自己。一旦独自一人时，我就得冷静下来了，倾吐完了之后，心里就更加平静了，因为撩起你的爱意的女人知道了你的爱之后，你就好受多了。如果事情有可能的话，我自责自己的那份爱的雄心本应治愈我的。我为了压抑这份爱，简直是摆出了一切很有说服力的理由：我的操守、我的情感、我的准则、羞耻、无义、罪孽、辜负友人之托，以及贻笑大方，因为以我这把年纪，竟也大发少年狂，去恋上一位心已另有所属的女人，既不能有所回报，又没给我留下任何希望。岂不惹人耻笑？而且，这种狂热非但没有因坚持不懈而有所得，反而日益变得令人难以忍受。

　　谁会料到，这最后一点儿考虑本应为其他的理由增加分量的，却把它们给抵消了？我在寻思："我的癫狂只是对自己有害，我又何必顾忌呢？难道我对乌德托夫人来说是一个须小心提防的年轻骑士？人们见我自作多情地悔恨交加，会不会说我的献媚、我的外表、我的打扮是在诱惑她？唉！可怜的让－雅克，无拘无束地去爱吧，心安理得地去爱吧，别担心你的叹息会伤害圣朗拜尔。"

大家已经看到，我从未自命不凡过，即使在年轻的时候也没有过。上面的那种想法是符合我的思维逻辑的，是对我的激情聊以自慰，从而使我一往情深地沉湎于这种激情，甚至嘲笑自己那不恰当的顾忌是因虚荣而非理智使然。对正直的人来说，这是多么重大的教训：邪恶在向他们进攻时，从来不是明目张胆的，而是想方设法地突然袭击，总是用某种诡辩，而且常常是用某种道德把自己伪装起来。

　　我有罪而不知悔，很快便肆无忌惮起来。请大家行行好，看一看我的激情是如何沿着我天性的轨迹最终把我拖进深渊的。起先，为使我放心，她装出一副谦卑的神态，而且为了使我放开手脚，进而将这种谦卑变成了疑虑。乌德托夫人一再提醒我要本分、要理智，从未对我的痴情有片刻的迎合，但待我总是极其温柔，态度总是那么亲切友好。我不讳言，我若是认为她是真心实意的话，我对这种友谊也就心满意足了，但我觉得这种友谊太过热忱，不像真的。因此我脑子里产生了想法，以为这种与我的年岁、我的仪表很不适合的爱情使我在乌德托夫人的眼里变得猥琐卑劣了，以为这个年轻的轻佻女子只是想要要我，拿我过时的温情开心，以为她把这一切全都告诉了圣朗拜尔，因此她的情人因恨我不够朋友而同她串通一气，合伙把我弄得晕头转向，招人耻笑。这种愚蠢的想法曾使我在二十六岁时在我所不了解的拉尔纳热夫人面前说了许多浑话。而今我已四十有五了，又是在乌德托夫人身边，要是我不知道她和她的情人都是非常正直的人，不会开这么狠心的玩笑的话，这种愚蠢的想法倒也是情有可原的。

　　乌德托夫人仍旧来看望我，我也急急忙忙地去回访她。她同我一样，喜欢步行，我们常在一个迷人的地方长时间地散步。我很高兴自己爱着她，又敢说出口来，要不是我的浑话毁掉了全部情趣的话，我本会置身于最甜蜜的处境。我起先一点儿都不明白我在受其爱抚时怎么那么傻乎乎的，但我的心从来不会对所思所

411

想有丝毫的隐瞒，不久便把我的猜疑告诉了她。她想一笑了之，但这个方法并未奏效。这可能已使我怒不可遏了，所以她便换了腔调。她那富有同情心的温柔是战无不胜的。她责备了我，触动了我的心。她对我的无端畏惧表示出担忧，而我则滥用了她的担忧。我要求她证明她并没嘲弄我。她看到没有其他办法可以使我心里踏实了。我变得急不可耐，这一步是很微妙的。一个女人已经到了可以讨价还价的地步，竟然这么便宜地便脱身而去，真是令人惊讶，也许是绝无仅有的。凡是最亲密的友谊可以给予的，她都没有拒绝给予我，但她没有给予我任何会使她不忠的东西，而且我很惭愧地看到，她的些微恩宠激起的我的感官的那种炽热，在她自己身上却引不起半点儿星火。

我曾在某处说过，如果你不想给感官以刺激的话，你就绝不该给予感官任何东西。为了了解这句格言对乌德托夫人来说是多么不正确，她是多么不无道理地自持自重，就必须详细了解我们那长时间的、经常不断的亲切交谈，必须详细了解我们俩在那四个月的相处之中交谈的热烈劲儿。我们俩是在一种两个异性朋友几无先例的亲密之中度过那四个月的，而且双方都自我约束，从未越雷池一步。啊！如果说我迟迟地没有感受到真正的爱情的话，那么我的心和我的感官当时可没少为它付出代价！如果连单相思都能引发这样的激情，那么，若是依傍在一个为我们所爱又爱我们的人身边，所感受到的激情该有多强烈啊！

但我说这是单相思是言之无理。我的爱看上去像是如此，但它是双方都有的爱，尽管不是彼此间的爱。我们俩都各自陶醉于爱情之中了，她在想她的情人，而我在想她。我们俩的叹息、甜蜜的泪水融汇在一起了。我们俩都是缱绻的知己，我们的感情有着许多相关之处，不可能在某一点上交织在一起。然而，在这种危险的陶醉之中，她一刻也未忘乎所以，而我则敢说，也敢发誓，如果说我有时被自己的感官所诱惑，曾企图使她失节，却从未真正地想占有她。我那激情的炽热本身就把这激情给抑制住了。克己的职责使我的心灵崇高了。一切美德的光辉在我眼里把我心中的偶像笼罩起来，因此玷污其神圣的形象无异于将它摧毁。我也许会犯下这个罪孽，我在心中成百次地犯下了，但是玷污我的索菲①？啊，难道能这么干吗？不，不，我对她说过上百次，即使我有使自己得到满足的权利，即使她的意愿由我支配，除了某些短暂的狂热时刻之外，我都会拒绝以此代价来得到幸福的。我太爱她了，以至不愿占有她。

从退隐庐到奥博纳将近一法里。我常去那儿，有时就在那边过夜。一天晚上，我们俩单独用完晚餐之后，便趁着皎洁的月色去园中散步了。园子尽头有一片挺大的矮树林，我们走了进去，找到一片建有瀑布的漂亮树丛。那飞瀑是我给她出的主意，她同意后，让人修建的。永难磨灭的无邪和惬意的回忆！就是在这片树丛中，我同她坐在花几盛开的槐树下的一片草地上，为了表达出我内心的情感，我找到了真正无愧于这种情感的语言。这是我一生之中第一次，也是唯一的一次。但我的心是崇高的，如果人们可以这样来称呼最温馨、最炽热的爱情所能给一个人的心带来这一切可爱而迷人的东西的话。我在她的腿上洒下了多少令人心醉的泪水啊！我让她也不由自主地流下多少这样的眼泪啊！最后，她情不自禁，呼喊道："不，从未有一个男人像您这样可爱，从未有一个情人像您这么去爱的！可是，您的朋友圣朗拜尔在听着，而我的心是不会爱两次的。"我哀叹一声，便不说话了。我拥抱她。多么热烈的拥抱啊！但仅此而已。她独自一人生活已经六个月了，也就是说远离她的情人以及她的丈夫。我差不多每天都见着她也已有三个月了。我们俩单独用完晚餐过后，便在月光之下一起待在一片树丛中，热烈无比、温情缠绵地交谈了两个小

---

① 系指乌德托伯爵夫人，其全名为"伊丽莎白－索菲－弗朗索瓦兹·乌德托"。

时。之后，她在夜阑人静时离开朋友的怀抱，走出那片树丛，身与心都同走进树丛时一样无瑕，一样纯洁。读者们，你们去考虑这一切情景吧，我将不再多说什么了。

请大家别以为此时此刻我的感官让我平静如水了，就像在泰蕾兹和妈妈身旁那样。我已经说过了，这一次是爱情，而且是迸发出全部能量、全部狂热的爱情。我将不去描绘我经久不绝地感觉到的心的骚动、颤抖、跳动、痉挛、虚弱。大家凭着她的形象在我心头所产生的效果就可以判断出。我说过了，退隐庐离奥博纳很远，我常常经景色迷人的昂迪伊山坡前往。我一边走一边幻想着我要去看望的那个女人，幻想着她将给予我的亲切接待，幻想着我到达时等着我的那个亲吻。单单这一个吻，这一个不祥的吻，在我还没尝到之前就已经使我热血沸腾了，以致我晕晕乎乎，两眼发花，两腿发抖，站立不住。我不得不停下脚步坐下来。我全身整个儿地乱了套了，快要晕过去了。我对这一危险早有所准备，所以在去的路上总是想方设法地分心去想别的事情。可是，还没走上二十步，那些同样的回忆以及随之而来的所有情景全都向我袭来，使我无法摆脱，无论采取什么办法，我都不信我能独自一人安然无恙地走完这段路程。我走到奥博纳时，常常是软弱无力，疲惫不堪，人要散架，站都站不住了。可一见到她，我便恢复如初，在她身边，只觉得精力过剩，可又总也无用武之地，颇为苦恼。在我来的路上，在看到奥博纳的地方有一个景色怡人的高处，人称奥林匹斯山，我们俩有时各自相向地走到这儿来。我常常是第一个走到，我生来就是为了等她的，可这种等待让人多么心焦猴急啊！为了分心，我便试图用铅笔写点儿情书，那是我本会用我最纯洁的鲜血来书写的情书，但我从未写完一封能够看得清的情书来。当她在我们俩约定的石缝中找到一封这样的情书时，她除了可以从中看出我写它时的那副可怜相外，什么也看不出。这种状况，特别是它持续不断，在三个月的连续激动和克制之后，使我精疲力竭，好几年都未能缓过劲儿来，终于使我得了我将把它或者它将把我带进坟墓中的疝气。这也许就是大自然所能造就的秉性最易激动又最为胆怯之人唯一的爱情享受。这也是我在世上最后的美好时日。此后，我一生中一连串的不幸便开始了，大家将会看到它们是接踵而至的。

在我的一生中，大家都看到了，我的心如水晶般透明，憋着的稍微强烈点儿的感情连一分钟都藏不住。所以，可想而知，我对乌德托夫人的爱能藏得很久吗？我们俩的亲密关系有目共睹，而我们也不藏藏掖掖、神秘兮兮的。这种亲密关系天生就无须保密，而且乌德托夫人对我有着她无可自责的最亲切的友谊，而我对她则怀着除我之外再没别人能了解的理所当然的敬重。她为人坦率、大大咧咧、有口无心，而我则真诚、笨拙、自傲、急躁、狂热。我们自以为相安无事，却比我们真的干了越轨之事给人留下的把柄还要多。我们俩都常去舍弗莱特，常在那儿会面，有时甚至事先约好。我们在那儿像平日里一样生活，每天都在正对着埃皮奈夫人的住所窗前的那座园子里并肩散步，畅谈我们的爱情、我们的义务、我们的朋友以及我们无邪的计划。埃皮奈夫人从窗户里观察我们，以为我们是在故意气她，因此眼里冒火，心里憋气。

女人个个都有掩饰自己愤怒的本事，特别是在愤怒至极的时候。埃皮奈夫人脾气暴躁，却审慎善思，对这项本事掌握得尤其独到。她假装什么也没看见，什么也没怀疑，而且她一面对我加倍地关心、体贴，甚至几乎是在故意挑逗我，一面对其小姑子装出毫不客气的神气来，好像还故意在暗示我她瞧不起自己的小姑子。可想而知，她是不会得逞的，但这可让我遭罪了。我被两种截然相反的感情撕扯着，既深为她对我的亲切所感动，又因见到她不尊重乌德托夫人而怒不可遏。乌德托夫人温柔得像天使一般，毫无怨言地忍受着一切，甚至对她嫂子都没有表示不满。再说，她常常着实大大咧咧的，对这类事情总是无所谓的，所以大

415

半时间她根本就没有看出嫂子在鄙视她。

我太专注于自己的激情，眼睛里只有索菲（这是乌德托夫人的一个芳名），甚至都没注意到自己已经变成了埃皮奈全家以及不速之客的笑柄。霍尔巴赫男爵，据我所知，以前从未到过舍弗莱特，也算是这些不速之客中的一个。如果我像以后那样多疑的话，我就会猜到是埃皮奈夫人安排好了，让他来看看日内瓦公民谈情说爱的好戏的。可是，我当时愚蠢至极，连大家一目了然的事都没有看出来。尽管我又傻又笨，但我仍能看出男爵比平时高兴、快活。他不像往日那样虎着脸看我，而是冲着我说出许多嘲讽的话，而我却一点儿都听不明白。我睁大眼睛，答不上话来。埃皮奈夫人跟大家一起哈哈大笑，可我仍弄不清他们这是在发哪门子疯。由于并没有什么越过玩笑范围的，所以，即使我当时看出了门道，所能做的顶多也就是同他们一起打哈哈。但是，从男爵的那股快活劲儿，人们的确可以看到他的眼睛里流露出幸灾乐祸的神情，要是我像以后回想起来一样注意到这一点的话，当时就会让我忐忑不安的。

乌德托夫人常去巴黎。有一天，她从巴黎回来之后，我去奥博纳看她，发觉她很忧伤，而且看得出来她哭过。我不得不克制自己，因为她丈夫的姐妹伯兰维尔夫人在场。但是，我瞅准一个机会，向她表达了我的不安。她叹息着对我说："唉！我非常担心，您的狂热将让我永世不得安宁。圣朗拜尔知道了，并且告诉了我。他倒是替我主持公道的，但挺生气，糟糕的是，他只告诉了我一部分。幸好，我没有对他隐瞒咱们俩的关系，而且这也是他促成的。我的信里净在提您，好像我的心里总装着您一样。我只对他隐瞒了您那种失去理智的爱。我一直希望您能从这种爱中得到解脱，而他尽管嘴上不说，但我看得出来，他把这种爱当成了我的罪过。有人说我们的坏话，伤害我，但随它去吧。我们要么一刀两断，要么您就像应该做的那样做。我不想再向我的情人瞒着点儿什么了。"

这时候我才第一次感觉受到了羞辱，无地自容，特别是因为自己的错，受到一个我原该成为其导师的年轻女人的义正词严的责备。我真恨我自己。要不是受害者使我产生的怜惜使我心软的话，这种自我痛恨也许足以克服我的脆弱。唉！此时此刻，我的心正被四处渗进的泪水所淹没，哪儿还能硬得起来？这种怜香惜玉的心情很快便化作对卑劣的告密者的怒火。那帮人只看到一种有罪的却是情不自禁的感情的坏的一面，却不相信甚至也想象不出补过之心的真诚和清白。我们没多久便得知是谁跟我们玩了这一手。

我们俩都知道，埃皮奈夫人同圣朗拜尔常有书信往来。这已不是她给乌德托夫人挑起的第一场风波了。她曾想方设法地要离间圣朗拜尔和乌德托夫人，而且有几次竟然得逞，令乌德托夫人心有余悸。此外，还有格里姆，我觉得他跟随加斯特利先生从军去了，同圣朗拜尔一样，正在威斯特法伦，他们在那儿有时会碰面。格里姆对乌德托夫人曾有所表示，但未能遂愿，所以大为恼火，就再也没有看望过她。大家都知道，格里姆一向装作谦谦君子，当他觉着乌德托夫人宁可爱一个比他年纪大的人而不爱他，而且自打他巴结上大人物之后，开口闭口都称此人只是他保护的人，这时他的火气可想而知。

我起先只是对埃皮奈夫人有所怀疑，当得知我家中所发生的事情之后，我就确信无疑了。当我在舍弗莱特的时候，泰蕾兹也常来，不是给我送些信来，就是对我那病体给予必要的照顾。埃皮奈夫人曾问过她，乌德托夫人和我是否常常通信。一听泰蕾兹说"是"，埃皮奈夫人便要她把乌德托夫人的信交给她，并向泰蕾兹保证，她将重新把信封好，不露痕迹。泰蕾兹并未对她的建议表示多么气愤，甚至没把这事告诉我，只是把带来的信藏得更严实些而已。她的小心谨慎真是太好了，因为她一来，埃皮奈夫人就派人盯住她，而且有好几次竟大胆地让人半路上截住她，在她的围裙里面搜寻。更为甚者，有一天，她主动提出要同马尔让西先生一起到退隐庐来用午餐，这还是我住进退隐庐后的第一次。她趁我同马尔让西去散步的时候，同泰蕾兹及其母亲一起进了我的书房，催促她们把乌德托夫人的信拿给她看。要是泰蕾兹的母亲知道信在哪儿的话，信就被交出去了。但幸好只有女儿一人知道，她硬说我没有保留一封信。她的谎言无疑是充满着正直、忠诚、大度，要是说破真情，那就太无情无义了。埃皮奈夫人见无法糊弄住她，便竭力激起她的妒意，责怪她太好说话，不长眼睛。她对她说："您怎么会看不出他们俩之间的罪恶勾当呢？如果对明摆着的事您都视而不见，还需要有其他的证据的话，那您就准备好，想法儿搜寻证据吧。您说他一看完乌德托夫人的信就把信撕掉了，那好！您就把碎纸片全都捡起来交给我，我来把它们给拼贴好。"这就是我的女友对我的伴侣的教导。

所有这些企图，泰蕾兹谨慎地对我隐瞒了很久。但是，她见我总这么困惑不解，便认为有必要把真相告诉我了，以便我知道要对付的是谁，好采取措施，以应付别人对我的背叛。我真是怒不可遏，无法形容。我没有学埃皮奈夫人的样儿鬼鬼祟祟的，也没有跟她斗心计，而是完全听凭我天生的急脾气的驱使，带着平常的那种轻率公开地爆了起来。下面的信足以表明双方在这件事上的做法，大家可以从中看出我有多欠考虑。

**埃皮奈夫人的信（信函集 A，第四十四号）**

我怎么老见不到您了，我亲爱的朋友？我为您放心不下。您一再地答应我会在退隐庐和我这里两头跑跑的！在这方面，我是让您有自由的。可一个星期都过去了，您根本没来。要不是人家告诉我您身体挺好的话，我还以为您病了呢！我前天、昨天都在等您，可是没见您来。上帝啊！您到底怎么了？您又没有什么事。您也没有什么苦恼，因为，我敢说，若有的话，您会立刻跑来向我倾诉的。您难道病了不成？快点儿让我放心吧，求求您了。再见，我亲爱的朋友，愿这个"再见"能给我换来一个"您好"。

## 复信

星期三晨

我还无法告诉您什么。我在等着心中更有数些，但我迟早会弄清楚的。在此期间，请您相信，被冤枉的人是会找到一个很热情的保护者来让那些造谣生事者后悔的，不管他们是谁。

## 埃皮奈夫人的第二封信（信函集 A，第四十五号）

您知道吗，您的信让我害怕？信上写的是什么意思？我反复读了不下二十五次。说实在的，我一点儿都不明白。我只看出您的不安和苦恼，看出您想等平静下来之后再告诉我。我亲爱的朋友，我们是不是就这么说妥了？我们的友情、我们的信任都怎么了？我怎么就失去了您的信任了呢？您是冲我还是因为我而生气呢？不管怎么说，您今晚就来吧，我求您了。要记住，一个星期前，您曾答应过我，心里不藏任何事，有事就立即告诉我的。我亲爱的朋友，我深信这种信任……咭，我刚刚又读了一遍您的信，可我还是看不出所以然来，但它让我发抖。我觉得您极度烦躁。我很想替您排忧遣愁，但又不知您为何如此，所以不知道该跟您说些什么。我所能告诉您的就是，在见到您之前，我同您一样痛苦。如果您今晚六点不来这里的话，我明天就去退隐庐，不管是刮风还是下雨，也不管我自己身体如何，因为这种焦虑令我寝食难安。再见，我亲爱的好友。尽管我不知您需要与否，反正，恕我冒昧地对您说一句，您得尽量当心，别一个人老这么焦虑不安的。一只苍蝇也会变成一只怪兽的。我常常有这种体会。

## 复信

星期三晚

只要我依然如此焦虑不安，我就无法去看您，也无法接待您的来访。您所说的信任已不复存在，而且您也不容易再重新获得它了。现在，我在您的那番关切之中看到的只是您盼着从别人的倾诉之中得到某种符合您的目的的好处。而我的心对向它敞开的心扉来说是无话不说的，可是对诡计和奸诈是紧闭着的。从您所说的看不懂我的信这一点上来看，我承认您一向机智过人。您以为我那么傻，会认为您没有看懂？不。不过，我将会以我的坦诚战胜您的心计。我将更明白地解释一番，以便您更加听不明白。

两个相处甚好、有资格相爱的朋友，都是我亲爱的人。我心里很明白，您不会知道我指的是谁，除非我将他们的名字告诉您。我猜想，有人想拆散他们俩，而且是利用我来使他们俩中的一位心生忌妒。这个目标选得不太高明，但对那个居心叵测的人来说似乎很合适。而这个居心叵测者，我怀疑就是您。我希望这变得清楚些了。

这样一来，我最敬重的那个女人可能在我完全知晓的情况之下卑鄙无耻地把自己的心灵和身子分赠了两个情人，而我也无耻至极地成了这两个懦夫中的一个。如果我知道您一生当中有哪怕一时一刻这样去想她和我的话，我就会恨您到死的。可是，我要指责您的是，您这么说了，而不只是这么想过。在这种情况下，我闹不明白三个人中您想伤害的究竟是哪一个？您可要小心，您因不幸得逞而无法得到安宁了。我没对您也没对她隐瞒我所认为的某些关系的所有不好之处，但我想让它们通过与起因同样正当的办法得以终止，并让一种偷偷摸摸的爱情变成一种永久的友谊。我从未伤害过任何人，难道我能忍受不白之冤，被人利用来害我的朋友不成？不，我将永远不会原谅您的，我将成为您不共戴天的敌人。只有您的隐私将受到我的尊重，因为我永远不做一个无义之徒。

我相信目前的困惑不会持续很久的。我很快就会知晓我是否弄错了。那时候，我也许会有一些大错需要弥补，但那将是我平生最乐意做的事。可是，您知道我将如何在尚需在您身边度过的那极短的时间里弥补我的过错吗？我将做除我之外没人会做的事。我将坦率地告诉您，社交界是怎么看待您的，以及您在名声方面有哪些欠缺须加修补。尽管您身边有许多所谓的朋友，但当您看到我离开之后，您就可以向真理道声永别了，您将再也找不到任何人跟您说真话了。

### 埃皮奈夫人的第三封信（信函集 A，第四十六号）

我不懂您今天早上的信是什么意思。这一点我已经跟您说过了，因为事实如此。您今晚的信我倒是看懂了，但您别怕，我不会回复您，因为我正急于把它忘掉。尽管您让我可怜，但我仍禁不住感到这封信使我心中充满了苦涩。我！对您玩诡计、搞奸诈！我！竟被指责干了最卑鄙无耻的事！再见了，我很遗憾，您竟……

再见了，我不知道自己在说些什么……再见了。我十分急切地想原谅您。您愿意的话，您可以来，您将受到比您猜疑的要好的接待。只是请您不必为我的名声操心劳神。别人的非议，我并不介意。我行得正，这就足矣。此外，我真的不知道那两个对我来说跟对您来说一样亲爱的人儿出了什么事。

这最后的一封信使我摆脱了一种可怕的难堪，但又使我陷入了另一种也很可怕的难堪。尽管所有这些来信复信往返神速，都是一天内的事，但这短暂间隔足以令我心中冒火，并使我想到自己多么不谨慎。乌德托夫人一再嘱咐我要保持冷静，让她独自一人去处理这事，特别是在气头上，千万别公开决裂，闹得满城风雨，我却用尽一切最明显、最恶毒的言辞去辱骂一个生性爱忌恨的女人，无疑是火上浇油。毋庸置疑，我从她那儿所能得到的只是一封极其高傲、极其鄙夷、极其蔑视的回信，致使我只好立即离开她家，否则就是天下第一大可耻的懦夫。幸而她比我预料的要机敏，复信措辞婉转，使我不致走上这一极端。可是，我必须离去，或者立即去见她，二者必选其一。我选择了后者，但考虑到解释时的态度，不免颇踌躇。因为，怎样才能既解决了问题又不累及乌德托夫人和泰蕾兹呢？我要是把她们的名字供出来，岂不连累她们？我最担心的莫过于一个翻脸不认人而又善搞阴谋的女人对撞上其枪口的人的报复了。正是为了防止这种不幸，我在自己的信中只说是怀疑，而没有举出证人。显然，这样一来，我那么发火就更加不可原谅了，因为不能光凭一些单纯的猜疑便像我刚刚对待埃皮奈夫人那样去对待一个女人，特别是对待一位女友。但是，我这时不卑不亢地完成了一项伟大而高尚的任务：我承担了一些更加严重的错误，以消除我潜藏着的错误和软弱，而那些所谓的严重错误则是我不能犯也从未犯过的。

我无须对付我所惧怕的那场交锋，我因为胆怯而避开了它。埃皮奈夫人一见到我，立即热泪滚滚地搂住了我的脖子。这种出乎意料而且是来自一位老朋友的欢迎令我感激至极，我也随之热泪纵横。我对她说了几句没有多大意义的话，而她对我说的话更加没有意义，事情就这样过去了。饭菜已摆好，我们便入了席。席间，在等待我以为挪到晚餐以后的那场解释的时候，我愁眉苦脸，因为我心里一点儿事都搁不住，最漫不经心的人也能看出我心里的哪怕一点点儿的焦虑。我那副尴尬相本该使她鼓起勇气的，可她并没有去冒这个险：晚餐后同晚餐前一样，都没去做什么解释。第二天也没进行解释，我们俩只是默然相对着，顶多是说一些无关紧要的话，或者我说几句诚恳的话语，以向她表明我的怀疑尚无根据，诚心诚意地向她保证，如果怀疑是毫无根据的，我将永生永世地弥补自己的过失。她没有流露出丝毫的好奇，没想知道我到底怀疑些什么，也没想知道我怎么会产生怀疑。因此，我们俩一笑泯冤仇，双方在见面时一拥抱便尽释前嫌了。既然至少在表面上她是唯一受到伤害的人，我觉得她自己都不想弄明白的事，就轮不着我去澄清了，所以我便怎样来就怎样回去了。而且，我又像从前一样同她相处了，很快便几乎全部忘掉了这场口角，还傻乎乎地以为她也把这事置诸脑后了，因为她看上去不再会想这事了。

大家很快就将看到这还不是我的软弱给我造成的唯一苦恼。我还有其他一些更大的苦恼，但那并不是我自找的，而是因为有人想让我更加孤独、更加痛苦，才想把我从孤独中硬拉出来。这些苦恼源自狄德罗和霍尔巴赫那帮人。自打我在退隐庐住下之后，狄德罗不是亲自出马，就是通过德莱尔不断地向我发难，而且我很快便从德莱尔打趣我在乱树丛中乱跑的玩笑话中看出，他们多么高兴把隐士说成是风流情种啊。但是，我之所以同狄德罗闹翻，原因并不在于此，而是另有更加严重的缘由。《私生子》

发表之后，他给我寄来了一本，我像大家对待一个朋友的作品一样兴致勃勃、专心地读了。当读到他附在其中的用对话拟就的诗论时，我很惊奇，甚至有点儿伤心地发现，有好些话语是冲着离群索居者的，这虽令人不快但尚可容忍，可是其中有这么一个论断就太尖刻、太粗暴、太过露骨了："只有恶人才是孤独的。"这种论断模棱两可，我觉得有两重意思：一个正确，另一个谬误；一个人既然是孤独者，他就不可能也不想去伤害任何人，因此他也不可能是个恶人。这个论断本身就需要加以解释，特别是做此论断的人有一个离群索居的朋友，这就更需要他做出解释了。我觉得，或者是他在发表时忘了这个孤独的朋友，或者，如果说他记起了这个朋友，但至少在提出这个一般性的格言时不仅没有把自己的那位朋友而且也没有那么多古今有之的、在退隐中寻求安宁和平静的受人尊敬的贤哲看作可敬而正确的例外，而且以一个作家的身份开天辟地第一回，竟敢以他那只秃笔不由分说地一律斥之为恶人，这太让人恼火，而且也太不地道了。

我真心喜欢狄德罗，我由衷地敬重他，而且我也信心十足地指望着他对我也怀有同样的感情。可是，我十分恼火的是，他在我的爱好、志趣、生活方式以及其他一切只与我一个人有关的事情上总在与我作对，乐此不疲。看到一个比我年轻的人想把我当作孩子似的摆布，我愤懑至极。他总是约人相见，又无故缺席，接着又心血来潮地重新相约，旋即又是失约，真令我十分厌烦。我每月都要白等他三四次，我还一直跑到圣德尼去迎候他。最后，干等了他一整天，只好怏怏不乐地归来独自用晚餐，心里对他一而再再而三地不尊重人感到很不是滋味。他最后的那次失约尤为严重，更使我寒心。于是我写信向他抱怨，但语多温柔亲切，我写着写着，泪水便沾湿了信纸。我的这封信应该是能感动得他也流出眼泪的。大家一定猜想不出他是怎么回我这封信的，我把他的回信一字不落地抄录如下（原件见信函集 A，第三十三号）：

我很高兴我的作品让您喜欢，感动了您。您不同意
我对隐士的看法，您想为他们说多少好话，您就说吧，
您将是世界上我唯一要为之说好话的隐士。如果我说的
话不惹您生气的话，我还有好多话要对您说。一个八十
岁的老太太呀！如此等等。有人告诉我，埃皮奈夫人的
公子的信中有一句话大概令您十分伤心，要不就是我太
不了解您的灵魂深处了。

这封信的最后两句话必须解释一下。在我刚住进退隐庐时，
勒瓦瑟尔太太似乎很不高兴，觉得住在这里太孤单了。她抱怨的
话传到了我的耳朵里，我便建议她，如果她觉得巴黎好的话，我
就送她回巴黎，并为她付房租，还像她在我身边一样关心照料
她。她拒绝了我的建议，口口声声说在退隐庐非常高兴，说乡间
的空气对她大有好处。大家可以看到，此话不假，因为她在这儿
可以说是变得年轻了，而且比在巴黎时身体也好得多。她女儿甚
至肯定地对我说，如果我们真要离开退隐庐，她打心眼儿里就会
非常气恼的，因为退隐庐确实是一个迷人之所，而她一向又非常
喜欢侍弄园子和果树，现在正是个好机会。她还说，她以前说的
全是别人让她那么说的，好想法儿把我劝回巴黎去。

此计不成，他们便想通过让我于心不安来获得好意劝说未能
获得的效果，说我把老太太留在乡下，远离这么大岁数的老人可
能需要的救护，简直是犯罪，根本就没去想她同其他许多老太太
一样都会因乡间的清新空气而延年益寿，而他们所说的救护，我
家门口的蒙莫朗西就有。照他们的说法，只有巴黎才有老人，别
的地方的老人就活不下去了。勒瓦瑟尔太太吃得多，又暴饮暴
食，常吐酸水和腹泻，一泻就是好几天，但泻泻反倒好。她在巴
黎时也从不在意，听其自然。到了退隐庐，她也如法炮制，很清

425

楚没有比这法子更好的了。可他们不管这些，说是乡下没有医生和药剂师，让她留在乡下就是想置她于死地，尽管她在乡下身体很好。狄德罗本该明确一下，人到多大年岁就不许住在巴黎以外，否则当以谋杀罪论处。

这就是他对我的两条严厉指控之一，他因此不把我排除在他的"只有恶人才是孤独的"那条论断之外，这也是他那感人的惊呼以及他好心好意地加上的"如此等等"的意义："一个八十岁的老太太呀！如此等等。"

我认为回答这种指责的办法最好莫过于让勒瓦瑟尔太太本人来说说。我请求她给埃皮奈夫人写一封信，心里怎么想就怎么说。为了让她更放松一些，我不想去看她的信，并把我要抄录的下面这封信拿给她看。这封信是我写给埃皮奈夫人的，谈及我想对狄德罗的另一封更加严厉的信的答复，但埃皮奈夫人不许我寄出去。

星期四

勒瓦瑟尔太太大概要给您写信，我的好友。我请求她实实在在地把她的想法告诉您。为了让她无所顾忌，我跟她说，我不想去看她写的信，我请您别告诉我她的信里都说了些什么。

既然您反对，那我就不把我的信寄出去了。可是，我感到自己受到了很严重的伤害，假使我错了，那简直是卑鄙无耻、虚伪透顶，可我是绝不会这样的。福音书训诫我们，被人扇了左脸，就把右脸伸过去让人打，而不是叫人求饶。您还记得喜剧中的那个人①吗，他一面拿着棍子打人，一面还在叫着"救命"？哲学家②扮演的就是这个角色。

---

① 指莫里哀的喜剧《司卡班的诡计》中的司卡班。
② 系指狄德罗，卢梭习惯于这么称呼他。

您可别高兴，以为坏天气会阻止他前来。他的怒火将给予他友谊所不能给予他的时间和精力，而这将是他生平头一次说好要来就来了。他宁可累死，也要前来亲口把他信里对我的辱骂冲我吐出来，而我只能耐心地听着他骂。他回到巴黎之后就会病倒。而我则按照惯例，成为一个怙恶不悛的人。怎么办呢？只好忍受着。

难道您对此人的聪颖不欣赏吗？他曾想坐车来圣德尼接我去吃饭，然后再用车把我送回来。可是，一个星期之后（见信函集Ａ，第三十四号），他手头拮据，只能徒步走到退隐庐来。用他的话来说，那是他发自内心的话，这倒并不是绝对不可能的。但是，这么说来，一个星期的工夫，他的经济状况发生了奇特的变化。

令堂大人贵体欠安，我对您的忧伤深表同情，不过，您也看到了，您的忧伤并不及我的痛苦。看到我们所爱之人染疾，虽说痛苦，但总不及看到他们受到不公正的残酷对待来得伤心。

再见了，我的好友，这将是我最后一次谈论这桩不幸的事。您让我去巴黎，而且是冷静地去，说这将使我今后感到快乐的。

根据埃皮奈夫人的建议，我把我对勒瓦瑟尔太太的所作所为写信告诉了狄德罗。由于勒瓦瑟尔太太像大家所能想象的那样，选择留在退隐庐，说她在这儿身体很好，总有人陪伴，生活得挺快活，所以狄德罗不知道再怎么欲加我之罪了，便把我这个小心谨慎的做法也算作一条罪状，还把勒瓦瑟尔太太继续留在退隐庐算作我的另一条罪状，尽管是她自己愿意继续留下来，而且无论过去和现在，只要她愿意，她都可以再回巴黎去生活，并仍可以得到我的资助，就如同在我身边时一样。

这就是我对狄德罗第三十三封信的第一个指责的答复。而对他的第二个指责的解释，就在他的第四十四封信里：

"文人"（这是格里姆对埃皮奈夫人的儿子的谑称）大概已经写信告诉您，城根下有二十个穷人又冻又饿，奄奄一息，正等着您布施点儿小钱给他们哩。我们常常闲聊的就是这类题材。如果您听见其余的那些话，您会像听了这种话一样开心的。

下面是我对狄德罗似乎极为自豪的那可怕的论据的答复：

我认为我已经回答过"文人"，也就是一位总包税吏的公子了，说我并不同情他所看见的在城根下等着我布施几个小钱的那些穷人。我说，很明显，他已经对他们大加施舍了。我已请他代替我这么做，巴黎的穷人不会因为他代替我而抱怨的。我将很不容易替蒙莫朗西的穷人们找到他们更加迫切需要的这么好的一个人。这儿有一位可尊敬的好老人，他劳苦了一辈子，现在干不动了，已风烛残年，将会挨饿而死。我每个星期一都给他两个苏，比我可能布施给城根下的那些穷人一百个里亚尔①都觉得心里舒坦。你们这些哲学家，你们真爱开玩笑，把城里的所有居民都看作与你们的职责紧密相连的唯一的人。只有在乡间，人们才学会爱人类、服务人类，而在城市里，只能学会蔑视人类。

可见一个聪明人糊涂到多么离奇的程度，他竟然大言不惭地

---

① 法国古铜币名，一里亚尔相当于四分之一苏。

把我离开巴黎说成是一大罪状，声称以我自己的所作所为证明了，人们不能远离首都而生活，否则就是恶人。我今天真不明白，我怎么就没对他嗤之以鼻，不予理睬，反而蠢乎乎地回答他，而且还要生气。然而，埃皮奈夫人的决定以及霍尔巴赫那帮人的鼓噪把我弄得晕头转向，让他们大获其利，都认为在这件事情上是我不对，而且狄德罗的拥护者乌德托夫人还想叫我去巴黎看看狄德罗，让我主动地与他和解。尽管我很诚恳，实心实意，和解却没能持续多久。她所借助的赢得我心的理由就是，此刻狄德罗正身遭不幸。除了《百科全书》激起的那场风暴之外，他当时正因其剧本而遭到极猛烈的抨击。尽管他在剧本前面写了一篇题记，人们还是指斥他全部抄袭了哥尔多尼①的东西。狄德罗比伏尔泰对批评更敏感，苦恼至极。格拉菲尼夫人甚至心怀叵测地散布流言，说我为此与狄德罗绝交了。我觉得公开予以否认是既公正又仗义的事，于是我不仅去同他一起待了两天，而且就住在他家里。这是我自打住进退隐庐后第二次去巴黎。我第一次去巴黎是为了探望那个可怜的戈弗古尔，他当时中风了，后来一直就没康复。在他得病时，我一直守在他的床头，直到他脱离危险。

狄德罗很好地接待了我。一个朋友的拥抱，把一切是是非非全给抹掉了！此后，心里还能有什么芥蒂呢？我们俩并未做多少解释。彼此相骂无须解释。只有一件事可做，那就是忘掉这一切。没有耍什么心眼儿，至少据我所知是这样，这跟同埃皮奈夫人不一样。他把《一家之长》的提纲拿给我看。我对他说："这就是对《私生子》最好的辩护。您要沉住气，精心写好这个本子，然后一下子扔到您的敌人们面前，让他们看看。"他这么做了，效果甚佳。将近六个月前，我就把《朱莉》的头两部分寄给了他，想征求一下他的意见，可他还没有看过。我们俩便一起读

---

① 哥尔多尼(1707—1793)，意大利喜剧作家。当时有人指斥狄德罗的《私生子》抄袭他的《真心朋友》。

了一个分册。他觉得满纸"芜杂"，这是他的用语，也就是说，废话连篇，冗词赘句太多。这一点我自己也早已感觉到了，但那是高烧时的呓语，我一直未能删改掉。最后的几部分就不这样了。特别是第四部分，还有第六部分，都是遣词造句的杰作。

我到后的第二天，他一定要领我去霍尔巴赫先生家用晚餐。我们俩的心思各异，我甚至都中止化学手稿的合同了，因为我气愤不过，不想为这手稿而向这种人表示感激涕零①。但狄德罗得胜了。他对我发誓说，霍尔巴赫先生打心眼儿里喜欢我，我应该原谅他那副腔调，因为他对任何人都是那个德行，而且，交情越深，他脾气越大。他还游说我，那稿子的报酬两年前就付了，拒绝接受是对付稿酬的人的一种侮辱，付稿酬的人又没有什么错，而且拒绝接受的话，甚至可能引起误解，以为是在私下里责怪不该拖这么久才清账似的。他还补充说道："我每天都见到霍尔巴赫，我比您更了解他的心理。就算您有理由对他不满，难道您还能以为您的朋友会劝您干卑贱丢人的事吗？"总之，由于我一向懦弱，我被他牵住了鼻子，于是，我们俩前往男爵家用晚餐去了。男爵像往常一样接待了我，但他妻子对我很冷淡，几乎不太客气。我认不出那个卡罗利娜了，她做姑娘时，对我可是非常和蔼可亲的。我很早以前便似乎感觉到了，自从格里姆常去埃纳家之后，这家人就对我看不顺眼了。

当我在巴黎的时候，圣朗拜尔从部队上回来了。由于我不知道他回来，所以我是在回到乡下之后才见到他的，先是在舍弗莱特，然后是在退隐庐，他是同乌德托夫人一起来邀我去吃饭的。可想而知，我见到他们时该有多么高兴啊！而且，当我见到他们俩情意相投时，我就越发欣喜万分。我很高兴没有干扰他们俩的幸福，自己也很幸福。而且我可以发誓，在我意乱情迷期间，特

---

① 指霍尔巴赫曾要求卢梭让人把他刚从德文作品翻译的稿子刊印出来。狄德罗于1757年3月10日和3月22日写给卢梭的信中提及此事。

别是在此时此刻，即使我能把乌德托夫人从他手里夺过来，我也不愿意这么干，况且我连这种念头都不会有。我觉得她在爱圣朗拜尔时是那么可爱，以至我想象不出，她若是爱我时是否也能如此可爱。我并不想拆散他们俩，在我癫狂痴迷时，我真正希望于她的是她能让我爱着她。总之，不管我对她如何心醉神迷，我仍觉得做她的知己和做她的垂爱对象一样甜蜜。我从没有一时一刻视她的情人为自己的情敌，而总是把她看作自己的朋友。有人会说，这还算不上爱情，但没关系，反正这胜于爱情。

至于圣朗拜尔，他处事正派、明智。由于只有我一人是有罪之人，我也就是唯一受到惩罚的人，但受到的是宽大为怀的惩罚。他对待我虽严厉，却友好，我还看出来，我虽失去了一点儿他对我的敬重，但他对我的友谊丝毫未损。我对此感到宽慰，因为我知道敬重将比友谊容易恢复，而且我也知道，他十分通情达理，不会把一时情不自禁的软弱同生性恶劣混为一谈的。如果说在所发生的事情上我有错的话，那么我的错也不大。难道是我去追他的情妇的吗？难道不是他把她送上门来的吗？难道不是她跑来找我的吗？我能避而不见她吗？我能有什么法子？是他们俩造的孽，受苦的却是我。他要是换到我的位置，也会像我一样干的，也许有过之而无不及。因为不管乌德托夫人多么忠诚，多么可敬，但她终归是个女人。他远离她，这就造成了无数机会，因为诱惑是强烈的，要是换上一个更加胆大的男人，她就很难总能卓有成效地抵御住诱惑了。在这样的情况之下，我们俩能够克制自己，从不越雷池一步，肯定是难能可贵的了。

尽管我在心灵深处为自己振振有词地辩解了一番，但驳斥我的表面现象不胜枚举，所以我心中始终压着一种无法克服的羞愧，以致在他的面前总有一种罪恶感，而他也借此对我大加羞辱。只举一例，便可看出这种彼此之间的关系。饭后，我把去年写给伏尔泰的信念给他听。圣朗拜尔早就听说过这封信。我念的时候，他竟睡着了。可我从前是那么高傲，今天又是这么愚蠢，竟根本不敢停下不读，以至于他打着呼噜，我仍在继续读。我是那么卑躬屈膝，他是那么得意。但是，他为人仗义豪爽，所以他在报复我时也只是趁只有我们三人在场的时候。

他又走了，我发现乌德托夫人对我的态度大大地改变了。我很惊奇，仿佛没有料到。我为之所动，大大超过应有的程度，这使我非常痛苦。我期待着能医治我的那一切，似乎只不过是把我折断而未拔出的那支箭更深地扎进我的心房。

我决心完全战胜自己，不遗余力地把自己的疯狂激情变成一种纯洁而持久的友情。我为此制订了最为美好的计划，为了执行这些计划，需要乌德托夫人的帮助。当我想跟她提起此事时，发现她心不在焉，面有难色。我感觉到她同我在一起已不再愉快了，而且我也清楚地看出一定是出了什么事，只是她不愿意告诉我，我也一直没能知晓。我无法弄清她的这种变化，这使我很伤心。她向我追回她的信，我老老实实地全部退还了她，可她竟然怀疑我的老实态度，这真是对我的极大羞辱。这种怀疑无异于又在我的心上出乎意料地捅了一刀。她原该十分了解我的心才对。她还给了我公道，但不是立即还给的。我明白，她对我还给她的那包东西检查之后，才觉得怀疑我是不对的。我甚至看出她为此心中有愧，这使我心里平衡了一些。她要回了她的信，就该把我的信归还给我。可她对我说，信被她烧了。现在该是我产生怀疑了。而且我承认，我至今仍在怀疑。不，像这类的信，人们是绝不会付之一炬的。人们发现《朱莉》里的信就像火一般热。啊，上帝！要是看到那些信，该有如何想法呢？不，不，能够激起这么炽热的激情的女人是不会有勇气把激情的证据烧掉的。不过，我也不害怕她去滥用这些证据，我认为她不会这么做，再说，我也早有防备。我那愚蠢而强烈地害怕被人耻笑的心使我在开始通信时便采用了一种使我的信无法让他人看的笔调。我把我沉醉痴

432

迷时与她的亲昵发展到以"你"来称呼她，而且，称呼得多么甜蜜啊！她肯定没有对此感到不悦。但她还是多次地抱怨过，不许我这么称呼她，但并未能奏效。她的抱怨只不过是惊醒了我的胆怯，我却舍不得退回去。如果这些信还在，并且有朝一日重见天日的话，大家将会看到我曾经是怎样爱过。

乌德托夫人的冷淡给我造成的痛苦，以及我因此觉得的冤情，使我做出了奇特的决定：向圣朗拜尔本人诉苦。在等着我就此事写给他的信产生效果时，我便沉湎于我本该早点儿寻求的种种消遣之中。当时，在舍弗莱特举行盛会，我为此准备音乐。一想到能在乌德托夫人面前显一显她所喜爱的艺术，我便来了兴头，还有一个原因也有助于我劲头十足，那就是想表示《乡村占卜者》的作者是懂音乐的，因为我早就发现有人在暗中使坏，想使大家对此抱有怀疑，至少是怀疑我不会作曲。我在巴黎的初期作品，我在迪潘先生家和波普利尼埃尔先生家受到的一次次考验，我十四年来在最著名的艺术家中间并且当着他们的面谱写的大量乐曲，最后，还有那部歌剧《风流诗神》，甚至《乡村占卜者》那部歌剧，我为菲尔小姐专门写的、她在宗教音乐会上演唱的那首经文歌，以及我同最伟大的大师们一起就这门艺术所参加的那么多的研讨会，似乎全都应该防止或消除这样的怀疑。可是，持这种怀疑的甚至在舍弗莱特也大有人在，而且我看得出，埃皮奈先生也不例外。我假装并未觉察到这一点，专门替他作了一首经文曲，献给舍弗莱特小教堂，并请他根据自己的喜好为我提供歌词。他责成他儿子的家庭教师德里南去写。德里南把适合主题的歌词弄好给我之后一个星期，经文歌便谱写完成了。这一次能气坏艺术之神阿波罗，我还从未写出比这更加浑厚有力的音乐。歌词是以这句话开头的："Ecce Sedes hicTonantis。[①]"开头的

---

① 拉丁文，意为"这里是雷神的居所"。

磅礴气势与歌词交相呼应，而随后的全部曲子音调美极了，使大家惊叹不已。我喜欢用大乐队，于是，埃皮奈把最好的合奏乐师集中起来。意大利歌手布吕娜夫人演唱了这首经文歌，而且乐队伴奏得非常好。这首经文歌获得了如此巨大的成功，以至后来还被搬到宗教音乐会上去演唱，尽管有人暗中捣鬼，而且演奏得甚差，但仍两次获得热烈的掌声。我还为埃皮奈先生的生日构思了一个半是正剧半是哑剧的本子，由埃皮奈夫人把它写了出来，而谱写音乐的还是我。格里姆一到，就听说了我在和声方面的成功。一小时之后，大家便不再说这事了，但据我所知，至少大家不再怀疑我是否会作曲了。

我本已不太喜欢舍弗莱特，格里姆一来，我便觉得再待下去简直是活受罪，因为我还从未见过有谁像他那副神气，我甚至连想都没有想到过。他来的前一天，我便被从我住的那间贵宾室请了出来。那间屋与埃皮奈夫人的房间紧挨着，大家忙着收拾，好给格里姆先生住，而给我换了一间较远一些的房间。我笑着对埃皮奈夫人说："喏，这就叫后浪推前浪。"她显得很窘迫。我当天晚上便更加明白缘何要我挪窝了，因为我得知在她的房间和我搬出的那个房间中间有一扇暗门，她以前认为没有必要指给我看。她同格里姆的关系无论是在她家里还是在社会上，都无人不知，无人不晓，甚至连她丈夫都一清二楚。尽管我知道她的更为重要的一些秘密，而且她也知道我守口如瓶，可她不愿向我吐露这事，反而矢口否认。我明白，她的这种保留态度源自格里姆。后者知道我的所有秘密，却不愿让我知道他的任何秘密。

我旧有的感情尚未熄灭，而且此人也有一些真正的长处，这使我对他仍抱有好感，然而这经不起他对这种好感的一味摧残。他为人处事的态度一如蒂菲埃尔伯爵 [1]，我向他致意，他几乎都

---

[1] 德图什的喜剧《自命不凡的人》中的人物。卢梭称格里姆为蒂菲埃尔，而称其仆人——该喜剧中那个备受凌辱的仆人——为拉弗勒尔。

不搭理，从来就没有问候过我一次，而我跟他说话时，他理也不理。久而久之，我也就不再跟他说话了。他到处冒尖儿，到处都抢风头，从来就不把我放在眼里。如果他不是一副盛气凌人的样子，那倒也罢了。我从他那无数的例子中只举一例，大家就可以看出他是个怎样的人了。有一天晚上，埃皮奈夫人稍感不适，就让人给她送点儿吃的去她房间，然后便上楼准备坐在炉火旁吃晚饭。她要我跟她一起上楼，我就去了。格里姆也跟着上来了。小桌子已经摆好，只有两份餐具。上菜了，埃皮奈夫人坐在炉火的一边，格里姆搬起一把扶手椅，坐到炉火的另一边，把小桌子往他们俩中间拖了过去，展开餐巾，准备吃饭，一句话也没跟我说。埃皮奈夫人满脸通红，为了让他能改正他的粗鲁，便要把她自己的座位让给我坐。可格里姆一句话也不说，连看都不看我一眼。我总不能挨近炉火吧，所以决定在房间里踱步，等人给我添一份餐具。他竟让我在离火很远的桌子顶头吃了饭，连客气一声都没有。我身体不好，又比他年长，跟这家人相识比他早，还是我把他介绍来的，他现在成了女主人的宠儿，本该对我尊重客气才是。在所有的事情上，他对待我的态度都同这次一样。他不光是把我看成低他一等的人，而且把我视作不名一文。我几乎认不出当年在萨克森－哥特王储家以得我一盼为荣的那个老夫子了。我简直想象不出他为什么一面不屑一顾、板着脸侮辱我，一面又在所有他知道与我相识的人中间大肆吹嘘他对我一往情深。一点儿不假，他对我是表示过友好，但那只是同情我的穷困潦倒，哀叹我的苦命，可我自己并不觉得穷、觉得苦。他还说，他一直想周济我，我却不知趣地拒绝了，使他很伤心。他就是用这一手来让人赞赏他多情、侠义，而谴责我不知好歹、忘恩负义，并让人于不知不觉之中相信，在像他这样的一个保护者与像我这样的一个落魄者之间，只是一个施与、一个沐恩的关系，而想不到，即使如此，也应有一种平等的友谊存在着。就我而言，我怎么也想不出来，我在什么事上欠过这位我的保护者的情。我借过钱给他，可他从未借过钱给我；他生病时，我守护过他，而我患病时，他几乎都没来看过我；我把我所有的朋友都介绍给了他，可他从未介绍给我他的任何一位朋友；我曾竭尽全力去为他宣扬，可他……如果他也宣扬过我的话，那也很少是当着众人的面，而且是采取另一种方式。他从来就没有帮过或者说过要帮我任何忙。他怎么就成了我的保护者了呢？我怎么就成了他的被保护人了呢？这一点我以前可没弄懂，现在仍旧不明白。

他对所有的人都表现出程度不同的傲气，这倒是不假，却没有对谁像对我这样粗鲁。我记得有一次，圣朗拜尔差点儿拿起他的盘子向他的脑袋砸过去，因为格里姆当着全桌的人指斥他说谎，粗暴地对他说："这不是真的。"他除了生来就说话武断，还有一种小人得志的神气，蛮横得简直到了可笑的程度。他趋炎附势，忘乎所以，竟致摆出一副显贵中最没头脑的人的那种架势。他对自己的仆人从来就是叫"喂"，仿佛仆人多得不计其数，老爷不知谁在当班似的。他让仆人去买东西的时候总是把钱朝地上一扔，而不是把钱交到仆人的手上。总之，他忘了仆人也是人，不管是什么事，都对仆人倍加侮辱、嫌恶不屑，以至埃皮奈夫人推荐给他的那个很好的可怜孩子最后辞工不干了。那个孩子并没有别的什么抱怨，只说是受不了这种对待。他成了这个新"自命不凡的人"的拉弗勒尔。

他既自视甚高，又贪慕虚荣，虽长着两只迷迷糊糊的圆眼睛、一张呆滞发木的脸，却对女人有所图谋，自从与菲尔小姐闹了那段笑话之后，他在好多女子眼里竟成了一颗情种。这使他学起时髦来，养成了女人般的洁癖。他开始修饰打扮，梳妆成了他的头等大事。大家都知道他涂脂抹粉，我原先是不相信的，后来也开始相信了，不仅是因为看见他的面色鲜亮了，还因为在他的梳妆台上发现了一瓶瓶脂粉。而且有一天早晨，我走进他的房间时，看见他正用一把特制的小刷子刷指甲。见我来了，他仍挺自豪地继续刷着。我断定，一个能每天早上花两个小时去刷指甲的人，那完全可能会花上点儿工夫去用白粉把脸上的坑坑洼洼给填平的。老好人戈弗古尔并非尖酸刻薄之人，也挺风趣地给他取了个绰号叫"白面魔王"。

所有这些只不过是一些可笑的小事，却与我的性格水火不容。这使我终于对他的性格产生了怀疑。我难以相信，一个如此昏头昏脑的人能够把心放在当中。他总吹嘘自己心地善良、注重感情。可他有着只有灵魂卑劣者才有的一些缺点，这又如何与他所吹嘘的一致呢？他既然有一颗对身外之事始终激情满怀的心灵，却怎么老是为自身的那么多区区小事而操心劳神呢？噢！上帝呀！但凡感觉到自己的心被这种圣火燃烧着的人，总在设法把心思吐露出来，把心中的一切展现出来，总想把自己的心掏出来，让人看得一清二楚，绝不会做任何的粉饰。

我想起了他的道德纲领，那是埃皮奈夫人告诉我的，也是她所采纳的。这个纲领只有一条，那就是：人的唯一义务就是在一切事情上都随心所欲。当我听到这种道德观时，不胜感慨，尽管我当时还只是把它当成一句笑话。但是，我很快便看到，这一信条确确实实是他的行为准则，而且后来我有了许许多多深受其害的证明。这也就是狄德罗曾多次跟我谈及但从未向我阐释的那种内心信条。

我还想起好几年前就有人一再地警告我，说此人虚假、玩弄感情，特别是不喜欢我。我还想起了好几桩与之有关的小插曲，是弗朗格耶先生和舍农索夫人讲给我听的。他们俩都瞧不起他，而且应是了解其人的，因为舍农索夫人是已故弗里森伯爵的亲密女友罗什舒阿尔夫人的女儿，而弗朗格耶先生当时同波利尼亚克子爵过从甚密，正当格里姆开始踏进王宫府邸 [①] 的时候，他已在

---

① 王宫府邸为奥尔良公爵府，弗里森伯爵死后，格里姆成了公爵的秘书。

那里住了很久。巴黎的人都知道，弗里森伯爵死后，格里姆如丧考妣，因为他在受到菲尔小姐的严责之后，需要维护他沽钓而来的名声，而如果我当时眼睛亮堂些的话，本是会比任何人都能更清楚地看到其中的虚假的。他被硬拉到加斯特利府去，痛不欲生的样子装得惟妙惟肖。在府里，他每天早晨都跑到花园里痛哭一场，只要府中的人能看到他，他就用浸满泪水的手帕捂住眼睛，可是，一旦转过一条小径，有些他没想到的人就会看到他立即把手帕装进口袋，拿出一本书来。这事一传十，十传百，很快便传遍了巴黎，不过，很快也就被人遗忘了。连我自己也忘了这事，只是有一件与我相关的事使我又记了起来。我住在格勒内尔街，病得要死，而他当时住在乡下。一天早晨，他气喘吁吁地跑来看我，说他是刚从乡下赶来的。不一会儿，我便知道他是头一天从乡下来的，有人还看见他在看戏哩。

这类事，我想起很多很多，但是，令我感触最深的是，我很惊奇自己怎么这么晚才看透他。我把我所有的朋友无一例外地介绍给了格里姆，他们也全都成了他的朋友。我简直与他形影不离，几乎不愿看到有哪一家我能进去而他却不能进去。只有克雷基夫人拒绝接待他，而我也就从此不再去看她了。格里姆自己也交了另外一些朋友，有的是凭自己的关系，有的是经由弗里森伯爵介绍。在他的这些朋友当中，没有一个成为我的朋友。他从来就没有吭过一声，让我至少跟他们认识一下，而且在我有时在他家里遇上的那些人中，从来就没有一个对我表示出丝毫的友善，就连弗里森伯爵也是如此。他是住在伯爵家的，因此若能与伯爵有点儿交往，我会很高兴的。弗里森伯爵的亲戚舍恩伯格伯爵也是如此，而格里姆同他关系更加亲密。

不仅如此，我介绍给他的那些朋友，在认识他之前都与我亲密无间，待认识了他之后，显然全都变了。他从未介绍给我任何一个他的朋友，我却把我所有的朋友全介绍给他了，并且他最后

438

全把我的朋友夺走了。如果说这就是友情的结果的话，那么仇恨的结果又该是什么呢？

就连狄德罗一开始也多次提醒我，说格里姆并不是我的朋友，尽管我对他那么信任。可后来，当他自己也已不再是我的朋友的时候，他便改变了腔调。

我以前处理我的那些孩子的办法是用不着别人帮忙的，可我告诉了我的朋友们，目的只是让他们知道这事，以便在他们眼里不要把我这个人看得比本人要好。我告诉的朋友一共是三位：狄德罗、格里姆、埃皮奈夫人。杜克洛是我最应该告诉的，可我偏偏没告诉他。但他知道了这件事。是谁告诉他的？我不得而知。这种不义之事不太可能是埃皮奈夫人所为，因为她知道，如果我也学她的样儿的话，我是有办法狠狠地报复她的。剩下的只有格里姆和狄德罗了，他们俩在许许多多事情上都一个鼻孔出气，尤其是在反对我的时候。因此，非常可能是他们俩共同搞的罪恶阴谋。我没有把这秘密告诉杜克洛，因此他本是有权随便说出这事来的，但我敢打赌，他是唯一保守此秘密的人。

格里姆和狄德罗在共同策划把"女总督"们从我身边夺走的时候，曾努力要把杜克洛拉进来一起干，却遭到了他鄙夷不屑的拒绝。我只是后来才从他那里得知这件事的经过。不过，从那时起，我已从泰蕾兹嘴里知道了不少情况，看出这其中有某种不可告人的秘密，看出他们如果说是不想拂逆我的意愿的话，也是想摆布我，至少是要瞒着我，或者他们想利用这两个女人实现什么阴谋。这一切肯定不是正大光明的。杜克洛的反对就无可辩驳地证明了这一点。谁愿意相信这是友谊，那就去相信好了。

这种所谓的友谊让我在家里家外都必定要倒大霉。多年来，他们同勒瓦瑟尔太太经常不断地长谈，明显地改变了这个女人对我的看法，而这种看法的改变肯定于我不利。他们在这些鬼鬼祟祟的晤谈中都议论了些什么？干吗那么讳莫如深？老太婆说的话就那么有趣，让他们如获至宝？就那么重要，非得捂得严严实实不可？三四年来，他们的这种秘密会议一直不断，我原先一直觉得可笑极了，但转而一想，我开始觉着惊诧了。要是我当时就知道这个女人在跟我捣什么鬼的话，这惊诧就会成为焦虑不安了。

尽管格里姆在外面大肆标榜他对我热情备至，从他对我的腔调中却很难看出他所谓的热情来。我在任何事情上都未曾得到过他给我的丝毫好处，而他所假装对我抱有的仁慈非但对我无益，反而有害。他甚至尽其所能地断了我所选择的那个行当的财路，因为他把我描写成了一个差劲儿的誊抄者。我承认他这一点倒是说对了，但这不该从他的嘴里说出来。他为了证明自己的话不是信口雌黄，便另觅了一个誊抄者，把凡是能拉走的主顾全给拉走了。好像他就是计划着让我依附他，依赖他的威望来讨生活，并且要把我所有的路堵死，逼我就范。

在仔细想想这一切之后，我的理智终于告诉我，不该再像从前那样把他往好处想了。我看出他的性格至少是很可疑的，至于他的友情，我断定那是虚情假意。随后，我便决心不再见他，我把我的决定告诉了埃皮奈夫人，并向她表明我这么做的无可辩驳的依据。不过，我现在已经忘记了说的是哪些依据。

她强烈反对我的这一决定，可对我的依据又不太知道如何说是好。她尚未同他统一口径。第二天，她没有对我亲口解释，却交给我一封措辞很巧妙的信，是他们俩一起拟就的。她通过这封信为他不外露的性格辩解，而对事实只字不提，并且指责我不该怀疑他不忠于自己的朋友，敦促我与他重修旧好。这封信（见信函集 A，第四十八号）使我拿不定主意了。在我们俩后来的一次谈话中，我发现她比第一次有所准备，我完全被她说服了。我甚至相信我可能是想岔了，这么看来，我真是很对不住一个朋友，应该赔礼道歉。总之，由于我已经一半出于自愿一半出于软弱，对狄德罗、霍尔巴赫男爵做出过我本该要求对方做的一切主动和好的表示，我就像乔治·唐丹①一样去了格里姆先生家，为我对他的冒犯而请求他原谅，始终错以为，只要态度温和、方法得当，就没有解不了的冤仇。这种错误的想法使我一辈子总是在自己的假朋友面前唯唯诺诺。其实，恰恰相反，恶人的仇恨越是找不到根由就越是强烈，越是觉得自己不对就越是恨对的那个人。我仅凭自己的亲身经历就可以从格里姆和特隆桑身上找到对这一论断很有力的证据。他们俩由于兴趣、爱好和怪癖所致，竟成了我不共戴天的仇敌。他们根本就找不出我有任何对不起他们俩的地方。他们的怒火日甚一日，就像老虎一样，越是迁就它，它就越是要发虎威。

我期待着格里姆因我屈尊俯就和主动和解之举而感动不已，会张开双臂以诚恳真挚的友情来接待我。可他竟像罗马皇帝，板着面孔，我还从来没见过谁像他那样。我对他的这种态度没有丝毫的准备。当我十分尴尬地扮演着很不适合我的那个角色，怯生生地说了几句来见他的原因之后，他非但没有对我开恩，反而极其傲慢地说了一连串他事先准备好的训词，列举了他罕见的美德，特别是在对待友谊方面。他长时间地着重在一件事上，这事起先让我非常震惊，那就是大家看到他的朋友始终都是那么多。他一边说，我一边心里犯嘀咕，我若是成了他这个信条的唯一例外，那我可就惨透了。他一个劲儿地反复叨叨这一点，而且在装腔作势，使我想到，如果他在这一点上只是道出内心的情感的话，他就不会对这条格言如此上心。其实，他是在利用这个来帮助他达到往上爬的目的。在这之前，我也是同样的情况，总是保住所有的朋友。从童年时代起，我就没有失去过一个朋友，除非那个朋友死了。可是在这之前，我就从没把这当成什么了不起

---

① 莫里哀于 1668 年发表的喜剧《乔治·唐丹》中的主人公，在其岳父的逼迫之下，前去向无端指斥他的妻子的情夫赔礼道歉。

的事，也没把这当成自己的一个信条。既然我们俩都有这一优点，如果他不是想先剥夺我这一优点的话，那他一个劲儿地叨叨这事干什么？然后，他便处心积虑地举出证据来羞辱我，说我们俩的共同朋友都偏爱他而不是我。我同他一样清楚，确实如此，但问题是这种偏爱他是怎么得来的？是因为他德高望重还是善耍手腕？是他自己的威望在提高还是在竭力贬损我？最后，当他尽情地拉大了我们俩之间的距离，使我感到他就要施与我的宽大实属不易之后，他给了我一个吻，以示和解，还微微地拥抱了我一下，就像国王拥抱新骑士一样。我仿佛从云端跌落下来，不知所措，瞠目结舌，一句话也说不出来。这整个场面宛如老师在训斥他的学生，最后免了他皮肉之苦。我每每回忆及此，总感到根据表面现象去判断是多么骗人，而庸俗之辈又极其重视表面文章，我还感到，常常是有罪之人极其大胆、极其自傲，而无辜者总是羞愧难当、尴尬窘迫。

　　我们俩算是和好了，我那颗任何纷争都将引起它痛苦不堪的心终归感到轻松了一些。大家可以料到，这样的一种和好是不会改变他的态度的，只不过是剥夺了我对他抱怨的权利而已。因此，我决定忍受一切，不再吭一声。

　　这么多接踵而至的忧愁压得我喘不上气来，使我无力再控制自己。圣朗拜尔没给我回信，乌德托夫人与我也疏远了，我不再敢向任何人敞开心扉，便开始害怕起来，生怕在将友谊当作心中偶像的同时，把自己的一生浪费在一些虚无缥缈的东西上。经过这件事，与我交往的所有人中，只剩下两个人还让我仍旧表示敬重，我的心还能对他们予以信赖：一个是杜克洛，自从我来到退隐庐之后，我就没再见过他了；另一个是圣朗拜尔，我认为只有把我的心思毫无保留地向他倾诉出来，才能很好地弥补我的过错。于是，我决定一五一十地向他彻底忏悔，但绝不连累他的情妇。我并不怀疑我这个选择仍旧是我的激情的一个陷阱，为的是

442

与她更接近一些。但是，可以肯定的是，我是真想毫无保留地扑到她的情人的怀抱中去，完完全全地听从他的指引，把心全都掏出来给他。我一直打算给他写第二封信，我相信他会回信的。可是，我突然间得知他没有回我第一封信的悲惨原因：那场战争太艰难了，他没能扛住。埃皮奈夫人告诉我，他刚刚瘫痪了。而乌德托夫人也终因忧伤过度，自己也病倒了，无法立即给我写信。两三天后，她从巴黎——她当时在巴黎——告诉我，他已被送往亚琛洗矿泉浴去了。我不想说这个悲惨的消息让我同她一样痛苦悲伤，但我不相信这个消息给我造成的忧伤会少于她的痛苦与眼泪。我见他病成这个样子，又担心是焦虑不安促使他病得这么厉害，所以心里难过极了，比以前我所遭受到的一切都更加触动我的心，我痛切地感到，按自己的估计，我没有必需的力量来承受如许的悲伤。幸好，这位慷慨大度的朋友没有让我长久地处于这种痛苦之中。他尽管病魔缠身，但并未忘记我，我很快便从他的亲笔信中得知我把他的心情和病体估计得太严重了。不过，现在该是讲述我的命运的大动荡的时候了，是讲把我的一生分为截然不同的两部分的那个灾难的时候了。由于一个微不足道的原因，这个灾难产生了极其可怕的后果。

有一天，我一点儿都没有想到，埃皮奈夫人竟派人来找我。我一进她家门，便发现她的眼神和整个举止中有一种慌乱，她平常是不这样的，世界上没有人比她更会控制自己的表情和举止了，为此我更加惊诧不已。她对我说："我的朋友，我要去日内瓦了，我的胸部不适，身体垮得厉害，因此必须抛开一切事情，去找特隆桑看看。"这个决定如此突然，又时值入冬，所以我非常惊讶，特别是我刚离开她三十六个小时，我走的时候，她根本没提这事。我问她将带谁一起去。她告诉我说，带她儿子和德里南先生一起去。然后，她又漫不经心地补充一句："您呢，我的大熊，您不一起去吗？"由于我并不相信她把这话当真，而且她

443

知道，在入冬季节，我几乎出不了房门，所以我便打趣地说，一个病人去陪另一个病人只会添乱。她自己看上去也不是真心邀我同往，所以这事也就过去了。我们只谈了谈出门的准备事项。她正在紧赶着准备，决定半个月后动身。

我用不着太多的洞察力便明白此行有一个瞒着我的秘密动机。这个秘密，这户人家全都知晓，唯独瞒着我一个人，但第二天就被泰蕾兹发现了。是总管泰西埃从女仆口中得知后告诉她的。尽管我不是从埃皮奈夫人口中得知这一秘密的，我没有为她保密的义务，但是这一秘密同把它传给我的那些人关系太密切了，所以我不能连累他们。因此，我对此事将避而不谈。不过，这些秘密虽说是从来没有也将永远不会从我的嘴里或从我的笔端泄露出去，但因为知道的人太多了，所以不会不被埃皮奈夫人所在的圈中人知晓的。

我得知她此行的真正动机之后，便看出有一只仇家的手在暗中使劲儿，想让我成为埃皮奈夫人旅途中的护送人。不过，她并没有太坚持，所以我也就没把这事看得挺认真，并且觉得好笑，要是我傻乎乎地接受下来，那才真是扮演了一个好看的角色。不管怎么说，我的拒绝反倒让她占了大便宜，因为她终于说服她丈夫送她前去。①

几天之后，我收到了狄德罗的便笺，我将转录于后。这张便笺只是折了一下，里面的内容一目了然。它是被送到埃皮奈夫人家，托埃皮奈夫人的亲信——其子的家庭教师德里南先生转交给我的。

### 狄德罗的便笺（信函集 A，第五十二号）

我生来就是喜欢您并让您苦恼的人。我听说埃皮奈夫人要去日内瓦，却没听说您陪她去。我的朋友，如果

---

① 卢梭在此明显是在暗示埃皮奈夫人已经怀上了格里姆的孩子，要去日内瓦分娩。

您对埃皮奈夫人感到满意，您就该陪她一起去；如果不满意的话，那就更应该陪她去。您是否对她施与您的恩惠感激不尽？这正好是个机会，您可部分地偿还所欠之情，感到宽慰。您一生之中还能找得到另一个机会来向她表达您的感激之情吗？她将前往一个仿佛从云端坠入的国度。她玉体欠安，需要娱乐和消遣。又时值冬季！喏，我的朋友，您以身体不好为由加以回绝，这理由可能比我想象的要有力得多。但是，难道您今天比一个月之前以及入春之后身体还要不好吗？您三个月之后将去旅行，难道就比今天方便得多？要是我，告诉您吧，如果我受不了鞍马劳顿，我将拄着一根拐棍跟随她去。再说。难道您不怕别人对您的行为说三道四吗？有人将会怀疑您不是忘恩负义就是另有苦衷。我很清楚，不管您怎么做，都将有良心可以替您做证的，但光凭这个就够了吗？难道您可以如此这般地忽视他人做的证吗？不管怎么说，我的朋友，我之所以写这张便笺给您，既是想对得起您，也是为了对得起我自己。如果它使您不快，您就把它烧掉好了，以后也无须再提，就当是我根本没有写过。我向您致意，我爱您，拥抱您。

我一边读着，一边气得发抖，两眼发花，几乎没有读完，但这并未妨碍我看出狄德罗信中的花招儿。他是在装出一种比他在其他所有的信中更加温柔、更加亲切、更加真挚的口吻。在其他的信中，他顶多称呼我"我亲爱的"，连"朋友"二字都不屑冠之于我。我一看便知此信为何要通过他人之手转交给我了，那信上的地址、折叠的方式等等相当笨拙地露了馅儿，因为我们互相通信通常是通过邮寄，或者通过蒙莫朗西的信使捎带，而他此次利用的这个方式是第一次，也是唯一的一次。

当我怒火稍事平息，可以动笔的时候，我草草地给他回了一封信，立即从我当时住的退隐庐拿到舍弗莱特去给埃皮奈夫人看。我当时都气糊涂了，想把我的回信连同狄德罗的信一并亲自念给她听。下面就是我的回信：

我亲爱的朋友，您既不可能知道我对埃皮奈夫人有多么感激，也不知道我是多么希望报答她对我的恩惠；您既不知道她此行是否真的需要我，也不知道她是否希望我陪她去；既不知道我是否可能前往，也不知道我不能去的种种理由。我并不拒绝同您讨论这些问题，但是，在讨论之前，您得承认，您不事先想一想就二话不说地规定我该怎么做，亲爱的哲学家，这等于像个大糊涂虫似的大发议论。我觉得其中最坏的是，您的意见并非出自您个人。除了我脾气不好，不愿让第三者或者第四者以您的名义来牵着我的鼻子走之外，我还觉得这种转弯抹角之中有某些花招儿，与您的坦率很不合拍，而且，为您着想，也为了我。您今后还是别这样为好。

您担心有人对我的行为说三道四，不过，我敢说，像您那样的一颗心是不敢把我的心往坏处想的。如果我能更多地像其他人一些的话，他们也许会把我说得好一些。愿上帝保佑，别让我受到他们的赞许！随恶人怎么去窥探我、评说我好了，我卢梭生来就不怕他们，您狄德罗也从不会听信他们的。

您说如果您的便笺使我不快，就让我把它扔到火里，以后也无须再提！您以为我会就这么忘了从您那儿来的东西？我亲爱的，您在给我造成痛苦的时候太不在意我的眼泪了，正如您在劝我注意自己的身体时不在意我的生命和健康一样。如果您能改弦更张的话，您的友

446

谊对我而言就会更加温馨，我也就因此少让人可怜了。

我走进埃皮奈夫人的房间，发现格里姆同她在一起，我高兴极了。我大声地、清亮地把那两封信读给他们听，理直气壮得令自己都难以相信，而且，读完之后还补充了几句，也一样振振有词。我发现他们俩看到平常那么怯懦的一个人竟然如此大胆，都感到十分沮丧、茫然，一句话也答不上来。我还特别看到那个盛气凌人的人垂下了眼睛，不敢正视我那炯炯的目光。但与此同时，在他的内心深处，他在发誓必置我于死地而后快，而且我深信他们俩在分手之前一定会先密谋一番。

差不多就在这个时候，我终于收到了乌德托夫人转给我的圣朗拜尔的回信(见信函集 A，第五十七号)，信上的地址仍是沃尔芬比特尔，日期是在他病倒后不久。我写给他的信在路上耽搁了很久，所以他的回信才姗姗来迟。这封回信给了我一些安慰，正是我此时此刻急切需要的。信中充满了敬重和友谊，给了我勇气和力量，以不辜负他的这番盛情。从这时起，我便恪守职责。要是圣朗拜尔不是那么通情达理、慷慨大度、忠厚正直，我肯定会陷入万劫不复的境地了。

天气转凉，大家都开始离开乡下。乌德托夫人通知我她打算来山谷向我告别的日子，并约我去奥博纳相见。这一天恰巧是埃皮奈夫人离开舍弗莱特去巴黎做完去旅行的准备工作的日子。幸而她早晨动身，我还来得及与她告别之后，去同她的小姑子一道用午餐。我兜里装着圣朗拜尔的信，我一边走，一边又读了好几遍。这封信能防治我的软弱病。我下定决心，并且真的做到了把乌德托夫人看作我的女友和我的朋友的情妇。我同她单独共度了四五个小时，心里有着一种极其甜美的平静，即使就享受而言，甚至都比我以前在她身旁所感受到的狂热更妙不可言。由于她非常清楚我的心没有变，所以她对我为克制自己所做的努力大为感动，更加敬重我，而我也很高兴地看到她对我的友谊根本没有消逝。她告诉我，圣朗拜尔不久就要归来，因为他虽说已经康复，但无法再忍受战争的艰辛，正准备退役，回到她的身边平平静静地生活。我们俩拟订了三人亲密无间地相处的美好计划，而且此计划可望长期执行，因为此计划是基于所有那些能把多情而正直的心聚在一起的那种感情，而我们三人都挺有才能和知识，可以自给自足，无须外人相帮。可惜啊！我在沉醉于这种极其甜美的生活的希冀之中时，竟没太多考虑正在一旁等着我的现实生活。

我们随后谈到了我当时同埃皮奈夫人的关系。我把狄德罗的信连同我的复信一起拿给她看，并把这事的来龙去脉详细地讲给她听，并告诉她我已决心离开退隐庐。她强烈反对，其理由在我心中都非常有分量。她向我表示她是多么希望我去日内瓦旅行，可又想到我一拒绝，就必然会连累我。这一点狄德罗的信似乎早已说到了。然而，由于她像我一样十分清楚我的理由，她也就没有坚持。但她硬要我不惜任何代价地避免把事情张扬出去，要我找一些很合情合理的理由来解释我拒绝去的原因，免得别人无中生有地瞎猜测，说这事与她有什么关系。我对她说，她给我强加了一项不易完成的任务，但我已决定不惜名誉也要弥补自己的过错，所以在名声让我可以忍受的范围内，我可以优先考虑她的名誉问题。大家马上就会看到我是否很好地实践了这个诺言。

我可以发誓，我那痛苦不幸的激情丝毫未减热力，所以我从来也没有像那一天那样强烈、亲切地爱着我的索菲。但是，圣朗拜尔的信、责任感以及对负义的深恶痛绝，使得我在整个这次相会的过程中竟能完全坐怀不乱，我连想也没想到吻她的手一下。分别的时候，她当着仆人们的面，吻了我一下。这个吻同我以前在树荫下有时偷偷地给她的吻大为不同，但对我是一种保证，使我恢复了自控的能力。我几乎可以断定，如果我的心有时间在平静之中坚强起来，不出三个月，我就能彻底康复了。

我同乌德托夫人的私人关系到此就结束了。这种关系大家可以根据自己的心性，按照其表象做出判断，但是，在这种关系之中，这个可爱的女子在我身上激发的热情也许是其他任何男人都未曾感受到的最激烈的热情，由于双方为义务、为荣誉、为爱情、为友谊做出的罕见而痛楚的牺牲，将光照日月，可鉴世人。我们俩在对方的眼里都拔得太高，不可能轻易地就自甘堕落。只有不配受人尊敬的人才会不顾一切地抛却如此宝贵的尊敬。感情之强烈可能使我们去犯罪，但正是这种强烈的感情在阻止我们去犯罪。

就这样，在同这两个女人中的一个保持了长久的友谊，而对另一个怀着一种极其强烈的爱之后，我在同一天里分别地向她们俩道别了：一个是此生未再相见，而另一个只是后来又见过两次。我以后将叙述在什么情况之下又见过这另一个。

她们俩走了之后，我陷入极大的窘迫，要完成如许紧迫而互相矛盾的义务，都是我的不谨慎造成的。要是我处在正常情况之下，此次日内瓦之行经人提出并被我拒绝之后，我尽可以安生地待着，没有什么可以说的。但是，我已经把此事弄成了一件无法就此了结的事情了，除非离开退隐庐，否则免不了日后要做些解释，可我刚刚答应乌德托夫人不搬走的，起码是眼下不搬走。再说，她曾经要求我向我所谓的朋友们就我拒绝这次旅行表示歉意，免得有人把我的拒绝归咎于她。然而我无法说出真正的原因而又不冒犯埃皮奈夫人。就她对我所做的一切而言，我肯定是欠她的情。我思来想去，发现自己处身于严酷而不可避免的抉择中：要么对不起埃皮奈夫人、乌德托夫人，要么对不起我自己。我选择了后者。我坚决彻底、毫不动摇地做出了这一抉择，大有一定要洗刷将我逼到这种山穷水尽地步的那些过错的大义凛然之气概。这种自我牺牲，我的仇家会大加利用，也许他们正等着我这样做哩，它使得我名誉扫地，而且由于他们的精心策划，公众对我的敬重消失殆尽。但是，它恢复了我对我自己的敬重，使我在种种磨难之中得到了慰藉。大家将会看到，这不是我最后一次做出类似的牺牲，也不是人们用来抨击我的最后一次自我牺牲。

格里姆看上去像是唯一没有插手此事的人，因此，我决定向他说明白。我给他写了一封长信，阐明了把这次日内瓦之行视作我的一种义务有些可笑，说明了我若是一同前去，对埃皮奈夫人既无用又麻烦，以及因此给我本人带来的种种不便。我实在憋不住，在信中流露出我是知道底细的，而且让他知道，我觉得很奇怪，大家都声称我该陪同前往，而他可以不去，甚至连提都没有提到他。在这封信里，我因不能明确地说明自己的理由，只好东拉西扯，从而使社会上的一般人看来，我有很多不对的地方。但是，这封信对像格里姆这样的人来说，是含蓄和谨言慎行的典范，因为他们是了解我没有说出的底细并完全了解我的做法是正确的。我在假定我的其他朋友也与狄德罗持同样的看法，以便暗示乌德托夫人也曾有过这种想法的时候，甚至都不害怕别人再添加一条对我的偏见。乌德托夫人确实这么想过，后来听了我的理由，她才改变主意的，这一点我瞒下没说。我为了让她不遭人怀疑同我串通一气，最好的办法就是在这一点上表现出我对她的不满。

在这封信的结尾，我对对方表示了极大的信赖，换了别人，一定会深受感动的。我在要求格里姆考虑我的理由并随后向我说明他的看法的时候，明确地对他说，不论他是什么意见，我都会遵从的，而且我心里也是这么想的，哪怕他说我应该去，我也会照办的。因为埃皮奈先生既然亲自陪同其妻前往，我也陪着去的话，问题也就不大了，而在此之前，他们是首先想把这差事交给我，见我不肯，才找了他。格里姆拖了很久才回我信，而且信写得很特别，我将转录于下（见信函集 A，第五十九号）。

　　埃皮奈夫人动身的日期推迟了。她的儿子病了，必须等他痊愈。我将细想您的来信。您老老实实地待在您

450

的退隐庐吧。我将会及时地告诉您我的意见的。由于她近几天内不会动身，也就没什么好着急的了。在此期间，如果您觉得合适，您可以向她提出您愿为她效劳。不过我看提不提都是一回事，因为我同您本人一样了解您的处境，我相信她会对您的提议做出应有的答复的。您这么做的唯一好处，我看就是您将可以告诉那些非要您去的人，如果您没陪着去，那并不是说您未曾主动提出来过。此外，我实在不明白，您为什么非要说哲学家是大家的代言人，为什么就因为他的意见是要您去，您就以为您的所有朋友都这么想。如果您写信给埃皮奈夫人，她的回答就能作为您对那些朋友的反驳，因为您心里总是想着要反驳他们。再见了，问候勒瓦瑟尔太太和"刑事犯"①。

读了这封信，我甚为震惊，焦虑不安地想弄明白这封信是什么意思，却百思不得其解。怎么他不简单明了地回复我的信，反而花时间去胡猜乱想，仿佛他以前已经花了不少时间还嫌不够。他甚至通知我，让我耐心等待，少安毋躁，仿佛牵涉到的是一个急需解决的深奥问题，要么就是他好像有什么心思，不想让我知道，直到他想告诉我为止。他这么小心翼翼，这么拖拖拉拉，这么神秘，到底是什么意思？难道能这么对待别人的信赖不成？这种行为难道算是正直、善意的不成？我对这种行为尽量地往好处去找点儿理由，但徒劳无益，根本就没有找到。不管他是什么意图，如果是同我的相反的话，他的地位使得他的意图容易实现，而我因地位所限，是不可能阻止他的。他是一位显要亲王家的红人，交际又广，在我们共同的交际圈中，大家都围着他转，他的

①　勒瓦瑟尔先生被他妻子管得有点儿过严，便称她为"刑事犯检察官"。格里姆开玩笑地这么转称他的女儿泰蕾兹，并省略了"检察官"三个字。

话犹如圣谕，所以以他那惯常的机敏，很容易便能使他的全部机器转动起来。而我呢，势单力薄地待在退隐庐中，远离一切，没有人给我出主意，我没有任何交往，没有别的办法，只有耐心等待，只有老老实实地待着。我只是给埃皮奈夫人写了一封信，探问她儿子的病体，信写得十分客气，但并未中人圈套，去提议同她一起走。

我在这个狠心的人把我推入的那种极度的忐忑不安之中仿佛等了数百年之久，终于在十来天之后得知埃皮奈夫人已经走了，并收到了他的第二封信。此信只有七八行，我竟没有读完……那是一封绝交信，所用的词语，只有怀有血海深仇之人才会写得出来，却因只想侮辱别人反而显得愚蠢至极。他说，凡是他去的地方，都不许我露面，仿佛那是他的世袭领地，未经准许，我不得入内。这封信，若是看的时候稍许冷静一些，定会让人笑掉大牙的。我没有把这封信抄录下来，甚至没有读完，便立即给他退了回去，并附上下面这封信：

　　我一直不想怀疑您，尽管我的怀疑是正确的。我真恨自己这么晚才看透您。
　　我把您从容不迫地构思的信退还给您，那说的不是我。您可以把我的信拿给全世界的人看，并公开地恨我好了，这样您反倒可以少一点儿虚伪。

我所说的他可以把我的上一封信拿给人看，是我对他信上的一段话的回应。根据他的那段话，大家可以看出来，他在这件事上有多么老谋深算。

我说过，对不知底细的人来说，我的信可能在很多方面让人抓住把柄。他很高兴地看出这一点，但是，怎么才能利用这有利的一点而不把自己牵连进去呢？他若是把我的那封信拿给别人看，就可能遭人指责，说他辜负了自己朋友的信任。

为了摆脱这一困境，他便想出同我绝交，而且其手段极尽尖酸刻薄之能事，并且在信中说他如何地照顾我，不把我的信拿给别人看。他深信不疑，我在气头上肯定要拒绝他那种虚情假意的小心谨慎，让他把我的信拿给所有的人看的。这正是他所希望的，而且一切都像他安排好的那样发生了。他把我的信传遍了整个巴黎，还按照他的方式加以解说，但是他的解说未能获得他所企盼的全部成功。他巧妙地征得我同意把信给大家看，但这并没让他免遭人们的非议，大家认为他是在随意抓住我的一句话来坑害我。大家总是在问，我同他有什么个人恩怨，使他竟如此这般地仇恨我？最后，大家都觉得，即使我有天大的不是，逼得他非同我绝交不可，那么，就算是友谊没有了，友谊所赋予的一些权利还是应该尊重的。但是，不幸的是，巴黎人很轻浮。当时的这些看法被忘记了，不在场的倒霉者被人忽视了，得势之人由于在场而让人敬畏。阴谋和恶毒的活动继续着，花样翻新，而且它那不断产生的效果很快便将此前的一切抹杀了。

这就是那个人在那么长期地欺骗我之后怎样最后摘下了假面具，深信自己已把事情处理到这种地步，无须再对我戴着假面具了。我去除了生怕对这个恶棍有失公允的担心，让他自个儿去扪心自问，不再去想他了。我收到这封信的一个星期之后，又接到埃皮奈夫人的一封信，是从日内瓦寄来的，是对我上一封信的回信（见信函集 B，第十号）。我从信中她生平第一次使用的口气看出，他们俩是共同策划的，相信自己的种种计谋必然成功。我还看出，他们俩把我看作一个已山穷水尽的人，今后他们可以毫无危险地把我置于死地而后快了。

我的处境的确悲惨至极。我看到所有的朋友均离我而去，我却不知道他们是怎样以及为什么离去。狄德罗吹嘘自己仍是我的朋友，而且是唯一的朋友，可他答应来看我都已经过了三个月

453

了，他压根儿没有来过。我已感到冬天来了，随之而来的是我的旧病复发了。我的体质虽然健壮，但毕竟受不了那么多的气恼情绪的打击。我已筋疲力尽，既无力气也无勇气去抵御任何事情。即使我早已说定，即使狄德罗和乌德托夫人一再劝我此刻搬出退隐庐，我也不知道搬往何处，不知道怎么才能蹒跚而至新的地方。我一动不动，麻木不仁地待着，既无法有所作为，也无法进行思考。只要想到要迈上一步，写上一封信，或者说上一句话，我都会浑身发颤。可是我又不能接到埃皮奈夫人的信而不加批驳，除非我自己承认理应受到她和她的朋友对我的虐待。我决定把我的心情和决心告诉她，因为我从来不怀疑她会出于人道，出于慷慨，出于礼貌，出于我一直认为她身上具有的尽管是恶劣的那种情义而忙于认可的。下面就是我的那封信：

一七五七年十一月二十三日，于退隐庐

假如人能因痛苦而死的话，我可能已不在人世了。不过，我终于拿定了主意。我们俩之间的友谊终止了，夫人，但是，已不复存在的友谊仍旧有一些权利，我是知道尊重它们的。我一点儿都没忘记您给予我的好处，您尽可以放心，我对您仍怀着一个不再被人爱的人所能有的感激之情。其他的话就都不必说了，我有良心，而我请您也摸摸自己的良心吧。

我曾想过离开退隐庐，而且也应该如此，可有人认为我必须在这儿待到春暖花开。既然我的朋友们要我这样，我就待到春天吧，如果您同意的话。

这封信写完、发出之后，我便只考虑着安心待在退隐庐，养养身子，养精蓄锐，并采取一些措施，以便来年春天悄无声息地离去，而不显出绝交的架势。可是，格里姆和埃皮奈夫人并不这么想，一会儿大家就知道了。

几天过后，我终于有幸接待了狄德罗的那一次屡应屡爽的来访。这次来访来得再及时不过了。他是我最早的朋友，而且几乎是我所剩下的唯一的朋友，大家可以想象得出我在彼时彼刻见到他时该多么高兴。我有一肚子的话要向他倾诉。有许多大家在他面前隐瞒着的、掩饰了的或者捏造的事情，我都对他说明白了。对所发生的一切，凡是我能告诉他的，我都告诉了他。我并未假惺惺地要瞒着他已非常清楚的事，也就是一种既不幸又疯癫的爱使我身败名裂的那件事。但是，我始终没说乌德托夫人知道我的爱，或者，我至少没有承认我向她吐露过我的爱情。我跟他谈起埃皮奈夫人为了弄到她小姑子写给我的那些非常纯真无邪的信而使用的很不像话的手段。我想让他从埃皮奈夫人企图迷惑的那两个女人的嘴里直接听到那些详情。泰蕾兹一五一十地告诉了他。不过，轮到她母亲告诉他时，我听见她一口咬定她对"这一切都一无所知"，我当时真的惊得目瞪口呆。她就是这么说的，而且没有改过口。不到四天之前，她还亲口对我唠叨过这件事，可是当着我的朋友的面，她冲着我矢口否认了。这样一来，我觉得该下定决心了。我当时深切地感觉到，把这么一个老太婆如此长期地留在自己身边，真是太失策了。可我并没有因此痛骂她一顿，我几乎不屑于对她说上几句鄙夷的话。我感到我欠她女儿不少情。女儿的坚贞不渝的正直与其母的卑鄙懦弱有天壤之别。但是，从那时起，我对老太婆的主意已经拿定了，只等着时机一到便付诸实行。

这个时机比我预想的来得要早。十二月十日，我收到了埃皮奈夫人对我上一封信的复信（见信函集 B，第十一号），内容如下：

一七五七年十二月一日，于日内瓦

在好几年里，我给了您一切可能的友谊和关照。可

455

我今后只能对您表示爱莫能助了。您很不幸。我希望您的良心能同我的一样平静。这对您的生活的安宁可能是不可或缺的。

您想离开退隐庐，而且您也应该如此，我很惊奇您的朋友们竟挽留了您。要是我的话，我根本不会就自己的义务去向我的朋友们请教的。因此，关于您的义务，我就没什么可多说的了。


如此出乎意料而且又如此明白无误地下达的逐客令，容不得我有片刻的迟疑。不管天气如何，不管我的状况怎样，哪怕是我得在林中业已白雪覆盖的大地上过夜，也不管乌德托夫人会说什么、做什么，反正我得走了。我虽然很想凡事都要讨乌德托夫人的欢心，但毕竟不能因此丢了自己的老脸。

我处于一生中最可怕的山穷水尽之境，但我的主意已定。我发誓，不管什么情况，反正第八天就不再睡在退隐庐。我开始拾掇自己的衣物，决心宁可把它们扔在露天地里也要在第八天把钥匙还掉，因为我极其想在人们写信到日内瓦并接到回信之前把一切料理完毕。我有着一种我从未感觉到的勇气：我所有的力量又恢复了。这是荣誉和愤怒还给我的，是埃皮奈夫人未曾料到的。运气也壮了我的胆。孔代亲王的财务总管马达斯先生听说了我的窘境，派人让我到他在蒙莫朗西路易山花园他的一座小房子去住。我急切而感激不尽地接受了。交易很快就谈妥了。我匆忙地让人买了点儿家具，加上我们原先有的，可供泰蕾兹和我起居之用。我费了很大精力和钱财，让人把我的东西用车拉了去。尽管是冰天雪地，但我两天工夫就把家搬完了，十二月十五日便把退隐庐的钥匙交还了，事前还把园丁的工资付了，但房租我是无法付的。

至于勒瓦瑟尔太太，我郑重地对她说，我们得分开了。她女儿想说服我，但我不为所动。我让她带上她女儿和她共有的所有衣物家什，坐上邮车去了巴黎。我还给了她一些钱，并且保证替她付房租，不论她住在自己的孩子家里还是别处，并且保证尽我所能地赡养她，只要我自己有吃的，就绝不让她饿着。

最后，在我到达路易山的第三天，我便给埃皮奈夫人写了下面这封信：

一七五七年十二月十七日，于蒙莫朗西

夫人，当您不赞成我再住下去的时候，我就搬出了您家的房子，没有什么比这再简单和必要不过的了。得知您不同意我在退隐庐过完冬天，我便在十二月十五日搬走了。我命中注定不由自主地住进去，也不由自主地搬出来。我感谢您敦促我搬进去住，如果我付出的代价小点儿的话，我会更加感激您的。再有，您认为我很不幸，是对的。世界上没有人比您更清楚我该是多么不幸。诚然，选错了朋友是种不幸，但是从那么甜蜜的错误中醒悟过来的不幸更加残酷。

以上是我住进退隐庐以及我被逼搬出的种种缘由的忠实记录。我未能中断这番叙述，极其精确地记述下来是十分重要的，因为我一生中的这段时期对我以后的生活有着一种一直波及我生命最后时刻的影响。

457

# 第十章

　　我是凭着一时的激愤所给予我的非凡力量离开退隐庐的，一旦到了外界，那股力量就不复存在了。我在新居一安顿下来，我的尿潴留病就又复发了，来得迅猛而频繁，再加上折磨了我已有一段时日而我却不知其为何病的疝气也跑来添乱，着实令我痛苦不堪。很快，我的病便阵阵发作，疼痛难忍。我的老友蒂埃里医生前来为我诊治，并根据我以前的病况把话给我挑明了。于是，探条、扩张器、绷带等风烛残年者所需的器械全都放在我的周围，使我惨痛地感觉到，人已不年轻了，但还要要强，那是非吃苦头不可的。明媚春光并未恢复我的体力，整个一七五八年，我都是在一种使我感到自己行将就木的慵懒倦怠之中度过的。我怀着一种急切的心情等着末日来临。我从友谊的幻梦中醒悟过来，摆脱了使我热爱生活的一切，我在生活中再也看不到任何使我觉得生命可贵的东西，看到的只是病痛和苦难，使我享受不到任何欢乐。我渴望着自由自在、逃脱我的仇家魔掌的时刻到来。不过，还是按照事态的发展按部就班地叙述下去吧。

　　好像我退居蒙莫朗西令埃皮奈夫人十分尴尬，她可能真的没有料到。我病恹恹的，又是寒冬腊月，再加上所有的朋友都抛弃了我，这一切使格里姆和她相信，把我逼上绝路，我必定会求饶，必定会卑躬屈膝，低三下四，乞求留在尊严已喝令我搬出的那个避难之所。我突然搬走，他们来不及防我这一招儿，只有孤注一掷，要么彻底毁掉我，要么想方设法地把我拽回来。格里姆采取了前者。但我认为埃皮奈夫人是宁可采取后者的，我是根据她对我最后一封信的回信这么认为的，她回信中的语气比她以前的所有信都婉转得多，似乎为摒弃前嫌敞开了大门。她的这封回信让我等了整整一个月。这种拖延清楚地表明她为采用一种合适的语气而犯难，也表明她回信之前已思考再三。她无法再做进一步的表示，否则就会连累自己。但是，在她先前写的那些信之后，以及我突然离开她家之后，大家只会对她竟小心翼翼地在这封回信中不漏出一句难听的话来而感到惊讶。我将把此信一字不漏地照录下来，以便大家做出判断（见信函集 B，第二十三号）。

一七五八年一月十七日，于日内瓦

先生，我昨天才收到您十二月十七日的来信。它被放在一只箱子里送来，箱子里装满了乱七八糟的东西，一路上走了很长的时间。我只想回答您的附注，至于信本身，我看得不太明白，要是情况允许我们俩当面说个明白的话，我很想把这一切是非非看作一种误会。我还是回到您那个附注吧。您可能还记得，先生，我们早已说好，退隐庐园丁的工资经由您的手付给他，以便让他更清楚地感觉到他是仰仗您的，免得他像先前的那个园丁一样跟您闹出不成体统的笑话来。事实是，他头几个季度的工钱已经交给您了，而且我在临行前几天已经同您说好了，您垫付他的工钱，我将补还给您。我知道，您一开始推来推去的，但是那工钱是我请您先垫一下的，我当然得补还给您，这是我们说好了的。卡乌埃告诉我，您根本不愿意接下这笔钱。这其中肯定有什么误会。我现在命人把这笔钱带给您。我不明白您为什么不顾我们事先的约定，想替我付我的园丁的工钱，甚至连您搬出退隐庐之后的那段时间的工钱也给代付了。先生，我希望您记住我有幸对您说的这番话，别拒绝收下您好心替我垫付的那笔工钱。

　　这一切发生之后，我无法再信赖埃皮奈夫人了，所以根本不想再与她重结旧谊。我没有回她的这封信，我们俩的通信到此为止。她看见我主意已定，自己也拿定了主意，就完全与格里姆及霍尔巴赫一伙沆瀣一气，非把我彻底搞垮不可。他们在巴黎活动，而她在日内瓦呼应。格里姆后来去日内瓦与她会合，完成了她所开始的工作。他们不费吹灰之力便把特隆桑拉过去了，他便大力地支持他们，成了我最疯狂的迫害者，可他同格里姆一样，并无丝毫可抱怨我的地方。他们仨配合一致，暗地里在日内瓦撒下了种子。四年之后，人们将会看到这些种子萌芽了。

　　他们在巴黎就困难一些了，因为我在巴黎小有名气，而且巴黎人生性不爱结仇，所以不那么容易受他们的影响。为了更巧妙地打击我，他们便开始鼓噪说是我离他们而去。请你们去看看德莱尔的信吧 ( 信函集 B，第三十号 )。因此，他们便一面假装始终是我的朋友，一面巧妙地抱怨我不够朋友，以达到恶毒攻击的目的。这样一来，人们因为未加提防，便更容易听信他们，而对我加以责备了。他们暗地里指责我不讲交情、忘恩负义，而且进行得小心谨慎，因此收效更大。我知道他们在往我身上泼脏水，却无从知晓他们究竟具体说了些什么。我能从流言蜚语中推测到的不外乎四大罪状：一、我退隐乡间；二、我对乌德托夫人的爱；三、拒绝陪同埃皮奈夫人前去日内瓦；四、搬出退隐庐。如果他们除此之外还添加了其他一些指责的话，由于他们搞得滴水不漏，我就根本无从得知他们究竟指责我些什么了。

　　我认为，支配我命运的那些人可能就是在这个时候制订好了日后对付我的一整套办法。其立竿见影、进展神速，凡是不知助纣为虐是轻而易举之事的人定会以为是个奇迹。必须尽量用三言两语概括一下我所看到的这个阴险隐秘的计谋的明显之处。

我虽名噪整个欧洲，但仍保留着我最初的那种纯朴的志趣。我对一切党派之争、钩心斗角深恶痛绝，这使得我保持了自己的自由和独立，使得我除了心灵的种种依恋以外别无牵挂。我单寒羁旅，身居异国，离群索居，没有家庭，只恪守自己的原则和义务，因此我矢志不移地沿着正直的道路走着，绝不阿谀奉承、宽容或照顾任何人而损及正义与真理。此外，两年来，我隐居乡间，不通消息，不去交际，对一切都一无所知也一点儿都不想知道，所以虽住在离京城只有四法里的地方，但由于漫不经心，我仿佛置身于被大海阻隔的提尼安岛上。

格里姆、狄德罗、霍尔巴赫恰恰相反，他们置身于旋涡的中心，生活在上流社会，交游甚广，几乎平分了其中的各个领域。达官显贵、才子文人、法官、女人等等，他们都能串通一气，到处让人听从他们的摆布。大家大概已经看到这种地位给这三个人联合起来对付处于我这种劣势的第四个人所带来的优势了。的确，狄德罗和霍尔巴赫不是——至少我不能相信是——策划阴险毒辣阴谋之人，因为他们一个无此险恶用心，另一个没有这个能耐。但是，正因为如此，他们才配合得更好。格里姆独自在脑子里琢磨方案，只把其他二人需要知道以便付诸实行的部分告诉他们俩。他对他们俩的巨大影响使得这种配合变得易如反掌，而且全部阴谋的收效与他高人一等的才能是相称的。

正是凭借这种高人一等的才能，他才感觉到他从我们各自地位之不同中所能获得的优势，拟订了彻底毁掉我的名声的计划，并给我冠以另一种截然不同的名声，还不累及他自己：他们先下手在我周围筑起一道黑墙，让我不可能看透他们的阴谋诡计，无法拆穿他们。

这一手是挺难搞的，因为必须在应该助他们一臂之力的人面前掩盖自己的不义行径，必须欺骗正直的人们，必须把所有的人都从我身边拉走，不让我有一个朋友，不论是有地位的还是没地位的。我说什么好呢！反正不得让一句真话传到我的耳朵里。如果有一个仗义之人跑来对我说："您充什么道德君子？人家可是那样对待您的，而且大家都是据此来评判您的，您还有什么好说的呢？"那么，真理就胜利了，格里姆也就完蛋了。他知道这一点，但他深明己心，而且对他人的能耐估计得很准。我为人类的荣誉而感到恼火，他竟算计得这么准确。

他在暗中行走，为了稳重起见，脚步就该放慢。他照计行事已有十二年之久，而最困难的事还有待完成，那就是蒙骗整个社会。社会上有一些人的眼睛比他想象的还要紧地盯着他。他害怕这个，所以还不敢把自己的阴谋诡计暴露在光天化日之下。但是，他找到了把强大势力拉进来一起搞他的阴谋的不犯难的办法，而这股势力是可以支配我的。他有恃无恐，往前走时风险就小多了。这股势力的喽啰们通常是不以正直自诩的，更谈不上什么光明磊落，所以他也就无须再担心有什么好心人会走漏风声。他特别需要的是让我蒙在鼓里，始终不让我知道他的阴谋诡计，因为他很清楚，不管他如何机关算尽，我都能一眼看透。他最大的花招儿就是一面诋毁我，一面还装出爱护我的样子，给他的背信负义披上豪爽仗义的外衣。

我通过霍尔巴赫那帮人的暗中指责，感觉出这个阴谋已初见成效，却无法得知甚至也无法推测他们到底指责我些什么。德莱尔在他的一封封信里告诉我，有人在把脏水往我身上泼。狄德罗更加神秘地对我说了这样的话。而当我向他们俩追问清楚的时候，他们都只说是上面提到的那几大罪状。我感觉到乌德托夫人的一封封来信逐渐对我冷淡了。我不能把她的冷淡归罪于圣朗拜尔，因为他仍继续以同样的友情在给我写信，甚至归来之后来看我。我也不能把过错归到自己身上，因为我们俩分手时都好好的，而且分手之后，除了我搬出退隐庐之外，我这方面又没出过什么差错，再说，我搬出退隐庐，她也认为是必要的。因此，这种冷淡，她虽不肯明说，但我已心领神会，这弄得我莫明其妙，使我对一切都深感不安。我知道她是顾虑她嫂子和格里姆，因为他们俩与圣朗拜尔关系甚好。我担心是他们俩在捣鬼。这种惴惴不安又捅开了我的伤口，使我写起信来毫不客气，竟致使她讨厌我的信了。我隐隐约约地瞥见无数残酷的事，可又看得不真切。我身处一种对一个浮想联翩的人来说最不堪忍受的境地。要是我完全孤独，什么事都不知道的话，我可能还平静些。可是，我的心仍有所依恋，我的仇家便抓住这一点对我加以攻击，而透进我退隐之所的微弱光亮，也只能让我感到人们在瞒着我干一些神秘卑鄙的勾当。

我毫不怀疑，我真的要被这种过于残酷、过于难忍的痛苦压垮了，因为这与我开朗、坦诚的天性相冲突。我无法掩饰自己的感情，因此也就非常害怕别人向我隐瞒感情。所幸，我还是遇到了一些有趣的事，我的心也就不由自主地被牵挂住了，从而得到了有益的排遣。狄德罗最后一次来退隐庐看我的时候，跟我谈起达朗贝尔在《百科全书》中写的那个《日内瓦》条目。他告诉我，这个条目是同上层的日内瓦人商定的，目的是在日内瓦建一座喜剧院，都已采取了措施，剧场很快就能建成。由于狄德罗好像对这一切感觉非常好，深信能够成功，我还有其他许许多多的事要同他讨论，也就没再就此与他争辩，所以我一句话也没说。但是，我对别人在我的祖国搞的这一套诱惑的花招儿非常气愤，所以焦急地等待着有此条目的那本《百科全书》出版，看看是否有什么办法写篇辩文，以消除这恶劣的影响。我搬到路易山不久，便收到了那本书，发现那条目写得妙笔生花，无愧于大家手笔。但是，这并不能改变我想驳斥它的打算，尽管我当时沮丧气馁，忧伤多病，天气寒冷，外加新居不适，尚未来得及布置停当，但我以极大的热情，克服了一切困难，开始动笔。

在相当寒冷的冬天，在二月里，而且是在我上面所描写的状况之下，我每天早上和午饭后，跑到住处园子尽头四面透风的塔楼中各待上两个钟头。塔楼在坡道的尽头，俯视蒙莫朗西的山谷和池塘，可以望见远处那位贤德的卡蒂纳<sup>①</sup>的退隐之所——简朴而可敬的圣格拉蒂城堡。正是在这个当时无物以挡风雪，除我心中之火外无火取暖的冰窖似的地方，我用了三个星期的时间，写完了《致达朗贝尔论戏剧的信》。这是我写作时感到兴味盎然的第一篇作品，因为《朱莉》连一半都没写完。此前，是道德的激愤赋予我写作的灵感的，而这一次是心灵的温柔多情使然。以前我作为旁观者所见到的不平使我恼怒；现在我自己的不平使我忧伤，而这种忧伤并不含恼怒，只不过是一颗太多情、太温馨的心被它原以为与它相同的心欺骗之后不得不缩回去的那种忧伤。我的心装满了新近发生的一切，仍在为那么多激烈的撞击而激动着，所以便把自己痛苦的感情和思考主题时所产生的想法给搅和在一起了。从我的作品中就可以感觉出这一点。我不知不觉，便把我当时的处境写进了作品。我在其中描绘了格里姆、埃皮奈夫人、乌德托夫人、圣朗拜尔，以及我自己。我在写这部作品时，洒下了多少甜美的泪水啊！唉！人们在其中会非常明显地感觉到爱情，我努力医治的那致命的爱情，尚未从我心中消失。在这一切当中，还夹杂着我对自身的悲叹，我感到行将就木，以为要向公众做最后的诀别了。我非但并不怕死，反而高兴地看着死之将至。可是要离开世人，我仍觉遗憾，因为他们还没了解我的全部价值，还不知道我本是多么值得他们爱戴的，如果他们更进一步了解我的话。这就是这部作品中笼罩着的那种特殊语调的不为人知的原因，与前一部作品<sup>②</sup>的笔调大相径庭。

---

① 卡蒂纳 (1637—1712)，路易十四治下的法国名将，后晋升为法国元帅。
② 据作者原注，系指《论人类不平等的起源和基础》。

我把此信润色并誊清之后，准备付梓，可突然间，在久无音信之后，乌德托夫人给我写来一封信，使我陷入了新的悲痛，陷入了我还从来未曾感受过的最大的悲痛。她在来信（见信函集 B，第三十四号）中告诉我，我对她的激情全巴黎都知道了。说是我告诉了一些人，给捅出去了，并且传到了她情人的耳朵里，几乎送了他的命；还说他总算还了她一个公道，两人重归于好了。但是，她说，考虑到他、她自己及其名声，她必须同我断绝一切来往。不过，她仍向我保证，他和她都仍将永远关心我，在公众中为我辩护，并将不时地派人来打听我的消息。

"你也算一个，狄德罗！"我嚷叫道，"你这个所谓的朋友！……"不过，我仍不能横下心来谴责他。其他一些人也知道我的这段恋情，可能是他们让他说出来的。我本想不信的……可很快我便不能不信了。不久之后，圣朗拜尔做出了一件与其慷慨大度相称的事。他比较了解我的心灵，知道我被我的一部分朋友背叛了，而且被其他的朋友抛弃了，便推测到我大概处于什么状况。他前来看我。第一次，他没有多少时间同我交谈。他又来了一次。可惜的是，我不知道他要来，没在家。泰蕾兹在家，她与他交谈了两个多钟头，彼此谈到了很多事实。他和我都知道这些事实对我来说是很重要的。我从他那里得知，社会上没人怀疑我跟埃皮奈夫人的关系像格里姆现在同她的关系那样，我当时的那种惊讶，不亚于他自己听说这个传言完全是无稽之谈时的那种惊诧。圣朗拜尔也曾令那位夫人极为不快，所以在这方面与我的境况完全一样。这次谈话之后，我心中因与她绝交而产生的遗憾一扫而光。关于乌德托夫人的事，他向泰蕾兹详细地讲述了几个情况，而这些情况是她和乌德托夫人都不知道的，只有我一个人知道，而我只告诉过狄德罗一个人，并让他以友谊做保证，绝不外传，他却偏偏选中圣朗拜尔，把情况透露给他了。这一下我便横下心了，决定同狄德罗老死不相往来，只是在考虑用什么方式表

465

示才好，因为我早就发现，私下里绝交总对我不利，反而把友谊的假面具给我最凶恶的敌人留下了。

关于绝交这件事，社会上所确定的那些礼仪准则似乎是由欺骗和背信精神强加的。已经不再是某人的朋友而又偏偏要装作是他的朋友，这样就为自己留下了余地，好迷惑正派的人，以便坑害他。我记得，当名声显赫的孟德斯鸠同图尔纳米奈神父绝交时，他逢人便公开声明："图尔纳米奈神父说我什么或我说他什么，你们都别相信，因为我们已不再是朋友了。"这个方法很受欢迎，大家都赞扬这种坦诚直率、光明磊落的行为。我决定同狄德罗绝交时也效仿此法。可是，怎么才能从我的退隐之所把与他绝交的事正式公开而又不引起流言蜚语呢？于是，我想到在我的这篇作品中，以注释的形式，加进《教士书》中的一段话，以此宣布我同他的决裂，而且连原因也说明了，这原因任何知情人一看便知，而局外人则不明其所以然。此外，我在这篇作品中，凡是提到我与之绝交的这位朋友时，我都仍旧怀着即使友情已荡然无存，人们也始终应该怀有的那种尊敬。大家可以在这篇作品中看到这一切。

在这个世界上，有人走运，有人倒霉，而人一倒霉，勇敢的行动似乎也会被看作一个罪状。孟德斯鸠这么做就受到称赞，可我这么做就遭到指斥和责难。我的这篇作品一刊印出来，刚刚收到几本样书，我便给圣朗拜尔寄去了一本。圣朗拜尔头一天还以乌德托夫人和他自己的名义给我写了一封最情深谊长的信（见信函集 B，第三十七号）。下面是他把我赠的样书退还给我时写的信（见信函集 B，第三十八号）：

一七五八年十月十日，于奥博纳

先生，说实在的，我不能接受您刚寄来的这个礼品。当我看到您在序言中针对狄德罗而引用的一段《传道书》（他弄错了，是《教士书》）时，书便从我手中

466

掉下去了。在今夏的几次交谈之后，我觉得您已经确信狄德罗是无辜的，您归罪于他的那些所谓的泄密之事与他无关。他可能有一些对不起您的地方，这一点我不清楚，但是我深知这并不能给您权利去公开地侮辱他。您不是不知道他所受到的种种迫害，可您作为一个老友还要同那帮忌妒者一起鼓噪。我无法向您掩饰，先生，这种残酷的行为多么令我反感。我同狄德罗关系平平，但我尊重他，并深切地感觉出您给他这样一个人所造成的痛苦。对于这个人，您起码在我面前只是说过他有点儿软弱而已。先生，咱俩准则相悖，永难相投。请忘掉我这个人吧，这大概是并不困难的。我对别人从未做过让人长久难忘的好事或坏事。我嘛，先生，我答应忘掉您这个人，而只记住您的才能。

读到此信，我的愤恨大于伤心。在我落难遭劫之际，我又恢复了自己的傲岸，回了他下面这封信：

一七五八年十月十一日，于蒙莫朗西

先生，在读您的来信时，我竟然很尊敬您，对它感到惊讶，还傻乎乎地为之激动，可我觉得此信不配让我回复。

我绝不想继续替乌德托夫人誊抄了。如果她觉得已誊抄的没必要保留的话，她可以退还给我，我将把钱还给她。如果她要留着的话，那她也必须派人来取回她剩下的纸和钱。我请她把她手中的那份提纲也同时归还给我。再见了，先生。

人在倒霉时所表现出来的勇气能激怒卑怯的心灵，却能使高尚的心感到欢悦。我这封回信似乎让圣朗拜尔反躬自省，对自己的所作所为感到后悔，但他也因过于自傲而无法公开表示回心转意，便抓住了——也许是制造了——一个缓和对我的打击的机会。半个月后，我接到了埃皮奈先生如下这封信（见信函集B，第十号）：

二十六日，星期四

先生，您惠赠之书我已收到。我饶有兴致地读完了它。凡是您笔下写出来的作品，我读起来总是那么愉快。请接受我最衷心的谢意。要不是事务缠身，无法在您附近多住一些时日的话，我本会亲自登门致谢的。可今年我在舍弗莱特住的时间不长。迪潘先生和夫人前来要我星期日请他们吃饭。我打算也请圣朗拜尔先生、弗朗格耶先生和乌德托夫人来。先生，如果您愿意光临，我将由衷地感到高兴。将前来寒舍的所有人都希望您能来，并将很高兴地与我分享同您一起度过一个下午的快乐。

顺致敬意。

这封信让我的心狂跳不已。一年以来，我已经成了巴黎的新闻人物，一想到要去跟乌德托夫人面对面地丢人现眼，我就发颤，我简直没有足够的勇气接受这一考虑。既然她和圣朗拜尔非要这样不可，既然埃皮奈代表众宾客这么说，既然他所说的那些客人没有一个不是我很想见到的，那么，不管怎么说，我认为接受我可以说是受到所有人的邀请的宴请，自己是不会有什么不便的。因此，我就答应了。星期天，天气很不好，埃皮奈先生派车来接我，我便去了。

我的到来引起了轰动。我从来没受到过比这更亲切的接待，就像宾主全都感到我是多么需要放宽心。只有法国人的心才有这种体贴入微的感情。然而，我看到的客人比我原先想象的要多，其中有我从未见过的乌德托伯爵，以及我很不想见到的他的妹妹伯兰维尔夫人。后者头年来过奥博纳好几次，她嫂嫂在我们俩单独散步的时候，常把她撇在一边。所以她对我早就憋着一肚子火，饭桌上可以痛痛快快地出出气了。可以想象，有乌德托伯爵和圣朗拜尔在场，嘲笑者是不会站在我这一边的，而且在最随便的场合都局促不安的人到了这种场合是不会谈笑风生的。我还从来没有那么受罪，那么手足无措，也从来没有受到过那么多突然的袭击。最后，吃罢了饭，我便离开了那个泼妇。我很高兴地看到圣朗拜尔和乌德托夫人向我走过来，我们下午的一部分时间便在一起聊天。虽说是东拉西扯，却是同我误入歧途之前一样无拘无束。这种态度使我深受感动，如果圣朗拜尔看出了我的心思的话，他肯定会很高兴的。我可以发誓，尽管刚到的时候，一见到乌德托夫人，我的心就跳得几乎使我虚脱，可回来的时候，我几乎就没再想她了，我只想着圣朗拜尔。

尽管有伯兰维尔夫人恶意挖苦，但这次宴请对我仍有很大的好处，我非常庆幸，没有予以拒绝。我从中不仅看到格里姆和霍尔巴赫那帮人的阴谋诡计根本没有把我同我的旧相识们离间开来，而且更使我欣喜的是，我还看出乌德托夫人和圣朗拜尔的感情并没有像我想象的那样有大的改变。我终于明白了，圣朗拜尔之所以让乌德托夫人离我远点儿，更多的是出于醋意，而非鄙夷。这使我感到安慰和宽心。我既深信自己不是我所景仰的人们的蔑视对象，我也就更有勇气、更加成功地尽力克制自己的内心情感。如果说我并未彻底地扑灭一种有罪的、不幸的痴情的话，那我至少很好地克制了我余下的情火，以至自那以后我再也没有犯过一次错误。乌德托夫人仍要我继续誊抄稿子，而且我的作品一出版，我便继续寄赠给她，这使我从她那儿不时地能收到一些口信和短笺，虽然无足轻重，却殷勤亲切。她甚至有进一步的表示，大家后面就会看到。而且，我们仁在断绝交往之后的相互间的行为举止，可以充当正直的人在不宜再见时如何分手的楷模。

这次宴请给我提供的另一个好处是，人们在巴黎都谈论它，这就使我的仇敌们到处散布的谣言不攻自破了，他们硬说我同参加宴会的那些人，特别是同埃皮奈先生，彻底地闹翻了。我离开退隐庐时，曾给埃皮奈先生写过一封十分诚挚的感谢信，他还回了我一封也很彬彬有礼的信。我同他以及他哥哥拉利夫彼此仍旧礼尚往来。拉利夫甚至来蒙莫朗西看过我，还把他的版画寄给我过。除了乌德托夫人的小姑子和嫂子外，我同这家人没有一个相处得不好。

我那封《致达朗贝尔的信》获得了很大的成功。我所有的作品都曾获得很大的成功，但这一次的成功对我更为有利。它告诉公众，别相信霍尔巴赫那帮人的流言蜚语。在我搬去退隐庐的时候，那帮人以其惯常的自以为是的态度预言，我在那儿待不了三个月。而当他们见我在那儿待了二十个月，而且在我不得不离开那儿的情况之下仍旧把居所定在乡间的时候，他们便硬说我纯粹是出于执拗，说我其实在乡下烦闷得要死，只是生性傲气，宁愿吃尽执拗之苦而死在乡下，也不愿意服软回到巴黎。《致达朗贝尔的信》中透着一种心灵的温馨，大家都觉得这根本就不是装出来的。要是我在乡下坐卧不安的话，我的笔调会流露出来的。我在巴黎时所写的所有作品中，都笼罩着一种愤懑不平的情绪，而在我于乡间写的第一篇作品中，这种情绪便不复存在了。对善于观察的人来说，这一点至关重要。大家都看见了，我在乡下真是如鱼得水。

然而，正是这篇作品，尽管满纸温馨，但由于我的愚笨和一向倒霉，竟为我在文人中间又添了一个新的敌人。我在波普利尼埃尔先生家就认识了马蒙泰尔。后来，在男爵家，我们俩的关系进一步加深。马蒙泰尔当时在主办《法兰西信使》杂志。由于我一向高傲，不愿把自己的作品寄给期刊撰稿人，而这一次我偏偏寄了，可又不愿让他认为我是把他视作期刊撰稿人才寄给他的，也不愿让他在《法兰西信使》上谈到这篇作品，所以我就在赠书上写明不是赠予《信使》主编，而是赠予马蒙泰尔先生本人的。我以为这是对他的极漂亮的恭维，他却认为这是对他的极大侮辱，因此，成了我不可调和的敌人。他写了一篇文章驳斥我的那篇作品，写得彬彬有礼，但怨恨溢于言表，所以从那时起，他便从不放过任何机会，在社会上贬损我，并在他的作品中间接地抨击我。可见，文人易动肝火的那种自尊心有多难伺候，在恭维他们的时候，千万小心，别夹杂着任何哪怕极小的模棱两可的意思。

我在各方面都平静下来之后，便利用闲暇和我所处的独立自由，更加有恒心地重新整理我的作品。这年冬天，我弄完了《朱莉》，把它寄给了雷伊，他于第二年将它印了出来。不过，这项工作仍旧被一件小小的却挺不愉快的分心事打断过。我听说有人正准备把《乡村占卜者》重新搬上歌剧院舞台。我看到那帮人竟肆无忌惮地支配我的东西，非常气愤，便重新拿起我曾寄给达让森先生而未见其答复的那份备忘录，修改一番之后，连同一封信，烦请日内瓦使节赛隆先生转交给接替达让森先生主管歌剧院的圣佛罗兰丹伯爵先生。圣佛罗兰丹先生答应给我回音的，却未见下文。我把我写信的事告诉杜克洛。他与"小小提琴手们"谈了，他们没有说把我的歌剧还给我，而是答应把长期入场券还给我，其实我已不再可能享用它了。我看到自己无论在什么方面都休想得到公平，便把这事给撇下了，可歌剧院的主管既未答复我的申诉，也不听我的理由，仍继续像是使用自己的东西似的占用《乡村占卜者》，以其牟利。

自从摆脱了那帮暴君的桎梏之后，我便开始平静而愉快地生活。我虽不再享有极其强烈的依恋情趣，但我也挣脱了这种枷锁的禁锢。我厌烦透了我的那些所谓的朋友，他们拼命地想支配我的命运，让我不由自主地承受他们所谓的恩惠的奴役。我决定今后保持纯朴和善的交往。这种交往既不妨碍自由，又可增添人生的乐趣，而且又是建立在平等的基础之上的。我有很多这样的交往，足以使我尝尽自由的甘美，而又不必听任别人支配，而且我一尝试这种生活，便感到这正是适合我这把年纪的人的生活，可以使我在平静之中安度晚年，远离我刚刚险遭没顶之灾的风暴、纷争和烦恼。在住在退隐庐以及后来迁至蒙莫朗西的时候，我结识了几个近邻，使我很开心，丝毫未感到受其束缚。其中，首推年轻的洛瓦索·德·莫勒翁，他当时初入律师界，尚不知将来能有何作为。我不像他似的对此抱有怀疑。我不久就向他指出他会事业有成的，结果被我言中了。我对他预言道，如果他在承办案子时严加选择，并且永远只做正义和道德的卫士，那么，他的天才将受到这种高尚情操的培育，将会与最伟大的雄辩家们的天才不相上下。他听从了我的忠告，而且感觉到颇为见效。他替波尔特先生所做的辩护堪与德摩西尼①媲美。他每年都到离退隐庐四法里的圣布莱斯度假。那是莫勒翁家的封地，属于他母亲。从前，伟大的波舒哀在此居住过。就是在这块封地上，类似的大师相继而出，使其高贵名声难以为继。

也是在圣布莱斯，我还认识了书商盖兰。他是个才华横溢的人，是个文人雅士，和蔼可亲，是他那一行中的佼佼者。他还介绍我认识了阿姆斯特丹的书商让·内奥姆，他们俩常有书信往来，相交甚厚，此人后来为我刊印了《爱弥儿》。

在离圣布莱斯更近些的地方，我还认识了格罗斯莱村的本堂神父马尔托尔先生。如果以才取人的话，他生就更适合做政治家和大臣，而非乡村神父，至少也可以给他一个教区管管。他曾是杜吕克伯爵的秘书，跟让－巴蒂斯特·卢梭私交甚笃。他既深怀敬意地缅怀那位大名鼎鼎的被放逐者，又对骗子索兰恨得咬牙切齿。他知道许多有关上述两人的鲜为人知的逸闻，全都是塞居

---

① 德摩西尼（前384—前322），又译德摩斯梯尼，雅典著名雄辩家。

伊未曾收进卢梭传记手稿中的事。他还常常肯定地对我说，杜吕克伯爵从未有任何的抱怨，一直到死都始终保持着对他最热烈的友情。在其主人死后，樊蒂米尔把这块风水宝地给了马尔托尔先生。后者从前曾被聘来处理过很多事情，虽然现在已年老垂暮，但对所处理之事仍记得一清二楚，而且评说得头头是道。他的谈话既不乏教益又生动有趣，根本不像是乡村神父所言。他把一个社交场上的人的口吻与神职人员的知识结合在一起了。在我所有的长期近邻中，他是我与之交往最感愉快的人，是我离开他之后最感遗憾的人。

我在蒙莫朗西认识一些奥拉托利会会士，其中有物理教授贝蒂埃神父。尽管他稍带点儿学究气，但我仍很喜欢他，因为我觉得他有点儿像好好先生。我虽喜欢他的朴素无华，却弄不懂他怎么会那么渴望而且还善于往大人物、女人、信徒、哲学家堆里钻。他善于左右逢源。我非常喜欢同他在一起。我对所有的人都这么说。显然，我的话传到他的耳朵里去了。有一天，他嘿嘿地笑着，感谢我夸他是个好好先生。我从他的笑里发觉一种莫名其妙的嘲讽，使他在我眼里的形象完全改变了，而且从此以后我常常回忆起他那嘲讽的神态。他那种笑简直就像巴努奇买了丹德诺的羊时的笑[①]。我们俩自我搬到退隐庐不久便认识了，他常常来看我。我在蒙莫朗西住下之后，他却离开那儿，回到巴黎了。他在巴黎常见到勒瓦瑟尔太太。有一天，我万万没有想到，他竟然代这个女人给我写了一封信，告诉我格里姆先生主动要求赡养她，并要求我允许她接受这份好心。我听说是给勒瓦瑟尔太太一笔三百里弗尔的年金，但她必须住到舍弗莱特和蒙莫朗西之间的德耶去。我不想说这个消息给我留下了什么印象。如果格里姆有

---

① 法国著名作家拉伯雷的《巨人传》中的一个故事。讲的是狡猾的巴努奇坐船渡海，与羊商丹德诺同船，后者得罪了他。于是，他心生一计，笑嘻嘻地买了后者的一只羊，然后将羊推到海里，其他羊也随之跳进海里。丹德诺急得拽羊，被羊拖到海里。

一万里弗尔的年金，或者同这个女人有什么让人易于理解的关系的话，如果我把她带到乡下时，他们没给我加上那么大的罪名，而现在他又把她弄到乡下来，仿佛她自那以后变得年轻了，这个消息本不会让我那么吃惊的。我明白，那个老太婆之所以想征得我的允许，无非是不想失去我给她的那一份。其实，即使我不同意，她也会不顾一切地接受的。尽管这份好心善意让我觉得非常意外，但它当时并没像后来那样让我震惊。可是，就算我能料到后来所洞察的一切，我也照样得像我所做的并且不得不做的那样表示同意的，否则就有与格里姆讨价还价之嫌。从此，贝蒂埃神父便改变了一点儿我对他是好好先生的看法。我的这一看法曾让他觉得好笑，并且说明我有多么愚蠢。

就是这位贝蒂埃神父，他有两个熟人，不知为什么也想认识我。我与他们在趣味方面肯定是毫不搭界的。他们是麦基洗德[①]的子孙，大家都不知其祖籍和家世，可能连其真名实姓也不得而知。他们是詹森教徒，被人以为是化装的教士，这也许是他们佩带长剑的那种可笑方式使然。他们的一举一动透着一种不可思议的神秘感，使他们貌似派系头领，而我则从不怀疑他们是办《教会报》的。他们俩一个高大，慈眉善目，巧言令色，他是费朗先生；另一个个儿矮，敦实，皮笑肉不笑的，爱争好吵，他是米纳尔先生。他们俩以老表相称。他们一直同达朗贝尔一起，住在巴黎，寄寓他的乳母卢梭太太家里。他们在蒙莫朗西曾租过一座小房子，在那儿度夏。他们自个儿做家务，既无仆人也没跑腿的。他们俩每人一个星期，轮流采购、做饭和打扫屋子。他们安排得挺不错，我们有时候你在我家吃，我到你家吃。我不知道他们为什么对我感兴趣。就我而言，我只是因为他们会下棋才对他们感兴趣。而且，为了能够玩上不大的一盘，得干等上四个钟头。由

---

① 《圣经》中的撒冷王，家世及生卒年代不详。其子孙即意指来历不明的人。

于他们到处乱钻，什么事都想插上一杠子，所以泰蕾兹管他们叫"长舌妇"，就这样，这个绰号在蒙莫朗西传开了。

这就是除了我的房东、老好人马达斯先生外，我在乡下的主要相识。我在巴黎也有不少熟人，只要我愿意，足以让我在那儿生活得很惬意，远离文人们的干扰。在文人堆里，我只有杜克洛一个朋友了，因为德莱尔还太年轻，尽管他看清那帮哲学家对我搞的阴谋诡计之后，已经完全摆脱了他们，但我对他轻易就充当那帮人的代言人来对付我一事仍耿耿于怀。

我的朋友中可敬的，首先数老友罗甘先生。他是我美好年代的一位朋友，我与他结交并非因我的作品出了名，而是因为我的为人，正因如此，我始终保持着与他的友情。还有我的同乡、善良的勒涅普以及他的女儿，当时尚健在的朗拜尔夫人。还有一个年轻的日内瓦人，名叫库安德，我当时一直觉得他是一个好小伙子，为人心细、和蔼、热情，却很无知，不知天高地厚，贪馋好吃，自命不凡。我一搬进退隐庐，他就跑来看我，而且，不久便毛遂自荐，不管我愿意不愿意，就住到了我的家里。他对绘画有点儿兴趣，并且认识艺术家们，在《朱莉》的版画插图上，他倒是帮了我的忙，他负责指导绘图和制版，而且任务完成得很好。

还有迪潘先生一家。尽管这户人家已不像迪潘夫人风光年代那么名声显赫了，但由于主人们德高望重以及对聚会宾客的严格挑选，仍旧不失为巴黎最好的门庭之一。由于我未曾抛开他们去另攀高枝，由于我离开他们只是为了去自由地生活，所以他们始终对我以朋友相待，而且我坚信任何时候去迪潘夫人家都会受到很好的接待。自从他们在克利希购置了一栋别墅，我甚至把迪潘夫人视作我的女乡邻中的一个了。我有时去克利希住上一两天，如果迪潘夫人和舍农索夫人关系融洽的话，我可能会跑得更勤快些。但是，在同一户人家，夹在两个不和睦的女人中间，让人左右为难，使我觉得在克利希太拘束。我同舍农索夫人的关系更加平等，更加亲切，所以我喜欢在德耶更自由地见到她，因为德耶几乎就在我家门口，她在那儿租赁了一间小屋；甚至也喜欢在我家里见到她：她常来我家看我。

还有克雷基夫人。她虔诚地尊奉宗教之后，便不再与达朗贝尔一伙、马蒙泰尔一伙以及大部分文人来往了。我想，她还见见特吕布莱神父，因为他那时是个半吊子信徒，不过她仍旧很讨厌他。而我是她先前一心想结识的人，所以没有失去她的好心关照，而且我们一直有通信往来。她曾送给我几只勒芒鸡过年，并且打算开春来看我，却与卢森堡夫人的一次旅行冲突了。我在此应对她特别地提上一笔：她在我的记忆之中将永远占有一个特殊地位。

还有一个人，除了罗甘之外，我本该把他放在第一位的：我的老同事和老朋友卡利约。他是西班牙驻威尼斯使馆的前秘书，后又受宫廷委派为驻瑞典代办，最后又被任命为驻巴黎使馆的秘书。在我万万没有想到的时候，他突然跑来蒙莫朗西看我。他佩戴着一枚我忘了叫什么名字的西班牙勋章，饰有一个美丽的宝石十字架。在提供证件时，他不得已在名字上加了一个字母，成了卡尔利约骑士。我觉得他还是老样子，心地仍旧那么善良，精神面貌一天比一天可爱。要不是库安德像他惯常那样在我们俩之间插一杠子，利用我住得远，慢慢地渗透，并利用我的名义获得他的信任，而且因过于热情地为我效劳竟取我而代之的话，我本会同他恢复以前那样亲密的友情的。

想起卡尔利约，我便联想起我的乡邻中的一个人来，我若是不谈到他，那就太不对了，因为我对他做了一件极不可饶恕的事，必须忏悔。那就是正直的勒布隆先生，他曾在威尼斯帮过我，在他带着全家来法国旅行时，在离蒙莫朗西不远的拉布利什租了一座乡间小屋。我一听说他成了我的近邻，心里高兴极了，就要去看他，不是出于礼貌，而是视之为快活的事。我第二天便去拜访了，但路上遇到了一些前来看我的人，我只好同他们一道折返回来。两天之后，我又去看他，可他同全家一起去巴黎了，午间也未归来。第三次去时，他正在家里，我听见有一些女子的声音，还看见门外有一辆豪华马车，令我望而生畏。我至少希望第一次见到他时能从从容容，叙叙旧情。总之，我一天一天地往后拖着，以至感到尽此义务已为时太晚，颇觉汗颜，最后竟没拜访他：在胆敢一拖再拖之后，竟没有胆量露面了。这种怠慢理所当然地让勒布隆先生大为恼火，让他觉得我不是疏懒，而是忘恩负义。可是，我的心真的是无罪的。如果做了点儿真的让勒布隆先生开心的事，即使他不知道，我也坚信他是不会认为我懒惰的。然而，懒散、疏忽以及在小事上的拖拖拉拉比大的邪恶对我更加有害。我最严重的错误就是疏忽：我很少做不该做的事情，但不幸的是，应该做的事情我做得更少。

既然我又谈起了我在威尼斯的旧相识，那就不该忘了与此相关的一位。他也同其他人一样，已经与我中断了联系，但时间要晚得多。那就是戎维尔先生。自从他从热那亚回来之后，仍一直对我很好。他很喜欢同我相见，同我聊聊意大利的事以及蒙泰居的蠢事。他在外交部里有很多熟人，是从那儿听到不少有关蒙泰居的笑话的。我也很高兴在他家又见到了我的老伙伴杜邦，他在他们省里买了一个官职，有时因公出差来巴黎。戎维尔先生渐渐地变得极为殷勤好客，甚至都令我感到很不自在。尽管我们俩住的街区离得很远，但是，如果我有一个星期不到他那儿去吃饭，我们俩便要发生龃龉。当他去戎维尔封地时，总想带着我一起去。可是，有一次，一去就待了一个星期，我觉得太长，所以就不再想去了。戎维尔先生无疑是个正直而好客的人，甚至在某些方面甚是可爱，却没有才气，人长得挺漂亮，有点儿顾影自怜，比较讨厌。他有一本特别的集子，也许是世界上独一无二的，他很欣赏，也拿出来让他的客人鉴赏，但客人们有时并不像他那么感兴趣。那是五十多年来宫廷和巴黎所有滑稽歌剧的很完整的剧集，从中可以看到许多别处无法找到的逸闻趣事。这是法国历史的实录，在其他国家，没有人会想出来这么搞的。

在我们相处得十分融洽的时候，有一天，他见到我时极为冷淡、生硬，与他平时的态度大相径庭，所以在让他解释甚至请求他说个明白之后，我便走出了他的家门，下定决心不再踏进他家门槛。我只要受过谁的冷遇，别人就决计不会再在那户人家见到我露面，而且这儿没有狄德罗站出来为戎维尔先生辩护。我拼命地想我有什么对不起他的地方，但仍百思不得其解。我深信在谈起他及他的家人时，我始终是光明磊落的，因为我是真心地喜欢他，而且除了他只有好没有坏让我说外，我还有最不容践踏的一条准则，即总是恭敬有加地谈论我所光顾的人家。

最后，经过思前想后，我总算悟出是怎么回事了。我们俩最后一次见面时，他请我去他相识的几个姑娘家吃晚饭，一同去的还有两三位外交部的职员，都是些很和蔼可亲的人，毫无放浪形骸的神态和腔调，而且我可以发誓，就我而言，整个晚上我都在挺悲伤地思考着那些可怜的人儿的不幸命运。我没有出我的那份聚餐费，因为是戎维尔先生请我们吃饭；我也没有给那几个姑娘钱，因为我并没有像跟帕多阿娜姑娘那样，让她们有机会赚我的钱。我们从那儿出来时，一个个都挺快活，感情非常相投。此后，我既没再去那些姑娘那里，也没再见到戎维尔先生。然后，过了三四天，午饭后我去戎维尔先生家时，他便如我上面所说的那样对待我了。我想不出有其他什么原因，除非是因为在那次晚餐上有什么误会。我见他不肯说个明白，便打定主意不再见他，但仍继续把自己的拙著寄赠予他，他也常让人向我表示恭维。有一天，在喜剧院休息室遇见他时，他还因我不再去看他而客气地责怪了我几句，但我并未因此再登他家的门。所以，这件事像是赌气，而不是绝交。不过，此后我就没再见过他，也没再听人谈起过他，隔了好多年之后再重登他家的门，未免失之过晚矣。这就是尽管我曾挺经常地去戎维尔先生家，却没把他列入我的友人名单的缘由。

我不再加上其他许多熟人，免得把这份名单拉得太长了。这些熟人或者是与我不太亲密，或者是因为我不在巴黎而与我生疏了。不过，我有时候仍旧在乡下看到他们，或者是在我家里，或者是在邻居家中。譬如孔狄亚克神父、马布利神父、梅朗先生、拉利夫先生、波瓦热鲁先生、瓦特莱先生、昂斯莱先生，以及其他一些人，全写出来就太长了。我要稍稍提一句与马尔让西先生的交往。他是国王的近侍。以前曾是霍尔巴赫一伙的，后来同我一样离开了他们，而且也曾是埃皮奈夫人的朋友，也同我一样与她分手了。还有他的朋友德马西。他同我认识，是一位作家，因喜剧《冒失鬼》曾名噪一时，但只是昙花一现。前者是我乡下的近邻，因为他的马尔让西地产就在蒙莫朗西附近。我们俩早就认识了，既是邻里又因阅历上的某些相似之处，我们便更加亲近了。德马西先生在不久之后便死了。他口碑不错，人也聪明，却有点儿像自己喜剧中的原型，在女人们面前有点儿自负，死后却并未得到女人们的过分怜惜。

这一时期，有一个通信关系我是不能忽略不计记的。他对我后来的生活影响非常大，所以我得把开始的情况补述一下。此人是拉穆瓦尼翁·德·马尔泽布尔先生，是间接税最高法院院长，当时负责出版发行，领导方法既开明又温和，文人对他都十分满意。我在巴黎一次也没拜访过他，然而，我总是感觉得出他对我的作品的审查是高抬贵手的。而且，我知道他曾不止一次地训斥写文章反对我的人。在刊印《朱莉》时，我又发现他对我十分关照。这样大部头的作品由阿姆斯特丹寄来，邮资是十分昂贵的，而他有免费邮递权，所以便让把清样寄给他，然后由他父亲掌玺大臣先生副署，免费转寄给我。当作品正式印行时，他自作主张地让另印了一版，版税归我，销完之后再让在法兰西王国发行。我已将自己的手稿卖给了雷伊，这样一来等于是在偷盗雷伊了，所以我不仅未见批文不愿接受归我的这笔钱财——后来他倒是爽快地做了批示——而且我想把这一版销售所得的一百皮斯托尔与他平分，但被他拒绝了。不过，为了这一百个皮斯托尔，我十分痛心，因为马尔泽布尔先生未经我同意，便把我的作品删节得一塌糊涂，以致这个坏版本没有销完之前，好版本的销售大受影响。

我一向把马尔泽布尔先生看作一个经得起任何考验的正直的人。我虽遭遇诸多不幸，但我一刻也没有怀疑过他的正直。但是，他既厚道又软弱，有时因极力地要顾全他所关心的人，反而会有损于他们。他不仅把我的巴黎版让人删去了一百多页，而且在他赠送给蓬巴杜夫人的那个好版本上也做了删节，让人看着有不实之感。在这部作品中的某一处，说到一个烧炭人的妻子比一位亲王的情妇更值得尊敬。这句话是我兴之所至信手拈来的，我发誓，绝没影射任何人。在润色这部作品时，我发现有人可能产生了某种联想。然而，我有一条很不谨慎的准则：凡是我的作品，在写的时候没有想影射别人的话，我就绝不让人因可能对号入座而有所删节，所以，我绝不愿意删去这句话，只是把我原先用的"国王"一词改为"亲王"而已。这么修改，马尔泽布尔先生觉得不够，他把整句话给删掉了，还特意让人重新印了一页，干净整齐地贴在给蓬巴杜夫人的那本书里。蓬巴杜夫人并非不知道这偷梁换柱的一手，因为总会有一些"好心人"把此事告诉她。而我则是在很久之后，当我感到此事所带来的后果时才知道的。

另一位贵妇人① 也是类似的情况，在我毫不知晓甚至在写那段话时我都不认识她的情况之下，她却暗地里对我恨得咬牙切齿。其最初的起因也正是如此。书出来之后，我也认识她了，心里非常忐忑。我把这事告诉了罗伦齐骑士，他不以为然，让我放

---

① 据作者原注，系指孔代亲王的情妇布弗莱伯爵夫人。

心好了，说那位贵妇人没有感到这是对她的冒犯，说她甚至都没有注意到这一点。我也许稍嫌轻率地信了他的话，就大模大样地放下心来。

入冬之际，我又得到马尔泽布尔先生的一个好心的表示，尽管我认为不宜接受他的盛情，但心里十分感动。当时，《学者报》有一个空位。马尔让西先生写信给我，仿佛是出自他的主意，建议我去应聘此职。但从他来信（见信函集C，第三十三号）的口气来看，他是经人授意和指派的，而且他自己在后来的信（见信函集C，第四十七号）中告诉我，他是受人委托向我提出这一建议的。这个职位的工作并不费事，只不过是每月写两篇摘要，有人会给我送原书来，用不着我亲自往巴黎跑，也无须拜谒主管官员表示谢意。借此，我便可以踏进梅朗先生、克莱罗先生、居伊涅先生和巴泰勒米神父等一流文人的圈中。前二人我早已认识，与后两者结识当然也很好。还有，这份工作不难，我轻而易举便可完成，竟能因此得到八百法郎的薪俸。我之所以在做出决定之前慎重考虑了几个小时，我可以发誓，唯一的原因就是担心惹恼马尔让西并使马尔泽布尔不快。但是，到后来，因不能按自己的时间工作，而且要受时间的约束，我觉得受到限制，难以忍受；更重要的是，我深信我不能很好地完成我必须承担的任务。因此，这后一点占了上风，促使我决心拒绝不适合我的职位。我知道，我的全部才气只源自对我所要处理的题材的某种内心激情，而且只有对伟大、对真实、对美好的热爱才能激发我的才情。而我要写摘要的大部分书籍的主题以及那些书籍本身与我又有何相干呢？我对要写的东西毫无兴趣，这可能会使我笔端生涩，思维迟钝。人们都以为我能像其他文人那样为谋生而写作，我却从来就只知道凭借激情而写。这肯定不是《学者报》所需要的。因此，我给马尔让西写了一封感谢信，措辞极尽委婉，把我的理由向他详加说明，使他和马尔泽布尔先生都不会以为我是因生气或傲慢而拒绝的。所以他们俩都同意了，并未因此给我脸色看，而且这件事保守得很严密，公众并未听到一丝风声。

这个建议来得也不是时候，所以我没有接受。因为一段时间以来，我一直在计划着彻底抛开文学，特别是要抛开作家这个行当。我刚刚遭受到的一切使我对文人深恶痛绝，我也早就感觉到，要想与他们操同一行当而又不与之有某些来往是不可能的。我对社交界也痛恨透顶，而且总的说来，我对自己最近的那种一半属于自我、一半属于我所不适应的社交圈的混合生活也痛恨不已。我根据一贯的经验，当时比任何时候都更深刻地感觉到，任何不平等的交往总是让弱者吃亏。和一些同我所选定的身份完全不同的阔人相处，尽管无须像他们那样大摆排场，却不得不在许多事情上效仿他们。种种小的花销，对他们来说只不过是区区小事，对我而言却是既不可避免，又不堪重负。别人到朋友的乡间别墅去住，无论是吃饭还是睡觉，都有自己的仆人伺候着，需要什么就派自己的仆人去拿，根本用不着同主人家发生直接关系，甚至都不用见到他们，何时和怎样给主人的仆人们赏钱，全凭他自己高兴。可我呢，形单影只，没有仆人，只有听由主人家的仆人们摆布，因此就必须讨他们的欢喜，免得大吃苦头。我因为被视为同他们的主人平起平坐的人，所以也就必须拿他们当仆人看待，在赏钱方面甚至要比别人多给些，因为我确确实实更需要他们。如果仆人不多，那倒还罢了。但是，在我所去的那些人家，仆役成群，全都非常傲慢、狡猾、警觉——我是指为他们的利益而警觉。那帮混蛋很有一套，让我老是离不开他们。巴黎的女人虽说聪明过人，但在这一点上不甚了了，所以尽管拼命地想让我节省点儿钱，却把我弄得倾家荡产。如果我在城里离我住处稍远点儿的地方吃饭，女主人总不肯让我派人去雇一辆车子，而是非要派自己的马车去接我回来。她很高兴为我省下了二十四个苏的车费，可我赏给仆人和车夫的那个埃居她就没有想到。一位夫人若是从巴黎往退隐庐和蒙莫朗西给我写信，为了不忍心让我花费四个苏的邮资 ①，便派她的一个仆人给我把信送来。这个仆人大汗淋漓地到了，我就得让他吃饭，还得赏他一个埃居，这是他理应得到的。要是她建议我去她的乡间别墅住上一两个星期，她心里就会想："对这个穷小子来说，这总能节省点儿的。在此期间，他的饭费就用不着花一个子儿了。"可她没有想到，在此期间，我什么活儿也干不成了；我的家用、房租、内衣、外衣，一个钱也少花不了；理发钱也得多付一倍。总之，在她家住花的钱要比在自己家花费的多。尽管我只给我惯常去住的人家的仆人赏钱，但这仍旧让我不堪重负。我可以肯定，我只在奥博纳乌德托夫人家住过四五次，却足足花了我二十五个埃居，而在埃皮奈和舍弗莱特我跑得最勤的那五六年里，我则花了一百多皮斯托尔。对于像我这种脾气的人，什么事都不会做，什么事又都不会要点儿花招儿，而且又看不得仆人嘟囔、不乐意服侍你，那这番花费是必不可少的。就算是在迪潘夫人家里，我都成了她家的人了，而且帮过仆人们不少忙，我让他们帮的忙却是花钱买来的。后来，我的经济条件不允许了，我也就完全不给赏钱了，这时候，他们便让我更加痛切地感觉到与跟自己身份地位不相同的人家来往是很不适宜的。

如果这种生活对我的口味，那么大把花钱买个痛快自可聊以自慰。可是，倾家荡产去寻求烦恼太让人无法忍受了。我深切地感受到了这种生活的重负，所以便趁我当时所处的自由间隙下定决心永远自由地生活，彻底弃绝上流社会，放弃写书作文，放弃一切文学交往，把自己的余生封闭于我自觉为之而生的狭小而平静的天地。

《致达朗贝尔的信》和《新爱洛伊丝》的收入，使我在退隐庐时已囊空如洗的经济状况稍有了起色。我看到我可以拿到将近一千埃居。我完成《新爱洛伊丝》之后立即着手写的《爱弥儿》

---

① 当时规定邮资由收件人支付。

已差不多要完工了，稿酬起码是上面钱数的一倍。我计划着把这笔钱存起来，给自己留一笔终身年金，连同我誊抄的收入，可以使我不用再写作也能活下去。我还有两部作品在进行之中。一部是《政治制度论》。我检查了这部书的情况，发现还得花上好几年。我没有勇气写下去，也没勇气等到它完成之后再执行自己的决定。因此，我放弃了这本书，决定把其中可以独立成篇的部分抽出来，然后把其余的付之一炬。我积极地推进这项工作，同时又不间断《爱弥儿》的写作，不到两年工夫，我便把《社会契约论》定稿了。

还有一部是《音乐辞典》。这是打零工，可以随时去做，目的只是为了挣几个钱。我对这份零工可以随意放弃或完成，就看其他收入加起来算一算有无必要再挣这份钱。至于《感性伦理学》，仍旧停留在提纲阶段，我干脆把它放弃了。

我还有一个最后的打算，如果我能完全放弃誊抄的活计，我就远离巴黎，因为不速之客络绎不绝，使我开支过大，而且剥夺了我挣钱贴补家用的时间。因此，为了防止在我退隐之时人们所说的作家一旦搁笔必然苦闷彷徨的那种苦恼，我为自己准备好了一项工作——写我的回忆录——这样可以填补我的孤寂与空虚，但我并不想在我生前将它付梓。我不知道雷伊怎么会心血来潮，早就逼着我写自己的回忆录。尽管到目前为止，我一生中没有什么有趣的事值得回忆，但是，我觉得，只要我写的时候坦率直白，这回忆录就能变得有趣了。所以，我决心以一种没有先例的真实性来使这本回忆录成为一部无出其右的作品，以便使人们起码有这么一次能够看到一个人的内心世界。我总是笑话蒙田[①]的假天真，他一面假惺惺地承认自己的缺点，一面又谨小慎微地把它们都描写成可爱的小瑕疵。而我曾一直认为，并且现在依然认

---

① 蒙田 (1533—1592)，法国文艺复兴时期的一位大师，为现代哲学、科学和文学的先驱。

为，我总的说来，可算是人尖子，但依我看，一个人的内心深处不管有多么纯洁，总不免窝藏着某些可憎的恶念。我知道，人们在社会上把我描绘得与我的原貌相去甚远，而且有时候把我歪曲得不成样子，尽管我丝毫也不想隐瞒自己的毛病，但我若是亮出本来面目，也还是只会有所得的。此外，写这本书就不得不把别人的真实面目也暴露出来。因此，该书也只能是在我以及其他许多人死后才能出版，这使我更加大胆地去进行忏悔，永远无须在任何人面前脸红了。于是，我决心把我的闲暇用来好好地完成这项工作，并开始搜集可以引导或唤起我回忆的那些信件和材料，非常惋惜此前被我撕毁、烧掉、丢失的那些东西。

这个绝对的隐遁计划是我平生所做的最入情入理的计划中的一个，它深深地印在了我的脑海之中，而且我已经付诸行动了。可是，上苍偏偏为我准备了另一种命运，把我投进了一种新的旋涡。

蒙莫朗西原是以此作为姓氏的名门望族的一片美丽的家产，后遭没收，就不再属于这户人家了，随后又被亨利公爵的胞妹带到孔代家族手中，名字"蒙莫朗西"便被改为"昂吉安"。现在这片公爵封地已没有别的城堡了，只剩下一座旧塔楼，做收藏档案和接受僚属拜谒之用。但是，在蒙莫朗西（或昂吉安），有一座私人宅第，是绰号"穷人"的克罗扎建造的，其富丽堂皇堪与最豪华的府第媲美。这座美丽的建筑物的巍峨外观、它建在其上的那片平台、它那也许是世上绝无仅有的景色、它那出自名家绘过的宽阔沙龙、它那经著名的勒诺特尔① 设计的花园，凡此种种，构成了一个巍峨之中透着淳朴之风的整体，令人拍案叫绝，叹为观止。卢森堡公爵元帅当时占着这座宅第，每年都要来这个他祖辈为其主人的地方两次，一共待上五六个星期。虽说是作为普通住户来的，但其排场绝不减当年家族的风光。在我搬到蒙莫

---

① 勒诺特尔 (1613—1700)，法国著名的园林设计家，凡尔赛等处的花园皆为他的大作。

朗西之后，元帅第一次来时，元帅及元帅夫人便派了他们的一个仆人前来代表他们向我问好，并请我有兴趣的话随时到他们那儿去吃晚饭。后来，他们每次来这里，都想着向我做出同样的问候和邀请。这使我回想起贝赞瓦尔夫人打发我去仆人房吃饭的事来。时代变了，但我依然故我。我绝不愿意让人给打发到仆人房去用餐，也不指望与大人物们同席共饮。我倒是宁愿他们让我保持本色，既别捧我，也别糟践我。我客客气气、彬彬有礼地答复了卢森堡先生和夫人的问候，但没有接受他们的邀请。我既身体不适，又生性胆怯、拙于言辞，一想到置身宫廷要人中间，便浑身发颤，所以都没敢进府拜谢，尽管我挺清楚他们是很希望我去的，但我也明白，他们之所以这样做，更多的是出于好奇，而非对我的青睐。

然而，友好的表示接踵而至，甚至愈演愈烈。布弗莱伯爵夫人与元帅夫人关系极其密切，她来到蒙莫朗西之后，便派人来打听我的消息，并说要来看看我。我有礼貌地回答了她，但并未松口。次年，一七五九年的复活节期间，既是孔代王府中人也是卢森堡夫人圈中人的罗伦齐骑士，前来看过我好几次，我们就认识了。于是，他敦促我到府第去，但我还是没有去。最后，一天下午，我根本就没有想到，只见卢森堡元帅来了，身后还跟着几名仆从。这么一来，我就无法推脱了，只好去拜访他，并向他曾代表向我恳切致意的元帅夫人表示敬意，否则将会被视作傲慢无礼和毫无教养的人。就这样，在凶多吉少的兆头之下，开始了我无法再一个劲儿地推托的交往，但我在此之前总有一种非常持之有据的预感，使我觉得避之唯恐不及。

我极其害怕卢森堡夫人。我知道她和蔼可亲。十多年前，当她还是布弗莱公爵夫人的时候，当她还年轻貌美、艳丽可人的时候，我在剧场和迪潘夫人家中就见过她好几次。但人家都说她很坏，而这么高贵的一位夫人有此恶名，当然让我害怕了。

但我一见到她，便为之倾倒了。我觉得她楚楚动人。她那风韵是经年不衰的，是最能引起我的心灵震颤的。我原以为她的谈话必然是咄咄逼人、满含讥讽的，但恰恰相反，非常有趣。卢森堡夫人说起话来并不妙趣横生，并不字字珠玑，而且严格来说，也不寓意深远，但甜美甘纯，虽语不惊人，却总让人听着愉快。她的恭维话尤因其质朴而更加醉人，就好像是脱口而出，未经琢磨，是她心声的自然流露，就因为她的心中洋溢着太多的感情。自第一次拜访时，我觉得就已经发现，尽管我神情木讷，笨口拙舌，但她并不讨厌我。所有的宫廷贵妇，只要她们愿意，不管真心还是假意，都能让您这么以为，但是，并非所有的宫廷贵妇都能像卢森堡夫人那样使您产生这种极其温馨的想法，以至您根本就不再会对此有所怀疑。要不是她儿媳妇蒙莫朗西公爵夫人，那个又精又刁，我觉得还有点儿好撩拨人的小疯婆子想着拉拢我，在她婆母对我倍加称赞之时，别有用心地说些虚情假意的话语，使我疑心她们在嘲弄我的话，我从第一天起就很快会对卢森堡夫人完全信任了。

要不是元帅先生那极度的善良向我证明他们俩的美意也是出自真心的话，我也许很难摆脱在这两位夫人面前的那种疑惧。以我那腼腆的性格，仅凭他的几句话就立即相信他是想平等待我的，这就够令人惊讶的了。而他也只是根据我的几句话，就立刻判定我是愿意淡泊功名的，这也许是更加叫人惊奇的了。他们夫妇俩都深信我有理由满足自己的现状，不愿有所改变，所以不管是他自己还是卢森堡夫人，都似乎一刻也不愿过问我的钱财和命运。尽管我对他们俩对我的亲切关怀没有任何怀疑，但他们从来都没有提议为我谋个一官半职，也没有说要尽力提拔我。只有一次，卢森堡夫人似乎想让我进法兰西科学院。我以宗教信仰为由推辞了。她说，这不是个障碍，即使是，她也负责排除掉。我回答说，不管成为这么著名的机构的成员于我有多么荣耀，我既然曾经回绝过特莱桑先生，也可以说是拒绝了波兰国王，不愿进南锡科学院，那么我再要进任何一个科学院，都是不光明磊落的。卢森堡夫人没有坚持，所以也就没有再谈此事。与这么显赫的大人物结交，于我在一切方面都是有利的，因为卢森堡先生毕竟是而且无愧是国王的知己，但我与他的交往是那么纯朴。这与我刚刚抛开的那些所谓保护者朋友的那种经常不断的、既假惺惺又令人讨厌不已的关怀真是相去甚远，他们总在想方设法地贬损我而不是帮助我。

当元帅先生前来路易山看我的时候，我在我那唯一的房间里接待了他及其随从，显得十分尴尬，并不是因为我不得不让他在我的脏碟子破碗中间就座，而是因为我的地板已经烂了，在往下塌陷，我害怕他的随从多，把它完全给踩塌下去。我对自己的危险倒并不太在意，而是担心这位忠厚的大人因其仁爱而遭到危险，所以便赶紧请他出屋，不顾天寒地冻，领他去了我那四面透风、没有壁炉的塔楼。他进了塔楼之后，我便告诉他为什么要把他领到这儿来。他把这事说给元帅夫人听了。因此，夫妇俩便敦促我在整修地板期间，同意在府里暂住，或者如果我愿意的话，住到花园中间人称"小城堡"的一座独立宅子里去。这座小宅子漂亮极了，值得谈上一谈。

蒙莫朗西的园子（或称花园）不像舍弗莱特园子那样修建在平地上。它地势起伏，高低不平，小丘洼地夹杂其间，能工巧匠便据此使树丛、饰物、溪流、景色变幻万千，可以说是匠心独运，把本身挺狭小的天地拓宽、扩大了。园子高处为平台和城堡；底部形成一个隘口，面向山谷拓展开来，拐角处是一片池塘。隘口开阔处是一片柑橘园，而大池塘周围则被树丛和大树装点得非常美丽。在柑橘园和大池塘中间就是我所说的那座"小城堡"。这座建筑物及其周围的土地早先是属于大名鼎鼎的勒布伦的，这位大画师以他那装饰与建筑的绝妙美感建造并装饰了它。这座城堡此后虽经重建，但始终依照其第一位主人的蓝图。它虽小而简单，却很雅致。由于它位于谷底，置于盆地的柑橘园和大池塘中间，容易受潮，所以便从当中上下两层圆柱之间辟出一个列柱廊，使空气在整个小城堡内得以流通，因此，尽管地势低洼，仍能保持干燥。当人们从充作此宅远景的对面高处望过来时，它便完全像是被水围住了似的，人们还以为看见的是一座迷人的小岛，或者以为看见了马约尔湖里的三座波罗美岛中人称 Isola bella 的最美丽的那座。

在这座幽静的宅子里，除了一层的一间舞厅、一间台球室和一间厨房外，一共有四套房间，他们便让我在这四套中随意挑选一套居住。我挑的是厨房上面最小、最简单的那一套，连同厨房也归我了。这套房间干净得很，家具是白的和蓝的。就是在这幽深恬静的悠然环境之中，我置身于林木池水之间，听着各种鸟的欢唱，闻着柑橘花香，乐此不疲地写出了《爱弥儿》的第五章，书中那清新的色彩大部分得益于我对写书时所处环境的强烈印象。

每天清晨，日出时分，我是多么急切地跑到列柱廊上去呼吸那清新空气啊！我在列柱廊上同我的泰蕾兹单独在一起喝的牛奶咖啡有多么香醇啊！我的母猫和狗陪伴着我们。有了它们俩做伴，此生足矣，永远也不会有片刻的烦恼。在那里，我恍如置身人间天堂，生活得犹如在天堂里一样无邪，品尝着天堂里同样的幸福。

七月里来这儿时，卢森堡先生和夫人对我关怀备至、体贴入微。因此，住在他们家里，又备受照应，我无以回报，只有经常去看望他们。我几乎时刻不离其左右：我每天早上去向元帅夫人问安，在那儿吃午饭，下午同元帅一起散步，但我不在他们那儿吃晚饭，因为宾客如云，而且对我来说，饭也太晚。直到这时为止，一切都顺顺当当的，如果我知道适可而止的话，也绝不会有什么害处。但是，我在友情上从来不知道保持中庸，不知道左右逢源即可。我总是要么实心实意，要么形同路人。不久，我便变得实心实意了。我看见自己被一些身高位显的人款待、宠爱，便忘乎所以，以为与他们结下了只有与之平起平坐的人才有的一种友谊，行为举止上与他们亲切随便至极，可他们对待我时始终未曾减少他们使我习惯了的那种礼貌。不过，我同元帅夫人在一起时总是不那么自在。尽管我心里对她的性格还不完全放心，但我更怕的倒是她的聪明才智。正是由于这一点，她让我肃然起敬。我知道她在交谈时很难伺候，也知道她有权这样。我知道女人们，特别是贵妇人们，喜欢绝对的开心畅怀，知道宁可冒犯她们，也别让她们觉得厌烦。因此，我根据她对刚刚离去的客人们说的话的反应，判断出她对我的笨口拙舌有什么想法。我想到了个权宜之计，以摆脱我在她面前说话时的那种尴尬：念书给她听。她曾听说过《朱莉》那本书，她知道那本书正在付印，她表示很想尽快看到那本书，我便主动提出念给她听，她同意了。我每天上午十点光景去她房间里，卢森堡先生也来，我们便把门关好。我就坐在她床边念，我把书稿掐算好了，即使他们此行没有提前结束①，也够他们在这期间读的。这个权宜之计大获成功，超出了我的预料。卢森堡夫人迷上了《朱莉》及其作者。她一开口总谈起我，关注的也只是我，整天都对我说一些中听的话，每天总要拥抱我十次。她总要我吃饭时坐在她身边，要是有几个大人物想占我的位子，她就对他们说那是我的座位，让他们坐到别的位子上去。可想而知，像我这样一个稍微有一点儿爱意便为之倾倒的人，她的这番美意会给我留下什么印象。我真的恋上她了，同她对我所表示的依恋不相上下。看见她这么入痴入迷，又感到自己缺少风趣，难以为继，所以我非常担心她的这种痴迷会变成厌恶。不幸得很，这种担心简直是太有根据了。

在她和我的气质中一定是有着一种天然的对立，因为除了我

---

① 据作者注释，一次大的败仗使国王十分苦恼，卢森堡先生因此被催逼着返回宫中。

在谈话中甚至在书信中随时冒出的蠢话外，就是当我同她在一起相处甚好之时，也会有些事情让她觉得不快，而我还没搞懂是什么原因。我将只举一个例子，其实，我可以举出好多的例子来的。她知道我在替乌德托夫人誊抄一份《新爱洛伊丝》，按页计酬。她也想弄一份，也按页付酬。我答应了她。因此，我便将她归入我的主顾之列，并就此给她写了一封信，表示感激和客气。至少我是这么想的。下面是她给我的回信（信函集 C，第四十三号），我看后简直像是从云端坠落下来。

星期二，于凡尔赛

我很欣然，我很高兴。您的来信让我感到无尽的欢快，因此我急急忙忙地写信告诉您，并向您表示谢意。

您在信中说："尽管您肯定是我的一位很好的主顾，但我觉得羞于要您的钱：按理说，应是我来支付我所得到的为您干活儿的乐趣的。"对此，我不必对您多说了。我很遗憾您从未谈起过您的身体状况。没有什么比您的身体更让我关心的了。我真心实意地喜欢您，而且，我可以实实在在地对您说，我把这一点写信告诉您，我觉得很伤心，因为我若是亲口对您说，我会很高兴的。卢森堡先生爱您，并衷心地问候您。

接到此信，我急着要回她一封，一面反复地琢磨我信上的话，以便悟出她在什么地方产生了误解。可是，我怀着可想而知的惴惴不安的心情，琢磨了好几天，始终也没弄明白。最后，我就此给她写了最后的一封信：

一七五九年十二月八日，于蒙莫朗西

上封信发出之后，我一遍又一遍地琢磨了我的那段话。我照它本来的自然的意思做了思考，又照别人可能对它做出的各种各样的理解思来想去。可是，元帅夫人，我坦白地对您说，我现在已不知道是我应该向您致歉呢，抑或您该向我致歉。

写这些信距今已十年了。从那时起，我便经常回想它们，可我至今仍在这一点上糊涂至极，始终弄不明白，她在那段话里发现了什么不对劲儿的，且莫说是冒犯她的，就说是使她不快的地方。

关于卢森堡夫人想要的那份《新爱洛伊丝》手抄本，我应该在此说一下我想了什么办法，以使它比其他手抄本有明显的长处。我还写过一部《爱德华爵士奇遇记》，并且犹豫了很久，无法决定是否将它全部或部分地插进我觉得缺少它似的这部作品中来。但最后我还是决定将它全部删掉了，因为它与全书格调不同，会损害全书那种动人的纯朴风格。认识卢森堡夫人之后，我又有了一个更强有力的理由：在这部奇遇记中，罗马有一位侯爵夫人，其性格十分可憎可鄙，有些地方虽说是不能往卢森堡夫人身上扯，但对那些知晓其名的人来说，就可能会说是在影射她了。因此，我非常庆幸自己所采取的删改决定，并且付诸实行了。但是，因为心血来潮，想要在给她的那份手抄本中加上一些别的抄本中所没有的东西，我竟然又想起了那篇不幸的奇遇记，计划着缩写一番加进去。真是鬼使神差，这只能说是那总在把我往绝路上拖拽的盲目宿命在作祟，否则无法解释我为何如此荒唐无稽！

Quos vult perdere Jupiter dementat. [①]

我傻乎乎地殚精竭虑、颇费工夫地写好了这篇缩写，把它像

---

① 拉丁文，意为"朱庇特决定毁灭谁，就先让他失去理智"。

稀世珍宝似的寄给了她，还像煞有介事地事先向她声明，我已烧毁原稿，这篇缩写是专给她一个人的，谁也看不到，除非她自己拿给别人看。这么做，非但未能像我所想象的那样向她表明我的谨慎小心、守口如瓶，反而等于是在告诉她我自己就觉得有影射之嫌，可能会冒犯她。我真是蠢到家了，竟然深信她会对我的做法颇为满意。她并没有像我企盼的那样，就此向我大加恭维。而且，令我极其惊讶的是，她竟从来也没跟我谈起过我给她寄去的那篇缩写。而我则一直为自己在这件事上的所作所为扬扬得意，只是在很久之后，我才根据其他一些迹象推断出它所产生的后果。

为了她的这份手抄本，我还有过一个比较合理的想法，其后果虽然长远之后才出现，但仍旧没少让我深受其害。命中注定让一个人遭殃，什么倒霉的事全都接踵而至！我想着要用《朱莉》上的版画图稿来装饰这份手抄本，因为原图稿正好与这份手抄本同样大小。于是，我向库安德索要原图稿，因为它无论以什么名义都该属于我，更何况我还把销量很大的版画收入让给了他。库安德不像我那么蠢笨，他狡猾透顶。他见我一个劲儿地追讨图稿，终于知道我意欲何为。于是，他借口要在原图稿上增加点儿装饰，扣住不放，最后自己亲自送去。

Ego versiculos feci, tulit alter honores.①

库安德因此得以堂而皇之地踏入卢森堡府第。自从我住到"小城堡"之后，他常来看我，而且总是一大早就来，特别是当卢森堡先生和夫人在蒙莫朗西的时候。这样一来，我白天就得陪着他，根本去不了主人的大城堡了。主人当然要责备我，因此我便说出了没去的原因。于是，他们催我把库安德先生带去，我照

① 拉丁文，意为"我作诗歌，让人出名"。

493

办了。这正是那个滑头所追求的目的。就这样，由于人家对我的一片好心，泰吕松先生的一个小职员——主人在没有别人同桌的情况之下，有时也赐他一座席——突然之间便被邀请去与一位法兰西元帅同席，与亲王、公爵夫人以及宫中所有显贵坐在一起。我永远也忘不了，有一天，元帅先生必须尽早回巴黎去，午饭后便对众宾客说："我们到圣德尼那条道上去散步，送送库安德先生。"可怜的小伙子受宠若惊，简直就不知如何是好了。我也激动不已，一句话也说不出来。我在后面跟随着，像个孩子似的眼泪直流，真想亲吻这位仁慈的元帅的足印。这份手抄本的故事让我把以后的许多事情提前在这儿说出来了。还是就我记忆所及，按部就班地继续往下写吧。

路易山的小屋一修葺完毕，我便让人收拾得干干净净，布置得简单朴素，然后便搬回来住下了，因为我不能放弃我离开退隐庐时所立下的规矩：始终要有一个属于我的居所。可我又舍不得离开"小城堡"的那套房间。因此，我留下了房间钥匙，并且，因为非常留恋在列柱廊上的美好的早餐，便常常去"小城堡"过夜。有时候，一住就是两三天，仿佛是去住乡间别墅。我当时也许是欧洲住得最好、最惬意的一个平民百姓。我的房东马达斯先生是世界上第一好人，让我全权处理路易山房屋的修葺，而且由我随意支配他的工匠，他自己根本就不掺和。因此，我便想法儿把二楼的唯一一个房间改成了一个小套间，辟成一间卧室、一间过厅和一间藏衣室。楼下是厨房和泰蕾兹的卧室。塔楼里装了一面很好的玻璃隔板和一个壁炉，充当我的书房。我在书房里时，以装饰平台当消遣。平台上已有两行菩提幼树遮阴，我又在那儿添了两行，做成一个绿荫书斋。我在平台上放了一张石桌和几张石凳，并在平台周边种了一些丁香、山梅、忍冬，还搞了一个漂亮的花坛，与两行树木平行。这个平台比大城堡中的平台要高，景色起码与之一样美丽。而且，我还在上面养了无数的鸟儿。它成了我的客厅，以接待卢森堡先生和夫人、维尔罗瓦公爵先生、坦格利亲王、阿尔芒蒂埃尔侯爵先生、蒙莫朗西公爵夫人、布弗莱公爵夫人、瓦兰蒂诺瓦伯爵夫人、布弗莱伯爵夫人，以及与他们地位相当的其他一些人物。他们不顾一段十分累人的坡道，从大城堡前来路易山拜访。他们之所以前来拜访，全仰仗的是卢森堡先生和夫人对我的厚爱。我深深感受到了这一点，心中对他们俩感激不尽。正是出于这种感激涕零，我有一次拥抱卢森堡先生时对他说："啊！元帅先生，我在认识您之前很恨大人物，而自从您让我深切地感觉到他们是那么容易受到人们的崇敬之后，我就更恨他们了。"

此外，我敢问所有在这一时期见过我的人，他们是否看到过这番荣耀有过一时一刻使我忘乎所以？这股香气是否冲昏了我的头脑？他们是否看到我在举止上前后不一了，在态度上不那么单纯了，同平民百姓不那么密切了，同左邻右舍不那么亲密无间了？在我能帮人时，是否有过讨厌人家给我增添的无数的、往往是不应有的麻烦而不那么痛痛快快地帮助别人了？诚然，我的心因对主人的真诚依恋而被吸引到蒙莫朗西府第去，但它依然把我领回到我的左邻右舍中间，前去尝尝对我而言除此以外无幸福可言的那种平等和纯朴的生活的甘美。泰蕾兹同名叫皮约的邻居——泥瓦匠的女儿交上了朋友，我也同她父亲成了好友。为了取悦元帅夫人，我上午前去府第，不无拘束地吃完午饭之后，便心急火燎地跑回来，跟老好人皮约及其家人一起吃晚饭，有时在他家，有时在我家。

除了这两个住处外，我不久又在巴黎卢森堡府中有了第三个居所。两位主人一再坚请我抽空去那儿看看他们，所以我也就答应了，尽管我对巴黎已深恶痛绝。自从我搬到退隐庐以后，我除了已经说过的那两次外，再没去过巴黎。不过，我也只是在约好的日子里去，纯粹是去吃晚饭，第二天一大早便回来。我进出巴黎走的都是面对大马路的那座花园，所以我可以绝对精确无误地说，我没把脚踏上巴黎的街道。

在这过眼云烟似的飞黄腾达之中，预示着其结束的一场灾祸早就在酝酿了。我回到路易山不久，同往常一样，便又不由自主地结识了一个人。此人在我的一生中仍具有划时代的意义。大家读到下面就可以判断出这是福还是祸。那就是我的芳邻韦德兰侯爵夫人，她丈夫刚在蒙莫朗西附近的苏瓦西买下了一栋别墅。她原是达尔斯小姐，是达尔斯伯爵的女儿。伯爵是个有地位的人，却一贫如洗，因此便把女儿嫁给了韦德兰先生。后者又老，又丑，又聋，而且脾气粗暴，凶狠，醋劲儿很大，面带刀疤，还是个独眼儿，但是如能顺着他的脾气，他还是个好人，而且，他有一万五到两万里弗尔的年金。她就是冲着这份年金被嫁给他的。这个宝货就知道咒骂，吼叫，训人，大发雷霆，弄得自己的妻子整天哭哭啼啼，最后他还是满足妻子的要求，但这样仍旧让妻子发火，因为她非要让他承认是他自个儿愿意满足她的要求的，而并非她逼迫他。我提到过的马尔让西先生是这位妻子的朋友，后来又成了她丈夫的朋友。几年前，他把靠近奥博纳和昂迪伊的马尔让西堡租给了他们，我同乌德托夫人卿卿我我的时候，他们正住在那儿。乌德托夫人和韦德兰夫人是通过她们俩共同的朋友奥伯台尔夫人结识的，由于马尔让西花园正好横在去乌德托夫人所喜爱散步的奥林匹斯山的路上，韦德兰夫人便给了她一把园门钥匙，好让她穿过去。有了这把钥匙，我也常同她一起穿过那座花园。但是，我不喜欢没约会就碰到人，所以，当韦德兰夫人偶然待在我们要去的路上时，我便让她们俩单独聊聊，不插一句话，只顾自个儿往前走。这种缺乏风度的表现大概不会让她对我产生好的印象。然而，当她在苏瓦西的时候，还是找上我的门来。她来路易山找过我好几次，但都没见到我，而且见我不去回访她，便想出逼我前去的法子，给我送了几盆花来装饰平台。这样我就不得不去登门致谢了。一来二往，我们便熟识了。

与她的结识，同我被迫结识其他人一样，一开始便风波四起，甚至可以说是从来就没有消停过。韦德兰夫人与我的气质过于格格不入。她的俏皮话和讽刺话语张口就来，必须时刻提防着，否则你都不知道什么时候就已经被人嘲弄了，我觉得这太累人了。我想起一件微不足道的事，足以说明这一点。她兄弟刚奉命指挥一艘三桅战舰去追打英国人。我便谈起如何装备这艘战舰而又不致影响它的轻快的方法。"是呀，"她以极其平淡的口气说，"只要装上够打仗用的大炮就行了。"我很少听见她在背后说她朋友的好话而不带点儿讥讽的。她即使不朝坏处想，也要往滑稽可笑处看，连她的朋友马尔让西也不能幸免。我觉得她还有一些让人受不了的地方，譬如，她老是给你捎个口信，送点儿小礼物，写个便笺什么的，我就得白费力气地去答复，总是弄得你左右为难，不知是收下为好，还是拒绝为好。可是，由于经常见到她，我终于对她产生了感情。她有她的苦恼，与我同病相怜。我们俩相互倾诉，使彼此间的单独相处变得有趣了。没有什么比一起伤心落泪的温馨更能让两情相依了。我们俩都在找机会互相安慰，而这种需求常常使我原谅了她做的许多事。我曾经在坦诚地待她时表现得极其粗暴，因此有时不太尊重她的性格，现在则必须真的对她大加重视，才能相信她会真心原谅我。下面是我有时给她写的信中的一个样品，必须指出，她对这种信所写的回信中，从未显出过一丝一毫的不快。

十一月十五日，于蒙莫朗西

您对我说，夫人，您没把话说清楚，您那是为了告诉我，我说的话词不达意。您跟我说起您所谓的愚蠢，无非是让我感觉出自己的愚蠢。您夸自己是个太实在的女人，仿佛您害怕别人抓住这话去这么认为您，而您之

497

所以向我表示歉意，为的是告诉我我应向您道歉。是呀，夫人，这一点我很清楚，是我愚蠢，我是太实在的人，而且，如果可能的话，比这还要糟糕。是我用词不当，不能让像您这样一位注意言辞又善于辞令的法国贵妇人满意。不过，请您注意，我是按照语言的通常意思来遣词造句的，根本就不懂也不想考虑巴黎道德高尚的社交场合所赋予语言的那种高雅含义。诚然，有时候我的用语模棱两可，但我总是尽力用我的行为举止来确定其含义……

此信的余下部分差不多也是这种口气。请参看她的回信(信函集D，第四十一号)，看一看一个女人的心有多么不可思议地委婉，竟至对这样的一封信，不仅在回信时，甚至在见到我时，也都没有流露出任何反感。库安德善于投机钻营，竟至肆无忌惮，厚颜无耻，我所有的朋友家他都往里面钻。不久，他便以我的名义挤进韦德兰夫人家中，而且背着我，很快便比我同她更加热络了。这个库安德简直是个怪人。他打着我的旗号钻到我所有的熟人家里，大模大样地待下，又吃又喝。他热情满怀地替我说话，谈起我来时总是眼泪汪汪的。可是，来看我的时候，他对他的这些交往以及他明知我会感兴趣的事总是讳莫如深。他非但不把他听到的、谈到的或者看到的有关我的事告诉我，反而听我说，还要刨问我。他对巴黎的事，除了我告诉他的，就一无所知。总之，尽管大家都跟我谈起他，他却从来不跟我谈起任何人。他只对我这个朋友守口如瓶，神秘莫测。不过，暂且按下不表库安德和韦德兰夫人。我们以后还要谈到他们的。

我回到路易山不久，画家拉图尔便来看我，把为我画的那幅色粉肖像画也带来了。几年前他曾把此画放在沙龙里展览过。他曾想把此画送我，我没有接受。但埃皮奈夫人曾把她的肖像画给过我，并想要我的那幅肖像画，便恳恳我再去向他讨来。拉图尔又花时间把此画润色了一番。在此期间，我同埃皮奈夫人绝交了，并把她的画还给了她。既然无须把我的画送她，我便把它挂在"小城堡"我的卧室里了。卢森堡先生来后看见了，觉得此画甚好。我提出送与他，他接受了，我便派人给他送了去。他和元帅夫人都清楚，如果能得到他们俩的肖像画，我会很开心的。于是，他们让高手绘制了两幅袖珍肖像，嵌于整块水晶石制作的一只镶金糖果盒上，郑重其事地把它当作礼物赠送给我，使我欣喜异常。卢森堡夫人从不愿意答应让自己的肖像嵌在盒子上面。她曾多次责怪我爱卢森堡先生胜过爱她，我也从未就此争辩过，因为这是事实。她用这种镶嵌她的肖像的方式，极其委婉地却明白无误地向我表明，她没有忘记我的这种偏爱。

差不多也就是在这一时期，我干了一件蠢事，无助于我保持她对我的恩宠。尽管我根本就不认识西鲁埃特先生①，也并不喜欢他，但我对他的行政措施很钦佩。当他开始对金融家下手的时候，我便看出他开始动作的时机不好，但并未因此不衷心祝愿他旗开得胜。当我听说他被调职的时候，我那股傻劲儿又上来了，给他写了下面的这封信，我可以肯定，我并不想为此信正名。

一七五九年十二月二日，于蒙莫朗西

先生，请接受一个离群索居者的敬意。此离群索居者您并不认识，但他因您的才能而对您深为敬重，因您的施政纲领而对您十分景仰，他因仰慕您而认为您在位不会长久。您因只能舍这误国的京都才能救国，而置唯利是图者的叫嚷于不顾。看见您狠狠惩治那帮混蛋，我曾一直羡慕您有职有权；看见您虽然离职，却矢志不

---

① 埃蒂安·德·西鲁埃特(1709—1767)，1759年3月至11月任财政总监，前后只有9个月，其名成为官场短命者的代名词。狄德罗在《拉摩的侄儿》一书中，对他大加嘲讽。

移，我深感钦佩。您应该对自己感到满意，先生，因为您的官职给您留下了美名，将没有人能与您相提并论。骗子们的诅咒正是正直之人的光荣。

卢森堡夫人知道我写过这封信，复活节期间，她来时跟我谈起了它。我把信给她看了，她说想要一份抄件，我便送了一份给她。但是，我在给她时，并不知道她也是那帮关心分包税并使西鲁埃特离职的唯利是图者中的一分子。从我所干的所有蠢事来看，就好像我是有意要激起一位可亲可爱又有权有势的女人的仇恨似的。其实，说实在的，我对这个女人日益依恋，远非想要失去她对我的恩宠，尽管我由于愚蠢透顶，净做些必倒霉的事情。我想，用不着多说，我在上卷中谈到的特隆桑先生的鸦片制剂的事与她有关；另一个女人则是米尔普瓦夫人。她们俩都没有对我再提起此事，也没有丝毫还记得此事的样子。但是，要说卢森堡夫人真的会忘掉这事，即使你不知道后来发生了什么，我觉得那也太难以相信了。而我则对自己干的蠢事的后果稀里糊涂，自以为没有故意做出任何冒犯她的事来，却不知女人是永远不会宽恕这等蠢事的，即使她心里非常明白你绝不是故意这么干的。

尽管她装作什么也没看出来，什么也没有感觉到，尽管我还没有发现她的热情有所减退，她的态度有所改变，但是，一种确有根据的预感在继续，在增强，使我每每感到不寒而栗，担心她的热情很快将变成对我的厌烦。我能指望这么高贵的一位夫人持之以恒地善待我这个不知好歹的人吗？我甚至都不知道掩饰闷在心里的那种令我惴惴不安、忧心忡忡的预感。下面的这封信包含着一个很特别的预言，大家从中将可看出我的忧愁来。这封信在草稿上没有注明日期，最迟是一七六〇年十月写的。

你们的善意是多么残忍啊！为什么要扰乱一个本已

弃绝生活乐趣、免得再生烦恼的离群索居者的平静呢？我一辈子都在寻求牢固的友情，但未免枉然。在我以前可以取得的地位中，我都没有结下这种友情，难道我还该在你们这些地位高贵的人中去寻求吗？权与利都打动不了我的心。我既不虚荣，也不胆怯。我能抵御一切，除了柔情。为什么你们俩都在向我必须克服的弱点进攻呢？我们地位悬殊，光凭柔情的表露就会将我的心贴近你们吗？对一颗一往情深、只能感受友情的心灵来说，单是感激就足够了吗？友情，元帅夫人！啊！这正是我的不幸！对于您，对于元帅先生，使用这个字眼只是觉得美而已，我却荒唐地当了真。你们是在玩耍，而我却执着情深，但玩耍完了，又给我带来了一些新的怅惘。我多么痛恨你们的那些头衔啊！我又多么为你们有那些头衔而惋惜啊！你们为什么不住在克拉朗①！那样我就可以去那儿寻觅我人生的幸福了。可蒙莫朗西城堡呀，卢森堡府第呀，难道人们应该在这些地方看到让－雅克吗？难道一个平等之友应该把一颗心的爱送到这些地方去吗？这颗温情的心，它以爱来报答人们对它的尊敬，以为完全地报答了它所感受到的爱了。您是善良而多情的，这一点我知道，也已看到。我很遗憾没能更早一点儿地相信这一点。但是，由于您所处的地位，由于您的生活方式，没有什么能给人以持久的印象，而且那么多的新事物在互相抵消，以致没有一个能留存下来。夫人，您在使我无法再效仿您之后，将会忘掉我的。我的不幸多数是您造成的，所以您是不能得到谅解的。

---

① 日内瓦湖畔一个风景优美的小村子。

我在信中把卢森堡先生也扯上了，免得她觉得我的这番恭维难以承受，因为，我对卢森堡先生毕竟深信不疑，对他的友谊的持久性未曾有过丝毫的担心。元帅夫人使我感到的害怕，从未有一时一刻使我连带着对他也担心害怕起来。我知道他生性软弱，但为人可靠，所以对他的品行从未有过丝毫的怀疑。我并不担心他会冷漠无情，诚如我并不指望他会有一种豪迈之情。我们俩相处时的朴实和热络表明我们彼此多么信赖对方。我们这样做是对的：只要我活着，我就将永远崇敬、爱戴这位高尚的大人物，而且无论别人如何想方设法地离间我们，我也始终坚信，他至死都将是我的朋友，仿佛我听见他的临终遗言一般。

一七六〇年，他们第二次来蒙莫朗西休憩时，《朱莉》已经读完，我便借助于朗读《爱弥儿》，好在卢森堡夫人身边待下去。但这一次未能奏效，或许是题材不合她的口味，或许是老这么读，终于使她觉得厌烦了。然而，因为她责怪我被书商们坑了，想叫我让她负责找人刊印此书，以便让我从中获取最好的效益。我同意了，但我特别提出，不得在法国付梓。正是在这一点上，我们争执了很久，因为我认为不可能得到默许，甚至去请求默许都是不谨慎的，而我又不愿未经默许便让它在法兰西王国刊印，她却硬说，即使在政府现已采取的制度之下，通过审查也是并不犯难的。她想出办法来，让马尔泽布尔先生也同意了她的意见。马尔泽布尔先生就此事亲笔给我写了一封长信，向我表明《萨瓦副本堂神父的信仰》正是一部到处都能受到人们赞赏的作品，而且就当时的情况而言，连宫廷也会赞许的。我看到这位一向胆小怕事的官员在这件事上竟如此随和通融，感到非常惊奇。由于一部书只需经他首肯，印制即为合法，所以我也就不再对印制此书表示异议了。然而，出于一种特别的考虑，我仍旧要求让该书在荷兰付印，并且交由书商内奥姆印制。我不光是指明了书商，还把印书的事预先通知了他。但我还是同意这一版由一位法国书商经销，书印好后，想在巴黎或别的什么地方发行都可以，因为这种销售与我无关。卢森堡夫人和我正是这么商定妥了的，而且，我随后便把我的手稿交给了她。

她这次前来还带上了她的孙女布弗莱小姐，即今日之洛赞公爵夫人。她的芳名叫阿梅莉，是个迷人的姑娘。她确实有着一个处女的容貌、温柔与娇羞。没有什么比她那面庞更加可爱、更加有趣的了；没有什么比她使人产生的印象更加温馨、更加纯洁的了。再说，她还是个孩子，还不足十一岁。元帅夫人觉得她太胆怯，便变着法子来激发她。元帅夫人曾多次允许我亲她，我便以惯常的那种郁郁寡欢的神情亲了她。换了别人，会说出种种甜言蜜语来，我却一言不发地待着，不知所措，不知道究竟是哪个可怜的姑娘还是我自己更害臊。有一天，我在"小城堡"的楼梯上碰见她，她刚去看过泰蕾兹，她的女管家还在同泰蕾兹说话。我不知道该跟她说些什么，便提出亲她一下。她心清无邪，没有拒绝，因为当天早上她还尊奉祖母之命，并当着祖母的面接受过我的一个吻。第二天，在元帅夫人床边读《爱弥儿》时，我正巧读到我不无道理地责备自己头一天所干的事情的类似的一段。她觉得我的想法很正确，还就此说了一些很合乎情理的话，羞得我满面通红。我真是百般诅咒我那不可思议的愚蠢，它使我往往表现出一副下流、罪孽的样子，其实我只不过是愚笨和窘迫而已！这种愚蠢表现在大家都知道的一个并非不聪明的人身上，人家甚至会以为是一种虚假的辩解。我可以发誓，在这个受人大加鞭笞的一吻以及其他的吻中，阿梅莉小姐的心灵和感官不会比我的更加纯洁。我甚至可以发誓，如果当时我能避免遇上她的话，我会避开她的，这倒并不是因为我很不乐意见到她，而是因为我不能临时想出好听的话语来对她说而颇觉尴尬。一个连国王们的权力都没有被吓倒的人，怎么可能让一个孩子吓住呢？究竟如何是好呢？没有一点儿随机应变的能力，怎么做才对呢？如果我不得不与所遇到的人说话，准保要说出蠢话来的；可如果我什么都不说，又准被认为是一个愤世嫉俗者、一头野性十足的猛兽、一只大熊。要是我真的是个十足的蠢蛋，可能于我更加有利一些。可是，我在社交场上缺乏的才能，反而成了毁掉我所具有的才能的工具。

就在此次休憩结束之时，卢森堡夫人做了一件好事，其中也有我的份儿。狄德罗因为很不谨慎，冒犯了卢森堡先生的女儿罗拜克亲王夫人。后者所保护的人帕利索便通过喜剧《哲学家们》来为她出气。在这部喜剧中，我被嘲讽，而狄德罗则被挖苦得极其厉害。作者在剧中对我稍许手下留情了，我想，不是因为他欠我的情，而是害怕得罪他的保护人的父亲，因为他知道她父亲喜欢我。我当时尚不认识的书商迪舍纳，在该剧本印成之后，给我寄了一本。我怀疑他是受帕利索的指使。帕利索也许以为我看到我已与之绝交的一个人被抨击得体无完肤一定会很开心。他大错特错了。我认为狄德罗是多嘴多舌而又软弱，而不是生性恶劣，所以我虽与他绝交，但仍旧在心中保存着对他的爱戴，甚至敬重，并且保持着对我们旧情的尊重，因为我知道无论是他还是我，长期以来对这段旧情一直是真心实意的。同格里姆则完全是另一码事了。格里姆生性虚假，从未爱过我，他甚至都谈不上爱别人。他没有任何事情可以抱怨的，只是为了满足他那阴暗的忌妒心，便满心欢喜地戴上假面具，变成我的一个最凶狠的诬蔑者。格里姆对我来说已不值一提了，但狄德罗将永远是我的旧友。看到这部可鄙的剧本，我心里很不是滋味，竟至无法卒读，所以没有读完，我便将它寄还迪舍纳，并附上如下的一封信：

一七六〇年五月二十一日，于蒙莫朗西

先生，我溜了一眼您给我寄来的剧本，看见自己在其中受到赞扬，不胜惶恐。我不接受您的这份可憎可鄙的礼物。我深信，您在给我寄它时，根本不想侮辱我，但

504

您不知道，或者是忘了，我曾有幸成为一个可敬之人的朋友，可此人竟在这部诽谤剧中被可耻地玷辱和诬蔑了。

迪舍纳把我的这封信拿出来让人看了。狄德罗知道后本该深为感动的，但他却十分恼火。他自尊心很强，不能原谅我这侠义之举，显得高他一筹。而且我知道，他妻子到处大放厥词辱骂我，我倒并不介意，因为我很清楚，人人都知道她是个泼妇。

狄德罗也没歇着，他找到了莫尔莱神父替他报仇。莫尔莱仿效《小先知》，写了一篇短文，题为《梦呓》，攻击帕利索。但他在文中失于检点，冒犯了罗拜克夫人，她的朋友们让人把他关进了巴士底狱，因为就她本人而言，她生性不爱记仇，而且当时已经奄奄一息了，我深信她没有参与此事。

达朗贝尔因跟莫尔莱神父过从甚密，给我写了一封信，要我请求卢森堡夫人出面搭救他。作为感谢，他答应在《百科全书》中对她写上溢美之词，下面是我的回信：

先生，我没有等您来信就向卢森堡元帅夫人表达了莫尔莱神父被捕使我感受到的痛苦。她知道我对此事的关切，她也将知晓您对此事的关注，只要她知道莫尔莱神父是个优秀的人，她自己就会对此事表示关心的。尽管我有幸受到她和元帅先生的青睐，使我平生感到安慰，尽管他们久闻您朋友的大名，会对莫尔莱神父予以帮助，但是我不知道他们在这件事上究竟会利用他们的地位以及他们人品的影响到什么程度。我甚至不相信那报复之事像您似乎认为的那样，与罗拜克亲王夫人有关。即使真的与她有关，您也不该指望复仇的快乐只属于哲学家们所有。哲学家们想当女人，女人们就会当哲学家。

我将把您的信呈送卢森堡夫人，她一有什么说法，我将立即告诉您。在此期间，以我对她的深切了解，我可以事先向您保证，即使她乐意出面搭救莫尔莱神父，她也根本不会接受您所说的那种在《百科全书》中表示的感谢的，尽管她会引以为荣。因为她行善并非为图赞美，而是为了让她的善良之心得到满足。

我竭尽全力地激发卢森堡夫人的热情和善心，以解救那个可怜的被囚者，结果成功了。她专门去了一趟凡尔赛，去看圣佛罗兰丹伯爵先生，因此缩短了她在蒙莫朗西小住的时日。与此同时，元帅先生也不得不离开蒙莫朗西去鲁昂，因为诺曼底议会有些不稳，国王派他去那儿当总督，以稳定局势。下面是卢森堡夫人走后第三天给我写来的信（信函集 D，第二十三号）：

星期三，于凡尔赛
　　卢森堡先生已于昨晨六时走了。我还不知道我是否去。我在等他的消息，因为他自己也不清楚要在那儿待多久。我见过圣佛罗兰丹先生了，他很愿意为莫尔莱神父出力，但他发现此案之中有一些障碍。不过，他希望下星期晋见国王时一下子就把它们给扫除掉。我也请求过，别把他流放了，因为正在议论此事，要把他发配到南锡去。先生，这些就是我已获得的结果，但我答应您，此案若不像您所希望的那样得到解决，我就绝不让圣佛罗兰丹先生安生。现在，请让我告诉您，这么早早地离开您，我有多么惆怅，不过，我很高兴您并未猜想到我的这种心情。我衷心地终生爱您。

几天之后，我接到了达朗贝尔如下的这封信（信函集 D，第二十六号），令我真的高兴不已：

八月一日

多亏了您的奔忙，我亲爱的哲学家，神父已经出了巴士底狱，他被捕一事也就不了了之了。他马上就要到乡下去，并同我一起向您表示无限的感激与敬意。Vale，et me ama。①

几天之后，莫尔莱神父也给我写了一封感谢信（信函集 D，第二十九号），可我觉得此信中并未流露出什么激动之情，而且似乎有点儿贬低我所给予他的帮助。而且，此后不久，我发觉达朗贝尔和他在卢森堡夫人面前可以说是——我不说取我而代之——继承了我的位置，夺去了我在她心目中的地位。然而，我根本没去猜想是莫尔莱神父促成了我的失宠，我太敬重他了，不会去这么猜疑他的。至于达朗贝尔先生，我在此先不说什么，我以后还要谈到他的。

在这一时期，我又遇上了另一件事，使我给伏尔泰写了最后一封信。他见信后大吵大嚷，仿佛受到了极大的侮辱，可他又从未将此信拿给任何人看。我将在此把他所不愿做的事给补上。

特吕布莱神父我有点儿认识，但很少与他谋面。他于一七六〇年六月十三日给我写了一封信（信函集 D，第十一号），告诉我他的朋友及信友福尔梅先生曾经在其报上登了我致伏尔泰先生论及里斯本灾难的信。特吕布莱神父想知道这封信是怎么印出来的，并以他那精明而狡猾的鬼把戏问我，若把此信重印的话，我意下如何，可他不愿将自己的意思告诉我。由于我打心眼儿里痛恨这种奸诈之人，我就应该的那样向他表示了谢意，但口气很严厉。他虽感觉到了，却并未妨碍他巧言令色地又给我写了

---

① 意大利文，意为"望多保重并爱我"。

507

两三封信，直到他知道了他早就想要知道的一切为止。

不管特吕布莱怎么说，反正我很明白，福尔梅根本就没找到那封印出来的信，而那封信第一次印出来正是出自他的手。我知道他是个无耻的剽窃者，毫不客气地拿别人的作品为自己牟利，尽管他还没无耻到极点，把一本已出版的书的作者之名抹掉，换上自己的名字，然后拿去出售赚钱。可那封信的原稿是怎么落到他手里的呢？问题就在这里。这问题并不难解决，可我头脑简单，竟为之犯难。尽管伏尔泰在这封信中被推崇备至，可是，如果我不得到他的认可便让人将信印了出来，不管他自己的做法有多不正派，他还是大有理由抱怨的。因此，我决定就此给他写一封信。下面就是那第二封信，他没有回我这封信，而且为了更加随意地大发脾气，他还假装被这封信气疯了。

一七六〇年六月十七日，于蒙莫朗西

先生，我一直以为绝不会再与您通信的。但是，得知我于一七五六年写给您的那封信在柏林印了出来之后，我对此的所作所为，我得告诉您，并将真诚朴实地完成这一义务。

这封信因为是确确实实写给您的，所以就绝不是旨在付印的。我以保密为条件，把它抄给三个人看了，出于友谊的缘故，我不得不这样做，而且他们三人也因同样的原因，更不能践踏自己的诺言，滥用手中的抄件。这三个人就是迪潘夫人的儿媳舍农索夫人、乌德托伯爵夫人以及一位名叫格里姆的德国人。舍农索夫人一直希望这封信能印出来，并因此征求过我的意见。我回答她说得看您的意思。她便征求您的意见，您拒绝了，因此此事就搁下不提了。

可是，我与之并无任何关系的特吕布莱神父先生刚刚写信给我满怀真诚的关怀对我说，他收到一份福尔梅先生的报纸，见到了这封信，还附有一编者按，日期是一七五九年十二月二十三日。说是他于几个星期之前在柏林的书商处发现的。还说，由于是印在一页活页纸上，一经散佚即难复得，所以他觉得应该登在他的报纸上。

先生，我对此事所知晓的就是这些。完全可以肯定的是，在此之前，在巴黎尚无人听说过这封信。还有一点也是肯定无疑的，那就是落入福尔梅先生手中的那一份，无论是手抄件还是印刷件，只能是从您那儿——这好像不大可能——或者是从我刚刚提到的那三个人中的一个手中漏出去的。最后，还有一点也是确定无误的，那就是两位夫人是干不出这种背信弃义之事的。我在退隐之中，无法知道得更多。您有一些通信关系，如果此事值得的话，您通过这些关系很容易就能查个水落石出，以正视听。

在同一封信中，特吕布莱神父先生还向我表示，他把那份报纸给保存下来了，未经我的同意，绝不借给别人。我当然不会同意的。不过，那份报纸可能在巴黎并非唯一的一份。先生，我希望那封信没在巴黎印行，而且我将尽最大努力阻止其印行。但是，如果我阻止不了的话，如果我及时得知我能有优先印行权的话，我将毫不犹豫地亲自让人去复印。我觉得这是顺理成章、自然而然的事。

至于您对那封信的复信，我没拿给任何人看，您尽管放心好了，未经您的同意，它是不会被刊印出来的。而我当然不会那么不知好歹去要求您予以同意的，因为我很清楚，一个人写给另一个人的信，并不是写来让众人看的。不过，如果您想写这么一封信让众人看，并且是写给我的话，我向您保证，我会把它原封不动地附于我的信后，而且不做一点儿回驳。

我一点儿都不喜欢您，先生。您对我这么个门生和您的热烈拥护者造成了种种使我最痛心扼腕的痛苦。您曾在日内瓦被收留，可您不思报答，却断送了日内瓦；我曾在我的同胞们面前竭力为您捧场，可您不思报答，反而离间我同我的同胞。是您让我在我的祖国待不下去；是您使我将客死他乡，既失去垂死者的一切慰藉，又获得被扔进垃圾堆里去的荣耀，而您将在我的祖国获取一个人所能期待的所有的荣光。总之，我恨您，因为您希望这样，但我是作为一个更配爱您的人在恨您，如果您愿意我爱您的话。在我的心中所充满的对您的所有情感之中，唯有对您那卓异的才气无法拒绝的赞美以及对您的著作的爱还残存着。如果我尊崇的只是您的才气的话，那么错并不在我。我将永远不会丢掉对您的才气所应有的尊敬以及此这种尊敬所要求的礼貌。

在所有这些使我的决心日益坚定的文学上的小烦恼中，我得到了文学给我带来的最大的荣耀，我对此最为感动：孔代亲王竟然两次大驾光临寒舍，一次是去"小城堡"，另一次是去路易山。他甚至两次都选在卢森堡夫人不在蒙莫朗西的时候，以便明显表示他是专程来看我的。我从未怀疑过，这位亲王最初对我的仁爱是多亏卢森堡夫人和布弗莱夫人的玉成，但我也并不怀疑，他自此之后不断地令我蓬荜生辉是出于他自己的情感，也是由于我自己的努力。

由于路易山的房间很小，而塔楼的景色甚佳，我便把亲王领到塔楼里去。亲王恩宠有加，竟让我荣幸地陪他下棋。我知道他总赢罗伦齐骑士，而后者的棋艺比我高超。然而，不管罗伦齐骑士及观战者们如何对我又递眼色又做鬼脸，我只当没有看见，我们下的两盘棋全是我赢了。下完时，我以恭敬而庄重的口吻对他说："大人，我太崇敬尊贵的殿下了，以至想着下棋时非要赢您不可。"这位伟大的亲王才华横溢、出类拔萃，不喜欢受人阿谀奉承，至少我认为，他确确实实地感觉到，只有我才在下棋时把他视作常人，而且我完全有理由相信，他对我这一点真的感到欣然。

即使他因此对我不悦，我也不会责怪自己没有想法儿欺骗他，而且我可以肯定地说，对他给予我的仁爱，我心中是充满感激之情的，但若说是需要自责的话，那就是有时候我在报答他时举止欠佳，而他对我施恩添宠时是风雅有致的。不几日后，他派人给我送来一篮子野味，我竟大模大样地收下了。又过了几天，他又让人给我送了一篮，他的一位随猎武将尊奉其命给我写了一封信，告诉我那是殿下狩猎的成果，是他亲手射杀的。我照样收下了，不过，我给布弗莱夫人写信说，再送我就不收了。这封信受到了异口同声的责骂，而且也确实该骂。拒绝一位亲王亲手猎获的猎物，而且又是那么客气相赠的，这并不表明一个高傲之人想保持自己的独立人格时的细心，而是说明了一个不识好歹、没有教养的人的粗鄙。我在信函集中重读这封信时，每每感到汗颜，深悔不该写这封信。不过，我之所以写我的忏悔录，是因为并不是要把自己的蠢事隐瞒下来，而这件事让我太恨我自己了，所以更不能掩饰过去。

我差一点儿又干了一件蠢事，几乎成了他的情敌。当时，布弗莱夫人是他的情妇，可我一无所知。她常同罗伦齐骑士一起来看我。她很美丽，人也还年轻。她爱装出一副古罗马人的架势，而我则总是思想浪漫。因此，我们俩便比较相投。我几乎迷上她了，我想她看出来了。罗伦齐骑士也看出来了，至少他跟我谈起过这事，而且并没有表现出让我泄气的样子。可是，这一回，我变乖了，而且是五十岁的人了，也该学乖了。我在《致达朗贝尔的信》中，刚刚把那帮人老心不老的人教训了一通，自己却不思汲取教训，岂不脸红？再说，得知我原先并不知晓的情况，要再与这么一位大人物相争，那简直是不知天高地厚，昏了头了。最后一点就是，我也许还没完全摆脱对乌德托夫人的爱，觉得再没有什么能在我心中代替她的位置了，我这后半生已向爱情诀别了。就在我这么写的时候，我刚刚被一位年轻女子看中，受到她极危险的挑逗，一双美目令人乱了方寸。但是，如果说她假装忘了我是个年届花甲的老人的话，我自己可记得很清楚。我这次一步都没陷进去，也就不再害怕失足，对自己的余生也可以放心了。

布弗莱夫人既然发现她使我动了心，也就能看出我战胜了自己。我既不那么傻，也不那么狂，以为自己这么一大把年纪还能使她产生兴趣。但是，从她同泰蕾兹说的一些话来看，我认为我曾引起了她的好奇。如果确实如此，她又因这种好奇心没有得到满足而不原谅我的话，那就必须承认，我确实生来就是自己弱点的受害者，因为那征服我的爱情对我来说不啻颗灾星，而被我战胜的爱情则使我更加悲惨。

在这两章中充作我的指南的信函集，到这里就结束了。以后，我将只是根据自己记忆的踪迹往下写了。在这个残酷的时期，我的记忆是如此清晰，所留下的印象又是那么强烈，所以尽管我被抛在自己种种灾难的汪洋之中，但我无法忘记我第一次惨遭不幸的详细情节，虽然其后果我已记忆模糊了。因此，在下面的一章中，我仍能挺自信地往下进行。如果走得再远一些，那就只好摸索着前行了。

# 第十一章


尽管久已付梓的《朱莉》到一七六〇年年底尚未问世，但已哄传开来。卢森堡夫人在宫廷里谈过它，乌德托夫人在巴黎谈起它。乌德托夫人甚至得到我的允许，让圣朗拜尔把该书手抄本读给波兰国王听，国王圣颜大悦。我也让杜克洛读过，他后来在法兰西科学院谈起了它。整个巴黎都在焦急地等着见到这部小说。圣雅克街的各家书店以及王宫街书店被前来打探此书消息的人挤破了门。它终于出版了，而且一反常态，非常成功，没有辜负翘首以待的人们。太子妃是最先读到它的人中的一个，在对卢森堡先生谈起时，说这是一部绝妙佳作。文学圈中人的情感则各不相同。但在社会上，则只有一个看法，特别是女人们，对该书及其作者都如醉如痴，以至我敢说，如果我下手的话，即使在上层的女人中，也很少有不被我俘虏的。在这方面，我是有证据的，但我不想写出来，而且这些证据无须验证，便可证实我的论断。奇怪的是，这本书在法国比在欧洲其他各地更加成功，尽管法国人，不论男女，在书中都没得到很好的对待。与我的期待完全相反，它在瑞士反倒不怎么样，在巴黎则大获成功。难道说友谊、爱情、道德在巴黎比在别处更占上风？当然不是。但是，在巴黎有一种美妙的感觉在占着统治地位，它激发着人们的心灵向往友谊、爱情、道德，它使我们珍惜我们身上已不再具有而别人身上还具有的那种纯洁、多情、正直的感情。今后，腐化堕落到处皆是，风尚、道德在欧洲已不复存在。但是，如果说对风尚、道德还有点儿依恋的话，那就只有在巴黎能够找到。

透过这么多的偏见及虚假激情，想在人心中分辨出真正的自然情感，就必须善于分析人心。必须具有只能是从高级社会的教养中获取的一种精细的分寸感，恕我斗胆，才能体会得出这部作品中所充满的种种细致入微的情感。我可以毫无惧色地将该书的第四章与《克莱芙王妃》①媲美，而且，我可以说，如果这两篇东西只是在外省被人读到的话，是绝不会有人能体会出它们的全部价值的。因此，如果说这本书在宫廷中大获成功的话，那也不必大惊小怪。该书充满了生动而含蓄的妙笔，宫廷中人应该对此颇为欣赏，因为他们训练有素，善于悟出这些生花妙笔。不过，在此还得区别一下。这本书是不适合一种人读的，那种人有的只是奸诈，他们的精明只表现在探究恶事上，看不到好处，只往坏处瞧。譬如，假使《朱莉》在我所想的某个国家出版的话，我肯定没人能将它读完，而且它必被制于机先，灭于无形。

关于这本书人们给我写的信，大部分都被我收集成一个集子，现存于纳达亚克夫人手中。如果这个信函集子出版了，人们将会看到其中有一些非常离奇的事，还会看到看法上有多大的对立，说明与公众打交道到底是怎么回事。人们在该集子中最少注意到的而且也是使它始终成为一部无出其右的作品的，是其题材的单纯和趣味的连贯。书中的趣味集中在三个人身上，在整整六卷中，贯彻始终，没有插叙，没有浪漫奇遇，无论在人物或情节方面，都没有任何邪恶之处。狄德罗对理查逊②大加恭维，说他的场景变幻莫测，人物风貌各异。理查逊把其人物特点和场景变幻描绘得淋漓尽致，确实应该受到称赞。但是，在场景及人物的数量方面，他落入了最

① 法国 17 世纪著名女作家拉法耶特夫人的言情小说，以细腻的心理描写为人称道。
② 理查逊 (1689—1761)，英国作家，其作品在欧洲大获成功。

乏味的小说家们的窠臼，以大量的人物及其奇遇来填补人物思想的贫乏。通过不断地推出耸人听闻的奇遇和走马灯似的新面孔以吸引读者的注意是容易办到的事，但要是想始终让读者的注意力集中在同一些对象上而又不依赖奇闻逸事，那肯定是要难得多了。如果在其他方面都条件相等，而题材的单纯又能增加作品之美的话，那么理查逊的小说虽说是在其他方面都高人一筹，但在这一方面无法与我的这部作品相提并论。然而，我知道我的这部小说了无声息了，而且我也知道个中原委，但它会复活的。

我的全部担心就是由于追求单纯，致使情节发展变得枯燥乏味，不能让作品的趣味贯彻始终。但我因一个事实而心里踏实了。光是这一事实就比这部作品所能给我带来的所有赞许都更加使我满心欢喜。

该书是在狂欢节开始时面世的。有一天，歌剧院正要举办舞会，书贩把它带给了塔尔蒙王妃。晚饭后，王妃让人给她穿衣服，准备去跳舞，然后便一面等着，一面开始读这本新小说。午夜时分，她命人给她套车，一面仍在继续阅读。有人前来禀报，车已套好，但她没有搭理。仆人们见她读得忘了时间，便来告诉她已经凌晨两点了。"还不着急。"她一面说，一面仍在读着。过了一会儿，她的表停了，便按铃问仆人几点钟了。仆人回答说四点了。"这么说，"她说，"去参加舞会已经太迟了。让人把马卸了吧。"于是，她让人给她脱去礼服，一直读到天亮。

自从有人跟我讲了这段花絮，我就一直盼着能见一见塔尔蒙夫人，不仅是想从她本人口中知道此事是否确实，还因为我素来认为，如果没有那第六感官的话，一个人是不会对《新爱洛伊丝》产生这么强烈的兴趣的，而这第六感官就是道德感，具有这种道德感的心灵真是凤毛麟角，但无此则谁也甭想明白我的心。

使得女人们对我产生如此好感的是，她们深信我在书中写的是自己的亲身经历，认为我自己就是这部小说的主人公。这种想

515

法如此坚定，以至波利尼亚克夫人竟然写信托韦德兰夫人让我给她看看朱莉的肖像。大家都坚信，一个人如果根本就没有体验过，是无法将那些感情写得那么生动的，只有根据自己的心灵才能如此这般地描绘出爱的狂热来。在这一点上，人们想的是对的，而且可以肯定，我写这部小说时心中充满甜蜜的激情。但是，以为必须有真实的对象才能产生这种激情，那就错了。人们远远没有想到我对想象中的对象爱到了何等意乱情迷的程度。若是没有对青年时代的一些怀旧之感，如果没有乌德托夫人，那么我所感受到的和描写的爱就只能是以神话女妖为对象了。我既不想证实也不想批驳一个于我有利的错误想法。大家可以在我另外让人印的对话体序言里看到我是如何让广大读者在这一点上充满悬念的。过于严格的人说我本该干脆地把真相挑明。而我看不出为什么非这样做不可，而且我认为，若是真的做了这个没有必要的声明，那就愚蠢多于坦诚了。

几乎就在这一时期，《永久的和平》问世了。头一年，我就把此书的手稿让给了一份名为《世界报》的报纸主笔，一个名叫巴斯蒂德的先生，他不容分说，硬要将我的全部手稿全都发到那份报纸上去。他是杜克洛先生的熟人，以后者的名义前来催逼我帮他充实《世界报》。他听说了《朱莉》，想让我把它放在他的报上连载。他还想让我把《爱弥儿》也刊登在他的报上。如果他听说有《社会契约论》一书的话，也会要求把它登在他的报上的。最后，我实在是被他的搅扰弄烦了，便决定以十二个金路易为代价，把我那份《永久的和平》的摘要让给他。我们商定，该摘要将刊印在他的报上。可是，他一拿到那份手稿，便认为最好是印成单行本，还按审查要求的那样进行了若干删节。我若是把我对该书的评论也附在其中，那会是什么结果呢？非常走运，我根本没有对巴斯蒂德谈到我的这篇评论，它也根本不在我们俩协议的范围之内。这篇评论仍然是一份手稿，与我的文稿放在了一起。如果它能重见天日，大家将会从中看到伏尔泰关于这一问题所开的玩笑和他那嘲讽的口吻让我觉得多么好笑。对这个可怜人在他硬要掺和谈论的政治问题上的见解，我是看得一清二楚的。

当我在社会上声名鹊起，并且深受贵妇们青睐的时候，我感到自己在卢森堡府中地位每况愈下，并不是在元帅先生面前，因为他对我的厚爱及友情似乎在与日俱增，但在元帅夫人面前则不然。自从我再没什么好读给她听的之后，她的房间就不太为我敞开了，而且在她来蒙莫朗西休憩时，尽管我仍较勤快地去问安，但我只是在饭桌上才能见到她。甚至我的座位已不再指明是在她的身旁了。由于她不再主动让我坐在她的身边，由于她很少搭理我，而且我也不再有什么大事要说给她听了，所以我索性坐在别处，觉得这样更加自在一些，特别是晚上。这样，我便本能地渐渐习惯于坐得离元帅先生更加靠近一些。

提到晚上，我记得曾说过我不在大城堡中用餐，这在一开始认识的时候的确如此。但是，由于卢森堡先生根本不吃午饭，甚至都不在饭桌上坐一坐，结果都已经好几个月，我在他家都混熟了，却还从未与他在一起吃过饭。他好意地指出了这一点。因此，客人不多时，我有时便决定留下来吃晚饭，而且感觉非常好，因为午饭几乎是在露天里吃的，而且正如俗话所说，屁股都不沾板凳，而晚餐则不然，吃饭时间很长，因为大家散步很长时间回来，很希望边吃晚饭边休息。晚餐很丰盛，因为卢森堡先生挺讲究吃，也很惬意，因为卢森堡夫人在尽女主人的职责招待大家。若不做这个解释，大家就很难理解卢森堡先生的一封信的结尾几句话(信函集C，第三十六号)。他在信尾说，他对我们的散步总是回味无穷，他还补充说，"特别是"，我们晚上回到大院里，根本看不到马车的辙印。这是因为每天清晨有人用耙子把院子里的沙子耙平，除去车辙，我可以根据下午来的客人的印迹判断客人的多寡。

自从我有幸结识这位善良的大人物以来，他家就丧事不断。一七六一年，他家的灾难达到了顶点，仿佛我命中注定的灾祸要传给我最为依恋也最值得我依恋的人。第一年，他失去了他的妹妹维尔罗瓦公爵夫人；第二年，他失去了他的女儿罗拜克亲王夫人；第三年，他失去了他的独生子蒙莫朗西公爵和他的孙子卢森堡伯爵，失去了他这支血脉和姓氏中唯一的和最后的两个支柱。他表面上显得勇敢地承受着这种种打击，但内心深处在流血，至死未停，而且身体也每况愈下。他的儿子突然悲惨地死去，这对他的打击尤其明显，因为国王正好刚刚诏示，让他的儿子并答应他的孙子世袭近卫队队长之职。他痛苦不堪地眼睁睁看着他那前途无量的孙子渐渐地咽气，而这全怪做母亲的盲目信任医生，把药当饭吃，让这个可怜的孩子被活活地饿死。唉！要是大家肯听我的话，祖孙二人至今都会健在的。我对元帅先生什么话没有当面说、没有写信说呀，我对蒙莫朗西夫人什么意见没有提过呀，可做母亲的迷信医生，让她儿子谨遵医嘱，忌食过度。卢森堡夫人同我的想法一样，却不愿僭越孩子母亲的权利。卢森堡先生是个温和而心软之人，根本就不喜欢拂逆他人。蒙莫朗西夫人把博尔德奉若神明，终于使自己的儿子因此成了牺牲品。当这个可怜的孩子获准同布弗莱夫人一道前来路易山，向泰蕾兹要点心吃，往他那辘辘饥肠中塞进点儿食物时，他是多么开心啊！当我看到家财万贯、名声显赫、官高位尊的一户人家的唯一继承人，像一个乞丐似的贪婪地大嚼一块很小的面包时，我是多么揪心地在暗叹那富贵荣华的悲惨啊！可是，无论我怎么说，怎么做，都是枉然，医生胜利了，孩子饿死了。

对江湖郎中的同样信任既害死了孙子，又为祖父掘下了坟墓，但其中也有净想掩饰年老体衰的那种胆怯心情。卢森堡先生不时感觉大脚趾有点儿疼痛，来蒙莫朗西时就犯过一次，弄得他又是失眠又是发烧的。我大胆地说是痛风，卢森堡夫人还训了我一通。元帅先生的那位外科医生兼仆人硬说不是痛风，便用止疼膏把患处包扎起来。遗憾的是疼痛真的止住了，因此，再疼的时候，当然就使用了止疼的那种方法。由于体质渐亏，疼痛一次比一次厉害，药量也就相应地加大了。卢森堡夫人最后总算看出这是痛风，便反对使用这种没有道理的治疗方法。可是大家都瞒着她，因此卢森堡先生由于自己的过错，一心想治好自己的病，反而在几年之后就死去了。不过，咱们先别把这种种不幸提得太往前了，我在这个不幸之前还有好多好多的不幸之事要叙述哩！

奇怪得很，不知怎么搞的，我所能说的和做的，似乎都注定要让卢森堡失人不悦，即使在我一门心思地想保持她对我的好感的时候。卢森堡先生接连不断地感觉到的疼痛使得我更加记挂着他，因此也记挂着卢森堡夫人。因为我始终觉得他们俩总是相濡以沫、夫唱妇随，所以只要对其中的一位有感情，就必然会对另一位也有感情。元帅先生渐渐老矣。宫廷事务的辛劳，事事都得操心，再加上老是陪侍狩猎，特别是每年有一个季度要去军中，鞍马劳顿……凡此种种，需要有年轻人的精力才行，可我看不出有什么可以支撑他身居高位所需的精力。既然他的种种官衔将要分散掉，而且他死了以后，他的宗族也就随之湮灭，那还有什么必要去继续一种其目的在于封妻荫子的辛劳生活呢？有一天，只有我们仨时，他开始抱怨宫廷生活之劳苦，一副相继痛失亲人而心灰意冷的样子，我便壮着胆子跟他说到退休的事，以西尼阿斯向皮洛士所提的忠告劝诫他。他长叹一声，未置可否。可是，卢森堡夫人一见只有她和我两个人时，便怒气冲冲地驳斥了我的忠告，看来这一忠告把她吓坏了。她还说了一个理由，我觉得很有道理，于是我不再重弹劝他退休的老调了。她那个理由是，长期生活在宫廷中，已养成了习惯，习惯成了自然，而且就是在此时此刻，对卢森堡先生来说，这也是一种排忧遣愁的方法，而我所建议的退休，对他而言，不是休息而是放逐，其无所事事、烦恼愁闷、忧伤悲痛很快就会要了他的老命。尽管她应该看得出来我已被她说服，应该相信我对她许下的诺言，相信我会恪守自己的诺言，但是她似乎始终对此很不放心，而且我记得打那以后，我同元帅先生单独在一起的机会变得日渐稀少，而且几乎老是有人前来打搅。

当我的愚笨和晦气一起在她面前损害我的时候，她常见到并且最为喜欢的那些人也在落井下石。特别是布弗莱神父这个风头出尽的年轻人。我觉得他从来就对我没有好感。他不仅是元帅夫人圈中唯一一个从不屑于我的人，而且我似乎发现他每到蒙莫朗西来一次，我都要在元帅夫人面前失宠一些。说实在的，即使他本人并不愿意如此，但他的在场就够我受的了，因为他风度翩翩，妙语连珠，使我相形见绌，更加愚笨不堪。开头两年，他几乎没来过蒙莫朗西，而且蒙元帅夫人的宽厚，我还凑合着像个样子，但是自他来得勤了一些之后，我便挺不住了。我本想躲在他的羽翼之下，尽量想法儿让他对我友好，可是我那副阴郁的样子使我心里想讨他欢喜，却无法奏效，而且我为此做出来的蠢事终于使我在元帅夫人面前完全失宠了，在他面前也没得到好处。他聪明过人，本可以事事遂愿的，但他不能专心致志，又放荡不羁，所以在任何事上都是半吊子货。可是，塞翁失马，焉知非福，上流社会要的就是你的一知半解，正好可以大出风头。他能作一手绝妙小诗，情书也写得挺美，西斯特尔琴①也能拨弄几下，色粉画也能涂上几笔。他竟然想给卢森堡夫人画一幅肖像，那肖像画得可真吓人。卢森堡夫人说画得一点儿都不像，此话确实不假。那该死的神父便来问我，而我这个傻瓜竟然撒谎说画得挺像。我是想讨好神父的，却得罪了元帅夫人，她记住了我的这一过错，而神父干了坏事之后，反而嘲讽我。吃一堑长一智，虽说亡羊补牢，但我还是学会了没这本事就别想着乱捧乱拍。

我的能耐就是颇为振振有词、慷慨激昂地对人们说出有益但逆耳的箴言。我必须坚持这一点。我生来别说是吹捧别人，连赞

---

① 16—17 世纪的一种类似曼陀林的弦乐器。

扬都不会。我想赞许时的那个笨样，简直比我批评起人来时的厉害劲儿都更让我倒霉。我来举一个极其可怕的例子，其后果不仅影响了我余生的命运，而且也许将决定我死后的名声。

在来蒙莫朗西休憩期间，舒瓦塞尔先生①有时要去大城堡用晚餐。有一天，他来时，我正往外走。他们便谈起了我，卢森堡先生跟他讲述了我在威尼斯时与蒙泰居的瓜葛。舒瓦塞尔先生说我放弃这个职业很可惜，如果我愿意回到外交界的话，他很愿意为我安排。卢森堡先生便把这个意思转告了我。我因从未受到大臣们的青睐而倍加感动，但我不敢保证，尽管我有此心，要是我的身体允许我加以考虑的话，我是否就能避免再干蠢事。雄心壮志只有在其他所有的激情留下的短暂瞬间才会窃据于我的心中，而这一短暂瞬间已足以让我重下决心。舒瓦塞尔先生的这番好意使我对他产生了好感，使我更加钦佩他任大臣以来在所采取的一些行动中所表现出来的才能，特别是那个"家族协定"②，我觉得这正表明他是第一流的政治家。他在我的思想中受到敬重，而我对他的几位前任则不以为然，包括我一直视为首相的蓬巴杜夫人在内。当有谣传说她和他两个之中将有一人被排挤掉的时候，我认为祝愿舒瓦塞尔先生取胜就是在祈祷法兰西的荣光。我对蓬巴杜夫人一向抱有反感，甚至在她发迹之前，我在波普利尼埃尔夫人家见到她，她还称为埃蒂奥尔夫人的时候亦然。自那以后，我就因她在狄德罗的事上沉默不语而对她不满了，而且凡是与我有关的问题，无论是《拉米尔的庆祝会》《风流诗神》，还是任何收益上都未给我带来相应好处的《乡村占卜者》，她的所有行径都让我不满，而且在所有的场合，我总是发觉她很不愿意帮我的忙。可罗伦齐骑士却建议我写点儿东西颂扬她这位贵妇人，言下之意是这样做对我有好处。这个建议让我怒不可遏，特别是我看

① 舒瓦塞尔 (1719—1785)，路易十五时期的外交大臣，后任陆军大臣和海军大臣。
② 系舒瓦塞尔联合法国、西班牙和那不勒斯订立的一个同盟条约，以对付英国的海上势力。

得一清二楚，不是他主动这么建议的，因为我知道他这个人是蠢蛋一个，只有在别人的怂恿之下才会去想一想、动一动。我太不会克制自己，我对其建议的鄙夷不屑没能瞒过他，我对那位宠妃的不悦也没能瞒过任何人。我敢肯定她知道了这一点，而这一切把我的切身利益同我的天然秉性融合在一起，促使我去为舒瓦塞尔先生祈祷。我对只知道的他的才能深怀敬意，又对他对我的美意怀着感激之情，再说，我因离群索居而不知他的爱好以及生活方式，所以便预先将他视作为公众和我自己报仇之人了。而且，我当时正对《社会契约论》做最后的润色，便在书中把我对前几任外交大臣以及开始胜过前任的现任的看法一下子全写出来了。在这件事上，我违背了自己最信奉的箴言，而且没有想到，当你想在同一篇文章中强烈地称颂或贬斥而又不指名道姓的时候，就必须使你的称颂之词与称颂对象完全吻合，使最为狐疑好胜之人也看不出其中有什么模棱两可之处。我在这一点上太傻了，过于放心大胆，脑子里绝没想到有人会产生误解。大家一会儿就会看到我说的是否有道理了。

我的"好运"之一就是，在与我交往的人之中，始终有一些女作家。我以为在大人物中至少可以避开这种"好运"了。其实不然，它仍然紧跟着我不放。据我所知，卢森堡夫人是从来没有这种怪癖的，但布弗莱伯爵夫人有。她写了一部散文悲剧，先是在孔代亲王先生的圈子中诵读、传阅，并受到吹捧，可她并不满足于这么多的称颂，非要跑来问我，想得到我的赞扬。我的赞扬，她倒是得到了，却不热烈，可这正是该作应该得到的称赞。此外，我还觉得应该告诉她，她的这部《侠义的奴隶》与一部英国剧本颇为相似，该英国剧本虽不太有名，却已译成法文了，剧名为《奥鲁诺克》。布弗莱夫人感谢我的看法，却向我保证她的剧本与另一部剧本毫无相似之处。我除了对她本人外，从未对世上任何人说过这个剧本与另一个剧本有相似之处，而我之所以要对她说，也只是为了完成她强加于我的义务而已。自那以后，此事不禁让我时常想起吉尔·布拉斯 [①] 在布道大主教面前尽责的后果。

　　除了不喜欢我的布弗莱神父，除了我在其面前犯过女人和作家都永会不宽恕的错误的布弗莱夫人以外，我觉得元帅夫人的其他朋友也都不太愿意与我交朋友。特别是埃诺议长先生，他入了作家之列，就免不了染上他们的毛病。还有迪德芳夫人和莱斯彼纳斯小姐，她们俩都跟伏尔泰过从甚密，而且是达朗贝尔的亲密女友。莱斯彼纳斯小姐甚至最后与达朗贝尔生活在一起，与他心心相印、相敬如宾，而且根本不可能不如此。我起先很关注迪德芳夫人，因为她双目失明，让我看了觉得可怜。但是，她的生活方式与我的大相径庭，差不多一个起床时，另一个已就寝。她对有小聪明的人痴迷到无以复加的程度，人家出了一本无足轻重的破书，她便极为认真地对待，或捧或贬；她颐指气使、专断粗暴，无论什么事，她或赞成或反对，都过于激动，谈起来浑身哆嗦；她因判断的激烈和顽固而偏见甚深，桀骜难驯，感情用事。凡此种种，使我很快便对她产生了反感，不愿再关心她了，并且与她疏远了。她看出这一点来，这就足以使她暴跳如雷。尽管我挺明白有此性格的女人会有多么可怕，但我宁可因她的痛恨而遭殃，也不愿因她的友谊而罹难。

　　我在卢森堡夫人圈中不仅朋友很少，而且在她家里结了仇人。仇人虽只有一个，但以我今日之处境，这个仇人能以一当百。这指的当然不是她的兄弟维尔罗瓦公爵先生，因为他不仅曾前来看望过我，还好几次请我去维尔罗瓦。而且由于我对他的邀请回答得尽我可能地彬彬有礼、客客气气，而他则把我的含糊答复当作同意，为卢森堡夫妇安排了半个来月的小憩，并提议让我与他们一同前往。由于当时我身体不好，需要休养，不能出远

----

[①] 吉尔·布拉斯是法国著名作家勒萨日的小说《吉尔·布拉斯》中的主人公，他因极其坦率地说出自己对大主教格拉纳达有关布道词的看法而遭辞退。

门，否则会有危险，我便请卢森堡先生代为婉言谢绝。大家可从他的回信（信函集 D，第三号）看到，这并未引起任何的芥蒂，而且维尔罗瓦公爵先生对我仍一如既往地表现出厚爱。他的侄子兼继承人、年轻的维尔罗瓦侯爵却不像他伯父待我那么和蔼可亲了，不过我也实话实说，我对他也没有像对他伯父那么尊敬。他轻率的举止让我受不了，而我的冷淡态度也招来了他对我的憎恨。有一天晚上，他甚至在饭桌上戏弄我。我没有沉得住气，因为我很蠢笨，没有一点儿巧于应付的能力，一生气，就更加失去了冷静。我有一条狗，是我几乎刚搬到退隐庐，人家在它还是小狗的时候送给我的，我当时便唤它"公爵"。这条狗虽不漂亮，却属稀有品种，我把它当成伴侣和朋友，而它肯定比大部分以朋友自诩的人更配得上"朋友"这个称呼。由于它生性喜欢黏人，又有感情，而且我们俩相依为命，所以它在蒙莫朗西堡出了名。但是，由于我那极其愚蠢的胆怯，我把它的名字改成了"土耳其人"，其实有许许多多的狗都取名"侯爵"，也没见哪位侯爵大人因此发火。维尔罗瓦侯爵得知我替狗改名，便紧着追问我，以至我不得不当着满桌宾客的面把我做的事讲了出来。在这件事里，给狗取名"公爵"倒没有什么不恭之处，不恭的倒是把这个名字给改了。更糟的是，有好几位公爵在座。卢森堡先生是公爵，他儿子也是公爵。维尔罗瓦侯爵生就要当公爵，而且今天已是公爵了，他幸灾乐祸地欣赏着他给我造成的窘迫以及这窘迫所造成的后果。第二天，有人对我说，他伯母就此对他大加训斥，可想而知，如果他真的挨了训斥，他是绝不会轻饶了我的。

无论是在卢森堡府第还是在圣殿区 ①，我所能依赖来对付这一切的只有罗伦齐骑士，他声称是我的朋友，但他与达朗贝尔的关系更加密切。他在达朗贝尔的羽翼下，在女人们面前充作大几何学

---

家。此外，他还是个侍从骑士①，或者说是个专门向布弗莱夫人献殷勤的人，而布弗莱夫人与达朗贝尔相交甚厚。罗伦齐骑士只有靠她才能存在，并且她怎么想，他就怎么说。因此，我在外界根本就没有什么人来为我的笨拙说话，以使我在卢森堡夫人面前不致失宠，反而接近她的所有人都好像在齐心协力地要在她的思想上贬损我。然而，她除了曾表示愿意负责《爱弥儿》的出版外，在同一时期，还向我表示过另外一种关怀和善意，致使我相信，即使她讨厌我，也会维系并将永远维系她曾一再许以我的终生不渝的友谊。

我一旦确信可以信赖她的这份感情，便开始向她坦白我的所有过错，以求得心灵的平静。我与朋友交往，有一个不可践踏的准则，那就是在他们眼里是什么样就是什么样，绝不显得更好或更坏。我曾向她讲述了我与泰蕾兹的关系，以及由此带来的一切后果，连我怎么处理我那几个孩子的事，我都没有向她隐瞒。她听了我的忏悔之后，对我很好，甚至可以说是太好了，并没有像我应该受到的那样对我大加谴责，而且特别让我激动不已的是，我看见她对泰蕾兹倍加疼爱，常常给她点儿小礼物，派人去找她，请泰蕾兹去看她，见到泰蕾兹时爱抚有加，还常常当着众人的面拥抱她。可怜的泰蕾兹真是异常高兴，感激涕零，我当然也不例外。卢森堡先生和夫人通过她所表示的对我的深情厚谊，比直接施与我的情爱更加使我感受良深。

在较长的一段时间里，情况一直如此。但是后来，元帅夫人竟仁爱地想要把我的孩子领一个回来。她知道我在老大的襁褓中放了一个暗码，便让我告诉她，而我也就告诉她了。于是，她派她的心腹仆人拉罗什去寻找。尽管事隔不过十二三年，但拉罗什寻来找去，并未找到。要是孤儿院的登记簿保存完好的话，要是认认真真地去找的话，那暗码是不会找不到的。不管怎么说，寻

---

① 此为讽刺语，专指向某贵妇人献殷勤的男人。

525

找失败并没让我怎么生气，如果这个孩子一生下来，我就关注他的命运，那才让我更恼火哩。如果人家按图索骥，随便拿一个孩子来说是我的，我一定会疑惑那果真是我的孩子呢，还是别人给掉了包？那样一来，我心里会打鼓，反而更加揪心，我也就根本体味不到这种天伦之乐了，而这种天伦之乐至少应从孩子小时候起便与他朝夕相处，才能得以维系。长期离开一个你还没认识的孩子，势必要削弱而且最终要消除父母对子女的感情的，而且你也永远不会像爱你自己亲自喂大的孩子一样去爱送给别人去奶大的孩子的。我在此所说的，就我的过错的后果而言，是可以减轻我的过错的，但就其根源而言，则只会加重我的罪孽。

有件事提一提也许是不无益处的：那个拉罗什通过泰蕾兹的介绍，认识了勒瓦瑟尔太太。格里姆继续把她养在德耶，紧挨着舍弗莱特，与蒙莫朗西近在咫尺。我搬走之后，就是通过拉罗什先生一直继续给这个女人送钱去，而且我相信他也常替元帅夫人送点儿礼物给她。因此，尽管她老是抱怨，但日子过得肯定是不错的。至于格里姆，由于我根本就不喜欢谈论我应该痛恨的人，所以我只有在迫不得已的情况之下才同卢森堡夫人谈起他。她曾多次逗我谈起他，却不告诉我她对此人有何看法，也从不让我看出此人与她是否相识。由于我不喜欢对我所喜爱的、对我又毫无保留的人留一手，特别是在与他们有关的问题上，所以自那时起，我有时便要想到她对我的那种保留态度，但那也只是因别的事情自然而然地引发的。

自从我把《爱弥儿》交给卢森堡夫人之后，很久没有听她说起它。最后，我才听说在巴黎已同书商迪舍纳谈妥交易，并通过后者同阿姆斯特丹的书商内奥姆达成协议。卢森堡夫人把我要同迪舍纳签订的合同一式两份寄来让我签字，我认出那笔迹是马尔泽布尔先生没有亲笔给我写的那些信的同一个人的笔迹。我深信我的这份合同是经这位官员的认可并在他面前拟订的，所以便放心大胆地签了字。迪舍纳为这部书稿将付我一半稿酬——六千法郎，而且我记得还有一两百本样书。我签好一式两份合同之后，便将它们按卢森堡夫人所希望的那样寄回给她了。她把其中的一份给了迪舍纳，另一份自己留下了，而没有退还给我，而我也再没有见过它。

我结识了卢森堡先生和夫人，虽对我的隐退计划有所妨碍，却没让我完全抛弃它。即使在元帅夫人面前最春风得意之时，我也总是感到，只有我对元帅先生和她的那种真情实感才能使我忍受得了他们周围的那些人。而我最犯难的是如何把这种真情实感同更适合我的口味而又较少地损害我的健康的生活方式协调起来。尽管他们尽心尽力地照顾我的身体，可那份尴尬和那些晚餐还是使我的健康每况愈下。在这方面，正像在其他方面一样，他们的关怀简直到了无微不至的程度。譬如，每天晚上，晚宴之后，一向早睡的元帅先生，总是不容分说地把我叫走，让我也早点儿去睡。只是在我的灾祸降临之前不多时，他才不知何故不再对我如此关心了。

早在发觉元帅夫人态度变得冷淡之前，我便想着避免这种处境，执行自己原先的计划。可我没有办法这么做，我得等着签订《爱弥儿》的合同。在此期间，我对《社会契约论》进行了最后的加工，然后把书稿寄给了雷伊，索价一千法郎。他付给了我。我也许不应该漏叙一件与上述书稿有关的小事。我是将书稿封好寄给沃州的牧师兼荷兰教堂的神父迪瓦赞的。因为他有时来看望我，跟雷伊又有联系，便负责将书稿寄给雷伊。该书稿因字写得很小，所以体积不大，还塞不满他的口袋哩。可是，过关卡的时候那包书稿不知怎的就落到了官员手中，并被打开检查，然后，当他以大使的名义索取时，他们便还给了他。这就使他自己得以读到这部书稿，他还很天真地告诉了我，并且对该作大加褒奖，没有说过一句批评、指斥的话，但骨子里想必在等着该书正式出版时定要为基督教报仇雪恨。他又将书稿重新封好，寄给了雷伊。他写信向我汇报此事时大体就是这么说的，而我所知道的也仅此而已。

除了这两本书和我一直不时地在搞的《音乐辞典》外，我还有其他几篇不太重要的作品，全都整理好可以出版了，而且我准备或者分别印成单行本，或者有朝一日出全集的话，就将它们收到全集中去。这些作品大部分还都是手稿，存于迪佩鲁手中，其中最主要的一部是《语言起源论》，我曾让马尔泽布尔先生和罗伦齐骑士看过，后者还对我说写得很好。我算了一下，所有这些作品的收入加起来，扣除一应开支，至少可以使我得到八千到一万法郎，我想把这笔钱存起来作为我和泰蕾兹的终身年金。然后，如我说过的那样，我们俩将去外省的偏远地区一起生活，不再让公众为我操心，我自己也不再操心别的事，只求安安静静地了却此生，一面继续在自己周围做一切力所能及的善事，并悠然自得地去写我一直思索着的回忆录。

这就是我的打算，而我在此则不能略而不谈雷伊的慷慨仗义之举。人们在巴黎没少对我说这位书商的坏话，可他是我与之打交道的所有书商中唯一一个我总要赞扬的人。确实，我们俩常为印行我的作品发生争吵。他漫不经心，而我则好激动。但是，在金钱以及与之相关的问题上，尽管我从未与他签过任何正式的协议，可我始终觉得他做事一丝不苟，公正合理。甚至也只有他一个人曾坦率地向我承认，跟我合作，他生意挺好，他还常常跟我说，他能发财是多亏了我，还提议分给我一点儿。由于无法直接报答我，他便想至少通过我的"女总督"来表达他对我的感激。因此他给了她一笔三百法郎的终身年金，并在证明上写明是为了报答我为他提供的好处。他做这件事时只是他知我知，没有张扬，没有夸耀，没有言声，若不是我首先对大家说起，谁也不会知道的。我对此做法深为感动，所以自此之后便与雷伊结下了一种真正的友情。不久之后，他想让我做他的一个孩子的教父，我同意了。可我被逼入的这种处境给我造成了一种遗憾，那就是人家使得我今后无法使我的情感有益于我的教女及其父母。我为何对这位书商朴实的慷慨之举如此动情，而对那么多有钱有势之人鼓噪的情谊无动于衷呢？这些有钱有势的人满世界地叫嚷着说对我如何如何恩宠有加，可我从未有丝毫的感觉。这是他们的错还是我的错？是他们浮华虚夸还是我忘恩负义？明眼的读者，请你们去掂量、去判断吧，我自己就不说了。

这份年金对维持泰蕾兹的生活可是一个大的保障，也使我大大地松了口气。不过，我自己没有从中得到任何直接的好处，别人送她的所有礼物我也从不染指，始终是她一人独享的。当我替她保管钱的时候，我都一笔笔地给她记上明细账，从没拿过她的一个子儿用于我们的共同开支，即使在她比我钱多的时候也是如此。"我的就是我们俩的，"我对她说，"而你的就是你的。"我一直就是按照这条原则与她相处的。我还经常对她讲我的这条原则。那些卑鄙下流地指责我通过她的手去接受我不愿亲手接受的东西的人，无疑是以小人之心度君子之腹，他们是太不了解我了。如果是她挣来的面包，我会乐意与她一起吃的，但要是她所收受的，那我是绝不会吃的。关于这一点，我现在就可以请她为我做证，而且根据自然规律，我死在她的前面，她也将可以为我做证。不幸的是，她在各个方面都不知节俭，不会打算，大手大脚，倒不是因为爱慕虚荣，也不是讲究吃穿，只是大大咧咧使然。世上并无完人，既然她的绝妙的长处必须有所抵消，那我宁可她有一些缺点而不是恶习，尽管这些缺点也许给我们俩造成了更大的危害。我为她像从前为"妈妈"那样操碎了心，总想替她攒点儿积蓄，以便有朝一日作为她的生活来源。但我的心全都白操了。她同"妈妈"一样，从不算计，不管我怎么竭尽全力，她们总是有多少花多少。尽管泰蕾兹不讲究穿戴，但雷伊的年金从来就不够她穿衣戴帽的，我每年还得拿出钱来贴补她。无论她还是我，生来就永远当不了阔人，而我当然是不把这一点也列入我的种种不幸的。

《社会契约论》印得挺快。《爱弥儿》则不然，我还一直等着它出版，以执行我思考着的退隐计划。迪舍纳时不时地寄些清样来让我挑选。当我选定之后，他不是立即开印，而是又给我寄些别的清样来。最后，当我们把尺寸、字样完全定下来，而且他已经把我稍加改动的一份校样印出好几页之后，他又重新印来印去的，直到半年之后，一切仍原地踏步，毫无进展。在这些试印过程中，我清楚地看到，该作品将在法国以及荷兰印出，将同时出版两个版本。我能有什么办法呢？我已不再能主宰自己的作品了。我不仅根本没有插手法国版，而且一直是反对的。但是，最后，既然这个版本不管我愿意与否，正在印行之中，既然它还有另一版的模式，那就必须好好看看校样，别让人把我的书删来改去，弄得面目全非。再说，该书是完全由主管官员认可的，而且可以说是他在指挥印行，他还常常给我来信，并且为此来看过我。我马上就要谈谈他是在什么情况之下来看我的。

当迪舍纳进展缓慢的时候，受到他制约的内奥姆则行动更加迟缓。人家不定时地将样张随印随寄给他。他认为在迪舍纳的行径——也就是替他干活儿的居伊的行径中，发现了他的巨测居心，而且他看见人家不履行合同，便接二连三地给我写信，大诉其苦，大鸣不平。而我自己就有一肚子苦水，对他则爱莫能助了。他的朋友盖兰当时经常能见到我，总是跟我谈起这本书，但谈起来时总是抱着极大的保留。他对这本书在法国的印行以及主管官员插手其间，虽有所耳闻，但不明就里。他因此书会给我带来的麻烦而对我表示同情，但又好像在责备我不谨慎，却从不愿意说出我究竟怎么不谨慎了。他总是转弯抹角，闪烁其词，似乎是在故意套我的话。我当时极其安然无恙，所以便笑对他那种谨小慎微、神秘兮兮的腔调，认为他那是因常跑达官显贵的办公室而染上的恶癖。我深信这本书在各个方面都合乎规定，深信它不仅有主管官员的赞成和保护，而且值得受到并且深得主管部门的青睐，所以我暗自庆幸自己有勇气把事情办好，而且耻笑那些似乎为我担忧的胆小的朋友。杜克洛就是其中的一个，但我承认，如果我对这部作品的有益及其保护人的公正缺乏信任的话，我对杜克洛的正直和见解的信任本会让我也像他一样惊恐不安的。当《爱弥儿》付印时，他从巴伊先生家跑来看我，跟我谈起此书。我给他读了《萨瓦副本堂神父的信仰》，他静静地听着，而且我觉得他听得津津有味。我一读完，他便对我说："怎么，公民？这就是在巴黎印的那本书的一部分？""是呀，"我对他说，"人们本该根据国王的御旨在卢浮宫里印的。""我同意您的看法，"他对我说，"但请您千万别对任何人说您给我念过这篇东西。"他那令人惊奇的表达方式叫我愕然，却没让我惊慌。我知道杜克洛常跟马尔泽布尔先生见面。我难以设想他在同一问题上怎么与他的想法如此大相径庭。

我在蒙莫朗西住了四年，但身体一天也没有好过。尽管那儿空气极为清新，但水质很差，这很可能就是加剧我的旧病复发的原因之一。将近一七六一年秋末，我完全病倒了，整个冬天都是在几乎没有间断的痛苦中度过的。肉体的疼痛被无数的忧虑加重，进而使我感到这些忧虑更加沉重地压在心头。一段时间以来，朦朦胧胧的忧愁预感搅得我心烦意乱，可我又不知到底在愁些什么。我常收到一些挺奇怪的匿名信，甚至一些署名的信也同样离奇。我收到过巴黎议会的一位参议员的一封信，他不满当前的现实，认为今后也好不了，便问我选择一处退隐之地的话，是日内瓦好还是瑞士好，以便带着全家一道去。我还收到过某议院主席某先生的一封信，他建议我为当时与宫廷失和的该议院起草一些备忘录和谏书，答应向我提供为此所需的所有文件和资料。当我身体不舒服的时候，总爱发脾气。接到这些信的时候，我便火冒三丈，回信时便没好气，对他们的请求一概予以回绝。这种拒绝当然不是我所要引为自责的，因为这些信可能是我的敌人们下的套，而且他们向我请求的事正与我永远不愿违背的准则背道而驰。但是，我本可以婉拒，无须厉声厉气，这就是我不对的地方。

大家将在我的信函集中找到我刚才所说的这两封信。参议员的那封信并不使我觉得多惊讶，因为我同他以及其他许多人的想法一样，认为腐朽的制度在威胁着法国，使之很快就要崩溃。全都源自政府的过错的一场不幸战争的种种灾难；财政上令人难以置信的混乱；一直掌握在两三位大臣手中的行政管理上的尔虞我诈，他们公开争斗，为了相互攻讦，竟损及王国；人民和国家各阶层的普遍不满；一个顽固女人<sup>①</sup>的执拗，她就是有点儿脑子的话，也总是用在自己的好恶上，几乎总是排斥最有能力的异己，以便安插自己最满意的人：凡此种种，全都在证实该参议员、公众及我本人的预见是正确的。这种预见甚至也多次让我举棋不定，是否我自己也将赶在那些似乎威胁着王国的种种动乱之前去王国之外找一片净土。但是，因为我淡泊人生、性格内向，所以我放心地认为在我自愿去过的孤独生活之中是不会有任何风暴袭击到我的头上的。我只是颇觉遗憾，在这种情况之下，卢森堡先生却准备接受一些使他在政府中失去人心的任务。我本希望他在任何情况之下都能为自己留点儿后路，以防这部庞大的机器一朝如当时似乎令人担心的那样突然垮下来，而且我现在仍旧觉得，如果政权最终不是只落在一个人手里的话，那么法国专制王朝现在必不可免地会陷入绝境。<sup>②</sup>

当我的身体每况愈下之时，《爱弥儿》的印行也慢慢腾腾的，竟至最后完全搁浅了，我却不知这是什么缘故。居伊也不再给我写信，也不复我的信。我无法从任何人那儿得到消息，一点儿都不清楚发生了什么情况，因为马尔泽布尔先生当时在乡下。无论

---

① 指蓬巴杜夫人。

② 据作者原注，这儿描绘的是法国在七年战争中以及蓬巴杜夫人"治下"内外交困的情景。但因舒瓦塞尔把外交、海军、陆军三部抓在自己一人手中，从而使法国避免陷入绝境。

多大的不幸，只要我知道是怎么回事，我就绝不会惊慌失措，垂头丧气。可我生来就害怕黑暗，我害怕并憎恨黑暗那阴森的样子，我对神秘总是胆战心惊，神秘与我那坦率到冒失程度的天性水火难容。我觉得，看见一个最狰狞的怪物都不怎么害怕，但如果我夜间看见一个蒙着白床单的人影，我会吓得要死。因此，我的想象力被这长久的沉寂煽动起来，一个劲儿地在我眼前画出种种鬼影来。我越是一心惦记我最后的也是最好的书的出版，就越是苦苦思索是什么原因使它搁浅了，而且我一向爱走极端，以为在该书的受阻中看出有人想把它取缔。然而，我又想象不出到底是什么原因、怎么回事，所以心里简直是七上八下的。我一封封信写给居伊，写给马尔泽布尔先生，写给卢森堡夫人，可是总也不见回信，或者说我越等，信越不来。因此，我简直六神无主，快要发疯了。不幸的是，就在这时候，我听说耶稣会士格里菲曾谈起《爱弥儿》，还引用过其中的几段。我一听，脑子登时如闪电一般，揭开了道德败坏的整幅神秘面纱：我十分清楚地、确有把握地看到那神秘的进程，宛如神灵给我启示。我在想象：耶稣会士们被我在谈论中学①时的那种轻蔑口气激怒，把我的作品夺了去；是他们在阻碍该书的出版；他们从其朋友盖兰处得知我的病况，认为我行将就木——我对此也深信不疑——便想推迟到我死后再说，处心积虑地删节、篡改我的作品，强加给我一些与我意见相左的意见，以达到他们的目的。令人惊奇的是，有多少事实和情景一齐涌入我的脑海来印证这种疯狂的想法，使它显得像真的似的，何止于此，竟像是在向我显示此想法是有根有据、一目了然的。盖兰已完全投靠耶稣会士了，这一点我是知道的。我认为他一次次向我表示结交的愿望全是耶稣会士们的主意，我深信是他们鼓动他来催逼我与内奥姆签约的，认为他们正是通过那个

---

① 当时法国的中学均由耶稣会士主办。

内奥姆才得到我那部作品的头几页的，然后便想出法子来阻止该书在迪舍纳那儿印刷，并且也许夺去了书稿，以便随心所欲地大做手脚，等到我死之后，可以按他们的意思出版发行。不管贝蒂埃神父如何花言巧语，我始终感觉到耶稣会士们不喜欢我，不仅因为我是百科全书派，而且因为我的所有准则比我的同行们的不信神主义更加违背他们的教义和威信。加之，狂热的无神论者同狂热的有神论者都具有不容忍的态度，他们的观点甚至可能互相接近，如同他们过去对待中国的问题时一样①，也如同他们现在反对我时那样。而合理的和有道德的宗教则不然，它因而取消了一切人对信仰的权力，而使得掌握这种权力的专断者成了无本之木。我知道大法官先生②同耶稣会士们的关系也十分密切。我担心其子被做父亲的吓住，被迫把他保护过的那部作品交出去。我甚至从他们开始对头两卷的吹毛求疵之中，看出了马尔泽布尔撒手不管的后果，因为他们毫无道理地要对头两卷进行改版。而另外的两卷，大家不是不知道，尽是些激烈的言辞，如果像对头两卷那样审查，非推倒重来不可。此外，我还知道，马尔泽布尔先生也亲口对我这么说的，他是责成格拉夫神父监督该书的出版的，而格拉夫神父也是耶稣会士们的一个拥护者。我到处看到的都是耶稣会士，但我没有想到，他们已处在被消灭的前夕，为了求得生存，要干的事多得很，何故与一部与己无关的书的出版过不去。我说"没有想到"是不对的，因为我清清楚楚地一直在想这个问题，而且马尔泽布尔先生一得知我有这种想法，便特意指出来反驳我。他是从我的另一个想法得知我上面的怪想法的。一个离群索居的人要想判断他毫无所知的大事，当然是错误百出的，因为我从不愿意相信耶稣会士们已自身难保了，我把广为流传的闲言看成是

---

① 卢梭在这里指的是，当耶稣会传教士们认为讲究伦理道德的中国人与基督教义十分接近时，哲学家们也对中国人的伦理道德崇尚备至，认为这些道德正是在世俗者中发扬光大的。

② 指马尔泽布尔的父亲拉穆瓦尼翁 (1683—1772)。

他们用来麻痹自己对手的一种诱饵。他们往日无事不成，无可争议，致使我对他们的权可倾国产生了一种极其可怕的印象，竟至为议会的威信扫地而悲叹。我知道舒瓦塞尔先生曾在耶稣会士那儿学习过，我知道蓬巴杜夫人跟耶稣会士们相处得不错，我也知道他们跟宠臣和权臣结成的同盟始终对双方反对共同的仇敌似乎都很有利。宫廷好像是撒手不管，而我深信，如果耶稣会有一天遭到什么严重的挫折的话，那么，能有足够力量打击它的也绝不是议会。因此，我根据宫廷这种袖手旁观的态度，判断出耶稣会的信心是有根据的，他们的胜利也是有征兆的。总之，我从当时的所有传言中看到的只是他们的一种伪装和奸诈，认为他们平安无事，有的是时间来处理一切事情，所以我深信他们不久就将粉碎詹森教派，粉碎议会，粉碎百科全书派，粉碎所有不接受他们奴役的人。我也深信，他们如果终于让我的那本书出版的话，那也是在把它改成他们可资利用的武器并借重我的名字去吓唬读者。

我当时已感到自己快要死了。我很不明白，这种胡思乱想怎么竟然没置我于死地，因为我一想到我这本最有价值、最优秀的著作在我死后将使我名誉扫地，我便不寒而栗。我从来没有这么怕死过，而且我相信，如果我在那种情况下死去的话，我是死不瞑目的。就是在今天，我眼睁睁地看着最阴险、最毒辣的阴谋正在毫无阻拦地付诸实行，我也会死得比先前心安气顺得多。因为我坚信我在自己的作品中留下了还我清白的一个证据，它迟早都会挫败那些人的阴谋的。

马尔泽布尔先生目睹了我的焦躁，并倾听了我的怨愤，费尽心思地安慰我，这证明了他有一颗菩萨心肠。卢森堡夫人也致力于这一善举，曾多次去迪舍纳那儿，了解出版的事怎么样了。最后，书又继续印刷了，并且进展得挺顺利，可我始终没弄明白它是为什么被搁浅的。马尔泽布尔先生劳动大驾，前来蒙莫朗西安慰我，他总算让我平静下来了。因为我对他的正直绝对信任，消除了我那可怜的脑袋里的疑惑，所以他安抚我的话便句句入耳。他见我忧心忡忡、惶惑不安的样子，自然觉得我非常值得同情。他也确实在可怜我，因为他又想起了他周围的那帮哲学家经常给他灌输的话语。当我住到退隐庐去的时候，如我已经说过的那样，他们声言我在那儿是待不长的。当他们看到我坚持住下去时，便说我这是因为执拗，因为自尊，因为羞于改口，但又扬言我在那儿会闷死的，而且说我过得非常不幸。马尔泽布尔先生信以为真，还写信来劝过我。我如此敬重的一个人竟有这种错误的想法，让我颇为伤心。于是，我连续给他写了四封信，向他阐述我这么做的真正动机，我如实地向他描绘了我的情趣、我的志向、我的性格以及我的所思所想。这四封信我没打草稿，笔走龙蛇地信笔写去，甚至写完之后也没复看一遍，它们也许是我这辈子写得如此顺畅的唯一的东西，尤其是我当时万般痛苦，极度颓丧，这就更令人惊奇了。我自觉已心力交瘁，一想到我在正直的人们心中留下一种对自己极不公正的看法，就不觉悲从中来。因此，我便力图通过在这四封信中匆匆拟就的纲要，来多少代替一下我已计划好的那部回忆录。马尔泽布尔先生看了这几封信挺高兴，并在巴黎拿给人看。它们可以说是我在此详述的东西的概要，正因为如此，它们值得保存下来。大家将在我的信函集中见到这几封信的抄件，那是经我请求他让人抄的，并且几年之后寄给了我。

唯一使我伤心的事就是，在我死期将至的时候，没有一个可资信赖的文人让我能把我的文稿交到他的手里，等我死了之后为我进行整理。自从我去日内瓦旅行之后，便与穆尔杜交上了朋友。我很喜欢这个年轻人，真希望他能来为我送终。我向他表示了这一愿望，而且我认为，如果他的事务摆脱得开，家里人也同意的话，他本会很乐意地做此善事的。由于不能遂愿，我至少想向他表示我对他的信任。因此，我便在《萨瓦副本堂神父的信仰》一书出版之前寄给了他。他很高兴，但我觉得他在回信中并没有表现得像我当时期待着该书效果时那么笃定。他希望能得到我的别人没有的几篇东西。我给他寄去了《悼已故奥尔良公爵》，这是我替达尔蒂神父写的悼词，神父并未宣读，因为他没有料到读悼词的不是他。

印刷工作恢复之后，一直在继续着，甚至挺顺当地完成了。我还发现有一点是挺奇怪的：在非逼着头两卷改版之后，人们对后两卷却一句话也没说，对其内容并未挑剔就让出版了。可我仍旧有点儿不放心，我不得不说一说。在害怕耶稣会士之后，我对詹森教派和哲学家们也害怕起来。我是一切所谓党派帮系的敌人，我从来就不指望这种人对我有好感。"长舌妇"们一段时间之前离开了他们原先的住所，在紧挨着我的地方住了下来，以至从他们的房间就可以听得到在我房间里和平台上所说的每一句话，而且从他们的花园轻易地就可以翻过与我的塔楼相隔的那堵矮墙。我曾把这座塔楼改作我的书斋，所以我在塔楼里放了一张桌子，堆满了《爱弥儿》和《社会契约论》的校样和印好的散页。人家随印随寄，我便随即将这些散页装订起来。因此，在人家出版之前，我的桌上已经有我的全部成书了。我的愚蠢、我的马虎、我对我围于其花园之中的马达斯先生的信任，使得我常常晚上忘了关好塔楼的门，而第二天早上便发现它大开着，要不是我觉得文稿被动过的话，我还不会惊慌的。我好几次注意到这一点之后便小心些了，把塔楼的门关好。但门锁不好，锁不牢。由于我开始留心了，所以便发现比让门大开着时翻动得更加厉害。最后，我装订好的书中有一卷竟然丢了一天两夜，不知去向，直到第三天早上，我才发现它又回到了我的书桌上。我未曾也从未怀疑过马达斯先生，也没有怀疑过他的外甥迪莫兰先生，因为我知道他们俩都喜欢我，而且我也完全信任他们。我开始对"长舌妇"们有所怀疑了。我知道他们虽说是詹森教派，却与达朗贝尔有联系，而且住在同一所房子里。

这使我有点儿不安，也使我更加警惕。我把文稿都拿回到我的房间里，并且完全中断了与"长舌妇"们的往来，因为我还知道他们拿我不慎借给他们的《爱弥儿》第一卷在好几户人家炫耀过。尽管直到我搬走之前他们仍一直与我为邻，但我自那以后就再没有与他们有过来往。

《社会契约论》在《爱弥儿》出版之前的一两个月出版了。我一直要求雷伊绝不要偷偷地把我的任何一本书运到法国来，所以他便致函主管官员，呈请批准这部著作经由海上从鲁昂运进来。雷伊没有得到任何答复：包裹在鲁昂撂了好几个月，最后又给他退了回去。他们本想将这些包裹没收的，可是雷伊不依不饶地闹了起来，只好退还给他。一些好奇者从阿姆斯特丹弄来了几套，在法国悄悄地传看起来。莫勒翁曾听说过此书，甚至看过几页，便神秘兮兮地跟我谈起了它。那股神秘劲儿令我吃惊，要不是我深信我在各个方面手续完备，没有任何可以指责的地方的话，要不是我那伟大的准则使我放心大胆的话，我真的要惴惴不安的。我甚至深信，舒瓦塞尔先生已经对我十分青睐，并对我因景仰他而在这本书中向他表示的赞扬深有所感，他在这种场合一定是支持我来对付蓬巴杜夫人的不良居心的。

我肯定有理由在此时此刻像在从前一样指望得到卢森堡先生的仁爱之心，指望必要之时得到他的支持，因为他给予我的友好表示从未这么频繁、这么感人。在他复活节前来小憩之时，由于我的身体很糟，去不了大城堡，他没有一天不来看望我。最后，见我痛苦不堪，他便死活要我让科姆修士诊断一下，并派人去找科姆，亲自把他领来，并且有胆量——这在一位达官显贵身上的确是罕见而令人钦佩的——待在我家里看着我动那既疼痛难忍又耗时甚久的手术。不过，那手术只不过是探查而已，但我从未被好好探查过，即使是莫朗，他试过好几次，也都未能成功。科姆修士的手又轻又巧，无与伦比，终于在让我受了两个多小时的罪之后，把一根很小的探条插了进去。在这两个多小时里，我拼命地忍住，不哼一声，免得让好心的元帅那颗仁慈的心听了心碎。头一次检查，科姆修士认为探到了一块大的结石，并且告诉了我；第二次再探，他却又找不到它了。他又一再地探来探去，既仔细又准确，令我觉着时间特长，然后他说根本没有结石，但前列腺上有硬块，比一般的要粗大。他觉得膀胱很大，但情况良好，最后告诉我，我将非常痛苦，但生命无虞。如果他的第二个预言同第一个预言一样准确的话，那么我的痛苦一时半会儿还结束不了。就这样，我在那么多年里被相继说成有二十种病，其实我并没有。因此，我终于明白了，我的病是不治之症，却又是不会致死的病，它将伴我终身。恍然大悟之后，我也就不再胡思乱想了，不再老想着自己要被结石残酷折磨至死。我不再害怕多年前断在尿道中的那一小截探条会变成一块结石的核儿了。我解脱了对我来说比实际病痛更加难忍的假想的病痛，也就能比较平静地忍受那实际的病痛了。很显然，自那以后，我对我的病远没有以前感觉的那么痛苦了，而每当我想起这种放松多亏了卢森堡先生时，我总要因追思他而伤怀。

我可以说又活过来了，也就比先前更加关心我欲依之安度余生的那个计划，只等着《爱弥儿》一出版，便付诸执行。我考虑的是都兰地区，因为我曾到过那儿，非常喜欢，那儿不仅气候温和，居民也很温和：

La terra molle lieta e dilettosa
Simili a se gli abitator produce.①

我早已经把我的计划跟卢森堡先生谈过，他曾想劝我改变初衷。我这次又对他提起，说是已铁了心了。于是，他建议我住到

---

① 系塔索的两句诗，意为："美丽宜人的景色，肥沃的土壤。居民与天时地利一样。"

539

离巴黎十五法里的美尔鲁堡去，认为那可能是适合我的一个退避之所，他们夫妇俩都很高兴让我住进去。他的这个建议使我有所触动，也很合我意。首先，得去看看那个地方。我们约好了日子，元帅先生派他的仆人和车子来接我去。可临到那一天，我身体极为不适，只好把这事推迟，而后来又阴差阳错地未能成行。后来听说美尔鲁的地产不属于元帅先生而属于元帅夫人，我没有去成，反觉更加心安理得了。

《爱弥儿》终于出版了，没再听说什么改版，也没听说有任何的困难。出版之前，元帅先生向我要走了马尔泽布尔先生与这部著作相关的所有信件。我对他们俩绝对信任，自己又有着极大的安全感，也就没去考虑他在要走信的这件事上有什么特别甚至令人不安的地方。我把信退还了，只有一两封因为无意之中夹在了什么书里而没有退还。此前不久，马尔泽布尔先生曾对我说过，他要取回我在为耶稣会士惊恐之时写给迪舍纳的信。必须承认，这些信是不会为我的理智增光添彩的。但是，我回答他说，无论在什么事上，我是什么样儿就是什么样儿，不想装得更好，因此他可以把那些信留给迪舍纳。后来他怎么处理的，我就不得而知了。

这本书的出版没有像我的其他作品那样引起热烈的喝彩。从未有过什么作品获得如此多的私下赞美而又未见公开颂扬的。最有能力评论它的那些人对我说的和写信跟我谈的，都证实那是我的作品中的最上乘之作，也是最重要的作品。但是，他们说的时候都是那么谨小慎微，真是十分蹊跷，仿佛有必要将人们对该书所认为的长处严加保密。布弗莱夫人写信向我表示该书作者应立塑像，应受所有人的崇敬，在信末却毫不客气地让我把她的信寄还给她。达朗贝尔写信给我说，这部作品决定了我高人一筹，将使我位居所有文人之首，可他在信末未署名，而他在这之前写给我的信全都是署了名的。杜克洛是个可靠的朋友，一个真心实意的人，却也谨小慎微，他很看重这本书，却避免写信跟我谈它。

拉·孔达米纳 ① 只就《萨瓦副本堂神父的信仰》一篇东拉西扯。克莱洛 ② 在信中也只谈这篇著作，但他敢于表示在读到它时的激动心情，并且明确地向我表示，读了这篇东西之后他那颗衰老的心炽热了。在接受我的这部赠书的所有人中，只有他向大家高声地、自由地说出了他对这部书的全部好评。

在该书出售之前，我也赠送了一本给马达斯先生。他把这本书借给了斯特拉斯堡总督的父亲、参议员布莱尔先生。布莱尔先生在圣格拉蒂有座别墅，他的旧相识马达斯有时得空便去那儿看看他。马达斯使他在《爱弥儿》发售之前读到了它。布莱尔先生在把书还给他时，对他说了这么一句话，这话当天便传到我的耳朵里了："马达斯先生，这是一部非常好的书，但不久就会引起的纷纷议论要超过作者所希望的程度。"当他把这句话转告我时，我只是一笑了之，认为那只不过是一个文官在故弄玄虚，以显示自己高人一等。传到我耳朵里的所有令人不安的话语都没有这句话给我留下的印象深，而我远没料到自己在任何方面会有什么灾难，坚信这部著作既有益又上乘，深信在各个方面都合乎规定。而且像我所认为的那样，确信卢森堡夫人的全部威信和主管部的青睐，所以庆幸自己在刚刚压倒所有的妒忌者的时候，做出了急流勇退的决定。

在这部书出版的过程中，只有一件事让我惶恐不安，这倒不是指我的人身安全，而是指我的心灵不平静。在退隐庐，在蒙莫朗西，我曾非常清楚地，并且十分气愤地看到，为了让王公老爷们恣意寻乐，不幸的农民们受到了何种迫害。农民们只能忍气吞声地任由供射猎的野兽践踏自己的田地，只能扯起嗓子来轰而已，还不得不在自己的蚕豆地和豌豆田里守夜，带着锅、鼓、铃铛，以轰跑野猪。我亲眼看见过夏洛莱伯爵如何残酷对待这些可

---

① 拉·孔达米纳 (1701—1774)，巴黎的著名数学家，参加了对子午线的测量。
② 克莱洛 (1713—1765)，法国数学家和天文学家，未满 20 岁便被接纳为法兰西科学院院士。

怜人，所以便在《爱弥儿》的末尾对这种暴行抨击了一番。还有一件违背自己准则的事，难免让我受到惩罚。我听说孔代亲王先生的随侍军官在亲王的封地上也同样为所欲为。我对亲王是满怀着尊敬和感激之情的，我很担心他把我出于人道的激愤而说他叔父的话当成是针对他的，从而怀恨在心。然而，由于我的良心让我在这一点上尽管放心，所以我便心里踏实了。我这样做是对的。至少，我从未听说这位高贵的亲王对那一段落有所注意，其实它是我有幸得识亲王之前很久就写下的。

我的书出版前后的不几天（我记不太准了），同一题材的另一部作品出版了，除了摘要中夹杂着的几句废话外，同我的第一卷一字不差。书上印的是一个日内瓦人的名字，叫巴勒克赛尔，并在题下注明他曾获得哈莱姆学院奖。我很明白，这个学院以及这个奖纯粹是新造出来的，以掩人耳目，遮盖其剽窃行为。但是，我也看出来，这事早有预谋，只是我不明白底是什么原因：我既不明白我的手稿是怎么传出去的，因为没传出去则不可能遭到剽窃，也不明白为什么要杜撰出这个所谓得奖的故事来，因为设奖则必须有点儿根据才是。只是在许多年之后，由于狄维尔诺瓦说漏了嘴，我才洞穿了这个秘密，窥视出为何要弄出个什么巴勒克赛尔先生来。

暴风雨前的隆隆雷鸣开始传来，但凡目光稍为敏锐点儿的人都清楚地看到，关于我的书以及我本人，有什么阴谋在酝酿着，很快就要露出狰狞面目。可我仍旧高枕无忧，愚蠢透顶，万万没有料到大难临头，甚至在感到灾难的恶果之后还没猜到是什么原因。人们先开始比较巧妙地放出风声说，在打击耶稣会士的同时，不能偏袒攻击教会的书和作者。人们责怪我在《爱弥儿》上署了自己的名字，可我在其他所有的作品上全都署了名，也没见有人对此说过什么呀。看起来人们是担心被迫采取一些措施，虽说是甚为遗憾，但为情势所逼，不得不如此，而且我的不谨慎又授人以柄。这些风声传到了我的耳朵里，可我并不怎么惊慌不安，我甚至根本就没想到这中间会有我什么事。因为我觉得自己无懈可击，靠山很硬，各个方面都极合规定，而且我并不害怕卢森堡夫人因为一个完全由她一手造成的错误——如果有此错误的话——而陷我于尴尬处境。但是，我知道，在处理这类事情的时候，通常是严惩书商而饶过作者的。因此，我不禁为可怜的迪舍纳捏一把汗，万一马尔泽布尔先生撇下他不管，那他可就惨了。

我处乱不惊。流言甚嚣尘上，很快调门儿便变了。公众，尤其是议会见我还平静如常，似乎大为恼火。几天之后，事态严重了，威胁转了矛头，直接指向了我。只听见议员们公开声称，光焚书无济于事，必须烧死作者。对于书商，人们根本不提了。这些话更像果阿①的宗教裁判官的言辞而不像出自一位参议员之口的话语，当它们第一次传到我的耳朵里的时候，我毫不怀疑那是霍尔巴赫那帮人假造出来想吓唬我、把我撵跑的。我对这种雕虫小技嗤之以鼻，并且，一面讥讽他们，一面暗自思忖，要是他们知道事实真相的话，他们本会想出别的什么办法来吓唬我的。但是，流言终于越传越凶，因此很显然，要动真格的了。卢森堡先生和夫人这一年把他们第二次来蒙莫朗西的时间提前了，六月初就到了。尽管我的书在巴黎闹得沸沸扬扬，但我在元帅家里很少听见有人提起，主人夫妇更是闭口不提。但是，有一天早上，当我同卢森堡先生单独在一起的时候，他对我说："您是不是在《社会契约论》里说舒瓦塞尔先生的坏话了？""我？"我惊讶得倒退了一步，说，"我向您发誓，没有。恰恰相反，我用我那不善捧人的笔，为他写下了一位大臣从未受到过的溢美之词。"我立即将那一段讲给他听了。"那么，在《爱弥儿》里呢？"他又问道。"没有一句话，"我回答道，"没有一句话与他

① 果阿位于印度西海岸。曾为葡萄牙属地。对18世纪的哲学思想家来说，果阿是宗教裁判所的代名词。

相关。""啊！"他比平时激动地说，"您在那另一本书里也该这么做，或者应该说得更明白一些才对！""我认为说得挺明白的，"我回答说，"我认为他心里是清楚这一点的。"他正要接着说点儿什么，我都看见他正要张嘴了，但他却停住了，不再作声。这真是朝臣的不幸手腕，即使再心地善良也得压制住友情！

这番谈话，虽说很短，但起码是在某个方面让我看清了自己的处境，并且使我明白人们记恨的确实是我。我为我那闻所未闻的宿命而悲叹，无论我说什么好话或做什么好事，它都要使之变得对我有害。然而，我觉得在这件事情上有卢森堡夫人和马尔泽布尔先生作为我的挡箭牌，所以看不出人们怎么就能避开他们，而将矛头直接指向我。因为从那时起，我就清楚地感觉到，已不再是什么公平与正义的问题，人们已不想费劲儿地去弄明白我是否真的对了或错了。此时，雷声越来越大，暴风雨将至。就连内奥姆在东拉西扯时也不免向我表示很后悔，不该插手这部作品，并且深信该书及其作者命中注定在劫难逃。但是，始终有一件事让我的心是踏实的：我看见卢森堡夫人一直那么平静，那么高兴，那么笑容可掬，那一定是因为她对自己做的事确有把握，否则她不会不为我而有所不安的，不会不对我说上一句同情话或者表示点儿歉意的，不会那么不动声色地看着事态如此发展下去，仿佛自己根本没有参与过，仿佛对我毫不感兴趣。使我惊讶的是她什么话也没对我说，而我觉得她本该对我说点儿什么才是。布弗莱夫人看上去不太平静。她来来去去都是一副急躁不安的样子，四处奔波，并且向我保证，孔代亲王先生也在奔忙，以阻止人们准备对我实施的打击，而且她始终把这种打击归咎于当前形势。因为对议会来说，重要的是别让耶稣会士们指责不关心宗教。然而，她似乎对亲王以及她自己的活动的成功并不抱什么希望。她的一次次谈话令人紧张而非放心，意思都是让我避避风头，并且总是劝我到英国去，主动给我介绍许多在英国的朋友，其中有她多年的老友——大名鼎鼎的休谟①。见我非要待着不走，她便想出能让我动摇的一招儿。她暗示我，如果我被捕受审的话，我就会被迫供出卢森堡夫人来，而她对我的友谊深厚，我不该冒这种会牵连她的危险。我回答说，万一如此，她尽管放心，我是绝不会连累她的。她反驳道，这说起来容易，做起来难。在这一点上，她说得对，特别是对我而言，因为我是决心在审判官面前永远不违背誓言或撒谎的，不管说出真话来可能会有什么危险。

见我对她的想法有点儿动心，但又见我下不了决心逃走，她便对我谈起了去巴士底狱关上几个星期，作为逃脱议会裁判的一种手段，因为议会是不干预国事犯的。我对这种离奇的恩典没有提出任何异议，只要它不是以我的名义请求的就行。由于她没再跟我提起这事，我后来就以为她提此建议是在试探我，人家并不愿意采取这种权宜的办法来了结一切恩怨。

不几天，元帅先生从德耶的神父、格里姆和埃皮奈夫人的朋友那儿接到一封信，里面有一个通知，神父说是从消息可靠人士那儿得到的，说是议会将用严厉的措辞起诉我，并注明了哪一天我将被拘捕。我判断此通知系霍尔巴赫一伙假造的。我知道议会是很注重程序的，在不先依照司法程序搞清我是否承认写了这本书，我是否真的就是该书的作者，就这么一纸通令将我逮捕，那是完全违反程序的。我对布弗莱夫人说："只有危害公共安全的罪行，才能根据简单的迹象就下令逮捕被告，因为害怕被告逃脱法网。但是，要想惩治像我这样本应受到尊敬和奖励的一种违法行为，应针对作品起诉，而要尽量避免涉及作者。"对此，她向我指出了一个细微的差别，可我忘记了是什么差别，以证明不先行传讯就下令逮捕是对我的一种恩典。第二天，我便收到居伊的一封信。他告诉我说，在他去检察长家的那一天，他在其写字台

① 休谟 (1711—1776)，英国历史学家和哲学家，著有《英国史》六卷等。1763—1765 年，任英驻法使馆秘书，在法国哲学界和沙龙里颇有人缘。

上看到一份针对《爱弥儿》及其作者的起诉书的草稿。必须强调的是，这个居伊是迪舍纳的合伙人，该书是他承印的，可他丝毫不为自个儿的事担忧，反而大发慈悲地把这个消息告诉作者。大家可以想一想，这一切怎么能够让我相信！一个被检察长接见的书商，竟在其写字台上从从容容地读到手稿和底稿，那也太简单、太容易了吧！布弗莱夫人和其他一些人也向我证实了这件事。根据人们不断地向我的耳朵里灌输的这种种荒唐话，我真的以为所有的人都疯了。

我清楚地感觉到，在这一切之中，有什么秘密别人不愿告诉我，所以我坐待事态的发展，深信自己在整件事情上是正直的、无辜的，而且我也极其高兴，不管有什么迫害在等待着我，反正为真理而受苦是无上光荣的事。我毫无惧色，也绝不躲躲藏藏，我每天都去大城堡，每天下午照样散步。六月八日，就在逮捕令下达的前夕，我还同两位奥拉托利会的教授阿拉玛尼神父和曼达尔神父一起散步。我们带上点心去尚波，吃得津津有味。我们忘了带酒杯，便把黑麦秆插到酒瓶里去吸，大家都争相挑选最粗的麦秆，看谁吸得最多。我一生中从未这么开心过。

我讲述过年轻的时候是怎么失眠的。自那以后，我便养成了每晚在床上看书的习惯，直看到眼皮抬不起来，就把蜡烛吹灭，尽量迷糊一会儿，但总是迷糊不长。我每晚通常读的是《圣经》，我就这样连续地从头至尾读了至少有五六遍。那一天晚上，我比平时更无睡意，便读得时间更长一些，我把用"以法莲的利未人"①为结尾的那一章整个儿地读完了，如果我没记错的话，那一章就是《士师记》②，因为自那以后，我就没再读过这一章。这篇故事令我爱不释手，可当我恍若身在梦中的时候，突然被响声和亮光惊醒了。泰蕾兹掌着灯，照着拉罗什先生。后者见我突然坐

---

① 以色列人的一族。
② "士师"是犹太诸王以前的统治者称谓，《士师记》系《圣经·旧约》中的一卷。

直身子，便对我说："别害怕，是元帅夫人派我来的。她给您写了一封信，还有一封孔代亲王先生的信。"的确，在卢森堡夫人的信中，我发现了这位亲王派一位专差给她送去的那封信，里面指明，尽管他尽了一切努力，人家还是决定要对我进行严厉的起诉。他对她说："问题极其严重，怎么挡也挡不住。宫廷要严办，议会也要严惩，早上七点就将发出逮捕令，马上就要派人来抓他了。我总算说妥，若是他远走高飞，就不再追捕他了。但是，如果他执意要让人抓去的话，那么他必被捕无疑。"拉罗什代表元帅夫人催促我赶快起来，去与她商量商量。已经是凌晨两点了，她刚刚睡下。"她在等您，"他补充道，"她不愿意在见到您之前就睡着了。"我匆忙穿好衣服，向元帅夫人处跑去。

我觉得她焦躁不安。她还是头一次这样。她的慌乱令我动容。在这紧张的时刻，又是深更半夜，我自己也不免有点儿激动，但是一见到她，我便忘了我自己，只想着她，只想到假使我被抓去，她将要扮演的悲惨角色。因为，我虽自觉有勇气只讲真话，哪怕这真话对我有害，会毁掉我，可我觉得自己缺乏足够的镇静，缺乏足够的机智，也许还缺乏足够的刚毅，在被逼得太紧时，难免会把她给牵连进去。这就决定我去牺牲自己的荣誉以求得她的平静，决定我在这件事上做出要是为了我自己永远不会做的事。在我下定决心的当儿，我便将自己的决心告诉了她，绝不愿意让她付出代价，从而有损我的牺牲的价值。我深信她是不会误解我的动机的，可是她没有对我说过一句话，以表示她对此深为感动。我对她这么无动于衷很恼火，以至举棋不定，很想缩回去。但是，元帅先生突然来了，布弗莱夫人不一会儿也从巴黎来了。他们做了卢森堡夫人本该做的事情。我受了一番恭维，羞于改口。因此，剩下的只是我隐遁到何处以及何时离去的问题了。卢森堡先生建议我隐姓埋名，在他家躲上几日，以便从容不迫地商量一下，采取措施，但我没有同意，也没同意偷偷地溜到圣殿区去。我执拗地要当天就走，不想躲在任何地方。

　　我感到自己在法兰西王国里有一些隐而不露的有势力的敌人，所以我认为，尽管我留恋法国，但仍应离开它，以求得安生。我首先考虑的是退居日内瓦，但稍加考虑之后，我便放弃了这种愚蠢的想法。我知道法国内阁在日内瓦比在巴黎的势力还大，如果它想要折磨我的话，无论在哪个城市。它都不会让我得到安宁的。我知道《论人类不平等的起源和基础》在日内瓦议会中激起了对我的仇恨，而这种仇恨越是不敢表达出来就越是危险。我知道，最后，当《新爱洛伊丝》出版的时候，日内瓦议会曾在特隆桑医生的请求之下，迫不及待地禁止它发行，但是一看无人响应，甚至在巴黎也没人吭声，便自觉很蠢，颇为羞惭，才收回禁令。我并不怀疑，它觉得此次机会难得，一定会尽量想法儿利用的。我知道，尽管所有的日内瓦人表面上装得挺漂亮，但心里在暗暗地忌妒我，只等机会来了好发泄积怨。然而，爱国之心在召唤我回到自己的祖国去，要是我能够庆幸在自己的祖国平平安安地生活的话，我是不会有所迟疑的。但是，荣誉与理智都不容许我像个逃亡者去那儿避难，所以我便决定只是在靠近自己祖国的地方待着，到瑞士去等着，看看人们将在日内瓦对我做出什么决定。大家马上就会看到，这种不安不会很长。

　　布弗莱夫人对这个决定很不以为然，又在努力地劝说我，让我去英国。她没有说动我。我从来就不喜欢英国，也不喜欢英国人，而布弗莱夫人好话说尽，也远远未能打消我的厌恶之情，反而似乎使之有增无减，我也不知到底是为什么。

　　我既已决定当天就走，大家都以为我一大清早就走了。我派拉罗什去拿我的文稿，他连对泰蕾兹都不肯说一声我是走了还是没走。自打我决定有朝一日要写我的回忆录，我便收集了许多信件和文稿，需要跑好几趟去拿。已经整理好的那些文稿，有一部分是单放着的，而我则整个上午都在整理其他的文稿，以便只拣对我有用的带走，把没用的烧了。卢森堡先生很乐意帮我干这活儿，但这活儿挺费时间，我们俩一上午都没有弄完，所以我也就来不及烧了。元帅先生主动提出由他负责把剩下的部分拣完，把不要的由他亲自烧掉，而不交给任何人，然后把拣出来的全部寄给我。我接受了他的提议，很高兴摆脱了这件烦琐的事，好同我马上就要与之永别的极其亲爱的一些人度过我所剩不多的几个钟头。他把我留存这些文稿的房间钥匙拿去了，并且在我的再三请求之下，派人去寻我那可怜的"姨妈"。她因不知我情况如何以及她将会怎样而急得要死，正时刻准备着法院来人，不知道怎么办，也不知道如何回答他们。拉罗什把她带到大城堡中来，什么话也没告诉她，她还以为我早就远走高飞了。她一看见我，便高声尖叫一声，扑到我的怀里。啊，情谊，心心相印，朝夕相伴，相濡以沫！在这难舍难分的时刻，我们俩一起度过的那么多幸福、甜蜜、温馨的日子一起涌上了心头，使我在将近十七年中几乎没有一天不形影相随之后，更加痛切地感到第一次离别那撕心裂肺之痛。元帅先生目睹这离情别绪，也不禁潸然泪下，悄悄地走开了。泰蕾兹不愿意再离开我。我告诉她此刻跟随我去的不便之处，以及她留下来清理我的物件、收回我的钱款的必要性。依照惯例，下令逮捕某人时，就要拿走他的文稿，封存他的物件，或列一个清单，并指派一人看管。必须让她留下来注视人家如何处理，尽可能地减少损失。我答应她不久就让她来找我。元帅先生也确认了我的这一许诺，但我始终不想告诉她我要去哪儿，以便她在遭到前来抓我的人的盘问时可以照直说她确实不知我的去向。分手时，我拥抱着她，心中感到一种很特别的激动。于是，我在激动之中，唉，真是一语成谶，对她说道："孩子，你必须拿出勇气来。在我的那些美好岁月里，你与我有福共享，今后，既然你自己愿意，那你就得与我有难同当了。从今往后，等着你的只是跟着我去受苦受难了。我的命运从今天这个可悲的日子就开始了，它将追逼我到生命的最后一刻。"

我所剩下的只是考虑动身的事了。法院的人本该十点就来的。我走的时候，已经是下午四点了，可他们还没有来。原先定好我将乘驿马的。我根本没有自己的马车，元帅先生便送了我一辆双轮轻便马车，还借给我两匹马和一个车夫，送我到第一个驿站。在那儿，由于他事先已安排好了，人家毫无难色地便给我提供了两匹驿马。

由于我没入席用午餐，也没在大城堡露面，夫人们便前来我待了一整天的那个二楼的房间与我告别。元帅夫人满面愁容地拥抱了我好几次，但我在她的拥抱中没再感到两三年前她频频拥抱我时的那种亲密急切劲儿了。布弗莱夫人也拥抱了我，还说了许多中听的话。有一个人的拥抱使我更加惊讶，那就是米尔普瓦夫人的拥抱，因为她当时也在场。米尔普瓦元帅夫人是一位极其冷峻、端庄和矜持的女人，我觉得她还没完全摆脱掉洛林家族那种生来就有的高傲。她从来就没有太关注我。或许是我受宠若惊，力图抬高这种恩宠的价值，或许是她在拥抱我时确实加进了一点儿高贵女人所固有的那种恻隐之心，反正我从她的动作和目光中感觉到某种说不清道不明的强力，直入我的肺腑。后来，当我回想起她的拥抱时，我常常在猜测，她因为不知道我将命归何处，所以刹那间对我的不幸不禁动了恻隐之心。

元帅先生一直没有开口，面色苍白得犹如死人。他非要把我一直送到停在饮马槽边的车上去。我们俩穿过整座花园，一句话也没说。我身上带着钥匙，用它打开了园门，然后，我没把钥匙装进口袋，而是默然无语地把它还给了他。他接过钥匙时的那种激动令我惊诧，使我此后不禁经常回想起来时总不免要黯然神伤。我一生中从未有过任何时刻比这次离别更觉得难舍难分了。我们俩久久地、默默无言地拥抱着，我们彼此都感觉出这次拥抱就是最后的诀别。

550

在巴尔和蒙莫朗西之间的路上，我遇上一辆高级租用马车，上面坐着四个穿着黑衣服的人，含着微笑向我打着招呼。据泰蕾兹后来向我描绘的从法院来的人的相貌以及他们到的时间和行为举止，我毫不怀疑那就是他们，特别是后来我听说逮捕令不是像人们告诉我的那样是七点下达的，而是直到中午才下达。我必须穿过整个巴黎。坐在一辆敞开的马车里是藏不严实的。我看见街上有好几个人像认识我似的在向我打招呼，可我一个也不认识。当晚，我便绕道穿过维尔罗瓦封地。在里昂，坐驿车者都得被带去见城防司令。这对一个既不愿说谎又不愿更名改姓的人来说可就尴尬了。我带着卢森堡夫人的一封信，前去求维尔罗瓦先生，请他想法儿替我免去这份苦差事。维尔罗瓦先生给了我一封信，可我没有用它，因为我没经过里昂。这封信仍原封未动地存在我的信函箱中。公爵先生一再劝说我在维尔罗瓦过夜，但我宁可继续上路，因此我当天又赶了两个驿站。

　　由于车座很硬，加之身体太差，我无法拼命地赶路。再说，我的样子也不够威严，不会得到很好的服务，而且大家都知道，在法国，驿马跑得快和慢，全看车夫如何赶了。我以为多多犒赏车夫就可以弥补自己的相貌平平、言语笨拙了，这反而更糟。车夫们竟拿我当成跑腿的，平生头一遭坐驿车出门办事。此后，我得到的便一直是一些驽马，还成了车夫们捉弄的玩偶。我终于耐住了性子，一句话不说，随他们驾车好了，其实，我一开始就该这样。

　　我是有办法排除旅途中的烦闷的。我把最近发生的一切翻来覆去地加以思考，想弄个水落石出，可我既无这种能耐，也没这个心思。令人惊讶的是，我对已经过去的灾祸很容易忘记，尽管它可能是最近才发生的事。一想到大难临头，我就会吓得半死，不知所措，不知将会如何。可是一旦灾难发生了，我也就不怎么去想它了，很容易便把它忘得一干二净。我那害苦了我的想象力总是在自寻烦恼，灾难未到，总要猜测个没完没了，而且使我又

551

无法去回想已经出现过的那些灾难。对于已成事实的事也就无须再去小心防范了，而且再去想它也无济于事。我可以说是为将要到来的不幸耗尽了心思，我越是因猜测它而吃尽苦头，也就越容易忘掉它。与此相反，当我不断地回想起昔日的幸福时，我便在回味它，可以说是愿意何时拿它出来回味就拿它出来。我感到，正是多亏了这种很好的秉性，我才大概从来不知道什么是记恨。记恨心总缠着一个爱报复的人，使之对受到的侮辱耿耿于怀，变着法儿也要找他的仇家报仇，殊不知自己反倒为此痛苦不堪。我生性好激动，一激动，马上便气愤不已，怒不可遏，但复仇的念头从未在我心中扎过根。我对受到的冒犯很少介意，所以也就不太去想冒犯我的人。我之所以想到他使我遭受的不幸，是因为担心再受到他的坑害。如果我确信他不会再损害我，他那对我已造成的损害，我可能立马就会忘记。人们常在劝诫我们，要英雄海量，这无疑是一种极为美好的品德，但对我谈不上。我不知道自己的心灵能否控制住仇恨，因为它从来就没有感受过仇恨，而且我也极少去想我的仇人，所以也就谈不上有饶恕他们的美德。我不清楚他们为使我痛苦而自寻烦恼到了什么程度。我受他们的摆布，他们有权有势，他们利用自己的权势。只有一件事是超出他们的权势的，而且也是我以此向他们挑战的，那就是他们在为害我而绞尽脑汁的时候无法迫使我也为害他们而殚精竭虑。

自我动身的第二天，我便把新近发生的一切忘得一干二净。在整个旅途中，除了我不得不小心提防的事之外，什么议会呀，蓬巴杜夫人呀，舒瓦塞尔先生呀，格里姆呀，达朗贝尔呀，以及他们的阴谋诡计、他们的同伙，全被我抛诸脑后了。相反，我却记起我动身前夕最后读的那本书。我也回想起了格斯纳①的《牧歌》，是其译者于贝尔前些日子寄给我的。这两本书总浮现在我

---

① 格斯纳 (1730—1788)，苏黎世诗人。

的脑海之中，而且完美地交织在我的思想里，以至我想设法将它们结合在一起，按照格斯纳的笔法，写一个"以法莲的利未人"的题材。这种纯朴的田园风格似乎不怎么适合这么惨烈的题材，而且我当前的处境也使我高兴不起来，无法把这一题材写得欢快一些。但是，我仍想试一试，这纯粹是为了消解鞍马劳顿，根本就不想获得成功。我刚试，便惊讶地觉得思想非常集中，而且表达时也很得心应手。我用三天的时间写出了这首"小诗"的头三章。后来，我在莫蒂埃将它写完了。我深信，我一生之中从未写出过比它风格更淳朴感人、色彩更清新、描绘更纯真、个性更贴切、凡事皆具古朴之风的东西，而且这一切都未被那基调悲惨的主题所损害。除此之外，我还因此具有了战胜困难的优点。如果说《以法莲的利未人》不是我的作品中的最佳之作，那也将永远是我最为珍视的作品。我每每读到，并且在我将重读它时，都会感到心中有着一种无怨无艾的欢快，远远没有因自己的不幸而尖酸刻薄，反而能聊以自慰，在自身找点儿什么来补偿自己所遭受的不幸。假如有人将那些在自己的书中对自己从未遭受过的不幸表现得那么豁达的大哲学家聚在一起，把他们放在与我相似的处境之中，在他们的尊严受到侮辱时最初的愤怒之中，让他们来写这样一部作品，看看他们将把它写成什么样子吧。

我从蒙莫朗西动身去瑞士的时候，决定去伊韦尔东我那善良老友罗甘先生那儿停停。他退居那儿已经有几年了，还邀请过我去那儿看他。我在途中听说经过里昂要走弯路，所以去伊韦尔东就省得绕里昂了。可是，那就得经由贝桑松，那也是个军事要塞，因此也要遭遇同样的不便。因此，我决定绕点儿路，经过萨兰，借口去看看迪潘先生的侄子米朗先生，他在盐场供职，曾经一再邀请我去看他。这个办法成功了。我没有找到米朗先生，所以很高兴不必停留，继续赶路，没有遭到任何人的盘问。

进入伯尔尼境内时，我让马车停下。我下了车，跪在地上，拥抱、亲吻着大地，激动地嚷道："苍天啊！道德的保护者，我赞美你，我踏上自由的土地了！"我就是这样，一有了希望，便又盲目又自信，总是对将铸成我的不幸的事物热情满怀。我的车夫大惊失色，以为我疯了。我重又上了车，没几个小时，我便感受到扑在可敬的罗甘怀抱中的那种既单纯又强烈的快乐了。啊！让我们在这位可敬的主人家喘息片刻吧！我需要在他家恢复点儿勇气和力量，我不久将使之有用武之地。

我刚才就我所能回想起来的所有情景做了不厌其详的叙述，这是不无道理的。虽然它们显得不太明晰，但是人们一旦掌握了阴谋的线索，它们就能让人看到阴谋的施展。譬如，它们对我马上要提出的问题虽不能提供初步的概念，却大大有助于解答这个问题。

咱们假定，为了实施以我为目标的阴谋，必须让我离得远远的，那么为了让我走开，则必须让一切都像所发生的那样发生。但是，如果我不被卢森堡夫人的夜半使者所惊吓，不被她的惊慌乱了方寸，而一如我开始时那样岿然不动，不是待在大城堡，而是回到我的床上安安稳稳地睡个懒觉，我也照样会被下令逮捕吗？这是个大问题，解开其他许多问题也得取决于这一问题，而要研究它，那就很有必要搞清那威吓性的逮捕令和实际的逮捕令的下达时间。这是个粗略的却明显的例子，表明在陈述的事实中最微不足道的细节也是十分重要的，人们可以据此通过推论去找出其中的秘密和原因。

# 第十二章

　　从此，黑暗的樊篱便开始筑起了，我被禁锢其中整整八年，无论如何左冲右突，总也无法穿越它那阴森的黑暗。在我遭受没顶之灾的深渊之中，我感觉得出所受打击之严重，我也隐约看到别人打击我时所用的那件直接的工具，可我无法看清操纵那工具的手，也看不清那手是怎么使用那工具的。耻辱和不幸像是自然而然地落在了我的头上，不留任何痕迹。当我那破碎的心发出几声叹息时，我像个无病呻吟的人，而弄得我一败涂地的那些人却找到了不可思议的高招儿，让公众不知不觉成了他们的同谋，而且看不出他们的阴谋所产生的恶果。因此，在我叙述那些与我相关的事情，叙述我所受到的虐待以及我所遭遇到的一切的时候，我却无法看清造成这一切的那只毒手，无法在讲明情况的同时找到其原因。这些最初的原因全都在前三章里写明了。所有与我利害攸关的事、所有秘密的动机，在前三章里也都阐明了。可是，要我说出这各式各样的原因是怎样聚合起来造成我一生中的种种离奇之事的，我可说不清楚，连推测也难。如果在我的读者中有哪位义士愿意探究这些秘密，找出真相，那就请他再仔细地读一读前三章。然后，在他以后每读到一个事实的时候，就利用他们掌握的材料，一个阴谋一个阴谋地、一个代理人一个代理人地倒查回去，一直追查到这一切的最初的策划者，而我肯定清楚他最终查出来的是谁。但是引导读者去究根探源的那些暗道阴森漆黑，弯弯曲曲，我自己是一走就会迷路的。

我在伊韦尔东逗留期间，结识了罗甘先生全家，其中包括他的外甥女波瓦·德·拉·杜尔夫人及其几个女儿。我想，我曾经说过，女儿们的父亲，我在里昂早就认识了。她是来伊韦尔东看望舅舅和姨妈们的。她的大女儿大约十五岁，天资聪颖，脾气温顺，我很喜欢。我友谊至深地依恋上这位母亲和她的这个女儿了。这个女孩由罗甘先生做主，许配给了他的当了上校的侄儿。上校已是个中年人，对我也极为尊崇。尽管做伯父的十分热衷于这门亲事，做侄儿的也盼着遂了心愿，我也希望男女双方好事成真，但是双方年岁相差太大，而且那个女孩极不愿从命，所以我便同她母亲一道力阻这门亲事，结果婚约取消了。后来，上校娶了同是他的表妹的迪伦丝小姐。我打心眼儿里认为她性情和相貌俱佳，使得上校成了最幸福的丈夫和父亲。尽管如此，罗甘先生还是没有忘记我在这件事上拂逆了他的意愿。可我对此事问心无愧，我坚信无论是对他还是对他的家庭，我都尽了最神圣的友谊所要求的义务。这种义务并不是事事逢源，而是事事尽心尽力地提出忠告。

若是回到日内瓦去，无须多猜，我就知道会受到怎样的接待。我的那本书在日内瓦被焚烧了。而且，六月十八日，就是在巴黎下达逮捕令之后的第九天，日内瓦也下达了对我的逮捕令。在日内瓦的逮捕令中，荒谬绝伦之处比比皆是，教会赦令也在其中大受践踏，所以当我听到此消息时，还真的不敢相信。等到完全证实之后，我真觉得不寒而栗，担心如此明目张胆、如此骇人听闻地践踏以良知为始的一切法律，会把日内瓦闹个天翻地覆。可我放心了，因为一切都平静如常。如果说在平民百姓中还有烦言，那只是冲着我来的，我被所有的饶舌轻浮之人以及所有的学究看成是一个没有背好教理问答、要挨鞭子的小学生。

这两道逮捕令是个信号，表明在整个欧洲掀起了对我的诅咒，其愤怒程度简直是没有先例的。所有的杂志、报纸、小册子都鼓噪起来，一片喊杀声。尤其是法国人，这些如此温情、如此有礼貌、如此仗义、自诩对落难之人如此亲切、如此看重的人民，竟突然忘掉了自己最为得意的美德，争相地侮辱我，其咒骂的次数和猛烈程度均高出他人一筹。我成了一个大逆不道之人，一个无神论者，一个狂人，一个疯子，一头猛兽，一只狼。《特雷夫报》的续办人，诅咒我得了什么变狼妄想症，而其妄言浪语恰恰清楚地表明他自己得了这种病。总之，简直可以说，在巴黎，不论写什么题目的文章，如果不在其中加点儿诅咒我的话，就得担心被带进警察局。我在寻找这种一致的仇恨的原因，但徒劳无益，我几乎以为所有的人都疯了。什么！《永久的和平》的编者在煽动不和！《萨瓦副本堂神父的信仰》的出版者是个大逆不道之人！《新爱洛伊丝》的作者是只狼！《爱弥儿》的作者是个狂人！唉，我的上帝！假如我出了《精神论》[1]，或者其他什么类似的著作，那又该成为什么了呢？可是，在掀起的反对该书作者的声浪中，公众根本没有与迫害者沆瀣一气，而是对作者大加赞扬，为他出气。请大家把他的书和我的那些著作比较一下，把它们受到的以及两个作者在欧洲各国所受到的不同对待比较一下，请大家从这些不同之中找出一些能够令一个有理智的人感到满意的原因来。这就是我所请求的一切，其他的我就不说了。

我在伊韦尔东过得非常好，所以，在罗甘先生及其全家的一再挽留下，我便决定在那儿待下去。该城大法官莫瓦利·德·然让先生也好心地劝我留在他的治下。上校家中有一小楼，在庭院和花园中间，他一再要求我住在那儿，我同意了。然后，他便立即着手布置，配备上我的小家庭所需的一应物品。方旗骑士[2]罗

---

① 系爱尔维修 (1715—1771) 于 1758 年 7 月出版的一部著作，同年 8 月遭禁被焚。

② 原为军中头衔，指能召集足够附庸参战而有权举方旗的领主，在沃州地界，系指担任镇长职务之人。

甘是围着我转的几个殷勤备至者之一，整天都不离我左右。我始终对这种恩宠有加深有感触，但有时也觉得怪烦的。搬家的日子已经定好了，我也已经给泰蕾兹写了信。可是，我突然得知，在伯尔尼掀起了反对我的风暴，据说是虔诚的教徒们掀起来的，可我始终未能看穿其最初的起因。参议院不知受到谁的挑唆，似乎不愿让我在隐遁中得以安宁。大法官先生一得到这一骚动不安的消息，就给好几位政府成员写信，为我辩白，责备他们不该盲目采取不宽容的态度，羞辱他们竟容那么多的盗匪藏匿在其邦内，却容不下一个受迫害的有才之人。有理智的人已经猜到，他的严厉斥责非但起不了缓和作用，反而火上浇油。不管怎么说，他的威信和雄辩都未能阻挡住打击的到来。当他获悉他得向我下达的命令时，便事先向我透了风声。为了不坐等命令到来，我决定第二天就动身。犯愁的是不知往哪儿去，因为我已看到日内瓦和法国都对我关上了大门，而且我清楚地预料到，在这件事情上，各国都将急于仿效自己的邻国。

波瓦·德·拉·杜尔夫人建议我住到莫蒂埃村一座家具齐全的空房子去。这座房子在纳沙泰尔邦 ① 的特拉维尔谷中，属她儿子所有，翻过一座山就到了。这一提议实在是及时雨，因为在普鲁士国王的各邦中，我自然不会再受到迫害，至少宗教问题在那儿不会成为借口。可我心里有一个难处，不便启齿，使我颇费踌躇。我生来所具有的对正义的爱始终在我心中燃烧着，再加上我心底里又倾慕法国，所以我便对普鲁士国王有所厌恶。我觉得，他通过他的行为准则和所作所为把对自然法则和所有的人类义务的一切尊重全都践踏殆尽。在我装饰蒙莫朗西塔楼的装框版画中，有一幅这位国王的尊容，下方写了一首两行诗，末尾一句是：

---

① 该邦为一封地。自 18 世纪初便属普鲁士国王统辖。

他思想如哲学家，行为则是国王。

这句诗要是换在别人的笔下，则是一句挺美的颂词。可是，在我的笔下，有着一种并不模棱两可的含义，而且上一句诗[1]也已清楚地表明了这一含义。来看我的人全都看到过这首两行诗，而且，来看我的人并不算少。罗伦齐骑士甚至把它抄给了达朗贝尔，而我深信，达朗贝尔一定会挖空心思拿它去代我向这位国王取宠的。这第一个错还不算，我又在《爱弥儿》的一段中犯了个大错：大家在这一段中，从多尼安人的国王阿德拉斯特[2]身上较清楚地看到我暗指何人，而且这一影射并未逃过吹毛求疵的那帮人，因为连布弗莱夫人都曾多次向我指出这一点。因此，我坚信我在普鲁士国王的生死簿上是被用朱笔勾过的。再说，假设他果然具有我斗胆加给他的那些行为准则的话，那么我的作品及我这个作者就凭这一点也会令他龙颜不悦了。因为大家都知道，恶人和暴君总是恨我恨得要死，即使他们不认识我，但只要一读我的作品就会如此。

然而，我壮着胆子去听凭他的摆布，而且我认为这样做危险并不大。我知道卑劣的情感只能支配软弱之人，对性格坚强的人则起不了什么作用，而我一向认为他就是后一种人。我断定，根据他的统治手腕，遇到这种机会，他是要表现一下豁达大度的，他的性格也不是不能让他这么表现一下。我认为，一种卑劣而轻易的报复在他的心里一刻也不会胜过他对荣誉的追求，而且我处在他的位置，也觉得他有可能趁此机会以其慷慨来使曾经敢于非议他的人感到无地自容。因此，我怀着一种自认为他会感到其价值的信任，前往莫

---

[1]　上一句诗为"光荣、利益，那是他的上帝和法则"。

[2]　古希腊传说中的多尼安人的国王。卢梭爱读的费纳隆的《忒勒马科斯历险记》中的人物，被描绘成一个"残酷无情、卑鄙无耻之人"，却是个骁勇的将领，智慧过人，镇定自若。

蒂埃居住了，并且暗自思忖：当让－雅克以科里奥兰纳斯 ① 相比的时候，难道普鲁士国王还能不如伏尔斯人的将领吗？

罗甘上校非要陪我一起翻过山去，亲自把我在莫蒂埃安顿好。波瓦·德·拉·杜尔夫人的一位小姑子——吉拉尔迪埃夫人，我要去住的那座屋子她原先住着挺惬意的，见我来了，并不太高兴。然而，她仍大度地让我住了进去，而且在我等着泰蕾兹搬来，把我的小家安排好期间，就在她那儿吃饭。

自我离开蒙莫朗西起，我感到自己从今往后将在世上东躲西藏了，所以犹豫着，没让泰蕾兹前来找我，不想让她同我一起过我注定要过的漂泊无着的生活。我感觉到，由于这次灾祸，我们俩的关系要有变化了，在此之前是我对她施以宠爱与恩情，今后将变为她对我施以宠爱和恩情了。如果她的感情能经得起我种种不幸的考验的话，她也会因我的那些不幸而悲痛万分的，而且她的痛苦将加深我的苦痛。如果我的失宠凉了她的心，她将会向我夸耀她的坚贞不渝，视之为她的一种牺牲，而且她感觉不到我同她分享我最后一块面包时的那种乐趣，而只是感觉到无论命运迫使我去向何方，她都愿意跟着我去的那种美德。

我必须把话全说出来，我没有掩饰我那可怜的"妈妈"以及我自己的缺点。因此，我也就不该对泰蕾兹有所宽容，不管我多么乐意崇敬对我来说如此亲爱的一个人，我也不愿隐瞒她的过错，如果说内心情感不由自主的变化也算是真正的过错的话。我很早就发现她的心在渐渐地冷下去。我感觉她对我已不像我们俩美好岁月时那样了，而且我越是对她始终如一，就越是感觉出这一点来。我重又陷入我在"妈妈"身边时感受到其后果的同样的尴尬，而这种后果在泰蕾兹身边也一模一样。我们别去寻求自然界中并不存在的完美，无论在哪个女人身边，后果都是一样的。

① 科里奥兰纳斯系罗马将领，从罗马放逐之后，曾经是其敌人的伏尔斯人的将领不计前嫌，慷慨地收留了他。

560

我对我的孩子们做出的决定，尽管我觉得十分合情合理，但并不总是让我心安理得。在我思考我的《论教育》时，我感觉到自己忽略了没有什么能够使我免除的一些义务。我的内疚最后变得如此强烈，致使我几乎不得不在《爱弥儿》的开头就公开承认了自己的过错，而且话说得那么一目了然，以至读完这一段，如果有谁还有勇气责怪我的过错的话，那就很令人惊诧了。然而，我当时的处境依然如故，甚至更糟，因为我的那些敌人一心想抓我的把柄，对我恨之入骨。我害怕重蹈覆辙，也不想冒此危险，所以我宁可忍受清心寡欲之苦，也不愿让泰蕾兹今后陷入同样的困境。此外，我早就发现，房事明显使我的身体每况愈下。由于这双重理由，我曾屡下狠心，但有时不能坚持，不过这三四年来我比以前持之以恒了。正是因为这样，自那时起，我便发觉泰蕾兹对我有所冷淡。她虽说因为义务而对我感情依旧，但在爱情方面则不再一样了。这必然使我们的夫妻关系少了点儿乐趣，因此我就在想，她深信无论她身在何处，都能继续得到我的照顾，所以也许宁愿留在巴黎而不愿随我漂泊。然而，在我们俩离别之时，她曾是那么依依不舍，要求我一定答应日后让她去寻我。自我走后，她向孔代亲王和卢森堡先生都一再强烈地表示寻我的愿望，以至我非但没有勇气向她提出分手，甚至连想都不敢去想。当我心里实在觉得离不了她时，我便只想到一再要求她快到我的身边来。因此，我给她写信，让她动身前来，她也就来了。我离开她还不到两个月，但这可是我们多年形影相随之后的第一次分离，我们彼此都觉得这次分离是那么令人痛苦不堪。我们拥抱在一起时，心里真是说不出是什么滋味！啊，温情和快乐的泪水是多么甜美！我的心在如饥似渴地畅饮着这甜美的泪水！这样的泪水人们为何让我流得这么少呢？

我到了莫蒂埃，便给纳沙泰尔总督、苏格兰元帅基思勋爵写了信，告诉他我在国王陛下的国土上退隐一事，并请求他予以保护。他以人所共知也是我所期待于他的那份豪爽回复了我。他邀请我去看他。我就跟马蒂内先生一道去看他了。马蒂内先生是特拉维尔谷的领主，在总督阁下面前甚是得宠。这个德高望重的苏格兰人慈眉善目，强烈地震撼了我的心灵，我们俩之间顿时产生了一种强烈的感情，这感情在我来说是始终如一的，而在他那一方面，如果不是那帮剥夺了我一生所有慰藉的奸佞趁我远离他时欺他年迈，在他面前把我说得一无是处，也会一直不变的。

乔治·基思是苏格兰世袭元帅，也是那位生得伟大、死得光荣的名将基思的兄弟。他年轻时便离开了故乡，因为忠于斯图亚特家族而遭放逐。但他发现这个家族一贯生性无义而暴虐，所以很快便对它感到厌恶了。他在西班牙待了很久，很喜欢那儿的气候，最后，同他兄长一样，依附了知人善任的普鲁士国王，兄弟两个都受到了重用。普鲁士国王也因此得到了很好的回报：基思元帅为他效尽犬马之劳，而尤其难能可贵的是，他获得了元帅勋爵的真诚的友谊。这位可敬可佩的人那颗完全共和主义的、高尚的灵魂，只有在友情的重负之下才会屈服。但它屈服得又是那么彻底，以至尽管两人思想迥异，但他一旦依附了弗里德里希，眼里就只有这位国王了。国王委托他负责了一些重大事务，派他去巴黎，去西班牙。最后，见他年迈，需要休息，国王便委他以纳沙泰尔邦总督之职，借以颐养天年，并使该小邦臣民生活幸福。

纳沙泰尔人只重金玉其表，不识真知实才，一听人侃侃而谈，便以为是才气过人，看到一个冷静而不拘俗套的人，便把他的质朴当作高傲，把他的坦率视为粗俗，把他的言简意赅当成愚蠢。他们拒绝他的关心爱护，因为他只愿助人而不愿逢迎，根本就不会讨好他不欣赏的人。珀蒂皮埃尔牧师被他的同行们撵走了，因为他不愿意他的同行们永远被判在地狱中 [1]。在这个可笑的

---

[1] 珀蒂皮埃尔牧师 (1722—1790) 因反对所谓永远下地狱一说，而于 1760 年 8 月被其同行牧师们驱逐。

事件中，勋爵因反对牧师们僭越权力而遭到他为其着想的全邦人的反对。当我到来时，这愚蠢的反对声尚未止息。他至少被看作一个易让人产生偏见之人，而在他受到的所有责难中，这也许是比较正确的。我在看到这位令人尊敬的长者时，第一个感觉便是为他那被岁月耗尽的瘦削躯体而动容。但是，当我抬眼看到他那神采奕奕、爽朗而高贵的面容时，我不觉一怔，立刻对他肃然起敬，充满信任，这种感情战胜了其他的情感。我走上前去，与他简单地寒暄了几句。他只是听了听，便谈起了别的事情，仿佛我已来了一个星期。他没有给我让座，而他这位领主也直挺挺地站着。但我从这位勋爵深邃而精明的眼神中，看到一种说不出来的温情，所以我马上就感到很自在，无拘无束地走到他坐的那张沙发椅前，在他身边坐了下来。从他一开始就采用的亲切口吻中，我感到我这种随意的做法让他高兴，我猜想他心里一定在说："此人不是纳沙泰尔人。"

性格相投真是效果奇特！到了这一大把年纪，人心已经失却其自然热力了，可是这位善良的老人的心为我而奇怪地炽热起来，令人惊诧不已。他竟跑来莫蒂埃看我，借口要打鹌鹑，可是住了两天，连枪也没摸一下。我们俩之间建立起了那么深厚的友谊——确实如此——以至彼此谁也离不开谁了。他夏天住的科隆比耶城堡离莫蒂埃六法里，我顶多半个月就得去那儿住上一天一夜，然后便又像朝圣者似的走回来，心中一直惦念着他。我从前从退隐庐往奥博纳跑时的激动心情当然与此迥然不同，但那并不比我走近科隆比耶的感觉更加甜美。一路上，当我想到这位可敬的老者那慈父般的善心、那可亲可爱的美德、那慈善旷达时，我流下了多少动情的泪水啊！我称呼他为父亲，他唤我为孩子。这种甜蜜的称呼部分地说明了把我们俩聚在一起的那种依恋之情，却还不能反映我们俩彼此的需要和不断相见的愿望。他非要我住到科隆比耶城堡去，老是催我在我临时住的那套房间住下去。最后，我对他说，我在自己家里更自由一些，我宁愿一辈子这么跑来跑去地去看望他。他很赞赏我的坦诚，就没再提这事了。啊，善良的勋爵！啊，我可敬的父亲！我现在想到您时，心里仍多么激动啊！啊！那帮凶狠的家伙，他们硬把您从我身边离间开去，给了我多大的打击啊！不，不，伟大的人啊，对我来说，您是而且将永远是始终如一的，而我也是依然如故的。他们欺骗了您，却没有改变您。

元帅勋爵并不是完美无缺的。他是个智者，但毕竟是个人。他具有最深邃的思想，他最能掌握分寸，最了解人，但有时也受人蒙骗，而且迷不知返。他的脾气很特别，看问题有点儿古怪、离奇。他看上去把天天见到的人都忘掉了，可是在这些人万万没有想到的时候，他又想起了他们。他对人的关心常常显得不是时候。他送人礼物全凭自己心血来潮，而不是考虑合适与否。他脑子里一想起什么，便立即把礼物送给你或寄给你，不问价值之高低贵贱。有一个日内瓦青年，想去报效普鲁士国王，前来找他。勋爵给他的不是一封信，而是满满一小袋豌豆，命他转交给国王。国王收到这封奇特的"推荐信"，立即任用了送"信"的人。才高智远的人之间有着一种共同语言，那是凡夫俗子永远也理解不了的。元帅勋爵的这种类似一位美妇人的任性的小小怪癖，使我觉得他分外有趣。我深信，后来也深深体会到，这些小小怪癖并不影响他的感情，也不影响友谊在关键时刻要求他对别人施与的种种照顾。不过，说实在的，在他照顾别人的方式方法上与他在对人的态度上有着同样的奇特之处。我只就一件小事举一个例子。由于一天内从莫蒂埃走到科隆比耶对我来说实在太累，我通常便把它分成两段来走，午后动身，半路上夜宿布洛特。居处主人桑托兹，需要向柏林求得一项对他来说极其重要的恩准，便求我转请总督阁下代为求情。我很乐意帮他这个忙，便带上他一起去了。我让他先留在候见厅里，我去同勋爵谈这事，可勋爵没有吭声。上午过去了，我穿过候见厅去吃午饭，看见可怜的桑托兹等得心急火燎的。我以为勋爵早已把他给忘了，便在入席之前又跟他提起这事，他仍旧和先前一样没有吭声。我以为他的这种态度是在让我感觉出我很不识相，便有点儿受不了，不再言语，暗自在为可怜的桑托兹叫苦。第二天返回时，桑托兹一再向我道谢，说他在总督府上受到了盛情款待，吃了顿丰盛的午餐，而且总督阁下收下了他的呈文，弄得我瞠目结舌。三个星期之后，勋爵把桑托兹所要的诏令派人送给了他。诏令是经国王御批的，由大臣下发的。勋爵在办这件事时，从不愿跟我也没跟桑托兹说一句、吭一声，我还以为他不肯办呢。

我真想继续谈论乔治·基思。我最后的美好回忆就是源自他的，除此之外，我的生活中剩下的就只是痛苦和揪心了。一想起这些揪心事来，我便悲从中来，恍恍惚惚，斩不断，理还乱，讲出来也不可能前后有序，所以今后我只好信马由缰，想到哪里写到哪里。

我很快便因得到国王给元帅勋爵的答复——同意我避难，从而摆脱了不安的情绪。大家可以想象，我把元帅勋爵看作了我的辩护人。国王陛下不仅赞同他的做法，还责成他——我得把一切都说出来——给我十二个金路易。好心的勋爵被这样一件差事弄得进退维谷，不知如何办才能使我不致感到难堪。于是，他想出一个办法，把这笔钱折成实物，告诉我说，他奉命给我提供劈柴、木炭，好让我过起小日子来。他甚至补充说——这也许是他自个儿的意思——如果我愿意选定一个地方的话，国王很乐意让人按我的意愿为我建造一座小屋。这份好意让我深为感动，使我对前面的馈赠的计较显得小家子气了。尽管这两份厚意我都没有接受，但我已将弗里德里希看作我的恩人和保护者了，并且真心实意地依附他，以至自那时起，我便对他的光荣十分上心，一如我此前一直对他的成就不以为然一样。因为不久之后对他所促成

565

的和平 ①，我做了一种很别致的彩灯，以表示我的欢悦。那是一圈花环式小彩灯，我用它来装饰我住的那所房屋，而且说实在的，我有着一种自傲的报复心理，花掉了几乎是他本想送我的那笔钱的数目。和约签订之后，我以为他在军事和政治上的光荣达到了顶峰，他将为自己造就另一种光荣，振兴自己的国家，化剑为犁，兴商重贾，开垦荒地，安置移民，睦邻友好，由欧洲的灾星一变而成为欧洲的主宰。他可以无所忧虑地放下刀剑，可以完全相信别人是不会再迫使他重新握起它来了。但我见他仍不化干戈为玉帛，便害怕他错误地利用自己的优势，只成为半个伟人。我为此大胆地给他写了一封信，并且以他那种气质的人生来就喜欢的那种随便的口气，把那神圣的真理之声送进了他的耳朵。有资格听到这真理之声的君王寥寥无几。我这么放肆，只是悄然为之，只有他知我知而已。我甚至连元帅勋爵都没有告诉，我是将此信封严后交给他的。他没问是什么内容，便把信送出去了。国王没做任何答复。不久，元帅勋爵去柏林的时候，国王只是对他说，我把他狠狠地训了一通。因此，我明白了，我的信没得到好的结果，而我的热情和坦率被看作一个腐儒的粗鄙无礼了。实际上，这完全有可能，也许我说了不该说的话，采用了不该采用的口气。但我问心无愧的是，我之所以拿起笔来，完全是因为用心良苦。

　　我在莫蒂埃－特拉维尔住定下来不久，有了一切可能有的保证，相信人家会让我在此安静度日，因此我穿上了亚美尼亚服装。这并不是突发奇想。在我的一生之中，这个念头曾动过多次，在蒙莫朗西时，更是常常这么想，因为在蒙莫朗西，由于经常使用探条，我被迫常待在屋里，这就更使我觉得有一件长袍的好处。正巧有一个亚美尼亚裁缝常来看望他在蒙莫朗西的一个亲戚，我便想趁此机会让他给我做一件，这可能会引起闲言碎语，

---

① 指 1763 年 2 月 10 日和 2 月 15 日为结束七年战争所签订的《巴黎和约》和《胡贝尔茨堡和约》。

可我并不在乎。然而，我在采用这套新的打扮之前，还是想听听卢森堡夫人的意见。她倒是极力地劝说我这么穿戴。因此，我便置办了一小衣橱亚美尼亚衣装。但是，冲我而来的风暴使我把这种穿戴推迟到平静些的时候再说。只是在过了几个月之后，因为旧病又犯了，不得不求助探条的时候，我才觉得可以在莫蒂埃穿这种衣服而不致冒任何风险，特别是我还事先征求了当地牧师的意见。他对我说，我甚至穿着它去圣堂也不会引起哗然。于是，我穿上外套和皮里长袍，戴上了皮软帽，系上了腰带，就这么一副打扮去参加了圣事。然后，我觉得就这样上元帅勋爵家去也无伤大雅。元帅阁下见我这身打扮，客气了一句"萨拉姆阿勒基"①，没说别的。因此，我就这么定了，日后不再穿别的服装了。

完全抛开文学之后，我就只想过一种平静温馨的日子，自己想怎样就怎样。我独自一人时，从不知烦闷，即使是完全无所事事，因为我的想象力填补了所有的空白，这就足以让我闲不着了。假如几个人在屋里相对而坐，纵横捭阖，胡吹神侃，嘴不停歇，那才叫我无法忍受哩。走走路，散散步，倒还可以，至少脚和眼闲不着。但是，双手抱臂地坐在那儿，谈谈天气如何，埋怨苍蝇嗡嗡，或者更糟，互相恭维吹嘘，那简直是让我活受罪，要了我的命。为了不至于活得像个野人，我便想起学着编束带。我带上坐垫去串门，或者像女人们那样坐到门口去干活儿，同过路人聊聊天。这样我就能忍受一点儿无聊的废话，并能让我不致厌烦地在芳邻家消磨点儿时间。我有好几位芳邻长得挺可爱的，而且不乏才智。其中有一位名叫伊莎贝尔·狄维尔诺瓦，是纳沙泰尔检察长的千金。我觉得她挺不错的，所以便与她结下了特别的友情，这对她大有裨益，因为我给了她许多有益的忠告，在一些重要关头还关照过她。因此，现在，已成为贤妻良母的她，也许

---

① 阿拉伯语音译，意为"你好"。

是亏了我才有了她的理智、她的丈夫、她的生活和幸福。在我这一方面，我也是多亏了她才得到一些非常温馨的慰藉，特别是在一个十分凄苦的冬季，我身处病痛和苦恼俱烈之时，她常常跑来与泰蕾兹和我一起度过那漫漫长夜，巧用她那聪明才智，同我们促膝谈心，互诉衷肠，使人不再觉得长夜漫漫。她称我为"爸爸"，我称她为"女儿"，我们俩仍旧这么互相称呼着，我希望这种称呼将永远给她和我留下亲切的回忆。为了使我编的束带有点儿用处，我便在我的那些年轻女友结婚时送给她们做礼物，条件是她们将来自己喂养孩子。伊莎贝尔的姐姐结婚时有了我送的这件礼物，而且没有辜负它；伊莎贝尔也有了一份，她也是一心想着不要辜负它的，可是她没能有福分如愿以偿。我在赠送这些束带给她们俩的同时，曾给她们每人写了一封信，第一封信曾轰动一时，第二封信却无声无息：友谊本无须如此闹哄哄的。

我与左邻右舍有不少的来往，详情我就不一一赘述了，但我跟皮利上校的交往是应该提上一笔的。皮利上校在山里有一所房子，他每年夏天都来消夏。我一直不急于结识他，因为我知道他与宫廷和元帅勋爵的关系不好，他根本就不去看元帅。然而，由于他跑来看我，还对我十分客气，我只好去回访他。就这样，一来二往便熟识了，有时还你在我家吃、我到你家吃。我在他家认识了迪贝鲁先生，随后便相交甚笃，所以不能不谈一谈他。

迪贝鲁先生是个美洲人，是苏里南一位司令官的儿子。司令官死后的继承人、纳沙泰尔的勒尚伯里埃先生娶了司令官的遗孀。后者再次丧夫之后，便带着儿子来到她第二个丈夫的故里定居。迪贝鲁是独生子，极其富有，是母亲的掌上明珠，受到精心培育，良好的教育使他受益匪浅。他懂得许多知识，但都一知半解，对艺术也有所钟爱，特别喜欢标榜自己善于推理。他一副冷峻、深邃的荷兰人模样，肤色黑红，性格内向，沉默寡言，这大大有助于他的这种自吹自擂。他虽然年纪轻轻的，但耳朵聋，且患有痛风病。这使得他的一切举止都极其稳重，极其严肃，尽管他喜欢争论，有时甚至争得很久，但一般来说说话很少，因为他听不见。他的整个外表令我肃然起敬。我暗自思忖："这是一位思想家，一位贤哲，有他这样的人做朋友会很幸福的。"他常冲我说话，却从不对我做任何恭维，令我对他佩服得五体投地。他很少跟我谈我、谈我的书，很少跟我谈他自己。他并非没有看法，而且他所说的话还挺正确的。他说话之正确与准确，十分吸引我。他在思想上没有元帅勋爵的高明和精细，却不乏元帅的质朴，这一点可以说是与元帅不谋而合。我对他并不着迷，但因敬重而对他产生了好感，渐渐地由敬重而变成了友情。与他在一起，我完全忘掉了我当初不愿与霍尔巴赫男爵交往的那种异议："他太富有了。"我想我当时的看法是错的。可是，现实让我怀疑，一个腰缠万贯之人，不论他是谁，会不会真心实意地喜欢我的准则及其制订者。

有挺长一段时间，我很少见到迪贝鲁，因为我压根儿不去纳沙泰尔，而他也只是每年才到皮利上校的山里来一次。我为什么根本不去纳沙泰尔呢？是因为耍孩子脾气，这得谈上一谈。

尽管我因受到普鲁士国王和元帅勋爵的保护，在避难中，开始时免遭了迫害，但至少并未避免公众、市政官员和牧师们的纷纷议论。在法国拿我开刀之后，谁要是不至少给我点儿颜色看看，就不是好样的，害怕不仿效我的那些迫害者的做法，就显得不赞成他们似的。纳沙泰尔的那个阶层，也就是说，该城的牧师团伙率先发难，企图鼓动邦议会来反对我。这一企图未能得逞，牧师们便转向行政长官，后者立即让人查禁了我的书，而且一有机会便对我毫不客气，暗示并直言，如果我想在该城定居的话，大家是容不下我的。他们在其期刊《信使》上连篇累牍地载满了无稽之谈和无聊的伪善之语，使明白人看了鄙夷不屑，却能煽动黎民百姓起来反对我。尽管如此，我在听了他们的那些话语

569

之后，仍得对他们施与我的极大的恩典感激涕零，因为他们让我在莫蒂埃——其实他们在那儿毫无影响——住了下来。他们真想按品脱计量售空气给我，条件是我得以高价购买。他们要我因受到保护而向他们表示谢意，其实那是国王不顾他们的反对提供给我的，而且，他们是一直想剥夺对我的这种保护的。最后，因为无法得逞，在竭尽全力伤害我、诽谤我之后，他们竟然大言不惭地拿肉麻当有趣，向我夸耀他们如何仁慈，容我在他们的国土上住下来。我本该对他们嗤之以鼻，不予理会，可我挺蠢的，竟动了肝火，荒唐地不愿去纳沙泰尔，而且把此决心坚持了近两年之久，殊不知这帮人的所作所为不论是好是坏，都是不能责怪他们的，因为他们总是被人当枪使，所以对他们太认真的话，反而是过于抬举他们了。再说，那些既无教养又无知识的人只看重威望、权力和金钱，根本想象不出应该对天才有所尊重，想象不出侮辱天才就是在羞辱自己。有这么一位村长，因贪污而被革了职，他对我认识的那位伊莎贝尔的丈夫、特拉维尔谷的警官说："人家都说那个卢梭才气过人，您把他给我带来，让我看看是真是假。"以这种口吻说话的人的不满当然是不太会让令人不满者动气的。

根据人们在巴黎、日内瓦、伯尔尼乃至纳沙泰尔对待我的态度，我便不太指望当地的牧师对我有所照顾。可我是由波瓦·德·拉·杜尔夫人介绍的，而且他们曾十分热情地接待过我。不过，在这一带，人们对任何人都一律逢迎奉承，所以亲切的表示并不说明什么问题。然而，我已正式皈依新教，又生活在新教的国土上，我就不能不去参加我所尊奉的新教的公开活动，否则就是违背自己的信誓，违背自己作为一个公民的义务，所以我便常常去参加圣事。另一方面，我也担心走到圣桌前遭到拒绝，受到侮辱，而且日内瓦的议会和纳沙泰尔的教会的叫嚷已甚嚣尘上，当地牧师完全有可能不让我安安静静地去他的教堂里瞻仰圣体。我眼见领圣体的日子快到了，便决心给蒙莫兰先生——就是当地的那位牧师——写一封信，表示一下良好的心愿，并且向他声言，我打心眼儿里是一直皈依新教的。同时，为了在信条方面免遭吹毛求疵，我还对他说道，我不愿对信条做任何私下的解释。在这方面有言在先之后，我心里反倒踏实了，相信蒙莫兰先生不经事先讨论是一定拒绝我去领圣餐的，而我又绝不愿去争论一番。因此，这事也就不了了之，而且错不在我。可是，根本就不是那么回事。在我万万没有想到的时候，蒙莫兰先生来了，他不仅向我宣布他将按我所说的条件同意我领圣体，还说，他同他的老教友们都因有我这么一个教徒的加入而感到无上光荣。我一辈子也没这么惊喜过，没这么感到欣慰过。我感觉在世界上总是离群索居的话，命是很苦的，特别是身处逆境之中。在一再受到通缉和迫害时，能够在心里对自己说"我至少是生活在自己的教友们中间"，我觉得这真是妙不可言。于是，我满心激动，流着温情的泪水去领圣体了，这也许是人们在景仰上帝时的最佳精神状态了。

　　不久之后，勋爵派人给我送来了一封布弗莱夫人的信，至少据我推测，此信是经由达朗贝尔转来的，因为他认识勋爵。这是这位夫人自我离开蒙莫朗西之后给我写的第一封信。在信里，她严厉斥责我不该给蒙莫兰先生写那封信，特别是不该去领圣体。我不明白她是在冲谁发这么大的火，尤其是自我去日内瓦旅行之后，我一直公开声称自己是新教徒，我还在众目睽睽之下去过荷兰教堂①，可谁也没觉得这有什么不好的。我觉得这挺有趣的，布弗莱伯爵夫人竟然想在宗教信仰上对我加以指导。尽管我弄不懂她是什么意思，但我并不怀疑她这完全是出于好心好意，所以我对她这种莫名其妙的训斥委实不生气，并心平气和地回了她一封信，说明了自己的理由。

① 系荷兰使馆所属的一座小教堂，巴黎的外国新教徒和法国新教徒常常前往。

这时候，辱骂我的印刷品越来越多，其厚道的作者们责怪权势者对我过于手软。主谋们在幕后指挥的这一片鸡鸣狗吠，真是有点儿凄厉可怕。而我则任人去说，一点儿都不激动。有人肯定地对我说，索邦神学院有一纸谴责书，可我根本就不相信。索邦神学院根据什么要掺和这事呢？它想硬说我不是天主教徒吗？可这是众所周知的呀。它想证明我不是一个好加尔文教徒吗？可这与它有何相干？操这份心真是太蹊跷了，这是越俎代庖，要顶替我们的牧师。在见到这一纸谴责书之前，我以为是他人假借索邦神学院之名使之流传开来，以取笑该神学院；读了它之后，我便完全相信确系如此了。最后，当我对它的真实性再无法怀疑的时候，我只有一个想法，那就是必须把索邦神学院的人送进精神病院。

另有一个材料更令我痛心，因为那是出自我一向敬重的一个人之手，我敬佩他的坚定，却可怜他的盲目。我说的是巴黎大主教反对我的那份训谕。我觉得我不得不予以答复。我可以做到不失身份，这同我答复波兰国王的情形几乎一样。我从不喜欢伏尔泰那样的粗暴争吵，我只会颇有尊严地与人争辩，而且我希望攻击我的人不辱我的回击，方肯予以自卫。我毫不怀疑，这份训谕出自耶稣会士的手笔，尽管他们当时已自身难保，可我始终可以从中看出他们践踏落难之人的那一套旧的准则。于是乎，我也就可以按照自己的老准则行事，既尊重名义上的作者，又猛击该文本身：我相信我以前就是这么干的，还挺奏效。

我觉得在莫蒂埃的日子很舒服，而且为了决心在此终我一生，我所缺少的只是可靠的生活来源。此处生活费用挺高的，而我因旧家拆散，安了新家，所有家具什物全都变卖或丢失了，加之离开蒙莫朗西以来我所必需的一应花销，所以我从前的所有计划眼看着全被推翻了。我眼见我所有的那一点点儿钱财在逐日减少。过不了两三年，剩下的那点儿也将耗费殆尽，而我又看不出有什么生财之道，除非重新开始写书，而这又是我已经抛却的不祥的职业。

我坚信，不久，一切将朝着于我有利的方向转变，从疯狂中彻悟的公众将会使权势者们为自己的疯狂而汗颜，所以我便竭力把那点儿钱省吃俭用，以维持到那时来运转之时，那样我就有更多的可能从送上门来的生活手段中去加以选择了。为此，我又拿起我的《音乐辞典》来。这部辞典我已搞了十年，已差不多了，只欠最后润色、誊清即可。我的书籍不久前送来了，为我完成该作提供了资料。同时寄来的我的文稿使我可以开始写我的回忆录，我今后将一心一意地去写它。我先把一些信件转抄在一本集子里，好引导我按事件和时间的先后次序去回忆。我已经将我为此目的而要保存的那些信件做了筛选，而且近十年以来的信件我也没有停止挑选。然而，在我整理它们以便转抄时，我发现其中有一段空白，使我大为惊异。这段空白差不多有六个月之久，从一七五六年十月到次年三月。我清清楚楚地记得我在筛选时已将狄德罗、德莱尔、埃皮奈夫人、舍农索夫人等的许多信挑选出来了，而他们的这些信正好是在这段空白时间写的，却找不到了。都去哪儿了呢？我的文稿留在卢森堡府中的那几个月里，有谁拿过吗？这是不可思议的，而且我曾看见元帅先生拿走了我存文稿的那个房间的钥匙。由于好几封夫人们的信以及狄德罗的所有信件都无日期，我曾不得不凭着记忆摸索着给它们把日期注上，以便把这些信按时间顺序排好，我起先还以为自己把日期注错了，便把这些原先无日期或经我补注上日期的信件重新过一遍，看看是否有属于这段空白时间的信件，但一无所获。我看到这段空白确实存在，那些信肯定是被人偷走了。是谁偷的呢？为什么偷呢？我百思不得其解。这些信都写于我的那些大争大吵之前，写于我因《朱莉》而初尝醉意之时，与任何人都无利害关系。顶多是狄德罗的一点儿烦扰，德莱尔的一点儿挖苦，舍农索夫人以及我当时与之关系十分密切的埃皮奈夫人的一些友谊的表示。这些信能对谁那么重要呢？想拿去干什么用呢？只是在七年之后我才猜到这次偷窃的可恶目的。

确证有这一段空白之后，我又在自己的稿子中查来查去，看看会不会还有别的短缺。我又发现几件，而且由于我的记性不好，致使我猜想在我的众多文稿之中还会有别的短缺。我发现短缺的有《感性伦理学》的草稿和《爱德华爵士奇遇记》的草稿。我得承认，这后一部稿子的丢失使我怀疑上了卢森堡夫人。这些文稿是她的仆人拉罗什寄给我的，我猜想世上只有她会对这堆废纸感兴趣。但是，另外一部以及被窃去的那些信件，她拿去又有什么用？她即使对那些信件心怀叵测，也不可能用来损害我，除非加以篡改。至于元帅先生，我对他的耿直以及他对我的真情实意是很了解的，我一刻也不会怀疑到他。我甚至都无法怀疑到元帅夫人的头上。我冥思苦想了许久，一直在寻找这个窃贼，终于有了一个比较合情合理的想法，认为是达朗贝尔所为，因为他已经钻进卢森堡夫人家里，可能是找法子探知到那些文稿存于何处，并窃走了他所喜欢的，不管是手稿还是信件，或许是为了想法儿给我制造点儿烦恼，或许是把可能对他合适的东西窃为己有。我猜想他是被《感性伦理学》这部书名迷惑，以为发现了一部真正的论唯物主义的著作纲要，他可以从中找到大家想象得出的东西以反对我。我深信他一看那书稿便会很快释疑，而且我已决心完全脱离文坛，所以对这些盗窃已不以为然，因为那只贼手已不是第一次偷我了，我以前一直忍着，一声未吭。不久，我便不再去想这种不义之事，就像从未发生过这种事似的，而开始收集人们给我留下的那些材料，写我的忏悔录了。

我很久以来就认为，在日内瓦，牧师界，或者至少是公民和市民们，会对通缉我的那道命令违反了教会法而表示强烈抗议的。但一切都平静如水，至少表面上是如此。其实，一种普通的不满情绪正在酝酿，只等时机一到便要爆发出来。我的朋友，或者说那些所谓的朋友，接二连三地写信给我，要求我去领着他们干，向我保证说，公众会弥补议会的过失的。我担心我的出现会引起混乱和骚动，所以没答应他们的请求，而且我忠于我曾立下的誓言，永不染指我的祖国的任何内乱。我宁可让侮辱继续存在，宁可永远被从自己的祖国驱逐出去，也不愿以暴力和凶险的手段返回祖国。的确，我曾期待市民方面以合法而和平的方式出面反对一个与他们利害攸关的违法行为。可是，他们没有任何动作。领导市民阶层的那些人不是在想法儿伸张正义，而是在努力寻找机会表现自己。他们在暗中策划，却一声不吭，任凭议会推在前面的那些饶舌之人和伪善者或自称善良的人去鼓噪，以便让平民百姓觉得我可憎可恶，并把他们的倒行逆施看作宗教热忱。

我原以为有人会出面反对非法诉讼程序，却白白地期待了一年多。最后，我打定了主意，眼见自己为同胞们所抛弃，我决心背弃我那使我寒心的祖国。其实，我从未在自己的祖国生活过，也未曾得过它的任何好处和帮助，而作为对我曾尽力为它增光添彩的报答，它竟然全国上下如此一致地可耻地对待我，而那些本该站出来说话的人什么也没说。于是，我给那年的首席民事代表——我想，是法弗尔先生——写了一封信，郑重声明放弃我的市民权，但我在信中仍注意礼貌和克制。我的敌人们的残暴常常迫使我在落难之际做出豪迈之举时，始终都很注意礼貌和克制。

我的这一做法终于让公民们睁开了眼睛。他们意识到，为了他们自身的利益，不该不为我伸张正义。于是，他们捍卫起我来，可已为时晚矣。他们本已心怀不满，正好把我的事一并算上，作为多次上书的内容，写得入情入理。议会有法国政府支持，有恃无恐，对他们的要求粗暴、断然地加以回绝，致使他们更加觉得议会打定主意要奴役他们，所以更加扩大和加重了意见书的内容。因这番争吵，出了不少的小册子，但直到《乡间来信》突然发表之前，这些小册子都没起过任何作用。《乡间来信》

是为议会张目的作品，写得妙笔生花，国民代表[①]一派被驳得哑口无言，一时间被压垮了。此作乃一个稀世奇才的传世之作，出自检察长特隆尚[②]之手。特隆尚是个才华横溢、开明、有远见的人，深谙法律和共和国政体。Siluit terra。[③]

国民代表们从最初的颓丧中恢复过来，准备撰文作答，花了不少时间，总算凑合着写成了。但是，他们全都用眼睛盯着我，好像只有我能与这样的一个对手进行较量，有希望将对手打垮。我承认，我也是这么想的。我原先的同胞们认为这一尴尬场面因我而起，我有义务用我的笔来帮助他们。在他们的催促之下，我便着手回驳《乡间来信》，我按原作名称，把我的驳文称为《山中来信》。这项工作我准备并执行得十分机密，以至我在托农跟国民代表的头头儿们会晤，谈论他们的事情时，他们把他们的答辩提要拿给我看，我都只字未提我已经写好的辩文，生怕漏出一点儿风声，传到官员们或我的私敌耳里，有碍印刷。然而，我未能避免让这一作品在发表之前在法国为人所知。但是，人家宁可让它发表，也不愿让我太清楚我的秘密是怎么被发现的。在这一点上，我将只说我所知道的（其实我知道的很有限），而推测之事我就不说了。

在莫蒂埃，登门造访者与我在退隐庐和蒙莫朗西时一样多，但大部分来访者极其不同。在这之前，来看我的都是一些与我在才能上、兴趣上、准则上有点儿关系的人。他们假借此关系前来找我，一上来便先跟我谈一些我能与他们谈的事情。在莫蒂埃，情况就不再是这样的了，特别是法国方面来的人。他们是一些军官，或者其他一些对文学一窍不通的人，甚至大部分都从未读过

---

[①] 此为对日内瓦国民议会议员的称呼。国民议会团结着公民与市民，常与掌握着行政权的"小议会"对抗。

[②] 特隆尚 (1710—1793)，1759 年到 1768 年任日内瓦检察长，反对卢梭的《爱弥儿》和《社会契约论》，其《乡间来信》的第一章和第四章是谴责卢梭的。

[③] 拉丁文，意为"大地沉默了"。

我的作品，可据他们自己声称，跑了三十、四十、六十或一百法里前来看我，瞻仰我这个名流、名人、大名人、大伟人一番，云云。自那时起，人们便不停地粗鄙不堪地冲着我进行不知羞耻的阿谀，而此前来拜访我的人因对我十分敬重，所以我很少受这种罪。由于这些来客中的大多数人不肯屈尊告诉我他们的姓名，也不肯说明他们的身份，又由于他们的知识和我的知识都落不到相同的对象上，还由于他们没有读过甚至没有翻过我的书，所以我不知道能跟他们谈什么。我希望他们自己开口说，因为只有他们自己知道为什么来拜访我，应该告诉我。我对这种谈话没有兴趣，实际上对此感兴趣的是他们，他们想知道些什么。我没有防人之心，便毫无保留地谈了他们向我谈起的所有问题。通常，他们回去的时候，对我的情况甚至所有细节都了解得一清二楚。

例如，我以这样的方式接待了范斯先生。他是王后的侍从官兼王后骑兵团的上尉，他耐心地花了几天时间待在莫蒂埃，甚至牵着他的马一直跟我步行到费里耶尔。然而我们两人除了都认识菲尔小姐，都会玩"比尔包开"以外，没有一个共同点。在范斯先生来访的前后，我还遇到过一次更加奇特的拜访。两个人步行来了，每人牵着一头骡子，驮着小件行李。他们在客栈里落脚，把骡子刷洗干净，接着就要来拜访我。人们看到这两个人的装束，都以为他们是走私贩子。这一消息立刻传播开来，说有走私贩子来看我了。但他们接近我时的那种举止告诉我，他们是另一类人。他们不是走私贩子，很可能是冒险家，这一怀疑使我一时对他们抱有戒心。但他们很快就使我安心了。原来，他们中一个是蒙托邦先生，又称德·拉·杜尔·杜宾伯爵，是多菲内地区的一名绅士；另一个是达斯蒂埃先生，卡庞特拉人，曾是一名军人，他把圣路易勋章放在口袋里，省得显露出来。这两位先生都很友好，很有才华，与他们的谈话愉快而又有趣，他们那种旅行方式很合我的胃口，不太合法国绅士的风尚，所以我对他们产生了一种依恋之情，而他们的风度又加深了这种感情。我与他们的向往并没有就此结束，还在继续下去，他们后来又来看过我几次，那时就不再是步行来了。不过，这是一个很好的开端。但是随着我与这两位先生的交往增多，我发现他们与我在爱好方面的共同之处甚少，所以我越感到他们的信条不是我的信条，就越发觉得他们并不熟悉我的作品，他们和我之间没有任何真正的共鸣。那他们到底对我所求为何呢？为什么这么一身打扮跑来看我？为什么一待就是好几天呢？为什么后来又来了好几次？为什么那么殷切地希望我去做客？我当时没有想到对自己提出这些问题，而是自那以后，我有时候这么自己问自己。

我为他们的主动来访所感动，便未加思索地把心交了出去，特别是对达斯蒂埃先生，他的态度比较开放，我更喜欢。我甚至同他保持通信，而且当我想让人排印《山中来信》的时候，我曾想找他帮忙，以骗过那帮在去荷兰的路上等着我的邮包的人。他曾对我大谈特谈——也许他是故意这么说的——在阿维尼翁的出版自由，他还主动提出要帮我，如果我有什么东西要拿到那儿去印的话。我正好借此机会，陆续通过邮局给他寄去我的头几分册手稿。他把它们留了很久之后，又给我寄了回来，说是没有一个书商敢于承印。于是，我只好又去找雷伊，并且留着心思，一分册一分册地寄去，在得知收到前一分册之后，才寄去下一分册。在该作品出版之前，我知道它已在大臣们的办公室里被看过了，而且，纳沙泰尔的德斯什尼还跟我提到过一本名为《山中人》的书，说是霍尔巴赫跟他说过是我写的。我如实告诉他，没有叫这个名字的书。当《山中来信》发表的时候，他暴跳如雷，斥责我撒谎，其实我对他说的只是实情。这就说明我是怎么确知我的手稿被人看过了。我深信雷伊的忠实，所以不得不往别的方面去猜，而我猜得最多的是邮包在邮局被人拆开过。

几乎与此同时结识的另一个人，一开始我是通过书信与他往来的。他是拉利奥先生，尼姆人氏，他从巴黎写信给我，请我给他寄一张我的侧影像，说是需要用来让勒穆瓦纳先生替我雕一尊大理石半身像，放在他的书斋里。如果这是为了感化我而想出的一种奉承办法，那么它是完全奏效的。我断定，一个想把我的大理石半身像放在自己书斋里的人，一定饱览了我的著作，因此，也折服于我的信条，并且非常喜欢我，因为他的心和我的心是灵犀相通的。这么一想，我很难不受到诱惑。后来，我见到拉利奥先生了。我发现他非常热心，想帮我许多小忙，想插手我的许多小事。但是，我毕竟有所怀疑，在他一生中读过的那不多的几本书中是否有我的一本。我不知道他是否有一个书斋，即使有，是否物尽其用。至于那半身像，只不过是一个差劲儿的黏土雏形，确系勒穆瓦纳所塑，雕的是一个丑陋不堪的人像，他却到处宣扬那是我的雕像，仿佛它与我有点儿相像。

因对我的情感以及我的著作感兴趣而前来看望我的唯一的一个法国人，是利穆赞团的一位年轻军官，塞吉埃·德·圣布里松先生。他因具有令人赞赏的才华和自命不凡而在巴黎、在社交界出过风头，也许现在仍风头不减。在我遭难前的那个冬天，他曾跑来蒙莫朗西看我。我觉得他感情奔放，我很喜欢。后来，他写信到莫蒂埃，而且，也许是想讨好我，也许是他读了《爱弥儿》之后确实晕头转向，反正他告诉我，他要脱离军旅，独立地生活，还告诉我他将学木工活儿。他有一位兄长，是同一个团的上尉，是他母亲独宠的儿子。他母亲是一位过分虔诚的信徒，不知是受哪一位伪善的神父指导，对小儿子非常不好，斥责他不信教，甚至谴责他与我来往实属十恶不赦。他因此愤懑不平，欲与他的母亲断绝关系，走我刚才说的那条道，干脆做一个小"爱弥儿"。

他这么急不可耐，让我着实乱了方寸，我连忙给他写信，让他回心转意。我尽自己的可能，使出浑身解数去规劝他，总算将他说动了。他恢复了对母亲的孝道，并且从团长手里要回了他的辞呈。他在把辞呈递交给团长之后，团长审慎地未做任何处理，以便让他有时间好好地考虑考虑。圣布里松丢开他的那些疯狂念头之后，又动了一个念头，虽说不那么荒唐，却不怎么合我口味：他想当作家。他连续出了两三本小册子，看得出他倒并不是一个没有才气的人，但我并不会因为自己没有就此对他有所赞扬、没有鼓励他继续此道而问心有愧。

不久之后，他跑来看我，我们一起前往圣皮埃尔岛一游。在这次游玩中，我发觉他与我在蒙莫朗西见到他时判若两人。他有着一种说不出来的矫揉造作的架势，我开始倒并不觉得恼火，但自此之后，我脑子里总要常常回想起来。当我前往伦敦，路过巴黎时，他到圣西蒙旅店又来看过我一次。我在那里得知——他先前并未告诉过我——他生活在上流社会，并且经常见到卢森堡夫人。我在特利时，他就音信全无了，也没托他的亲戚塞吉埃小姐转告我点儿消息。塞吉埃小姐是我的邻居，但看样子对我始终无甚好感。总而言之，圣布里松先生对我的仰慕，如同与范斯先生的交往一样，一下子便中断了。可是，范斯并不欠我什么情，而他则欠我点儿什么，除非我阻止他做的那些蠢事只不过是他要的把戏。实际上，这倒是大有可能的。

从日内瓦来看我的人也非常多。杜吕克父子就相继选上我当他们的看护：父亲是在半路上病倒的，儿子从日内瓦一动身便病了，父子二人都前来我处休养了。牧师们、亲戚们、伪善者以及各种各样的人都从日内瓦和瑞士跑来，他们不像从法国来的人是为了崇拜我或挖苦我而来，他们则是为了斥责我、教训我而来的。唯一使我开心的人是穆尔杜，他跑来同我一起待了三四天，我真想再多留他一些时日。来人中跑得最勤、最死皮赖脸、烦得我够呛的是狄维尔诺瓦先生，他是一位日内瓦的商贾、法国难民、纳沙泰尔检察长的亲戚。这位日内瓦的狄维尔诺瓦先生每年来莫蒂埃两次，是专程前来看我的，一连好几天，从早到晚地待在我家，跟我一起散步，给我带来各种各样的小礼物，让我无可奈何地探听我的隐秘，凡是我的事。他都要插上一手，可我们俩在思想上、爱好上、感情上、知识上都没有任何可以沟通的。我怀疑他一辈子是否读完过任何种类的任何一本书，甚至连我的书写的是什么恐怕都未必知道。在我去采集植物标本的时候，他也跟着我去，却对此毫无兴趣，也没什么话好跟我说的，而我也没什么话好跟他说。他甚至有勇气在古穆瓦的一个小酒馆里跟我相对而坐了整整三天，我以为他会因为感到厌烦并且看出他让我有多么讨厌而识相地离去，可他仍旧死赖着不走，我也搞不懂他到底为何如此有耐心。

在所有这些我只是迫不得已结识和维持的关系中，只有一个是我感觉愉快并且打心眼儿里真正关切的，我不应该漏掉不说。那是一个匈牙利青年，他来到纳沙泰尔定居。在我定居莫蒂埃几个月之后，他从纳沙泰尔也到了莫蒂埃。在当地，人们称呼他为索特恩男爵，他就是以这个名字从苏黎世介绍来的。他身材魁伟，相貌堂堂，面容讨喜，平易近人，和蔼可亲。他逢人便说，还暗示我，他只是冲着我才来纳沙泰尔的，想通过与我的交往，趁年轻之时修身养性。他的容貌、风度和举止使我觉得与他的谈吐相一致。我以为，这个我看着无处不好、怀着如此可敬的动机前来寻我的年轻人，我若是将他拒之门外，那就是未尽到一个最伟大的义务。我与人交往，从不会三心二意的。很快，他就获得了我的全部友情、全部信赖，我们俩变得形影不离了。我每次去徒步郊游，他都相随相伴，而且也喜欢上徒步旅行了。我领他去元帅勋爵家，后者对他百般疼爱。由于他还不能用法语表达，他同我说话、给我写信便只用拉丁文，而我则用法语回答他。两种语言的交替使用丝毫未使我们俩交谈的流畅和热烈受到影响。他跟我谈到他的家庭、他的事务、他的遭遇，也谈到维也纳宫廷，而且对其中的内幕了如指掌。总之，在我们俩相处最为亲密的近两年里，我只觉得他性情温和，凡事不急，品行不仅正直，而且高雅，衣着整洁干净，谈吐极其彬彬有礼。总之，他透着良家子弟所有的特征，令我觉得非常可敬，不能不喜欢他。

在我们俩过从甚密之时，狄维尔诺瓦从日内瓦写信给我，让我当心前来我身边住下的匈牙利青年，说有人告诉他，此人是法国政府安插在我身边的一名奸细。这一警告是会让我觉得很不安的，因为在我住的地方，大家都提醒我凡事要留神，说有人在窥视我，在想方设法地把我引到法国领土上去，以便在那儿对我下毒手。

为了一劳永逸地把这帮无聊的警告者的嘴堵上，我便事先未向他透露任何信息，建议他一起去蓬塔利耶徒步远游，他同意了。到达蓬塔利耶时，我便将狄维尔诺瓦的信拿出来给他看。然后，我热烈地拥抱着他说："索特恩无须我向他证明我对他的信任，但公众需要我证明我是知人识人的。"这一拥抱非常温馨。这也是心灵的一种快乐，是迫害者们所不识也无法从被迫害者那儿夺走的。

我永远也不会相信索特恩是个奸细，不相信他会出卖我，但他欺骗了我。当我毫无保留地把心掏给他的时候，他竟然有勇气经常将他的心向我紧锁着，并且用一些谎言来蒙骗我。他跟我胡诌了一个故事，竟使我觉得他非回国不可。我还劝他尽快动身。于是，他走了。当我以为他已经回到匈牙利的时候，我却听说他在斯特拉斯堡。他已不是第一次去斯特拉斯堡了。他曾在那儿把一个家庭搅得乱七八糟。那个做丈夫的知道我常与他见面，便给我写了一封信。我不遗余力地劝说年轻的妻子回归妇道，劝说索特恩别忘了为人之道。当我以为他们俩已完全分手的时候，这对男女却又聚首一处了，做丈夫的还殷勤地将年轻人又邀至家中住下。这时候，我就不好再说什么了。我得知那个所谓的男爵用了一大堆谎话骗了我。他根本就不叫索特恩，而叫索特斯汉姆。至于男爵那头衔，是人家在瑞士加给他的，我不能责怪他，因为他从未自称是男爵。但是，我并不怀疑他确实是个小贵族，而且一眼就能看透人的元帅勋爵曾经去过匈牙利，一直视他为贵族，并且是以此相待的。

他刚离去，他在莫蒂埃用餐的那家客栈的女佣便声称身怀有孕了，说是他搞出来的。那个女佣是个下流贱货，而索特恩在整个地区都因其行为道德之高尚而遍受敬重和爱戴，而且他一向喜欢干干净净的，所以这盆脏水令大家都非常恼火。当地最可爱的那些女人曾百般挑逗他都未能如愿，闻听此事，都怒不可遏。我也气得七窍生烟。我竭尽全力让那个不要脸的女人闭嘴，允诺负担她的一切费用，并且为索特斯汉姆作保。我给他写了信，我不仅深信那个女人的肚子不是他搞大的，而且认为她是装出来的，这一切全都是他的仇敌和我的敌人玩的一个把戏。我要他回来羞辱这个女混蛋和教唆她的那帮人。可他回信中的软弱令我惊奇。他写信给那个下贱货所在教区的牧师，想大事化小，小事化了。我一看这个架势，便不再掺和了，非常惊奇，如此放荡不羁的一个人竟能相当地克制自己，在与我过从甚密之时以其矜持将我蒙骗了。

索特斯汉姆从斯特拉斯堡到了巴黎，去寻出路，但找到的只是贫困。他给我写信，诉说了他的 peccavi ①。我回想起我们俩往日的友谊，不禁心有所动，便寄了点儿钱给他。第二年，在路过巴黎时，我又见到了他，看他几乎还是那么窘困，但已是拉利奥先生的好友了，可我无法知晓他们是怎么认识的，不知他们是老友还是新朋。两年之后，索特斯汉姆回到了斯特拉斯堡，从那儿给我写过信，后来在那儿去世了。这就是我们俩交往的简单情况，以及我所知道的有关他的遭遇。不过，我虽悲叹这位不幸

---

① 拉丁文，意为"过错""失足"。

青年的命运，但始终深信他是个良家子弟，深信他之所以放浪形骸，全都是他所处的环境使然。

这就是我在莫蒂埃所交往和结识的人。得有多少这样的交往和结识，才能补偿我在同一时期所遭受的惨痛损失啊！

第一个损失就是卢森堡先生之死。他被医生们长期折磨之后，终于成了他们的牺牲品。他得的是痛风，可他们硬说不是，当成一种他们认为能治好的病来治。关于这一点，如果应该相信元帅夫人的亲信拉罗什先生给我写信说的情况的话，那就完全应该根据这一惨痛而难忘的例子为大人物的不幸悲叹痛惜。

这位善良的大人物之死使我尤其伤心，因为他是我在法国唯一的真心朋友，他那极其温和的性格使我完全忘了他的身份地位，使我像地位一样的人那样与他情深意笃。我们俩的交往并未因我的隐遁而终止，他一如既往地给我写信。然而，我认为我也看出来了，我的离去，或者说我的不幸，使他的情感也降了温。一位朝臣对一个他知道已在君王们面前失宠的人仍保持同样的感情确实是很困难的。再说，我断定，卢森堡夫人对他的巨大影响是于我不利的，她一定是趁我离去之机给他吹风，损害我。至于她本人，尽管仍然装出点儿友好表示，但已实属罕见了，并且日甚一日地毫不掩饰她对我的感情上的这种变化。她断断续续地给我往瑞士写了四五封信，然后就再没有给我写过信了，也怪我当时仍太主观，太自信，太盲目，没有看出她对我已不只是冷淡了。

迪舍纳的合伙人——书商居伊在我走后，往卢森堡府中跑得特勤。他写信给我，说是元帅先生的遗嘱上有我的名字。这是完全自然、十分可信的事，所以我并未怀疑。这使我心里颇费踌躇，到底如何对待他的遗赠。思来想去之后，我决定，不管所赠何物，都接受下来，以表示对这么一个正直的人的崇敬，因为一个身居高位的人是很少会有友情的，他却对我怀有一种真正的友情。但我被免除了这一义务，因为我没再听说这个不知真假的遗赠。说实在的，我若是趁我情有独钟的人的死而捞点儿什么的话，那会使我因违背了我道德准则中的一条而痛苦不堪的。在我们的朋友米萨尔病危的时候，勒涅普曾向我建议，趁他对我们的关怀表示感激之际，暗示他给我们点儿好处。"啊！亲爱的勒涅普，"我对他说，"我们在对我们生命垂危的朋友尽我们伤心而神圣的义务的时候，千万别有非分之想，从而玷污了自己。我希望任何人的遗嘱上都别有我的名字，至少永远别在我的任何一位朋友的遗嘱上有。"差不多就在这一时期，元帅勋爵跟我谈起了他的遗嘱，说他打算在其中留点儿什么给我，而我对他的回答已在上卷中谈到过了。

　　我的第二个损失，使我更加悲痛欲绝，欲哭无泪，那就是女人中最好的女人、母亲中最好的母亲撒手西归了。她已不胜年迈，不胜残疾和穷困，脱离了这人间苦海，去往善人天国，去甜美地回忆在人世间所做的善行义举，以做永恒的回报。去吧，温柔而慈善的灵魂，到费纳隆、贝尔内、卡蒂纳那样的人身边去吧，到那些虽地位卑贱但能像他们一样慈悲为怀的人身边去吧，去享受您的慈缘善果吧，去为您的受养育者准备好他希望有朝一日在您身边占有的位置吧！您是不幸中的大幸，上苍结束了您的苦痛，也就免去您看到受您养育者的不幸时的扼腕切肤之痛了！因为害怕把我先前所受的种种灾难告诉她而让她伤心落泪，我到了瑞士之后就没给她写过信。但是，我给孔济埃先生写过信，打听她的消息。是他告诉我，她已经停止安慰受苦的人们了，她自己也不再受苦受难了。我自己也很快就要不再受苦了，但是，如果我觉得在另一个世界里不能与她重逢，我那脆弱的想象力将不会相信我所期待的在另一世界中能够获得的幸福美满。

　　我的第三个损失也是最后一个损失，因为自此之后，我就不再有朋友可失去了。那就是我失去了元帅勋爵。他没有死，却不愿再为那些忘恩负义的人效力了，便离开了纳沙泰尔。自那以后，我就没有再见过他。他还在人间，我希望他活得比我长久。他还健在，而且多亏了他，我才没有完全断绝尘缘。尘世上还剩下一个配有我的友谊之人，因为友谊的真正价值更多地存在于人们所感觉的友谊而非人们所启迪的友谊。但是，我已失却他的友谊所施与我的种种温馨了。因此，我只能把他列入我仍爱着但已不再有联系的人的名单了。他正要前往英国去接受国王的恩典，收回他已被没收的家产。我们在分别之时，并非没有订过一些重逢的计划，这些计划似乎对他、对我几乎都是甜蜜美好的。他准备在阿伯丁附近的基思城堡定居下来，我将去那里找他。但是，这个计划过于让我称心了，以至我不可能希望它得以实现。后来，他并没有待在苏格兰。普鲁士国王情真意切的邀请使他回到了柏林，大家马上就可看到，我是怎么受到阻碍，未能去那儿与他相见的。

他在动身之前，已预见到人们开始掀起的反对我的那场风暴，便主动让人给我送来入籍证明，这似乎是对付别人可能要将我驱逐出境的一个可靠保障。特拉维尔谷的古维修会仿效总督的做法，给了我入会证明，也同入籍证明一样，是免费赠予的。因此，从各个方面来说，我都成了本国公民，可以免遭任何形式的合法驱逐了，就连君主也不能这么干。但是，人们在对所有的人中那个一向最尊重法律的人进行迫害时，是从来不通过合法途径的。

我认为我不能将马布利神父之死归于我在这段时期里的损失之列。我在他兄长家住过，与他有点儿交往，但从来就不太密切，而且，我有理由认为，自打我比他的名气大了之后，他对我的感情便发生了本质的变化。不过，只是在《山中来信》发表之后，我才第一次发现他对我不怀好意。在日内瓦流传着一封致萨拉丹夫人的信，据说是出自他之手，他在此信中把我那部作品说成是一个蛊惑人心的狂人的煽动性叫嚣。由于我对马布利神父的敬重，由于我对他学识的钦佩，我一刻也不能相信这封荒诞的信会出自他的手笔。为此，我按照我的坦率让我做的那样去做了。我把那封信抄了一份寄去给他，并挑明有人说是他写的。他没有给我任何答复。他的沉默令我惊讶。后来，舍农索夫人写信告诉我，那封信确确实实是神父写的，而且说我的信让他十分尴尬。请大家想一想，我闻知时又该是多么惊讶啊。因为，就算他说得有理，但他既不受制又无必要，唯一的目的就是要把一个他一向表示好感而又从未对不起他的人在其灾难深重之时再踹上一脚，还公开地、大肆地、开心畅怀地去干，这又怎么解释呢？不久之后，《弗基昂谈话集》出版了，我在书中见到的只是对我的著作肆无忌惮、毫不知耻的剽窃和拼凑。读了这本书之后，我感觉到其作者对我已是横下心来了，从今往后，他将是我最凶狠的敌人。我相信，他既不能原谅我的那本他力所不及的《社会契约论》，也不能原谅我的那本《永久的和平》，他原先似乎是只希望我搞点儿圣皮埃尔神父的作品摘录，并且认为我是搞不出什么名堂来的。

我越往下写，就越难理清顺序，越难前后连贯。我的余生动荡不定，使我无暇将一桩桩事在脑子里理出个头绪来。桩桩件件的事情太多，太乱，太令人不愉快，所以叙述起来不可能不乱。它们给我的唯一的强烈印象就是笼罩着事情原因的那可怕的神秘以及它们把我逼入的可悲境地。我的叙述只能走到哪儿算哪儿，脑子里想到什么写什么。我记得，在我所说的这个时期，我一门心思地想着我的忏悔录，很不谨慎地逢人便谈起此事，甚至都没有想到有人会有兴趣、有愿望、有能力对我的这项工作从中作梗，而且，即使我想到了，我也不会更谨言慎行的，因为我生性就根本不可能对自己的所思所感做任何的隐瞒。据我的判断，这项工作被人知晓之后，就成了把我逐出瑞士，把我交到阻止我这么做的那些人手里的那场风暴的真正原因。

我还有一项计划，也是害怕我做前一项工作的那些人冷眼相对的，那就是计划编纂我的作品全集。我觉得出版全集很有必要，为的是确认一下以我的名义出版的作品中哪些真的是我的作品，让公众能够把它们与我的敌人们为了贬损和糟践我而加给我的那些赝品区别开来。除此之外，出版全集也是保证我的口粮的一个简单而正当的途径，而且是唯一的途径，因为我正放弃继续著书立说，我的回忆录在我生前又不能发表，再说用其他办法又挣不到一文钱，可开销始终不减，眼见我最后的几部作品的收入已快告罄，难以为继了。有鉴于此，我曾经急着将尚未定型的《音乐辞典》拿出去，换回了一百金路易现金和一百埃居的终身年金。但是，这一百金路易眼看就要花完了，因为我每年都得花六十多个金路易，而一百埃居的年金对一个乞丐、穷鬼一窝蜂地找上门来的人来说，简直是杯水车薪。

有一伙纳沙泰尔的商人跑来要承揽我的全集的出版，而且有一个里昂的印刷商或书商名叫雷基亚的，也不知怎的钻进那伙人中间去主持全集的出版。协议是在合情合理的基础上达成的，满足了我的要求。我的著作已印的和手稿加在一起可以出四开本六卷。此外，我还负责监督编纂。为此，他们得付我一笔一千六百法国里弗尔的终身年金，并一次性付给我一笔一千埃居的赠款。

合同拟好了，还没有签字。这时，《山中来信》出版了。针对这部罪不容赦的作品以及它那怙恶不悛的作者而掀起的可怕浪潮把那伙书商吓坏了。因此，出版工作便泡汤了。我本可以将这部作品的后果与《论法国音乐的信》相提并论的，只不过那封论音乐的信在给我招来仇恨、让我身陷重围的同时，至少也给我留下了尊敬和钦佩。在《山中来信》出版之后，在日内瓦和凡尔赛，人们似乎很惊讶，竟然让我这样一个恶人活在世上。在法国使节煽动下和检察长操纵下的小议会，针对我的这部作品发表了一项声明，以最恶毒的字眼宣称它只配让刽子手拿去烧毁，并且带着近乎滑稽的腔调说人们在批驳，甚至在提一提它时，都会觉得汗颜。我很想把这篇奇文转录于此，可惜手头没有，而且一句也记不起来了。我热切盼着我的一位热衷于真理和正义的读者能把《山中来信》从头至尾地再看上一遍。我敢说，他将会感觉到，人们是欲置其作者于死地，而对作者进行了明目张胆而残酷凶狠的侮辱，其实这部作品中占主导地位的是那种泰然自若的节制。但是，他们无法回答辱骂，因为根本就不存在什么辱骂，也无法驳斥其论点，因为它们是无可辩驳的，所以他们便决定表现出是可忍孰不可忍的架势，却不愿予以批驳。可是有一点倒是对的：如果他们把不可辩驳的论据当作辱骂的话，那他们倒是应该认为受到了极大的侮辱。

国民代表们并没有对这个可恶的声明有过任何的抱怨，而是沿着它给他们划定的路线去走。他们非但没有以《山中来信》为荣，反而躲在它的背后，以它作为挡箭牌，竟然懦弱地不对这篇为他们辩护并且是应他们之邀而写的作品表示敬意，也不为之伸张正义。尽管他们偷偷地从中抽取了全部证据，尽管他们因只是准确地遵循了该作最后的忠告才得以摆脱困境，取得胜利，却不公开引用和指明这部作品。他们曾把这一职责强加于我，我尽了这一职责，我为祖国和他们的事业鞠躬尽瘁了。我请求他们把我的事撤下，只考虑他们自己的纷争。他们按我的话去做了，而我只是为了不断地请求他们停止争吵才插手他们的事情的，因为我毫不怀疑，如果他们仍固执己见的话，一定会被法国压垮的。这种情况并未发生，个中原委我是明白的，但这儿不是说的地方。

《山中来信》在纳沙泰尔引起的反响起先是很平平的。我赠送了一本给蒙莫兰先生，他很高兴地收下了，而且读后也未有异议。他同我一样，有病在身。待病好的时候，他前来看过我，并没有说什么。但是，风波起来了，书不知在什么地方被焚烧了。风暴的中心从日内瓦，从伯尔尼，也许还从凡尔赛，很快便移到纳沙泰尔来了，特别是移到了特拉维尔谷。在这里，甚至在宗教界尚未有任何明显的动作之前，有人就已经暗中下手，煽动老百姓了。我敢这么说，我在这块地方是应该受到爱戴的，正如我在我所生活过的任何地方受到爱戴一样，因为我乐善好施，周济身边的任何贫困之人，对任何人都予以我力所能及、天经地义的帮助，同所有的人亲热异常，也许有点儿过火，而且尽可能地不显山露水，免得引人忌妒。但是，凡此种种却并未能阻止不知受何人暗中唆使的群氓们渐渐对我不悦，竟至怒不可遏的程度。他们竟然在光天化日之下公开地辱骂我，不仅是在乡间路上，在大街上亦然。曾经得我好处最多的人也是反对我最凶的人，甚至有一些人仍在受我的恩惠，自己不敢抛头露面，却撺掇别人，似乎想以此来洗刷对我感恩戴德的耻辱。蒙莫兰装作什么也没有看见，也没有跳出来。但是，在一次领圣餐的时候，他前来我处，劝我不必前往，并向我保证，不管怎么说，他并不恨我，绝不会让我不得安生。我觉得他的客套话很蹊跷，他还向我提起布弗莱夫人的那封信，而我无法想象我去不去领圣餐同谁有那么大的关系。由于我认为让步是一种懦弱的表现，再说，我也不愿让公众抓住把柄，斥责我大逆不道，所以我断然拒绝了牧师。他怏怏而回，并暗示我会追悔莫及的。

只凭他一个人说话是无法禁止我去领圣餐的，必须由曾接纳我的那个教务会议发话才行，只要教务会议不发话，我便可大胆前去，无须害怕遭拒。蒙莫兰设法让教会授命他传唤我去教务会议交代我的信仰，若我拒绝，就将我逐出教会。逐出教会一事也只能由教务会议决定，而且必须以多数票通过才行。但是，以老教友的名义组成此会议的那些乡民，是由其牧师领导的，而且心照不宣，是由牧师操纵的，当然不会与牧师的意见相左，特别是在神学问题上，他们对此问题比他还要一窍不通。因此，我被传唤。我决定出庭。

如果我善于辞令，如果我的嘴如我的笔一样，这会是多么好的一次机会，对我该是多大的一个胜利啊！我将以多大的优势，又是多么轻而易举地在那六个乡民面前将那个可怜的牧师驳得体无完肤啊！新教牧师的统治欲使之忘掉了宗教改革的所有原则，所以我只要解释一番他们愚蠢地据之以攻击我的《山中来信》的头几封信，就足以让他们想起这些原则，驳得他们哑口无言。我的文章是现成的，我只需发挥一下，那家伙便会乱了阵脚。我不会傻乎乎地只去防守，我很轻易地便能成为攻击者而又不让他有所察觉，或者让他防不胜防。宗教界的那帮无名鼠辈，既无知又愚蠢，主动地把我推上了我本可以随心所欲地将他们击垮的最有利的地位。唉，可惜！必须口齿伶俐，而且得随机应变，必要之时，必须立即想出点子，掌握语气，找到恰当的字眼，必须自始至终头脑清醒，镇定自若，一刻也不能乱了方寸。我痛感自己笨口拙舌，无随机应变之能力，对自己又能抱什么希望呢？当年，在日内瓦的一个完全呵护我、已决定同意一切的议会面前，我都被弄得哑口无言、无地自容，而这一次形势完全相反，我要与之交手的是一个讨厌的家伙，他不学无术却诡计多端，他将给我设下众多圈套，让我蒙着头往里钻，而且他不抓住我的把柄是决不罢休的。我越看这个情势，就越觉得危险重重。因此，我感到无法安然摆脱，便想出另一个办法。我考虑拟一篇要去教务会议宣读的演说词，不承认它的权力，从而免了我对它的回答。这事对我来说易如反掌。于是，我写好了这篇演说词，以未曾有过的极大热情把它背得滚瓜烂熟。泰蕾兹见我老是不停地嘟哝、重复那些同样的语句，想法儿装进脑子里去，便取笑我。我希望最终能把稿子背出来。我知道，领主作为国王的官员，将参加教务会议，也知道不管蒙莫兰如何耍手腕、请吃请喝，大部分老教友对我都是深有好感的，而我又有道理、真理、正义、国王的保护、邦议会的权威，以及与这种宗教裁判的建立利害相关的所有善良爱国者的祈愿为我撑腰。凡此种种，都在为我壮胆打气。

指定的那一天的前夕，我已把那篇演说词背熟了，背得一字不差。整整一宿，我都在脑子里默诵，但到了早上又背不出来了，磕磕巴巴的，自以为已经到了那个赫赫有名的教务会议上，心里发毛，语无伦次，脑子里一片空白。最后，快要去的时候，我完全泄了气。我待在家里不去了，决定给教务会议写一封信，仓促地提出些理由，借口身体不适，去不了，而且就我当时的健康状况，我也真的很难在那次会议上从头坚持到尾。

牧师见到我的信，颇为尴尬，只好把这事推迟到下次会议再说。在此期间，他本人及其手下们大事活动，想诱惑那些老教友，因为老教友们宁可凭自己的良心而不愿照他的心意行事，不会跟着宗教界和他人云亦云的。不管他如何酒肉佳肴款待、好话说尽，除了能笼络住那两三个对他死心塌地、成了他的走狗的家伙外，他未能说动其他任何一个老教友。国王的那位官员以及在这件事上极其热情的皮利上校使老教友们恪守了自己的职责，当蒙莫兰想对驱逐一事进行表决时，教务会议以多数票一下子把他否决了。于是，他一不做二不休，干脆煽动群氓，同他的同事以及其他一些人一起公开活动，而且十分成功，以致尽管国王一再颁发严厉的诏书，尽管邦议会三令五申，我最终还是不得不离开那个地方，免得国王的那位官员因为保护我而给自己招来杀身之祸。

我对这件事的记忆极其模糊，所以对脑子里想到的东西理不出头绪，连缀不起来，只能想到什么说什么，零零碎碎，互不连贯。我记得与宗教界曾有过什么谈判，是蒙莫兰从中撮合的。他假装说是大家害怕我的著作会扰乱地方安宁，有人会责怪这个地方不该让我胡乱地写。他曾暗示我，如果保证放下笔杆子，就可以既往不咎。我心里早就有此意愿了，所以毫不迟疑地答应了宗教界，但有个条件，那就是只限于不写宗教问题。他竟然立了字据，一式两份，并且做了他所要求的某些改动。由于宗教界没有满足我的条件，我便索回我的字据。他还给我一份，把另一份扣下了，借口说弄丢了。此后，群氓们受牧师们的公开煽动，无视国王御诏，无视邦议会的命令，简直是无法无天。在宣教台上，我被打成反基督者，在乡间，我似狼人<sup>①</sup>一般被驱赶。我的亚美尼亚服装让群氓们很容易识别，我痛切地感到多有不便。但是，在这种情况下，弃之不穿，我觉得是一种懦弱的表现。我下不了这个狠心，仍旧穿着皮里长袍，戴着皮软帽，静静地在当地散步，遭到无赖们的一片嘲骂，有时还遭到石块的袭击。有好多次，在走过一些人家门前的时候，只听见住在里面的人说："把我的枪拿来，让我给他一枪。"但我并没有赶忙溜走，他们因此更来气，不过，也只是威胁我几句而已，起码没有动枪。

　　在这群情激昂之中，仍旧有两件非常开心的事令我极其感动。第一件是通过元帅勋爵的关系，我可以表达我的感激之情。纳沙泰尔所有仁人君子对我受到的虐待以及针对我搞的卑鄙伎俩无不义愤填膺，憎恨诅咒那帮牧师，清楚地感觉到他们是受外人唆使，只不过是那些躲在幕后操纵他们的人的爪牙而已，而且生怕对我的做法最后会导致货真价实的宗教裁判所的建立。地方官员，特别是接替狄维尔诺瓦担任检察长的默龙先生，全都竭尽全力地保护我。皮利上校虽然是单枪匹马，却更加尽力，而且收效更大。就是他想出办法让老教友们恪守职责，让蒙莫兰在教务会议上碰了钉子。由于他有点儿声望，他就尽其所能地利用它来制止骚动，但他拥有的只是法律、正义和公理的权威，只能用它来与金钱和酒肉对抗，所以并不是与反对我的人势均力敌，而在这一点上，蒙莫兰战胜了他。然而，我对他的关怀、他的热忱是深为感动的，总想以德报德，总想采取什么方式还清他的这份情。我知道，他一直深切盼望着能谋得邦议员的席位，但是他因为在

---

① 传说中夜间化身为狼的人或妖精。

珀蒂皮埃尔牧师一案中不合宫廷意愿，表现欠佳，所以在国王和总督面前失宠了。我壮起胆子给元帅勋爵写了封信为他求情，甚至大胆地提到他所盼望的那个席位。真是走运极了，出乎大家的意料，国王几乎立即把这一席位给了他。就这样，一直把我一面捧得很高、一面将我摔得很低的命运，继续在把我从一个极端推向另一个极端，正当群氓们把污水往我身上泼的时候，我却造就了一名邦议员。

我的另一大快事就是韦德兰夫人带着女儿一起前来看我。她是领着她女儿去波旁浴场洗温泉的，特意绕道来莫蒂埃，在我处住了两三天。她对我倍加关怀和照顾，终于消除了我长期以来对她的厌恶。我的心为她的爱抚所征服，对她此前一直对我表示的友谊投桃报李了。我对她的这次来访深为感动，特别是在我当时所处的境况下，为了鼓足勇气，我极其需要朋友的慰藉。我担心我受到的群氓们的侮辱使她承受不了，本想不让她看到那些情景，免得让她伤心，但我又办不到。尽管我们一起散步时，她的在场震慑住了那帮无礼的人，但她还是看到了不少情况，能够判断出我单独一人时的情景。甚至就在她在我家住着的时候，我开始在夜间，在自己的住处，受到袭击。她的女仆有一天早晨发现我的窗户被夜里投掷的石块堵住了。我家门口街边一张沉甸甸的石凳原是固定着的，被挪动了，立着顶住我家的门，如果不是发现得早，谁第一个出去开大门，肯定要被砸死的。韦德兰夫人对这一切全都一清二楚，因为除了她目睹的之外，她的心腹男仆在村子里交游甚广，跟所有的人都有接触，有人甚至看见他跟蒙莫兰交谈过。然而，她似乎对我的遭遇毫不介意，既没跟我提及蒙莫兰，也没跟我谈过任何人，当我有时跟她谈起时，她也很少回应我。只是她深信我住到英国比待在其他任何地方都更为合适，常常跟我谈到当时正在巴黎的休谟先生，谈他对我多么有感情，谈他多么希望我在他的祖国，那样他就能帮助我。现在该是谈谈这位休谟先生的时候了。

休谟先生在法国名气很大，特别是在百科全书派中间。因为他写了一些论商业和政治的书，最近又出版了《斯图亚特家族史》，这是我通过普雷沃神父的译本读过一点儿的他的唯一一部著作。因为没有读过他的其他著作，所以根据人家跟我谈起的他的情况，我相信休谟先生把一颗共和主义的灵魂与英国人崇尚奢华的悖论结合起来了。根据这一看法，我把他对查理一世的全部颂扬视作一种公正的奇迹，从而对他的道德和才情钦佩之至。结识这位罕见之人和获得他的友情的愿望，大大地增强了我因他的密友布弗莱夫人早已劝过我去英国而起的那种跃跃欲试的念头。我到瑞士之后，经布弗莱夫人之手转来一封他的信，一封极其殷切客气的信，他在信中除对我的才气不惜溢美之词之外，还急切地邀请我去英国，愿运用自己的声望，并把他的朋友们介绍给我，使我在英国过得愉快。我在此地见到他的同胞及朋友元帅勋爵，后者证实了我所认为的休谟先生具有的一切长处，甚至告诉我一则有关休谟先生的文学逸事，此事令他十分惊讶，也给我留下了一个很深的印象。华莱士曾就古代人口问题写文章抨击休谟，但其作品付梓时，他本人并不在，休谟便负责看他的校样，并监督发行。这种行为正好与我的情趣相投。我也正是这样，曾有人写了一首歌攻击我，我却帮他去卖，六个苏一份。因此，当韦德兰夫人跑来跟我眉飞色舞地谈论休谟对我的友情以及他是如何急切地盼着我去英国，以蓬荜生辉——她就是这么说的——的时候，我已完全对休谟怀有深深的好感了。她对我百般鼓动，叫我利用他的这份盛情，叫我给休谟先生去信。由于我天生不喜欢英国，而且不到走投无路绝不走这一步棋，所以我拒绝写信去，也不肯应承，但我让她全权处理，为使休谟热情不减，她认为怎么合适就怎么来。她在离开莫蒂埃时，由于已经说尽了这位名人的好话，所以使我深信，他是我的一个朋友了，她更是他的好友了。

她一走，蒙莫兰便加紧活动，群氓们更加无法无天了。然而，我仍旧岿然不动地在嘲骂声中散步，而且因跟狄维尔诺瓦博士在一起而开始感兴趣的植物学给我的散步增添了新的乐趣，使我的足迹遍布全邦，我采集标本，对那帮无赖的叫嚣无动于衷。我的镇定自若令他们更加怒不可遏。最使我痛心伤怀的种种事情中的一件是，我看见许多朋友或者称为朋友的人的家属，也相当公开地加入我的迫害者们的同盟了，譬如狄维尔诺瓦一家、我的那位伊莎贝尔的父亲及兄长、我住在她家的那位女友的亲戚波瓦·德·拉·杜尔夫人以及她的小姑子吉拉尔迪埃夫人。那个皮埃尔·波瓦迟钝至极，愚蠢透顶，行为举止粗暴到了极点。所以，为了避免生气，我便拿他寻开心，我按《小先知》的笔调，写了只有几页的一本小册子，取名《号称通灵者的山中皮埃尔的梦呓》。我在这本小册子中，想出法子挺逗趣地拿当时成为迫害我的借口的那些奇迹嬉笑怒骂了一番。迪贝鲁让人把这篇东西在日内瓦印了出来，因为它在当地反响平平。纳沙泰尔人就是用足了心思，对这种稍微细腻一点儿的雅谑、这种风趣，他们也是体会不太出来的。

　　我同一时期还写过一篇东西，用的心思稍许多些，大家将会在我的文稿中见到此手稿。我必须在这里谈一谈它的来龙去脉。

　　在一道道通缉令和迫害最疯狂的时候，日内瓦人特别起劲儿，叫嚷得最凶。特别是我的朋友凡尔纳，他以一种为神学赴汤蹈火的精神，恰恰选中这个时候发表一些信件来攻击我，想证明我不是基督徒。这些信的口气虽扬扬得意，却并不怎么高明，尽管有人说博物学家博内曾经插手。这位博内，虽说是唯物主义者，但一牵涉到我，他便立即显出他那偏狭的正统派神气。我当然不想回驳这种作品。但是，既然有在《山中来信》中说句话的机会，我便在其中夹进了一个颇鄙夷不屑的小注，把凡尔纳气得暴跳如雷。他在日内瓦疯狂地叫嚷，狄维尔诺瓦还告诉我说，他气得都控制不住自己了。不久之后，出现了一张匿名的散页印刷品，似乎不是用墨水写的，而是用沸勒热腾河水①写的。在这张匿名的散页印刷品中，我被指斥让自己的孩子们流落街头，自己跟一个包月娼妓厮混，纵情声色，梅毒遍体，以及其他一些诸如此类的妙语。我不难看出这是出自何人之手。我在读到这篇诽谤短文时，第一个想法就是要真正重视人世间的名分和声誉，因为我看到一个一辈子从未进过窑子的人——一个其最大的缺点就是腼腆、羞涩如少女的人，被说成是逛窑子的老手，看到自己被人说成满身梅毒，可我从未得过一点儿这样的病，而且这方面的行家甚至认为我根本得不了这种病。经过反复掂量，我认为只有将这篇诽谤短文拿到我住得最久的那座城市去印行，才能更好地批驳它。于是，我把它寄给迪舍纳，让他照原样印出来，并加上一条按语，把凡尔纳的尊姓大名点出来，再加上几条短注，以澄清事实。让人印了这篇短文之后，我觉得还不满足，我又把它寄给了好几个人，其中有符腾堡的路易亲王先生，他一向对我很敬重，而且我当时同他保持着通信往来。这位亲王、迪贝鲁和其他一些人似乎不相信凡尔纳会是此诽谤文的作者，责备我过于轻率地就把他的名字给点了出来。经他们一说，我有所顾虑了，便写信给迪舍纳，让他不要印那篇诽谤文了。居伊写信给我，说是已经抽出不印。可我并不知道他这话是否当真。我发觉他在许多事情上都谎话连篇，所以这一次再撒一回谎也不足为奇。从此以后，我便被深深的黑暗笼罩住了，再也看不到任何真相。

凡尔纳先生忍受了我的指控，其态度之温和简直令人惊诧，特别是他先前表现得那么暴跳如雷。他给我写了两三封信，非常克制，我觉得其目的无非是通过我的回信设法弄清我究竟知道多少底细，我是否有什么对他不利的证据。我回了他两封信，很

---

① 系古希腊神话中地狱中的一条河流，流的不是水，而是火焰，此处意指其文之恶毒、凶狠。

短，很干巴，很生硬，但用词未失礼貌，他一点儿都没动气。接到他的第三封信，我见他想保持一种通信联系，便没再回他的信了。他又通过狄维尔诺瓦向我做解释。克拉美夫人写信给迪贝鲁说，她肯定那篇诽谤文不是凡尔纳写的。这一切都丝毫没有动摇我的决心。但是，由于我总归也会弄错的，那样的话我就得正式向凡尔纳赔礼道歉，所以我让狄维尔诺瓦捎话给他，如果他能向我指出那篇诽谤文的真正作者是谁，或者起码向我证明那不是他写的，我就向他赔礼道歉，直到他满意为止。不仅如此，我因深深觉得，不管怎么说，如果我冤枉了他，我就无权要求他向我证明什么，所以我决定在一篇比较长的声明中写明我深信作者是他的种种理由，请凡尔纳不能拒绝的一个仲裁人来加以判断。人们猜不出我选的这个仲裁人是哪一个——就是日内瓦议会。我在声明的末尾宣称，如果日内瓦议会在审阅了声明，并且做了它认为必要的而且是它力所能及的成功的调查之后，宣布凡尔纳先生不是那篇诽谤文的作者，那么我立即去向他负荆请罪，直至得到他的宽恕为止。我敢说，我追求公道的热忱、我灵魂的正直与豪迈、我对人人生而有之的对正义的爱的信心，从未像在这篇入情入理而又感人肺腑的声明中表现得那样淋漓尽致、那样跃然纸上，我在其中毫不犹豫地把我最势不两立的敌人们当成了诬蔑者和我的公断人。我把此声明念给迪贝鲁听，他的意见是不要用它，我便没有用它。他劝我等待凡尔纳答应向我提供的证据，我便等着，而且现在还在等。他劝我在等待期间别再吭声，我便默不作声，而且在有生之年也将沉默不语，任人去叱责我把一个严重的、莫须有的、无证据的罪名强加给了凡尔纳。可我内心深处坚信，如同坚信我自身的存在一样，他就是此篇诽谤文的作者。我的声明在迪贝鲁的手中。万一它能得见天日，人们将在其中看到我所说的种种理由，而且，我希望人们能从中了解我的同胞们一直不愿了解的让－雅克的灵魂。

现在该谈一谈我在莫蒂埃的灾难了，该谈一谈我在特拉维尔谷住了两年半并坚定不移地承受了八个月最卑鄙的虐待之后离开时的情况了。这个不愉快的时期的细枝末节，要我清清楚楚地回想起来是不可能的，但是大家将可以在迪贝鲁发表的与之有关的那篇纪事中看到，我在下面将要谈谈这篇纪事。

自从韦德兰夫人走后，骚动就变得更激烈了，尽管国王连连下诏，尽管邦议会三令五申，尽管领主和当地官员们对我百般呵护，但老百姓就是把我看作反基督者，眼见怎么鼓噪也无济于事，便终于想动真格的了。我走在路上，石块已开始向我掷来，不过离得稍微远了点儿，还砸不着我。最后，在九月初开始的莫蒂埃集市之夜，我在住处被袭击了，并且危及所有住在宅子里的人的生命。

午夜时分，只听见屋后长廊里哐啷一声响，随后石块便雨点般地冲着面对长廊的窗户和门砸来，噼里啪啦地落在地上。我的狗是睡在长廊上的，先还在狂吠，后来也吓得不敢叫唤了，逃到角落里去，又咬又挠板壁，想逃出去。我听见声响便起来了，正要走出卧房到厨房里去，突然一块石头猛力掷来，打破窗户，飞过厨房，砸开我的房门，落在了我的床脚下。我若是早起来一秒钟，那块石头准砸在我的胸口上。我判断那哐啷一声是为了把我引出来，待我一出房门，那块石头正好迎面飞来。我一个箭步蹿进厨房，只见泰蕾兹也早已经起来，浑身筛糠似的朝我跑过来。我们俩紧贴着一面墙，避开窗户正面，免遭石块袭击，并商量如何躲避才好，因为跑出去呼救正好会被人砸死。幸好，住在我楼下的一个老先生的女仆听见动静起来了，跑去叫住在我们对门的领主。后者连忙跳下床，匆忙穿上晨衣，立即带上警卫队赶来了。警卫队因有集市，当夜正在巡逻，当时就在附近。领主见我的住处被砸得一塌糊涂，脸都吓白了，再一看长廊里满是石头，不禁惊呼："上帝！成了采石场了！"在查看楼下时，发现一个小院子的门被砸开了，有人想从长廊闯进屋子里。在研究为何警卫队根本没有发现或阻止骚乱时，大家认为很可能是因为当晚的警卫任务虽然已轮到别的村子了，莫蒂埃的警卫队却坚持要由他们来巡逻。第二天，领主把他的报告呈送给邦议会。两天后，邦议会下令他调查这一事件，答应犒赏揭发罪犯的人，并为揭发者保密，同时，在破案期间，派人警卫我的屋子和与之相邻的领主的屋子，费用由国王负担。第二天，皮利上校、检察长默龙、领主马蒂内、税务官居约内、司库狄维尔诺瓦及其父亲，总而言之，当地的头面人物全都跑来看我，异口同声地劝我避避风头，至少暂时离开我已无法再安然体面地住下去的这一教区。我甚至发现，领主也被这帮暴民的愤怒吓破了胆，生怕他们迁怒于他，所以也很愿意看到我尽早离开，免得他左右为难，而且他自己也可以离开此地——我走了之后，他也真的走了。我让步了，而且没觉得难受，因为看到百姓们对我的仇恨，我的心都碎了，真的受不了了。

我有不止一条退路可以选择。自从韦德兰夫人回到巴黎之后，她给我来过好几封信，谈到一位她称为"爵士"的沃波尔先生，说他对我表现出了极大的热情，他还建议我去他的一处庄园。韦德兰夫人把这个去处描绘得舒适温馨，把那儿的居住条件和生活起居叙述得极尽其详，足见那位沃波尔爵士是跟她一起商定好这一计划的。元帅勋爵曾一直劝我住到英格兰或苏格兰去，也向我提供了他的一处庄园作为我的栖身之地。不过，他后来又向我提出一个地方，在波茨坦，在他身边，这对我的吸引力更大些。他最近还告诉过我国王跟他谈起我时说的话，意思是邀请我住到那儿去，而且萨克森－哥特公爵夫人翘首以待我的到来，竟写信给我，催促我顺路去看看她，在她身边住上一段时间。可是，我对瑞士感情甚深，下不了狠心离开它，只要我有可能在瑞士住下去，我就要利用这段时间来执行我几个月来一直盘算着的一个计划。因为怕打断我的叙述，我对这个计划还没来得及说一下。

这个计划就是住到圣皮埃尔岛上去，那是伯尔尼医院的产业，位于比尔湖中央。头年夏天，我同迪贝鲁徒步远游时，我们参观过该岛，简直被它迷住了。自那以后，我便总是在想有什么办法能在那座岛上住下。最大的障碍就是，该岛属伯尔尼人所有。三年前，伯尔尼人曾可耻地将我驱逐出境，所以除了我的傲岸不容我回到那帮曾经粗暴地对待我的人那儿去之外，我还有理由担心他们在这座岛上比在伊韦尔东更要让我不得安宁。我曾就此请教过元帅勋爵，他同我的想法一样，认为伯尔尼人会很乐意看到我囿于该岛，作为人质，以使我在将来写东西时有所顾忌。元帅勋爵也曾通过他在科隆比耶府的旧邻斯图尔勒先生就此去试探过他们的态度。斯图尔勒先生找该邦的一些头领谈过，并根据他们的答复，向元帅勋爵保证，伯尔尼人对自己过去的所作所为深为羞愧，对我能住到圣皮埃尔岛上去正求之不得，保证不会骚扰我的。为了慎之又慎，我在冒险前去居住之前，又通过夏耶上校再去打听一番，夏耶上校证实了上面的说法。由于该岛税务官从他的上司们那儿已接到允许我住进该岛的许可，我认为自己住到税务官家里就没有丝毫的危险了，因为邦首脑和岛主人都默许了。之所以说是默许，是因为我不能指望伯尔尼的先生们公开地承认他们过去对我的所作所为是不公正的，不能指望他们会如此这般地违背所有权势者的那条最不容侵犯的信条。

圣皮埃尔岛在纳沙泰尔称为土岗岛，位于比尔湖中央，方圆有半法里。地方虽然不大，却提供了生活所需的所有主要产物。上面有农田、草场、果园、树林、葡萄园，而且由于地势起伏不平，整座岛形成了一个赏心悦目的形状，特别是各个部分无法尽收眼底，一览无余，而是互相掩映，让人以为该岛比实际上大。岛的西边是一个很高的平台，与格勒莱斯镇和博纳维尔镇遥相呼应。平台上，有一条长长的林荫道，被一个"大沙龙"拦腰切断。葡萄收获季节，每逢星期天，人们便从邻近的岸边聚到这里，跳舞、娱乐。岛上只有一幢房屋，既宽敞又舒适，由税务官住着，位于一个凹处，大风吹不着它。

该岛南边，五六百步开外，是另一座小岛，比它小得多，荒无人烟，就好像是从前被风暴从大岛吹开去的，砾石中只长有柳树和春蓼。不过，上面倒是有一处高高的小丘，绿草茵茵，赏心怡人。比尔湖状如一个几乎规则的椭圆，湖岸虽不如日内瓦湖和纳沙泰尔湖那么千姿百态，但依然构成一片美景，特别是西岸，人烟稠密，山脚下是一片片葡萄园，几乎与科特－罗蒂①相似，只是所产的葡萄酒大为逊色。由南往北，还可以在西岸看到圣－让大法官辖区、博纳维尔镇、比尔以及湖尽头的尼道镇。有一些非常美丽的村庄点缀在这些镇子中间。

这就是我早已为自己规划好的那个退隐处，我决定离开特拉维尔谷之后，便直奔那儿定居。这一选择非常符合我那平静的爱好和孤独而懒散的性格，所以我把它归入我最为醉心的美梦。我觉得，在这座岛上，我将更加与世人隔绝，更可免遭他们的侮辱，更能被他们遗忘，一句话，更可以沉醉于无所用心和沉思生活的甘美。我真想将自己紧紧地禁锢在这座岛上，和世人不再来往，而且可以肯定的是，我采取了所有可以想象得到的措施，以便摆脱与世人交往的必要。

关键是生活问题。在该岛上，食品昂贵，运输困难。因此，生活费用很高，加之，还得听那个税务官的摆布。由于迪贝鲁很乐意地同我一起做出了安排，他取代了承揽我的全集而又放弃出版的那伙书商，所以上面的那个困难便迎刃而解了。我把出版全集的所有材料全都交给了他。我负责材料的整理和编纂。此

---

① 法国著名的葡萄产地，距里昂 26 千米，在罗讷河畔。

外，我还答应将我的回忆录交给他，让他全面保管我的所有文稿，但我提出了一个特别的条件，那就是只能在我死后才可利用它们，因为我一心想着能安安生生地了却此生，不想让公众再想起我来。这么一来，他负责向我支付的终身年金就足以维持我的生活了。元帅勋爵收回了他的全部财产，主动送我一笔年金，达一千二百法郎，我只是把它减了一半之后才收下。他想把年金的本金给我，因为苦于无处存放，我没答应，所以他就把它交给了迪贝鲁，此钱仍在后者手中，由后者按他和馈赠者商定的标准支付我终身年金。因此，把我跟迪贝鲁订的合同、元帅勋爵所赠的年金——其中三分之二在我死后支付给泰蕾兹——和我要从迪舍纳那儿支取的三百法郎的年金加在一起，我满可以过上一种体面的日子了，不光是对我而言，而且在我死后，对泰蕾兹也是如此，因为我把雷伊给付的年金和元帅勋爵赠送的年金加在一起，给她留下了七百法郎的年金。这样，我就不再担心她没有饭吃了，也无须担心自己会饿死了。但是，我命运中注定我不得不拒绝财运和劳动给我送上门的所有财源，注定了我死时将同在世时一样穷困潦倒。大家可以判断，人们通过断绝我的一切活路，以迫使我接受羞辱和一直处心积虑地想使我身败名裂的那种种安排，我是否会接受呢？除非我自甘堕落。他们又怎么会料到我在这两者之间将做出的抉择呢？他们始终是以其心度吾之腹。

　　生活上放心了，其他方面也就无可忧虑了。尽管我把整个世界让给我的仇敌们去为所欲为，但我在支配我写作的崇高激情中和我始终如一的准则中，留下了一个心灵的明证，这一明证与我发自本性的一切行为举止是相符的。我不需要别的什么辩护来驳斥那些诬蔑我的人。他们可以在我的名下描绘出另一个人来，但他们只能欺骗那些甘愿受骗的人。我可以把我的一生交给他们去从头至尾地进行批判。我坚信，通过我的种种过错和软弱，通过我不堪忍受任何羁绊的性格，人们总归会看到一个正直、善良、无怨无恨、与世无争的人，一个勇于承认自己的错误而且更容易忘记别人的过错的人，一个在爱恋温馨的激情之中寻找自己全部幸福的人，一个凡事都实心实意到了不谨慎、到了难以置信的忘我程度的人。

因此，我可以说是辞别了世事，辞别了我同时代的人，永别尘世，将自己禁锢在这座岛上，度过余生。这就是我的决心。我打算在岛上最终实践我想过的那种无所用心的生活的伟大计划，在此之前，我一直把上苍赋予我的那一点点儿活动能力用于这一计划，却徒劳无益。这座小岛将成为我的帕比玛尼<sup>①</sup>——那个人们可以安睡的甜美梦乡：

　　　　人们在此更进一步，可以无所用心。

这"更进一步"是我的全部所需，因为我一向很少因不能安睡而抱憾，所以无所用心对我而言足矣，而且只要我无所事事，我宁可醒着去梦想而不愿睡着做梦。浪漫计划的年岁已成过去，而虚荣并未使我欢悦，只是让我晕头转向，所以我只剩下最后一个希望，那就是无拘无束地在永存不逝的闲散中生活。这是另一个世界里幸福之人的生活，我从今往后将把它变成我在这个世界上的无上幸福。

责备我有那么多矛盾的那些人又要在这里指责我自相矛盾了。我说过，社交圈子中的无所事事令我对社交场合无法忍受，而我在这里偏偏去寻求孤独，以追求无所用心。可我正是这样的。如果说这中间有什么矛盾的话，那是大自然使然，而非我本人的过错。其实，这里面极少有矛盾，所以我才始终如故。社交

---

① 系法国作家拉伯雷书中假想的一个美丽乐园，人们在此无所事事，无所用心，可以安睡无恙。拉封丹在其叙事诗《帕卜菲基埃尔的魔鬼》中，提起这一乐园，并补了文中引用的那句诗，以示他所想象的乐园比帕比玛尼更进一步。

场上的闲散简直是要人命，因为那是必须如此的，而孤独中的闲逸则是妙不可言的，因为它是自由自在、自觉自愿的。在一伙人中间，无所事事便使我苦不堪言，因为我是被迫如此。我必须或呆坐在一把椅子上，或直挺挺地站在那儿，手脚都不能乱动，不敢随心所欲地跑呀，跳呀，唱呀，叫呀，甚至连梦都不敢做，有的只是闲得无聊透顶和拘束得痛苦难耐。我被迫去注意听别人说的那一大堆蠢话、那一句句恭维，并且不得不绞尽脑汁，以便轮到我时也插进去说说自己的哑谜和谎言。你们把这些也叫闲逸吗？这简直是在受苦役。

我所喜爱的闲逸并不是一个游手好闲者的那种闲散，搂着双臂待在那儿凡事不做，连脑子也不动一动。我所爱的既是孩子似的闲逸，不停地动弹，却什么事也不干，又是一个年迈的胡思乱想者的闲逸，浮想联翩，却动脑不动手。我喜欢忙乎些不要紧的事，凡事都做一做，却一件也做不完。我喜欢任凭脑子的想象跑来走去的，想好的计划随时改变。我喜欢盯着苍蝇看它飞来飞去，甚至想搬开一块岩石，看看下面藏着什么。我喜欢兴致勃勃地从事一项十年方能完成的工作，可是过不了十分钟又毫不遗憾地将它放弃了。总之，我喜欢整天毫无目的、毫无结果地游来荡去，凡事都只是凭着一时的兴头。

植物学是我一向看重的，而且已开始成为我的癖好了，它正是一种闲暇时研究的学问，适宜填满我闲逸的全部空隙，又不致让我的想象力胡乱驰骋，也不会导致完全无所事事的烦闷。漫不经心地在林中和田野里漫步，机械地这儿摘朵花，那儿折一截儿枝，随意地拿点儿什么草叶就放在嘴里咀嚼，千百遍地观察同一件东西，而且兴致永远不减，因为我看过就忘。凡此种种，足以让我度过千万年而不致有片刻的烦闷。不论植物的构造多么美妙，多么奇特，多么千姿百态，它都不太能引起一个门外汉的惊叹，使他产生兴趣。植物结构中的这种虽一贯相似却又有着无穷无尽的变化，只能使那些对植物界已有所了解的人叹为观止。而其他的人，目睹大自然的这些宝物，则只能发出一种愚蠢而单调的赞叹而已。他们仔细观察时却什么也看不出来，因为他们甚至都不知道该看些什么，而且他们也看不出整体之美，因为他们对于使观察者惊叹不已的那种关联、组合间的互相依赖摸不着门道。我因记性不好，所以一直处于这种幸福状态：因知之甚少，对一切都觉得新鲜，又因多少有所知而不觉得新奇。此岛虽小，但岛上各处的土壤各不相同，给我提供了多样的草木，足够我终身观察和消闲的了。我不愿岛上有一根草我没分析过，而且我已在考虑通过大量新奇的观察写一本《圣皮埃尔岛植物志》了。

我让泰蕾兹带着我的书籍和衣物来了。我们就寄宿在该岛的税务官家里。他妻子有姐妹在尼道，常轮流前来看她，并跟泰蕾兹做伴。我在岛上尝试着一种甜美的生活，恨不得在此度过余生，而且我对这种生活所生发的兴趣，只能使我更加深切地感觉出马上就将到来的那种生活的苦涩。

我向来喜欢水，对水充满激情，一见到水，就会产生一种妙不可言的幻想，尽管常常没有明确的目标。当天清气朗时，起床之后，我总要跑上平台，呼吸早晨那有益健康的清新空气，放眼眺望这美丽湖泊的远方天际以及湖岸边令我心旷神怡的山峦。我觉得没有什么能比这种对其丰功伟绩的静默赞赏更能表达对神明的崇敬了，这种静默的赞赏只能意会，不能言传。我现在明白了，为什么城市居民因只能看见墙壁、街道和犯罪而很少信仰了。可我弄不明白，为什么一些乡民，特别是一些孤独者，竟根本没有信仰。他们的灵魂怎么就能不每天飘然欲仙地升华上百次，去神往那位令他们惊叹的这些奇迹的创造者呢？对我来说，特别是经过彻夜难眠起床之后，由于长期的习惯使然，我的心会如此这般地神驰飞升，丝毫不觉思索之苦。但是，要做到这一点，那就必须使我的眼睛为大自然的美丽景象所吸引。我在房间里很少祈祷，而且没有激情，但是一看见美丽景致，我便激动不已，又说不出所以然来。我读过一本书，说是有一位贤明的主教在巡视自己的教区时，发现一位老妪在祷告，她只会"噢噢"连声，于是，他对她说："大娘，您就永远这么祷告吧，您的祷告比我们的好。"这种最好的祷告就是我的祷告。

早饭后，我便极不乐意地匆忙写上几封倒霉的信，热切地盼着根本不再写信的幸福时刻到来。然后，我在我的书籍和文稿堆前忙乎一阵，把它们拆开包，整理一番，但根本不去读它们，而这种整理对我来说已经成了珀涅罗珀的活计①，给了我片刻的欢悦。随后，我厌烦了，便撇下这活计，把上午剩下的三四个小时用来研究植物学，特别是研究林内乌斯②的分类法，我对他的分类法产生了一种难以摆脱的激情，甚至在感到它空洞无物之后亦然。我认为，这位伟大的观察家是除了路德维希③之外，到目前为止唯一以博物学家和哲学家的眼光看待植物学的人。但是，他花在标本室和花园中研究的时间太多，而在大自然中研究的时间就不够了。而我则把整座岛当作大花园，一旦我要观察什么或验证一下观察结果，我便夹着书本跑到树林中或草地上去，躺在要研究的那种植物旁边的地上，从容不迫地仔细研究它的生长情况。这种方法对我帮助很大，使我在植物经人工培育和改变性质之前就能了解到它们的原本状态。据说，路易十四的首席御医法贡能完美无缺地说出并了解御花园中的所有植物，到了乡下却无知透顶，全不认识了。而我正好相反，我对大自然的东西知道一些，对园丁栽培的则一无所知。

下午的时间，我全部为我那闲散而不经心的性情所支配，任随一时心血来潮而毫无定规地行事。风平浪静的时候，我常常一

---

① 《荷马史诗·奥德修纪》中古希腊英雄奥德修斯之妻，白天织布，夜间拆去，以搪塞等着她允诺织完布后满足要求的求婚者，直到丈夫十年之后归来。

② 林内乌斯 (1707—1778)，瑞典著名植物学家。

③ 路德维希 (1709—1773)，德国著名植物学家。

扔下饭碗就独自跳上税务官教我用单桨划的一叶小舟,一直划到湖中央。我在泛舟的时候,产生了一种快乐,简直要浑身发颤,可我说不出也不明白究竟是什么原因,只是有一种也许是暗自庆幸逃出了恶人的魔掌的感觉。然后,我独自在这湖中荡悠,有时划近岸边,但从不登岸。我常常任随小舟让风吹水涌,自己则毫无目的地沉思遐想,虽然飘忽不定,却不乏其温馨。我有时还心有所动地呼喊起来:"啊,大自然!啊,我的母亲!我现在就只在您的守护之下了,这儿绝没有诡谲奸佞之徒横亘在你我之间。"我就这样远离陆地半法里之遥,真恨不得此湖是一片大海。然而,我可怜的狗不像我那么喜欢久久地待在水上,为了让它开心,我通常有一个荡舟的目的地,那就是登上那座小岛,在上面漫步一两个钟头,或者躺在土丘顶上的草地上,尽情地观赏那湖及其周围景致,仔细地观察研究我身边的所有花草,并且像鲁滨逊那样,为自己在这座小岛上建造一个想象中的居所。我对这个小土岗情有独钟。当我可以带着泰蕾兹和税务官夫人及其姐妹们来这里时,我因能成为她们的船夫和向导而多么自豪啊!我们还像煞有介事地带了一些兔子来,好让它们在此繁衍后代。这对让-雅克来说,简直像是在过节。这群小动物使我觉得这座小岛更加生机盎然了。自此以后,我便更经常地往那儿跑,而且兴趣越来越浓,想寻找到新居民繁衍的踪迹。

除了这些消闲之外,我还有一种消遣,它使我回忆起沙尔麦特的那段甜蜜的生活,是季节特别赏赐给我的。那就是收获蔬菜水果的田野上的劳作,泰蕾兹和我以能同税务官夫人及其全家一起劳动而感到快乐。我记得,有一位名叫基什贝尔格的伯尔尼人前来看我,见我骑在一棵大树上,腰间系着一只大口袋,口袋里已经装满了苹果,动弹不了了。我对这次相遇以及另几次类似的相遇并不觉得难堪。我希望,伯尔尼人目睹我如何安排闲暇时光之后,就别再想着打扰我的安宁,让我在孤独之中能安生。我真

608

恨不得能被他们的意志而非自己的意愿囚禁于这种孤寂之中，那我也就可以放心，无须看到自己受人惊扰了。

这又是我的一种自白，我预先就深信读者们不会相信我的自白中的又一种。读者们始终冥顽不化地根据自己的想法来判断我，尽管他们在我整个一生中不能不看到在我的内心中有成百上千种感受与他们的毫不相同。更蹊跷的是，他们一方面拒绝承认我有着他们所没有的好的或不好不坏的种种感情，一方面却始终把坏到极点、他们明知凡是人都不会有的那种坏的感情强加在我的头上。于是，他们觉得只要将我放在与大自然相矛盾的位置，只要让我变成一个根本不可能存在的怪物，就万事大吉了。他们一旦想糟践我，就会觉得任何荒诞无稽的事都是可以相信的，而要是想往我脸上贴金，又觉得没有什么离奇之事是不可能的。

但是，不管他们会怎么认为或怎么说，我仍旧要继续把让－雅克·卢梭的为人以及他的所思所为如实地展现出来，对他的感情、他的思想的特殊之处不加解释，不做辩解，也不去研究别人是否与他想的一样。我对圣皮埃尔岛如此满意，在岛上生活对我又极其合适，所以我把所有的欲望都倾注于此岛上，决计不再走出此岛。我必须去附近拜访，必须去纳沙泰尔、比尔、伊韦尔东、尼道，这已经使我一想起来就疲惫不堪了。我觉得在岛外度过一天就折去我一天的幸福，而走出此湖范围对我来说则犹如鱼儿离开了水。再说，往日的经验已使我不寒而栗。随便什么好事只要一使我心满意足，就足以让我做好失去它的准备，而在此岛上了却一生的那种急切盼望则与担心被迫离开的恐惧相伴相随。我已经养成习惯，晚间去湖滩上坐坐，特别是在水大浪急的时候。看着浪涛在我脚下拍击，我感受到一种奇特的快乐。它使我联想到尘世的喧嚣和我的居处的宁静。这么一想，我有时便不觉动容，甚至感到泪水从眼眶中溢出。我深情地享受着的这种宁静，只有怕失去它的不安才会扰乱它，但那不安十分强烈，以致破坏了这种宁静的甜美。我深感我的处境朝不保夕，所以不敢过于奢望。"啊！"我暗自思忖，"我真恨不得用我根本就不想要的那种离开此地的自由去换取能够永远留在这里的保证！我真想被强迫留在这里，而不是受人恩泽被容留于此！仅仅是想到容留我在这里的那些人每时每刻都能把我从这儿赶走，我还能指望我的那些迫害者见我在这儿很幸福而让我继续幸福下去吗？啊！只许我在此生活是不够的，我希望人们能判处我住在此处，我希望被迫居于此地，而不致被迫搬走。"我以羡慕的目光看了看幸运的米凯利·迪克雷，他安静地待在阿尔贝格城堡中，想幸福就幸福。最后，由于我总是这么瞻前顾后，老是为令人不安的预感所困扰，总觉得新的风暴随时都有可能向我袭来，所以我竟然希望，而且是怀着一种不可思议的激情希望，人们别只是容忍我住在此岛，而是把它当成我的终身监狱，我可以发誓，我会以最大的喜悦去把牢底坐穿，因为我无比希冀在岛上度过余生，而不愿遭到被驱逐出去的危险。

这种恐惧不久就成了事实。在我万万没有料到的时候，我收到了尼道的大法官先生的一封信。圣皮埃尔岛正是在他的管辖之下。他在信中以邦议会的大人们的名义下令我离开此岛，并离开他们的辖区。我读着此信，恍如梦中。没有什么会比这道命令更不合情理、更莫名其妙、更出乎意料的了，因为我原以为自己的预感只不过是惊弓之鸟的胆战心惊而已，并没把它视作一种可能会有丝毫根据的预见。我曾采取种种措施以确保自己有当局的默许；人们已让我安然地搬来岛上；好几个伯尔尼人以及对我友情深重、厚礼相待的大法官本人都曾来看望过我；季节转凉，驱逐一个风烛残年之人是极其残酷的。凡此种种，都使我同许多人一样认为，这道命令中有所误会，而且那些居心叵测的人是专门挑选收获葡萄的旺季和参议院一小撮人正在休会期间出其不意地给我这个打击的。

我一气之下，差点儿立即拂袖而去。可是，往哪儿去呢？严冬将至，既无目的地，又无准备，既无车夫，又无马车，如何是好呢？除非把文稿、衣服、什物通通扔掉，否则就得要时间整理，而命令里又没说是否给我留有时间。灾难的连绵不断已使我力虚气馁了。我平生第一次感觉到我天生的傲岸已不得不在压力面前屈服了，尽管心里愤愤不平，却不得不低三下四地请求宽容时日。命令是格拉芬列先生下达给我的，所以我便请他代为转达。他给我的信表明他极不赞成这道命令，他在下达此命令时是万分遗憾的，并且他的信中充满了痛心疾首和钦佩敬重的表示，我觉得这等于在委婉地邀请我跟他敞开自己的心扉。我真的这么做了。我甚至深信，我的信会让那帮不义之人睁开眼睛，看到自己的残暴，深信他们即使不收回这个如此残忍的成命，也至少会给我留下一个合情合理的期限，也许让我熬过冬天，以便有足够的心理准备，选好退避之所。

在等待回信的时候，我开始考虑我的处境，思索我该采取什么决定。我看到方方面面困难重重，忧心如焚，而且此刻身体又极差，所以我完全泄气了，结果，使我脑子里残存的那一点点儿智慧也丧失殆尽，无法对我的悲惨处境做出最好的抉择。无论我躲到哪里去，显而易见的是，我无法逃脱人们为驱逐我而采取的两条道中的任何一条：一条是通过背地里的活动煽动群氓们来反对我；另一条是公开地把我撵走，不说明任何原因。因此，我无法指望有一个安全的退避所，除非跑到很远很远的地方去寻找，可我的身体和严冬季节似乎又不允许我远走他乡。思来想去，我又回到了我刚才考虑的那种种想法上来，所以我壮起胆来去希望、去提议，人家还是把我永远监禁起来为好，免得我被从我可能选中的避难所不停地被人驱来赶去，满世界地漂泊无着。我第一封信寄出之后两天，我又给格拉芬列先生写了第二封信，请他代我向诸位大人转达我的提议。对我的这两封信的答复竟是一道措辞最明确、最严厉的命令，限我在二十四小时之内离开此岛以及该共和国的所有直接和间接的领土，永不许返回，否则定严惩不贷。

此时此刻，我真是进退维谷。我后来也曾遇到过更大的焦虑，却从未遇上比这更大的困难。不过，最让我伤心的是，我不得不抛弃我那在岛上过冬的美好打算。现在该补叙一下这件命中注定的逸事了。此事让我的厄运走到了极点，并且也连带着把一个不幸的民族同我一起拖向垮台，而这个民族许多刚刚萌发的美德本来会使它有朝一日可与斯巴达和古罗马相提并论的。

我曾在《社会契约论》中谈到科西嘉人，认为他们是一个崭新的民族，是欧洲唯一可立法图治的未曾衰落的民族，而且我明确指出，如果这样的一个民族有幸能找到一位贤明的导师的话，人们应对它抱有极大的希望。有几个科西嘉人看到了我这本书，对我谈论他们时的赞扬态度深为感动，而他们正好致力于建立自己的共和国，所以他们的领袖们便想到就此重大事业向我征求看法。一位名叫布塔弗柯的先生，出生于当地的一门望族。是驻法王家意大利团的上尉，曾就此事写信给我，并向我提供了好几份文件，是我为了解该民族的历史和当地情况而向他要的。保利先生 ① 也给我写过好几次信。我虽说感到这样的一件大事超出我的能力范围，但是我认为，当我能获得为此所需的一切材料之后，我一定会辅佐他们完成如此伟大而壮丽的事业的。本着这种想法，我给他们俩回了信，而且这种通信来往一直持续到我离开圣皮埃尔岛为止。

正是在这个时期，我听说法国派兵进驻科西嘉岛，同热那亚人签订了一个条约。这个条约和这次派兵使我焦虑不安。我虽没有想到我会同这一切有什么关系，但我感到为一个民族立法兴邦是需要绝对的平静无扰的，可此时此刻这个民族也许眼

---

① 保利 (1725—1807)，为科西嘉岛独立而斗争的科西嘉领袖。科西嘉岛原属热那亚，后于 1769 年被法国人兼并。保利在英国的支持下，曾与法国人进行了艰苦的斗争。

看就要被征服了，再这么做就未免既不可能又失之荒唐了。我没有向布塔弗柯先生隐瞒我的种种不安，可他信誓旦旦地叫我放心，说是如果该条约中有些违背他们民族自由的东西的话，像他这样的好公民就不会像现在这样去为法国服务了。的确，他要为科西嘉人立法的那种热情以及他同保利先生的亲密关系，使我对他不可能产生任何的怀疑，而当我听说他常去凡尔赛和枫丹白露，跟舒瓦塞尔先生有些联系时，我就只能得出一个结论，那就是他对法国宫廷的真实意图确有把握，可他在信中只是对我做了暗示，并不想挑明。

这一切让我的心部分地踏实了。然而，我怎么也弄不明白法国为什么要派兵，也搞不懂他们去那儿怎么会是为了保卫科西嘉人的自由，因为科西嘉人完全有能力独自反抗热那亚人，所以我心里总不能完全踏实，也不能在掌握确凿证据证明这一切并不是别人在耍花招儿嘲弄我之前，就一下子插手那件拟议中的立法工作。我真恨不得立即见到布塔弗柯先生，那样我就可以真的摸清情况了。他让我觉得他也有此愿望，因此我便焦急不安地等着与他相见。至于他是否真的有此打算，我不得而知。但是，即使他真有此打算，我因灾难重重也不可能对他有所帮助的。

我越是考察这项拟议中的工作，对自己手中的那些材料就研究得越是仔细，也越是感到有必要去实地考察要立法的那个民族所居住的那片土地，以及这项立法工作必须与之相适应的一切关系。我日益明白，离得老远是不可能掌握引导自己的那些必不可少的真知灼见的。我把这层意思写信告诉了布塔弗柯，他也有同感。诚然，我并没完全下定决心前往科西嘉岛，但我已就这次旅行的办法考虑了一番。我把此事同达斯蒂埃先生谈过，他以前曾在该岛，在马耶布瓦先生手下供过职，对它应该很了解。他苦口婆心地劝我放弃这一打算，而且我承认，他对我描述的科西嘉人以及那个地方的可怕情景大大地冷却了我那想去他们中间生活的欲念。

　　但是，当我在莫蒂埃深受迫害，想到离开瑞士时，这种欲念又复活了，盼着最终能在这帮岛民中间找到人们在其他任何地方都不让我得到的那种安宁。只是有一件事使我对此行发怵，那就是我一向不适应并且厌恶紧张的生活，若去那儿，则必须过这种生活。我生就喜欢独自一人从从容容地进行思考，而不习惯于在大庭广众之下或说或做或处理事务。大自然赋予了我前一种才能，也就拒绝给予我后一种才能。可我意识到，我若到了科西嘉岛，即使不直接参与公众事务，我也不得不被岛民们的热情裹挟，而且常常要同他们的领袖们议事。我此行的目的就要求我不是去寻找退隐所，而是到民众中去搜集我所需要的资料。很明显，我将支配不了自己，将不由自主地被卷进我生就不习惯的旋涡，过一种完全有悖我的兴趣的生活，而且，我在其中的表现将要让我倒霉。我预见到，我的出现反而使科西嘉岛人失却我的著作使他们产生的对我能力的信任，我将在他们中间威信扫地，他们对我原先抱有的信赖将化为乌有，这对我、对他们都是一种损失，而我若失去他们的信赖，就无法圆满地完成他们期待于我的工作。我深信，我如此不自量力，对他们来说，我将变得毫无用处，自己也将痛苦不堪。

　　好多年来，我一直被形形色色的风暴折磨着、打击着，迫害不断，我疲于奔命，极需要休息，而我的那些野蛮的敌人偏偏存心不让我得到休息。我比任何时候都更加渴望得到那种温馨的闲逸，得到我梦寐以求的那种身心的恬静，自打我从爱情和友谊的幻梦中醒悟过来之后，我就一直神往着这种无上的幸福。我恐惧地想着我将要去从事的工作，去投身其中的那种纷繁喧嚣的生活。如果说目标的伟大、美妙和意义在激发我的勇气，那么我无法身体力行、无法顺利地完成使命则使我完全泄了气。即使我独自殚思极虑二十年，也比不上在人和事的纷扰中待上半年所耗的

614

精力大，况且肯定是一事无成。

　　我想到一个权宜之计，我认为它可以照顾到方方面面。我无论躲到何处，我的那些暗中的迫害者都要用阴谋来对付我。而我看到，只有科西嘉岛能使我在晚年得到迫害者们所不愿让我在任何地方得到的那种安宁，所以我决心按照布塔弗柯先生的指示，一旦有可能，就去科西嘉岛。但是，为了能在那儿安静度日，我决计至少在表面上要拒绝立法工作，只限于就地写一写科西嘉岛人的历史，权作对他们的殷勤好客的一种报答。不过，即便我能看出成功的端倪，我也会悄无声息地搞点儿必要的调查，以便对他们有所助益。我希望就这样一开始并不介入，能够暗地里更加从容不迫地思考出一个可能适合他们的计划，这样既不用过于抛却我所珍爱的孤寂，也可使我不必受到一种我无法忍受也无力应付的生活的限制。

　　但是，就我的处境而言，此行并不容易实现。根据达斯蒂埃先生跟我谈的情况，我在那儿大概连最简单的生活用品都找不到，只好自己带去，所以必须将内衣、外衣、锅碗瓢盆、纸张、书籍等一应物品全都随身带着。为了带着我的"女总督"去那儿安家，就必须翻越阿尔卑斯山，拖着一大堆行李物品走上两百法里，还得穿过好几位君王的疆土，而且就全欧洲的那副腔调来看，我必须在受到种种磨难之后准备好到处碰到阻碍，看到每个人都会以给我新的贬损为荣，看到人人都会在我身上践踏国际法和人道的准则。这样的一次远行，其花销之大、旅途之劳顿及危险，迫使我事先考虑好，仔细掂量种种困难。一想到我这么一大把年纪，落得个单寒羁旅、孤立无援、举目无亲，任凭如达斯蒂埃先生所描绘的那个野蛮而凶残的民族的摆布，就迫使我在付诸执行之前将这一决定好生地考虑一番。我急切地盼着布塔弗柯先生让我期待的会晤的到来，等着晤谈的结果，以便完全打定主意。

　　我正这么举棋不定的时候，莫蒂埃方面的迫害到了，逼得我只好亡命。我并未准备好长途跋涉，特别是前往科西嘉岛。我一直等着布塔弗柯先生的消息，所以便躲到圣皮埃尔岛上去了。如我前文所述，入冬时节，我便被从那儿赶了出去。阿尔卑斯山当时被大雪覆盖，使我的这次迁徙不能实现，特别是限期又是那样紧。说实在的，这样的限令之荒唐本身就使它无法执行，因为要从这四面环水的孤岛出去，而且限期只有二十四小时，要找船寻车才能离开这座岛和整个国土，即使长了双翅，也难以办到。我写了一封回信给尼道的大法官先生，把此情况禀告了他，随后我便离开了这个无情无义的地方。就这样我抛弃了我那心爱的计划，在颓丧之际未能获准让人就地管制，便应元帅勋爵之邀，决定前往柏林。我把泰蕾兹留在圣皮埃尔岛过冬，把衣物、书籍留了下来，还把文稿存于迪贝鲁手中。我就这样抓紧忙乎，以至第二天一大早便离开了岛子，到达比尔时，天尚未过晌午。但由于一件意外的事，我差点儿在比尔便结束我的行程，此事不得不叙述一下。

左邻右舍的人风闻我被勒令离开退隐所，便立即蜂拥而至，特别是伯尔尼人。他们以可憎可恶的虚情假意讨好我，安慰我，还信誓旦旦地说人家是趁着假期和参议院休会期间草拟和下达这道命令的，他们说二百人委员会的所有成员都对这一命令愤愤不平。在这一大堆安慰者中，有几位是从比尔市来的（比尔市是伯尔尼邦中的一个飞地，是个小自由邦），其中有一个年轻人，名叫韦尔德迈，属于该城的第一大名门望族，在这座小城中享有最高的威望。韦尔德迈以他的同胞们的名义，竭力劝说我在他们中间选择一处退隐所，并向我保证，他们殷切地希望能在那儿接待我，说是让我忘掉我所遭受的迫害是他们的一个光荣和义务，让我在他们中间无须害怕任何伯尔尼人的影响，说比尔是一座自由的城市，不听任何人的号令，万众一心，绝不听从任何于我不利的请求。

韦尔德迈见说不动我，便找了好几个人相帮，有的是比尔的，有的则是附近地区甚至伯尔尼的，其中就有我已提及的那个基什贝尔格，他从我隐退瑞士时起便在寻我，而他的才气和准则也使我对他饶有兴趣。不过，比较出乎意料而且更有决定意义的是法国使馆的秘书巴尔泰先生的劝说。他同韦尔德迈一道来看我，再三敦促我接受他的邀请，他所表现出的对我的那番热切而好心的关怀令我甚为惊讶。我根本就不认识巴尔泰先生，可我看他说的话倒是情真意切，看得出他是真心实意地在规劝我去比尔定居。他夸张地向我把该城及其居民赞扬了一番，他同居民们亲密无间，有好几次在我面前称呼他们为他的父老乡亲。

我原先有着种种推测，经巴尔泰这么一劝，我便乱了方寸。我曾一直认为舒瓦塞尔先生是我在瑞士遭受的种种迫害的幕后主谋。驻日内瓦的法国使节的行为、驻索洛图恩的大使波特维尔的行径都完全证实了我的这种怀疑。我看得出，我在伯尔尼、日内瓦、纳沙泰尔所遭受的一切，都是法国在暗中作祟，而且我不相信我在法国除了舒瓦塞尔公爵一人之外还有别的强有力的敌人。因此，我对巴泰尔的来访以及他对我的命运所表现出来的好心关怀能做何感想呢？我的一次次磨难并未毁灭我心中自然存有的那种对人的信任，而且经验也未曾教会我随处看到爱抚之中藏着陷阱。我惊奇地寻思巴尔泰的这番好意的缘由。我并不傻，会以为他是主动这么干的。我在其中看出他在招摇过市，矫揉造作，说明他藏有祸心，而且我根本就从未在这帮小幕僚身上发现我处于类似职位时心中常常沸腾着的那种不屈不挠的豪情。

我以前在卢森堡先生家多少与波特维尔骑士有些认识。他对我也曾表示过一点儿美意。自从他就任大使之后，他也表示过还记得我，甚至邀请我去索洛图恩看他。尽管我没有去，但对他的邀请深为感动，因为我不习惯受到身居要职的人如此客气的对待。因此，我猜测波特维尔先生在日内瓦事件中是被迫遵旨办事的，可他对我的不幸深表同情，特别照顾我，给我安排了比尔这个隐蔽所，以使我能在他的庇护下安静地生活。我对这种关心非常感动，却不愿接受，而且我已下定决心前往柏林，热切地希望与元帅勋爵相会的时刻到来，深信只有待在他的身边，我才会觅得真正的安宁和持久的幸福。

当我离开这座岛的时候，基什贝尔格一直把我送到比尔。我在那儿见到了韦尔德迈和其他几个伯尔尼人在渡口迎候我。我们一起在客栈里吃了午饭。我到后首先想到的是让人找一辆马车，想第二天一早就走。午饭时，这帮先生又一再挽留，让我在他们那儿住下，其言辞之恳切、情义之深重，使得我那颗从来就经不起好言相劝的心尽管已打定主意，仍不免被他们说动了。他们一看我动心了，便更加执意挽留，以至我终于被说服了，同意留在比尔，至少待到来年春天。

韦尔德迈立即忙着为我找住处，找到了一个破败不堪的小房间，还把它吹得天花乱坠。小房间是在四层的后楼，对着院子，满是皮货商晾着的臭烘烘的麂皮。屋主是个矮个子，一脸猥琐相，还挺狡诈。第二天我就听说他是个浪荡子、赌棍，在这一带臭名昭著，既无妻子儿女，也无男仆女佣。我虽身居世上风景最佳之地，却是凄凉孤独地圉于陋屋之中，不几天就非憋死不可。尽管人家对我说居民们如何热盼我到来，可我最为忧伤的是，走在街上，却看不出他们在态度上对我有丝毫客气的表示，看不出他们的目光中有丝毫亲切的神情。可我已下定决心留下来了。这时候，我听说而且第二天便看到、感到该城正在冲着我酝酿一场可怕的骚乱。好几个献殷勤的人讨好卖乖地跑来告诉我，第二天就将对我下达最严厉的命令，命我立即离开该邦，也就是说离开该城。我没有一个人可以信赖。那些曾挽留我的人都作鸟兽散。韦尔德迈无影无踪了。我也不再听人说起巴尔泰了，他在我面前吹嘘的那些父老乡亲似乎也没对我有所关照。有一位名叫伏特拉维尔的先生，是伯尔尼人，在该城附近有一幢漂亮的房子，他倒是主动提出让我去避避风头。据他说，他希望我能躲过被人乱石砸死。虽然如此，但我并不觉得他的提议可取，我不想继续在这个"好客"之邦久留了。

然而，这么一耽搁，三天就过去了，已经大大地超过了伯尔尼人限我离境的那二十四小时，我深知他们心狠手辣，正不知他们在我通过该邦时会如何刁难，适值尼道的大法官先生前来，为我解了围。由于他极不赞成那帮大人的粗暴行径，而他平素又豪爽仗义，所以认为应该公开表明他丝毫没有插手这事，并且毫无惧色地走出自己的司法辖区，跑来比尔拜访我。他是在我临走的前一天来的，而且并不是微服私访，而是故意张扬，官服整齐，坐着专用马车，带着自己的秘书，并给我送来一份以他的名义签发的护照，好让我从容不迫地通过伯尔尼邦，不用担心有人刁难。他的来访比护照还要让我感动。即使他拜访的不是我而是别人，我也会为此感动不已的。为呵护一个无端受压的弱者而如此勇敢，这在我心中留下了深刻的印象，远非其他任何事情可比。

最后，我好不容易雇了一辆马车。第二天清晨，在荣幸地见到该来的代表们之前，甚至在见到泰蕾兹之前，我便离开了这片嗜杀成性的土地。当我以为要在比尔住下时，我曾写信告诉泰蕾兹，让她前来会我，可我已来不及写几句告诉她我已新灾难临头了。大家将在我的第三卷①——如果我还有力量写的话——中看到，我是怎么原以为要去柏林而实际上却去了英国，看到那两位一心要摆布我的夫人施尽阴谋诡计，把我从她们鞭长莫及的瑞士赶走之后，又是怎样成功地把我送到她们的朋友手中②。

在我把这部作品读给埃格蒙伯爵先生和夫人、皮尼亚泰利亲

---

① 卢梭未能写第三卷。1768 年 5 月，他决定不再写《忏悔录》了，把自己的一些文稿，主要是《新爱洛伊丝》出版之后所收到的信件，通过泰蕾兹交给纳达亚克夫人保管，具体内容不详，有人猜测可能属于第三卷的草稿，至今不知其下落。

② 卢梭拿到去英国的护照后，从比尔经斯特拉斯堡，原想去柏林的，但他在斯特拉斯堡待了五个多星期，并接到"两位夫人"（韦德兰夫人和布弗莱夫人）的信，劝他别去柏林而去英国，说是当时正在巴黎的休谟先生将会在英国关照他。所以，他便又经巴黎去了英国。在巴黎，"两位夫人"将他送到了"她们的朋友"休谟那里。

王先生、梅姆侯爵夫人和朱伊涅侯爵先生听的时候，我加了下面的一段话：

> 我说的都是真话。如果有谁知道一些与我刚刚叙述过的相反的事的话，即使它们是历经千百次证实的，那也是些谎言和骗局，如果他们拒绝在我活着的时候同我一起把这些话弄个一清二楚，那么他们就是不爱正义，不爱真理。而我则敢大声地、无所畏惧地声明：无论是谁，连我的作品都没读过。仅凭自己的眼睛就来审视我的天性、性格、道德、志向、乐趣、习惯，并认为我是一个不正直的人，那么他自己就是一个理应扼杀之人。

我读完之后，周围鸦雀无声。我觉得只有埃格蒙夫人挺激动的，她明显在颤抖，但很快便镇定下来，同在座的其他人一样，缄默不语。这就是我从读我的作品和所做的声明中得到的结果。

# 译后记

　　卢梭(1712—1778)，生于日内瓦一个新教徒家庭，祖辈是法国人。在他出世后不几天，母亲便去世了，他随做钟表匠的父亲生活，由姑母抚养长大。卢梭 10 岁时，其父因打伤一名贵族而被迫逃亡他乡。16 岁起，卢梭便离开了日内瓦，漂泊在瑞士和法国各地，当过仆人、学徒、家庭教师。由于天资聪颖，特别是经过长期勤奋的自学和个人奋斗，他获得了广博的知识，成了音乐教师，抄谱作曲，而且在这方面小有名气，受到欢迎。1741 年，卢梭来到巴黎，结识了启蒙主义者、百科全书派的狄德罗、孔狄亚克、达朗贝尔等人，为《百科全书》撰稿。1750 年，他应征第戎学院的有奖征文而写的第一篇著名论文《论科学与艺术》大获成功，声名鹊起。1755 年，他又应征该学院的征文，发表了第二篇著名论文《论人类不平等的起源和基础》。在这篇论文里，他谴责了封建暴政和建立在私有制、暴力和不平等基础上的现代文明，论述了天赋人权和人类生而平等的思想，提出了"回归自然""回归自然人"的口号，反映了小资产阶级力图摧毁封建专制制度和特权阶层，确立小私有制的要求。1756 年，他离开巴黎，在蒙莫朗西过着隐居生活。在此期间，他同狄德罗、伏尔泰、达朗贝尔等人因观点分歧而失和。1762 年，他出版了《社会契约论》，提出了由公民选举领袖的共和制的政治纲领，对法国资产阶级革命时期雅各宾派的政治观点的形成有很大的影响。由于观点激烈，再加上为人孤高、蔑视权贵，卢梭受到了统治者的迫害，但这些并没能使他忘了自己的初衷："我在从事一项前无古人、后无来者的事业。我要把一个人的真实面目全部地展示在世人面前，此人便是我。"通过《忏悔录》一书，卢梭以惊人的诚实、坦率的态度描写自己，毫不隐讳自己最下流、最可耻的行为。

《忏悔录》共十二章，分上下两卷。前六章为上卷，后六章为下卷。上卷叙述卢梭自 1712 年出生至 1742 年到巴黎之前的生活。第一章写他 1712 年到 1728 年，亦即十六年的生活；第二章写的是 1728 年 3 月到同年 12 月，亦即九个月的情况；第三章写的是 1728 年 12 月末到 1730 年 4 月底，共一年半的生活；第四章写的是 1730 年 4 月底到 1731 年 10 月初，共十七个月的生活；第五章和第六章写的是 1731 年 10 月初到 1741 年秋天，两章共包括十年的生活。下卷主要是写作者在巴黎的生活，写他同百科全书派的关系、与他们的恩恩怨怨以及他的几部重要作品的创作。其中，第七章写的是 1741 年秋到 1749 年夏，前后共八年；第八章写的是 1749 年秋到 1756 年 4 月，共六年半；第九章写的是 1756 年 4 月到 1757 年 12 月末，共一年半；第十章写的是 1757 年 12 月末到 1760 年 12 月末，共三年；第十一章写的是 1760 年 12 月末到 1762 年 6 月，共两年半；第十二章写的是 1762 年 6 月到 1765 年 10 月底，共三年半。卢梭卒于 1778 年，最后的十三年没有写入《忏悔录》，但他继续写的《一个孤独的散步者的遐想》可以视作《忏悔录》的续篇。

《忏悔录》是卢梭在晚年写成的，从 1765 年开始写，中间断断续续，一直写到 1770 年 11 月方告完成。它记载了卢梭从出生到 1766 年被迫离开圣皮埃尔岛，共五十多年的生活经历。他历数孩提时寄人篱下所受到的粗暴待遇，描写了他进入社会后所受到的虐待，以及他耳闻目睹的种种黑暗和不平，愤怒地揭露社会的"弱肉强食""强权即公理",以及统治阶级的丑恶与腐朽。该书名为"忏悔",实为"控诉"与"呐喊",并对被侮辱、被损害的"卑贱者"倾注了深切的同情。他在书中对后人留言,嘱咐他们等到1800年之后再发表这一作品,因为到那时书中写到的人物都已作古。但上卷于1782年便出版,下卷于1789年也出版了。

由于卢梭儿时遭受到不幸,一种正义感便在他的心中牢牢地扎下了根,这种正义感伴随他整个一生,并且构成了他信念的基础。

卢梭出生时,正是法国太阳王路易十四老死之际。法兰西在路易十四的统治之下,达到了封建时代的鼎盛时期,但是,到了18世纪初,早已失去进步作用的绝对王权制国家越来越明显地表现出其背离民族利益的一面,暴露出它的反动寄生本质。不仅仅是王室,包括贵族和教会这两个最高阶层,也完全依靠对人民的残酷剥削过活。然而,法国国内阶级力量的对比已发生了变化。一批当时人们称为"哲学家"的作家,开始进行反对封建残余的斗争,成了社会关注的中心。这些哲学家,就是在法国历史上被称为"启蒙主义者"的那些人。所以说,18世纪的法国处于1789年资产阶级革命之前的启蒙运动时期。这场启蒙运动是一场反对陈腐的封建思想的伟大思想运动。与英国那带有较温和的、有时甚至是保守的启蒙运动的代表人物不同,法国的启蒙主义者是一批革命者,他们的一切活动都带有明显的政治色彩,这首先是因为法国启蒙主义者是资产阶级中最伟大的革命的宣告者。正如《马克思恩格斯全集》(第十九卷,第205页,人民出版社)中所说:

在法国为行将到来的革命启发过人们头脑的那些伟大人物,本身都是非常革命的。他们不承认任何外界的权威,不管这种权威是什么样的。宗教、自然观、社会、国家制度,一切都受到了最无情的批判;一切都必须在理性的法庭面前为自己的生存做辩护或者放弃存在的权利。思维着的悟性成了衡量一切的唯一尺度。

启蒙主义者从理性的立场出发，对社会的不平与压迫、对宗教的偏见与迷信给予猛烈抨击。启蒙主义者的活动，反映了由于封建制度的衰败和资本主义关系的发展而产生的个性意义的高度认识。他们维护个人的利益，主张个人应摆脱绝对君权国家和封建等级社会的压迫。

启蒙主义者在自己的作品中描写日常生活中的人。在这一点上，卢梭的《忏悔录》给我们提供了明证。由于卢梭出身贫寒，他周围的人大多是一些男仆女佣、农民、小店主、下层知识分子，以及他自己的平民家庭：钟表匠、技师、小资产阶级妇女。他揭示了这些人的思想感情、道德品质和性格特点，致力于发掘他们自然纯朴的个性、道德情操、聪明才智和健康的生活情趣。与此同时，卢梭对他所见到的统治阶级和上层社会形形色色的人物鄙夷不屑、大加鞭笞。这些人在他的笔下，几乎通通成了伪善奸诈、厚颜无耻之徒，一个个道德沦丧、阴险毒辣，与高尚的平民阶层形成了鲜明的对比。卢梭正是这个平民阶层的一员。他在功成名就、可以跻身上流社会时，却始终不愿去过贵族们那种奢侈的生活，仍旧企盼能有一个安身立命之所，一个退隐藏身之地，同他的妻子（或称伴侣）泰蕾兹·勒瓦瑟尔过上一个宁静的、不受纷扰的"世外桃源"般的生活。然而，身处一种新旧交替的时代，他的这种愿望总是难以实现。

《忏悔录》上下两卷的差异是显而易见的。其原因在于，在上卷中，卢梭只局限于对儿时的种种回忆，对田园风光的描绘，对所目睹的各种人物特别是平民百姓的描写。在下卷中，卢梭则把他与之交往、关系密切的人搬了出来。他一方面承认自己的过错和不足，一方面也坚定不移地对他认为造成他种种不幸、种种磨难的那些人大加贬损，毫不留情地鞭笞。因此，上下两卷的笔调迥然不同。卢梭在《忏悔录》中把自己赤裸裸地暴露在众人面前，说出他的隐私，道出他的隐情，以至到了最后，他简直被剥成了一个赤条条的人。所以，该书能成为一部传世之作，也是理所当然的。

综观全书，我们可以看出卢梭的性格、志趣、爱好，正如他自己在该书几近结尾处所说的："我可以把我的一生交给他们去从头至尾地进行批判。我坚信……人们总归会看到一个正直、善良、无怨无恨、与世无争的人，一个勇于承认自己的错误而且更容易忘记别人的过错的人，一个在爱恋温馨的激情之中寻找自己全部幸福的人，一个凡事都实心实意到了不谨慎、到了难以置信的忘我程度的人。"

俄国作家车尔尼雪夫斯基在其《未入集的作品》中曾高度评价过《忏悔录》。他说："从这部作品中，我们看到了卢梭是一个一贫如洗、受人中伤、离乡背井，但仍然忧情满怀地思念故乡的人，一个疑心重重、无比高傲且理应高傲的人，一个城府很深同时又什么也不会隐瞒的人，一个蔑视一切同时又需要一切的人，一个卷入许多不可饶恕的、危害别人又能保持灵魂纯洁、无辜与天真无邪的人，除了他的天真以外，他还是一个对当代人而言神秘莫测、为后代人所极易理解的、既狡黠又善于洞察人心的人，一个对人们充满柔情蜜意的、天才的、品德高尚的恨世者。"

《忏悔录》是俄国作家列夫·托尔斯泰爱读的作品之一。他赞赏卢梭的诚挚与真实。他感到十分亲切的是卢梭的坦率，是卢梭对社会不公平的憎恨和对人的热爱。

卢梭为人类的思想宝库做出了许多贡献。他的思想和艺术原则在 18 世纪和 19 世纪的文学与社会思想中得到了持续的发展。他作为思想家和文学家，具有自己鲜明的特色，对 19 世纪欧洲浪漫主义文学产生了巨大影响，被公认为这一文学流派的先驱。

法国 19 世纪悲观的浪漫主义作家夏多勃里昂就深受卢梭的影响，他的《墓中回忆录》中就有着卢梭的影子。其他一些国家的作家，除托尔斯泰外，德国作家歌德、英国诗人威廉·华兹华斯、英国女诗人兼小说家乔治·艾略特，以及法国 20 世纪初的意识流大师普鲁斯特的《追忆逝水年华》，可以说都深受卢梭的影响。

应该指出，卢梭在本书中所表达的思想，就是同当时封建思想体系相对立的资产阶级人道主义思想，在当时的历史条件之下是有着革命的意义的，但他在提倡个性自由时，显然将它推崇到了至高无上的地步，充满了浓厚的个人主义味道，这是我们在读《忏悔录》时必须注意的。

卢梭这个平民出身的文学家和思想家，受到了法国人民的尊崇和爱戴，被视为法国人民的骄傲，因此，他的遗骸后来被移葬在巴黎塞纳河左岸、卢森堡公园对面的先贤祠中。

陈筱卿

轻经典

出 品 人：许　永
责任编辑：许宗华
特约编辑：林园林
装帧设计：海　云
印制总监：蒋　波
发行总监：田峰峥
投稿信箱：cmsdbj@163.com
发　　行：北京创美汇品图书有限公司
发行热线：010–59799930

创美工厂　　　　创美工厂
微信公众平台　　官方微博

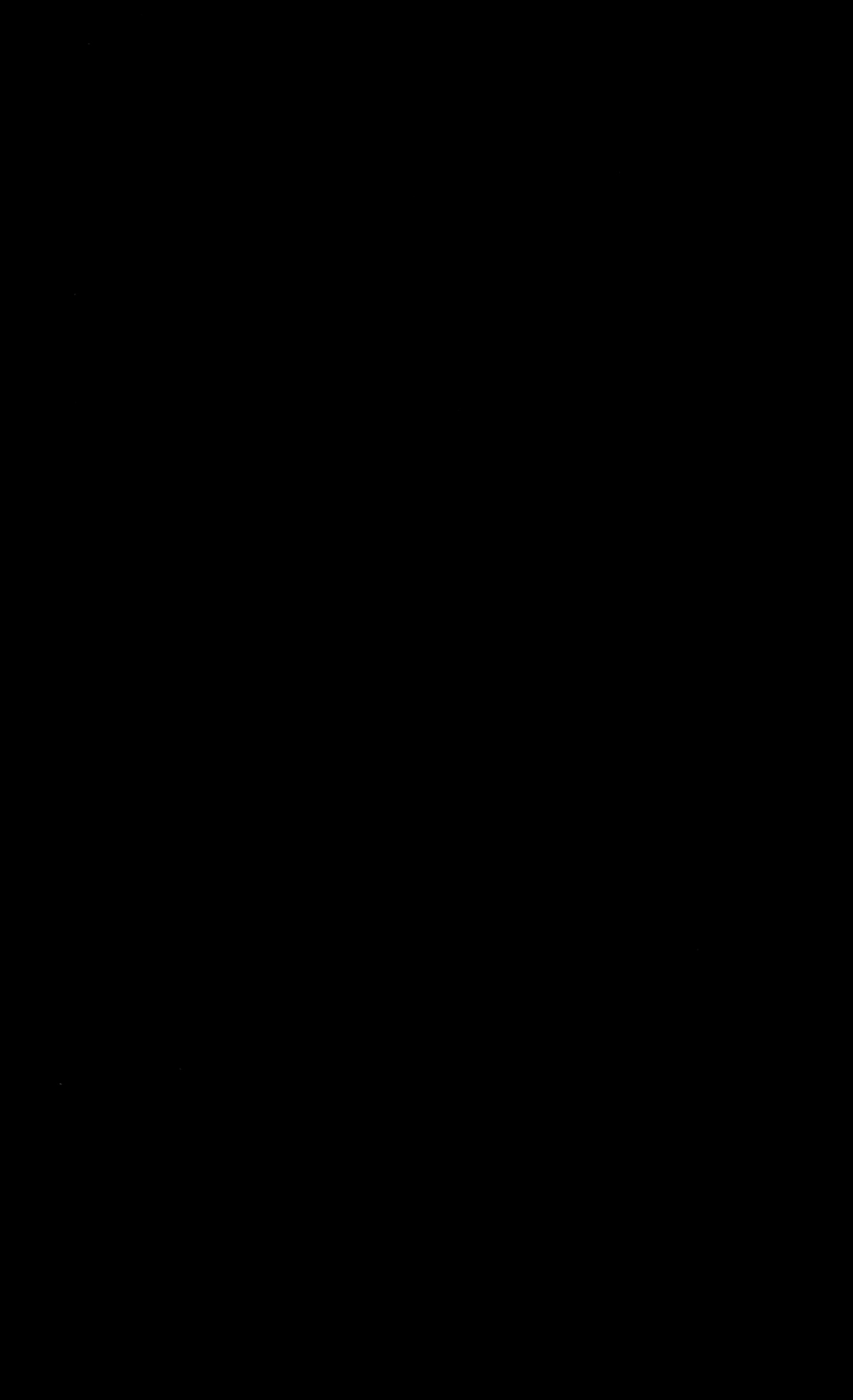